奥维德诗全集 拉中双语版

OPERA OMNIA P. OVIDII NASONIS

I

岁时记

FASTI

[古罗马] 奥维德 —— 著

李永毅 —— 译注

中国青年出版社

图书在版编目（CIP）数据

奥维德诗全集：拉中双语版. 1 /（古罗马）奥维德著；李永毅译注 . —北京：中国青年出版社，2021.12（2023.6重印）
ISBN 978-7-5153-6527-5

Ⅰ. ①奥… Ⅱ. ①奥… ②李… Ⅲ. ①古典诗歌—诗集—古罗马—拉、汉 Ⅳ. ①I546.22

中国版本图书馆CIP数据核字（2021）第218313号

责任编辑：杜海燕
书籍设计：瞿中华

出版发行：中国青年出版社
社　　址：北京市东城区东四十二条21号
网　　址：www.cyp.com.cn
编辑中心：010-57350503
营销中心：010-57350370
经　　销：新华书店
印　　刷：北京盛通印刷股份有限公司
规　　格：700mm × 1000mm　1/16
印　　张：251
字　　数：3089千字
版　　次：2021年12月北京第1版
印　　次：2023年6月北京第2次印刷
定　　价：780.00元（全五册）

奥维德

Publius Ovidius Naso

（公元前 43—公元 17）

译者简介

李永毅 1975 年生，重庆大学外国语学院教授，第七届鲁迅文学奖文学翻译奖、第八届高等学校科学研究优秀成果奖（人文社会科学）和第七届、第八届重庆文学奖文学翻译奖得主，百千万人才工程国家级人选，中国作家协会会员。出版有《贺拉斯诗全集：拉中对照详注本》《卡图卢斯歌集：拉中对照译注本》等拉丁语、英语和法语译著二十部，《卡图卢斯研究》《贺拉斯诗艺研究》等专著五部，在《外国文学评论》等刊物发表论文八十篇。本书是 2018 年国家社科基金重大项目“拉丁语诗歌通史（多卷本）”的阶段性成果。

作者简介

奥维德（Publius Ovidius Naso，公元前 43—公元 17）是古罗马与维吉尔、贺拉斯齐名的三大诗人之一。他一生著作等身，在其生前的古罗马就已经确立经典地位。后世的但丁、彼特拉克、薄伽丘、蒙田、莎士比亚、弥尔顿、歌德，到更晚近的普希金、乔伊斯、庞德、艾略特、曼德尔施塔姆等，无不受到他的影响。两千年来，奥维德的作品始终是西方文学正典的核心部分。他的《变形记》既是古希腊罗马神话的宝库，也为后世诗人如何摆脱荷马、维吉尔等人的重负展示了结构、技法、策略的多种可能性；《岁时记》是古罗马历法文化的诗意阐释；《情诗集》《爱的艺术》等作品集古罗马爱情哀歌之大成，是文艺复兴以来众多爱情诗人效法的对象；《女杰书简》对欧美书信体虚构文学影响巨大；《黑海书简》《哀歌集》等作品则成为后世流放文学的原型。古希腊罗马神话通过他的作品，渗透到西方文化的方方面面，在相当程度上塑造了今日西方的语言样态和思维习惯。论对欧美文学实际影响的广度、深度和持久度，奥维德是无与伦比的。

目录

引言 1-84

汉译及注释 1

《岁时记》第一卷 3-54

《岁时记》第二卷 55-106

《岁时记》第三卷 107-162

《岁时记》第六卷 263-310

引 言

PROLEGOMENA

奥维德（Publius Ovidius Naso，公元前 43 —公元 17 ）是古罗马文学黄金时代的最后一位大诗人和集大成者，和维吉尔、贺拉斯、卢克莱修和卡图卢斯同为古罗马诗歌的杰出代表，在中世纪，他在古罗马诗人中的地位仅次于维吉尔，到了文艺复兴之后他甚至有取代维吉尔的趋势。两千年来，奥维德的作品始终是西方文学正典的核心部分，直到今天他在世界文学中仍有广泛的影响力。研究奥维德对于理解古罗马诗歌、文艺复兴诗歌乃至整部欧美诗歌史都具有重要意义。相对于更具纯正古典特征的维吉尔等人，奥维德的诗歌更加复杂，与奥古斯都时期的文化秩序和政治秩序的关系更加微妙，所体现的诗学和文化观念更加丰富，所以尤其值得深入挖掘。

按照古典学者哈尔迪的说法，奥维德堪称“西方整个古典时代最重要的诗人”，虽然论名气和水平，希腊的荷马、品达、埃斯库罗斯、索福克勒斯，罗马的维吉尔、贺拉斯等人都不在他之下，但论对欧美文学实际影响的广度、深度和持久度，奥维德是无与伦比的。在近代的神话研究学兴起之前，他的《变形记》（*Metamorphoses*）几乎是后世了解古希腊罗马神话的唯一权威，《岁时记》（*Fasti*）是古罗马历法文化的指南，他的《情诗集》（*Amores*）和《爱的艺术》（*Ars Amatoria*）代表了古罗马爱情哀歌的最高成就，是文艺复兴以来众多爱情诗人效法的对象。就史诗而言，《变形记》为后世诗人如何摆脱荷马、维吉尔经典史诗的重负展示了结构、技法、策略的多种可能性。《女杰书简》（*Heroides*）对欧美书信体虚构文学影响巨大，《黑海书简》（*Epistulae ex Ponto*）、《哀歌集》（*Tristia*）等作品成了后世流放文学的原型。奥维德的精致措辞受到古典主义者和新古典主义者的推崇，他的游戏性、颠覆性又受到现代主义者、后现代主义者的热捧。在文学之外，他对西方艺术的发展亦有重大影响，为无数绘画作品提供了素材，古希腊罗马神话通过其作品的传播，渗透到西方文化的方方面面，在相当程度上塑造了今日西方的语言样态和思维习惯。

生平与作品

我们从奥维德的自传诗（*Tristia* 4.10）得知，他出生在公元前 43 年 3 月 20 日，比上一代大诗人维吉尔和贺拉斯分别小二十七岁和二十二岁。此前一年，恺撒遇刺身亡，标志着罗马共和国进入了最后的挣扎期。公元前 31 年，屋大维决定性地战胜安东尼之时，奥维德还是十二岁的孩子。因此，他人生的黄金时期基本上与屋大维统治下的“罗马和平”（Pax Romana）时期重合，这也决定了他没有经历过共和国晚期血腥内战的贺拉斯那样的复杂心态，在相当长的时间里不仅过着衣食无忧的生活，也甚少直接关注政治。他的出身和卡图卢斯一样优越，虽非贵族，但也是显赫的骑士阶层。和获释奴隶之子贺拉斯需要力争上游不同，奥维德引以为豪的是，他的骑士身份可以往前追溯很多代，绝非靠钱财换来的“伪骑士”。所以，从他幼年起，父亲就为他设计了骑士阶层的典型人生道路——先向罗马的名师学习雄辩术，然后靠口才从政。虽然奥维德天生的兴趣不在此，而且按照他自己的说法，无论他写什么，不知不觉就变成了诗，他最开始还是听从功利的父亲的意见，朝着进入元老院的目标步步前进。他年纪轻轻就进入了百人团（centumviri，协助司法官处理公民财产纠纷的机构）和监督刑狱的三人团（triumviri capitales），在眼看就能获得财务官（quaestor）职位从而进入元老院（也意味着晋升贵族）的时候，他放弃了政治生涯，专心做一位诗人。

奥维德的家乡是离罗马约 140 公里的苏尔摩（Sulmo），很小父亲就携全家来到罗马，让他和哥哥接受最好的教育。他的青少年时代正是奥古斯都诗歌的全盛期。不必提史诗和田园诗的巨擘维吉尔、抒情诗和讽刺诗的天才贺拉斯，单就他钟情的爱情哀歌而言，就有加卢斯、提布卢斯和普洛佩提乌斯这些足以傲视后世的一流诗人。奥维德在回忆中提到名字的还有史诗作家瓦里乌斯、马凯尔、庞提库，悲剧作家图拉尼乌斯，喜剧作家梅里苏斯，以及马尔苏斯、拉比里乌斯、斐多、加茹斯、塞维鲁斯、蒙塔努斯、卡梅里努斯等一长串名字。虽然作为古罗马诗歌黄金时代的迟到者，奥维德登上诗坛时，罗马文学的几乎每个领域都已有独擅胜场的人，缪斯对他却分外垂青。二十岁左右，他已经成为最负盛名的诗人之一。如同屋大维的权臣麦凯纳斯成就了贺拉斯，集将军、政客和文人于一身的梅萨拉（Messalla Corvinus）也充当了奥维德的文学恩主。

奥维德早期诗作的发表时间无法精确知悉。他最早结集发表的作品可能是五部《情诗集》，大约作于公元前 25 年—公元前 21 年之间，最初分成五部发表，公元前 12 年—公元前 7 年之间重新发表时编辑为三部。这些情爱诗的主角是一位化名科琳娜（Corinna）的女人。在两版《情诗集》之间，他创作了悲剧《美狄亚》（*Medea*），在古典时代曾获得盛赞，可惜已经失传。接下来的第一部《女杰书简》展现了奥维德惊人的心理洞察力和艺术想象力，一位男诗人以女性的口吻细致入微地表达了古希腊神话中和历史上十五位女主人公复杂的内心世界。该书大约发表于公元前 15 年。公元前 2 年—公元 2 年之间，奥维德发表了第二部《女杰书简》，这次他选择了古希腊传说中的三对情侣，以每对情侣的名义互相写信。虽然此前贺拉斯的书信体诗歌已经取得极高的成就，但与那些应景式、说教式的书信不同，《女杰书简》是高度戏剧化、虚构化的书信，所以奥维德认为自己创造了一种全新的体裁。大约在同一时期，他还发表了《女人面妆》（*Medicamina Faciei Femineae*）、三部《爱的艺术》和《爱的疗治》（*Remedia Amoris*）。这些作品都继承了古希腊罗马的说教诗传统，但却戏仿这种传统，充满了奥维德特有的戏谑与幽默，诗中寻欢作乐的偷情场面无疑让屋大维统治下的罗马既觉刺激，也深感震撼。然而，它们并非奥维德真实生活的反映。虽然在作品中一副轻浮放纵的花花公子形象，奥维德却是古罗马主要诗人中唯一走入婚姻殿堂的诗人，而且并无丑闻缠身。他曾有三段婚姻，前两段都很短暂，第三位妻子与他相伴几十年，同甘共苦，两人有很深的感情。

与此同时，在艺术雄心的驱动下，奥维德已经在创作两部长诗。一部是以古罗马历法文化和宗教传统为题材的《岁时记》，一部是集古希腊罗马神话诗歌之大成的《变形记》。眼看他就要平静地迎来老年，并确保自己不朽的文学地位，灾难却突然降临了。公元 8 年，皇帝屋大维决定，将奥维德放逐到黑海之滨的托密斯（今天罗马尼亚的康斯坦察），在当时托密斯位于罗马帝国的边缘，蛮族和帝国的交界地带，所以放逐托密斯是一个可怕的惩罚。奥维德于当年 12 月被迫离开罗马，次年春夏之交到达放逐地。他原本以为，通过妻子（她与皇族女性成员关系密切）和朋友（其中不乏高官）的游说，自己能够最终返回罗马，至少能改判到离罗马更近的地方，然而希望被一次次击碎，他最终在托密斯度过了生命的最后十年，于公元 17 年（一说 18 年）病逝。但置身异域，他并未搁笔。公元 9—12 年之间，他创作并发表了五部《哀歌集》和长诗《伊比斯》（*Ibis*），公元13年发表了《黑海书简》的前三部，第四部在他死后才发表。或许在罗马之时，奥维德从未梦想过自己会写出这样的作品，但这些诗歌却为他塑造了“情爱游戏者”之外的另一个形象——放逐者。他的放逐诗歌影响深远，从古罗马的塞涅卡、中世纪的但丁一直延续到20世纪的曼德尔施塔姆、布罗茨基等人。

奥维德为古罗马诗歌乃至世界文学留下了丰厚的遗产。从技巧上说，他将拉丁语与希腊的长短格诗律完美地融合起来，将六音步史诗体（《变形记》的格律）和哀歌双行体（其他所有作品的格律）发展为成熟完美、适应各种题材和体裁的诗歌形式。他的诗句以轻快、流畅和平衡著称，这种行云流水般的优雅风格掩饰了他惨淡经营的艺术。他将感觉真实转化为语言真实的高超才华让20世纪的知音、诺贝尔奖得主布罗茨基由衷赞叹，他称奥维德《变形记》中那喀索斯和厄科的场景描绘（3.339-401）几乎实现了画面和声音、意义和语言的彻底合一，差点让此后两千年间的诗人“全都失业”。在古典诗人中，奥维德的创造力也无与伦比，他总能通过逼真传神的细节，将一个想法、一个情境用到极致。虽然他诙谐的修辞天分常给人狡黠甚至轻浮的感觉，似乎缺乏深沉的情感和宗教的虔诚，但他描摹世界尤其是描摹想象的能力恐怕在任何时代都罕有对手。

奥维德最大的优点或许是他对艺术的诚实，一个例子足以说明问题。他在《女杰书简》中的做法与维吉尔形成了鲜明对照。他没有被任何政治考量迷住双眼，而是在忠实于生活经验的基础上充分发挥了艺术想象。在维吉尔版本的迦太基女王狄多和特洛伊王子埃涅阿斯的爱情故事中，埃涅阿斯抛弃狄多是因为“听从他女神母亲的召唤”，听从到意大利重新建国的天命，按照罗马帝国的政治标准，这是完全正确的。相比之下，奥维德的版本远更可信。他笔下的狄多断言，埃涅阿斯如此急于离开她和迦太基是因为狄多怀上了他的孩子。正是出于这个原因她才决定自杀，因为她的名声被败坏了，她毕竟是一位女王。如果说这样的想象只是符合人性常理和当时的社会环境，那么堪称离经叛道的是，奥维德甚至让他的狄多发出疑问，质疑维纳斯是否的确是埃涅阿斯的母亲，因为她是爱情之神，而用离去来表露情感实在是太古怪了。埃涅阿斯是罗马人公认的祖先，屋大维所在的尤利亚家族也声称，他们是埃涅阿斯之子尤卢斯的后代，奥维德公然挑战埃涅阿斯的神族背景，也是对当时罗马皇族的大不敬。但他遵从的不是政治逻辑，而是艺术逻辑，并且他的艺术逻辑的确难以辩驳。

《岁时记》介绍

《奥维德诗全集》第一卷收录的是诗人的六卷长诗《岁时记》。按照默克尔等学者的看法，《岁时记》创作的开始时间大约在公元前 2 年或公元前 1 年。此前发表的《爱的艺术》为奥维德赢得了声名，但他显然也意识到，屋大维的女儿尤利娅因为通奸而被放逐的事件（公元前 2 年）表明了皇帝整肃道德的意图与罗马现实之间的激烈冲突，也让他的这部作品显得格外刺眼。他决定创作《岁时记》这样一部“严肃”的长诗固然有艺术上的考虑，但一种无形的政治压力或许也迫使他竭力缓和与皇帝之间的紧张关系。从题材上说，《岁时记》无疑是一个好选择。屋大维在自己的统治期间，发动了一场宗教复兴运动，大规模新建或修复神庙，确立各种官方节日，将罗马本土的宗教仪式与希腊的神祇崇拜相结合，创立了以敬拜皇室成员及其家族（恺撒所在的尤利亚家族）为中心的新国家宗教形态。奥维德从罗马官方历法中的各种节庆切入，可以在国家和民族的外衣下从容而不失体面地奉承屋大维及其祖先和家人。

然而，这恐怕只是他最初的设计。如前文所述，他艺术家的天性与这种实用的意图是难以和平共存的，他在写作过程中受到了来自心底的强大反抗。他所服膺的亚历山大诗学推崇学识，这或许能让他在《岁时记》回溯古代的历程中获得愉悦，重述和杜撰传说也激活了他在《变形记》中淋漓尽致展示出的叙事天才，但他骨子里的玩世不恭使得他无法像维吉尔那样恭敬严谨地执行自己的计划。渴盼自由的他对罗马的未来其实是悲观的，所以他无法真诚地歌颂眼前的皇帝，近于谄媚的赞词总是掺入了若隐若现的嘲讽。这部作品最终只以六卷而不是预想中的十二卷（一卷对应一月，参考《哀歌集》第二部 549—552 行）的形式流传下来。约翰逊认为，《岁时记》最终流产是必然的，这是由奥维德的矛盾态度和失望情绪决定的，他倾向于相信，奥维德终止此书的写作，是因为他无法容忍 7 月（恺撒月）和 8 月（奥古斯都月）将不可回避的对皇室的密集奉承。

更多的学者用现实的原因解释这本书的未完成状态。格罗诺维乌斯称，他曾在《岁时记》一个非常古老的版本里看到一条注释，说此书的后六卷“保存在乌尔玛的一个村子里”。无论这个说法是否真实，总之后世从未见过这六卷的真面目。更大的可能是，奥维德的确为全书做过完整的设计（现存的六卷中有不少线索支持此猜想），但公元 8 年他突然被皇帝屋大维放逐，原来的创作计划被彻底打乱。在公元 8 年到 14 年之间，他的创造力仍然非常旺盛（《哀歌集》和《黑海书简》可为证），似乎有能力完成这部长诗，但他此时写诗的主要动机是争取获得皇帝的赦免或从轻发落，所以作品大多是写给远在罗马的权贵和亲朋。但我们也可以反问，难道按原计划完成带有歌颂皇家性质的《岁时记》不更容易让他与皇帝达成和解吗？似乎是这样。所以另一种解释是，放逐令让奥维德领教了屋大维的残忍与蛮横，更不情愿（哪怕在表面上）继续为皇帝唱赞歌了。他甚至可能下定决心，用这部残缺的长诗充当无声的见证，让后世知道，皇权如何毁掉了一位天才的大作。

无论奥维德经历了怎样的心路历程，总之他没有继续创作《岁时记》（从未有古代作家引用过后六卷中的任何一行）。但在公元 14 年发生了一件大事，就是屋大维的去世。这部长诗原本是献给屋大维的，相关的措辞散见于全书，既然屋大维已死，诗歌在形式上就必须做一些调整。在现存的皇室成员中，奥维德和罗马民众一样，只喜欢文武双全、被视为亚历山大大帝翻版的日耳曼尼库斯，所以他便在公元 14 年至 17 年（或者 18 年）之间做了修改，将题献对象改成这位皇子。但学界公认，奥维德的修改并不彻底，主要只涉及第一卷，所以诗中的“恺撒”除了开篇明确指日耳曼尼库斯、少数地方指尤里乌斯·恺撒外，难以确定究竟指日耳曼尼库斯还是屋大维。

由于古罗马历法和宗教的古代文献较为稀缺，在很长一段时间里，《岁时记》都被视为古罗马历法和宗教知识的宝库，学界对其文学成就和思想内涵的讨论并不深入。1929 年，弗雷泽发表了一部里程碑式的《岁时记》评注，标志着这首长诗终于作为文学巨著受到重视，但相对于奥维德的其他作品，它真正成为热点则又等待了半个世纪。到了此时，学者们却发现作为历法和宗教文献，《岁时记》的价值反而不重要，因为诗人出于自己的艺术意图大量改写甚至杜撰了古代传说，他采用的多种解释并置、故意自我拆台的策略更使得作品中的权威声音变得模棱两可。与此对应，学者们争论的焦点转到了政治领域：《岁时记》究竟是持什么立场的作品？《岁时记》究竟是“亲奥古斯都”，还是“反奥古斯都”？

“亲奥古斯都”也罢，“反奥古斯都”也罢，这样截然两分、不容中立的标签已经反映出屋大维统治下罗马诗歌的一个关键变化：某种大一统的文学秩序已经建立，诗人无处可逃，必须做出顺从或反叛的选择。贺拉斯、维吉尔等人进入了体制的内部，小心翼翼地在政治与艺术之间走着钢丝；奥维德却似乎游离在体制之外，以“缱绻情爱的游戏者”自居。在相当长一段时间里，他似乎有这样的资本，也有这样的空间。奥古斯都时期，职业诗人（例如普洛佩提乌斯、提布卢斯、奥维德自己）开始形成一个社会阶层，权贵的赞助制和商业化的文学流通形式互为补充，让他们有机会在上流社会建立自己的影响圈。然而，在帝制的大框架下，无论权贵恩主的庇佑还是商业读者的支持都是有限的，因为整个奥古斯都文学的终极恩主只能是皇帝和罗马国家。如鲍威尔和哈比奈克等人所示，在屋大维的威逼利诱下，罗马的诗歌已被改造为强有力的意识形态机器。

在这样的背景下，奥维德创作《岁时记》的意图确实值得探究，学界围绕《岁时记》的论争也对我们理解其流放诗歌的政治内涵颇有启发。表面上看，它处理的是官方题材，古罗马宗教是由官方垄断的，解释公共节庆起源似乎是官方的事，奥维德越俎代庖是为了迎合屋大维建立文学新秩序的努力吗？如果是，诗歌第一人称写作方式的主观性又显得不妥。不仅如此，诗中还有大量材料与屋大维、皇室和皇室崇拜仪式有关。以弗兰克尔为代表的传统观点曾认为这部作品不过是以诗体形式呈现的罗马历法。约翰逊的论文《〈岁时记〉的凄凉》开始了学界重估这部长诗的历程，他认为这是奥维德唯一的失败之作，但这种失败不应归罪于艺术，而是因为“诗中的不确定性、悖论和错觉（他自己的、皇帝的、所有人的）无法被聚合为一个有机的整体”。此后的学者并不认同他对此诗的艺术评价，但和他一样保持了对政治元素的警觉。米拉尔指出，公元前 2 年到公元 29 年，罗马帝国的中心政治任务是评价屋大维的价值观留给未来的遗产。格里芬认为，在此过程中，诗人们找到了既与政权保持微妙距离又能称颂它的新方式。因此，他们和其他一些学者认为，解释皇室崇拜仪式的由来才是此诗的核心，其他种种神话传说都是装饰，因此它是一部赞美屋大维的作品，是郑重宣扬帝国秩序的文学。但纽兰兹却针锋相对地提出，《岁时记》的语气是嘲讽的，甚至是颠覆性的，是对屋大维企图神化皇室的种种宣传的挑衅。菲尼提醒我们，作品的标题本身就暗示了奥古斯都时期言论自由的收紧，因为Fasti既有“历书”的意思，也有“许可”的意思，诗中多处表现了在帝国统治下言论自由和创作自由遭到压制的问题，借用神祇的权威是为了撇清作者需要为作品中相关言论所承担的责任。海因兹通过细读揭示了奥维德如何微妙地破坏了屋大维通过神话和偶像符号建立的权威，巴齐艾西则在专著中试图系统地证明，《岁时记》对神话的戏谑处理和奥维德的游戏态度是对屋大维建立统一文化秩序的抵制。

根据我们在别处对奥维德的了解，更大的可能是，上述政治解读无论正确与否，都是《岁时记》艺术处理产生的“意义效果”，诗人自己虽然或许对屋大维并无好感，但也并非有明确倾向的政治反对派。他只是执着于自己的艺术自治理念、偏好技巧的亚历山大诗学和哀歌体裁及其对应的题材与写法，所以对于妨碍创作自由的政治束缚有着本能的反感。至于他对屋大维和皇室成员的赞美，既是一种自我保护的障眼法，也是《岁时记》题材（国家宗教与民族记忆）所要求的，并不能简单等同于他内心的评价。

无论如何，按照作品开篇的宣称，《岁时记》的主题是“拉丁历法中演替的节庆、时日的起源和沉落复升起的星辰”。所以作为理解此诗的第一步，我们应该熟悉古罗马历法的相关背景。根据奥维德的说法，罗马第一任国王罗慕路斯颁布历法时，一年只包括了十个月，没有后来的1月（雅努斯月）和2月（净化月），而且将后来的3月（马尔斯月）作为一年的开端。这样，十个月依次是3月（马尔斯月）、4月（词源有争议）、5月（词源有争议）、6月（词源有争议）、7月（拉丁名意为“五月”，屋大维时代为纪念恺撒而更名为尤里乌斯月）、8月（拉丁名意为“六月”，帝国时代为纪念屋大维而更名为奥古斯都月）、9月

（拉丁名意为“七月”）、10 月（拉丁名意为“八月”）、11 月（拉丁名意为“九月”）和 12 月（拉丁名意为“十月”）。第二任国王努玛意识到了历法与天文观测结果之间的巨大时间差，在一年的首尾分别增加了一个月，即后来的 1 月和 2 月。公元前 451 年罗马元老院派人去希腊考察历法后，十人团才决定将 2 月从岁末挪到 1 月之后。从公元前 60 年左右留存至今的一本罗马历书（*Fasti Antiates Maiores*）表明，在罗马共和国晚期，7 月和 8 月仍然使用“五月”（Quintilis）和“六月”（Sextilis）的古称。

早期的罗马历显然是太阴历，这从每月三个最重要日子的命名可以看出，“朔日”（Kalendae）对应于初月，“望日”（Idus）对应于满月，“回九日”（Nonae）大体对应于上弦月。由于太阴历（罗马年是三百五十五天）与太阳年的长度差异，罗马需要每三年添加一次闰月来调整时间。出于迷信的原因，闰月都插在净化月（即 2 月）中间，即在 2 月 23 日之后添加二十二天或二十三天，它们与 2 月余下的五日组成了二十七到二十八天的闰月。进入共和制之后，加闰日的权力落到了大祭司的手里，由于罗马高级行政长官的任期均为一年，所以大祭司（往往是政客）便利用这种权力延长同盟者的任期，而缩短政敌的任期。这种随意性造成了巨大的混乱，在公元前 63—公元前 46 年间，本该有八个闰月，实际却只有五个，罗马世界已经不知道确切的时间。

正是在这样的背景下，夺取大权、出任大祭司的恺撒启动了古代西方最重要的一次历法改革。他以三百六十五又四分之一日作为太阳年，将一年分为十二个月，每月的日期和现代历法基本一样。与 1582 年启动的格列高利历相比，差别主要在于后者的太阳年精度略高。虽然泛希腊时代的天文学家早已知道太阳年的长度，但以罗马统治者的权威在整个地中海世界制定并颁布这样一部相对精密的历法，无疑是极其重要的政治成就。恺撒遇刺后，由于继任的祭司误解了四年一闰的规定，按照古罗马的数法（参见下文），实际执行的是三年一闰，再次导致了日期的混乱。为了让时间回归正常，屋大维重新整顿了历法，连续多年停止添加闰月，直到时间与太阳运行周期相符。

古罗马并不采用我们今日 1 日到 31 日的记日方式，而是遵循一套特别的系统。每月的望日在 13 日或 15 日，其中 3 月、5 月、7 月和 10 月落在 15 日，其余各月落在 13 日。按照古罗马的计数法（首尾皆算，这是古罗马计数法的标志），从望日倒推九日，就是回九日。其中 3 月、5 月、7 月和 10 月的回九日落在 7 日，其余各月落在 5 日。从每月 1 日到回九日的日子以回九日为基准倒着数，从回九日次日到望日的日子以望日为基准倒着数，下半月则以下月的朔日为基准倒着数。例如 1 月 3 日就是回九日前第三日，5 月 8 日就是望日前第八日，7 月 20 日就是朔日前第十三日。此外，古罗马还有类似星期的制度，以八日（罗马数法为九日）为一个循环，依次用 ABCDEFGH 八个字母代表，但每年 1 月 1 日永远是 A。

古罗马历书上还有一套特殊的标记，指明每个日子的性质。N 表示闭日（dies nefasti），意味着当天法庭不许开庭；F 表示启日（dies fasti），当天可以开庭，司法官可以审案；EN 代表半启日（dies intercisi/endotercisi），只有部分时段可以开庭；C 代表集会日（dies comitiales），这是制定法律、选举官员的日子。另外四个标记的含义和来源难以确定：（1）FP（例如 2 月 21 日）按照蒙森的说法代表当日前半段（或者说“开始”）是启日（fastus principio），后半段是闭日；（2）NP 含义不明，但对照 FP 的解释，似乎应该指当日前半段是闭日（nefastus principio），后半段是启日，它只出现在公共节日；（3）Q. R. C. F. 的日子只有两天，其含义可以参考本书第五卷第 727 行注释中的讨论；

（4）Q. ST. D. F. 的日子只有一天，即 6 月 15 日，意为“应当倒（维斯塔神庙的）垃圾的时候”。此外，历书上还会标明有固定日期的节日（feriae stativae）。本书采用的日期格式依次表示了日子的“星期”位置、“基准日”位置、月份（上半月用本月表示，下半月因为以下月朔日为基准，所以用下月表示）、日子属性和节日信息（大多数日子没有此项）。例如，1 月 15 日标记为 G XVIII KAL. FEB. NP CAR［MENTALIA］，G 表示它是罗马星期的第七天，XVIII KAL. FEB. 表示它是 2 月朔日前的第十八天，NP 表明这是节日，CAR 表明这是卡尔门塔节（方括号外是名称缩写，方括号内补齐了全名）。

流传至今的古罗马历书约有三十种，其中大部分都是残篇，但有少数几种包含了三四个月的内容，甚至有一本近于完整（*Fasti Maffeiani*），虽然它后来再度失传，但在消失之前已经有完好的抄本。所有这些历书都被蒙森收进了他的《拉丁铭文库》（*Corpus Inscriptionum Latinorum*）的第一卷。将这些资料与《岁时记》相对照，可以发现，奥维德虽有遗漏，但总体上比较严格地遵循了古罗马历书对各个日期的描述。

星象和关于星座的传说既是《岁时记》的重要内容，又为这首长诗的结构提供了另一重支撑。从第一卷 311—316 行的巨蟹座、天琴座开始，全书共有五十余处涉及星座或星辰。研究奥维德的学者虽然承认这些段落在艺术上的重要性，却普遍对它们的天文学价值持怀疑态度。例如著名的注者弗雷泽就说：“奥维德的天文学错误太多，太刺眼，我们不可能无视所有手稿的一致证词，勉强维护他的科学声誉”。当代学者范萨姆也说，奥维德的观测“经常是可疑的”，表现出“技术上的随意和对天文学的无知”，因而“毫无参考价值”。总之，压倒性的意见是，诗中的天文学段落仅仅具备文学价值。19 世纪的德国专家伊德勒曾借助当时的天文计算表，系统地研究、批评过奥维德的星象记述。如此看来，奥维德只是一位外行冒充内行的“伪天文爱好者”。

戏剧性的逆转发生在21世纪初。学者福克斯运用当代的天文学软件，逐一验证了《岁时记》中的星象观测，得出结论，书中至少四分之三的描绘是准确的。当代软件的强大之处在于，它可以任意选择历史上的年代，任意选择时刻和观测地点（用准确的经纬度定位），因而可以准确复制奥维德时代罗马城在特定时刻的星象，极大地减少了人工计算的误差，也排除了主观的、印象式的偏见。福克斯选择的时间是公元5年，大体上是《岁时记》的创作时间，地点则是罗马（奥维德所在的观察点）和亚历山大（奥维德天文知识的主要来源地）。他将奥维德描绘的星象与软件显示的星象做了多个角度的对比。

黄道位置或季节标志	日期	《岁时记》段落
冬天中点	1月10日	第一卷459—460行
太阳进入水瓶座	1月17日	第一卷651—652行
春天开始	2月9日	第二卷149—152行
太阳进入双鱼座	2月15日	第二卷457—458行
燕子飞回	2月25日	第二卷853—854行
太阳进入白羊座	3月22日	第三卷851—852行
春分	3月26日	第三卷877—878行
天秤座带来降水	4月6日	第四卷第386行
太阳进入金牛座	4月20日	第四卷713—720行
春天中点	4月25日	第四卷901—904行
猎户座落下 / 白昼变长	5月12日	第五卷545—548行
夏天开始	5月13日	第五卷601—602行
太阳进入双子座	5月20日	第五卷693—694行
西风吹起 / 航海季	6月16日	第六卷715—716行
太阳进入巨蟹座	6月19日	第六卷第727行
夏至	6月25日	第六卷789—790行

表1 《岁时记》中的季节和星座标志

福克斯指出，造成理解混乱的一个重要原因是，奥维德的研究者未充分考虑到古代星象观测的复杂性。这个问题一共牵涉到三组变量：一是“真实时间”（计算出来的理论时间，以太阳升起和落下的时间为准）与“观测时间”（实际可观测时间，早于太阳升起、晚于太阳落下，否则肉眼无法看到，古罗马大普林尼确定的时间差是三刻钟）；二是清晨与黄昏两个时点；三是升起与落下两种运动。三组变量构成了八种组合，要判断奥维德的描述是否准确，首先要确定他描绘的是哪种组合，然后才能与科学的观测作比较。除了天文学的问题外，由于奥维德使用的是诗歌语言，研究者也经常误解了他的时间指涉，从而基于错误的判断指责他的观测不符合事实。

经过系统细致的排查，福克斯发现，《岁时记》中的星象知识从总体上说是准确的。在此过程中，奥维德星象描写的一些特点也浮现出来。一是覆盖面广，六卷诗涉及二十八个星座。二是季节性明显，1 月到 4 月星象描写相对少些（各有六七处），5 月和 6 月（各有十余处）多些，这是因为春季以后古罗马进入航行季节，星座是水手导航的重要参照。三是系统性，上半年黄道的六大星座无一遗漏，各个季节的开始、中点和结束也各有星座标出，这样诗中的星象就和日期一样构成了脉络，避免了结构的松散。四是星象描写自成小体系，每个星座都遵循出现、消失、复现的模式，这种照应让诗作的肌理更加细密。

不仅如此，正如众多学者所发现的那样，诗中关于星座来源的故事往往也嵌入了作品的主题链条中，与关于节日的传说彼此映衬，共同组成了全诗复杂的结构。这一点此处就不细述了，可以参考译文的相关注释。

1月	2月	3月	4月	5月	6月
1 巨蟹座	7 天琴座	14 双鱼座	22 蝎子座	29 天鹰座 / 小牝山羊星	42 天鹰座
2 天琴座	8 狮子座	15 牧夫座	23 昴星团	30 毕星团	43 毕星团 / 金牛座
3 海豚座	9 海豚座	16 室女座 β 星（葡萄采摘者）	24 天秤座	31 半人马座	44 牧夫座
4 摩羯座 / 水瓶座	10 水瓶座	17 天马座	25 猎户座	32 天琴座	45 海豚座
5 天琴座	11 牧夫座	18 北冕座	26 毕星团	33 蝎子座	46 毕星团
6 狮子座	12 乌鸦座 / 长蛇座 / 巨爵座	19 蝎子座	27 白羊座 / 金牛座	34 猎户座	47 猎户座
	13 水瓶座 / 双鱼座	20 “天鸢座”	28 白羊座 / 犬星	35 昴星团	48 海豚座
		21 白羊座		36 金牛座	49 双子座 / 巨蟹座
				37 双子座	50 蛇夫座
				38 犬星	51 猎户座
				39 天鹰座	
				40 牧夫座	
				41 毕星团	

表 2　《岁时记》中按顺序出现的星座或星辰

简单地说，《岁时记》是罗马本土宗教与希腊神话传说的融合，若要从中获取关于古罗马宗教的知识，则必须剔除古希腊神话的成分，尤其需要理解罗马古代宗教心理的特征。最初的罗马只是很小很原始的农业社会，主要以帕拉丁山和奎里纳尔山为中心。按照贝莱的概括，古罗马宗教在受到古希腊文化大规模影响前，大体上经历了三个发展阶段。

第一阶段可以称为“泛生论”（Animatism）。在罗马初民眼中，各种自然客体不是某种神灵寓居的处所，它们自身就具备某种神性或超自然力量。例如，他们相信往某块神奇的石头（lapis manalis）上泼水，就会引发降雨，甚至飞鸟占卜术的基础很可能也是鸟具备神性、可以影响天气的观念。第二阶段是早期的“泛神论”（Animism）。此时罗马人只是朦胧地感觉到超自然力量的普遍存在，但并未将它与某位或某些人格神联系起来，所以他们的祷告并不求助于某位具体的神。而且他们相信自己能直接与这种力量沟通，并借助它达成自己的目的。例如他们会为避免麦锈症而燔祭一只犬，但并没有明确它献给哪位神。牧神祭司的裸跑仪式也是到后来才确定是为法乌努斯举行的。第三阶段是“神灵”（numina）观念的确立。到了这个阶段，罗马人才想象出彼此相区别的神灵，每个神灵都寓居于固定的地点（山岭、河流、田野、泉眼、炉灶、门……），并与特定的行为或功能相联系。此时人们不再觉得献祭之物有任何魔力，它们的用处是赢得神灵的欢心。神灵渐渐获得了人格，其功能也慢慢从自然领域延伸到道德领域。例如朱庇特不仅是天空神，也监督人类发誓的行为。

当乡野的祭祀与庆祝渐渐从家庭行为变成社区行为，最初的节日也就诞生了。从一开始罗马宗教就体现出高度形式化的特征，保守拘谨的罗马人特别在意仪式的每一个细节：正确的日子、正确的神灵、正确的地点、正确的祷辞、正确的祭品、正确的程序。任何一个元素出差错都可能引发神灵的愤怒。所以“宗教”（religio）一词在罗马文化中不仅意味着敬畏的情感，还意味着义务感和强制性。当村社逐渐演变为城邦，罗马的宗教也日益凝固，并且成为国家直接掌管的事务，形成了祭司的等级制，专祭司（flamines）负责大神的祭祀，普通祭司（sacerdotes）负责小神的祭祀，主祭司团（pontifices）则统领宗教事务，并特别负责宗教节日的管理。

与仪式的保守性相对照的是罗马宗教在内容上的灵活性。不仅各位神灵的职司在不断演化（例如朱庇特部分承担了战神的功能，雅努斯从门神变成了掌管一切开端的神），而且罗马人对外族的神一向持开放态度，所以罗马的神谱不断扩大。例如，他们从邻近的埃特鲁里亚吸纳了密涅瓦神，并且让她与朱庇特、朱诺一起成为罗马早期的三位主神。除此以外，他们从提布尔迎来了海格力斯，从图斯库伦迎来了卡斯托尔和珀鲁克斯，从阿文丁山迎来了狄安娜，从"大希腊"（亚平宁半岛南部）和西西里迎来了希腊诸神——阿波罗、埃斯库拉庇乌斯、德墨忒耳和珀尔塞福涅。

然而，希腊文化不仅为罗马增加了神祇，更强烈冲击了罗马人的思维，使得古老的罗马本土宗教有一分为三的趋势。在大众宗教崇拜的领域，罗马的"神灵"（numina）明显开始与希腊的"神"（dei）同化。原本人格特征并不清晰的神灵开始获得鲜明的形体特征和性格特征，可以像希腊诸神一样，以图画和雕塑的形式展示，并且本土的神迅速地与对应的希腊神混同。"诗人的宗教"希腊化则更明显，本土神不仅融合了对应希腊神的形象与功能，还继承了他们的全部亲族关系、全部的过去以及性情、癖好乃至一切传说，朱庇特已经与宙斯无异，朱诺与赫拉完全等同，墨丘利也摇身变成了赫耳墨斯。而对"哲学家的宗教"而言，希腊化的效应有两重：一是加剧了本土已经萌芽的怀疑主义，罗马知识分子越来越倾向于信奉一种带有泛神论色彩的一神论，而不再相信传统的罗马诸神以及对应的希腊诸神真实存在；二是引发了一种追根溯源的察古主义（antiquarianism）浪潮，其代表人物是老加图和瓦罗，后者的《圣物稽古》（*Antiquitates Rerum Divinarum*）和《论拉丁语》（*De Lingua Latina*）应当是《岁时记》的重要参考。奥维德采用的三种方法都是察古主义的基本手段：词源推演法（etymology）、英雄成神论（euhemerism）和释因法（aetiology）。

如果这就是《岁时记》的背景，那么奥维德的这首长诗就会是文学著作和学术著作的结合，但并非如此。罗马第一位皇帝屋大维将罗马宗教带入了一个新阶段。他刻意在复兴古代宗教的假象下系统地改造了古罗马宗教，让它为大一统的新政治体制服务，通过精心的操控，他迫使保持杂糅主义（syncretism）传统的罗马宗教聚焦于皇帝和皇室，将神祇崇拜置换为尤利亚家族崇拜。《岁时记》有大量篇幅都反映了罗马宗教重心的这种转变，也正是在此背景下，奥维德的长诗不可避免地与当时的政治纠缠在一起。

艾伦 1922 年的文章《奥维德〈岁时记〉与奥古斯都时期的宣传》代表了老派学者的典型看法。他提出，奥古斯都时期的每位罗马大诗人都服务于屋大维的宣传目的：贺拉斯最忠诚于屋大维，他“对其伦理宗教理想的信念近于狂热”；普洛佩提乌斯美化了屋大维渴望美化的罗马过去；提布卢斯的诗歌充满了屋大维所倡导的“乡村生活的魅力和对旧宗教习俗的忠诚”；维吉尔则天才地融合了以上各种宣传元素。奥维德开始创作《岁时记》时，罗马的诸位大师都已经去世，他承担起了捍卫奥古斯都文化秩序的重任。按照艾伦的理解，《岁时记》以宗教节庆为主要内容，极其符合屋大维改造罗马宗教、以罗马传统复兴者自居的意图，新历法又是皇帝养父恺撒生前所建立，这无疑增加了他的荣光。奥维德不仅确认了屋大维在天国的位置，而且特别突出了他与维斯塔、维纳斯和马尔斯的密切渊源，强调了皇室的特洛伊正宗后嗣的身份。艾伦甚至将奥维德对屋大维无保留的赞美与白银时代马尔提阿利斯对暴君图密善（Domitianus）的阿谀相提并论。七十年后，帕克从一个特别的视角试图证明，《岁时记》的确是真心歌颂屋大维的作品。他发现，诗中的海格力斯、伊诺、萨图尔努斯和法乌努斯这四位神都有一个特点，就是在希腊环境中显示不出任何优秀的品质，而一旦迁徙到罗马，就立刻表现出文化和宗教的建设性力量。

格林同样从一类细节——动物牺牲——入手，却读出了奥维德诗中与官方宣传不一致的声音。他指出，《岁时记》的一个典型手法就是“众声喧哗”，通过向读者呈现多种解释，鼓励他们质疑以公共权威声音自居的屋大维的私人观念。格林以动物牺牲的议题为例，说明奥维德在诗中有意引发的争议可以理解为对屋大维的直接冒犯。杀死动物祭品一直是罗马传统宗教实践的重要元素，是取悦诸神、实现人神沟通的手段。在共和国晚期，罗马知识界曾对献祭动物的伦理问题展开讨论，费古鲁斯在毕达哥拉斯的转世思想和素食主义影响下，反对以动物为祭品，卢克莱修也从伊壁鸠鲁哲学的立场出发，在《物性论》中严厉指责人类屠杀动物的行为。但屋大维成为皇帝后，官方宣传对动物牺牲持完全正面的看法。格林发现，《岁时记》中有两种声音，一种附和官方立场，肯定人高于动物，因而献祭动物无关伦理，另一种却将动物比作人，因而杀害动物便具备了不义的性质。奥维德在探讨阿戈纳里日词源和动物祭起源的段落里非常明显地批判了人类的残忍。刻意模糊动物、人与神的界限，唤起读者的同情，是奥维德的重要策略，他既将因燔祭被拆散的鸽子情侣称为夫妻（第一卷 451—452 行），也将寻找女儿的谷神刻瑞斯形容为失去小牛的母牛（第四卷第 459 行）。在这样的框架下，读者自然能领悟到他对献祭动物的真实想法。

如果我们不被字面的赞美欺骗，而仔细审视诗中的诸神形象，便会意识到，奥维德如同他的前辈诗人卡图卢斯一样，时常都在提醒我们，这样的神不配做人类的道德榜样，而屋大维复兴传统宗教的目的正是为了促进他整肃和重塑罗马道德的事业。以罗马创建者罗慕路斯的神族父亲马尔斯为例，奥维德先以第三人称的权威声音讲述了战神奸污伊利娅的真相，这样后来马尔斯亲口告诉罗慕路斯“伊利娅做母亲乃我所赐”时，读者便能体会到这位神的厚颜无耻。神使墨丘利的道德也令人不齿，他不仅乐于佑护向他祷告的奸商与小偷，还在押解拉若去地府的途中，乘人之危，强暴了这位已被朱庇特割去舌头的仙女。拉若诞下的孪生兄弟拉里斯在下文与屋大维一起接受罗马民众敬拜，并被奥维德合称为“三位神”。诗人如此处理，评论者怎能无视其中的深意？

在考虑《岁时记》的政治内涵时，语气也是极其重要的元素。作品中固然有许多庄重的诗行，但只要粗粗浏览一遍，便会发现不少诙谐调侃的段落，尤其无法忽略的是学者范塔姆所称的“性喜剧”（甚至“性闹剧”）。无论是题材还是格调，它们都与全诗的整体风格产生了尖锐的冲突，而且它们中的大部分都没有希腊或罗马蓝本，而是奥维德的杜撰，因此无法以沿袭传统为借口来掩饰。《岁时记》中有四段“性喜剧”，其中三段涉及强奸未遂，分别是普里阿波斯侵犯洛提丝（第一卷 393—440 行）、法乌努斯侵犯翁帕勒（第二卷 303—356 行）和普里阿波斯侵犯维斯塔（第六卷 321—344 行），另有一段是安娜捉弄色迷心窍的马尔斯（第三卷 677—696 行）。无伦奥维德的动机是什么，这些段落的喜剧语体色彩都冲淡了作品在表面所呈现的类似史诗的高贵语体，也表明诗人并不愿意放弃他早已习惯的爱情哀歌（所以他仍然选择了爱情哀歌体的格律），全心全意地加入罗马帝国的合唱。

正如格林在 2004 年的一篇文章中所说，《岁时记》在格律和体裁方面的“不稳定性”不足以支撑他歌咏历法与宗教的宏大命题，第一人称宣谕式的叙事权威不断被侵蚀，因为诗人暗示读者，他所依赖的据信有神圣知识的信息提供者并不可靠，各种异质性的并置场景也让读者陷入困惑之中。在细致的文本分析基础上，哈里斯归纳出奥维德在这篇作品中反复采用的两种让意义复杂化的手段，一是通过情节并置产生讽刺效果；二是通过戏剧性独白来颠覆独白者的形象。正因如此，这首诗的政治意蕴并非像老派学者所相信的那样显明。新派代表学者巴齐艾西在专著《诗人与皇帝：奥维德与奥古斯都话语》（1994年）中声言，这首诗有极其复杂的政治含义，在艺术上则与奥古斯都时期其他最好的作品一样，展示了高超的技巧，具备高度的内在统一性。他拒绝“亲屋大维”和“反屋大维”的简单二元标签，而用了“话语”这个概念，将奥古斯都的宣传攻势定义为“一场史无前例的、最终渗透到所有层面的劝服和修正运动”。他指出，屋大维试图通过加入纪念尤利亚家族的节庆使得罗马历法获得统一性，奥维德却以相反方式来破坏这种统一性。

在对《岁时记》做艺术评价时，这首诗形态的非完整性和结构的矛盾性同样引发了争议。19世纪末20世纪初的学者在讨论《岁时记》时，关注的主要是古罗马历法的性质、意义及其与文化政治价值的关系。但无论他们如何争论，一个基本的共识是这首长诗虽然未完成，但从艺术构思看是一个整体。理查德·金却在2006年提出，《岁时记》的基本特征是碎片化，它反映了罗马上层的激烈竞争。借助史诗题材和哀歌体裁之间的紧张关系，并通过作者自传式叙述声音的介入，《岁时记》促使读者采取一种“侧面”解读罗马及其历法的方式。他相信，《岁时记》是奥维德的“心理屏障”，用来掩饰他的自我身份与官方历法所象征的罗马身份之间的真实关系。

四十年前的约翰逊也看到了这种碎片化，但他认为这不是一种艺术手法，而是表明了作品的失败。他感觉《岁时记》的质量太不均匀，诗人的灵感之火无法一直燃烧，虽然作品中有很多杰出的甚至是完美的片段，但它们只是一些分散的诗或者分散的碎片，无法形成一个整体。约翰逊把这首诗称为奥维德“唯一失败的作品”。他分析道，从技术上讲，奥维德所选择的形式既不适合他自由不羁的性情，也不适合作品的内容，但这不是关键，最致命的因素是，奥维德在写作过程中越来越感到绝望。

他不仅无法达成实际的目标（在流放前是缓和与皇帝的关系，在流放后是获得皇帝宽恕，返回罗马），而且无法接近自己的艺术目标（想象罗马精神世界的过去、展现它的现在）。约翰逊敏锐地指出，如果奥维德觉得罗马宗教全然是空洞的、虚伪的，那么他可以放弃幻想，痛快地嘲讽它；如果这种精神性具备真实的内核，那么它可以成为自己的寄托；然而，罗马的过去充满欺骗，但又非完全是欺骗，奥维德就在矛盾的心境中耗尽了自己的创作动力。所以，《岁时记》只能是“凄凉”的作品。

然而，欣赏《岁时记》艺术成就的评论者也不少。在他们眼中，《岁时记》是奥维德仅次于《变形记》的伟大作品。早在1942年，伊丽莎白·格林就指出了这首诗一个突出的特色，就是雄辩术与诗歌的结合。奥维德年少时接受过完备的雄辩术训练，他在《岁时记》中充分发挥了自己的这种特长，全诗的演讲多达二百零六处，其中三处超过六十行，十三处超过二十行，按比例算，全诗五分之一以上的内容都是直接引语。这些演讲一方面体现了奥维德所掌握的罗马雄辩术的各种技巧，另一方面也是诗人塑造人物形象的重要手段。近二十年来，研究者特别关注《岁时记》中的体裁越界与融合现象。奥维德一生都格外痴迷体裁问题，在全部作品中都表现出对体裁的高度敏感。《岁时记》中诸神的争辩（例如第五卷和第六卷开篇）以及诗歌风格的切换都传达了奥维德对哀歌体和史诗体的看法，两种体裁在诗中不断对峙，不断碰撞，既对立又合作，共同营造了作品复杂的意义场。

沃尔克在1997年提出，从构思上看，《岁时记》应当是有完整设计的，无论它因为何种原因而没有完成，停止创作后六卷都不应是奥维德主动的决定。他以第二卷第1行中的“诗歌和年岁一起生长”为题，指明了此诗的“同时性”（simultaneity），也即是围绕时间这个核心观念，奥维德在诗中布置了三条同步的线索：一是诗歌本身的展开；二是诗人创造诗歌的过程；三是历法时间的流逝。三条线索都是诗歌的主题，组合成一个缜密的结构。《岁时记》给读者的印象是：诗人不是置身在作品之外发声，而是生活在历法所规定的时间中，随着时间的推移不断即时性地创造这首诗本身。因此，这部作品特别有现场感。

帕斯科－普朗杰认为，诗中的诸多矛盾之处其实并不矛盾，而是体现了三种传统的融合。第一种传统是神灵显形所代表的神圣先知传统，按照这一传统，诗人（vates）具备通神的能力，能获得上界的灵感，诗人的声音或者诗人所转述的神灵声音传授了权威的知识。第二种传统是亚历山大诗人卡利马科斯（Callimachus）等人所代表的技巧派传统，他们不乞灵于神圣的灵感，而强调诗人的文学素养、技艺和精致的风格。第三种传统则是罗马本土兴起的察古主义散文体著作，这种倾向倡导的是严谨的研究、细致的语言考察和渊博的知识。《岁时记》通过神灵之口肯定了察古主义的精神，又将先知诗歌传统与散文体的察古主义相融合，让读者意识到，一切回溯过去的努力都不像先知传统所宣扬的那样简单直接，而必须借助某些中介、某些需要仔细甄别的信息源。这样，这首长诗就并非开篇所预示的那种读者单向领受知识的说教诗，一首无可置疑的罗马宗教传统和当代盛世的颂歌，而是以发人深省的方式引导读者和诗人一起去探寻迷雾中的过去，去审视矛盾重重的现实。

穆伽特洛伊德在 2005 年出版的专著《奥维德〈岁时记〉中的神话与传说叙事》是研究这首长诗艺术成就的力作。它对《岁时记》的叙事做了全面分析，将传统语文学的功夫与新兴的叙事学理论紧密结合，资料取材广泛，阐释深刻，表达精练简明。全书以叙事学和互文性理论的要素作为组织架构来多角度分析《岁时记》体现的高超技艺，特别突出了奥维德作品中的空间运动、视角切换、结构和模式的变化、堪与现代电影媲美的视觉效果、对时间性的注意以及表达的流动迅捷。奥维德控制叙事的一个关键手段是叙事声音。在作者列举的五十八个叙事片段中，几乎三分之一没有采用诗人叙述者，而是采用了内部叙述者。在这部与古罗马神话和历史相关的作品里，奥维德不仅取材于维吉尔，还取材于同时代的史家李维，将这些材料娴熟地编织进自己的故事里，对李维的化用尤其体现了奥维德将事实性材料“重新神话化”的才能。

本卷主要依据的是 Alton、Wormell 和 Courtney 编辑的版本（1978年），并参考了其他多个版本，选择了自己认为最合理的原文。如前所述，《岁时记》的格律是古罗马爱情哀歌体的典型格律——哀歌双行体，其具体的音节长短分布如下（V 代表一个短音节，— 代表一个长音节，+ 代表一个可长可短的音节，X 代表一个长音节或者两个短音节可以互换，|| 代表大节奏单元的分界）：

第一行　— X — X — || X — X — V V — +

第二行　— X — X — || — V V — V V +

译诗采用以顿代步的原则，单行六顿，双行五顿，以每两行换韵的方式押韵。为了方便读者理解，译者整合了西方学术界的观点，撰写了十万字的注释，着重解释了诗作涉及的神话、历史、政治和文化背景知识，并概述了学术界的一些观点。要特别说明的是，自 18 世纪以来，西方《岁时记》的版本已经习惯于将文本按日期割裂成许多片段，这种做法破坏了长诗的连续性和整体性，也与奥维德版本的最初样貌不符。所以，在这个版本中，每一卷诗文都是连续的，只在注释中说明每个日期对应诗行的起止点。但为了方便读者查阅，在目录中为每个日期单独列出了条目和页码。由于诗中涉及较多拉丁语和希腊语词源的讨论，这部分内容很难在汉语中以某种对等的方式展现，译文往往做了特殊处理，并在相关的注释中提供了详细说明。

《哀歌集》《黑海书简》《伊比斯》介绍

《奥维德诗全集》第二卷收录了诗人在流放黑海期间创作的五部《哀歌集》、四部《黑海书简》和长诗《伊比斯》。要理解奥维德为何被放逐，放逐之后为何一直不能获赦免，我们需要先关注一下这个时期的罗马政局，尤其是在政局影响下皇室政治的诡谲情势。贺拉斯的四部《颂诗集》见证了屋大维登上权力和声望顶峰的过程，到了奥维德创作《爱的艺术》的时期，这位罗马皇帝的统治已经危机四伏，不安全感时时萦绕着他。

首先，是他整肃道德的立法努力受挫。公元前 18 年，在屋大维的努力下，罗马元老院通过了鼓励生育的《关于各阶层婚姻之尤利亚法》，然而在拥有巨大地产的罗马人看来，增加子女、扩大家庭规模无非是增加生活成本，对此颇有非议。在持续的抗议下，公元 9 年，屋大维被迫用一个软弱得多的法律替换了原来的《尤利亚法》。在此之前，罗马的骑士阶层曾多次示威（甚至当着皇帝的面）。其次，“罗马和平”已经受到威胁。公元 6—9 年东北疆的伊利里亚大叛乱已经让罗马陷入兵源荒和征兵危机，帝国在北疆的扩张也频频遭到重创，公元 9 年瓦卢斯率领的罗马军团在条顿森林被日耳曼军队屠戮，全军覆没，尤其震动了罗马。为了吸引人们参军，屋大维不得不屡次提高士兵待遇，为此他频繁提高税率，引发了贵族和骑士阶层的不满。这段时间罗马还发生了大饥荒，社会秩序动荡，刺杀屋大维和挟持皇族的阴谋也多次被发现。

然而，最让屋大维忧心的还是皇室内部事务。公元前 17 年，他曾让元老院通过《关于遏制通奸之尤利亚法》，却没有想到两位皇族女性、他自己的骨肉后来都成了这部法律的牺牲品。公元前 2 年，他以通奸的罪名逮捕了自己的亲生女儿大尤利娅，又不忍判她死刑，只好永久流放她。大尤利娅是屋大维和第二任妻子斯克利波尼娅的女儿。她一直是皇室政治的玩物，两岁时与安东尼的儿子订婚（因为内战未成），十四岁时嫁给自己的表兄马凯卢斯，他死后嫁给屋大维的大将阿格里帕，他死后又嫁给自己的继兄提比略。三段无爱情的政治婚姻让她向陌生人寻求慰藉，成为当时罗马人传言中的荡妇。公元8年，故事重演，大尤利娅的女儿、屋大维的外孙女小尤利娅也因为通奸罪被放逐。她此前和表兄保卢斯结婚，但他因为叛逆罪被杀。

整肃道德是屋大维让罗马人转移注意力、为帝制打掩护的障眼法，但此时这番努力已经陷入内外交困的境地，既遭到罗马实权阶层的强力抵制，也被皇室内部的丑闻一再羞辱，正苦于愤怒和沮丧之情无处发泄，奥维德偏偏不识时务，发表了公然鼓励偷情的《爱的艺术》，且书中多有揶揄皇帝政策的语句。在《哀歌集》第二部中，奥维德声称："相信我，我的品德迥异于我的诗歌，/ 我的缪斯放纵，生活却纯洁"。如果此言发自内心，那么他之所以写可能忤逆屋大维的《爱的艺术》，是因为他认为艺术是独立自足的，不是生活的一部分，艺术的"冒犯"只是追求审美效果的手段，并非真的冒犯；屋大维对他的惩罚则如他在诗中所暗示，是不理解艺术的自治，是缺乏艺术教养的误读。从旁观者的角度看，或许屋大维并非不了解奥维德的诗学观，但他却要确立自己的诗学观：基于道德功用的文学教化观。换言之，文学是维护帝国意识形态的手段，不容艺术家挪作他用。屋大维隐忍了几年，终于忍不住爆发了。奥维德事后自己也认为，《爱的艺术》是他被放逐的两个原因之一。但正如奥维德在《哀歌集》第二部中所说，情色在古希腊罗马文化中极为普遍，即使在屋大维统治下，剧场也一直表演着充满此类情节的戏剧，其他哀歌体诗人如提布卢斯、普洛佩提乌斯的作品论主题与《爱的艺术》也相去不远，所以这部作品或许并非他被放逐的主要原因，即使是，它也需要一个导火索。

按照《哀歌集》第二部的说法，奥维德被放逐的另一个原因是“错误”，一个他必须永远埋葬、永远不能向任何人透露的“错误”，正是这个错误使得屋大维龙颜大怒，决心旧账新账一起算。然而，如果奥维德真想埋葬这个秘密，就不应该在作品里不停地影射它，而且留下了相当多的线索供读者推测。最重要的线索在他的自辩诗（即《哀歌集》第二部）中：“我为何要看见什么？为何让眼睛招是非？/ 为何如此不小心，撞破这宗罪？阿克泰昂无意中看见赤裸的狄安娜，/ 却仍然被自己的猎犬啃成了骨架。/ 显然，在天神那里，没什么无心之过，/ 偶然的冒犯也必遭严厉惩戒。”从这几行诗可以看出：（1）他的罪名是“看见”，也即是目击，而非参与。在《哀歌集》第三部第五首里，他也说：“我受罚，是因为无意间目睹一宗罪行，/ 我有罪，是因为长了一双眼睛。”在接下来的一首诗里，他再次说：“我的眼如何碰巧见证了可怕的灾难，/ 事关重大，向人透露太危险。/ 我的心恐惧那个瞬间，如同恐惧 / 伤口，一提起，便复活当时的痛苦。/ 任何东西，如果能引发如此的羞耻感，/ 都应藏好，埋进长夜的黑暗。”有人因为奥维德和小尤利娅在同一年被放逐，推测两人之间有私情，似乎与此不符。阿克泰昂的典故对事件的性质有所暗示。他因为无意中看见狄安娜沐浴，被女神变成一只鹿，然后被自己的猎犬咬死。奥维德用他作比较，一是想说明自己和他一样是无辜的；二是想透露两件事的相似之处。（2）奥维德看见的是隐私，如同狄安娜的裸体，狄安娜是女神，奥维德在诗中常将屋大维比作朱庇特，由此推断，他看见的应是某位皇室女性成员，场景涉及裸体甚至性行为。（3）奥维德将看见的场景称为“罪”，可以想见应当不是沐浴之类的无涉道德的裸体行为，很可能是通奸行为。（4）事发后屋大维极其震怒，并下了封口令，说明此事很可能严重损害皇室颜面。

结合奥维德的交际圈和当年发生的事情，最合理的推断是奥维德无意中发现了小尤利娅与别人偷情，地点可能在奥维德自己的住所。奥维德的第三位妻子闺名叫法比娅，是他好友法比乌斯的亲戚。法比乌斯的妻子玛尔奇娅是小阿提娅的女儿，小阿提娅的姐姐大阿提娅是屋大维的母亲。因此，奥维德的妻子跟皇室女性成员有渊源。奥维德年少成名，在罗马贵族圈中有很高的人气，屋大维的女儿大尤利娅爱好文艺，所以奥维德也经常与皇室成员尤其是女性成员有交往。在这种情形下，如学者亚历山大猜测，奥维德的住所很可能为这个圈子的人提供了一个舒适、方便也比皇宫安全的聚会场所。或许某天旅游归来，他惊愕地发现，皇帝的外孙女、公主小尤利娅竟然趁自己不在，与自己的某位朋友在床上云雨。

震惊之余，奥维德必须考虑下一步如何做。在《哀歌集》第三部第六首里，他说："所以我只能说：我的确犯了错，但我未曾 / 因为这个错寻求任何报偿，/ 如果想给我的罪恰如其分的名，/ 你就应该把它叫作愚蠢。"在《哀歌集》第四部第四首里，他对朋友声称："即使毁我的这一件，你也会说我无罪，/ 如果你得知祸殃的来龙去脉。/ 不是胆怯就是错误害了我——是错误。"没有寻求"报偿"似乎暗示，他没有去告密。按照《关于遏制通奸之尤利亚法》，通奸不再仅仅是道德事件，而且是法律事件，事关皇室，更是如此，即使仅仅是出于维护皇室尊严的考虑，奥维德也应该在第一时间向屋大维报告。但一贯缺乏政治敏感性（在这个方面他与贺拉斯形成了鲜明对照）的奥维德还有一个性格上的弱点——胆怯。他或许害怕皇帝怀疑自己与此事有关——甚至是自己主动为公主提供了通奸的场所。另一方面，他或许也心存侥幸，以为此事只有自己知道，不会张扬出去。事后他才意识到自己的"愚蠢"。当消息最终传到皇帝耳朵里的时候，整件事情的性质就完全变了。从屋大维的角度来理解此事，或者奥维德一直知情，甚至是可耻的皮条客，或者他发现秘密后知情不报，故意让皇室出丑。联系到奥维德在诗歌中的桀骜态度，更可怕的推断是，他有政治目的。此前罗马已经有贵族企图利用大尤利娅的众多婚外关系来控制她，进而左右皇室继承的方向，屋大维对此极为警惕。无论真相如何，对屋大维来说，最安全的解决办法就是让奥维德迅速地、永远地离开罗马。

为了低调却高效地驱逐奥维德，屋大维采用了非常规的手段，却被奥维德解读为皇帝的仁慈："你没用元老院的决议谴责我的行径，/ 也未派法官宣布放逐的决定；/ 只以与君威相称的冷峻言辞斥责我，/ 自己为自己报了仇，适得其所。"《哀歌集》第二部的这段话表明，奥维德完全没有理解皇帝的用意。整件事情牵扯到太多皇室不可告人的秘密，也牵扯到诛心的猜测，实在不宜通过公开的法律或政治途径来张扬，所以皇帝口谕是最便捷的方式。奥维德在政治上的迟钝延续到他的放逐时期。他开始以为，只要向皇帝本人求情，就有可能获得宽赦，并未注意到屋大维执政晚期，大权已经旁落，皇子提比略和皇后利维娅才是实权人物。他尤其没有意识到，皇室中存在两支皇族的激烈争斗。

屋大维一生只有一个孩子，就是女儿大尤利娅，但罗马也一直有传言，他的继子大德鲁苏是他和第三任妻子、皇后利维娅的儿子。因为当时的情境非常蹊跷。第二任妻子生下大尤利娅当天，屋大维就和她离婚了，为的是马上和利维娅结婚，利维娅当时已经怀孕三个月，她也需马上和原来的丈夫尼禄离婚。此时她已经和尼禄有一子，就是提比略，和屋大维结婚数月后她产下了大德鲁苏。大尤利娅的三任丈夫都被屋大维当作皇位继承人来培养，既然马凯卢斯和阿格里帕已死，提比略自然就是未来的皇帝。然而，无论就能力、人品还是声望而言，他都遇到了弟弟大德鲁苏的挑战。大德鲁苏在日耳曼取得了一系列大捷，但公元前 9 年意外从马上跌落，一个月后去世。他的儿子日耳曼尼库斯同样有英俊的外表、出色的军事才能和崇高的声望，甚至被罗马人视为亚历山大大帝一样的人物。迫于屋大维的压力，提比略将这位侄子过继成了自己的养子，但心里一直惧怕和仇视他，担心他夺走自己的亲生儿子小德鲁苏的皇位继承权。

屋大维去世前的几年，罗马权贵在提比略分支和大德鲁苏分支之间开始选边站队。不幸的是，奥维德站在了大德鲁苏的儿子日耳曼尼库斯一边，而他的大多数朋友都选择了提比略。所以，他们都有意冷落他，与他拉开了距离。他在诗中不合时宜地极力赞美日耳曼尼库斯，让他的风头盖过了皇储提比略。当屋大维对奥维德的怒气渐消，这位皇帝却突然宾天，留下奥维德面对充满敌意的利维娅母子。甚至当提比略继任皇位之后，奥维德还在诗中宣称，希望日耳曼尼库斯在未来执掌江山。他或许以为，既然日耳曼尼库斯已经被提比略收养，他和小德鲁苏就该公平竞争，而他显然比后者优秀，哪里知道提比略心里早做了选择。当奥维德开始创作第四部《黑海书简》时，他已经意识到，自己深深地得罪了皇帝，绝无返回罗马的可能了。

如果说屈原的《离骚》开辟了中国的流放诗传统，那么开辟西方流放诗传统的就是奥维德的《哀歌集》《黑海书简》和《伊比斯》。这是西方文学史上第一次成系列的以流放生活为题材的诗歌作品，它对后世的深远影响早在古罗马的白银时代就体现出来。奥维德被放逐之后不到四十年，古罗马白银文学的代表人物塞涅卡也被放逐到当时还是蛮荒之地的科西嘉岛，相似的经历促使他写出了明显呼应奥维德黑海诗歌的作品。到了中世纪，诗人们也反复与流放的奥维德发生共鸣，例如莫杜因（Modoin）在 820 年的诗中就提到“忍受了长久痛苦的奥维德”，11 世纪的鲍德利（Baudri）在自己的书信体诗作里想象与流放的奥维德通信。

但丁虽然把维吉尔视为自己的第一典范，但政治流亡者的身份也让他与奥维德发生了联系，《神曲》结构上受惠于《变形记》甚多，其中一些主题却与奥维德的流放诗歌有关。在薄伽丘看来，但丁和奥维德的一生都可概括为爱、变形和放逐。文艺复兴以来的诗人中，受到奥维德流放诗歌影响的更多。弥尔顿被称为“流放诗人”，流放也是《失乐园》的核心主题之一，除了《变形记》，奥维德的黑海诗歌也是它的重要来源。20 世纪的曼德尔施塔姆、布罗茨基等大诗人也明显将自己视为奥维德流放诗歌的继承人。流放意味着远离文化中心，意味着中心与边缘的对峙、忠诚与背叛的对峙，也经常意味着文明与野蛮的对峙，它迫使诗人重新思考自己在世界上和文学史上的位置。在这方面，奥维德的流放诗歌尤其具有原型意义。

屋大维为《爱的艺术》的作者精心选择了一处放逐地——托密斯。这里曾经是古希腊的米利都人的殖民地，到奥维德的时代，这些希腊移民的后代已经说一种混杂了盖塔语和希腊语的方言，这里几乎没有文化可言，时时面临多个游牧部落的入侵，如奥维德对屋大维所说，“这里是意大利法律所及的最远边疆，/ 勉强附着在你的帝国肌体上。”这位诗人曾对罗马帝国的军国主义不以为然，将战争仅仅当作风流韵事的比喻，一贯逃避军事训练，在危机四伏的边境地带，却要体验真正的军人生活（《哀歌集》第四部第一首）：“如今我老了，却腰间佩剑，左手持盾，/ 还用铜盔罩着我花白的头顶。/ 因为瞭望塔的卫兵一发出袭击的讯号，/ 我颤抖的手就赶紧将甲胄穿好。/ 敌人拿着弓，挎着浸毒的箭，骑着 / 快马，狰狞地扫视我们的城垛。”这位醉心于上流社会文化气息的生活赏鉴者被扔进了一个好战粗人聚居的穷乡僻壤，这位整日游戏语言的艺术家突然失去了用语言和周遭世界交流的能力，这位罗马首屈一指的诗人成了被众人讪笑、无力回嘴的野蛮人，这位古希腊神话的汇编者到了一个神话都失去意义的地方……

在奥维德眼里，托密斯不仅没有文化，而且没有真正意义上的自然。罗马人习惯的自然元素——葡萄、苹果、橄榄、树林、清泉……——这里都没有。这里没有绿树，只有苦艾，这里的鸟声音沙哑，这里的水苦涩浑浊，这里的冬天漫长寒冷。奥维德一再向我们描绘冰冷的星空、常年不化的积雪、结冰的多瑙河和黑海。在这样的地方，他的健康自然恶化，他抱怨浑身的病痛，抱怨肢体的衰颓，毫无食欲，失眠，精神恍惚……这里的居民与文明绝缘，以强力取代法律。然而，最可怕的是战争威胁，游牧部落随时可能发动突袭，脆弱的城防不堪一击。奥维德一再请求罗马的皇族，不要在剥夺他故土的同时，一并剥夺了和平，不要让流着拉丁血的他沦为蛮族的俘虏。奥维德成功地渲染了一个蛮荒的异域世界，将自己的苦痛经历变成了一种神话，让放逐生活成了一种精神状态的象征。

事实上，托密斯或者今日的康斯坦察绝非极北之地，它的纬度和罗马相差无几，一千八百年后流放这里的普希金觉得这里相对莫斯科是阳光明媚的南国。这里的气候介于温带大陆性气候和地中海式气候之间，虽然冬天的确有些寒冷，黑海的确有时会结冰，但夏天其实很炎热，秋天气候凉爽宜人。即使在两千年前，这里也不会没有绿树、水果和庄稼。此外，这里也并非彻底的文化荒漠，当地居民对奥维德也颇为友好，甚至给了他免税的特权（《黑海书简》第四部第九首）。诗人也适应得不错，不仅学会了盖塔话和萨尔马特话（《哀歌集》第五部第十二首），还能用盖塔语写符合罗马格律的诗（《黑海书简》第四部第十三首）。奥维德所描绘的托密斯虽有真实的成分，但更多的是一个心理感受的镜像。

《哀歌集》第一部作于奥维德离开罗马去托密斯的旅途中，它作为诗人的使者向熟悉他的罗马读者传话。在这十一首诗里，虽然我们能感受到意外打击之下诗人的惊愕与痛苦，但此时他仍然充满希望，相信只要妻子和朋友为自己奔走，他不久就能回到罗马。这部诗集中有对别离场景的动人回忆（第三首），有对妻子的赞美（第六首）、对忠诚朋友的感激（第五首和第九首）、对背叛友谊之人的谴责（第八首）、对海上风暴的描绘（第二首和第四首），还有一首讨论《变形记》的诗。就主题的多样性而言，它在奥维德的放逐诗歌中最突出。令人惊讶的是，奥维德迅速地适应了新的主题，将自己在爱情哀歌和神话史诗写作中积累的经验迁移到新的领域。《情诗集》中的自传式手法、《女杰书简》中的书信体技巧、《变形记》中的神话素材都被他巧妙地融入这些新作里。将自己比作尤利西斯，将妻子比作珀涅罗珀，将屋大维比作朱庇特，奥维德在《哀歌集》第一部里便确立了全部放逐诗歌的基本神话框架，并会在后面的作品中将这个框架的艺术潜力挖掘到极致。

一到达托密斯，奥维德便集中精力写了一部接近六百行的长诗——《哀歌集》第二部，这是《哀歌集》和《黑海书简》中唯一独立成部的作品。这首诗名义上是写给屋大维的，奥维德一方面为《爱的艺术》做了辩护，一方面请求皇帝宽恕自己，减轻惩罚。情境的弱势和修辞的强势在这首诗里形成了令人震惊的反差。按照正常的理解，在帝制之下，奥维德唯有谦恭地哀求屋大维才有希望获得赦免，他心里当然也明白这一点。但是艺术家的倔强和对艺术逻辑的执着却让他情不自禁地触龙鳞，犯忌讳。他不仅揶揄了从荷马到维吉尔的经典“严肃”作品，更直言不讳地指出，屋大维和罗马政府通过赞助剧场和图书馆比自己更卖力地在传播色情。当任何一位皇帝读到“你用给全世界带来福泽的那双眼睛 / 凝神观看舞台上通奸的场景”这样的句子，他还能宽恕诗人吗？不仅如此，他还影射了皇帝与皇后奉子成婚、双双离婚再结婚的丑闻，以及痴迷赌博（在罗马是违法行为）、好色淫乱的行为。虽然在字面上一再称赞他仁慈，所有的意象却指向反面。屋大维至死也未宽恕奥维德，完全在情理之中。在文学史上，这首诗是艺术自治思想最早、最雄辩的宣言。

从《哀歌集》第三部开始，奥维德真正进入了放逐者的世界和心境。在序诗里，他再次以隐晦的方式否定了屋大维以个人崇拜取代罗马传统宗教的努力，也侧面抨击了他的残忍。放逐生活的痛苦（第十首）让初到托密斯的诗人深受折磨，哭泣“成了唯一的快乐”，他觉得自己还不如当初死在路上，这是第二首所表达的情绪。这种对死的渴望甚至吞没了生日的庆祝（第十三首）。就连托密斯的地名都让他产生了阴郁的联想，认为这个地名的意思就是“撕成碎片”（第九首）。他无限怀念罗马，怀念亲人和友人。第三首写给妻子，是一封动人的情书，而在第十二首中，记忆中触手可及的罗马的春天让诗人不胜怅惘。这部诗集中最温暖的作品是第七首，写给一位名叫裴丽拉的擅长写诗的女孩，奥维德对她有父亲般的呵护，更有对一位异性同行的尊重和欣赏。第十一首则是对一位私敌的严厉斥责和警告。整部诗集充满了情感的拉锯和挣扎，在孤绝的状态中，写诗成为诗人唯一的自由和权利、唯一的慰藉。

到写第四部《哀歌集》时，奥维德在托密斯已经度过两年，返回罗马的希望日益渺茫，他对朋友和家人感到不满，心境越发压抑，也越发焦虑地寻求帮助。提比略集团成了他尝试拉近关系的对象。他通过描绘想象的凯旋场景讨好提比略（第二首），也努力修复他与朋友科塔的关系，并试图说服其位高权重的哥哥梅萨里努斯为自己呼吁，因为两人都是提比略的忠诚支持者。长久的抑郁和孤独让他失去了对人的信任，此时写给妻子的信（第三首）虽不乏深情，却多了某种猜忌和埋怨的情绪。放逐岁月的种种磨难（第九首）让他感觉，据说能冲淡一切的时间对于自己已经失去了效力（第六首）。他也感觉到自己的放逐诗歌在主题上越来越单调，但受制于环境，他无能为力。他为自己的作品辩护，即便如此，自我厌恶的情绪仍时时袭来，让他烧掉了自己的很多作品（第一首）。第十首既是他的诗体自传，也像是《哀歌集》前四部的跋诗，似乎他有意盖棺论定了。整部诗集的情绪都很悲观。

写第五部《哀歌集》时，又一年过去了。奥维德在序诗里再次为自己的放逐诗做了辩护。他将这些诗比作天鹅临死前的歌，“用渐灭的歌音哀泣自己的死亡”，“不肯让我的葬礼一片喑哑”。至于有人指责它们的艺术性不够高，他坦然承认，却反问说：“谁强迫你读？”甚至自我解嘲地说：“罗马也不该用自己的大师与我比较，/ 我只是扫罗马泰人中间的诗豪！”第十二首也用放逐生活为自己作品的质量开脱。对于未来，他此时似乎已经失去了耐心，陷入绝望的情绪中了。三封写给妻子的信（第五首、第十一首和第十四首）除了庆祝妻子生日的那首（第五首）前半段洋溢着温情，其余部分都充斥着冰冷的说教，让妻子别辜负自己的期望，继续为自己奔走。他也开始向罗马的诗人同行求助（第三首）。第十首再次详细描摹了他所受的折磨，尤其令他沮丧的是无法与周围的人交流：“这里我反是野蛮人，我的话没人能懂，/ 拉丁语只招来盖塔人愚蠢的讪讽。/ 他们时常当着面毫无顾忌地谤毁我，/ 或许在讥笑我的放逐与沦落。”

在《哀歌集》中，奥维德曾多次警告自己的私敌，不要得意忘形，欺人太甚，无论这些收信人是否是同一位，与《哀歌集》大体同时创作的六百余行的《伊比斯》证明，诗人的警告并非虚言。“伊比斯”（Ibis）本指朱鹭，亚历山大诗人卡利马科斯在一首已经失传的同名诟詈诗里，用它来指自己的某位敌人。奥维德模仿了他的做法。在很长的引入部分（1—250 行）之后，奥维德从神话、历史和传说中选择了许多种怪异的死法，威胁用它们置敌人于死地（251—638 行）。泛希腊时期的诟詈诗都有这样的列举，但奥维德开出的死法清单的长度却前无古人。到了作品末尾（639—644 行），我们却得知敌人安然无恙，奥维德只好继续威胁要用诗歌攻击他。在奥维德的所有作品中，《伊比斯》是研究得最不充分的，学者们一般认为它只是奥维德用来排遣苦闷心情的游戏之作，并无深意。但这样的评判似乎过于武断，即使纯粹从心理学的角度看，它也是有价值的，诗中几乎疯狂的愤怒和《哀歌集》《黑海书简》中的凄凉心情共同构成了奥维德流放时期的完整心理图景。

在放逐生活的初期，奥维德非常谨慎，《哀歌集》中的书信除了给妻子的之外，都没有写上对方的姓名，以免给他们惹来麻烦。到了创作《黑海书简》的时候，他已觉得没必要如此，除了极少数坚持隐身的朋友，他在诗中都提到了收信人的名字。《黑海书简》前三部都作于公元 12—13 年，这是奥维德创作生涯的又一个多产期，学界也普遍认为，这三部诗集是作为一个整体设计的。在这段时间里，在朋友马克西姆斯的调解下，屋大维对奥维德的态度有所松动，然而公元 14 年他和屋大维先后去世，彻底砸碎了奥维德的梦想，因为继任的皇帝提比略和他母亲利维娅都憎恶奥维德。除了马克西姆斯，奥维德求助的对象还包括布鲁图斯（他的文学代理人）、阿提库斯（评论家）、梅萨里努斯和科塔兄弟以及其他一些朋友，甚至还有皇子日耳曼尼库斯和色雷斯国王柯蒂斯。可以看出，奥维德的确在积极地为改变自己的处境而努力，然而这样的努力屡屡受挫，他也在希望和绝望之间沉浮。

短暂的乐观情绪反映在他对妻子的态度上，《黑海书简》第一部第四首重新表达了他对妻子的眷恋：“即使你老了，也求神让我重新见到你，/ 热切地吻你失去光泽的发丝。”但当希望再次破灭，他对妻子就变得异乎寻常地严厉。在第三部第一首里，他写道：“奇怪的是你竟然没做成此事，我的妻，/ 知道我的苦，竟还能忍住泪滴。/ 你该如何做？问你自己吧，你会找到 / 答案，只要你真的愿意知道。”这是他给妻子的最后一封信。学界猜测，马克西姆斯和屋大维死后，奥维德认为妻子留在罗马已无益，于是让她到托密斯与自己会合。最悲观的情绪出现在第三部第七首里，诗人觉得所有的朋友可能都已厌倦自己的哀诉与请求，并且任何努力都不会有结果："为何要奢望获得某种更仁慈的待遇？/我就是这样理解自己的命数？/看吧，我反而更受折磨，一遍遍描述/此地，就一遍遍唤醒凄惨的放逐。"

与《哀歌集》相比，《黑海书简》的用意更为单纯，心情更为迫切，其中一些收信人与奥维德之间的关系或者冷淡，或者尴尬，在此情形下，这些书信若要追求艺术性，难度很大。然而，奥维德仍写出了不少值得玩味的作品。在第一部第三首里，奥维德回顾了文学作品中和历史上的许多著名放逐者，与自己相比，他们的放逐几乎是度假。在第四首里，伊阿宋取代了他惯用的尤利西斯，为奥维德的经历提供了另一个神话的参照。在给塞维鲁斯的信（第八首）里，奥维德则描绘了自己的田园梦。第二部第七首生动地刻画了长久受难者的宿命心理："所以我恐惧，不是因为你让我恐惧，/你对我的情谊早已有上千条证据，/而是因为所有的可怜人都是胆小鬼，/因为我已太久被快乐拒于门外。"在第八首里，奥维德感谢朋友科塔给自己寄来了屋大维、利维娅和提比略的像章，借此机会，诗人狡猾地玩起了关于像章与本人、真身与替身的文字游戏，用表面阿谀实则讽刺的语调揭穿了皇室伪神的面目，并用一种修辞的逻辑向皇室施压，让他们改变自己的放逐地。第九首是写给色雷斯国王的信，作为弱者的奥维德再次占据了修辞的强势，用柯蒂斯攀附的神话祖先对他进行道德说教，以文明人身份居高临下地赞美这位蛮族诗人，又用诗人同盟的关系劝诱他帮助自己。给马凯尔的信（第十首）不仅是深厚友谊的动人回忆，也将两人的远游路线和他们的文学道路巧妙地合二为一。第三部第三首以诗人和丘比特的对话幻象来表现放逐的心境，也让人耳目一新。在第九首里，诗人再次为自己的放逐诗歌做了辩护。针对它们抑郁的情调，奥维德说："快乐时我的诗快乐，悲伤时我的诗悲伤，/ 时节不一样，作品自然也不一样。/ 我应该写什么，除了这可怕土地的苦楚？ / 除了祈求我死在更文明的地域？"针对它们单调的主题，他说："虽然我重复许多遍，可是有谁真听见？ / 被人冷落的话语全部是徒然。/ 再说，内容虽不变，每次的收信人却在变，/ 我一个声音是向许多人求援。"

当奥维德开始写《黑海书简》第四部的时候，屋大维已经去世，奥维德获得赦免的机会已经极其渺茫，他现在唯一的希望是皇子日耳曼尼库斯。这部诗集有一些与众不同之处：一是诗的篇幅较长；二是诗的数目最多；三是出现了一些新面孔，这些人不但位高权重（有多位执政官），而且不少人都属于日耳曼尼库斯的阵营（尤其是四封信的收信人庞佩乌斯）；四是没有一首写给妻子（她很可能已经来到奥维德这里）。前三部中多次出现的科塔和梅萨里努斯没有再出现，很可能因为他们属于提比略阵营。这部诗集的编排没有明显的结构原则，应当是诗人去世后朋友为他编辑的。第十首有两点值得关注，一是对《奥德赛》情节的戏谑解读，与《哀歌集》第二部相映成趣，说明奥维德直到诗歌生涯末期仍未失去幽默感；二是其中对黑海结冰的科学解释，如果说他的地理知识常有意无意误导读者，他在这首诗中对物理现象的理解完全像受过科学教育的现代人。第十二首再次体现了奥维德的幽默感，可怜的图提卡努斯因为名字不符合哀歌双行体的格律而无法获得诗人的赞美，奥维德一本正经的揶揄让人忍俊不禁。在第十三首里，奥维德以看似羞愧其实自豪的语气声称自己用盖塔语完成了一首符合拉丁格律的诗，此时他在语言上也已经完全适应托密斯了。然而，他多年来在拉丁语诗歌里对托密斯的抱怨和谴责终于被当地人知晓，引发了众怒，他被迫在第十四首中全力为自己辩白。在诗集的最后一首诗里，奥维德提到了众多奥古斯都时代的同行。他们中绝大多数都已经被人遗忘，诗人自己的名声却长盛不衰。

奥维德在放逐诗歌中反复声明，这些诗只是为了排遣苦闷而写，而且从未修改过，还受到了蛮族语言的“污染”，所以质量无法与以前的作品相比。长期以来，学界也认同这种观点，相信他在晚期诗歌里，创造力明显下降，也正因为如此，相对于其他作品，这些诗歌的研究者也寥寥。但近七十年来，这种观点遭到了普遍挑战，越来越多的学者为它们平反，并用细致的分析揭示了它们高超的艺术性。和《变形记》《岁时记》《女杰书简》《爱的艺术》等作品相比，《哀歌集》和《黑海书简》这样的诗歌极其难写，因为它们有非常实际的目的——请求皇室宽赦自己，或劝说朋友甚至从无交往的人帮助自己，以便自己能回到罗马，至少更换放逐地。在这样预先给定的人际关系和权力关系的框架里，奥维德难以施展天马行空的想象力和穷形尽相的描摹手段，只能在一个非常狭窄的主题范围和情感范围内挖掘有限的可能性。另一个不利的因素是，他脱离了罗马极度繁荣的文化圈的滋养，被斩断了与诗人同行和评论家的联系，又被一个陌生的语言环境包围，这对任何诗人来说都是可怕的处境。更重要的是，长期生活在艰苦的环境中，身心饱受折磨，心境极度压抑，他的性格不可避免地受到了影响，他变得自怨自怜，猜忌多疑，反复无常。根据我们对人性的了解，这种心理因素是最难克服的，它往往在不知不觉中改变作品的样貌。

然而，奥维德毕竟是一位天生的诗人和天才的艺术家，这一切并没难倒他，更未把他摧垮。他充分调动了一切艺术资源和创作经验，为单调的主题注入了丰富的多样性。以前的所有作品都在不同程度上成为了这些新作的源泉。不仅如此，永远忠于艺术而不是忠于权力的他即使在最艰难的处境中、在最卑微的地位里，也不忘以艺术的手段反击他的迫害者。虽然从政治上说，这种反击是幼稚的、情绪化的，丝毫不能改变他的处境，但从读者的角度看，它却让这些作品的主题得以深化，并让旁观者洞察到罗马政治和罗马掌权者的性质。他的艺术直觉往往超越了他的政治直觉，他的作品比他自己更具透视的本领。正如布罗茨基所说，维吉尔的作品总是摆脱不了命题作文的腔调，贺拉斯虽更狡猾，仍近于他的路数，但奥维德从未给罗马帝国“添砖加瓦”。

换一个角度看，放逐对于奥维德甚至是一种幸事。当然，生活的不幸转化为艺术的幸运是文学史的常态，如同我们在中国文学史中看到的那样，放逐（或者贬谪）生活可以激荡出极其复杂的情感涟漪。正因如此，《哀歌集》《黑海书简》和《伊比斯》在吸引研究者的目光之前，早已感动无数的文学家。通过它们，我们能够体会到困扰一位不情愿的放逐者的全部幻想、全部偏执：对故土和家园的眷恋，故地重游和故人重温的想象，对苦难的反复列举和夸张，物是人非的感慨，今昔乐苦的对照，慢慢生长的妄想症，对朋友的瘾症般的纠缠，度日如年的煎熬感，对死亡的恐惧与盼望……一部一部、一首一首读下来，我们和奥维德一起挣扎，一起沉浮，虽然许多细节是虚构的，情绪却是真实的。这种深刻的情感体验在西方古典诗歌中，除了萨福和卡图卢斯的诗，在奥维德之前几乎没有先例。

更重要的是，放逐给了奥维德一个角度，甚至可以说是一个制高点，来重新审视他熟悉的罗马帝国。爱尔兰诗人希尼曾声称诗歌具备“矫正和疗治苦难”的力量，研究奥维德放逐诗歌的麦克戈万认为，《哀歌集》和《黑海书简》也有这样的作用。他指出，奥维德在流放期间，无论在空间上还是地位上都处于帝国边缘，这使得他成了屋大维及其政策的独特评论者和批评者。对他而言，写诗具备了一种与政治迫害相抗衡的力量。流放诗歌不仅让诗人自己变得不朽，也提供了帝国意识形态的另一种阐释。在近几十年的学术争论中，这恰好是一个焦点。一派学者相信奥维德是奥古斯都帝国秩序的维护者，另一派相信他是颠覆者，还有一些学者则持折中态度。我倾向于认为，就政治立场本身而言，奥维德并无鲜明的态度，但一旦进入艺术创作的过程中，艺术家的诚实和对艺术逻辑的忠诚往往将他拉向皇权的对立面。

另一个问题是他对待异族的态度。哈比奈克在1998年用时髦的后殖民主义理论为依据重申了一个古老的观点：奥维德是罗马帝国的支持者，他在托密斯所做的是帮助罗马实现文化扩张。这个论断立刻招致了多位学者的反驳，对此我只简要地表达我的看法。和那时绝大多数罗马人一样，奥维德自然相信罗马文化和罗马民族的先进性，他面对所谓蛮族时的那种优越感是根深蒂固的，然而他并无维吉尔那种罗马民族应当征服万族的天命观，也没有贺拉斯那样浓烈的帝国意识，如果说罗马帝国面对异族有某种殖民心态，奥维德只是这种心态的果，绝非它的因——或者说一个动力。哪怕他只是在想象中从异族的眼光出发，称自己为蛮族，这种姿态本身已经指出了帝国意识形态的武断性和根本上的非理性，从而为敏感的罗马读者重新理解本族与他族的关系提供了可能。这并非一种政治立场，他服从的是艺术想象力（想象力没有天然的民族界限）的逻辑，但当艺术的考虑压倒政治的考虑时，艺术就具备了政治的力量。

本卷主要依据的是Owen（1922年）的版本，并参考了其他多个版本，选择了自己认为最合理的原文。如前所述，《哀歌集》《黑海书简》和《伊比斯》的格律都是古罗马爱情哀歌体的典型格律——哀歌双行体。译诗采用以顿代步的原则，单行六顿，双行五顿，以每两行换韵的方式押韵。为了方便读者理解，译者整合了西方学术界的观点，撰写了十万字的注释，着重解释了诗作涉及的神话和历史典故，并概述了学者对作品的阐释。

《变形记》介绍

《奥维德诗全集》第三卷收录的是诗人的代表作、长达一万两千行的《变形记》。就诗歌美学而言，奥维德大体属于卡图卢斯和贺拉斯这一派，深受泛希腊时期亚历山大诗人（尤其是卡利马科斯）的影响。卡图卢斯作为卡利马科斯的古罗马传人和“新诗派”的代表，坚信卡利马科斯“一本大书就是一个大的灾难”的说法，拒绝创作荷马式史诗，以抒情和讽刺短诗为主，只偶尔写《歌集》第六十四首那样的微型史诗（epyllion）。与动辄上万行的传统史诗相对照，卡图卢斯最长的诗也不过四百余行。晚一辈的贺拉斯也坚持只创作篇幅较短的诗，顶住来自皇室的巨大压力，不肯写鸿篇巨制，最长的《诗艺》也不到五百行。奥维德登上诗坛的时间较晚，在他之前罗马已经出现了卡图卢斯、卢克莱修、维吉尔和贺拉斯这些大诗人，为了确立自己诗歌的不朽地位，他的策略有所不同。虽然他的创作生涯也以短诗（《情诗集》）开头，但他很早就暗示自己有写长诗的打算。由于他的个人气质和美学信念都与荷马、维吉尔为代表的传统史诗相去甚远，他在力图超越前人时只能另辟蹊径。

《变形记》开篇的四行诗就体现了奥维德的万丈雄心：“我的心欲吟唱旧形如何化作新体，/ 诸神，既然形体同样由你们控制，/ 就请赐我灵感，自宇宙邈远的初始 / 引领这绵延的长诗抵达当今的世纪。”瓦罗在《论罗马民族》（*De Gente Populi Romani*）中将人类经历的时间分成三个时代：奥古戈斯（Ogygus）建立忒拜（大约在公元前 22 世纪中期）和大洪水之前是远古时代，从大洪水到奥林匹克运动会创立（公元前 8 世纪）是神话时代，此后是历史时代。按此分期，荷马史诗只涉及神话时代，维吉尔史诗跨越了神话时代和历史时代，而《变形记》却涵盖了所有时代。

奥维德囊括一切的气魄不只体现在作品的时间范围上，也体现在他融合古希腊、泛希腊和古罗马三大诗歌传统的意图上。在表现神灵时，他借鉴了赫希俄德的《神谱》（*Theogony*）和荷马史诗，《变形记》的“小《伊利亚特》”（第十二卷开头到第十三卷622行）更是大量采用了荷马的材料。奥维德效仿的另一位大诗人是卡利马科斯。如学者迈尔斯所言，奥维德在《变形记》中采用的主要叙述模式借鉴了卡利马科斯的《物因》（*Aitia*），就是以神话的形式解释众多名称和现象的由来。诗中众多人物的古希腊名字其实已经透露了他们的结局，他们最终就是变成名字在古希腊语中所指的动物或植物，或者实现名字所暗示的未来。此外，在奥维德之前的泛希腊时代，亚历山大的自然科学已经有了长足发展，甚至地球的周长都已经被首次测量。奥维德在作品中也多次暗示，他并不信神，所以《变形记》的部分灵感也发源于以自然观念解释自然的本土诗人卢克莱修的《物性论》。奥维德的史诗是神话史诗、探源史诗和科学史诗的聚合体，但这并不意味着这三种史诗分别对应于古希腊、泛希腊和古罗马。事实上，奥维德的神话史诗叙述也融会了古罗马的维吉尔元素，探源史诗也受到本土的瓦罗和大普林尼等人的启发，科学史诗也得益于古希腊的恩培多克勒。三大传统、三种史诗是纠缠在一起的。

但在利用每种传统时，奥维德都追求变化和突破。就神话史诗而言，在维吉尔将荷马传统完美移植到拉丁语诗歌之后，留给后辈诗人的空间已不多。奥维德的策略是偏移、渗透和重组。偏移指他将荷马元素的叙述重心从战争转移至自己擅长的情爱，例如第十二卷描写特洛伊战争，奥维德仅仅呈现了阿喀琉斯和海神涅普顿之子库格诺斯的对决，然后就转入长篇插叙，借助库格诺斯和凯纽斯共同具有的刀枪不入的特性，让涅斯托耳回忆半人马族和拉庇泰族的血战。那场血战与特洛伊战争一样，也是由争夺女人（新娘希波达墨）引发的。在血腥战斗场景的中心，奥维德又嵌入了一对半人马情侣库拉洛斯和许洛诺墨生死相依的故事，三重结构和三个故事的并置产生了复杂的意义场。待到涅斯托耳讲完，阿喀琉斯很快就战死，十年战争的细节被奥维德极度压缩。渗透的技法指他在表面借用荷马元素的时候，以维吉尔的元素进行改写。例如特洛伊战争前，希腊人看见一条蛇吞吃九只鸟的兆象（第十二卷 11—23 行）。奥维德叙述时既模仿了荷马《伊利亚特》第二卷中奥德修斯回忆此征兆的文本，又在语言和意象层面暗引了维吉尔《埃涅阿斯纪》第二卷中的内容。在荷马笔下，母鸟眼睁睁看着雏鸟被大蛇吃掉，然后自己才被吃，这位古希腊诗人突出了鸟全家的悲惨境遇，从而唤起了读者对它们所象征的特洛伊人的怜悯。奥维德的版本似乎缺失了这个重要方面，但他通过微妙的措辞与维吉尔《埃涅阿斯纪》第二卷建立了联系，而维吉尔在那卷诗歌里围绕蛇的中心意象，连接了拉奥孔一家被蛇吞噬和普里阿摩斯惨遭杀害（凶手庇洛斯被维吉尔比作蛇）的情节。通过这样的安排，荷马的古希腊文本和维吉尔的古罗马文本在《变形记》中展开了对话。重组指奥维德按照自己的艺术安排，让荷马的材料为他所用。例如第十三卷浓墨重彩地展现了埃阿斯和尤利西斯（即奥德修斯）为争夺阿喀琉斯之盾而发生的争辩。奥维德充分利用了自己幼时接受的雄辩术训练，将荷马史诗中的众多情节全部作为辩论的证据来引用，既避免无趣地重复《伊利亚特》的内容，也巧妙地塑造了两位主角的性格形象。

在探源史诗的路径上，虽然《变形记》沿袭了卡利马科斯“碎片连缀”的策略（而不像荷马史诗和《埃涅阿斯纪》有精心编织的情节线），但奥维德为这部长诗找到了一个在题材和主旨上都足以统摄所有片段的共同点——变形。就题材而言，全诗由二百五十余则长短和详略都各异的变形故事组成；就主旨而言，贯穿全诗的是一切皆变、万物互化、无物恒常的毕达哥拉斯式宇宙观，也正是这种宇宙观挑战了巴赫金所称的传统史诗的时空体（chronotope）。巴赫金曾深入研究过西方史诗的时空框架，他发现，史诗的基本特征是以一种客观化的叙述声音制造出一个遥远的、被英雄事迹所主宰的过去。这样做的结果是，日常生活和日常事件所经历的现实时间被抑制了，取而代之的是一种虚构出来的绝对时间，它保证了传统价值体系的权威性。这种被形式化的、封闭的世界被巴赫金称为“时空体”，它预先排除了开放性和不确定性。但在《变形记》的宇宙里，混沌是内嵌的一个属性，永远存在，永远威胁着宇宙。《变形记》所强调的变形就是搅乱人、神、禽兽边界的一种现象。第一卷的大洪水、第二卷帕厄同火烧世界的灾难和第五卷提及的巨人族战争都是动摇宇宙秩序的例子。更重要的是，奥维德将混沌变成了一种道德隐喻。书中众多的悲惨故事都以搅乱各种人伦角色的边界为特征，表明人类世界同样无法一劳永逸地归于秩序，时刻笼罩在复归混沌的危险中。此外，奥维德还将卡利马科斯的微型史诗《赫卡勒》（*Hecale*）做了碎片化处理，将其情节和意象散布于《变形记》各处，让卡利马科斯的影响也不以《物因》的单一面貌出现。

在以自然主义立场解释自然的方向上，古罗马的卢克莱修代表了西方古典科学史诗的最高峰，以奥维德的哲学和科学素养，他是不可能以卢克莱修的方式超越《物性论》的，所以他采用了自己最得心应手的方式——重释神话，这是他自《情诗集》以来一直在做的事。在早期科学兴盛的泛希腊时代之后，奥维德虽然并不相信古希腊神话的内容，却故意启动了哈尔迪、米勒等众多学者所称的“再神话化”（remythologize）进程。正因为奥维德对传统神话版本毫不拘泥，他在重塑神话时才不落窠臼。此外，奥维德引入了古希腊科学诗的代表恩培多克勒来平衡卢克莱修的力量。恩培多克勒的著作片段存在于两首诗里，一首是宣扬灵魂转世说、主张弃绝肉食和动物献祭的《论净化》（*Katharmoi*），一首是论述四元素学说、以冲突与爱解释宇宙变化的《论自然》（*Peri Physeos*）。这两大部分的思想都体现在《变形记》第十五卷毕达哥拉斯的演说中。古希腊文学以荷马所代表的正统史诗居首，奥维德却通过引入恩培多克勒，重塑了拉丁语史诗的谱系：一条不是源自荷马，而是源自恩培多克勒的科学史诗谱系，它通过恩尼乌斯、卢克莱修和部分的维吉尔最后到达奥维德。奥维德将毕达哥拉斯的演说置于第十五卷后半段的罗马历史之前，从结构上说与恩尼乌斯在长诗《编年纪》（*Annales*）开头记述的荷马显形之梦对应，作用相似，但位置不同，而荷马显形之梦又启发过维吉尔《埃涅阿斯纪》第六卷安喀塞斯对埃涅阿斯的演说。奥维德对毕达哥拉斯的称赞则与卢克莱修在《物性论》中对伊壁鸠鲁的称赞相似，在具体论述中他也多次暗引《物性论》。通过上述各种联系，奥维德呈现了拉丁语科学史诗的传统。借助这样的融合与改造，奥维德创造了一种无法归类的新史诗。《变形记》对史诗传统的革新之功，在西方文学史上，恐怕只有但丁的《神曲》、弥尔顿的《失乐园》和歌德的《浮士德》可以并提。

作为一首全部书写变形故事、内容又极其庞杂的长诗，《变形记》最令人惊讶之处就是它既不单调，也不凌乱。按照学者诺尔伍德的概括，这部作品的多样性主要体现在四个方面：（1）详略和长短的变化（我们永远无法猜到下一则故事是点到为止，还是有一定规模的微型史诗）；（2）叙事重点的变化；（3）地点和场景的转换；（4）风格的变化（有时戏谑，有时严肃，有时轻快，有时不乏悲剧感）。另一方面，《变形记》采用了极为丰富的组织与过渡技巧。米勒指出，奥维德在总体上遵循了传统史诗的宏观时间框架，例如创世神话自然出现在人类逐渐走向堕落的四个时代之前，阿尔戈号远征的故事群也自然早于以特洛伊战争为核心的故事群。然而，奥维德连缀数百个神话的手段绝不仅限于时间顺序。第二种经常出现的技巧是空间转移法，也即是相邻故事有共同的角色，而这位角色移动到了新的地理位置，例如第五卷中珀尔修斯、梅杜萨和安德罗墨达故事群之所以能与普洛塞庇娜、刻瑞斯和阿瑞图萨故事群相衔接，是因为密涅瓦先与珀尔修斯一起，然后到了缪斯神所在的赫利孔山，听后者讲述谷神刻瑞斯的故事。第三种方法可称为“汇集法”，例如第四卷中的皮拉莫斯和提斯柏、马尔斯与维纳斯、日神与琉科托厄、萨尔玛琪斯之泉这四则故事都是闵亚斯的女儿们在纺织之时为打发无聊的光阴而讲给彼此听的。这样的组织方式也被后世薄伽丘的《十日谈》、乔叟的《坎特伯雷故事集》在更大规模上采用。同样是集中呈现一组故事，奥维德也追求变化，有时以语言叙述，有时却以画面呈现（例如第六卷密涅瓦和阿拉克涅的纺织比赛）。第四种技巧是“嵌入法”，嵌入的故事可以与主要的故事没有任何逻辑联系，却以看似偶然的方式被编织进来。例如第一卷中墨丘利奉朱庇特之命除掉百眼巨人阿耳戈斯，为了哄他入眠，墨丘利讲述了潘追求绪任克丝的故事。第五种手段是“同时法”，也即是在一条叙事线索难以再推进的情况下，通过“与此同时”或者类似的过渡，切换到另一条线索，这种方法虽然不算高明，却简洁有效。例如第三卷在阿克泰昂和塞墨勒的故事后，奥维德需要借忒瑞西阿斯引出那喀索斯的故事，他便用这种手段提及朱庇特和朱诺关于男女性快乐的一场赌局。但米勒认为，奥维德最为倚重的方法是“垫脚石法”，也即是每一个前面的故事依次为后面的故事提供了一个元素，从而让故事像多米诺骨牌一样推进。例如第一卷众多神话的组织方式如下：（1）人类的邪恶引发大洪水；（2）大洪水后新的动物从泥泞中自发诞生；（3）这些动物中有大蛇皮同；（4）阿波罗射死皮同，并创立竞技庆典；（5）那时竞技获胜者的奖品是橡树冠，不是桂冠；（6）桂树的来历引出阿波罗和达芙妮的故事。我们还可以继续，但这些例子足以说明奥维德连缀神话的方式。

奥维德也擅长通过神话的并置创造丰富的意义。以第二卷为例，凯斯发现统摄这卷后半部分情节的主题是声音的不当使用。对雅典的渡鸦和乌鸦而言，饶舌都是祸根，最终导致了它们的变形或变色。奥维德却在此嵌入了一个关于鹅的古罗马典故。公元前 390 年，高卢人攻陷罗马，曼尼乌斯率军退守卡皮托山，敌人夜间偷袭时，养在朱诺神庙的鹅发出警讯，帮助了罗马军队。与渡鸦和乌鸦不同，鹅找到了声音的恰当用途，以声音示警，拯救了罗马的卡皮托圣山，不仅没有遭到惩罚，而且赢得了永恒的荣耀。此处的并置服务于全诗贬抑希腊、尊崇罗马的大框架。在第八卷中，巧匠代达罗斯的形象由两个相邻的故事共同构成——他与儿子伊卡洛斯借助自制的翅膀逃离克里特的故事以及他出于嫉妒迫害外甥珀尔迪克斯的故事。在第一则故事里，他是受害者、天才和痛失爱子的悲情角色；但在第二则故事里，他却是加害者、技不如人的失败者和令人憎恶的凶手。两种形象似乎无法调和，但都反映了人性的某个侧面。而且奥维德以反讽的方式凸显了变形的主题，代达罗斯欲违背自然法则，让自己变成鸟，却终归没能变成鸟，而且付出了惨痛的代价，成为《变形记》中唯一没有真正变形的片段；珀尔迪克斯却以顺应自然法则、顺应天性的方式超越了舅父的成就，他无意变形，却被怜悯他的密涅瓦女神真正变成了一只鸟。如果说代达罗斯也有变形，那只是比喻层面的变形——他的道德形象在两则故事之间发生了剧烈变化。在书的最后一卷，奥维德也玩了并置的把戏。在恺撒和屋大维封神的情节（745—870 行）之前，奥维德插入了一段齐普斯（Cipus）的故事（565—621 行）。齐普斯得知自己将成为罗马国王的神谕，宁可被杀或放逐也不愿这个预言应验，而恺撒宁可以性命为代价也要成为罗马的终身独裁者，两个故事并置在一起，对于有着漫长共和传统和仇视君主心理的罗马来说，奥维德的用意难道还不够明显吗？在作品的最后，奥维德宣告，无论“朱庇特的愤怒、烈火、刀剑、饕餮的时间”都不能摧毁自己的诗歌（871—872行），如果天上的朱庇特都不能，人间的朱庇特——屋大维就更不能了。罗马皇室封神的情节在表面上位于全诗“目的论”演化的终点，其意义却因为奥维德的这种处理而变得格外暧昧。

此外，奥维德还利用相似的情节、主题和语汇在《变形记》中建立了不少前后呼应的模式，使作品的结构更为致密，但另一方面，诗人又巧妙地加入变化，在相似中显出差异。雅克布森概括了第六卷菲洛墨拉故事与第一卷达芙妮故事的平行之处：（1）故事的开头都有失败或悲剧的预兆（丘比特的愤怒和复仇女神参加的不祥婚礼）；（2）达芙妮和菲洛墨拉的美貌都催生了男性的情欲；（3）两位女子劝说父亲的情节都展现了她们的天真无邪；（4）两位男性都被激烈的情欲控制，奥维德都用火来比喻其情欲；（5）两位女性都被比作羊羔和鸽子；（6）两位女性在危急时刻都呼喊父亲；（7）两个故事的背景都是凯旋（阿波罗杀死皮同，特柔斯征服侵略雅典的军队）。但二者也有明显的差异：（1）阿波罗的情欲被比作无害的火，特柔斯的情欲被比作毁灭一切的大火；（2）达芙妮的父亲是河神，能够帮助她，菲洛墨拉的父亲却是凡人，无能为力；（3）达芙妮故事的基调近于哀歌体裁，菲洛墨拉故事的基调近于悲剧体裁。在更宏观的模式中，阿波罗追逐达芙妮的故事确立了贯穿《变形记》全书但尤其集中在前三卷的一类情节——神强奸或诱奸少女（含未遂），其经典场景按照希斯的总结如下：某位忠诚追随月神狄安娜的处女猎人在林间浪游，时值正午，因为炎热和困倦，在某处风景优美的林间空地休息，刚放下武器就被神袭击。这些元素并非

第一次就全部出现，而是在后续的类似故事中逐渐添加的，例如卡里斯托和伊俄的情节就比达芙妮的情节复杂。这种模式是如此强大，甚至诗中角色似乎都“意识”到了它的存在。例如阿克泰昂的故事本身无关性暴力，但只有在这个框架中才能准确理解。一方面，奥维德在故事发生之前做足了铺垫，让读者充分意识到阿克泰昂的纯洁无辜；另一方面，他又在这个故事里安排了类似强奸情节里的所有元素：处女（宁芙和狄安娜）、猎人（但这次不是性暴力的受害者）、森林、正午、沐浴。狄安娜仿佛一位偏激的读者，执拗地相信这样的组合必然导向性暴力，残酷地惩罚了阿克泰昂。

《变形记》常被称为西方古典神话的宝库，但读者时常会觉得，奥维德笔下的神话并不像神话，至少不像古希腊文学中的神话。无论从奥维德所处的时代语境还是他个人的宗教态度看，读者产生这样的感觉其实都不奇怪。塞加尔曾指出，在古希腊时代，神话传统和人生经验是紧密融合，难以分割的，作家会自然而然地用神话世界来理解自己的世界，用神话题材来探讨普遍的伦理、道德、哲学与宗教价值。这一倾向在自然科学迅速发展的泛希腊时代已经发生了变化。神话虽然仍是诗歌的主要内容，但诗人已不再将其视为认知世界的严肃方式。卡利马科斯喜欢生僻的神话题材，是为了展示自己的博学和技巧；忒奥克里托斯重述神话故事，是为了挖掘它们的情感内涵。古罗马诗人受到了泛希腊诗人的影响，但他们的文化语境又有所不同，虽然罗马本土有宗教传统，却没有庞大的神话故事体系，古希腊神话对他们而言，无论多熟悉，总是外来的，散发着异国情调。他们在讲述这些神话时，并没有古希腊作家的内在认同感或泛希腊作家那种理所当然的文化继承者意识，而是有着自觉的改造意图。在维吉尔的作品中，纯粹属于想象的神话元素只是为历史主题创造了一种氛围，他的重心是预言罗马伟大未来的历史叙事，例如狄多的诅咒将由汉尼拔来应验，神话中的黄金时代与罗马内战结束后的繁荣局面相联系。贺拉斯则习惯于将古希腊神话用作道德说教或哲学阐释的样例，它们与取自历史的样例在效果上并无多大差别。奥维德对神话的处理不同于贺拉斯和维吉尔，神话在他的诗歌中不是装饰，而是内容本身，他一生都在写神话。然而，这绝不意味着，他沉浸在与现实相隔绝的神话中。

奥维德无论对神话还是宗教的内容都是持怀疑态度的。在《哀歌集》第四部第七首里，他对朋友说："我的祷告当然是真的。我宁可相信 / 毒蛇的头发盘在梅杜萨的双鬓；/ 处女的腰间有狗环绕；喀迈拉存在，/ 由母狮和凶蛇组成，被火焰隔开；/ 有四足怪物，胸膛与人的胸膛相连；/ 有三具身体的人，也有三头犬；/ 有斯芬克斯、蛇足巨人、鸟身女妖，/ 也有百臂的古阿斯、人牛米诺陶。/ 我宁可相信所有这些，也不信你变了，/ 亲爱的朋友，再也不肯关心我。"（11—20 行）诗人的决绝语气等于否定了这一系列神话形象的存在。在《黑海书简》第一部第一首里，奥维德更微妙地揭示了神话和宗教的虚妄。他写道："我曾见某人坐在伊西斯的神祠前，忏悔 / 自己冒犯穿亚麻的伊西斯的天威；/ 另一人因相似的过错而失明，站在路中央，/ 高喊自己就该有如此的下场。/ 天神喜欢这样的告白，证人如道具，/ 正可以显示他们的法力非虚。"（51—56 行）在埃及女神伊西斯的敬拜仪式上，祭司和信徒都必须穿亚麻，但用"穿亚麻的"形容伊西斯总是不伦不类，更怪诞的是，奥维德用自古以来常见的街头骗局做例子来证明神的法力，这恰恰消解了他们的神圣性。在早年的《情诗集》第三部第三首中他也说："或者神枉然被敬畏，只是一个空名，/ 以愚蠢的迷信蛊惑民众的心"。（23—24 行）在悼念诗人提布卢斯的诗里，他干脆宣称："当邪恶的命运劫走善人（请恕我坦白），/ 我不禁会想，众神根本不存在。/ 虔敬，虔敬也得死；

谨行圣礼，死仍会 / 冷酷地将信徒从神庙拽进坟堆。”（《情诗集》第三部第九首 35—38 行）虽然奥维德没有卢克莱修那样一以贯之的反宗教立场，但他至少没有发自内心的对神的虔敬，也无意制造这样的幻象。正因如此，与维吉尔不同，他的神话叙述并不追求某种精心编织的、宏大统一的意义框架，而更关心每个故事本身的独特性。相对于维吉尔庄重肃穆的正统叙事，奥维德更痴迷于神话中奇迹性的、惊悚性的、噩梦般的元素，更关心在嫉妒、愤怒、欲望、懊悔、仇恨中苦苦挣扎的人和神。他的作品没有明确的预设，也没有任何禁忌，他只是腹语式地进入每个角色内心，感同身受、细致入微地描述自己的想象。所以，他塑造出来的神都打上了奥维德的独家印记。

毫无疑问，《变形记》中的神都难以赢得人们的敬重，甚至令人憎恨。第六卷出场的阿拉克涅在自己的织物上集中记录了三位奥林匹斯主神（朱庇特、涅普顿、阿波罗）污秽不堪的丑闻——他们如何不顾神的体面，化作各种动物、植物，假冒各种身份，肆意欺骗、侮辱女性，满足自己的兽欲。与她比赛织布的密涅瓦看见这些罪证，恼羞成怒，竟操起手中的黄杨梭子，猛击对方的前额，并最终将她变成了蜘蛛。在奥维德笔下，无论是阿拉克涅、庇厄罗斯的九位女儿，还是玛绪阿斯和尼俄柏全家，任何敢于挑战神的技艺和优越感的人都惨遭迫害，号称充当人类公义楷模的神恰恰是系统化罪恶的策划者和实施者。身为众神之王、宇宙共主，朱庇特不仅无法约束自己泛滥的情欲，而且无力（或者无心）保护自己曾经迷恋的诸多情人。伊俄变成牛，被朱诺无情追迫；卡里斯托被朱诺变成熊，还险些上演母子相残的惨剧；欧罗巴本人虽然无恙，朱诺却迁怒于她的兄长卡德摩斯，导致其家族成员一再遭难；塞墨勒中了朱诺恶毒的计策，被朱庇特的雷电焚灭。如果说朱庇特多少还显示出对情人的不忍，还时常为她们向朱诺求情，日神阿波罗则是一位全无责任感的神，直接制造了多位情人的灾祸。达芙妮为躲避其野蛮的追逐变成了月桂树；怀孕的科洛尼丝因为移情别恋，被他亲手残忍射杀；琉科托厄因为他的诱奸，被父亲活埋；美少年许阿钦托斯也被他误杀。每次灾难发生，阿波罗的反应都是推卸自己的罪责。如福尔克森所言，这位日神从未体现出真正的懊悔之心，除了迁怒和制造更多的伤害，他不知道如何应对自己导致的灾难。他总是怨恨他人，怨恨整个世界，唯独不反省自己。

为了突出诸神的负面形象，奥维德时常背离了传统的神话“原型”，也改写了自己在其他作品中采用的版本。以普洛塞庇娜的故事为例，在古希腊佚名作品《献给德墨忒耳的颂歌》(*Homeric Hymn to Demeter*)里，冥王劫夺刻瑞斯之女的幕后怂恿者是朱庇特；在《岁时记》里，是普鲁托自己决定抢她为妻；而在《变形记》中，普鲁托却成了维纳斯和丘比特的木偶。维纳斯如此安排，是为了将自己的性帝国扩展到地府。在怂恿丘比特射伤普鲁托的演说中，维纳斯几乎是罗马帝国主义的化身，只不过她追求的不是征服各民族，而是实现自己的性独裁统治。她梦想的宇宙是由她主宰的宇宙，无论神还是人都彻底丧失性的自决权，她尤其将狄安娜、密涅瓦等处女神视为危险的异见分子，必须打压。让处女神普洛塞庇娜沦为伯父情欲的牺牲品，就是对一切坚持性自决的反对势力的震慑。就连谷神刻瑞斯在这卷中都面目可憎。在《岁时记》中，寻女的刻瑞斯受到人的善待，是知恩图报的，她不仅治好了主人家婴儿的病，而且试图送给他一份超常的礼物——不死的神灵之体。孩子的母亲误会了她的意图，极力阻止，女神虽然替孩子惋惜，但并未生这位母亲的气，还传给孩子稼穑的秘密知识。与此相对照，在《变形记》中，也有一位老妇热情接待她，但仅仅因为她的小孙子出言冒犯，刻瑞斯就冷酷地将他变成一只蝾螈。

在这部长诗里，没有一位主神的形象是光辉的，反而是一些人间的角色和卑微的宁芙维护了美德的尊严。在普鲁托试图劫走普洛塞庇娜的时候，库阿涅敢于挺身而出，拦住这位大神的去路，并据理力争："刻瑞斯不愿，你就做不成女婿。你只能 / 求亲，绝不能抢婚。但若可同时议论 / 小事与大事，我就以阿纳匹斯为例。/ 他娶我是靠言辞，不像你依凭暴力。"在这个被暴戾诸神支配的世界里，她坚持按照道理、不按照强权来处理事务的态度如耀眼的闪电划破黑暗的夜空。哈尔库俄涅也是奥维德浓墨重彩塑造的角色，一万两千行的《变形记》包含了两百多个故事，刻宇克斯和哈尔库俄涅的爱情故事就占了五百多行，可见其重要性。《变形记》中绝大多数所谓爱情故事都是神的情欲故事，但贯穿这则神话始终的却是夫妻之间生死不渝的真挚情感。放眼西方整个古典文学传统，纯正的爱情诗都极为罕见，消费女性身体的情色诗却比比皆是，所以这样纯净的情感描写尤其值得珍视。与《情诗集》和《爱的艺术》中对待女人的轻浮态度不同，奥维德在《变形记》中延续了《女杰书简》的路数，深入每位女性角色内心，以深度共情的方式展示了她们的内心世界。即使对毕布利丝、穆拉等人物，虽然世俗给她们粗暴地贴上"乱伦者"的标签，奥维德也没有先入之见，而是从人性的角度去理解她们为何会产生这样超出常理的依恋。以毕布利丝的故事为例，奥维德采用内心独白、书信和第三人称叙事等多种方式，细腻地呈现了她的完整心路历程和充满悲苦的挣扎。学者格雷芬认为，在西方古典文学中，对一位在疯狂边缘的女性进行心理刻画，没有哪部作品超过奥维德的毕布利丝故事。这也体现了《变形记》的一个重要用意——用神话题材来探索各种具体处境中的人类本性。

《变形记》似乎是一部古希腊文化色彩极强的作品，以古罗马神话和历史为主的部分（第十三卷 623 行到第十五卷结尾）不到全诗的五分之一，甚至这有限的内容还穿插了大量源自荷马史诗的希腊情节。学者约翰逊将《变形记》题材的希腊化现象解读为奥维德的双重撤退——同时从他擅长的爱情哀歌和当代的罗马现实撤退，转向年代更久远也不易引发争议的古希腊神话世界。威廉斯也相信，刻意逃避政治主题的奥维德没有像维吉尔等前辈诗人那样，以希腊神话的旧瓶装罗马历史的新酒，而是“以基本上属于希腊的方式使用希腊的材料”。另一些学者则早已注意到，《变形记》中隐含着两种文化的冲突：虽然绝大部分材料源于希腊，罗马却是作品的叙事终极和归宿，奥维德让“小《埃涅阿斯纪》”（13.623-14.608）紧随“小《伊利亚特》”（12.1-13.622），体现了史诗和叙事情节从东方希腊转移到西方罗马的设计，散见于全书的“罗马点染”也引发了不少评论者的兴趣。如果我们保持足够的警觉，便会发现罗马元素早在第一卷已经潜入希腊神话的叙述，此后一直以或明或暗的方式贯穿中间的十余卷，最终在第十三卷后部进入中心位置。当我们将前面的背景文本和诗末的前景文本连缀起来，一条令人惊异的线索就浮现出来：希腊和罗马的文化主导权之争始终是奥维德关注的话题，而且他的立场不仅不是尊崇希腊，而且倾向于贬抑希腊。为了展示罗马取代希腊的“文化天命”，奥维德在《变形记》中系统地采用了三种策略：一是通过神话的改写、置换和取舍，抹除了希腊民族的集体起源，淡化了以雅典和忒拜为代表的城邦历史，从而摘掉了笼罩在希腊文化上的神圣光环；二是通过罗马典故、场景和故事的暗中植入，拓展了罗马的神话和历史纵深，让罗马文化的影响力以修辞的方式延伸至遥远的古代；三是通过神话角色、历史人物和文化人物（包括埃涅阿斯、穆斯克洛斯、毕达哥拉斯、希波吕托斯、医神埃斯库拉庇乌斯等）的西迁叙事，“证明”固着于特定地理空间的希腊文化必然让位于以迁徙和融合为特征的罗马文化。

奥维德抑希腊、扬罗马的态度顺应了共和国晚期以来罗马民族逐渐确立一种世界性文化身份的趋势。在他之前的部分罗马文人已经掀起追根溯源的察古主义浪潮，通过语言和文化的寻根为罗马文化正名，其代表人物是老加图和瓦罗。西塞罗在《图斯库兰论说集》中对同时代罗马人发出呼吁：夺走“已经衰落的希腊”在文学和思想方面的荣耀，将它带到自己的国度。西塞罗对希腊文化的译介和挪用从一个角度看延续了尊崇希腊的传统态度，但从另一个角度看，却也显露了崛起的罗马试图借助拉丁语“征服”希腊文化并将其据为己有的雄心。即使是贺拉斯、维吉尔等人也多少体现了这样的倾向。在文学之外，始于共和国晚期的罗马化进程在建筑、宗教和历史等领域也颇为显著。从首都到行省各地的宏伟庄严的大理石建筑代表了不同于简朴肃穆的希腊美学的新趣味；在以希腊神祇再造本土宗教的假象下，屋大维将皇帝和皇室崇拜变成了罗马国家仪式的核心内容；涅波斯、撒路斯特、李维、塔西佗不仅以拉丁语作为修史的语言，而且试图在罗马故事中挖掘普世的伦理意义。

于是，在共和国晚期和帝国初期的罗马出现了一种奇特的文化现象：希腊元素无处不在，但其表达的罗马意义却盖过了希腊意义。在奥古斯都时代，随着罗马国力臻于巅峰，这种双重性之间的张力变得尤其强烈：一方面罗马自认为继承了希腊的全部文明，因而处处欲与希腊的范本竞争；另一方面它又认为始于特洛伊迁徙的历史已经实现其终极天命，罗马已经成为永恒帝国，全面超越了希腊，因而不甘心以“新希腊”自居。换言之，罗马既是希腊的，又是非希腊的，并渴望超越这种对立，获得一种更具普遍性的文化身份。奥维德在《变形记》中推崇的罗马文化已经不再是希腊文化那样的地域文化，而具有某种“世界性”。在当时罗马人的词汇里，罗马国家管辖的范围就是“世界”（orbis terrarum）。罗马人相信，“一切有智性的人在神圣理性的指引下形成统一的社会，这就是宇宙的意图”。与此对应，希腊文化已经降格为一种历史性的、地域性的文化。

然而，基于这种世界性文化身份，将《变形记》的神话—历史进程视为希腊向罗马转让文化主导权的一场大戏，虽然可以解释和统摄这首长诗中的众多情节，却是对其主题的极度简化。在历史的某个阶段上或者在宇宙的某个层面上，奥维德的确向我们展现了希腊逐渐让位于罗马的进程，但目的论绝非《变形记》的唯一或主导的框架。希腊固然已衰落，罗马固然正崛起，但希腊的今天终将是罗马的明天。这一点在第三卷的“忒拜纪”部分已经有所暗示。读者固然可以将忒拜视为罗马宿敌迦太基的模型，但相反的解读同样可以成立。按照奥维德选择的神话版本，建城者卡德摩斯的妻子哈尔莫尼娅是战神马尔斯和爱神维纳斯的女儿。研究者哈尔迪提醒我们，哈尔莫尼娅的父母碰巧也是罗马的祖先（维纳斯是埃涅阿斯之母，马尔斯是罗慕路斯之父），忒拜城的背后晃动着罗马的影子。沿着这条线追下去，我们会发现更多罗马与忒拜的平行之处：（1）忒拜建城传说有龙，罗马建城传说有狼；（2）忒拜建城时，龙牙武士手足相残，罗马建城时，罗慕路斯和雷穆斯手足相残；（3）忒拜将被俄狄浦斯的两位儿子引发的内战蹂躏，罗马也将陷入多轮惨烈的内战。如果忒拜建城是失败的，罗马也一样。正如《变形记》的宇宙并没有通过创世消灭混沌，在更大的流变宇宙观里，罗马文化取代希腊文化的目的论意义也最终被消解。与维吉尔不同，奥维德眼中的罗马只是历史的一个辉煌节点，正如他所掩盖的希腊曾是另一个辉煌节点，但二者都无力承担安喀塞斯向埃涅阿斯预言的征服万国的天命。也与贺拉斯不同，奥维德作品中的帝国主义情绪几乎总是昙花一现，很快就被变形的洪流淹没，读者不断被拽回激情、魔法和暴力的混沌世界之中。《变形记》同时融合了古罗马另外两大史诗《物性论》和《埃涅阿斯纪》的思想，奥维德通过对卢克莱修和维吉尔的双重暗引，修正了维吉尔作品中由神意控制的稳定世界，在《变形记》的宇宙模型中保存了卢克莱修式的不稳定性，体现了这部作品混沌与秩序交织、对峙的张力。在此复杂的框架内，从希腊到罗马的文化主导权转移获得了更为丰富的内涵。

《变形记》对西方文学和文化传统的影响是极其深远的，这里仅以美术史为例，便可见一斑。它被称为画家的“圣经”。即使按照最保守的估计，直接或间接表现其主题、人物、场景、情节的画作也多达数千幅。在这些作品中，17 世纪的鲁本斯、普桑、贝尔尼尼、委拉斯凯兹、伦勃朗代表了《变形记》艺术化的巅峰，往前可追溯到 15 世纪的波提切利、16 世纪的提香和勃鲁盖尔，往后则可延伸到 18 世纪的布歇和 19 世纪末 20 世纪初的罗丹。《变形记》对西方艺术的塑造之功既与其本身的诗学特质有关，又得益于特定的历史语境和契机。在将诗中的神话故事转化为绘画和雕塑的过程中，西方艺术家既与文学竞争，也与同行抗衡，亦要对时代的变迁做出回应，因而他们对奥维德的解读也在持续演变，奥维德笔下的形象也不断变形、重生。

早在古罗马帝国时代，《变形记》就取代荷马史诗成了神话绘画的主要文学来源。被火山灰掩埋近两千年的庞贝古城重见天日后，我们已经有了展现奥维德影响力的一手证据。在已经发掘的两千处住所遗址中，共有一百八十四处有神话题材的装饰画。在描绘一些古希腊以来广为流传的故事时，绘者已不再遵循荷马史诗的引导，转而忠实于奥维德的版本。伊卡洛斯的坠落、珀尔修斯拯救安德罗墨达等题材的装饰画则明显出自《变形记》的情节。最有说服力的例证是那喀索斯壁画。在古希腊传说中，那喀索斯拒绝了一位男性的追求，受到后者的诅咒，但在《变形记》中苦恋他不得的主要角色是水泽仙女厄科，多幅庞贝壁画中厄科的形象都和那喀索斯出现在一起 。因此，奥维德的长诗已经成为流行的神话指南。西罗马帝国灭亡后，奥维德的诗歌以及古代的艺术都陷入了长久的沉寂。

到了中世纪后期，奥维德的作品重新受到关注。古典学界普遍认为，12世纪到13世纪堪称“奥维德世纪”。这位“缱绻情爱的游戏者”为何在基督教神学统治下受到欢迎，与这一时期的精神气候有关。在整个中世纪，虽然上帝的信仰占据统治地位，但古希腊罗马的异教文化并未消失，即使最正统的神学家也无法否认，古典时代的智者同样受到了上帝的某种启示，因此古典文化仍是基督教文化必要的补充。他们对待异教作品的策略是用基督教的神学和伦理观念重新加以阐释。此时经院哲学的兴盛让整合基督教文化和异教文化的努力达到了新高度，在神学领域，阿奎那的《神学大全》等著作是标志，而在文学领域，从12世纪到14世纪，奥维德的异教作品也被欧洲系统地“解毒”了。神学家和诗人们纷纷用基督教的思想重新阐释甚至改写奥维德，著名作品包括阿尔努夫的《奥维德变形记发微》（*Allegoriae super Ovidii Metamorphosin*）、14世纪早期的匿名法语长诗《道德化的奥维德》（*Ovide Moralisé*）和贝苏依尔的拉丁语同名长诗（*Ovidius Moralizatus*）。这意味着奥维德已经被纳入基督教的文化体系，从此画家们描绘奥维德笔下的人物就不会有人置喙了。

但由于在此阶段真正懂得古典文化的欧洲人为数甚少，以《变形记》为代表的神话题材艺术崛起需要等到15世纪的文艺复兴中期。在整个中世纪，艺术和文学、哲学一样都是宗教和神学的奴仆。艺术家能够用色彩、线条和形象讲述的故事只有两个来源——《圣经》和圣徒传说。他们在处理这些题材时固然可以在一定限度内发挥想象力，但人类世界的一些重要元素却无法进入他们的画作，比如尘世的爱情与家庭、军事征伐与市民生活。从绘画和雕塑本身的需要看，长期禁锢在宗教的范围内势必无法展现人类广泛的生活体验，创作灵感容易枯竭，而一旦将神话故事纳入绘画的领域，艺术的天地便可大大拓宽。更让他们欣慰的是，既然众多神话题材的文学作品早已经过神学的讽喻化处理，“不洁”的情节早已被严肃的说教赋予全新的意义，他们就无须为可能触怒教会而担心，可以在宗教阐释的掩护下创造出来自现实或想象的形象。神话题材艺术在文艺复兴时期的风行还有一个重要动因。那时的绘画观念和现代绘画观念最大的不同是对故事性的强调，之所以如此，是因为新兴的职业画家阶层为了提高自身的地位，必须和传统上备受尊崇的诗人争夺话语权。诗人的媒介是语言，上帝之言在基督教眼中是创造和统御世界的终极力量，表达神学真理的语言同样是神圣的。画家的理论武器是古希腊诗人西蒙尼德斯“画是无言诗，诗是有声画”和古罗马诗人贺拉斯“诗如画”的观点。他们认为，绘画和诗歌一样可以讲述故事，宣扬哲学和神学，提香就将自己的一些神话画作称为“诗”。在神话绘画的热潮中，《变形记》受到艺术家的普遍青睐主要有三个原因。一是因为它已经被基督教认可；二是因为《变形记》中的神话故事最丰富，流传也最广；第三条也是最重要的原因在于，奥维德讲述这些故事的方式非常适合绘画。《变形记》在艺术上的突出特征是视觉性，奥维德擅长运用幻觉和奇观来呈现情节。此外，虽然许多古典作家都写过神话题材，但唯有奥维德一人真正摆脱了政治的束缚，不在意所谓的严肃或终极意义，而将全部精力灌注到神话人物本身的刻画上，这就使得他的故事版本最具想象力和情感深度，最容易让画家产生共鸣，从而激发出创作的冲动。在《变形记》的世界中，自然被神秘的超自然氛围笼罩，熟悉的事物都有奇妙的起源，一切形状都在流变之中，这赋予了画家无尽的灵感。

在文艺复兴早期，神话阐释还未走出中世纪神学的宗教穿凿和道德包装，艺术家们在处理神话题材时也比较拘谨，最先进入这个领域的是一些具有哲学和文学气质的画家。波提切利的《维纳斯的诞生》《春》《帕拉斯与半人马》《马尔斯与维纳斯》等作品都有《变形记》影响的痕迹。到了文艺复兴的盛期，古希腊罗马神话连同古典文化的其他方面成为上流社会教育的重要部分，这一时期奥维德题材的代表画家是提香。他的神话画作洋溢着浓郁的诗意，尤其创造了一种典型的奥维德式风景。提香有意将这种田园情调变成了自己的一个传统，在《维纳斯与阿多尼斯》《欧罗巴被劫》《巴克斯与阿里阿德涅》《珀尔修斯与安德罗墨达》等画作中，自然景观的重要性都不亚于情节本身。在勃鲁盖尔的《伊卡洛斯的坠落》里，自然甚至成了主角，从而让这个广为人知的故事获得了别样的阐释。

在强调运动、激情和想象的巴洛克时代，尤其是17世纪上半叶，奥维德成为欧洲艺术界最青睐的作家。这绝非偶然的现象，与当时的文化氛围密不可分。在此阶段，近代科学开始发展，但尚未让传统的知识变得过时；哲学家们将目光从天界转向自然，他们的前科学观察与过去的巫术和神学依然纠缠在一起；自然被赋予了新的活力，不再只是上帝真理的载体，但还没纳入笛卡尔的机械模式。在这样的大背景下，《变形记》中的世界对艺术家格外有吸引力。鲁本斯是用画面讲故事的高手。他的《帕厄同的坠落》或许是最壮观的一幅《变形记》画作。如果说这幅画过多地依赖了视觉特效，《俄耳甫斯领欧律狄刻出冥府》则通过细腻的构图和绝妙的构思展现了鲁本斯叙述大师的功力。除了上述两幅作品，《抢夺留奇波斯的女儿们》《狩猎归来的狄安娜》《帕里斯的裁判》等油画也取材于奥维德的《变形记》，也都成就颇高。普桑不仅是奥维德作品的绘画诠释者，而且是《变形记》忠实而富于洞察力的读者。最能体现他深谙奥维德的杰作是《巴克斯的诞生》。《诗人的灵感》《马尔斯与维纳斯》《俄耳甫斯与欧律狄刻》《帕厄同与太阳神》《维纳斯与阿多尼斯》《花神的国度》等其他许多作品也都汲取了《变形记》的营养，也都达到了无愧于奥维德的水准。在巴洛克时代的雕塑家中，贝尔尼尼与奥维德有不解之缘。他的《阿波罗与达芙妮》堪称最杰出的《变形记》雕塑，也将波提切利以来的西方艺术变形主题发挥到了极致。委拉斯凯兹也是一位有极强奥维德色彩的艺术家。这一点突出地体现在他的名画《纺织女》中。自 15 世纪以来，取材于奥维德的画作大多色彩绚烂，想象瑰丽，伦勃朗的《变形记》作品却幽暗、简练，自成一体。

就西方美术而言，17 世纪是《变形记》绘画和雕塑的黄金时代，18—19 世纪奥维德的光芒逐渐变得黯淡，这是因为时代精神发生了巨大变化。从 17 世纪后半期开始，以牛顿力学为代表的近代科学取得了辉煌进步，对整个人类社会而言，神话的魅力迅速消退，笛卡尔以来的近代哲学也从思想上抹除了文艺复兴所残留的诗歌、神话与科学间的模糊边界。在取代意大利和荷兰成为欧洲艺术中心的法国，普桑去世后，神话人物便渐渐沦为王公贵族形象的陪衬。到了 19 世纪初新古典主义绘画的盛期，虽然古典作家重新受到关注，但由于艺术家们推崇的是崇高静穆的古典艺术理想，荷马、维吉尔的史诗或者罗马史的素材远比“轻浮”的奥维德受欢迎。《变形记》的新一轮热潮需要等到 20 世纪初的现代主义时期。神话故事的回归与人类学和精神分析学的崛起有密切关系。然而，这两个学科并不能让人们对神话的兴趣全面复苏。这是因为人类学关注的是神话的源头和模式，而剔除了积累数千年的文学阐释，而后者才是古典神话的艺术潜力所在。精神分析学仅仅将神话视为心理症状的表征和隐喻，而无视其历史和社会关联。另一方面，19 世纪末以来的反理性思潮在某种程度上将艺术从理性主义的桎梏中解放出来，给了艺术家更多想象和创造的空间。在此过程中，奥维德再次吸引了他们的目光。对现代主义艺术而言，《变形记》的先锋性主要体现在三个方面：一是强烈的作者意识（现代艺术的重心从外部世界转向了自我）；二是人物的心理深度（现代艺术排斥扁平化的性格）；三是一切皆流变的不确定性。在19世纪末20世纪初的艺术家中，罗丹对奥维德最为痴迷。他以《变形记》为题材的雕塑作品《达那俄斯的女儿》《皮格马利翁》《俄耳甫斯与欧律狄刻》都简洁而富于情感，抛弃了无关的细节，直探内心。在所有这些作品里，构成人物环境的部分都使用了"未完成"（non finito）的技巧，而这恰好也是奥维德钟爱的手法。在西方当代的美术领域，奥维德的影响已难与17世纪的巅峰期相比，但《变形记》的文化基因早已渗透到各个角落，所以他并未消失，他留下的主题和形象仍在不断变形。

本卷主要依据的是Anderson（1998年）的版本，并参考了其他多个版本，选择了自己认为最合理的原文。就格律而言，《变形记》是奥维德唯一采用传统史诗体的作品，这种格律每一行的音节长短都分布如下（V代表一个短音节，— 代表一个长音节，＋代表一个可长可短的音节，X代表一个长音节或者两个短音节可以互换，|| 代表大节奏单元的分界）：

—X—X—|| X—X—VV—＋

译诗采用以顿代步的原则，每行六顿，以每两行换韵的方式押韵。为了方便读者理解，译者整合了西方学术界的观点，撰写了十余万字的注释，着重解释了诗作涉及的神话和历史典故，并概述了学者对作品的阐释。

《情诗集》《爱的艺术》《爱的疗治》介绍

《奥维德诗全集》第四卷收录了《情诗集》《爱的艺术》和《爱的疗治》，这些都是他早期的作品，《情诗集》更是他的处女作。在创作生涯的最开始，奥维德这位初登文坛的诗人其实有很多选择，维吉尔以田园诗试笔，贺拉斯从讽刺诗入手，为何奥维德转向爱情哀歌体？自卡图卢斯将哀歌体引入拉丁语诗歌之后，加卢斯、提布卢斯和普洛佩提乌斯已将其发展成了一种极具罗马特色的体裁，如果奥维德只是为了寻找一种相对有发展空间的领域，哀歌体并不是理想的选择。倘若他只是受到亚历山大诗人卡利马科斯的影响，不愿沿袭史诗的传统，他仍然可以像前辈卡图卢斯、贺拉斯一样，专注于抒情诗的创作。事实上，体裁的问题是纠缠奥维德一生的问题，但在《情诗集》中，这个问题最为突出，也以最富于戏剧性的方式呈现出来。三部《情诗集》的序诗都凸显了体裁的争斗。在第一部的开头，奥维德写道："我欲以庄重的格律咏唱兵戈和暴烈的 / 战争，题材与节奏彼此谐和。/ 双行本来与单行等长，但据说丘比特 / 狡黠地笑了，将一个音步偷窃。"史诗体格律和哀歌体格律的关键差别就在双行行末，史诗体有六个音步，哀歌体只有五个。诗人在这里将体裁的选择归因于神的介入，自然是戏谑的推诿之词。到了第二部开篇，奥维德又将自己放弃史诗的责任推到了女友身上："我握着雨云，朱庇特在身边手执闪电 /（祂正欲抛掷，拯救统治的昊天）—— / 女友却骤然关门，我弃了闪电和神王， / 朱庇特自己也掉出我的思想。/ 饶恕我，神王，你的武器没有什么用，/ 关门的动作于我是更厉害的雷霆。"女友取代朱庇特成了诗人的主宰，情爱的温言软语也驱逐了雷霆闪电所代表的史诗题材。而在第三部的序诗里，奥维德则安排了"悲剧"和"哀歌"两位女神现身对峙。在西方传统的诗歌等级中，悲剧和史诗都位于顶端，是最高贵的体裁。诗人最后的和解方案是，求"悲剧"女神给自己少许时间继续和"哀歌"在一起。这个结局暗示，按照奥维德最初的生涯规划，哀歌体创作是他的第一阶段，此后将转向悲剧。他的确曾创作过一部获得古人盛赞的悲剧《美狄亚》（已经失传），但似乎那是仅有的一部，发表《情诗集》后，他推出的后续作品《爱的艺术》《爱的疗治》《岁时记》，甚至晚年流放期间的所有作品都是哀歌体（当然就题材和风格而言，已经远远越出了罗马同行的哀歌体的藩篱）。

从上面的讨论可知，奥维德始终拒绝写传统的史诗，但并不排斥悲剧，并且始终痴迷哀歌体，其中缘由何在？从维吉尔那一代诗人开始，体裁问题在古罗马就不再是美学趣味问题，而已经成了政治问题。因为哀歌体在古罗马是与私人情爱绑在一起的，创作哀歌体就是摒弃了地位最尊崇的史诗体。如达维斯所说，在共和国晚期，卡图卢斯等“新诗派”作者沉浸于私人诗歌只是自觉远离他们认定已经过时的文学样式，而在奥古斯都时代，摒弃史诗就意味着摒弃官方设定的艺术主题和意识形态。这些主题和意识形态大体分为三个方面：一是以皇室崇拜为核心的神话宗教体系，屋大维借此确立尤利亚家族统治的神圣基础；二是宣扬勇武的军国主义价值观和罗马征服万国的天命，塑造罗马文明的特殊性和屋大维“天下共主”的地位；三是复兴传统道德观，将屋大维宣传成制止淫邪、贪婪、堕落，让罗马回归祖先美德的圣人。可以看出，至少在表面上，维吉尔突出了前两个方面，贺拉斯突出了后两个方面，奥维德的早期作品（《岁时记》《变形记》等中晚期作品的立场前文已有讨论）则以体裁为挡箭牌，回避了第一个方面，调侃了第二个方面，挑衅了第三个方面。

奥维德拒绝选择史诗的体裁，就自动拒绝了传统上与该体裁紧密联系的宗教与战争的题材，在屋大维时代，就等于不肯（至少不肯系统地、成规模地）为帝国事业歌功颂德。不仅如此，奥维德在《情诗集》中一以贯之地表达了对奥古斯都意识形态体系的蔑视。众所周知，维纳斯（传说中埃涅阿斯的母亲）和马尔斯（传说中罗慕路斯的父亲）被公认为罗马民族的祖先，奥维德却提醒读者，他们也是一对经典的通奸者。而且，诗人宣称，罗马淫邪成风，正是因为这座城在维纳斯的统治下：“如今马尔斯在外战中磨砺兵士的意志，/ 维纳斯统治着埃涅阿斯的城市。/ 貌美者恣情嬉玩，无人眷顾者才贞洁—— / 若非太迂腐，她亦会主动沾惹。”（第一部第八首 41—44 行）奥维德不但轻慢神，而且对罗马的军国主义宣传也不屑一顾。卡图卢斯笔下“爱如战争”的主题只是一种俏皮，奥维德沿用这个比喻却出于政治上的逆反心理。军队是屋大维控制罗马的资本，也是帝国扩张的工具，奥维德却时常嘲讽军旅生活和所谓的军功。在第一部第十三首谴责黎明女神的诗里，士兵打仗与孩子上学、主妇干家务都被视为奥罗拉带来的悲惨后果，而在第十四首中，罗马镇压叙甘布里亚部落的大捷对于抒情主人公的意义仅仅在于，因为染发而毁掉头发的女友可以买到日耳曼的漂亮假发。诗人反复声言，恋爱者与士兵无异，将前者视为后者的道德和社会功用的等价物，就是在拆军国主义的台。更让屋大维难以容忍的是，在自己通过立法手段和宣传攻势极力“恢复”传统道德尤其是性道德的时候，奥维德不仅在《情诗集》中描绘了一位偷情高手的生活，甚至变本加厉，在《爱的艺术》中公然扮演“情爱导师”的角色，“煽动”更多的罗马人品尝他所谓“未被禁止的”快乐。在奥维德的语汇里，“土气”（rusticus）的意思就是不敢偷情，所谓罗马的“原初美德”根本不存在，先祖罗慕路斯就是一位率领士兵抢夺少女的淫棍（《爱的艺术》第一卷 101—132 行）。

当然，在《情诗集》等作品里，奥维德几乎总是以一种戏谑的口气表达这些态度的，这导致学者们在很长一段时间里认为，他的早期诗歌没有任何政治指涉。直到 20 世纪中叶，弗兰克尔、威尔金森仍然持此观点。巴尔斯比、威廉斯、李特尔等下一代学者虽然相信奥维德是“非政治的”，也无意攻击奥古斯都政体或怀念共和政体，但已经意识到诗人的立场与官方道德之间的紧张关系，并且觉得这种紧张可能有政治上的效果。后来的一些学者的评价则更为明确。麦克声称，“奥维德让我们质疑奥古斯都宣传的根基”，伽墨尔也相信，《情诗集》动摇的不只是当时罗马的情欲观，还包括“社会关系、政治、文学及其相互关系”。肯尼迪则认为，尽管奥维德本人的态度是反讽的，甚至是反叛的，但从效果上看，他仍然陷在奥古斯都的意识形态中，他对后者轻浮的挪用反而强化了其逻辑，让屋大维的宣传更显得正当。

综合考虑奥维德一生的创作倾向，我觉得他选择哀歌体，并以《情诗集》开始自己的创作生涯，只是适应了自己的性情和才华，应当没有刻意与屋大维和官方立场为敌的用意，但官方恐怕未必会相信他的“无辜”。而且，他天性中玩世不恭的特点和戏剧夸张的倾向总是会制造出某种颠覆性的“溢出效应”，当这些溢出效应在读者心中发生共振时，便会形成某种具备整体性的“立场”幻觉。换言之，奥维德诗歌中的“反奥古斯都”姿态是一种艺术效果，而不是主观意图。但强烈的反讽和共情的想象往往具有超出作者控制的杀伤力，可以在读者心中起到与官方意识形态对抗的作用，借助情境浸入和修辞惯性获得的零星的、片断的艺术化洞察力也可能在读者这里凝固成思想上的洞察力。这就造成奥维德早期诗歌的一个悖论：他的戏谑成了批判，他的轻浮成了严肃，他的远离政治成了深度介入政治。

奥维德是罗马爱情哀歌的最后一位重要诗人，他的《情诗集》自然也继承了许多传统元素，例如第一部第四首中抒情主人公与女友在宴席上瞒着她丈夫暗中调情的细节就呼应着提布卢斯《哀歌集》中的类似描写（*Elegiae* 16.15-42）。事实上，男情人和女子一起欺骗女子的丈夫早已成为爱情哀歌体的固定题材。第一部第六首沿袭了古希腊罗马时代一种流行的情诗体裁（paraclausithyron），吃闭门羹的情人常在门外唱这种歌，可对比贺拉斯《颂诗集》（*Carmina*）第三部第十首、提布卢斯《哀歌集》第一部第二首和普洛佩提乌斯《哀歌集》（*Elegiae*）第一部第十九首。《情诗集》第一部第八首刻画的淫媒也是古罗马爱情哀歌中的常见角色，可对比提布卢斯《哀歌集》（1.5.67ff）和普洛佩提乌斯《哀歌集》（4.5.19-62）。奥维德不仅吸收了哀歌体的传统元素，也从古典诗歌的其他体裁汲取了灵感。例如，第二部第六首哀悼女友鹦鹉的诗明显模仿了卡图卢斯《歌集》（*Carmina*）第三首，在那首诗里，诗人哀悼了情人莱斯比娅宠爱的小雀。第二部第十五首向女友赠送戒指的诗延续了西方古典礼物诗的传统，但具有一个戏剧化的复杂结构，诗中的说话者和听话者发生了多次变化。1—10 行是诗人恋爱者在跟戒指说话，11—24 行是戒指在跟诗人恋爱者的女友说话，25—26 行是诗人恋爱者在跟女友说话，27—28 行是诗人恋爱者在跟戒指说话。奥维德借助巧妙的铺垫和过渡，让这些视角实现了无缝衔接。第三部第五首则属于西方古典文学中源远流长的记梦和释梦诗，《伊利亚特》《奥德赛》《物因》《物性论》中都有记录和阐释梦的段落，在古罗马爱情哀歌体内部，普洛佩提乌斯也写过三首梦诗。

然而，哀歌这种体裁在奥维德手里也发生了重要变化。卡图卢斯《歌集》第七十六首从主题、情感、格律和措辞等多方面奠定了古罗马爱情哀歌的基础，已经体现了这类诗歌的一个核心悖论：它们歌咏的情感一定是婚外关系，抒情主人公却会一再强调自己的忠诚。卡图卢斯在这首诗里就用古罗马贵族男子的友谊伦理词汇来描绘它，比如 benefacta（善行）、fidem（忠诚）、foedere（盟约）、pium（虔诚）等等。提布卢斯和普洛佩提乌斯也继承了这个特点，他们的作品中虽然也有轻浮、戏谑的时刻，但总体而言，他们对待恋爱关系的态度是严肃的（至少装作是严肃的）。奥维德则不然，《情诗集》的基调就是反讽。诗人一贯强烈地意识到读者的存在，诗集的反讽效果常常存在于他对女友装出的忠诚假象和他向读者透露的花心真相之间的对照。诗人恋爱者的表白完全不是真诚的，在《爱的艺术》中，奥维德也从未建议过恋爱者要真诚。以《情诗集》第一部第三首为例，抒情主人公向女友表白时列举了自己家世的清白、生活的清贫、爱情的忠诚和诗歌的天才，并承诺“千位姑娘都无法打动我，我的爱不浪游”，然而他用来类比的伊俄、丽达和欧罗巴的三则神话都体现了单方面的欺骗，没有任何爱情可言，因此对前面吹嘘的话有一种拆解的效果。当他以朱庇特自比时，也是在暗示自己是三心二意、没有任何忠诚而言的人。第二部第四首中他更是直接对读者说：“因为我没有控制自己的力量和意志，/ 如激流裹挟的小舟，我无法止息。/ 勾起我欲念的并非某种特定的风韵，/ 一百条理由让我不停地动情。”当然，如果他说给女友的话不可信，他说给读者的话同样不可信。在第三部第十二首中，他就抱怨读者轻信自己赞美女友美貌的话，并因此纷纷去追求她，他如此为自己辩解：“诗人丰饶的自由可漫游无垠的空际，/ 从不把词语绑缚于历史的真实：/ 我对女友的称赞自然也不该太当真，/ 如今我已成你们轻信的牺牲品。”因此，如贝尔曼所言，奥维德的哀歌体具备了传统爱情哀歌中不曾存在的某种“超然”态度。无论诗人使用了多少传统的主题和意象，他并没有真正陷入情网。

甚至《情诗集》中被众多评论者称为最真挚的一首诗——第三部第九首——也难逃反讽的嫌疑。这首诗是悼念古罗马著名哀歌诗人提布卢斯的挽歌。威尔金森、托马斯、迪克森都认为它与《情诗集》中大部分作品不同，是原创性的，而且是严肃的。如果真是这样，那么它跟《情诗集》整体的戏谑风格就有冲突。杜凯斯奈则觉得，奥维德的语气是诙谐的，诗人以轻松的方式表达了对提布卢斯的尊敬。库里怀疑，作品过分的精致风格表明奥维德的哀悼并不真诚，卡鸿甚至相信，这首诗批评了提布卢斯在自己诗歌中的形象。珀尔金斯也认为，虽然奥维德的确欣赏提布卢斯，但在这首诗里，他通过对其作品的戏仿揶揄了提布卢斯对于死亡想象的执迷。最令人生疑的是提布卢斯两位情人黛丽娅和涅墨西斯“争宠”的片段：“离开时，黛丽娅叹道：‘我被你爱更幸运：/ 当我做你恋人时，你尚在凡尘。’/ 涅墨西斯反诘道：‘你为何替我的损

失 / 难过？他是握着我的手离世！’”两位女人的话都影射提布卢斯《哀歌集》里的四行诗（1.59-62），在那里诗人表达了死时能有黛丽娅在身边陪伴和哀悼的愿望。她们在坟前的争执不仅与诗作渲染的肃穆气氛相冲突，而且当提布卢斯生前想象的哀悼画面与现实的哀悼场景（其实也是奥维德的想象）并置在一起，《哀歌集》原诗的悲情（pathos）也变得有些滑稽了。

虽然众多评论家认为，奥维德的轻浮是一种艺术策略，但是女性主义者却不以为然，并针对他的真实性别立场展开了激烈的争论。因为《情诗集》《爱的艺术》等作品在表面上体现了西方古典时代男性视女性为玩物的态度，一些女性主义学者便指控奥维德支持对女人的身体暴力和精神暴力。格林等学者却认为，奥维德在这些作品中采用了非常复杂的文学策略，其真正用意是揭露和谴责古罗马社会爱欲的浪漫表象所隐藏的残酷、非人性的价值观。抒情主人公玩世不恭的商品主义恋爱观（情爱即交换）和男性强权意识与古罗马长期奉行的殖民化话语和父权话语是绑在一起的。《情诗集》第三部集中呈现了女人在罗马性市场和经济市场上的本来面目——商品（丈夫和情夫借以交换利益的手段），男人之间关于女人心照不宣的安排强化了男性的权威，让男人的社会主导权轻易地变成性主导权。奥维德以这样的方式击碎了传统哀歌体塑造的诗人恋爱者的“忠诚”和“深情”形象。即使在风格相对温和的第一部和第二部里，抒情主人公也仍然将女友视为商品，只是方式更隐蔽、更阴险而已。以第一部第七首为例，早期的评论者如弗兰克尔、威尔金森等人都认为诗中的恋爱者是真心为自己殴打女友而忏悔，后来的学者则倾向于强调作品的游戏性消解了所谓的真心。格林指出，奥维德的戏谑化处理表明，这位恋爱者不仅没有后悔，反而从降伏其女友中得到了快乐，将暴力合理化了。但她相信，这不代表奥维德本人的立场，这位恋爱者淡化暴力甚至以此为乐的行为揭示了古罗马情爱关系中男性欺凌女性的惯常心理。在这些作品中，“爱的奴隶”只是一种假象，抒情主人公始终操控着局面。所以，希望在《情诗集》等作品中读到爱情诗的读者注定失望，这里只有情色的现实与幻想，以及或明或暗的交易。学者卡鸿注意到，《情诗集》不仅充满了军事比喻，而且始终将情爱关系视为征服与被征服的关系。这样的处理方式暗示，诗集中的情欲天然是暴力的，并且与罗马的扩张欲密不可分。床如同帝国的战场，情欲与战争的比喻不仅是诙谐的语言游戏，而且揭示了情欲暴力的、竞争性的、毁灭性的特质。二者的相似性表明，罗马无论在公共领域还是私人领域都被一种野蛮的控制欲支配。

也正是由于这种轻浮的语气，奥维德的早期作品受到了众多鉴赏者的忽视。评论者在佩服其技巧的同时，倾向于惋惜他的作品太肤浅，缺乏严肃性，认为它们对于增进人类的理解没有多少帮助。即使我们不考虑前文已经讨论的帝国政治与性政治的内涵，单就爱情哀歌这种体裁本身而言，《情诗集》等作品仍是有价值的。奥维德的确没有维吉尔那样的“庄重”，却有一种冷静的超然，他能敏锐地意识到任何情境中的荒谬性，而在所谓的恋爱关系中，即使贺拉斯也早已发现了荒谬性：“谈恋爱就这样，一会儿战争，/ 一会儿和平，像天气一样变化无定，/ 像运气一样不可预测，谁非要弄清 / 它们的究竟，只会自寻烦恼，就像 / 按照理性的指引制定发疯的计划。”（*Sermones* 2.3.267-271）奥维德从未被情欲的“浪漫”迷住眼，总是能看到恋爱关系中双方盲目的冲动和缜密的算计。至于他诗中常被人诟病的“修辞术”，如厄略特所言它也并非真正的缺点，对论辩性因素的厌恶只是浪漫主义运动以来的审美趣味而已，无所谓对错，不应作为评判诗歌的标准。在奥维德的诗中，正是以论辩为基础的修辞术给了感性的内容一种理性的烛照，它的正面效果在《变形记》中更加明显。

《爱的艺术》虽然也以哀歌体写成，但与《情诗集》有重要的区别。首先，它并非短诗的合集，而是一首分卷的长诗，所以在奥维德的诗人生涯中，起到了为后来的《岁时记》和《变形记》热身的作用。其次，就体裁而言，它是说教诗。在西方古代，这是一种流行极广、内容极丰富的体裁，上至天文地理，下至打猎捕鱼，任何题材都可用诗歌的形式呈现，并以传递知识或技巧为主要目的。我们已经知道，奥维德的“色情诗”触怒了屋大维，但若论色情和偏离主流道德观的程度，《情诗集》远远超过了《爱的艺术》，而且后者为自己（虽然言不由衷）主动划定了边界，限定了读者：“细长的束发带，贞节的标志，赶紧走远，/ 还有你，为女子遮脚的长裙褶边！/ 我将歌咏安全的欢爱和未被禁止的偷情，/ 这里面不会有任何罪恶的行径。”为何为奥维德招来灾殃的却是《爱的艺术》，不是《情诗集》？答案在于体裁。无论《情诗集》多么出格，它都可理解为私人生活的记录，古罗马的爱情哀歌本不乏情色的内容，但《爱的艺术》既然以说教诗的形式出现，奥维德也以“情爱导师”自命，这部作品就进入了公共领域，不再是“行淫”，而是“诲淫”，与官方法律与政策直接冲撞了。在这样的框架下，奥维德从《情诗集》沿袭的轻浮调子不仅不能给他脱罪，反而更让屋大维怀疑他隐藏的动机。

《爱的艺术》长达两千四百行，远远突破了卡图卢斯和贺拉斯最长作品（不超过五百行）的篇幅，已让人窥见诗人觊觎长诗的野心。它分为三卷：第一卷的重心是如何物色情人并赢得她的爱；第二卷的主题是如何维持恋爱关系；第三卷却换了角度，不再从男子的角度传授技艺，而从女人的角度探讨控制男人的手段。格林指出，从第二卷到第三卷的过渡对应了古希腊史诗从《伊利亚特》到《埃提俄庇斯》（*Aethiopis*）的过渡，吉布森认为，这种转换也类似赫希俄德的《神谱》（*Theogony*）

结尾和《列女传》（*Catalogue of Women*）开篇的拼接。这首诗的素材主要有两个来源。许多吸引情人和维系关系的诀窍呼应着《情诗集》的一些段落，例如赛车场勾引女人的建议与《情诗集》第三部第二首相似，酒宴上的伎俩对应于《情诗集》第一部第四首，与侍女关系的探讨与《情诗集》第一部第十一首和第二部第八首相关。更重要的来源则是传统的神话（从这个角度看，《爱的艺术》更接近《岁时记》和《变形记》）。华特森统计了《爱的艺术》中出现的神话人物或情节，发现共有六十六处，其中五十余处都被诗人用来论证自己的观点。这些样例（exempla）又分为两大类，一类是与情爱无关的神话；一类是情爱神话，后一类又可分为两小类——真正与论题相关的神话和只是表面相关的神话。她认为，奥维德对这些神话的使用遵循一个套路：一方面在直截了当的论证中扮演严肃的情爱导师的角色，另一方面却通过对神话样例的反讽式处理消解严肃性，制造诙谐的效果。与《情诗集》相似，谁若想在《爱的艺术》中寻找爱的真谛，是绝无可能的，这是一本寻欢作乐的指南，奥维德将流行于当时罗马的各种猎艳手段汇总到一起，借此观察人情世故，并在文本的编织中获得快乐。至于它的讽刺和批判效果，可以参考前文关于《情诗集》政治意蕴的讨论。

《爱的疗治》的主旨在于为试图摆脱恋爱困局的人提供帮助，但作品的幽默意义大于实用价值。奥维德提及的许多手段其实都难以施行，或者难有效果，比如避免闲逸的生活，逃至乡村或海角天涯，聚焦于情人的缺点，或者以腻在一起的方式激起厌恶……德国古典学者普拉滕曾在日记里写道：《爱的疗治》宣称要教会读者如何摆脱爱，然而它迷人的语调却可能起到相反的作用。学者布鲁奈尔也指出，这首诗的内容和形式是矛盾的，奥维德曾把哀歌体称为维纳斯的“淫媒”，用这种体裁来反对情爱是无效的。诗人在757—758行特别警告容易陷入情网的读者不要碰任何情爱诗（从体裁上说自然也包括《爱的疗治》），就是一种狡黠的自我拆台行为。达维森认为，这首诗的一个核心悖论是：爱的痛苦是无法疗治的，疗治的建议实施起来往往比爱的痛苦更痛苦。

《情诗集》和《爱的疗治》主要依据的是 Kenney（1961 年）的版本，《爱的艺术》主要依据的是 de Verger（2003 年）的版本，并参考了其他多个版本，选择了自己认为最合理的原文。译诗采用以顿代步的原则，单行六顿，双行五顿，以每两行换韵的方式押韵。为了方便读者理解，译者整合了西方学术界的观点，撰写了六万字的注释，着重解释了诗作涉及的神话和历史典故，并概述了学者对作品的阐释。

《女杰书简》《女人面妆》介绍

《奥维德诗全集》第五卷收录了《女杰书简》和《女人面妆》。《女杰书简》由两部分构成，前面十五首是以古希腊神话或历史上著名女性的口吻创作的书信，后六首是三对情人的书信。在《情诗集》第二部第十八首 21—26 行，奥维德提到了书中的几首书信体诗歌，分别是第一首（珀涅罗珀致尤利西斯）、第二首（菲丽丝致得摩丰）、第五首（俄诺涅致帕里斯）、第六首（许普西皮勒致伊阿宋）、第十二首（美狄亚致伊阿宋）、第十一首（卡那刻致玛卡柔斯）、第十首（阿里阿德涅致忒修斯）、第四首（淮德拉致希波吕托斯）、第七首（狄多致埃涅阿斯）和第十五首（萨福致法昂）。这表明，《女杰书简》的创作大体与《情诗集》同时，但路数截然不同。在《爱的艺术》第三卷，奥维德借别人之口高度评价了自己的这部作品："某人将说道：'读我们老师优雅的诗歌，/ 他向男女双方都传授了心得：/ 或者从名为《情诗集》的三卷摘取几句，/ 用你娴熟的嘴唇慵倦地朗读，/ 或者用抑扬顿挫的声音吟诵其书信——/ 此体裁别人不知，是他的发明。’”（341—346 行）虽然书信体诗歌并非奥维德首创，在古罗马文学中，前辈贺拉斯的书信体诗歌也成就卓著，但那是一种将日常生活与哲学智慧相结合的说教诗，奥维德则是将书信的形式和哀歌体格律相结合，在戏剧化的情境中，深入角色内心，创造了一种以抒情推动叙事的特殊文体。这的确是了不起的发明，对后世的书信体文学（尤其是小说）有很大的启发意义。

但《女杰书简》最大的价值在于，这是西方文学史上第一组细腻呈现女性内心世界的爱情诗。在西方整个古典时代，爱情诗都受到两个文化因素的抑制，难以生长。一是女性社会地位低下。女性或者被视为延续家族的工具，或者被当作政治交易的筹码，或者沦为男性寻欢的对象。在男性诗人的作品中，她们几乎从来不是平等的主体，而仅仅是欲望的符号，读者只见其形貌之美，却不见其内心之光。这些诗缺乏情感的强度和心理的深度，不足以称为爱情诗，而只能称为情色诗。二是现代意义上的爱情几乎没有生存的空间。因为对于类似交易关系的婚姻和财产制度而言，建立在平等精神交流之上的自由恋爱理所当然是一种威胁。古罗马人尤其对爱情持怀疑态度，他们把爱情视为一种情感失控的非正常状态，甚至一种病症，除非能将其纳入家庭和国家秩序。他们认为男性公民的典型特征是高度的自制力和冷静的算计，儿女情长则是阴柔的表现，对社会有害无益。萨福在古希腊被尊为第十位缪斯，炽烈的情感和深刻的描摹也让她的爱情诗在两千载之下仍有勾魂摄魄的力量，但她却没能让爱情诗在古希腊形成气候。甚至在她去世六百年后的古罗马，出现卡图卢斯这样一位爱情诗人仍可谓奇迹。然而，卡图卢斯的莱斯比娅系列仍有严重的局限，就是诗中没有女性的声音，男性的抒情主人公垄断了修辞的权力，莱斯比娅如何看待这段恋情，如何理解卡图卢斯声言自己受到的“伤害”，读者全然不知。奥维德的声音当然不能等价于女性自己的表达，但他在《女杰书简》里面至少在抛弃男性价值观预设的前提下，尽可能以共情的方式理解这些女性角色的心理、逻辑和情绪。同等深度和精细度的女性心理刻画要等到 19 世纪现实主义小说兴起后才能再次领略到。

以希洛写给勒安德罗斯的信（第十九首）为例，虽然只有二百一十行，我们读完后却感觉和女主人公一起经历了漫长一夜的等待，这是因为诗中有太多曲折的心路历程。在暴风雨之夜，希洛既希望情人渡海来相会，又害怕他渡海，内心反复的拉锯被诗人传神地再现："你根本不必害怕，维纳斯支持你冒险，/ 诞生于海中，她会抚平海面。/ 我自己也时常有意越过浪涛来相见，/ 但一般而言，海对男性更安全。/ 否则，为何佛里克索斯兄妹都路经 / 此海，却只有妹妹以死留名？ / 也许你害怕没有足够的时间回去，/ 或无力承担往返的双重任务，/ 那我们何不各自出发，在海中碰面，/ 彼此交换亲吻，在波浪之巅，/ 然后再分别游回你我所在的城市？ / 这快乐不算多，但总比空等有益。/ 或者让阻止我们公开相恋的羞耻心，/ 或者让畏惧流言的爱情遁形！ / 如今，情欲和规矩这对冤家在争夺，/ 我不知该选择体面还是快乐。/ 帕加塞的伊阿宋只去过一次科尔基斯，/ 就用快船劫走了帕西斯女子；/ 特洛伊的奸夫也仅拜访过一次斯巴达，/ 就立刻带着自己的战利品返家；/ 可是你多少次来见所爱，就多少次离开，/ 多少次游过让船都战栗的怒海。/ 然而，征服汹涌巨浪的少年，尽管你 / 仍可鄙视它，但也要心怀警惕。/ 精心制造的舟舰都能被大海吞噬，/ 你以为自己的臂膀比桨更有力？ / 你想游泳，但此事就连水手都畏惧，/ 这常是他们遭遇沉船后的结局。/ 多可悲！我苦苦劝你，却又不想说服你，/ 我祈求，你听完告诫依然有勇气，/ 只要你最终能到达，能用精力被海浪 / 耗尽的手臂搂住我的肩膀。"（159—190 行）

《女杰书简》在艺术上达到了极高的成就。首先，奥维德在塑造人物时精准地把握了戏剧性的真实。许多优秀的古典学者由于缺乏文学的敏感，经常从纯学术的角度错误地批评奥维德。例如，珀涅罗珀致尤利西斯的信中提到，安提洛科斯被赫克托耳杀死，而按照荷马、品达等诗人的权威说法，他是死于门农之手。许多评注者仅仅因为奥维德这里的事实偏离了荷马史诗的“原本”，就武断地认为古代的抄写员在誊写抄本时犯了错，而丝毫不考虑《女杰书简》的文体特征——书信体的戏剧独白，既然是戏剧独白，人物就不是全知全能的，而是有各种局限性的。格林认为，奥维德在这行所犯的“错误”（类似的错误在本诗中还有三处）恰好是一种塑造珀涅罗珀性格的策略。奥维德很可能故意让他笔下的珀涅罗珀搞错，毕竟她人在深闺，远离战场，也未必对战争有兴趣，在细节上犯错也正常，这符合情境真实的创作原则。用肯尼迪的说法，传统的神话版本可以充当“客观”的参照，叙述的偏离则可以让读者“发现并窥测作者的主观意图”。珀涅罗珀在给丈夫的信中故意让事实不准确，是想让对方意识到，由于无法探知丈夫的真实处境，自己时时刻刻都处于恐惧和紧张状态。她是一位精明的女人，通过故意装出的无知，她让尤利西斯感知自己的脆弱，激发丈夫的同情心和保护的欲望。许佩梅斯特拉致林叩斯的信也常被学术造诣深厚却缺乏文学感悟力的评论者诟病。她是达那俄斯的五十位女儿之一，父亲命令她们在新婚之夜杀死自己的丈夫（也是她们的堂兄弟）。四十九位女儿都执行了父亲的命令，只有许佩梅斯特拉放走了林叩斯。达那俄斯发现后，将她囚禁起来，她写了这封信向丈夫求救。许多评论者对此诗评价不高。帕尔默觉得它缺乏完成感，弗兰克尔说许佩梅斯特拉“过于羞涩，不肯表达爱”，雅克尔认为全诗没有提到爱令人惊讶，因为爱才是许佩梅斯特拉的首要动机。福尔库森为奥维德辩护道，这首诗并非像众多评论者所说，缺乏修辞劝服的效果，而是非常高明，因为许佩梅斯特拉意识到，父亲可能拦截这封信，所以信要兼顾两个读者，既要不冒犯父亲，让父亲相信她虽然放走了林叩斯，却并非同谋，也没犯错，又要（万一信件能被丈夫看到）具备打动林叩斯的力量，让他愿意回来救自己。也即是说，这是一首在双重轨道上运行的诗，所以含混是一种总体性策略。

由于奥维德拥有惊人的艺术想象力，又没有贬低女性的先入之见，因而他在《女杰书简》中创造的女人形象往往突破了西方古典传统的俗套。第三首是布里塞伊丝写给阿喀琉斯的信。虽然布里塞伊丝被古希腊作家反复提及，但由于女人和战俘的双重边缘身份，她的形象一直很苍白，可以说奥维德才是她的真正塑造者。诗作的戏剧情境是：阿喀琉斯将克瑞塞伊丝献给统帅阿伽门农，把布里塞伊丝留给自己。后来阿伽门农迫于神意，将克瑞塞伊丝归还给她父亲，并抢夺了布里塞伊丝。阿喀琉斯深感屈辱，愤然退出了联军。希腊军队多次遭遇败绩后，阿伽门农派人安抚阿喀琉斯，同意归还布里塞伊丝，并送给他许多礼物，但阿喀琉斯坚决拒绝。于是，布里塞伊丝给他写了这封信。一位孤苦无依的女人为何如此依恋杀害了自己全家的刽子手？奥维德充分理解这种“斯德哥尔摩综合征”的心理，并做了动人的表达。正因为她失去了家园、丈夫和所有的兄弟，她才希望在阿喀琉斯身上弥补所有的损失，阿喀琉斯成了她最后的精神寄托：“拜你之赐，我目睹吕尔涅索斯被攻破 /（在故国，我是何等尊贵的角色！）；/ 目睹三位兄弟（祖先和死亡将他们 / 连接）死去（我们有共同的母亲）；/ 目睹我丈夫（那么了不起的人）横躺于 / 染红的地上，胸膛在血污下抽搐。/ 失去这么多，只有你可以补偿，你已是 / 我的主人、我的丈夫和兄弟。”当阿伽门农抢走自己，阿喀琉斯却无动于衷，甚至当阿伽门农主动归还自己，阿喀琉斯却拒绝接受的时候，布里塞伊丝感觉到自己被第二次背叛和遗弃，从而陷入恐惧的深渊。在这首诗里，她不是一个被动、漠然承受痛苦的人，而是一个经历了创伤体验、在痛苦中挣扎的角色。

第六首（许普西皮勒致伊阿宋）是《女杰书简》中最成功的作品之一，因为奥维德做了前人未曾做过的事——在伊阿宋和美狄亚的神话中开辟了许普西皮勒这个新视角。伊阿宋被憎恨他的叔父珀利阿斯派往科尔基斯取金羊毛，他和希腊众英雄一起，乘坐阿尔戈号从帖撒利亚出发，途中在莱姆诺斯岛停留。此前不久，岛上的女人在一夜之间杀死了所有男人，只有许普西皮勒假装杀死了自己的父亲托阿斯，却暗中救下了他。许普西皮勒热情接待伊阿宋，并爱上了他，两人在岛上同居两年，许普西皮勒已经怀孕。此时在希腊众青年催促下，伊阿宋继续前往科尔基斯。到了目的地之后，科尔基斯公主美狄亚对他一见钟情，以魔法帮助他完成了三项危险的任务，夺取了金羊毛，并与他私奔。许普西皮勒因为自己被伊阿宋抛弃而愤恨，写下了这封信。这个人物塑造非常成功，从开始充满骄傲和蔑视的愤怒发展到最后难以遏制的仇恨和暴力冲动，极有艺术说服力。诗末许普西皮勒的诅咒让人惊心动魄："我会以美狄亚对付美狄亚。天上的朱庇特，/ 如果你垂听我的祷告，垂怜我，/ 就让篡夺者也遭受许普西皮勒的痛苦，/ 让她亲身去品尝自己的法律！ / 我身为人妻，育有二子，仍被鄙弃，/ 也祝她失去丈夫和一双孩子；/ 可耻赢得的，祝她转眼更可耻地输掉，/ 祝她被流放，颠沛于天涯海角！ / 昔日她如何对弟弟，如何对可怜的老父，/ 便祝她将来如何对儿子和丈夫！ / 当海洋和陆地已游遍，让她去尝试天空；/ 祝她无望地漂泊，血为她送终！ / 被夺去姻缘的我献上这一番祷词—— / 你们在遭诅的衾被里好好做夫妻！"我们当然知道，这段诅咒的每一条后来都得到"应验"。

布莱德利认为，《女杰书简》的创造性在于，虽然奥维德熟知这些神话人物的故事，但在这部诗集内，他抛弃了史诗作家的全知视角，只从人物内心的有限视角来理解所处的世界，让读者熟悉的神话人物呈现出罕见的心理深度。以第五首为例，虽然西方古代读者知晓关于帕里斯原配俄诺涅的情节与事件，奥维德却是从局内人俄诺涅的眼光来理解帕里斯劫走海伦的行为。诗人还通过贯穿始终的自然意象来映射俄诺涅与帕里斯的情感经历，让她的个人悲剧获得了超越个体的尊严感和普遍性。这种有限第三人称的现代写作技巧还制造了《女杰书简》的特殊效果，就是两种意识之间的张力：一边是诗中人物对自身命运的有限意识，一边是读者通过神话传统和更早的经典著作获得的更全面的觉知。第十一首是卡那刻写给玛卡柔斯的信。卡那刻和玛卡柔斯分别是风神埃俄洛斯的女儿和儿子，兄妹俩有乱伦关系。卡那刻怀孕产子，被父亲发现，埃俄洛斯命令手下处死婴儿，并派人给她送来一把剑，让她自杀。在动手之前，卡那刻给正在阿波罗神庙避难的玛卡柔斯送去这封信。后来在玛卡柔斯苦劝下，埃俄洛斯决定赦免女儿，但为时已晚，玛卡柔斯赶到时，妹妹已经自杀。读者对信写完之后情节走向的知识给了他们一个“特权视角”，让他们更深刻地感受到一种戏剧反讽——卡那刻只要再有一点耐心，就可以不死。卡那刻之所以不知道父亲可能赦免自己，是因为情节的关键人物玛卡柔斯在她写信时不在现场，却即将到达现场，并带来好消息，致命的时间差强化了这首诗的悲剧感。

阅读《女杰书简》的另一种乐趣是互文。例如，第十首（阿里阿德涅致忒修斯）与卡图卢斯《歌集》第六十四首中阿里阿德涅的独白形成了有趣的对话，卡图卢斯的阿里阿德涅出现在婚礼的挂毯上，是以画中人物自述的方式展开情节的，而奥维德的阿里阿德涅既指向自己在古罗马诗歌中的那个源头，也更具行动性，如同一位被酒神摄住心魂的狂女。此外，这首诗也与奥维德自己的《岁时记》中相关段落（第三卷 459—516 行）彼此补充。《女杰书简》最后六首诗让情人以书信应答也是很有开创性的写法，其中帕里斯与海伦的书信往复尤其值得揣摩，不仅因为它们取材于读者熟知的《伊利亚特》，还因为它们都影射了奥维德自己的《爱的艺术》。由于奥维德在《爱的艺术》中常以帕里斯和海伦为例，并要求罗马的男女以书信来勾引情人，学者们常将这两首诗与《爱的艺术》相关段落对照阅读。他们普遍认为，这封信里的帕里斯是奥维德的好学生。安德森声称，帕里斯掌握了《爱的艺术》传授的技巧，肯尼把帕里斯和海伦的这两封信视为《爱的艺术》的真人表演，米查罗普洛斯也觉得帕里斯是一流的雄辩术学生。但德灵克沃特对这些意见表示怀疑，他的结论是，帕里斯绝非娴熟的求爱者，相比之下，海伦才真正掌握了调情艺术的精髓。在海伦面前，帕里斯只是一个幼稚而盲目自负的追求者，海伦才是老到的勾引高手，她成功地实施了奥维德在《爱的艺术》（第三卷第 477 行）中的策略：让情人既期待又害怕。詹姆斯则指出，她最厉害的地方就是“让自己的拒绝被理解为许可”。

在《爱的艺术》第三卷，奥维德提到一本书：“关于养护你们容颜的秘方，我写过 / 一本小书，论心血，却是大作，/ 怕美色早衰，可以在其中寻找诀窍，/ 为你们，我的技艺绝对可靠。”（205—208 行）这本书显然就是《女人面妆》。在古罗马，“一本小书”大约七百到一千行，如今《女人面妆》只残留开头的一百行。奥维德直接点明了作品的用意：“女孩们，听我细述如何为容颜增辉，/ 如何让你们的姿色长盛不衰。”“听我细述”（Discite）是拉丁语说教诗的一个标志词，表明了这首诗的体裁。接下来诗人阐述了修饰容颜的重要性，他指出，虽然罗马先祖喜欢朴素，但是时尚已改变：“这并非出格：你们本应为姿容花心思，/ 如今世上的男子本擅长修饰。/ 你们的夫君以女士的准则经营外表，/ 甚至妻子都不如他们妖娆。”他告诫女人们不要相信巫术与魔法，而要以理性的方式美容养颜。在“首先该关注品德是否无瑕，女孩们，/ 天性贤淑，容貌便自然动人”的传统说教后，奥维德给出了几种独门的“面膜”秘方。第 100 行后的内容我们不得而知，但应该仍是保持面部皮肤光洁青春的诀窍。

《女杰书简》主要依据的是 Bornecque（1928 年）的版本，《女人面妆》主要依据的是 Johnson（2003 年）的版本，并参考了其他多个版本，选择了自己认为最合理的原文。译诗采用以顿代步的原则，单行六顿，双行五顿，以每两行换韵的方式押韵。为了方便读者理解，译者整合了西方学术界的观点，撰写了五万字的注释，着重解释了诗作涉及的神话和历史典故，并概述了学者对作品的阐释。

除了收录于五卷《奥维德诗全集》的这些作品，经常归到诗人名下的还有三首诗：《给利维娅的慰藉》（*Consolatio ad Liviam*）、《论钓鱼》（*Halieutica*）和《核桃树》（*Nux*）。《给利维娅的慰藉》是一首四百七十四行的哀歌体长诗，内容是安慰皇后利维娅的丧子之痛（皇子大德鲁苏在日耳曼英年早逝）；《论钓鱼》是以史诗体格律创作的说教诗，只余一百三十四行的残篇；《核桃树》也以哀歌体写成，一百八十二行，取材于伊索寓言。上述三首诗学界普遍认为是伪作，所以我没有收录和翻译。其余一些对作者存疑的作品主要集中在《女杰书简》和《情诗集》中，我已在相关注释中说明，为了这些诗集的完整性，我没有排除这些诗歌。虽然我完整翻译了收入此书的全部拉丁文作品，但是由于国家出版政策的限制，少量汉译无法在本书中呈现，删除部分只涉及第四卷。

《奥维德诗全集：拉中双语版》是 2018 年国家社科基金重大项目“拉丁语诗歌通史（多卷本）”（项目号：18ZDA288）的阶段性成果，在此向全国哲学社会科学办公室表示感谢。另外，也要感谢杜海燕老师和中国青年出版总社有限公司其他老师的大力支持。

李永毅

2021 年 6 月

汉译及注释

《岁时记》

第一卷

FASTORVM LIBER I

序诗

我将歌咏拉丁历法中演替的节庆[1]、
时日的起源和沉落复升起的星辰。
日耳曼尼库斯殿下，请以平和的表情
接受此书，引怯惧的船[2]前行；
愿你的神心不会厌弃这微渺的荣誉，
而能欣然认可我虔敬的付出。
你将重新领略古史[3]中发掘的圣礼，

1 1—62行是本卷序诗。此诗原本题献给屋大维（C. Octavius Augustus），参考《哀歌集》（*Tristia* 2.549-52）。奥维德流放期间，屋大维去世，奥维德修改时将献诗对象改成日耳曼尼库斯（Germanicus Iulius Caesar，屋大维养子德鲁苏之子、新任皇帝提比略的侄子和养子）。“歌咏”（canam）是一个体裁标志词，表明这首诗的风格近于高贵的史诗。这里的“拉丁历法”指恺撒所确立的太阳历。“节庆”对应的原文是tempora（“时间”的复数），泛指古罗马历法中特别标示出的日子，往往是公共节庆。Miller（1992）和Newlands（1995）指出，第一人称的“我”在《岁时记》中扮演着极其重要的角色，这一点不同于传统的史诗，而是受到了哀歌体传统的影响，也与亚历山大诗人卡利马科斯的先例有密切关系。

2 Fantham（1985）认为，这里的“船”既可以是这首诗的比喻，也可以指真实的船，因为此时奥维德正流放托密斯，他若要回到罗马，需要仰赖日耳曼尼库斯的善意。以船喻诗有漫长的传统，可以追溯到古希腊诗人品达。

3 “古史”原文为Annalibus priscis（古代的编年纪）。古罗马编年纪的主要部分叫Annales Maximi，是公众可以查阅的官方记录，由大祭司保管。奥维德也可能用Annalibus这个词指前代诗人恩尼乌斯（Ennius）和阿奇乌斯（Accius）的长诗《编年史》（*Annales*）。

回溯每一个节日非凡的来历。
你会重览为恺撒家族设立的庆典，
父亲和祖父[1]的功业也铭刻其间，
他们赢得的奖赏装饰着彩色的名录[2]，
你和德鲁苏[3]也会有同样的殊遇。
让别人去赞美恺撒[4]的征伐，我的主题
是他的祭坛和增添的神圣节日[5]。
允许我提笔，历数你宗亲的泽勋，求你
让这颗恐惧的心不再战栗！
温和地待我，你便赐我的诗歌以力量，
我才华涨落，全系于你的目光。
即将被博学的皇子[6]审阅，诗页[7]怎能不

1 “父亲”指德鲁苏（Nero Claudius Drusus Germanicus），以在日耳曼的军功闻名，不幸早夭。“祖父”指屋大维。

2 “彩色的名录”（pictos Fastos）很可能指Fasti Consulares，保存在雅努斯神庙里，记录了历代显贵的名字。古罗马书籍常以颜色（尤其是红色）装饰。

3 这行的“德鲁苏”指提比略之子小德鲁苏（Drusus Iulius Caesar），而非日耳曼尼库斯之父。

4 “恺撒”指屋大维，奥维德创作《岁时记》时屋大维仍然在位。

5 “祭坛”可能指屋大维设立的“和谐”女神（Concordia）祭坛。“增添”节日的途径主要有两种，一是复活古代的节日；二是新设立敬拜某位神或屋大维的节日。

6 奥维德修改此诗时，屋大维已经去世，日耳曼尼库斯已经不是皇孙，而是皇子。原文的princeps（字面意思是“第一公民”，屋大维给自己的称号，事实上相当于皇帝）是专用于屋大维及其家族成员的称谓。

7 从恺撒时代开始，分页书开始流行，逐渐取代古代的卷轴书。

惶恐，如同等待阿波罗[1]览读，
因为你纯熟的辩才我早已领略，当你
为惶恐的被告拿起和平的武器[2]，
我也知道，当诗兴驱使你一试身手，
天才的江河又怎样沛然奔流[3]。
若合法亦顺天[4]，请以诗人的缰辔驾驭
诗人，庇佑流年有圆满的旅途。
当我们城市的创建者[5]为时间制定规程，
他将一年划分为十个月份——
罗慕路斯，你了解武器甚于星座，
征服邻族方是你更大的关切。
然而，恺撒[6]，他的错误并非没缘由，
如此的想法可以替他做借口：
婴儿在母亲子宫中生长，直至分娩，
他认定这时间足够算作一年；

1 阿波罗是掌管文艺的神，此处原文为 Clario deo（克拉洛斯的神）。克拉洛斯在小亚细亚，和德尔斐一样，是聆听阿波罗神谕之所，据塔西佗记载，日耳曼尼库斯曾到此处求过神谕。

2 日耳曼尼库斯擅长雄辩术，参考奥维德《黑海书简》（*Ex Ponto* 2.5.41-46）。苏埃托尼乌斯（*Vita Gai* 3.1）和塔西佗（*Annales* 2.83.3）也证实，他的法庭辩论很成功。

3 日耳曼尼库斯也擅长诗歌，参考《黑海书简》（*Ex Ponto* 4.8.67-78）。

4 原文的 licet 指符合人间的法律，fas 指不违背神的意旨。

5 “城市的创建者”指罗慕路斯（Romulus）。在现存的古罗马资料中，奥维德是第一个声称罗慕路斯创立了十月制历法的人。

6 这里的“恺撒”指屋大维（修改前）或日耳曼尼库斯（修改后），也不排除是对恺撒本人的呼告，因为恺撒是改革古罗马历法的关键人物。

从丈夫下葬开始，妻子离群索居，
　　在家守丧，时间也恰是此数。[1]
身着王袍的奎里努斯[2]向蒙昧初民
　　颁宣历法时，此便是他所思忖。
一月属于马尔斯，二月维纳斯，她孕育
　　罗马民族，他则是国王之父。[3]
三月因老人得名，四月因青年得名，
　　后面诸月则按照序数区分。[4]
但努玛没有忽略雅努斯和祖先的鬼魂，
　　在已有月份前添上两个月份。[5]
然而，我要告诉你各个日子的律例，
　　晨星[6]不会带来相同的职司。

1　罗马第二任国王努玛（Numa Pompilius）规定了死者亲人服丧的时间，寡妇需要服丧十个月，是因为当时一年就是十个月，所以奥维德这里是倒果为因了。古罗马早期历法中一月即现在的3月（属于马尔斯），二月即4月（属于维纳斯）。罗慕路斯和努玛这两任国王对于《岁时记》的结构非常重要，前者代表了奥维德所厌恶的战争主题，后者代表了和平主题，同时努玛的宗教态度与此诗的题材密切相关，关于这一点，可参考Hinds（1992）、Barchiesi（1997）、Gee（2000）等人的论述。

2　“奎里努斯”（Quirinus）是罗慕路斯死后封神的名号。

3　根据传说，维纳斯是罗马先祖埃涅阿斯的母亲，马尔斯是罗马首任国王罗慕路斯的父亲。3月名称源于马尔斯，古罗马人无异议；4月名称源于维纳斯的希腊名（Aphrodite）代表的却是少数派观点。

4　三月即5月，拉丁文是Maius，奥维德认为它与“年长者”（maiores）有关。四月即6月，拉丁文是Iunius，奥维德认为它与“年轻者”（iuvenes）有关。

5　1月（Ianuarius）与罗马门神雅努斯（Ianus）有关，2月（Februarius）可能与净化物（februa）、净化仪式有关，祭奠亡魂的节庆也在2月。

6　晨星（Lucifer）在这里代指每一天。金星早晨出现，称为晨星，晚上出现，称为昏星或晚星。

不许说某三个词语的日子就是闭日，
可以诉讼的日子则是启日。[1]
别以为每日始终遵守同样的规矩，
早晨未开禁，下一刻却不受约束：
内脏既已献给神，人便可谈论一切，
尊贵的司法官也可放言无遮。[2]
在某日，可以合法地将民众圈入围栏[3]，
某日则永远每隔九天就回返[4]。
朱诺的敬拜占据了奥索尼亚的朔日[5]，

1 根据罗马历法，日子分为三种，闭日（dies nefasti，历书上以 N 表示）法庭不许开庭，司法官（praetor）不许断案，所以不能说 do、dico 和 addico 三个词，司法官的开庭套话是“Do bonorum possessionem, dico ius, addico id de quo ambigitur”（我赋予财产所有权、宣布法律、裁决争讼）；启日（dies fasti，历书上以 F 表示）可以开庭，司法官可以审案；半启日（dies intercisi/endotercisi，历书上以 EN 表示）只有部分时段可以开庭。Fasti 和 nefasti 的词根是拉丁语动词 for（说），所以字面意思是“可以说”和“不可以说”。

2 以上四行谈论的不是半启日（一年有八天），而是一类特殊的日子（只有 3 月 24 日和 5 月 24 日），历书上以 Q. R. C. F. 表示，一般认为这是 Quando Rex Comitiavit Fas（意为“当祭司国王开会宣布某日是闭日还是启日的时候”）的缩写。在这两个日子，献祭动物内脏前不可开庭（nefastus），献祭后则可以开庭（fastus）。

3 指“集会日”（dies comitiales，历书上以 C 表示），这是制定法律、选举官员的日子。“围栏”（septum）是用木板隔开的区域，离执政官驻地不远，是民众投票的地方。

4 指“市场日”（nundinae），字面意思是“第九日”，但由于罗马人数数时首尾都包括，“第九日”其实是第八日。两个“市场日”之间的时间称为 internundinum，相当于罗马的一个星期，每星期的八天从“市场日”开始，在历书中依次用 A 到 H 的字母表示。但 1 月 1 日永远用 A 表示。

5 奥索尼亚（Ausonia）是意大利的古名，朔日（Kalendae）指罗马历法中每月的第一天，每月朔日次祭司（pontifex minor）和祭司王后（regina sacrorum）向朱诺献祭。

更肥的白羊在望日[1]向朱庇特献祭，
回九日则无任何神守护[2]，它们的翌日
（千万别犯错）皆是黑色的凶日[3]，
预兆源自真实的事件：在这些日子，
罗马曾一再战败，惨遭损失[4]。
以上对整部历法都适用，我仅说一次，
以免此后需中断连贯的故事。
请看，日耳曼尼库斯，在我诗歌的开篇[5]， 1月1日
雅努斯正向你宣告吉祥的一年。
双面雅努斯[6]，无声流逝的时岁的源头，

1 望日（Idus）指罗马历法中每月的中间日，3、5、7、10月的望日是15日，其余月份望日在13日。1月望日需要向朱庇特献祭一只公羊，其余月份的望日祭品是一只羊羔。

2 “回九日”（Nonae）就是从每月望日往前数九日（其实是八日）的日子，3、5、7、10月的回九日是7日，其余月份的回九日在5日。“无任何神守护”意思是在这些日子不用向任何神献祭。

3 古罗马以白色为吉，黑色为凶。古罗马人相信“后面”不吉利，所以每月的朔日、回九日和望日的次日（一共三十六天）都被视为凶日（dies atri），这些日子都不能举行宗教活动。

4 公元前390年罗马人在与高卢人的阿利亚战役中惨败，导致了罗马城的陷落。战役发生在7月18日，战前的7月16日曾举行祭祀，罗马人将战役的失败归咎于祭祀的日子，元老院决定从此以后每月的朔日、回九日和望日的次日都定为凶日。参考李维《罗马史》（*Ab Urbe Condita* 6.1.11-12）。如Porte（1985）所言，奥维德“这些日子”的说法不准确，罗马的惨败并非发生在上述凶日，只是被人们认为与凶日有关。

5 63—294行是1月1日（罗马标记法为A KAL. IAN. F）。Herbert-Brown（1994）认为这里奥维德不仅表达了对日耳曼尼库斯的一般祝福，也特别影射公元15年的事件。当时日耳曼尼库斯正在日耳曼征战，元老院在元旦通过决议，授予他凯旋礼的荣誉。

6 这是雅努斯的典型形象，他有两张方向相反的脸。

诸神中唯有你目睹自己的身后，
请庇佑我们的皇室，海洋和富饶的大地
因他们的辛劳才能无忧地休憩；
请庇佑你的元老院和奎里努斯的民族，
赞许地颔首，打开皓白的殿宇[1]。
喜庆的黎明：你们的言辞和心灵也要
喜庆[2]，吉日必须以吉言映照。
让两耳不闻争讼，让疯狂的攻讦远逃[3]，
怨毒的舌头，暂停你的鼓噪！
你没看见天空如何在香火中闪光，
听见藏红花[4]在炉膛噼啪作响？
灿烂的焰苗向神庙的黄金投去亮痕，
巍峨的塔顶，辉泽漾溢无定。
人们身着无瑕的衣服，迈向卡皮托山[5]，

1 “皓白”（candidus）是古罗马形容大理石神庙的标准词汇，屋大维时期新建和修缮神庙尤其大量使用了大理石。

2 原文中的 linguis favete 是古罗马宗教仪式的标准用语，意为只说宗教视为吉祥的话语，否则便保持沉默。

3 古罗马宗教节日一般禁止诉讼，但元旦例外，见下面 165—170 行雅努斯给出的解释。

4 “藏红花”原文是 spica Cilissa（奇里基亚的香料），古罗马的藏红花主要产于小亚细亚的奇里基亚。

5 白色是喜庆的颜色。每年 1 月 1 日，平民、骑士和元老院议员要举行游行，陪伴新就任的执政官走到卡皮托山的朱庇特神庙，寻求祂的庇佑。参考《黑海书简》第四部第四首和第九首。“卡皮托山”的原文是 Tarpeias arces（塔尔皮亚的堡垒），塔尔皮亚是卡皮托山南顶峰的一块陡峭岩石，因为罗马早期叛国的维斯塔贞女塔尔皮娅而得名，这里后来成为处决犯人的地方。罗马国王塔克文（L. Tarquinius Superbus）在它顶上建了朱庇特神庙。

民众的白袍与节日相融无间。
新的束薪斧正引路，新紫袍鲜丽夺目，
高抬的象牙椅正感受新的重负。[1]
在法利斯齐养大的公牛，不曾经历过
犁地的苦辛，正引颈等待斧钺。[2]
朱庇特从高处的神殿扫视整个天下，
所见之地无不已臣服罗马。
欢迎你，吉祥之日，重临时总更吉祥，
理当受主宰世界的民族敬仰。
可是，双身的雅努斯，我该如何形容你？[3]
希腊没有一位神与你相似。
也请告诉我，天界居民中为何独有你
能同时看到身前身后的景致？
当我手持蜡板[4]，在心里反复思量，

1 这两行提到了执政官的三个标志物：象征权力的束薪斧（fasces，即法西斯）、镶有紫边的托加袍（toga praetexta）和象牙椅（sella curulis，后者的使用不限于执政官，但只有极少数高阶官员有此特权）。

2 法利斯齐以土地富饶闻名，古罗马献祭的牲畜多半产于这里。牺牲在死前挣扎被视为凶兆，配合宰杀则被视为吉兆。

3 89—288 行是诗人对雅努斯的“采访”。雅努斯占了两百行的篇幅并非偶然，不仅因为他代表一年的第一月和第一天，是诗中显形的第一位神，也因为他与《岁时记》的主题、体裁、风格甚至结构都有密切联系。参考 Miller（1983）、Hardie（1991）、Newlands（1995）、Barchiesi（1997）等人的论述，Hardie 和 Barchiesi 相信雅努斯所象征的这种双重性和矛盾性威胁到了传统的权威，Pasco-Pranger（2000）却认为，它恰好代表了罗马本土察古派的双向意图：从现在出发回溯古代，用关于古代的知识改进现在的道德。

4 蜡板（tabula 或 tabella）是表层涂蜡的薄木板，罗马人用金属笔（stylus）在上面刻字，可以反复使用。

房中的光线变得愈益明亮。
然后，神圣雅努斯忽然出现在眼前，
他的两张面孔几乎像梦幻。[1]
惊恐之下，我感觉头发已全然僵硬，
胸中也骤然袭来透骨的寒冷。
他右手握着权杖，左手拿一把钥匙[2]，
用前面的嘴唇如此向我致意：
“别害怕，勤勉研究历法的诗人[3]，用心
理解我的话，我将答你所问。
古人（因为我早已存在）称我为‘混沌’[4]：
你看，我即将吟唱多久远的事情。

---

1 神在诗人面前显现（theophany）的传统可以追溯到荷马。

2 这是雅努斯的典型装备。

3 雅努斯对奥维德的称谓“勤勉研究历法的诗人”（vates operose dierum）值得关注。首先，operose dierum 可能影射古希腊诗人赫希俄德的诗作《工作与时日》（拉丁文名字很可能是 *Opera et Dies*）。其次，这个说法结合了诗人通神的灵感派传统（vates 表示先知般的诗人）和新诗派重技巧的传统（operose），体现了《岁时记》写作的两个侧面。关于后一点，参考 Hardie（1991）和 Barchiesi（1997）。Pasco-Pranger（2000）也指出这个说法的重要性（它在第三卷第 177 行再次出现），认为它体现了贯穿《岁时记》的三种写作模式之间的紧张关系：一边是通神的先知传统（vaticism），一边是细致烦琐的察古传统（antiquarianism），后者又分为以卡利马科斯（Callimachus）的《物因》（*Aitia*）为代表的亚历山大诗歌传统和以瓦罗（Varro）与弗拉库斯（Verrius Flaccus）为代表的罗马本土散文传统。同时，vates 所代表的天分（ingenium）和 operose 所代表的技艺（ars）也是西方诗学自古典时代以来一直争论不休的一对概念。

4 古希腊人相信，宇宙最开始是无形体的混沌（chaos）状态，后逐渐演化为有形体的状态（cosmos）。参考奥维德《变形记》第一卷开篇的描写。这里，奥维德暗示了 Ianus 名称由来的一种解释。chaos 源于希腊语 chaskein（张开），Ianus 源于意义相对应的拉丁语 hiare。

这透明的空气，还有其他三种元素，
火，水，土，最初都杂乱堆聚。[1]
一旦物质的争斗让它从内部解体[2]，
分离的部分也奔向新的宅邸，
火便逸向最高处，风被下一层俘获，
大地和海洋则向中间沉落。[3]
我原是混乱的一块，没有形状，这时
也有了与神相配的脸和四肢，
即使现在，我前面的部分也还像后面，
算是混沌时代的一个纪念。
你所询问的形状，还有另一种解释，
知道它，你也就知道我的职司。
你所见到的一切，天空、海洋、云和地，
都是经由我的手开启和关闭。
我独自承受着守护辽阔宇宙的重担，
也唯我有权力转动世界的铰链。[4]

1 在古希腊自然哲学中，土、火、风、水是构成物质世界的四大元素。参考卢克莱修《物性论》（*De Rerum Natura* 5.432ff）。

2 恩培多克勒等古希腊哲学家用爱（eros）和争斗（eris）来解释物质元素的结合和分离。

3 古希腊人相信地球是圆的。四大元素中，火最轻，构成了天球或太空的星体；风次之，构成了地球的大气圈；土和水构成地球的海陆，被风和火包围在中间。只有从地圆说出发，才能理解“中间”的说法，否则土和水只能是在“下面”。泛希腊时代的大学者 Eratothenes 在公元前 200 年左右就以地圆说为依据，首次测出了地球的周长。关于元素的分离，参考奥维德《变形记》（*Metamorphoses* 1.26-31）和卢克莱修《物性论》（*De Rerum Natura* 5.449-70，495-505）。

4 从叙事学的角度看，第一人称的叙述很多时候并不可靠，这里雅努斯明显夸大了自己的权限。

当我决定将‘和平’从宁静的殿堂放出，
她便可自由无碍地徜徉于路途；
整个人间都将淹没在杀戮的血腥中，
若非我坚固的门闩囚住‘战争’。[1]
我与温柔的诸‘时日’[2] 掌管天庭的大门，
就连朱庇特出入都需我确认，
所以我叫雅努斯[3]。可是当祭司献上
麦糕和抹盐的供饼[4]，你们却将
嘲笑我的名：我在他们口中时而是
帕图尔丘斯，时而是克鲁修斯。[5]
显然，糙野的古代就是如此，表示
不同的职责，必须用不同的名字。
权限已说完，再说我为何有此容貌：
尽管部分的答案你已经知晓。
每扇门都有两面，此面和彼面，一面
朝向路人，一面朝家神[6] 的壁龛，

---

1 这里的“战争”与“和平”都拟人化了，成了雅努斯看管的对象。

2 按照赫希俄德《神谱》（*Theogony* 903）的说法，诸“时日”（Horae）是三位女神，是宙斯和忒弥斯的女儿，分别叫 Eunomia（和谐秩序）、Dike（正义）和 Eirene（和平）。

3 奥维德认为雅努斯（Ianus）与拉丁语“门”（ianua）有关。

4 “麦糕”（libum Cereale）字面意思是“属于谷神刻瑞斯的糕饼”，通常由小麦制成。“供饼”（far）通常用斯佩尔特麦制成，抹上盐，撒在牺牲身上。

5 “帕图尔丘斯”（Patulcius）与拉丁文动词 patere（保持开的状态）有关，“克鲁修斯”（Clusius）与拉丁文动词 claudere（关闭）有关。

6 家神指拉里斯（Lares）。

正如你们凡尘的守门人坐在门槛处，
能够看见往来出入的脚步，
我这位天宫守门人，自然也可同时
端详日升之东和日落之西。
你看，赫卡忒的脸同时朝三个方向，
那是为了将三条岔路守望[1]；
我也如此，为避免转头耽误时间，
天意允许我不动便可看两边。”[2]
他说完这番话，神情仿佛暗示我，倘若
我还有问题，他也不吝于解惑。
我鼓起勇气，镇定地向神表达感谢，
眼凝视地面，讲出更多的疑惑：
“求你告诉我，为何新年以霜冻开始，
若改从春天发端，岂不更合理？
那时节百花盛开，那时节生机焕发，
沉甸甸的葡萄藤迸出万千嫩芽；
很快树上就覆满新鲜吐出的绿叶，
种子的茎急切地将大地顶破；

1 赫卡忒（Hecate）是巫术之神，也是保护人们免受巫术侵害之神，经常与月神狄安娜（Diana）混同。她的三面雕像常置于三岔路口，所以她又名特里维娅（Trivia，三岔路口）。

2 Pasco-Pranger（2000）指出，雅努斯的这段话不像卡利马科斯的作品，而更像阿波罗尼乌斯《阿尔戈号远航》（*Argonautica* 1.496-512）和维吉尔《牧歌》（*Eclogues* 6.31-40）中的相似片段，是关于宇宙起源的歌吟。

众鸟悦耳的和声抚慰温煦的蓝天[1]，
　　群羊也在草地上嬉戏流连；
那时节阳光柔暖，异乡的燕子飞来，
　　在高高的屋梁之下衔泥筑宅；
那时节田野开始耕作，犁翻起新土，
　　这样的时间才应是一年的序幕。”
我的问题冗长，他却没浪费言辞，
　　只以两行诗回答我的质疑：
“旧太阳死在冬至，新太阳生在冬至[2]，
　　福玻斯[3]和一年都从此处开始。”
然后我又问，元旦人为何不能摆脱
　　诉讼[4]？“这就是理由，”雅努斯对我说，
“我让人们在一年开端不忘记辛劳，
　　以免整年都虚度，以它为征兆。
同理，每人在此日都只做些许活计，
　　仅足以表明他从事何种技艺。”[5]
我又道：“雅努斯，虽然其他神也在我心头，
　　为何你最先享用乳香和美酒？”

1　这行诗有浓重的维吉尔色彩，参考《农事诗》(*Georgics* 1.422)和《埃涅阿斯纪》(*Aeneid* 7.33-4)。

2　冬至（拉丁文 bruma）是一年中白昼最短的一天，也是白昼即将逐渐变长的一天，因此被西方古人视为重要的时点。严格地说，元旦和冬至还相差几天，西方古代的冬至一般定在 12 月 25 日（现代是 12 月 22 日）。

3　福玻斯（Phoebus）意为“闪耀”，即太阳神阿波罗（Apollo）。

4　因为元旦是启日（dies fastus），所以法庭会开庭。

5　古罗马人在元旦都会干点活，不为挣钱，只为求得一年的好兆头。

"那是为了你，"他说，"通过守门的我，
获得接近你心仪之神的许可。"
"但我们为何在你的朔日说吉庆的言语，
与亲朋好友交换彼此的祝福？"
这时，神拄着右手所持的权杖，答道：
"万事的开端总藏着未来的征兆。
畏惧的耳朵转向最先听到的话音，
占卜师[1]以最先看到的鸟为依凭。
庙宇和众神的耳朵都敞开，舌头不讲
虚妄之言，每句话都有分量。"
雅努斯于此停下，我却没沉默太久，
追随他刚才的言辞，再次开口：
"椰枣、干枯的无花果，还有用雪白罐子
献上的白蜂蜜究竟有何寓意[2]？"
"为了讨吉兆，让甘美的味道与所有事务
相伴，让甜蜜贯穿一年的旅途。"
"我明白甜品的道理了，那为何互赠钱币[3]？
请为我揭示你节日最后的秘密。"
他笑了："你与这个时代的精神太绝缘，
竟以为蜂蜜比到手的钱更香甜！

---

1 "占卜师"（augur）一词由拉丁文名词"飞鸟"（avis）和动词"携带"（gero）变来，所以占卜师严格说是鸟占师（auspices），鸟占只是古罗马众多占卜术之一。

2 这些合称 strenae，是古罗马人在元旦互相赠送的传统礼物。

3 这里的"钱币"（stipis）指价值可以忽略不计的硬币，也是新年礼物。

即使在萨图尔努斯时代，我也难见到
　　谁的灵魂不喜欢财宝的味道。[1]
贪欲随时间滋长，现在已登峰造极，
　　恐怕再无法向前推进毫厘。
今世比遥远的古代更看重财富，那时，
　　民众身无长物，罗马刚建立，
一间小屋已足以容下马尔斯的儿子[2]，
　　河边的莎草铺床，供他栖息。
逼仄神祠里[3]，朱庇特几乎难以站直，
　　大神右手的闪电竟是陶制[4]。
卡皮托现在用宝石装饰[5]，昔日用绿树，
　　元老院议员都与牛羊为伍。
那时，躺在干草上酣睡，头枕秸秆，
　　绝非羞耻的事情，无人会赧颜。

1　萨图尔努斯（Saturnus）是乌拉诺斯（Uranus）和大地女神盖娅（Gaia）的儿子，他统治的时期是古希腊神话中的黄金时代。被儿子朱庇特推翻后，他逃到意大利，当时雅努斯是埃特鲁里亚的国王，热情接待了他。

2　“马尔斯的儿子”指罗慕路斯（或叫奎里努斯），“罗慕路斯的小屋”在奥维德的时代依然保存于罗马帕拉丁山上，据说罗慕路斯曾在此住过。

3　或者指罗慕路斯建造的朱庇特（Iuppiter Feretrius）神庙（长不过 16 呎），或者指努玛建的神庙。

4　古罗马早期的神像是陶制，而非大理石雕刻。

5　屋大维曾用 16000 磅黄金和许多宝石装饰卡皮托山的朱庇特神庙。

司法官放下犁头，便向庶民发律令[1]，
　　拥有一小块白银也是罪行[2]。
可是当这片土地的时运从卑微中崛起，
　　罗马的头顶已触到天神的府邸，
财富和对财富狂热的欲望也随之膨胀，
　　已拥有最多，却追逐更多的宝藏。
占有是为挥霍，挥霍了再争相占有，
　　循环往复，喂养邪行的怪兽。
那些往腹中灌水的病人也是如此，
　　喝得愈多，愈觉得焦渴难止。
如今唯有钱管用：财产能赢得官职，
　　赢得朋友，穷人则处处受欺。
你却在问我，钱财的兆头是否有用，
　　古代的铜币为何受我们欢迎？
昔日人们赠铜币，现在金币更吉利，
　　旧钱敌不过，只好被新钱代替。[3]

1　影射古罗马历史上的著名人物钦钦纳图斯（L. Quinctius Cincinnatus），严格地说，他未担任过司法官。公元前 458 年时任执政官的米努基乌斯所统率的罗马军队遭到意大利埃奎人的包围，退隐务农的他临危受命担任罗马独裁官，以保卫罗马。退敌十六天后，他辞职返回农庄。

2　古罗马曾有法律禁止一人拥有 5 磅以上的白银。

3　古罗马最早的货币形式是牛羊（pecus，所以通常用 pecunia 表示货币），公元前 5 世纪铜块（aes）开始流行，公元前 4 世纪晚期开始铸铜币（所以 aes 也逐渐表示钱），第二次布匿战争后银币和金币才大量使用。Green（2004）指出，奥维德是第一个用 moneta 表示钱的拉丁语作家。Moneta（原义为指示）原是朱诺的一个号，公元前 344 年“指示者朱诺”神庙建成后，成了古罗马主要的造币场所。

我们神虽赞许古代的庙宇，但也倾心
　　黄金的殿堂：华贵更与神相称。
我们虽赞美古代，却也享受现代，
　　两个时代的习俗都不应偏废。”[1]
他已解释完，而我仍如刚才，语调
　　平静，向拿着钥匙的神请教：
“深受启发。但为何铜钱一面印着船，
　　另一面印着孪生脸孔的图案？”
他说：“双面神是我，你本当能够辨识，
　　若非时日久远，画面已磨蚀。
然后再说船：游遍世界后，手执镰刀的
　　那位神[2]是乘船进入我们的台伯河。
我记得这片土地接纳了萨图尔努斯，
　　此前朱庇特已将他从天界驱离[3]，
所以萨图尔尼亚族的名字长久流传，

1　对比上文雅努斯对节俭的赞美，这段辩白似乎言不由衷，堕落奢华的时代也反映在神对待财富的态度上。

2　手执镰刀的神指萨图尔努斯（Saturnus）。现存拉丁文学中，维吉尔的《埃涅阿斯纪》是最早讲述他到达意大利的作品（*Aeneid* 8.314ff.）。但在那部诗中，萨图尔努斯是从天而降，而非坐船进入意大利。关于他的镰刀，有两种传说，一是他用镰刀阉割了父亲乌拉诺斯（Uranus），推翻了后者的统治，参考赫希俄德《神谱》（*Theogony* 154-82）。古罗马更为流行的说法则认为，他之所以拿着镰刀，是因为他将农业带到了意大利，是罗马的农神。

3　萨图尔努斯因为总将刚出生的儿子吞掉，而遭到逃过一死的儿子朱庇特报复，后者夺取了他在天界的王位，并将他放逐，参考赫希俄德《神谱》（*Theogony* 71-3）。

也因神于此藏身，这里叫‘隐原’[1]。
可是虔敬的后世刻了一艘船在钱上，
以纪念这位异国神祇的到访。
在我自己所居之处[2]，棕黄的台伯河[3]
水波不兴，从左边静静流过。
这里现在是罗马，那时却古树参天，
广阔的土地只是几头牛的乐园。
我的城堡就是一座山，今天的人们
根据我的名称它为雅尼库伦。
当人间尚能容忍神的存在，神尚能
与人杂居，我也曾手握权柄。[4]
那时凡尘的罪孽[5]还没有驱走‘正义’
（诸位天神中她最后舍弃大地[6]），
没有对强力的恐惧，羞耻心统治世间，
向正义者施行正义，又有何难？
我无须操心战争，只守护和平与宅院。”

---

1 奥维德这里提出，罗马先祖在意大利落脚的拉提乌姆（Latium）这个地名发源于拉丁语动词latere（隐藏），所以这里没有遵循通常的音译，而意译为“隐原”。

2 指台伯河右岸名叫雅尼库伦（Ianiculum）的山丘（罗马七丘之一），Ianiculum似乎源于雅努斯（Ianus）的名字。

3 台伯河拉丁文名为Tiberis，但拉丁语诗歌常用这里的Thybris这个词指代它。

4 人神杂居是古希腊人所言的黑铁时代之前的景象，参考卡图卢斯《歌集》（*Carmina* 64.384-396）。

5 “凡尘的罪孽”对应的原文facinus mortale还可以理解为“致命的罪行”或“杀人的罪行”。

6 古希腊神话传统上将“正义”女神（Iustitia）视为最后一位离开人间的神。

他晃动钥匙："这就是我的刀剑。"[1]
他合上嘴唇，我却忍不住张开嘴唇，
以我的言语引出神的声音：
"柱廊[2]如此多，为何你只在一处[3]受祭礼，
就是毗邻两市场[4]的那座神祠？"
他捋着垂到胸前的长髯，立刻讲起
斯巴达的塔提乌斯[5]发动的战役，
轻贱的守门女[6]如何被手镯收买，悄悄
领着萨宾人潜行至高处的城堡。
"那里有一面陡坡，现在你还能下去，"
他说，"通向下方的广场和山谷。
眼看敌人已逼近大门，朱诺[7]却事先
阴险地挪走了阻挡进攻的门闩。
我害怕与如此强大的女神正面冲突，

1 这里，雅努斯的话也概括了整部《岁时记》的主题：远离战争，拥抱和平。

2 这些柱廊因为是双向的，两边都开口，与雅努斯形象一致，所以被称为ianus。

3 据古罗马作家瓦罗说，这座神祠名为 porta Ianualis（雅努斯之门），罗马第二任国王努玛在神祠里立了一座雅努斯的塑像。

4 两市场指"牛市"（Boarium）和"鱼市"（Piscarium）。

5 塔提乌斯（Tatius）是与罗慕路斯作战的萨宾国王，传言萨宾族是斯巴达人的后代，所以原文用源于古代斯巴达国王俄巴罗斯（Oebalus）的形容词修饰他。关于这场战争的记述，参考李维《罗马史》（*Ab Urbe Condita* 1.11.6-9）。

6 出卖罗马的守门女名为塔尔皮娅（Tarpeia），在通常的版本中，她父亲 Spurius Tarpeius 才是守门人。

7 因为特洛伊王子帕里斯在女神选美竞赛中将奖品金苹果给了维纳斯，朱诺在特洛伊战争中一直是特洛伊人的敌人，罗马人既然是特洛伊人的后代，朱诺对他们怀有敌意也是自然。

只好用我独有的技艺[1]来应付，
便以擅长的技能打开山泉的出口，
它们顿时喷出了一股股水流。
我先在泉脉中添了硫黄，沸腾的汁液
足以将塔提乌斯的道路封锁。
萨宾人领教了喷泉的厉害，只好撤退[2]，
危险消除了，那里的原貌也复归，
于是人们为我设祭坛，又建了小神庙[3]，
供饼从此在不绝的火焰中燃烧。”
“可你为什么和平时隐匿，战时显现？”[4]
他毫不迟疑，给了我渴望的答案：
“为了让离家征战的民众无碍地返回，
我撤去门闩，敞开我的心扉。
和平时我紧锁大门，以免他们会远离[5]，

1　即雅努斯打开和关闭一切出口的能力。

2　以沸腾的泉水击退萨宾人进攻的神话不是这个故事的传统元素，可能是奥维德的发明，参考《变形记》（*Metamorphoses* 14.775-99）。

3　“小神庙”应该指“孪生雅努斯”（Ianus Germinus，也叫 Ianus Quirinus）神庙。

4　按照古罗马传统，雅努斯神庙大门在和平时关闭，战争时开启。

5　通常的理解认为，“远离”的主语是同一行出现的“和平”，但这样的话，雅努斯在这里的解释就与本卷121—124行的说法正好相反。Green（2000）认为，虽然《岁时记》经常提供相互矛盾的解释，但这里情形特殊，毕竟两种解释出自同一位角色（雅努斯）之口，所以不应当冲突才对，而且“和平”（pax）在同一句中既作为抽象名词又作为拟人形象出现，极不可能。他认为，“远离”的主语应该是上文的“民众”，而且“民众”在这里的确切意思是“军队”。这里的译文采纳了他的意见。

在恺撒统治下，我将久困于此。”[1]
他说完，抬起同时看到前后的眼睛，
环视着整个世界的纷纭图景：
一片和平。赠给你荣耀凯旋的莱茵河[2]，
日耳曼尼库斯，已献上它的涛波。
雅努斯，让和平永驻，和平守卫者长存，
让和平缔造者永不放弃这作品！
但现在言归正题，历书允许我知晓，
元老院在此日敬献了两座神庙[3]。
台伯河分流之处的圣岛[4]曾经迎接
福玻斯和仙女科洛尼丝的骨血[5]。
朱庇特分享此地，两座神庙在一处，
孙儿与伟大的祖父[6]比邻而居。
有谁能禁止我描绘星辰，它们如何升[7]，

---

1 恺撒指屋大维，原文的 numine（神）是奥古斯都时期对皇室的惯常奉承。这句话也暗示，在屋大维统治下，罗马将长期享受和平。

2 指日耳曼尼库斯在日耳曼的系列大捷，他的名号也由此而来。公元 15 年 1 月 1 日，罗马元老院通过决议，授予他举行凯旋礼的资格。

3 一座（名为 Vediovis 或 Veiovis）献给朱庇特，另一座献给医神埃斯库拉庇乌斯（Aesculapius）。

4 “圣岛”即台伯河中间著名的 Insula Sacra。

5 即医神埃斯库拉庇乌斯，他是阿波罗（福玻斯）和仙女科洛尼丝（Coronis）所生。

6 “孙儿”指医神，“祖父”指朱庇特。

7 295—310 行是过渡，这段对观星者（早期天文学家）的赞美引发了评论者的兴趣，参考 Newlands（1995)、Barchiesi（1997）、Gee（2000）等人的讨论。奥维德的态度与贺拉斯否定天文学的诗句（《颂诗集》第一部第二十八首 4—6 行）形成了有意思的对照。

如何落？这也是此诗承诺的内容。
幸福的灵魂，那些最先想研习天文、
让思绪攀上苍穹殿宇的人！
可以相信，他们高昂的头颅同时
超越了尘世的藩篱与诸种恶习。
美色、酒宴、广场的俗务、战场的艰辛
无法败坏他们崇高的人品，
反复无常的野心、炫目浮华的荣耀、
对奢侈的贪欲不能伤他们分毫。
他们将遥远的星座带到我们的眼前，
让苍冥臣服于他们精密的计算。
天国如此去[1]，而非用奥林匹斯山驮起
奥萨山，让佩里昂峰顶触及星极[2]。
我们也将在他们的引导下划分天野，
把对应的日子分给巡行的星座[3]。

1 “天国如此去”（sic petitur caelum）呼应着《埃涅阿斯纪》（*Aeneid* 9.641）中阿波罗对阿斯卡尼俄斯（Ascanius）说的“如此登上星穹”（sic itur ad astra），却颠覆了维吉尔的价值观。奥维德指出，人不应通过战争的荣耀，而应通过智力的探求来获得永恒的荣耀。

2 这里影射巨人族战争中巨人奥托斯（Otus）和厄菲阿尔忒斯（Ephialtes）的故事，他们试图把奥萨山堆在奥林匹斯山上，然后把佩里昂山堆在奥萨山上（三座山的顺序传统上有不同的说法），以便攀上天界。参考荷马《奥德赛》（*Odyssey* 11.315f）和维吉尔《农事诗》（*Georgics* 1.280-3）。

3 “巡行的星座”（vaga signa）在拉丁语中常指行星，但它们不在此诗的描述范围内。

本月回九日来临之前的第三夜，大地[1] 1月3日
　　被空中散落的寒露浸湿，那时
寻找八跪二螯的巨蟹[2]纯然是徒劳，
　　它已径直没入了西方的波涛。
如果回九日已至[3]，伴随天琴的升起[4]， 1月5日
　　墨云倾泻的大雨会给你提示。
回九日再过四日，就是阿戈纳里日[5]， 1月9日
　　在这天必须求得雅努斯的善意。
此日可能因为穿围裙的祭司得名[6]，
　　他负责宰杀献给天神的牺牲，
将以温血染红出鞘的利刃时，他总要

1　311—314 行是 1 月 3 日（罗马标记法为 C III NON. IAN. C），前后的 1 月 2 日和 4 日分别标记为 B. IV NON. IAN. F 和 D. PR. NON. IAN. C。

2　指巨蟹座（Cancer）。传说海格力斯（Hercules）迎战九头蛇时，他的死敌朱诺派出巨蟹偷偷攻击他的脚，海格力斯一怒之下将其踩成碎片，事后朱诺拾起巨蟹，放上天空，成为巨蟹座。Frazer（1959）和 Newlands（1995）等人都指责奥维德弄错了巨蟹座沉落的时间。但 Fox（2004）指出，他们都误把第 311 行的时间理解成了上半夜，“寒露”在古罗马诗歌中其实是清晨的标志词，如果奥维德指的是 1 月 3 日清晨，则没有错误。

3　“已至”的原文 institerint 在拉丁语中既有“在场”也有“将至”的意思。

4　315—316 行是 1 月 5 日（罗马标记法为 E NON. IAN. F）。天琴座（Lyra）相传是诗人音乐家俄耳甫斯下地府救妻子时携带的那把里拉琴。

5　317—458 行是 1 月 9 日（罗马标记法为 A V EID. IAN. AGON[IA]），前面的 1 月 6 日、7 日和 8 日分别标记为 F VIII EID. IAN. F、G VII EID. IAN. C 和 H VI EID. IAN. C。这天是雅努斯的节日，被称为阿戈纳里日（Agonalia 或者 Agonia），下文奥维德提供了词源上的七种解释。

6　解释一：阿戈纳里日的名称源于拉丁语名词 ago（助手）。奥维德在这里用 ago 的近义词 minister 指祭司国王（rex sacrorum），祭司国王代替国王举行祭礼，地位高于大祭司（pontifex maximus），但权力和影响比后者小。

反复追问“阿戈涅？”[1]，获准才动刀。
有人却相信，牲口不会甘愿上祭坛，
所以此日名称的本义是“驱赶”[2]。
还有人认为，节日最初本叫“阿纳里”，
但这样名称就无端少了一个字[3]。
或者它铭记了献祭牛羊极度的惊恐[4]，
当它们瞥见水中屠刀的倒影？
它也有可能来自希腊的词语，原本指
古人习惯在此日举行的竞技[5]。
另外，古话“牲畜”叫“阿戈尼亚”，最后
这一条我认为才是真正的理由[6]，
虽然无十分把握，但执行祭礼的国君[7]

1 解释二：阿戈纳里日的名称源于“阿戈涅？”，这句话是拉丁文 agone（由动词 ago 和疑问后缀 -ne 构成）的音译，意思是“我该行动吗？”

2 解释三：阿戈纳里日的名称源于拉丁文动词 ago（驱赶）。

3 解释四：阿戈纳里日的名称源于拉丁文名词 Agnalia（羊羔节，agna 即羊羔），后来增加了一个字母 o 变成 Agonalia。这里为了节奏和押韵，没有严格音译 Agnalia 一词，而是直接从“阿戈纳里”中去掉了“戈”字，这样“少了一个字”的说法在译文中才成立，也与原文中“缺一个字母”的说法大体等价。Frazel（2002）认为，奥维德这里影射了卡利马科斯《物因》（*Aitia*）中描述阿戈斯一个羊羔节的段落（fr. 1.26-31=1.28-34）。

4 解释五：阿戈纳里日的名称源于古希腊文 agōnia（恐惧、痛苦）。奥维德常在相似拼写的拉丁文和希腊文单词间寻找词源的联系。Miller（1992）相信，奥维德突出牺牲的惊恐，是受到了卡利马科斯的影响。

5 解释六：阿戈纳里日的名称源于古希腊文 agōnes（竞技表演，如同拉丁语 ludi）。

6 解释七：阿戈纳里日的名称源于拉丁文名词 agonia（牲畜）。

7 指祭司国王。

需按例用一只公绵羊安抚天神。
叫作“牺牲”是因它死于得胜之手[1]，
“少牢”之名则源自战败的敌囚[2]。
古昔，为人类赢得神灵祝福的祭礼
乃是麦子[3]和闪亮的纯盐颗粒[4]。
那时，还没有异国的商船千里迢迢
从海外运来树脂制成的没药[5]；
幼发拉底河与印度未送来乳香和莪茂，
也无人知晓藏红花暗赤的花柱；
祭坛满足于双子柏[6]的枝条，青烟升腾，
月桂燃烧，发出响亮的噼啪声；
草地的花朵编缀成环，若有人能加
些许紫罗兰，就算是富贵之家。
如今需要刀在宰牛之后剖出脏腑，
古时的祭礼它根本没有用处。

---

1 这里奥维德为拉丁语两个表示“牺牲”的同义词提供了可疑的词源解释。他认为 victima 源于拉丁文 victrix（胜利者）一词，因为胜利者要献祭牺牲。译文用“牺牲”的“牲”与“得胜”的“胜”的声音相似性突出两个词的联系。

2 奥维德提出，hostia 源于拉丁文 hostis（敌人）一词，因为献祭牺牲的时间是在击退敌人后。译文用“少牢”的“牢”与“敌囚”的“囚”的意义相关性来表示两个词的联系。

3 “麦子”原文是 far，严格地说是斯佩尔特麦或者说二粒小麦。

4 盐在古代被视为极其珍贵的东西。

5 西方古代将船的发明看成人类黄金时代结束的标志。

6 “双子柏”原文是 herbis sabinis（萨宾草），这是一种与柏树类似的意大利植物，经常用来替代后者。

动物祭始于贪婪的母猪，刻瑞斯最先[1]
享用：它破坏财物，偿命并不冤；
因为她在初春发现，汁液丰盈的嫩苗
被满身硬毛的罪犯连根拔掉。
母猪付出了代价：山羊啊，警钟长鸣，
你应当知难而退，不去碰葡萄藤。
有人看见有山羊咬噬葡萄藤，按捺
不住心底的怒气，嚷出这番话：
“啃吧，山羊先生，可等你站在祭坛边，
藤里的东西会把你的角浇灌。”[2]
他所言不虚。巴克斯，敌人已交于你手，
等待惩处，双角间洒上葡萄酒。
母猪因罪遭了罚，山羊因罪受了苦，
牛和温柔的绵羊，你们有何辜？
蜜蜂竟悉数被杀，未成的蜂巢被弃，
目睹此景，阿里斯泰俄斯[3]哀泣。
湛蓝的母亲[4]温言软语，竭力来抚慰，

---

1 349—456 行是奥维德对动物活祭的讨论，委婉表达了反对活祭的立场。古希腊的毕达哥拉斯基于灵魂转世学说，猛烈抨击献祭动物和食用动物的行为，奥维德在《变形记》（*Metamorphoses* 15.75ff.）中也曾借他之口表达过类似观点。罗马本土的前辈诗人卢克莱修也认为献祭动物绝非虔敬的行为（*De Rerum Natura* 5.1198-1203）。刻瑞斯（Ceres）是谷神，相当于希腊神话中的德墨忒耳（Demeter），萨图尔努斯和奥普斯（Ops）的女儿。

2 “藤里的东西”指葡萄酒。古罗马人献祭动物前，会往它们的头上倒酒。

3 阿里斯泰俄斯（Aristaeus）是日神阿波罗和仙女居雷奈（Cyrene）的儿子，维吉尔在《农事诗》第四卷中将他描绘为一位牧人。

4 因为他母亲是水泽仙女，所以这里奥维德用“湛蓝”形容。

却无济于事，只好以此话收尾：
“别哭了，孩子！普罗透斯[1]会减轻损失，
如何弥补这一切，他会告诉你。
但是，为避免他变化形状脱逃，你定要
给他的双手套上坚固的镣铐。”
老迈的海神正酣眠，青年人见到先知，
便将他松垂的双臂捆在一起。[2]
善于变化的他用技艺改换了外表，
但受制于镣铐，很快又变回原貌。
他仰起湿漉漉的脸，湛蓝的长髯飘拂：
“你想知道再造蜜蜂的秘术？
宰杀一头公牛，在地里埋好尸体，
它会透露你向我寻的谜底。”[3]
牧人遵嘱而行，竟有黑压压的蜜蜂
从腐烂牛身飞出：一命死，千命生。
绵羊同样必须死，因为它竟敢啃食
一位老妪常献给乡野神的树枝[4]。
既然产毛的绵羊、耕地的公牛都不免
在祭坛就戮，还有什么享安全？

1 普罗透斯（Proteus）是大洋神俄刻阿诺斯（Oceanus）和海神忒堤斯（Tethys）的儿子，以善于变形著称，也是具备预言能力的神。

2 这里奥维德改写了维吉尔《农事诗》第四卷的情节。

3 古希腊人和古罗马人普遍相信，从牛的尸体中可以生出蜜蜂。

4 “树枝”的原文 verbenas 在拉丁文中指用于祭祀的植物，或者戴在头上做花环或叶环，或者由祷告者手持，或者置于祭坛上。

波斯人用马取悦金光环绕的太阳神[1]，
　　怕迅捷的他厌恶迟缓的祭品。
从前鹿曾换下处女，献祭三重神狄安娜[2]，
　　如今它不再替罪，却仍被宰杀。
我也曾见过海摩斯雪山的居民和萨派亚[3]
　　族人将狗内脏供奉给特里维娅[4]。
驴也被杀戮，为了放荡的乡野守护神[5]，
　　原委虽难启齿，却符合其禀性。
那时，希腊正庆祝藤冠巴克斯的节日[6]，
　　例行的仪式每三个冬天一次。

1　这里的太阳神是许珀里翁（Hyperion），天空神乌拉诺斯（Uranus）和大地女神盖娅（Gaia）的儿子。波斯人向太阳神献祭马的相关记载很多，例如色诺芬的《居鲁士的教育》（*Cyropaedia* 8.3.24）和《长征记》（*Anabasis* 4.5.34-5）。

2　“处女”指阿伽门农之女伊菲革涅娅（Iphigenia）。阿伽门农曾杀死了月神狄安娜的一只圣鹿而冒犯了她，在舰队准备出海的时候，海面却一丝风也没有。阿伽门农只好按照祭司的命令，杀死自己的女儿伊菲革涅娅来平息女神的怒火。最后，狄安娜用一只鹿换下了伊菲革涅娅，舰队才得以顺利起航。狄安娜被称为“三重神”是因为她同时是天上的卢娜（Luna，月神）、地上的狄安娜（Diana，猎神、林神、妇女的守护神）和地府的赫卡忒（Hecate，魔法神）。

3　海摩斯雪山（Haemus）在帖撒利亚，萨派亚人（Sapaeos）在色雷斯。

4　“特里维娅”（Trivia）字面意思是“三岔路”，是希腊地府神赫卡忒的罗马名字，有时也与狄安娜混同。

5　“乡野守护神”指普里阿波斯（Priapus），维纳斯和巴克斯（Bacchus）的儿子，掌管田野和花园。

6　酒神巴克斯的头上戴着常青藤的叶环，这个节日叫“三年节”（Trieterica）。391—440 行是《岁时记》中三处描述强奸未遂故事的段落之一，其余两处是 2.303-58 和 6.319-48。它们的背景、情节、叙述方式、色情细节和调侃语气都非常相似，第一个和第三个故事更高度雷同。为何如此？它们在这首“严肃”的作品中有何用意？这些都引发了学界持久的讨论，可参考 McKeown（1979）、Fantham（1983）、Williams（1991）、Barchiesi（1997）、Wiseman（2002）等。

追随吕埃俄斯[1]的诸位小神也到临，
　　还有每一位贪恋玩乐的嘉宾：
潘神，淫邪成性的年轻萨梯神[2]，居于
　　清澈小溪和幽僻原野的仙女。
年迈的西勒诺斯[3]也骑驴子赶来，
　　还有他——硕大阳具[4]让众鸟惊骇。
众神找到一处适合欢宴的林地，
　　惬意躺下，以柔软绿草为枕席。
利柏耳[5]分酒，宾客各自预备了花环，
　　溪水可用来将酒略微冲淡[6]。
一些仙女让长发自由无拘地垂地，
　　另一些挽着精巧别致的发髻；
这位将长袍卷到膝盖，伺候在一旁，
　　那位扯裂了衣衫，露出了乳房；
这位裸着肩，那位裙裾拖曳在草间，
　　所有的纤足都没有鞋的羁绊[7]。

---

1 “吕埃俄斯”（Lyaeus）意为“解放者”，是酒神的名号之一。

2 潘神（Pan）是希腊神话中的牧神。萨梯神（Satyr）是希腊神话中的诸多森林小神的称呼，他们以淫荡著称。

3 西勒诺斯（Silenus）是酒神的同伴和导师，在文学作品中常是滑稽的角色。

4 “他”指普里阿波斯，他的形象有一个突出特征，就是硕大的阳具。参考贺拉斯《闲谈集》第一部第八首。

5 “利柏耳”（Liber）意为“自由者”，也是酒神的名号。

6 古罗马人很少喝纯酒，饮用时喜欢在酒中兑水。

7 Green（2004）指出，和其他的强奸未遂段落不同，奥维德在这里的描写突出了仙女们的“主动引诱”。

这边，萨梯心中的柔火已被唤醒，
　　还有你，松枝缠绕两鬓的神[1]，
你也被点燃，情欲永不灭的西勒诺斯，
　　放纵是阻止你真正衰老的秘密。
可是，装点和守护花园的普里阿波斯
　　只为她们之中的洛提丝[2]痴迷：
念的是她，想的是她，叹息的还是她，
　　点头，使眼色，用尽一切办法。
佳人总难免心高，傲慢常伴随美貌，
　　她眼里透着鄙夷，视他为笑料。
到了晚上，感觉醉后的困倦，宾客
　　凌乱倒下，敌不过睡意的压迫。
草地最远处，枫树枝条下，仿佛因嬉玩
　　耗尽了精力，洛提丝正在安眠。
恋慕者偷偷起身，屏住呼吸，踮着脚，
　　仿佛悬浮在空中，慢慢往前飘。
终于抵达雪肤仙女的幽谧歇息地，
　　他格外小心，唯恐呼吸声泄密。
他已经在她旁边的草坪停稳了身体，
　　洛提丝依然陷在深邃的梦里。
他狂喜地掀开她的衣裳，从双足往上，
　　朝欲望的目标开始幸福的游赏。

1　指潘神。

2　洛提丝（Lotis）是这个故事的女主角。

可是，听！西勒诺斯的坐骑太不识趣，
　　沙哑的嗓子吼出了几声驴语。
仙女骤然惊醒，猛地推开他，仓皇
　　奔逃，尖叫声在整座树林回荡。
然而这位神，淫邪的器官太过激动，
　　月光之下，成了所有人的笑柄。[1]
混乱制造者付出了死的代价，这祭品
　　最让赫勒斯庞图斯之神舒心[2]。
乡村的慰藉，森林的常客，无罪的种族：
　　只有你们飞鸟曾远离恐惧。
你们筑巢，孵蛋，摊开温暖的羽毛，
　　自如的歌喉流出甜美的曲调。
这一切却是无益，舌头为你们惹祸，
　　神相信，他们的心思被你们散播。
指控却非虚，你们根据与神的距离，
　　有时用翅膀、有时用嘴喙泄密。[3]
禽类很久都安全，但终于轮到它们，
　　饶舌者的内脏让诸神觉得解恨。
所以白鸽的妻子常被人从丈夫身边

1　众人的讪笑和主角的尴尬是《岁时记》中反复出现的场景。

2　“赫勒斯庞图斯之神”指普里阿波斯，他的敬拜中心在赫勒斯庞图斯（今天的达达尼尔海峡）地区。

3　奥维德这里影射了古罗马两种常见的占鸟术：以声音为兆象（这样的鸟叫 oscines）、以飞翔定吉凶（这样的鸟叫 alites）。

夺走，在爱神炉火中化作青烟[1]；
鹅虽然守卫过卡皮托圣山，还是不免
把肝奉上奢华伊西斯的供盘[2]；
夜晚，长冠之鸟要在夜神前斩首[3]，
只因它守望的喉咙召来暖昼。
此际，明亮的海豚[4]渐渐升上天穹，
从故国的水面露出它的面容。
翌日的晨光正好划定冬天的中线[5]， 1月10日
度过的时日和余下的各占一半。
奥罗拉再次与提托诺斯暂别之时[6]， 1月11日
将目睹阿卡迪亚女神[7]的祭礼。

---

1 拟人化的处理体现了奥维德对鸽子（维纳斯的圣鸟）的同情。鸽子爱侣被拆散来祭祀爱神，尤其具有讽刺意义。原文 Idaliis focis（伊达良的火炉）指祭祀维纳斯的火炉，因为塞浦路斯的伊达良是维纳斯的圣地。

2 公元前390年，高卢人攻陷罗马，曼尼乌斯率军退守卡皮托山，敌人夜间偷袭时，养在朱诺神庙的鹅发出警讯，帮助了罗马军队。从此，罗马人认为鹅是神圣的。埃及女神伊西斯（Isis）常被等同于希腊的伊俄（Io），后者是河神伊纳科斯（Inachus）的女儿（所以这里的原文用 Inachis 指代伊西斯）。

3 “长冠之鸟”指公鸡。夜神（Nox）是古希腊罗马神话中最古老的神之一。

4 海豚座（Delphin 或 Delphinus）1月9日升起。

5 459—460 行是1月10日（罗马标记法为 B IV EID. IAN. EN）。奥维德将1月10日视为冬季的中点，但古罗马农学家科卢梅拉（L. Iunius Moderatus Columella）在《论农业》（*De Re Rustica* 11.2.97）中将这个时间定在1月4日。

6 461—586 行是1月11日（罗马标记法为 C III EID. IAN. NP CAR[MENTALIA]），后面的1月12日标记为 D PR. EID. IAN. C。奥罗拉（Aurora）是黎明女神，提托诺斯（Tithonus）是她的爱侣。

7 “阿卡迪亚女神”指预言女神卡尔门塔（Carmenta 或 Carmentis），她和儿子埃万德（Evander）从希腊的阿卡迪亚来到意大利定居。她和其他三位预言女神合称 Carmenae，后来与希腊神话的缪斯神混同。这个节日是卡尔门塔节（Carmentalia）。

尤图尔娜[1]，你也在同一天被迎进神庙，
　　那里处女泉将战神广场环抱[2]。
向何处寻求这些礼仪的缘由和形式？
　　谁将在海上引领我的舟楫？
名字源于诗的女神[3]，请给我启示，襄助
　　我的计划，以免你失了荣誉。
那片比月亮更古老的土地[4]（倘若我们
　　信它的自述）从伟大的阿卡斯[5]得名。
埃万德[6]生在那里，虽然双亲都显赫，
　　但他的声名更依凭母神的血。
天火一点燃她的灵魂，附体的神意
　　就让她唱出绝不落空的诗。
她已经预言母子俩迫在眉睫的灾难，
　　还有许多最终都应验的事件。

1　尤图尔娜（Iuturna）是一位水泽仙女，原文称她为 Turni soror（图尔努斯的妹妹），图尔努斯是《埃涅阿斯纪》中埃涅阿斯的主要敌人。朱庇特诱奸她后，把她变成了神，参考《埃涅阿斯纪》第十二卷。

2　“处女泉”（virginea aqua）指古罗马一座高架引水桥（Aqua Virgo）引来的泉水，桥于公元前 19 年 6 月 9 日建成，主要用于罗马人的沐浴。战神广场（Campus Martius）是罗马青年钟爱的锻炼身体的地方。

3　指卡尔门塔，奥维德认为 Carmenta 的名字源于拉丁语名词 carmen（诗歌、预言）。

4　指阿卡迪亚，卡尔门塔的故乡。阿卡迪亚居民自称 proselēnoi（比月亮更古老的人）。

5　阿卡斯（Arcas）是朱庇特和卡里斯托（Callisto）的儿子，死后成为星座。

6　埃万德（Evander）是墨丘利（也有别的说法）和卡尔门塔的儿子，是古罗马传说中的文化英雄，在特洛伊战争前从阿卡迪亚将古希腊宗教、法律和文字带到了意大利。

果然，年轻人被迫和先知母亲流亡[1]，
　　抛下了阿卡迪亚[2]，背井离乡。
母亲对他说[3]：“收起你的眼泪，你务必
　　像男人一样扛住命运[4]的打击。
这都是天意，放逐你的不是罪，而是神，
　　神受了冒犯，不许你在故土栖身。[5]
你忍受的不是刑罚，而是神的怒火，
　　有灾厄，却无过失，这总是慰藉。
每个人都有感知善恶的心，会根据
　　各自的行为催生希望或恐惧。
莫悲伤，仿佛你是世上第一位受冤者，
　　大人物也曾被这样的风暴催迫。[6]
昔日的卡德摩斯也如你，从推罗海岸
　　流浪到阿俄尼亚，永不能回返[7]；

1　放逐者在异地建立新城市是文学中屡见不鲜的主题。

2　原文中还提到帕拉西亚（Parrhasia，阿卡迪亚的城镇），译文中略去。

3　Green（2004）指出，卡尔门塔的这段话是古希腊罗马哲学和文学传统中典型的安慰文体（consolatio）。

4　“命运”（fortuna）强调了人生际遇的无常，下文的“天意”（fatis）突出的是未来进程早已预定且不可更改。

5　埃万德神话的传统版本均未解释流亡的原因，奥维德的措辞让人联想起他自己因冒犯屋大维而被放逐的遭遇。

6　这是西方古典文学中标准的安慰策略。

7　卡德摩斯（Cadmus）是腓尼基（诗中的推罗是著名的腓尼基城市）王子，因为妹妹欧罗巴（Europa）被朱庇特劫走，父王阿革诺耳（Agenor）命他寻找，找不到就永远不能返回。最终他在希腊地界创建了阿俄尼亚（Aonia，也叫Boeotia）殖民地。

堤丢斯和伊阿宋[1]遭遇也相仿，还有许多人，
　　我若一一列举，未免太沉闷。
在勇者眼中，处处是故乡，如鱼翔海洋，
　　如鸟遨游在无边无际的穹苍。
再说，冷酷的冬天不可能肆虐终年，
　　相信我，你定会迎来自己的春天。”
母亲的话坚固了埃万德的心，他乘船
　　越过风浪，到达晚星的海岸[2]。
此时，按卡尔门塔的嘱咐，他已进入
　　台伯河口[3]，沿水道慢慢上溯。
她见到与塔伦顿[4]渡口相接的河岸，见到
　　稀疏的农舍，原野一片寂寥。
如灵感降临[5]，她甩开头发，站到舵旁边，
　　儿子正开船，手却被突然紧攥。
她朝右岸的远处伸出双臂，仿佛
　　着了魔，三次[6]猛踩船板的松木，

1 堤丢斯（Tydeus）是卡吕冬国王俄纽斯（Oeneus）的儿子，因为误杀同伴，逃到阿戈斯。伊阿宋（Iason）被篡位的叔叔珀利阿斯（Pelias）派去寻找金羊毛，原文的形容词 Pagasaeus 源于伊阿宋故乡帖撒利亚的海港帕加塞（Pagasae）。

2 指在希腊西边的意大利海岸。

3 台伯河的原文是 Tuscis aquis（图斯坎的河），图斯坎是埃特鲁里亚（Etruria）的形容词，台伯河是古代埃特鲁里亚的东部边界，所以台伯河可以如此称呼。

4 塔伦顿（Tarentum 或 Terentum）指战神广场西端的土地。

5 “如灵感降临”对应的原文是 utque erat，字面意思是“如她（经常）所是”，这里指她宣布预言前进入迷狂状态的典型反应。

6 古罗马人认为奇数吉利，“三”尤其如此，在魔法和宗教仪式上，三遍很常见。

她几乎要径直跳入水中，立刻登陆，
　　埃万德的手差点就没能拽住。
“我们应许之地的诸神啊，向你们致意！”
　　她说，“还有你，将孕育新神的土地！[1]
还有滋育这陌生国度的河流与山泉，
　　还有林间起舞的仙灵[2]翩翩！
愿你们伴着吉兆向我和儿子现身，
　　愿那片河岸留下幸运的脚印！
是幻觉，还是这些山真将变作巨城[3]，
　　万邦都会向这里寻求律令？
神已经许诺，全世界将由七丘来统治。
　　谁相信伟大的天命竟归于此地？
很快，特洛伊木船将抵达这片海岸[4]，
　　战火也将为一位女人再燃[5]。

1　卡尔门塔对神和土地的重视呼应着《埃涅阿斯纪》中特洛伊人初到意大利的反应（*Aeneid* 7.120-1）。“新神”指将要被封神的与意大利相关的人物：海格力斯、埃涅阿斯、罗慕路斯、恺撒和屋大维等人。

2　“仙灵”指山林仙女和水泽仙女。

3　指以七丘为基础发展起来的罗马城。

4　指埃涅阿斯到达意大利，原文用 Dardaniae 指特洛伊，该形容词源于特洛伊先祖达尔达诺斯的名字。参考维吉尔《埃涅阿斯纪》（*Aeneid* 4.657-8）。

5　女人指埃涅阿斯的意大利妻子拉维尼娅（Lavinia），她在埃涅阿斯到达前曾被父亲许给当地的图尔努斯，战争因此在埃涅阿斯和图尔努斯之间爆发。说“再燃”是因为此前海伦已经引发过特洛伊战争，参考《埃涅阿斯纪》中西比尔类似的话（*Aeneid* 6.93-4）。

爱孙帕拉斯[1]，为何穿上不祥的甲胄？
穿吧：你虽死，英雄[2]将为你复仇。
特洛伊，你败而将胜，你毁灭而将重建，
你的废墟将埋葬敌人的家园。[3]
征服者的火焰，尽管焚烧佩尔加蒙[4]！
难道这灰烬不比全天下更尊荣？[5]
虔敬的埃涅阿斯很快会带圣器和父亲[6]
前来：维斯塔，迎接伊里昂的神[7]！
终有一日，同一人[8]将守卫世界和你们，
他虽向诸神献祭，自己也是神，
奥古斯都的家族将一直看护祖国，
天意让他的血脉永延帝祚。

1 帕拉斯（Pallas）是埃万德的儿子，受父亲之命率军增援埃涅阿斯，但被图尔努斯杀死，事见《埃涅阿斯纪》（*Aeneid* 10.474ff.）。

2 指埃涅阿斯，他杀死图尔努斯，为帕拉斯复了仇，事见《埃涅阿斯纪》（*Aeneid* 12.948-9）。

3 特洛伊人后裔罗马人在公元前 2 世纪最终征服了祖先的仇敌希腊人。

4 佩尔加蒙（Pergamum）是特洛伊的要塞，这里代指特洛伊，原文用 Neptunia（涅普顿的）修饰佩尔加蒙，是因为传说特洛伊城墙是涅普顿所建，参考卡图卢斯《歌集》（*Carmina* 64.367）的说法。

5 没有特洛伊的灭亡便没有罗马，因此可以这样说。

6 埃涅阿斯的父亲是安喀塞斯（Anchises），按照维吉尔等作家的说法，他没有到达意大利本土，而死在西西里（*Aeneid* 3.707-10），但奥维德、加图、迪欧等人相信，他到达了意大利。

7 维斯塔（Vesta）女神守护着罗马的至圣所，里面有象征罗马国运的不灭圣火。“伊里昂（Ilium 是特洛伊别称）的神”指埃涅阿斯从特洛伊带来的神像，最著名的是牵连特洛伊命运的密涅瓦神像（Palladium）。

8 指恺撒或屋大维，两人都曾担任掌管维斯塔神庙的大祭司，也都曾封神。

这位神的皇子（虽然他拒绝）和皇孙[1]
　　终将以圣智承继父亲的重任。
正如我在将来会享受不绝的祭品，
　　尤利娅·奥古斯塔[2]也必定封神。”
当她伴着此预言进入我们的世纪，
　　预知的舌头便在话中间凝滞。
放逐者下了船，站在拉提乌姆的草地上，
　　幸福的人啊，能在此地流亡！[3]
没多久，新房舍便纷纷立起，奥索尼亚[4]
　　没有一座山胜过阿卡迪亚[5]。
你看，阅尽世界的英雄[6]，正手持大棒，
　　将厄律提亚[7]的牛赶往此方。
他在帖该亚主人[8]家做客时，无法守望
　　牛群，任它们在空旷的原野游荡。

1　“皇子”指屋大维的养子提比略（Tiberius Caesar），他在继承皇位前曾一再表示不愿意。“皇孙”指提比略的养子（也是侄子）日耳曼尼库斯。

2　屋大维的皇后利维娅（Livia）在前者死后（公元14年）才获得“奥古斯塔”（神圣者）的封号，由此可以证明这一段文字在奥维德流放期间修改过。

3　这两行诗很可能表达了流放黑海地区的奥维德的心情，埃万德的流放地拉提乌姆是奥维德遥不可及的故乡。

4　奥索尼亚（Ausonia）是古希腊人给意大利起的名字。

5　阿卡迪亚山因为埃万德的故乡而得名，就是后来的帕拉丁山。

6　“英雄”指海格力斯，大棒是他的标准装备。

7　厄律提亚（Erythea）是今日西班牙卡迪斯附近的一个岛，海格力斯在这里消灭了三身怪物革律翁（Geryon），夺了他的牲畜。

8　“帖该亚主人”指埃万德，因为帖该亚（Tegea）是其故乡阿卡迪亚的一个城市。

一天早晨，海格力斯[1]从睡梦中惊起，
　　发现自己的两头牛竟已丢失。
他四下搜寻，无声的偷盗却没留影踪，
　　因为卡库斯[2]是倒拖它们入洞。
这凶狠的窃贼一贯残害乡邻与远客，
　　堪称阿文丁[3]森林的耻辱和恶魔[4]，
面目狰狞，身材魁梧，力气也惊人，
　　火神伏尔甘[5]是此怪物的父亲。
他的栖身处是一个巨大幽深的洞穴，
　　极其隐蔽，野兽都难以发觉，
入口上方悬挂着割下的手臂和头颅，
　　地面凌乱地堆着死人的白骨。
牛没有找回，朱庇特之子正准备启程，
　　被盗的动物却发出沙哑的哞声。
“我接受回返的信号[6]。”复仇者循声追去，

1　原文用 Tirynthius actor（提林托斯的赶牛人）称呼海格力斯，因为他在伯罗奔尼撒半岛的提林托斯长大。

2　海格力斯和卡库斯（Cacus）的故事流传已久，奥维德可以参考的作品至少有李维的《罗马史》（*Ab Urbe Condita* 1.7.4ff.）和维吉尔的《埃涅阿斯纪》（*Aeneid* 8.185-275）。据说卡库斯是火神伏尔甘和女妖梅杜萨的儿子。

3　阿文丁山是罗马七丘中面积最大的一座山。

4　卡库斯的名字对应的希腊语单词 kakos 恰好有“邪恶”的意思。

5　伏尔甘的原文是 Mulciber（穆尔齐贝，意为“软化者”），这是他的别称之一，因为他能用火通过冶炼让金属变软。

6　“回返的信号”的原文是 revocamen，Green（2004）指出，这是奥维德自造的拉丁词。他还补充道，这里的海格力斯形象冷静理性，不同于其他版本中容易被愤怒冲昏头脑的性格。

穿过密林，终于到达了魔窟。
卡库斯已在入口筑起巉岩的路障，
即使十对牛[1]也难挪动这重量。
英雄[2]的肩膀（它曾扛起整座天空）
使出神力，庞然大物已松动[3]。
当它轰然倒塌，巨响让穹宇都惊颤，
地面受此撞击，也顿然沉陷。
两人已近身相接，卡库斯先发动袭击，
以石块和木条凶悍地与敌人相持，
他渐落下风，怯懦地祭出父亲的法术，
咆哮着，从嘴里喷出道道火柱。
每当烈火迸射，就仿佛堤丰[4]在呼吸，
迅疾的闪电从埃特纳的熔炉腾起。
海格力斯却已占先机，挥舞大棒[5]，
一连三四次狠击对手的脸庞。
他终于瘫倒，呕出污浊的血和浓烟，
濒死的宽阔躯干砸向地面。
胜利者将其中一头牛敬献给你，朱庇特，
又邀埃万德和附近的村民做客，

1 一架轭通常由两头牛来拉，因此拉丁语原文的“十架轭”指的是二十头牛。

2 指海格力斯，他曾帮阿特拉斯（Atlas）背过一会儿天空。

3 “松动”的原文 conlabefactat 在拉丁文中仅出现过这一次。

4 巨人堤丰（Typhoeus）因为反抗朱庇特，被囚禁在埃特纳火山里。

5 海格力斯的原文是 Alcides，这是指代他的惯常名称，意为“阿尔凯俄斯（Alceus）的孙子”。原文对大棒的形容是 trinodis（有三个节疤的），那么大棒应该有四节。

他为自己也建了被称作“无伦”[1]的祭坛，
至今那里的街区名仍与牛有缘[2]。
卡尔门塔也坦言，那时辰已近，大地
将与它珍爱的海格力斯分离[3]。
可是，幸福的先知[4]在世时本蒙神护持，
如今成神，仍独享一月的此日[5]。
望日，洁净的祭司在朱庇特大神的庙宇[6] 1月13日
要焚献一只去势绵羊的脏腑，
在此日，人民恢复管辖所有的行省，
你祖父获赠奥古斯都的尊名[7]。
遍览这高贵厅堂中所有英贤的蜡像[8]：

1 祭坛的名称“无伦”原文是 Maxima，表达了敬拜者对海格力斯的崇敬。

2 指“牛市”（Boarium），从“牛”（bos）变来。

3 指海格力斯即将离开人世，升上天界。

4 指卡尔门塔。

5 即卡尔门塔节。

6 587—616 行是 1 月 13 日（罗马标记法为 E EID. IAN. NP），后面的 1 月 14 日标记为 F XIX KAL. FEB. EN。“洁净”（castus）由宗教仪式的规则定义，主持仪式的是朱庇特祭司（Flamen Dialis），地点在“至善至伟朱庇特”（Iuppiter Optimus Maximus）神庙。

7 公元前 27 年 1 月 13 日，屋大维主动要求将行省管辖权还给“罗马人民”，元老院不同意，妥协的结果是屋大维保持对军队和西班牙、高卢、叙利亚的控制权，其余行省交由元老院任命的总督管理，这些行省被称为“公共行省”（publicae provinciae）或者“罗马人民行省”（provinciae populi Romani），参考 Millar（1989）。也是在同一天，元老院作为回报，授予屋大维“奥古斯都”（Augustus，即“神圣者”）的尊号。这行的“你”指日耳曼尼库斯。

8 在古罗马，有资格让子孙保留自己蜡像的人一般需担任过执政官（consul）、司法官（praetor）、审查官（censor）或市政官（aedilis curulis）。

从未有人享受过如此的荣光。
阿非利加赐予征服者头衔，克里特
和伊索里亚同样见证了大捷[1]；
这位夺了努米底亚，那位，梅萨纳，
另一位的称号则来自努曼提亚[2]；
日耳曼尼亚让德鲁苏亡殁，也让他不朽[3]，
可叹，超凡的英武却难长留！
恺撒[4]若也从征服之地取封号，他的名
将和天下的民族一样数不清。
有人因为一件器物而成名，头衔
来自助阵的乌鸦或夺来的项圈[5]。

1 大西庇阿（P. Cornelius Scipio）的名号（Africanus）来自阿非利加，他战胜了北非努米底亚的国王苏帕克斯（Syphax）；梅泰卢斯（Q. Metellus）的名号（Creticus）来自他征服的克里特；小亚细亚总督塞尔维琉斯（P. Servilius）的名号（Isauricus）来自他击败的伊索里亚族。

2 另一位梅泰卢斯（Q. Caecilius Metellus）的名号（Numidicus）来自努米底亚；征服西西里城邦梅萨纳（Messana）的人是科尔维努斯（M. Valerius Maximus Corvinus），他因此获得“梅萨拉”（Messala）的名号；小西庇阿（Scipio Aemilianus）因为夺取西班牙的努曼提亚获得“努曼提努斯”（Numantinus）的名号。

3 这里的德鲁苏指屋大维的养子大德鲁苏（Nero Claudius Drusus Germanicus），他因为在日耳曼战功卓著获得日耳曼尼库斯的名号，但不幸在前线坠马受伤而死。

4 指屋大维。

5 科尔维努斯在和一位高卢人单打独斗时，一只乌鸦帮他进攻敌人，所以他轻松获胜，由此获得 Corvinus 的名号，这个词源于拉丁语“乌鸦”（corvus）。曼里乌斯（T. Manlius）打败了一位高卢巨人，抢来了一个项圈（torques），获得了“托尔夸图斯”（Torquatus）的名号。

庞培，“伟大”的称号与你的功业相称，
　　可你的名声终不如击败你的人[1]。
没任何姓氏比法比乌斯家族更骄傲，
　　他们因功勋世袭“至伟者”名号。[2]
然而，上述英杰都只有人类的荣赞，
　　这位却分享至高朱庇特的尊衔：
祖先称神圣物为奥古斯都，祭司按仪礼
　　敬献的神庙在言语中也如此修饰。
占卜术之名也与该词的源头相合，
　　还有朱庇特神力助佑的一切[3]。
愿祂拓展元首[4]的帝国，延他的寿数，
　　愿橡环[5]看护恺撒的门庭无虞。
亦愿诸神保佑，此荣耀称号的继承者
　　如父亲一样，在瑞兆中接掌世界。

---

1 古罗马人称呼庞培（Cn. Pompeius）为 Magnus（伟大者），击败他的人自然是恺撒（Iulius Caesar）。

2 法比乌斯家族的祖先 Q. Fabius Rullianus 在公元前 304 年担任审查官时处理得当，保证了罗马的安宁，被授予“至伟者”（Maximus）的称号，从此它成为家族的姓氏。该家族另一位著名的人物是以拖延战术击败汉尼拔的法比乌斯（Fabius Maximus Cunctator）。奥维德在以上四行玩了一个从形容词原级 magnus 到比较级 maior 再到最高级 maximus 的文字游戏。

3 奥维德认为，“神圣”（augustum）和“占卜术”（augurium）都源于动词“助佑”（augere，也有“增加、扩大”之意）。

4 根据奥维德写作（屋大维死前）和修改（屋大维死后）的时间，这里的“元首”既可能指屋大维，也可能指提比略，相应地，下文的“继承者”分别就是提比略或日耳曼尼库斯。

5 橡树叶环是朱庇特的标志，授予拯救罗马公民的人，元老院的决议允许屋大维在宅邸前悬挂橡树叶环。

望日之后，第三轮太阳升起之时[1]， 1月15日
应再次向阿卡迪亚女神致礼[2]。
起初，奥索尼亚的主妇可以乘马车
（此词也应与卡尔门塔有涉）[3]，
随后特权被废除[4]，她们便一致决定，
让忘恩的丈夫永无续种的子孙。
为阻止分娩，冲动的她们以盲目的攻击
迫使生长的重负从子宫剥离。[5]
传说元老院谴责女人们残忍的挑衅，
却立法恢复她们被夺的尊严，
并下令设立两个同等的节日，为繁衍
男女后嗣向卡尔门塔祭献。
携带皮革制品进神祠，是亵渎之举，
被宰杀之物会污染纯洁的圣炉。
如果谁喜好古礼，请紧挨祈祷的祭司，

---

1 617—636 行是 1 月 15 日（罗马标记法为 G XVIII KAL. FEB. NP CAR[MENTALIA]）。此行的 Titan（提坦神）指老太阳神许珀里翁（Hyperion），因此借指太阳。

2 “阿卡迪亚女神”原文是 Parrhasiae deae（帕拉西亚女神），指前文提到的卡尔门塔。

3 奥维德认为，拉丁文“马车”（carpentum）源于卡尔门塔（Carmenta），这是毫无语言学依据的。在罗马围攻维埃的战役中，主将卡米卢斯发誓，若攻下此城，就将十分之一的战利品献给阿波罗，但在公元前 396 年夺下维埃后，却发现钱不够，罗马妇女自愿捐出金饰，解决了问题。元老院出于感激，授予她们乘马车出行的权利。

4 公元前 215 年，《奥皮亚法》（*Lex Oppia*）废除了罗马妇女乘车出行的权利。

5 这个故事是奥维德的杜撰。根据李维的《罗马史》（*Ab Urbe Condita* 34.1-8），公元前 195 年元老院讨论是否废除《奥皮亚法》时，罗马妇女只是以和平的方式施压，并未采用堕胎的激烈对抗方式。

你会听到完全陌生的名字：
波里玛和波斯维尔塔——卡尔门塔的姐妹
或流亡的伙伴——正接受他的赞美。
据信，她们一位吟唱久远的过去，
一位预言未来必然的结局。[1]
美丽的“和谐”，翌日雪白的庙宇曾经[2] 1月16日
迎接你，莫奈塔[3]从那里拾级高登。
此刻，你将环视聚集的罗马民众；
此刻，神的手已将你安放于神宫。
是征服埃特鲁里亚的弗里乌斯[4]许愿
为你建神庙，他的愿早已兑现。
起因是平民拿起武器，与贵族相抗[5]，
罗马竟开始畏惧自己的力量。
重建的理由却喜庆：日耳曼尼亚披散

---

1 在卡尔门塔的祭礼上，祭司会念到“波里玛”（Porrima）和“波斯维尔塔”（Postverta）两个名字，奥维德猜测她们或者是卡尔门塔的姐妹，或者是她流亡的同伴，并认为“波里玛”源自“很久以前”（porro），“波斯维尔塔”源自“将要到来”（venturum postmodo）。“卡尔门塔”的原文是 Maenali diva（迈纳卢斯的女神），迈纳卢斯是阿卡迪亚的山脉。

2 637—650 行是 1 月 16 日（罗马标记法为 H XVII KAL. FEB. C）。公元 10 年 1 月 16 日，提比略向“和谐”（Concordia）女神敬献了翻新的神庙。

3 莫奈塔（Moneta）是朱诺的称号，广场上的“和谐”神庙通过台阶与卡皮托山上的朱诺神庙相连。

4 弗里乌斯即卡米卢斯（M. Furius Camillus），他攻下了维埃（埃特鲁里亚的一个城邦）。

5 由于在选举执政官的问题上与贵族发生争执，部分罗马平民退出了政治生活。通过独裁官卡米卢斯的努力，第一位平民执政官 L. Sextus 成功当选，罗马政坛才恢复“和谐”。

头发，跪于你，尊贵的君王[1]，阶前。
因此，你献出战败民族的财富，为你
格外敬重的女神筑造了新祠。
你母后[2]听闻也慷慨解囊，捐赠祭坛，
世间唯有她堪配朱庇特[3]的良缘。
当这些仪式结束，福玻斯，你便将抛舍[4] 1月17日
摩羯座，开始进入水瓶座[5]的疆界。
从此日算起，等太阳第七次没入海床[6]， 1月23日
整个天极不再有天琴的光芒。
此星座消失，当夜晚再度降临，闪烁在[7] 1月24日
雄狮胸中的火焰[8]也将被掩埋。
记录节庆的历书我已翻阅三四遍，
播种节[9]日期却依然没有寻见。

---

1 “尊贵的君王”指提比略。

2 “母后”指利维娅。Simpson（1991）认为，有足够证据可以推断，公元前7年1月16日，屋大维和利维娅可能启动了“和谐”神庙的重建。

3 “朱庇特”指屋大维。

4 651—652行是1月17日（罗马标记法为A XVI KAL. FEB. C），后面的1月18日、19日、20日、21日和22日分别标记为B XV KAL. FEB. C、C XIV KAL. FEB. C、D XIII KAL. FEB. C、E XII KAL. FEB. C和F XI KAL. FEB. C。

5 1月17日，太阳离开摩羯座（Capricornus），进入水瓶座（Aquarius）。

6 653—654行是1月23日（罗马标记法为G X KAL. FEB. C）。

7 655—704行是1月24日（罗马标记法为H IX KAL. FEB. C），后面的1月25日、26日分别标记为A VIII KAL. FEB. C和B VII KAL. FEB. C。

8 “雄狮”指狮子座（Leo），“胸中的火焰”指狮子座的一等星轩辕十四（Regulus）。

9 播种节（Sementiva dies）更通行的说法是Feriae Sementivae。

缪斯为我解惑："这一天由祭司指定，
　　不固定的节日为何在历书里搜寻？[1]
虽然祭礼日期不确定，时节却不变：
　　种子既播下，土地便怀孕待产。"
头戴花环的公牛，在满盈的栏中站好，
　　等暖春一到，你们的活计也将到。
让农夫暂且挂起劳碌归来的犁头[2]：
　　寒凉的土地害怕每一道伤口。
管家，你让田亩歇一歇，播种已完成，
　　也让耕完土之人有时间休整。
让小村庆祝节日，为它举行净化礼[3]，
　　在村社神坛上摆放今年的素祭[4]，
寻求蔬果母亲忒卢斯[5]和刻瑞斯的祝福，
　　用她们应得的麦饼和孕猪的脏腑。
地神和谷神为庄稼履行共同的职司，
　　分别提供生长的空间和活力。
"女神，是你们携手，更新初民的生活，

1 拉丁历法中有部分节日（称为 feriae conceptivae）没有固定日期，由祭司在年初宣布具体的时间。

2 这里，奥维德明显扮演了司仪的角色。

3 土地的净化礼在拉丁文中叫 lustratio agri 或 ambarvalia，但奥维德在这里多次重复"村庄"（pagus）一词，或许是影射另一个节日——村庄节（Paganalia），关于村庄节，我们所知甚少。

4 "素祭"的原文 liba 是农村的标准祭品，用奶酪、面粉和鸡蛋制成。

5 忒卢斯（Tellus，意为大地）女神在罗马有多个名字，例如奥普斯（Ops）和"善良女神"（Bona Dea），大体上与古希腊神话中的盖娅女神相当。

用健康的食物替换捡拾的橡果；
请将丰盛的菜蔬赐予热切的农夫，
让他们的收获能与劳作[1]相符；
赐予柔嫩的种子持续不断的生长，
别让凛冽的风雪冻折了新秧；
我们播种时，请送来和风，吹开蓝天，
种子蛰伏时，请用天水浇灌；
请小心看护，别让耕地的祸害——鸟雀
成群结队在珍贵麦田上劫掠。
你们蚂蚁，也请饶过新种的谷物，
收获之后，战利品会更加充足。
而此时，请让拔节的庄稼远离锈病，
也别因天时不正苍白如魅影；
别让它因过瘦而枯萎，同样别让它
恣意蔓延，被过剩的养料扼杀；
请让田野摆脱伤害视力的黑麦草，
让耕地永不受无用燕麦的滋扰，
让土壤加倍产出小麦、大麦和将两回
经受火烧的祭物——斯佩尔特麦。”[2]
我为你们祷告，农夫们，也请为自己
祷告，愿两位女神遂我们心意！
人类长久地陷于战争，剑比犁称手，

1　“劳作”对应的拉丁文 cultus 也有“敬拜”的意思。

2　西方古人先用火烤去掉麦子的壳，再用火烤熟麦子做食物，所以是“两回经受火烧”。

冲锋的马盖过了耕地的牛，
锄头被闲置，铁锹被人改成长枪，
头盔竟是耙子变换了模样[1]！
感谢神，感谢你[2]的家族！“战争”早已
套上锁链，匍匐在你们脚底。
让牛负起轭，将种子撒入翻耕的土地，
是“和平”这位养母养育刻瑞斯。
下个朔日来临前第六天，曾有殿宇[3] 1月27日
敬献给两位神，他们乃丽达孕育。[4]
在尤图尔娜的湖畔，源于神族的兄弟[5]
为两位孪生兄弟建造了居住地。
此诗的旅途将我引到了和平祭坛[6]， 1月30日
此日离一月之末只余一天。
你雅致的头发戴着阿克提翁的桂冠[7]，

1 这里三种农具的变化呈递进关系：锄头只是终止了正常功能，铁锹稍加改装就能变成长枪，耙子变成头盔则需要放入炉中熔化，用其原料重新制造。

2 指屋大维（或日耳曼尼库斯）。

3 705—708 行是 1 月 27 日（罗马标记法为 C VI KAL. FEB. C），后面的 28 日和 29 日分别标记为 D V KAL. FEB. C 和 E IV KAL. FEB. F。

4 指丽达和朱庇特的孪生子卡斯托尔和珀鲁克斯，公元 6 年 1 月 27 日，提比略以自己和去世的弟弟德鲁苏的名义将重建的神庙献给这两位神。

5 指提比略和德鲁苏兄弟。

6 709—724 行是 1 月 30 日（罗马标记法为 F III KAL. FEB. NP），后面的 31 日标记为 G PR. KAL. FEB. C。公元前 13 年，屋大维从高卢和西班牙回来后，元老院决定为“奥古斯都和平”建造一座祭坛，就是和平祭坛（Ara Pacis Augustae），竣工敬献之日在公元前 9 年 1 月 30 日。

7 在公元前 31 年的阿克提翁海战中，屋大维决定性地击败了安东尼，这标志着公元前 1 世纪罗马内战的结束和罗马和平（Pax Romana）的开始。

女神，请降临，温柔地永驻人间。
只要没有敌人，也没有凯旋的军功，
在君王眼中，你便比战争更光荣。
让士兵只为制止刀兵而拿起刀兵，
让残忍的号角只在庆典上齐鸣，
让整个世界都敬畏埃涅阿斯的后代，
若哪国不怕罗马，那就让它爱。
祭司们，将乳香投入和平祭坛的火里，
让白色的牺牲倒下，血染额际。
向喜爱你们虔敬祷告的诸神祈福，
让缔造和平的家族与和平长驻。
但是，作品的第一部分已经写完，
诗卷和月份都已到达终点。

《岁时记》

第二卷

FASTORVM LIBER II

一月已结束，诗歌和年岁一起生长[1]， 序诗
　　让新的月份引来新的诗章。
哀歌体诗句，你们第一次扬起巨帆；
　　我记得，此前你们只乘坐小船[2]。
是我让你们自如地操持情爱的事务，
　　当青涩的年华戏玩青春的格律[3]。
现在我却在歌咏历法的圣礼与节庆，
　　谁信我的诗转向这样的路径？
这就是我的军旅，我能挥动的战具，
　　我的右手并不是全无用处。
我的确膂力羸弱，不能投掷长枪，
　　也无法驾驭战马，驰骋沙场，
既没有利剑防身，也没有盔甲护体
　　（任何人都可精通这些武器），

1　1—54 行是本卷序诗。

2　哀歌体（elegiac couplets）通常用于爱情诗和其他非“高贵”的体裁，《岁时记》也用了哀歌体，但表现的却是帝国层面的宗教、政治、军事等题材，与奥维德此前的作品不同。

3　指《情诗集》（*Amores*）、《爱的艺术》（*Ars Amatoria*）等早期作品。

可是恺撒[1]，我用热忱的心追随你，
　　沿征途历数你的名，你的功绩。
因此在平定外敌之余，请莅临此处，
　　温慈地浏览我献的这份礼物。
罗马先祖称赎罪祭礼为“费布鲁阿”[2]，
　　现在，词义的线索也不缺乏：
大祭司向国王和专祭司[3]索要羊毛，其名
　　也是“费布鲁阿”，若遵循古称；
胥吏为不洁净人家所取的净化祭物，
　　烤过的麦渣和盐粒，也如此称呼；
同样的名字也用于圣树砍下的枝叶，
　　祭司纯洁的双鬓由它来覆遮；
我曾见专祭司的妻子叫人拿“费布鲁阿”，
　　递给她的是一根松树枝丫。
总之，净化我们身体的任何物品，
　　我们长发的祖先[4]都用此名。

1　指日耳曼尼库斯。

2　古罗马的瓦罗认为，“费布鲁阿”（februa）这个词来自萨宾族的语言，它可能与 ferveo（发热）有关，因为热可以起到“净化”的作用。

3　大祭司（pontifex）可以为各种神举行仪式，专祭司（flamen）只能为特定的神举行仪式。

4　intonsos（不理发的）是罗马人形容祖先时常用的词，古罗马人直到公元前 300 年左右才有理发师。

二月名曰“净化月”，因为潘神的祭司
用羊皮净化乡野，视其为赎罪礼[1]；
或者因为本月有不少祭奠日，亡灵
既获安慰，时节就变得洁净。
我们的祖先相信，净化礼能够驱除
所有的灾祸源头，所有的咒诅。
习俗的肇始在希腊，人们相信净化礼
可助罪人摆脱恶行的反噬。
佩琉斯净化帕特洛克罗斯，海摩尼亚水
也曾洗净他杀死福科斯之罪[2]；
乘龙车穿越天空的帕西斯巫女，仿佛
已悔过，埃勾斯善待她却是错误[3]；

1 拉丁文“2月”是Februarius。潘神的祭司叫作Luperci，此名很可能源于拉丁文的“狼”（lupus），因为潘神保护羊群不受狼的攻击。潘神的敬拜地叫作Lupercal，敬拜仪式叫作Lupercalia。潘神祭司只有腰间缠着山羊皮，赤身裸体在全城跑动，无论碰到谁，都以山羊皮带抽打。这一仪式直到公元6世纪才废除。

2 “帕特洛克罗斯（Patroclus）”对应的原文是Actoriden（阿克托耳的孙子），他因为杀人逃离了父亲的国度，被阿喀琉斯的父亲佩琉斯收留，并与阿喀琉斯成了好友。“他”指佩琉斯，他曾误杀自己同父异母的弟弟福科斯（Phocus），逃到普提亚（Phthia），国王欧律提昂（Eurytion）用河水给他施行净化礼。海摩尼亚是帖撒利亚的古名，因为普提亚在帖撒利亚境内。

3 “帕西斯巫女”指美狄亚（Medea），因为帕西斯（Phasis）是其故乡科尔基斯（Colchis）的一条河。美狄亚杀死科林斯公主和自己的孩子后，乘龙车逃到雅典，国王埃勾斯（Aegeus）与她结了婚。后来她多次试图暗害埃勾斯的儿子忒修斯（Theseus），事败后再次逃亡。

弑母的阿尔克迈昂请求阿刻罗俄斯：
　　“洗净我！”河神便洗去罪的痕迹。[1]
你们太天真，竟以为谋杀的阴森血垢
　　能够如此轻松被河水冲走！
然而，为免你不懂古历而犯错，告诉你，
　　一月和现在相仿，是一年开始，
如今的二月当初却排在月份的最后[2]，
　　特尔米努斯[3]，你的祭典也压轴。
一月属于雅努斯，因为人最先看见门，
　　最后的月份则对应最深的鬼魂。
据说，这相距甚远的两月聚到一起，
　　是因为后来十人团通过的决议。[4]
相传在本月开端，神母的庙宇旁边[5]， 2月1日
　　守护者朱诺[6]获赠一座神殿。

1 “阿尔克迈昂（Alcmaeon）”的原文是 Amphiareiades（安菲阿剌俄斯的儿子）。先知安菲阿剌俄斯（Amphiaraus）知道攻打忒拜必败，为了避免送死，他躲了起来。他的妻子厄里费勒（Eriphyle）被波吕尼刻斯（Polynices）用一条项链收买，出卖了他。临行前他要求儿子为自己报仇，阿尔克迈昂一听闻父亲的死讯，就杀死了母亲。后来河神阿刻罗俄斯（Achelous）帮他洗净了罪。

2 在古典作家中，只有奥维德提到，努玛在为一年增加两个月时，将雅努斯月（后来的1月）放在年初，将净化月（后来的2月）放在年尾。

3 特尔米努斯（Terminus）是边界神。

4 “十人团（Decemviri）”的原文是 bis quini viri（两倍五人）。公元前451年罗马元老院派人去希腊考察历法，代表团回来后，一个选举出来的具有最高立法权的十人团决定将第十二个月挪到第二的位置。

5 55—72行是2月1日（罗马标记法为 H KAL. FEB. N）。“神母”指库柏勒，原文是 Phrygiae Matri（佛里吉亚的母亲），佛里吉亚是她的敬拜中心。

6 “守护者朱诺”（Iuno Sospita）神庙在帕拉丁山上。

在朔日献给女神的殿堂如今安在？
　　你或许会问——它早在时光中倾颓。
我们神圣的元首高瞻远瞩，决不许
　　其他庙宇也同样沦为废墟，
在他统治下，神殿都没有衰老的威胁：
　　不只人，就连神都享受恺撒恩泽。
庙宇建造者和神圣修复者，我祈求诸神，
　　用他们的热忱回报你的热忱。
你延了神庙寿数，愿神也延你寿数，
　　愿他们长驻，保佑你的家族。
此日，附近庇护地[1]的圣林也人头攒动，
　　远来的台伯河就在此汇入海中。
在努玛圣所[2]、卡皮托山的雷霆者神殿
　　和朱庇特的高堡[3]，牺牲正在祭献。
墨云遮蔽的天空常催动滂沱大雨，
　　或者大地仍隐藏在积雪深处。
待到下一轮太阳快没入西方的涛波[4]， 2月2日
　　卸下紫骏马缀满宝石的衡轭，
当天晚上，若有人抬头望向星海，

1 罗马首任国王罗慕路斯在台伯河附近的一处丛林设立了庇护地，任何有罪的人到此都可免受惩罚，以此迅速增加罗马的人口。

2 “努玛圣所”的原文是 penetrale Numae，penetrale 意为“圣所”，暗示努玛住在神庙里面，但奥维德之外的作家告诉我们，努玛的住所只是挨着维斯塔神庙。“雷霆者神殿”是屋大维建的 Iuppiter Tonans 神庙，在卡皮托山最低的山脊上。

3 “朱庇特的高堡”指的是卡皮托山巅更古老的朱庇特神庙。

4 73—78 行是 2 月 2 日（罗马标记法为 A IV NON. FEB. N）。

他会问："昨夜闪烁的天琴何在？"
当他寻找天琴时，也会注意到，突然，
雄狮的腰背[1]也已经沉没不见。
镶嵌星星的海豚一直吸引你观看[2]， 2月3日
在次夜也将逸出你的视线：
它或者是秘密爱情[3]的幸运使臣，或者
是莱斯博斯里拉琴和诗人的舟车[4]。
哪片海、哪块大陆不曾听说阿里昂？
流水都凝住，聆听他的歌唱。
狼追逐羊羔，时常被他的声音定身，
羊躲避恶狼，时常忘记了逃遁；
猎犬和兔子时常躺在同一片树荫里，
岩石上肩并肩立着母鹿和雌狮；
聒噪的乌鸦和帕拉斯的圣鸟[5]安然共坐，
鸽子和苍鹰在一起，再无隔膜。
据说狄安娜[6]也时常陶醉于你的旋律，
阿里昂，仿佛它是兄长[7]的艺术。

---

1 这里消失的应该是狮子座的后半部分。

2 79—118 行是 2 月 3 日（罗马标记法为 B III NON. FEB. N）。

3 "秘密爱情"指涅普顿（Neptunus）与海仙安菲特里忒（Amphitrite）的爱情。

4 莱斯博斯岛是诗人、音乐家阿里昂（Arion）的故乡，这里的意思是海豚曾驮着阿里昂和他的里拉琴。

5 "帕拉斯（密涅瓦）的圣鸟"是象征智慧的猫头鹰。

6 "狄安娜"的原文是 Cynthia（钦提娅），这是月神狄安娜的别名，因为她出生在钦图斯山（Cynthus）。

7 "兄长"指阿波罗，他擅长艺术。

西西里城市传遍阿里昂的大名，他的
　　里拉琴也让奥索尼亚心折。
乐师从那里登船，准备返家，满载
　　高超技艺为他赢得的资财。
不幸的人，或许你害怕风浪无眼，
　　然而大海却比你的船安全：
看，舵手拔出剑，已经逼近他身边，
　　其他人也手持武器，皆是共犯。
剑与你何干？船在摇晃，快去开，水手，
　　这样的凶器不该尔等拥有！
他大惊失色："我不求你们饶我性命，
　　但请允许我取琴来，弹上一阵。"
他们同意了，嘲笑这借口。他戴上冠冕
　　（即使在福玻斯头顶，它也不寒酸），
穿上用推罗紫贝浸染两遍的长袍[1]，
　　拇指碰琴弦，发出熟悉的音调，
犹如天鹅被残酷的羽箭刺穿额头，
　　那旋律如泣如诉，无限悲愁。
突然间，盛装的他纵身跳入海中，
　　水波乍受冲击，往船上喷涌。
然后，一只海豚弓起背，温顺地驮起
　　从未体验的重负——这传说太离奇。
他坐于其上，手持琴，用歌声偿付渡资，

1　腓尼基港口推罗的染料用贝壳做成，在古代很出名，也很珍贵。

海水在他的音乐中安享静谧。
众神目睹了良善之举，朱庇特擢升
海豚入天宇，允他拥有九颗星。
荷马，此刻我希望自己拥有千张嘴[1] 2月5日
和你吟咏阿喀琉斯的灵慧，
当我用交错诗行[2]歌唱神圣的回九日——
历书中至高荣耀[3]在今天被铭记。
我才华不足，我无力背负如山的重量，
颂赞这一天，我需要特别的诗行。
我为何迷了心窍，竟让哀歌体承担
艰巨的使命？英雄体才是首选。
神圣的祖国之父，是平民和元老院献上
这尊名，它也是我们骑士[4]的愿望。
历史也曾赠予此封号，对你这荣誉
来得太迟：你早是世界之父。
你在尘世，朱庇特在高天，拥有这名称：
你是人之父，祂则是神的父亲。
罗慕路斯，请让位：是恺撒让你的城堞

1 119—148 行是 2 月 5 日（罗马标记法为 D NON. FEB. NP），前面的 2 月 4 日标记为 C PR. NON. FEB. N。“荷马”的原文是 Maeonide（迈奥尼亚人），因为荷马的出生地通常被认为是斯密尔纳（Smyrna），该城属于吕底亚（Lydia，古名迈奥尼亚）地区。

2 哀歌双行体单行是六个音步，双行是五个音步，所以是“交错诗行”。

3 “至高荣耀”指公元前 2 年，屋大维被元老院授予“祖国之父”（pater patriae）的称号。

4 奥维德家族世代都是骑士阶层，所以说“我们骑士”。

变雄伟，而你在时，雷穆斯可跨越；
你震慑塔提乌斯和弱小的库瑞斯部族[1]，
恺撒的罗马则遍及日照之处[2]；
你征服的土地太狭窄，可以忽略不计，
朱庇特所辖皆是恺撒的领地；
你奸淫妇女，他却让妇女严守贞节[3]，
你拒分良莠，他却摒弃邪恶；
你喜好强力，恺撒治下法律最强盛，
你自称主子，他只是第一公民[4]；
雷穆斯与你反目，他却能宽恕敌人，
你成神靠父亲，父亲却靠他成神[5]。
伊达山青年[6]的上身已经浮出了海面，
他斟的清水透着琼浆的甘甜。

---

1 塔提乌斯（Tatitus）是萨宾国王，库瑞斯部族（Cures）和凯尼纳部族（Caenina，译文中省略了）都生活在早期罗马城附近。

2 屋大维去世时，罗马帝国的版图西起大西洋，东至幼发拉底河，北接多瑙河、易北河，南抵尼罗河瀑布和阿特拉斯山脉，除了东边，几乎覆盖了当时罗马人知道的整个世界。

3 早期罗马妇女如果丈夫远离很长一段时间，有权重新结婚，屋大维废除了这个传统。

4 主人（dominus）的称谓暗示臣民都是奴隶，“第一公民”（princeps）的称号却体现了屋大维和臣民在名义上的平等，只是突出了他的重要性而已。所以，为了与维护共和传统的宣传一致，屋大维厌恶 dominus 的称谓，而选择了 princeps 的头衔。

5 奥维德指出，罗慕路斯成神是靠了父亲战神马尔斯，屋大维却靠自己的影响力让罗马为养父恺撒封神。

6 “伊达山青年”指特洛伊美男子盖尼米得（Ganymede），他在伊达山打猎时，被朱庇特用老鹰抢去做情人和斟酒者。水瓶座的拉丁文意为“持水者”，就代表盖尼米得，所以这里奥维德实际指水瓶座。

若有谁总是畏惧凛冽的北风，他应该
　　庆祝：温和的西风已开始吹来。
晨星第五次从海中抬起明亮的面庞[1]， 2月9日
　　初春时节就在这一天登场。
但不要被骗，寒气犹在，仍没有消失，
　　告别的冬天留下明显痕迹。
第三夜降临，你会立刻见到守护[2] 2月11日
　　大熊的牧夫伸出他的双足。
置身于林木仙女[3]中间，卡里斯托
　　也是善猎狄安娜的虔诚追随者。
她手按女神之弓发誓："我触碰的弓，
　　请你为我永葆贞节作见证！"
钦提娅[4]称赞她，又说："这盟约你若谨守，
　　我就让你做我的随侍之首。"
她本可守约，倘若她不是这般美丽：
　　防住凡人，防不住朱庇特的侵袭。
狄安娜捕获了千头野兽，正准备回去，
　　时值正午，或者已然是下午。
走到圣林边（里面长着浓密的栎树，

1　149—152 行是 2 月 9 日（罗马标记法为 H V EID. FEB. N），前面的 2 月 6 日、7 日和 8 日分别标记为 E VIII EID. FEB. N、F VII EID. FEB. N 和 G VI EID. FEB. N。

2　153—192 行是 2 月 11 日（罗马标记法为 B III EID. FEB. N），前面的 2 月 10 日标记为 A IV EID. FEB. N。牧夫座（Bootes）又名"守熊人"（Arctophylax），传说是朱庇特和卡里斯托（Callisto）的儿子阿卡斯所变。

3　林木仙女（Hamadryadas）是掌管特定树木、与它们同生同死的仙女。

4　即狄安娜。

绿荫之中有一汪清凉的深湖），
女神说："帖该亚的处女[1]，我们在此沐浴。"
不实的称谓令卡里斯托羞惧。
仙女们都听从女神的吩咐，褪下衣裙；
她却一再拖延，似乎难为情。
当她终于脱了衣，明显隆起的腹部
验证了猜测，怀孕的事实太清楚。
女神对她说："吕卡翁背信的女儿，离开
处女的队列，别玷污圣洁的泉水！"[2]
弯角的月亮十次走完旅程，当初
她被认作处女，现在是人母。
被羞辱的朱诺大怒，改变了她的形状：
你何必如此？她岂能与朱庇特对抗？
女神看见情敌野兽的丑脸，奚落道：
"朱庇特，你且去享受她的拥抱！"
不久前还被至高神宠爱的女人，如今
变成罴熊，游荡在原始的山林。
屈辱中怀上的男孩已经长到十五岁，
母亲又被迫与儿子迎面相对。
她站在那里，仿佛认识他，表情狂乱，
呻吟着：呻吟就是母亲的语言。

---

1 卡里斯托是阿卡迪亚国王吕卡翁（Lycaon）的女儿，帖该亚是阿卡迪亚的城镇，代指该地区。

2 意大利文艺复兴画家提香的著名画作《狄安娜与卡里斯托》的灵感便来自这一段文字。

无知男孩的投枪差点就将她击中，
　　若不是两人被同时卷上天穹，
变成相邻的星座：前面的星座称作“熊”[1]，
　　“守熊者”[2]则像跟在身后的牧童。
至今朱诺仍记仇，决不许忒堤斯[3]的海水
　　为迈纳卢斯之熊洗去尘埃[4]。
望日，乡野的法乌努斯会享受祭坛烟火[5]，　2月13日
　　那里，一座小岛[6]分开了台伯河。
就是在此日，为了抵抗维埃人的侵略，

1　即大熊座（Arctos）。

2　即牧夫座，参考本卷第153行的注释。

3　忒堤斯（Tethys）是大洋神俄刻阿诺斯的妻子。

4　迈纳卢斯山在阿卡迪亚，这里借指卡里斯托的故乡阿卡迪亚。大熊星座终年不沉落，按照西方古代的说法，就是永远不没入海中，奥维德为这个现象找到了一种神话的解释。

5　193—242行是2月13日（罗马标记法为D. EID. FEB. NP），前面的2月12日标记为C PR. EID. FEB. N。法乌努斯（Faunus）是罗马本土的牧神和地府神，作为牧神，他经常与希腊的潘神混同。2月13日和12月5日都是古罗马的牧神节。

6　指河心著名的圣岛（Insula Sacra）。

三百零六位法比乌斯殒殁。[1]
一个家庭承受了一座城的重负和力量，
一个氏族慨然穿上了戎装。
这些高贵的士兵从同一片军营出征，
他们中任何一位都堪当将领。
最近的路线是卡尔门塔城楼右通道[2]，
千万别选择此路，它有凶兆。
传说三百位法比乌斯就是走这里：
城门虽无辜，但它太不吉利。
他们急行军赶至湍急的库莱梅拉河[3]

1 学界公认，195—242 行的法比乌斯家族（Fabii）的末日之战描写在很大程度上追随了李维《罗马史》（*Ab Urbe Condita* 2.48）的记述。Richard（1988）详细对比了奥维德和李维的版本，肯定了这一结论。但令学者们困惑的是，无论是根据李维还是后来的塔西佗、普鲁塔克的记载，法比乌斯家族的集体阵亡日都是 7 月 18 日，奥维德却把日子定在了 2 月 13 日，出入甚大。在《岁时记》别的地方，虽然奥维德会在传说典故方面有自由发挥，但总体上都严格遵循了罗马历书的日子。给《罗马史》作注的学者 Ogilvie（1965）指出，李维的记述可能有两个不同的来源，他在一处（6.1.11）明确声称此战发生在 7 月 18 日，但他在另一处的说法（51.1-3）却与冬末的背景不相矛盾，而此说法可能源于更早的马凯尔（C. Licinius Macer）已经失传的《罗马史》。如果是这样，奥维德的日期并非杜撰，而是有依据的。不过，Harries（1991）认为，过分纠缠于日期没有必要，因为整个故事都有明显虚构的性质，是法比乌斯家族和罗马官方的宣传。故事的要素受到了希罗多德的影响（关于温泉关斯巴达三百壮士的记述）。他还认为，奥维德将库莱梅拉河之战放在这里，还有特别的用意，就是支撑本卷后面 361—380 行关于法比乌斯家族的另一个故事。

2 罗马城门都有出和入两条通道，显然卡尔门塔城门（Porta Carmentalis）的右通道是出城的通道，由于法比乌斯家族由此出城，几乎全部阵亡，此后这条通道在罗马人眼中就变得很不吉利。

3 库莱梅拉河（Cremera）在罗马以北汇入台伯河。

（冬季洪水卷起汹涌的漩涡）[1]，
在那里扎营。两军对垒，他们拔出剑，
锐不可当地穿透图斯坎的防线[2]，
恰似利比亚生长的雄狮[3]冲向原野，
猛攻羊群，杀得它七零八落。
敌人纷纷溃逃，背上又添耻辱的
新伤，大地被维埃的红血淹没。
他们一而再，再而三战败，公开的胜利
已不可得，便筹划阴险的伏击。
有一片平原，周围都是森林和丘陵，
那里正适合山里的野兽隐身。
维埃人在中间留下少数士兵和牲畜，
主力部队则悄悄进灌木潜伏。
你看，犹如暴雨催生的激流，或者
和煦西风骤然消融的积雪，
在田亩和道路上奔涌泛滥，不再如平日，
将河水安然锁在堤岸的边界里[4]，
法比乌斯的勇士拥满了整条山谷，

1 Harrles（1991）发现，199—207 行中，奥维德玩了两面手法，哀歌体的长行（六音步的单行）体现了高贵的史诗风格，哀歌体的短行（五音步的双行）却总有一种调侃戏弄的味道。他用“湍急”和“汹涌的漩涡”形容一条小河似乎过于夸张，却影射了导致法比乌斯家族溃败的性格缺陷——冲动。

2 “图斯坎的”的原文是 Tyrrhenum（图雷尼人的），图雷尼人是埃特鲁里亚人的祖先。

3 利比亚（Libya）在古罗马泛指北非，北非的毛里塔尼亚盛产以凶狠闻名的狮子。

4 这些比喻都隐含了奥维德对法比乌斯家族过分自信、不计后果的批评。

斩杀看见的一切，没任何恐惧。
赶往哪里，高贵的家族？你们上了当：
高贵却天真，小心险诈的投枪！
勇敢被诡计消灭：空阔原野上，敌人
从四面八方汇聚，将你们圈禁。
数百人再如何英武，怎能抵挡数万人？
什么还有用，在这悲惨的时辰？
犹如野猪被远远逐出劳伦顿森林[1]，
用獠牙的闪电反击猎犬的旋风，
但转眼还是战死，他们虽然也阵亡，
却在搏斗中让敌人惨遭杀伤。
一天内法比乌斯家全部投入战斗，
一天内战斗的英雄悉数不留。
然而，为保住海格力斯的这支血脉[2]，
我们相信[3]，诸神有特别的安排：
一位男孩还没有成年，无法服兵役，
他便是法比乌斯家仅存的后裔。
这定是为你，马克西姆斯[4]，将来能出生，

1 劳伦顿（Laurentum）是罗马郊外的城镇，因周围的月桂（laurus）林得名，附近的森林里有野猪出没。野猪的比喻在《伊利亚特》（*Iliad* 12.41-8）和《埃涅阿斯纪》（*Aeneid* 10.707-18）中都用于类似的战斗场景。

2 传说法比乌斯家族由海格力斯和埃万德的一个女儿繁衍而来。

3 Harries（1991）从这行中读出了奥维德的反讽。公元前 2 世纪末，法比乌斯家族由于道德问题和财务危机几乎再次灭绝。

4 指在第二次布匿战争中击败汉尼拔的著名罗马将领 Q. Fabius Maximus，他因为用拖延战法拯救了罗马，获得 Cunctator（拖延者）的名号。

用拖延战法再造罗马的兴盛[1]。
有三个星座排在一起：乌鸦座、长蛇座[2] 2月14日
分列两边，巨爵座在中间闲卧。
它们在望日看不见，第二夜才会升起，
告诉你，三星座为何如此亲密。
福玻斯正为朱庇特准备隆重的庆典
（这故事不会耽搁多少时间）：
“我的鸟儿[3]，去吧，从活泉取些水给我，
别让筹办的仪式有任何耽搁。”
乌鸦用弯爪握住一只镀金的酒爵，
扇起翅膀，在高高的空中巡阅。
它看见一株无花果，结满干硬的果实，
便用嘴尝试，发现还不适合吃，
人们说，它忘了命令，竟在树底安坐，
耐心等待果实甜熟的时刻。
餍足之后，它用黑手抓起一条长蛇，
回到主人那里，编了谎话说：
“这就是耽搁的原因，是它霸占了水路，
垄断了山泉，不许我完成任务。”

1 与他勇敢却鲁莽的先祖不同，这位擅长拖延并拯救了罗马的法比乌斯体现了理性与克制。

2 243—266 行是 2 月 14 日（罗马标记法为 E XVI KAL. MAR. N）。乌鸦座（Corvus）和长蛇座（Anguis）分别在巨爵座（Crater）两边。

3 因为乌鸦在古罗马常用于预言和占卜，所以奥维德将它视为预言神阿波罗的圣鸟。

福玻斯答道：“大胆！你已犯错，还敢
　　用诳语蒙我？谁比我更懂预言？
从此后，只要树上的无花果依然青涩[1]，
　　你就不能饮任何清泉解渴。”
长蛇、乌鸦和巨爵三个星座在一起
　　闪烁，永远纪念这古老的故事。
望日后第三天会看见赤裸的牧神祭司[2]， 2 月 15 日
　　双角的法乌努斯[3]也享受圣礼。
缪斯，告诉我这些仪礼的起源，它们
　　从何处传来，进入罗马的家庭。
据说，古代阿卡迪亚人敬拜牧神潘，
　　他最爱在阿卡迪亚的山岭流连，
福洛厄山可为证，斯廷法洛斯的水波，
　　还有急切奔向大海的拉冬河，
还有松林环抱的诺纳克里斯山脊，
　　高峻的库莱内和帕拉西亚的雪地[4]。
潘看护牛群，他在当地也是马的神，
　　绵羊平安，他也会收获祭品。

1　原文形容无花果的 lactens 字面意思是“充满奶的”，lac（奶）指无花果未成熟时的果汁。

2　267—474 行是 2 月 15 日（罗马标记法为 F XV KAL. MAR. NP LVPER[CALIA]）。

3　法乌努斯头上长有双角。

4　这里奥维德列举了六个与阿卡迪亚相关的地点：福洛厄山（Pholoe）、斯廷法洛斯湖（Stymphalus，海格力斯曾在此杀死大鸟）、拉冬河（Ladon，它汇入阿尔佩斯河，而非直接流入大海）、诺纳克里斯（Nonacris，一个城镇）、库莱内山（Cyllene）和帕拉西亚（Parrhasia，也是城镇）。

埃万德流亡时，带来各位山林的神祇，
　　如今的城市那时刚刚选址。
从此，我们敬拜潘，朱庇特祭司[1]也循例
　　举行源自阿卡迪亚[2]的仪礼。
那他们为何奔跑（这习俗至今仍沿袭），
　　为何不穿法衣，赤裸着身体？
这位捷足的牧神自己就喜欢在高山
　　恣意飞驰，转瞬就逃出视线；
他自己裸身，也命令侍从裸身相随，
　　因为奔跑时衣物皆是累赘。
相传朱庇特诞生前，阿卡迪亚人已经
　　在大地居住，月亮比他们年轻。
生活与野兽相似，日子在茫然中虚度，
　　和技艺绝缘，一个未开化的民族：
他们只知以树枝为巢，以草叶为食粮，
　　双手掬起的清水就是琼浆；
没有公牛在弯曲的轭下艰难地喘气，
　　没有土地屈从于耕夫的统治；
马还没有被驯服[3]，交通只能靠脚力，
　　绵羊身上还穿着自己的毛衣；
他们在野外露宿，没任何衣物遮体，

1　朱庇特祭司名为 flamen Dialis。

2　“阿卡迪亚”的原文是Pelasgis，这个词指希腊最古老的居民，因而代指阿卡迪亚。

3　驾驭天马的柏勒洛丰（Bellerophon）据说是第一位传授骑马技艺的人。

习惯忍受暴雨和南风的催逼。
今日赤裸的祭司就算是旧俗的证物，
让我们知晓古代生活的困苦。
然而，法乌努斯为何尤其恨衣服，
有一个传说，充满古式的谐趣。
某日，海格力斯正陪伴女主人出行[1]，
法乌努斯从高崖看见了他们。
他怦然心动："你们这些山林的仙女，
我不再惦记，她才是我的爱侣。"
迈奥尼亚[2]的女王正走着，芳香的长发
披垂肩上，金丝袍发出熠熠光华；
头顶的金色伞篷挡住了灼热的阳光，
海格力斯擎着它，随侍身旁。
已到巴克斯圣林和特摩罗斯的葡萄园[3]，
滴露晚星的黑骏[4]正遮住青天。
她走进洞穴，岩壁缀满浮石和钟乳，
一抹泉水在入口呢喃低语。

---

1 海格力斯杀死了欧律托斯（Eurytus）的儿子伊皮托斯（Iphytus），墨丘利将他卖给迈奥尼亚（即吕底亚）女王翁帕勒（Omphale）做奴隶，用换来的工钱作为给欧律托斯的赔偿，但翁帕勒却对他青睐有加。Hejduk（2011）认为，这段强奸未遂的记述也象征着史诗体与爱情哀歌体的争斗，而且法乌努斯的洞中行为影射了埃涅阿斯与狄多在洞中的幽会，是维吉尔笔下爱情悲剧的喜剧重演。而且值得注意的是，海格力斯在这段文字中扮演的不是英雄，通过下文描述的易装行为，他变成了罗马爱情哀歌中阴柔的男性求爱者。

2 "迈奥尼亚"无疑让人联想到史诗的开创者荷马（他出生于迈奥尼亚）。

3 特摩罗斯（Tmolus 或 Timolus）是吕底亚的一座山，以葡萄酒闻名。

4 奥维德想象白马为晨星拉车，与此对应，黑马则为晚星拉车。

仆人们准备佳肴美酒的时候，女王
　　给海格力斯[1]换上了她的服装：
用盖图里亚贝壳浸染的轻柔纱衣
　　和精致的裙带（刚才还在她腰际）。
裙带难锁他的腰，她松开纱衣的系扣，
　　好让他舒展那双惊人的大手。
他的前臂太粗壮，挤破了她的金镯，
　　他的巨足也崩断秀气的小鞋。
她则拾起著名的大棒，钻进狮皮，
　　配上箭囊里那些次等的武器。
两人如此享用了晚餐，也如此入眠，
　　分睡两床，一张在另一张旁边，
这是因为第二天早晨有酒神的圣礼，
　　他们必须保持洁净的身体[2]。
半夜时分——淫邪的欲望什么不敢做？[3]
　　牧神趁黑潜行至垂露的洞穴。
看见女王的侍从都已经酩酊深睡[4]，
　　他猜想，两位主人也同样疲惫。
冒失的采花贼钻进洞中，四下摸索，

1 “海格力斯”的原文是 Alciden（主格 Alcides），Alcides 是海格力斯的常见名号之一，意为“阿尔凯俄斯（Alceus）的孙子”。

2 神的敬拜仪式要求参与者保持洁净状态，这包括在仪式之前特定时期内禁欲。

3 Hejduk（2011）认为，这行原文中的“quid non amor improbus audet ?”明显呼应着《埃涅阿斯纪》（*Aeneid* 4.412）的“improbe Amor, quid non mortalia pectora cogis ?”（淫邪的欲望，在你驱使下，凡心什么事不会做？）

4 Hejduk 指出，这一行是典型的史诗描写。

小心翼翼地追随手的感觉。
他终于来到摆放床的地方，触到床，
第一次尝试本可以好运收场：
当他摸到那张皮，长满粗糙的硬毛，
立刻缩回手，不禁吓了一大跳。
他愕惧交加地后退，犹如路人瞥见蛇，
常会怵惕地收脚，心头哆嗦[1]。
接着，他又摸到邻床柔软的被褥，
温和的触感隐藏虚假的幸福。
他迅即爬上床，躺在靠近自己的一侧，
坚胜牛角的器官已快炸裂。
此时，他从下面掀开“她”的衣服，
却是毛茸茸的腿迎接抚触。
他正要行动，海格力斯突然猛力
一推：转眼他已从床上坠地。
巨响吓醒了女王，她吩咐侍从掌灯[2]：
他们拿来火把，真相已显明。
牧神从高床重重摔下，忍不住呻吟，
几乎无法从坚硬的地面起身。
看见他窘相，海格力斯和侍从都笑了，
女王也嘲笑自己的这位恋慕者。

1　这个比喻也是典型的史诗元素，它出自荷马《伊利亚特》（*Iliad* 3.33-5），维吉尔也曾在《埃涅阿斯纪》（*Aeneid* 2.378-82）中借用。

2　按照当时的习俗，侍从睡在主人卧室外面的房间里，通常晚上会留一盏灯，所以牧神还来不及从地上起来，侍从就已经把灯拿过来了。

衣服会欺骗眼睛，上当的牧神憎恶它，
从此要求祭司们一丝不挂。
缪斯，还请告知这习俗的罗马起因，
让我的诗马在本国尘土中飞奔。
母山羊已经循例献给羊蹄的牧神，
一群人受邀来享用微薄的祭品。
祭司们用柳叉穿起羊内脏，正加添
佐料，此时太阳仍然在中天，
罗慕路斯、雷穆斯和追随的年轻牧人
正赤身忍受日晒和旷野风尘[1]。
他们相互格斗[2]，比赛投掷标枪和重石，
在各种游戏中试验自己的臂力。
有牧人在高处喊道："劫匪正往荒地
赶牲口，快来，罗慕路斯，雷穆斯！"
用剑太无趣，两兄弟分头行动，径直
冲出去，最终截获赃物的是雷穆斯。
回来时，羊内脏正在烤叉上嗞嗞作响，
他边取边说："这当然是胜者的奖赏。"
于是和手下一起饕餮，等罗慕路斯
空手归来，已只剩食物的残迹。

1　"旷野"（campo）可能指战神广场。

2　"格斗"对应的原文是 caestibus（主格单数 caestus），caestus 是一种皮制的拳击手套，上面缝着铅或铁，以增强攻击力。

他苦笑，不信法比乌斯族和弟弟竟能
　　获胜，自己的昆提里乌斯族[1]竟不能。
此故事流传至今，人们仍裸身奔跑，
　　它脍炙人口，是因为结局美好。
你或许还会问我：此地为何叫“狼洞”[2]，
　　此日为何也有类似的名称？
维斯塔贞女西尔维娅诞下了天种[3]，
　　那时王国已落入她叔父[4]手中。
他下旨将双婴抱走，放入河中淹死：
　　疯狂！这其中可有罗慕路斯。
仆人服从了残忍的命令，满心不情愿，
　　含泪将孪生子抱到指定地点。
阿尔布拉河[5]（台伯里努斯淹死后改叫
　　台伯河）碰巧因冬雨漫出了河道，

1　法比乌斯家族（Fabii）是萨宾人，相传是雷穆斯的同伴；昆提里乌斯家族（Quintilii）是罗马人，相传是罗慕路斯的同伴。

2　“狼洞”的原文是 Lupercal，这里为了表现它与“狼”（lupus）的关联，没有采用音译。

3　西尔维娅（Rhea Silvia）又名伊利娅（Ilia），她的故事在下一卷有详细讲述。她是长白城（Alba Longa）国王努米托尔（Numitor）的女儿。努米托尔被弟弟阿穆利乌斯（Amulius）夺去王位后，阿穆利乌斯故意选她为维斯塔贞女，以让兄长家绝后。此后，伊利娅怀孕生下了罗慕路斯和雷穆斯，虽然她声称他们是战神马尔斯的儿子，但阿穆利乌斯还是下令活埋了她，并让人把孩子投入台伯河溺毙。后来两兄弟意外获救，经过一番曲折，恢复了努米托尔的王位。

4　“叔父”指阿穆利乌斯。

5　阿尔布拉（Albula）是台伯河的古名，意为“白色”（虽然罗马人通常都用“棕黄”形容台伯河）。相传长白城国王台伯里努斯在这条河里淹死，从此它改名台伯河。

现在是罗马广场和著名赛车场[1]的地方，
那时你能够看见小船漂荡。
他们到了这里（其实也无法走更远），
站在岸边，望着孩子们慨叹：
“他俩多像啊！两个都长得这么漂亮！
不过，那一个似乎更有力量。
倘若长相能表明血缘，眼睛没骗我，
我真怀疑你们是某位神的骨血。
可如果神是你们的父亲，现在局面
如此危急，他怎会袖手旁观？
若不是自身难保，母亲定会帮你们，
可怜的人，只能做一天的母亲！
你们一起生，一起死，一起沉入水底！”
说完，将怀里的婴儿放进篮子。
孪生兄弟都大哭起来，仿佛听懂了，
仆人们回家去复命，双颊泪落。
“船”载着两个孩子，尚能在河面漂浮，
小小的竹板负担着多重的前途！
篮子顺流漂进幽暗的树林，水势
逐渐变弱，它最终搁浅在淤泥里。

---

1 罗马有两类广场（forum），一类用作法庭，一类用作市场。“著名赛车场”指 Circus Maximus，建于帕拉丁山和阿文丁山之间的山谷，周长 1 英里，最初是国王老塔克文（Tarquinius Priscus）所造，后来恺撒做了大规模翻修，可容纳十五万观众，许多重大比赛和公共表演都在这里举行。

那里有株无花果，遗迹仍在，如今称
　　鲁米纳[1]，原来用罗慕路斯之名。
一只怀孕的母狼竟来到弃婴身边，
　　谁信他们竟没有被野兽摧残？
不仅没伤害他们，还帮助他们，亲族
　　忍心毁灭的人，母狼却哺育。
它站在那里，用尾巴抚慰稚嫩的养子，
　　用舌头舔净两个婴儿的身体。
你应知他们是马尔斯的后代：无惧地拉拽
　　狼的乳房，喝着不属于人的奶。
祭司名源于地名，地名源于这只狼[2]，
　　付出的乳汁收获了丰厚的奖赏。[3]
这名字为何不可能从阿卡迪亚发源？
　　潘的神庙就在吕凯俄斯山[4]。
新娘，你在等什么？强力的草药、祷辞、

---

1 这棵无花果树名叫鲁米纳（Rumina），奥维德认为，它从罗慕路斯（Romulus）的名字变来，这没有任何语言学依据。语言学家的意见是，它或者源于拉丁古词 rumis（乳房），影射两位孪生兄弟曾经吃狼奶的故事，或者源于 rumen（喉咙），因为牛羊时常在这棵树下反刍（ruminare）。

2 奥维德的观点是Luperci（牧神祭司）的名字源于Lupercal（祭祀潘神的山洞名），而 Lupercal 的名字又源于 lupus（狼），这是他提供的第一种词源解释。

3 Harries（1991）认为罗慕路斯兄弟获救的故事呼应了前面法比乌斯家族靠着唯一幸存的男孩得以延续的故事，两次获救对罗马都意义重大：罗慕路斯是罗马的建立者，后来的法比乌斯是第二次布匿战争中罗马的拯救者。

4 这是奥维德的第二种解释。他提出，Luperci 也可能与阿卡迪亚的潘神敬拜中心吕凯俄斯山（Lycaeus）有关，吕凯俄斯山的希腊语是 Lykaion，意为“狼出没的地方”，按照词根意义和构词法，对应的拉丁语便是 lupercum，和 luperci 很接近了。

神奇的咒语都不能给你孩子，
你如果耐心忍受“丰饶之手”的鞭笞，
很快岳父就能有“祖父”的名字。
传说有一段时间，残酷的命运降临，
只有极少的妻子能如愿怀孕。
罗慕路斯哀叹道：“我抢来萨宾的女人[1]
有何用（此事在他执政时发生），
若我的罪行没增强国力，只带来战争？
我宁愿罗马男子依旧单身。”
埃斯奎林山麓有一片树林，以朱诺
命名，多年来未曾遭过斧钺。
妻子丈夫们来到这里，立刻齐刷刷
跪倒，匍匐在地，祈求神发话。
突然间，枝叶摇晃，树巅猛烈颤动，
女神借圣林发出奇妙的谕令：
“将意大利妇女的身体交给神圣的公山羊。”
暧昧的言辞令众人震愕惊惶。
有一位占卜师（姓名早已湮没在岁月里）
新近从图斯坎地界[2]流亡至此，
宰杀了一只公山羊，将皮做成鞭子，
吩咐用它们来抽打女人的背脊。

1 在罗马建国初期，周边部族都不愿与罗马通婚，为了增加人口，罗慕路斯实施了抢婚，大规模从萨宾族劫掠女人。

2 “图斯坎”是埃特鲁里亚的形容词。埃特鲁里亚人以占卜和预言闻名，罗马早期的许多祭司都来自那里，许多仪式也发源于那里。

巡回的月亮第十次长出新角，男人
　　突然变父亲，妻子做了母亲。
感谢卢契娜[1]，你的名字与圣林有关，
　　或者因为你本是光的源泉。
仁慈的神，求你善待怀孕的女人，
　　温柔地送足月胎儿离开母身。
二月的此日一到，便不可再相信风神，
　　这个时节的风从来不守信。
风变化无定，六天里埃俄洛斯[2]的监狱
　　一直门户大开，毫无拦阻。
水瓶已倾斜，敏捷的持水人已经沉没[3]，
　　鱼，下面轮到你将天马迎接！[4]
人们说你和弟弟（因为两星座相邻，
　　光芒相映）背上曾驮过两位神。
那时候，朱庇特正用武力捍卫天庭[5]，
　　维纳斯为躲避可怕的怪物堤丰[6]，

1　“卢契娜”是狄安娜的名号之一，奥维德提出，这个词或者源于“圣林”（lucus），或者源于“光”（lux）。

2　埃俄洛斯（Aeolus）是风神，传说各种风都被他囚禁，需要的时候才放出来。

3　“水瓶”和“持水人”都指水瓶座（拉丁文 Aquarius 就是“持水人”的意思）。

4　“你”所指的“鱼”和下一行的“弟弟”组成了双鱼座（Pisces），“天马”指为太阳神拉车的马。这两行的意思是太阳离开水瓶座，进入双鱼座。

5　指发生在奥林匹斯诸神与叛乱的巨人族之间的战争。

6　“维纳斯”的原文是Dione（狄俄涅），按照荷马的说法，狄俄涅是维纳斯的母亲，但这里她的名字和丘比特同时出现，显然奥维德把她和维纳斯混同了。“堤丰”（Typhoeus 或 Typhon）是可怕的巨人。

和年幼的丘比特一起奔至幼发拉底河，
　　在巴勒斯坦[1]的这条河边停歇。
堤岸的顶上长满芦苇、柳树和白杨，
　　给了他们逃脱追捕的希望。
藏匿的维纳斯听到枝叶间风的呼啸，
　　脸色煞白，以为敌兵[2]已追到。
她搂着怀里的孩子，轻喊：“救命，仙女们，
　　帮助我们这两位落难的神。”
语罢，她纵身入河。两条鱼将他们驮起：
　　它们因此获赠星座的名字。
迷信的叙利亚人从此禁止食用鱼类，
　　绝不肯用鱼污染他们的嘴。[3]
下一天无节日，第三天献给奎里努斯[4]，　　2月17日
　　他现在用此名，从前叫罗慕路斯，
或者因为古代萨宾人的长矛叫“库里斯”
　　（这位好战者封神靠的是武器），
或者因为罗马人把别称送给了君主，

1　巴勒斯坦是叙利亚的一部分，幼发拉底河是叙利亚的东部边界。

2　“敌兵”的原文 hostiles manus 既可以指敌人的军队，也可以是“敌人的手”的意思。

3　古代叙利亚人相信，吃鱼会引发身体肿胀和溃疡，所以不吃鱼。奥维德的解释纯粹是文学化的，没有事实依据。Harries（1991）提醒我们，这是本卷的第四个拯救故事（第一个是 79—118 行阿里昂被海豚拯救的故事），只不过这次的主角是神，因而获救毫无悬念。

4　475—532 行是 2 月 17 日（罗马标记法为 H XIII KAL. MAR. NP QVIR[INALIA]），前面的 2 月 16 日标记为 G XIV KAL. MAR. EN。

或者因为他收服了库瑞斯部族[1]。
他掌管战争的父亲看见崭新的城楼
和罗慕路斯的众多军功之后，
向朱庇特请求："罗马的力量已足以自立，
不需要我的血脉继续出力。
请把儿子还给我，虽然另一位已死，
这一位将同时充当自己和雷穆斯。
你曾告诉我，你将擢升一人入苍冥，
请让朱庇特的话现在就成真。"
神王同意了。祂甫一点头，两边的天极
已震动，阿特拉斯[2]感到了变异。
有一处地方，古人称之为"山羊泥潭"[3]，
罗慕路斯，你碰巧在那里审案。
太阳逃遁，聚拢的黑云遮住天空，
大雨猛然倾泻，雷霆滚动，
穹宇被飞驰的闪电撕裂，人群奔窜，
国王乘父神的骏马升入星殿。
地上，民众在哀悼，指控元老院弑君，
这谣言本可能在他们心中长存，

1　罗慕路斯和库瑞斯国王塔提乌斯达成合并协议时，为了表达善意，罗马人决定采用"奎里特斯人"（Curites 或 Quirites）的新名称，这个名称显然是向库瑞斯人致敬。

2　阿特拉斯（Atlas）是北非西部的山脉，在希腊神话中，他是朱庇特的儿子，职责是肩负天空。

3　"山羊泥潭"（Capreae paludem）是罗马附近的一处沼泽。

幸而普罗库鲁斯正从长白城回罗马[1]。
　　月光很明亮，路上不需要火把，
突然一声响，左边的树篱剧烈地战栗，
　　他停住脚步，头发惊悚地立起：
身材超凡人，穿着紫袍，相貌堂堂，
　　罗慕路斯出现在路的中央。
他说："让奎里特斯人停止哀悼，别用
　　他们的眼泪亵渎我的神性。
让虔敬的人们取悦新的神——奎里努斯[2]，
　　让他们勤习我父亲战争的技艺。"
吩咐完，他便隐入空中，从眼前消失。
　　普罗库鲁斯召集民众，传达神意。
罗马人建了神庙，一座山以他命名[3]，
　　指定日期的圣礼[4]也沿袭至今。
此日为何也叫愚人节[5]，请听我细说。
　　原因微不足道，但是很贴切。
古时，没有熟练的农夫来耕种土地，
　　壮男因严酷的战争耗尽精力。

1　普罗库鲁斯（Iulius Proculus）的这个故事见李维《罗马史》（*Ab Urbe Condita* 1.16.5）。长白城（Alba Longa）最初是埃涅阿斯的儿子阿斯卡尼俄斯（Ascanius）建立的一个子城，隶属于埃涅阿斯最初落脚的拉维尼昂（Lavinium），后来罗马国王 Tullus Hostilius 摧毁了此城，将所有的居民迁至罗马城。

2　这是罗慕路斯作为神的名字。

3　奥维德指奎里纳尔山（Quirinalis）。

4　指奎里纳尔节（Quirinalia），它属于日期固定的节日。

5　愚人节（Stultorum festa）就是奎里纳尔节，名称的来历见下文。

用剑比使犁更能赢得世人的称道，
　　被主人冷落，田园总收成寥寥。
然而，斯佩尔特麦古人却会种植，
　　以它的谷粒为初果献给刻瑞斯。
他们从经验中懂得用火烤熟麦子，
　　却经常出错，遭受许多损失，
有时搜集了一堆黑灰，以为是谷物，
　　有时火焰点燃了他们的茅屋。
炉灶被尊为女神[1]，喜欢炉神的农夫
　　祈求她别把自己的麦子烤煳。
如今，祭司长[2]会用法定的语言宣告
　　炉神节[3]，但日期无法提前知晓。
罗马广场四周会悬挂许多木条[4]，
　　每个库里亚[5]都有特殊的记号。
愚蠢的人不知道自己的库里亚在哪里，
　　只好拖到最后一天行祭礼。

1　大普林尼在《自然史》（*Naturalis Historia*）第十八卷中称，是罗马第二任国王努玛最先遵奉炉灶（Fornax）为神。

2　祭司长（curio maximus）名称的由来见下文第 530 行的注释。

3　炉神节（Fornacalia）属于日期不固定的节日。

4　这些木条会宣布何时何地该库里亚会举行某个特定的宗教庆祝仪式。

5　罗慕路斯将罗马人分成三个部落，每个部落进一步分成十个库里亚（curia），每个库里亚都有自己祭祀的神庙，祭司称为 curio，因为他负责管理（拉丁文动词 curare）宗教事务，这些祭司都归祭司长（curio maximus）管辖。

坟墓也获得礼遇。请安抚祖先的亡灵[1]， 2月18日
在早已熄灭的柴堆[2]上摆放祭品。
鬼魂[3]所求并不多，深切的情感远胜
厚礼，冥府没有贪婪的神。
坟顶挂几个花环，坟前摆些许果蔬、
一粒盐，再加上泡在酒中的谷物、
散落的紫罗兰，他们已觉无所缺憾：
把这些装进罐子，留在路中间。
祭品更贵重也无妨，但如上已可奏效，
搭好祭坛后，再说出合适的祷告。
正直的罗马人，是纯孝的典范埃涅阿斯
将这样的习俗带到你的土地。
他向父亲的守护神献上庄重的祭物，
人们由此学会了虔敬的仪序。
但是，这个尚武的民族曾长期征战，
荒废了理应致予父母的祭典[4]，

1 533—616 行是 2 月 18—21 日（罗马标记法分别为 A XII KAL. MAR. C、B XI KAL. MAR. C、C X KAL. MAR. C 和 D IX KAL. MAR. FP FERAL[IA]）。

2 在拉丁语中，为死者准备的柴堆在点燃之前叫 pyra，点燃时叫 rogus，熄灭后叫 bustum。

3 “鬼魂”的原文是 manes，关于这个词有各种不同的解释：（1）人的鬼魂，据说善人死后，鬼魂变成守护家庭的拉尔神（lares），恶人死后，鬼魂变成勒穆尔（lemures 或 larvae），大多数人的鬼魂处于中间状态，等待决定，所以叫 manes（拉丁文 manere 意为“等待”）；（2）每个人的两位守护神（genii），一善一恶，也被称为 manes，人死后它们入驻坟墓；（3）与人的鬼魂无关的地府神。

4 这些日子也被称为“父母日”（Parentales dies）。

并招致了惩罚：据说由于这悖逆的行为，
　　城外的葬火[1]让罗马热不可耐。
我难以相信，可是传说死去的先祖
　　离开了坟墓，在夜静更深时哀诉；
他们说，一群群丑陋的鬼魂，空洞的队列，
　　尖叫着穿过街道和宽阔的原野。[2]
此后，人们向坟墓献上了中断的礼节，
　　死亡和异象终于不再肆虐。
可是少女们，这祭典期间，不可结婚，
　　让松木火炬[3]等待洁净的时辰，
也别让弯曲的矛[4]梳理你处女的头发，
　　虽然母亲急切盼着你出嫁。
许门[5]，藏起你的火把，远离这阴火，
　　黑暗坟墓里有别样的火把等着。

1　罗马不允许在城内火葬，一是怕尸体污染祭司和神庙；二是避免引发火灾。

2　Scullard（1981）指出，亡灵节（Feralia）和5月的鬼魂节（Lemuria）不同，是安静追念祖先的节日，但奥维德笔下离开坟墓、哀诉尖叫的鬼魂却与传统不符。McDonough（2004）认为，奥维德如此处理，特意突出了本卷的一个重要主题——家族伦理的沦丧（尤其是后面小塔克文强暴亲戚卢克莱提娅的行为），也预示了布鲁图斯的复仇行为。

3　婚礼的标志，参考下面第561行的注释。

4　古罗马婚礼上，丈夫要将妻子的头发梳理成六绺，用的工具就是“弯曲的矛”（hasta recurva），有人猜测这是做成矛形的针头，有人则认为是真的长矛，丈夫使用矛尖来做此事。

5　许门（Hymen）是古罗马的婚神，也叫许墨奈俄斯（Hymenaeus），他是酒神巴克斯和爱神维纳斯的儿子，参加婚礼时，他手持松木的火把。

关闭神庙的大门，让众神暂且隐藏[1]，
　　祭坛别放乳香，炉火别点亮。
现在轻飘飘的鬼魂和已经入土的肉身
　　正游荡，幽灵将品尝摆放的祭品[2]。
但是这一切终止时，本月剩下的天数
　　应该正好符合这首诗的音步。[3]
因为向死者献祭，所以此日叫亡灵节，
　　它是安抚鬼魂的最后一夜。
快看，在少女中间坐着一位老妪[4]，
　　正敬拜“沉默”女神[5]（她自己却多语）。
她用三根手指在门槛下[6]放三块乳香
　　（那里一只小鼠常悄悄过往），

1　神憎恶葬礼的场景。

2　在这个节日，罗马人会在坟前摆放肉食，据说亡灵（manes）嗜血，所以罗马人会宰杀牺牲，供奉在坟前。

3　《岁时记》采用的是爱情哀歌体，单行六音步，双行五音步，共十一个音步，所以亡灵节结束时，2月应该还剩十一天。奥维德的计数不准确，即使按照古罗马数法，从亡灵节最后一天（21日）算起，到2月28日也只有八天，若从亡灵节第一天（18日）算起，则是十一天。

4　McDonough（2004）认为，这位老妪在《岁时记》第二卷中发挥了重要的结构功能，将前后的诸多元素连缀在一起，突出了家庭伦理和言论自由的主题。

5　古代注者 Neapolis 认为，对“沉默”女神的祭拜与亡灵节同时，因为关于死者，除了优点，活人都只能沉默：De mortuis nil nisi bonum。这里描绘的仪式都有魔法色彩。Riley（1881）补充说，“沉默”女神（Tacita）也叫“疯狂”女神（Mania）。

6　McDonough（2004）指出，门槛暗示了老妪或者说她所代表的巫女在社会中的过渡性、边缘性位置，在《岁时记》的范围内，她最接近第六卷的卡尔娜（6.101-82）。在第二卷中，这段文字也处于过渡位置，从献给死人的节日（亡灵节）过渡到献给活人的节日（亲人节），从沉默过渡到开口。

然后，把下咒的线绕上深灰的铅轴，
　　又在嘴里咀嚼着七颗黑豆，
给一条小海鱼[1]抹了沥青，拿铜针穿透，
　　在火上炙烤它已经缝合的头[2]，
再浇上一些葡萄酒，剩下的酒，或者
　　她喝，或者同伴喝，但她喝最多。
“我们已经封住了敌人的舌头和嘴。”
　　老妪宣布，然后醉醺醺地离开。
接下来你会问我，“哑口”女神[3]是谁？
　　请听老人们给我讲述的原委。
朱庇特难以遏制对尤图尔娜[4]的情欲，
　　忍受了许多有辱神威的苦楚。
她有时藏在森林的山楂树中间，有时
　　跳入溪流（她们是她的姐妹）里。
他召来了拉提乌姆所有的水泽仙女，
　　在她们中间撂下这样的话语：

1　Riley（1881）觉得，奥维德提到小海鱼（maena）可能是因为它的名字像女神的名字（Mania）。

2　按照人类学家弗雷泽的分类，这些举动都属于“同情式巫术”（sympathetic magic）。Miller（1991）将这段文字称为奥维德的“仪式喜剧”。Fowler（1899）和 Scullard（1981）都认为，这位老妪的巫术与亡灵节的仪式没有任何关联。

3　McDonough（2004）认为，奥维德将“沉默”女神（Tacita）称为“哑口”女神（Muta），就将她从一位强制别人沉默的权威之神变成了失去表达能力的受害者，从而剥夺了她的神性。

4　尤图尔娜（Iuturna）是一位山泉女神。Murgatroyd（2003）发现 585—616 行的故事与维吉尔《埃涅阿斯纪》第十二卷有密切关联，在那里尤图尔娜也是重要角色。

“你们这位姊妹是存心和自己作对，
　　与至高之神结合，对她有何害？
一定要成全我们：我获得最大的欢愉，
　　你们的姊妹就能有最大的好处。
你们一见她逃往岸边，就立刻拦住，
　　不许她再次沉入河水的深处。”
他说完，台伯河所有仙女都点头称善[1]，
　　还有出入伊利娅[2]闺房的女眷。
碰巧有一位仙女，名叫拉若，可是
　　她的古名是两次重复首字[3]，
她人如其名，太饶舌。阿尔莫常对她讲：
　　“女儿，闭嘴！”但她就是闭不上。
她一到姐妹尤图尔娜的湖边，就说：
　　“避开河岸！”还透露神王的训诫。
她甚至去见朱诺，感慨妇人们的遭遇，
　　特意说：“尤图尔娜迷住了你丈夫。”
朱庇特大怒，割掉她不知如何节制

1 Murgatroyd 提醒我们，这些仙女的行为违反了家族伦理，她们身为尤图尔娜的姐妹，却甘愿将她交给朱庇特这位强奸者。朱庇特强暴尤图尔娜，是对妻子朱诺的不忠，也是对家庭价值观的背叛。

2 伊利娅（即西尔维娅）在台伯河边被活埋后，据说成了河神的妻子。伊利娅本人也是家族成员互相残害的牺牲品。

3 奥维德认为，“拉若”（Lara）的名字源于“拉拉”（Lala），“拉拉”来自希腊语动词 lalein，意为“饶舌”，参考贺拉斯给女友起的名字“拉拉格”（Lalage）。

使用的舌头，又唤来神使墨丘利[1]：
“带她去地府，那才是哑人合适的归宿。[2]
她还是仙女，却将是冥泽的仙女。”
他遵令而行。当他们途经一片树林，
据说押送的那位神对她动了心。
他准备强暴她，而她只能用表情阻拦，
喑哑的嘴挣扎着，却是枉然。
她怀孕产下一对孪生子，就是拉里斯[3]，
永远守护我们的街道和城市。
下一日因为亲爱的人们得名亲人节[4]， 2月22日
家人在家神面前共享欢乐。
我们怎能不舒心，终于将话题从坟墓

1 Feeney（1992）从拉若的遭遇中读出了奥古斯都时代的言论钳制，奥维德自己也是这一制度的受害者，他被流放黑海地区，其中一个原因便是《爱的艺术》触犯了当时意识形态的禁忌。Keegan（2002）指出，“舌头”（linguam）一词恰好与本行格律的停顿处重合，与墨丘利和动词“唤”（vocat）分离，突出了朱庇特的残忍和拉若失声的无助感。

2 Murgatroyd（2003）注意到，奥维德在这里的措辞明显呼应了维吉尔《埃涅阿斯纪》（*Aeneid* 12.884）中尤图尔娜的哀叹，成为后者故事的“挑衅式的前传”。

3 拉里斯（Lares）的单数 Lar（拉尔）是埃特鲁里亚词语，意思是“主人、贵族”，拉里斯在古罗马宗教中有许多类别：（1）家神（Lares familiares），由祖先的亡灵（manes）变成；（2）城市守护神（Lares urbani）；（3）乡村守护神（Lares rustici）；（4）道路守护神（Lares compitalies）；（5）海洋守护神（Lares marini）。

4 617—638 行是 2 月 22 日（罗马标记法为 E VIII KAL. MAR. C）。“亲人节”的原文是 Caristia，由 carus（亲爱的）变来。McDonough（2004）指出，拉里斯这对孪生子出生的情形无疑会让读者想到伊利娅的孪生子，即创建罗马的罗慕路斯和雷穆斯，此外，“个人痛苦变成公共福祉”的主题将在本卷后面的卢克莱提娅的故事中再次上演，这些元素都激活了非常复杂的意义链条。

和去世的亲人转向活着的亲族，
而且在失去一些亲人后，还能有幸
与剩下的同根者聚首，共叙亲情！
让无罪的人近前，让悖逆的兄弟、虐待
自己孩子的母亲远远走开，
还有嫌父亲命长、怨母亲不死的儿女，
百般刁难和欺压媳妇的婆母！
拦住伊阿宋的妻子和阿特柔斯兄弟[1]，
还有她[2]，让农夫播下烤过的种子，
还有凶残的特柔斯和普洛克涅姐妹[3]，
和所有追求不义之财的恶贼！[4]
善良的人们，向家神敬献乳香，据说，

1 “伊阿宋的妻子”指美狄亚，阿特柔斯兄弟指阿特柔斯（Atreus）和图埃斯特（Thyestes）。美狄亚为了报复丈夫和情敌，杀死了自己的两个儿子；图埃斯特与嫂嫂埃罗佩（Aerope）通奸，阿特柔斯为了报复，将图埃斯特的儿子做成菜肴给弟弟吃。三个人都是违背人伦的典型反面角色。

2 指卡德摩斯的女儿伊诺（Ino），她丈夫忒拜国王阿塔玛斯（Athamas）与前妻生有佛里克索斯（Phrixus）与赫勒（Helle）兄妹，为了害死他们，伊诺让忒拜妇女将烤过的种子交给她们丈夫播种。庄稼颗粒无收，人们向德尔斐神谕求助，伊诺又买通信使，说神谕要求献祭佛里克索斯，后来佛里克索斯被救走，阿塔玛斯发了疯，伊诺投海，变成了海神。

3 色雷斯国王特柔斯（Tereus）和雅典公主普洛克涅（Procne）结婚后，菲洛墨拉（Philomela）被姐夫特柔斯强奸并割掉舌头，她将自己的遭遇织成图案，捎给姐姐普洛克涅。普洛克涅为替妹妹报仇，杀死了自己和特柔斯的儿子伊堤斯（Itys），做成菜肴给丈夫吃，吃完后才告诉他真相。特柔斯持斧头追砍两姐妹的过程中，神把他们都变成了鸟，其中一个版本说菲洛墨拉变成了夜莺，普洛克涅变成了燕子，特柔斯变成了鹰。

4 McDonough（2004）认为，这些希腊神话中著名的“反家庭价值观”的例子让这段祷告的语气变得暧昧不明。Newlands（1995）指出，菲洛墨拉的典故尤其起到了连接拉若和卢克莱提娅两段强奸故事的作用。

此日“和谐”女神会分外亲切，
奉上供品，摆好见证诚心的祭盘，
让身着束腰长袍的拉里斯进餐。
待到湿润的夜晚以安宁的睡眠相邀，
请手持斟满的酒杯，如此祈祷：
“祝你们安康，也祝你安康，祖国之父，
圣君恺撒[1]！”边以酒酹地，边祝福。
此夜一过去，便应以惯常的仪典礼敬[2] 2月23日
为田野划定边界的那位神灵。
特尔米努斯，你自古就被奉为神，不管
你是石块抑或是植下的木杆[3]。
两位主人从两个方向给你加冕，
给你献上两盘糕，两个花环。
祭坛已搭好，农夫妻子从温暖的炉膛
取来火种，盛在破碎[4]的陶片上。
老人将木柴砍成细条，熟练地堆聚，
一边使劲将它们压入硬土，
然后，他用干树皮助燃最初的火焰。

---

1 这里的“恺撒”指屋大维，根据元老院的决议，罗马人在向神献祭时，必须为屋大维祝酒。McDonough觉得，按罗马传统本应献给族长（pater familias）的酒却献给了“祖国之父”（pater patriae），表明在屋大维统治下，公共权力侵入了私人领地，如同小塔克文侵入卢克莱提娅的闺房。

2 639—684行是2月23日（罗马标记法为F VII KAL. MAR. NP TER[MINALIA]）。

3 边界神特尔米努斯（Terminus）没有人的形象，以界石或界桩代表，努玛奉他为神，要求罗马人在年度庆典时为他的界石或界桩戴上花环。

4 “破碎”（curto）也可理解为“尺寸较小的”，“破碎”似乎更能突出农民的贫困。

小男孩站在旁边，手持大竹篮，
等他三次将篮里的蔬果投入火中央，
小姑娘再把切好的蜂巢献上。[1]
其他人拿着酒壶，各自往火里奠酒，
旁观者一身白衣，恭敬地缄口。
宰杀羊羔，它的血也需洒上分界线，
接受乳猪的祭品，神不会抱怨。
淳朴的乡邻聚在一起，举办宴席，
齐声颂赞你，神圣的特尔米努斯。
你为民族、城市和辽阔的王国划界，
没有你，处处都将争斗不歇。
你没有野心，没有黄金可以贿赂你，
你公正无欺地守卫合法的领地。
倘若你曾经标明提瑞亚小城的界线，
昔日的三百条性命就不会罹难，
奥楚阿得斯也不会因剑冢而进入史册，
可是他为国家流了多少鲜血！[2]
卡皮托重建时发生了什么？其他所有神
都腾出位置，不敢与朱庇特相争，

1 助祭的小男孩和小女孩分别叫作 camilli 和 camillae，他们必须身体健康，形象顺眼，出身于自由家庭，且父母健在。

2 提瑞亚（Thyrea）是斯巴达和阿戈斯边境上的一个小镇，双方都声称拥有主权，最后两边决定以武斗定输赢，各选三百名勇士参战。最后双方只有三人活下来，阿戈斯的两位勇士欢天喜地地回去宣布胜利的消息，斯巴达唯一幸存的勇士奥楚阿得斯（Othryades）却趁机从死人堆里爬出，建了一个武器冢，献给朱庇特，蘸血署了自己的名，然后自杀。后来，双方都不认输，继续厮杀，最终斯巴达获胜。奥维德这里说三百人丧命不准确，是五百九十八人丧命。

按照古人的说法，唯有特尔米努斯
　　留在了原地，与神王共享神祠。[1]
直到今天，神庙顶仍然有一个小孔，
　　让他只能看见头上的星空。[2]
从此，特尔米努斯，你不可随意迁移，
　　安放在哪里，就请你守在哪里，
你也不可屈服于任何邻居的主张，
　　以免你像是看重人，看轻神王。
无论人们用犁铧还是钉耙敲击你，
　　你都喊："那边属于他，这边属于你！"
有一条大道将人们领向劳伦顿的土地
　　（那里曾遭到特洛伊王子的攻击）[3]，
它的第六座里程碑（从罗马开始）常看见
　　特尔米努斯享受羊内脏的奉献。
其他民族的土地全都有确定的边界，
　　罗马和天下的边界却没有分别。
现在我要讲述国王的放逐，从月底[4] 2月24日

1 重建卡皮托的朱庇特神庙时，国王"高傲者"塔克文（Tarquinius Superbus）用占卜术征询了诸神的意见，除了特尔米努斯，各位神都同意搬迁。罗马人由此认为，界石一旦确立，就是神圣的，不可随便移动。

2 罗马人似乎认为，边界神应该在户外，所以户内代表特尔米努斯的石头或祭坛必须暴露在天空下。

3 埃涅阿斯最初在意大利登陆的地方就位于劳伦顿。

4 685—852 行是 2 月 24 日（罗马标记法为 G VI KAL. MAR. N REGIF[VGIVM]），这一天叫"国王逃跑日"（Regifugum）。奥维德的卢克莱提娅（Lucretia）故事与李维的版本形成了有趣的互文关系。

往前数第六日就是纪念此事。
塔克文是罗马民族的最后一任国王，
为人奸邪，战场上却锐不可当。[1]
他攻陷了一些城市，将一些夷为平地，
吞并加比伊[2]则靠了卑鄙的诡计。
他的幼子显然继承了“傲慢者”的血统，
趁着夜色潜入敌人的兵营。
面对利剑，他说：“杀啊，我手无寸铁，
我兄弟[3]和父亲塔克文求之不得，
若不信，我背上还留着他们残忍的鞭印！”
他的确挨过打，只为把戏演逼真。
月光明亮，众人看着他，收起了武器，
撩起衣服，果然有斑斑血迹。
他们忍不住落泪，请求他领军作战，
狡猾的人便遂了无知者的愿。
一掌控局面，他便差密使去见父亲，
向他讨要毁灭加比伊的秘辛。
王宫下有片长满香草的优雅花园，
一条小溪流过，柔水潺潺。
塔克文在那里收到儿子的秘密情报，

---

1 塔克文谋杀了自己的岳父图利乌斯（Servius Tullius），夺得王位。在军事上他主要击败了沃尔斯齐人（Volsci），攻占了他们的首都。

2 他儿子塞克斯图斯（Sextus Tarquinius）骗取加比伊城（Gabii）的故事也见于李维的《罗马史》（*Ab Urbe Condita* 1.53）。

3 他有两位兄长提图斯（Titus）和阿伦斯（Aruns）。

用权杖将身前百合的头敲掉。
信使回去，告知敲断百合的场景，
儿子说：“我已明白父亲的命令。”[1]
他即刻行动，屠灭加比伊的全部贵族，
然后将群龙无首的城池献出。
看，可怖的景象！从神坛中间钻出
一条长蛇，从余烬里衔走祭物。
询问阿波罗，神谕如此回复：“谁最先
亲吻母亲，谁就将获得大权。”[2]
每个人都争先恐后奔回家，亲吻母亲[3]，
只知相信神，却全然误解了神。
布鲁图斯有大智，却扮作白痴，只为
摆脱残暴塔克文的阴谋陷害[4]。
他俯面躺着，亲吻“大地”母亲，别人
却以为他绊了一跤，难以起身。

---

1 希罗多德在《历史》（*Histories* 5.92）中记述了类似的传递情报的故事，米利都（Miletus）的僭主特拉西布罗洛斯（Thrasybulus）也是用这种方法为科林斯的佩里安德（Periander）献策的。

2 塞克斯图斯的两位兄长到德尔斐求神谕，希望知道谁能继承王位，这是他们得到的答案。

3 根据狄奥尼西俄斯（Dionysius of Halicarnassus）《罗马古史》（*Roman Antiquities*）的说法，两位兄弟达成一致，决定隐瞒神谕，回家后同时亲吻母亲，以后共享王位。而李维在《罗马史》中则说，他们俩以抓阄的方式决定谁先亲吻母亲。

4 布鲁图斯（M. Brutus）的父亲和兄长都因为塔克文觊觎他们的财富而被杀，于是他采取了装疯的策略，被塔克文留在宫中，给他的儿子们寻开心。

此时，阿尔代亚[1]被罗马的军队环绕，
　　围城的日子格外漫长难熬。
有时无事可做，敌人也不敢来偷袭，
　　我们的士兵便在军营里游戏。
年轻的塔克文以佳肴美酒款待同袍，
　　在他们中间，王子突然说道：
“阿尔代亚用沉闷的战争陷住了我们，
　　无法解甲回家，拜家乡的神，
婚床上的伴侣会对我们忠诚吗？她们
　　爱我们是否如我们爱她们一样深？”
每人都夸赞自己的妻子，越说越激动，
　　酒意解放了舌头，点燃了心胸。
那位因科拉提亚闻名的男子[2]站起身，
　　说道：“何必多言，眼见为真。
长夜还未尽，不如现在就骑马回城。”
　　大家都赞同，于是马套上缰绳，
驮着主人往罗马飞奔。众将士首先
　　到了王宫，没有卫兵在外面[3]。
他们看见国王的儿媳尚未入眠，

1　阿尔代亚（Ardea）是拉提乌姆的一个城市，离罗马 23 英里。

2　指小塔克文的亲戚塔克文·科拉提努斯（Tarquinius Collatinus），他的父亲是科拉提亚（Collatia，罗马以东 4 英里的一个萨宾城镇）的总督。

3　从下文可知，几位国王儿媳都在饮酒作乐，所以卫兵也忽略了看守王宫的职责。

面前摆着酒，颈上套着花环[1]。
然后大家又驰往卢克莱提娅[2]家里，
她床前放着软羊毛，还有篮子[3]。
一盏小灯下，女仆们全都忙着织布，
她在中间用温柔的声音催促[4]：
“加油，加油，孩子们！我们做的披风[5]
必须尽快地送到老爷手中。
可是，有什么新消息（你们门路比我广）？
他们可曾说，还要打多久的仗？
很快你就要易主了，可恨的阿尔代亚，
非顽抗到底，让我们为丈夫牵挂！
他们能回来就好。可是我的他太拼命，
剑一出鞘，就全然不顾死生。
我快疯了，死了，他搏杀的样子总是

1　“酒”的原文是 merum，指不兑水的纯酒，即使罗马男子都很少喝纯酒，这体现了国王儿媳无节制的性格，罗马的正经女人也不会在颈上套花环，这说明她们喝醉了。

2　卢克莱提娅是科拉提努斯的妻子，她因为被小塔克文强暴而自杀，引发了罗马王权的覆灭。

3　在西方古典文学中，纺纱和织布是贞洁女子的典型活动。

4　Newlands（1995）提醒我们注意 741—744 行对卢克莱提娅的描写。奥维德在描绘她的纺纱行为（古典作品中诗歌创作的象征）时刻意使用了标志罗马新诗派（neoterics）美学的核心词汇：软（mollis）、小（exiguum）和温柔（tenui）。所以，她既代表了典型的哀歌体中的女性角色，又是这类诗歌的象征。但 Hejduk（2011）指出，这段文字严肃高贵的风格明显不同于哀歌体的写法，而近于史诗，卢克莱提娅的形象也类似《伊利亚特》中的安德洛玛刻（Andromache）。

5　披风（lacerna）主要是罗马军人的服装，穿在制服的外面。

在眼前晃动，一直凉到我心里。”
说到这里，她扔掉手中拉紧的纱线，
泣不成声，把脸埋到了胸前。
这添了她的美，眼泪是纯洁女人的装饰，
她的容貌和心灵一样美丽。
“别怕，我在。”丈夫说。她顿时恢复活力，
挂在他颈上，这负担于他太甜蜜。
但此刻，国王的儿子燃起了疯狂的爱火，
难以遏制，被盲目的冲动裹挟，
她的身姿、雪白的皮肤、金色的头发
都让他沉醉，还有那天生的优雅，
她的话语、声音和美德同样吸引他，
希望越渺茫，欲望越无法自拔。
小鸟们已经开始了歌唱，迎接黎明，
这些年轻人动身返回军营。
消逝的音容咬噬着如受雷击的感官，
回忆的细节更美，更令他心颤：
她这样坐着，这样穿着衣，这样纺着线，
她的头发这样披垂在双肩，
露出这样的神情，说过这样的言辞，
这样的皮肤、容颜，这样的身姿。
如同巨浪在风暴之后会有所衰弛，
但风的余势仍让它汹涌不止，
他也是，虽然动人的样貌已不在身边，
它当时催生的爱却没有消散。

他浑身炽热，心思受邪念怂恿，谋划
用暴力和诡计攻陷无辜的床榻。
“结局难料，但我没什么不敢做，”他自语，
“让她看！勇敢者有运气或神灵佑护。
我就靠勇敢夺了加比伊。”[1]说完这番话，
他在腰间佩了剑，纵身上马。
科拉提亚的铜门迎来这位年轻人，
此时天边的夕阳已快西沉。
做客的敌人[2]进入科拉提努斯的家里，
受到热情的接待，因他是亲戚。
人心多么会犯错！可怜她毫无警惕，
还在为自己的敌人准备宴席。
酒足饭饱，已经到了入睡的时分。
夜深了，整座宅院没留一盏灯[3]。
他偷偷起身下床，从镀金的鞘中拔出剑，
潜入那位贞洁妻子的房间。
已经碰到床。“我手里有剑，卢克莱提娅，”
国王的儿子恐吓道，“塔克文在说话。”

---

1 Donaldson（1982）注意到，奥维德在这里沿袭了西方史诗中将强暴妇女比作攻陷城市的传统。卢克莱提娅在小塔克文眼中就如同他刚夺下的城市加比伊。Hejduk（2011）认为，小塔克文卑劣懦弱的行为和这套吹嘘勇敢的说辞形成了反差，具有黑色喜剧的效果。

2 “做客的敌人”（hostis ut hospes）通过头韵强化了这个故事里“敌人”（hostis）和“客人”（hospes）之间令人震惊的关系。

3 古罗马的风俗是，靠近主人卧室的仆人房间晚上要留一盏灯。不留灯表明卢克莱提娅对小塔克文完全信任（一方面他是尊贵的王子，一方面他也是自己的亲戚）。

她一言不发，失去了声音和表达的力量，
　　失去了想法，心中只一片迷茫，
但浑身颤抖，就像小羊羔离开了围栏，
　　被饿狼抓住，躺在它的下面。
她能做什么？搏斗？女人的力量不够。
　　求救？阻止的利剑就在他右手。
逃走？他的手掌紧压着自己的胸膛
　　（这是外人第一次触到她乳房）。
恋慕的敌人用尽了乞求、贿赂和威胁，
　　但乞求、贿赂和威胁全无结果。
“抵抗没有用，我要夺你命，还要毁你名，
　　我先奸污你，再诬告你有奸情，
我会杀一个奴隶，说你死在他怀中。”
　　害怕玷污了名誉，她终于屈从。
胜利者，为何高兴？你将因胜利而毁灭。
　　王权的损失多么大，为了这一夜！
天已经大亮。她披头散发，坐在那里，
　　就像母亲将参加儿子的葬礼。
她派人到军营急催年迈的父亲和忠诚的
　　丈夫回家，他们不敢有耽搁。
两人见她的装束，问她为何穿丧服，
　　在为谁置办葬礼，有什么变故。
她沉默良久，深觉羞耻，用衣服遮着脸，
　　眼泪流淌不止，如河水一般。
父亲和丈夫在两旁宽慰她，求她说真相，

未揭晓的恐惧让他们流泪惊惶。
她三次尝试，三次停下，第四次总算
鼓足勇气，但还是不肯抬眼：
“难道这也是我欠塔克文的？难道我必须
亲口，天哪，讲述自己的耻辱？”
能讲的，她都讲了，只留下最后一段，
默默地流泪，绯红占据她的脸。[1]
父亲和丈夫没有责怪她，认定她无辜。
“你们宽恕我，我却不能宽恕。”
说完，她取出隐藏的匕首，刺进心田，
满身溅血，倒在父亲的面前。
即使在临死之际，她也用最后的意识
确保倒下时不失优雅的姿势。[2]
丈夫和父亲却顾不得体面，径直扑倒
在她尸体上，为共同的损失哀号。
布鲁图斯也来了（不再像“愚钝”的野兽）[3]，
从她垂死的身体里拔出匕首，
然后手持这淌着高贵鲜血的武器，
用激昂的声音喊出无惧的言辞：

1 McDonough（2004）提醒我们，奥维德对卢克莱提娅的描写特别突出了她的沉默与表达的困难，而这一点与本卷前面的拉若故事是一致的。

2 Hejduk（2011）指出，卢克莱提娅在死前一瞬对身体尊严的在意呼应了欧里庇得斯《赫库芭》（*Hecuba* 569-70）的波吕克塞娜（Polyxena）。

3 拉丁文“布鲁图斯”（Brutus）就是“愚钝”的意思，这或许是大家因为他痴傻而给他起的绰号。

“我以这勇敢而贞洁的血，以你的灵魂
（它将是我的神）向你起誓，塔克文
和他的子孙将在流放中受到惩罚，
我也不再将勇气藏在面具下。”
她躺在那里，熄灭的眼睛随这些话而动，
飘拂的头发似乎也表示赞同。
人们送这位勇敢如须眉的女人[1]出殡，
为她洒泪，为她义愤填膺。
以裸露的伤口为证，布鲁图斯用演说
鼓动罗马人，历数国王的罪恶。
塔克文和儿子被放逐，执政官每年更换，
那天便是王权的最后一天[2]。
我眼花了，还是预示春天的燕子已来？[3]
它难道不怕冬日去而复回？
不过，普洛克涅[4]，你会经常怨自己
太心急，特柔斯会因你受冻而窃喜。

1 Hejduk 评论道，奥维德评价卢克莱提娅的说法 animi matrona virilis（勇敢如须眉的女人）反映了她难以被归类的特性，这恰好也折射出《岁时记》杂糅的体裁元素和复杂的情感体验。

2 这一年是公元前 509 年，罗马最后一任国王塔克文和儿子们被放逐，罗马选出了任期一年的两位执政官布鲁图斯和科拉提努斯。

3 853—856 行是 2 月 25 日和 26 日（罗马标记法分别为 H V KAL. MAR. C 和 A IV KAL. MAR. EN）。Volk（1997）认为这不是一个设问句，而是体现了《岁时记》写作的一个重要特征：即时感。

4 指普洛克涅化身的燕子。关于她和特柔斯，参考本卷第 629 行的注释。

2 月 27 日

二月已经只剩下两个夜晚，马尔斯[1]
正催促他的神骏，驱车飞驰。
名副其实的“赛马日”[2]一直流传下来，
战神在自己的广场观赏比赛。
行军神[3]，你的季节理应有一席之地，
以你命名的月份触手可及。
二月和它的诗章已结束，我们已入港，
愿我的船从这里驶向新的海洋。

1 857—864 行是 2 月 27 日和 28 日（罗马标记法分别为 B III KAL. NP MAR. EQVIR[RIA] 和 C PR. KAL. MAR. C）。

2 “赛马日”的赛马比赛称作 Equirria。

3 “行军神”（Gradivus，呼格 Gradive）是战神马尔斯的称谓之一。

《岁时记》

第三卷

FASTORVM LIBER III

序诗

好战的马尔斯，暂且放下枪盾，莅临[1]
　　此地，让亮发摆脱头盔的囚禁。
或许你会问，诗人与马尔斯有何相干？
　　我歌咏的月份乃是由你发源。
你也亲见密涅瓦常发动惨烈的战役，
　　难道她因此便无暇修习文艺？[2]
仿效帕拉斯，把握搁置刀剑的时机，
　　你会发现，没武器亦可做事。
你也曾放下武器，当罗马祭司俘虏你[3]，
　　让你给这座城留下伟大的种子。
贞女西尔维娅（我怎能不从她开始[4]？）
　　早晨出门去打水，好清洗圣器[5]。

1　1—166 行是本卷序诗。

2　密涅瓦常以戎装出现，擅长战斗，同时又是精于文艺的智慧女神。奥维德在这里劝告战神马尔斯仿效密涅瓦，腾出时间研习文艺。

3　9—70 行是罗马的建城神话。

4　本行的 moveri 意为“开始”。

5　古罗马维斯塔贞女的一项职责是到卡丕纳城门外的埃革里娅泉打水，清洗神庙和圣器。

她沿着略微倾斜的小径来到河岸边，
从头顶轻轻放下陶制的水罐。
她累了，坐在地上，敞开衣襟享受
清风，整理刚才弄乱的发绺。
她坐着，柳树的阴凉、流水的呢喃
和小鸟的啁啾让她感觉慵倦。
眼睛闭上了，温柔的睡意悄悄爬过，
支撑脸颊的手也无力地滑落。
战神见到她，爱上她，急切地将她占据，
却以神力掩盖了偷尝的云雨。[1]
醒来，她仍然躺在原地，却已经怀孕，
在她腹中自然是罗马创建人。
她疲惫地起身，却不知起身为何疲惫，
倚着一棵树，如此喃喃独白：
"我祈祷，刚在梦中见到的景象是吉兆，
它是否太清晰，不像梦那般缥缈？
我站在特洛伊[2]圣火边，毛纱的束带[3]忽然
从发间滑下，掉到祭坛前面。

---

1 Harries（1989）指出，和下文罗慕路斯抢劫萨宾妇女不同，这里马尔斯的强奸行为没有任何家国利益的借口，纯粹是满足淫欲。如果罗马创建者的父亲是这样的性情（mens），那么罗慕路斯所继承的父亲特质也是可疑的。参考本卷第 197 行的注释。

2 传说维斯塔神庙的圣火是埃涅阿斯从特洛伊带来，这里的"特洛伊"对应的原文是 Iliacis（伊利昂的）。

3 维斯塔贞女头上的束发带（vitta）象征着她们的贞节，如果发现她们失贞，大祭司就会去除束发带，所以这里的画面暗示了将要发生的事情。

两棵棕榈树并排着，神奇地从那里升起，
其中一棵比另一棵大些，树枝
粗壮，不断伸展，遮盖了整个世界，
它的叶子触到了最高的星座。
这时，我的叔父[1]持利斧猛斫两棵树，
我的心战栗，此警讯令我恐惧。
马尔斯的啄木鸟还有母狼[2]奋力保护，
两棵棕榈树最终平安无虞。”
说完这些，她有气无力地扛起水罐，
回忆梦境时，她已将水盛满。
雷穆斯和奎里努斯[3]在腹中渐渐圆熟，
天神的重负蹒跚了她的步履。
灿烂的太阳只需再穿越两个星座，
一年注定的旅程就将完结[4]。
西尔维娅分娩了，传说维斯塔的雕像[5]
用她的处女之手遮住目光。
祭司变产妇，女神的祭坛自然也惊颤，

1 “叔父”指篡位的阿穆利乌斯。

2 啄木鸟（picus）和母狼（lupa）都是马尔斯的圣物。

3 奎里努斯即罗慕路斯。

4 即是怀胎十月的意思。

5 维斯塔神庙里没有女神的雕像，如奥维德在本书第六卷第 295 行所言，但在神庙外面有一座她的雕像。

恐惧的火焰沉入灰烬下面[1]。
鄙视正义的阿穆利乌斯听闻此事
（他此前篡夺了属于兄长[2]的权力），
下令将孪生子淹死。河不敢沾此重罪，
两位男孩漂走，停在水之湄。
谁人不晓这一对弃婴是兽奶哺育，
啄木鸟也常为他们叼来食物？
我不会略过拉伦提娅对罗马的养育，
还有贫苦福斯图卢斯[3]的帮助：
等讲述拉伦提娅节[4]，我会向你们致敬，
那在十二月，欢乐神[5]喜爱的月份。
眨眼马尔斯的后裔已到十八岁年纪，
金发的下方开始长出了细髭。
所有的农夫和牧人都请特洛伊的兄弟[6]

---

1 维斯塔神庙圣火的熄灭预示着罗马民族的灾难。如果发生，大祭司会让人剥光贞女的衣服，用鞭子猛抽，并从“福木”（felix arbor，一说用阳光）重新取火。

2 “兄长”指努米托尔。

3 牧人福斯图卢斯（Faustulus）收养了被母狼拯救的孪生兄弟，拉伦提娅（Larentia）是他的妻子。

4 拉伦提娅节（Larentalia）在 12 月 23 日。

5 “欢乐神”指每个人的守护神（Genii），12 月的农神节（Saturnalia）是罗马人尽情欢乐的节日。这两行诗表明，《岁时记》原本打算写十二卷。

6 “特洛伊的兄弟”指罗慕路斯和雷穆斯，原文是 Iliadae fratres，另一种可能的理解是“伊利娅的孪生儿子”，但拉丁语诗歌中极少用母称（而用父亲和祖父的名字）来称呼人物，奥维德在《岁时记》中一直用西尔维娅称呼伊利娅，也一直强调罗马与特洛伊的关系。所以，将 Iliadae fratres 翻译成“特洛伊的兄弟”更恰当。

裁决争讼，他们也从不推辞。
他们返家时，常因斩杀盗匪而欣悦，
将抢走的牛羊重新赶回圈舍。
当他们获知身世，因父亲更添勇气，
仅在乡邻间闻名令他们羞耻。
罗慕路斯的利剑刺穿阿穆利乌斯，
年老的外祖父[1]恢复王国的统治。
新的城墙筑起来，虽然并不算巍峨，
雷穆斯却不该从上方跨越。
森林和牛羊秘密的乐园变为都市，
永恒之城[2]的创建者如此宣誓：
“战争的裁判者，人们说我是你的骨血，
我会不断证明，这绝非妄说。
罗马历法的一年将以你为起始，从此
一月将永远印上父亲的名字。”
他言出行随，果真用父亲为一月命名，
据说，战神很享受他的虔敬。
然而，众神中马尔斯最受先民敬仰，
好战的民族自然有此等倾向。
雅典崇拜帕拉斯，克里特崇拜狄安娜[3]，

1 指努米托尔。

2 “永恒之城”（aeternae urbis）指罗马城。

3 雅典（Athenae）的名字由雅典娜（Athena，即帕拉斯、密涅瓦）变来，狄安娜（即阿尔忒弥斯）被克里特人等同于本土的布里托玛耳提斯（Britomartis）。参考 Farnell 专著《古希腊城邦宗教》（*Cults of the Greek States*）。

莱姆诺斯由火神伏尔甘独霸[1]，
朱诺领有伯罗奔尼撒的迈锡尼和斯巴达[2]，
松冠的牧神[3]吸引了阿卡迪亚，
拉丁人理应尊崇战神马尔斯，是战争
给这个尚武的民族财富和光荣。
但如果你碰巧有闲，请检视外族的历书，
属于马尔斯的月份也赫然在目：
长白族历书是三月，法利斯齐族是五月[4]，
赫尔尼奇族则把它定在六月[5]；
阿里齐亚和忒勒戈诺斯建造的高城[6]
使用的历法都与长白族相同；
劳伦顿选择五月，凶悍的埃奎人十月[7]，
库瑞斯部族[8]的说法则是四月；

---

1 “莱姆诺斯”（Lemnos）原文是 tellus Hypsipylea（许普西皮勒的土地），因为许普西皮勒是莱姆诺斯岛的女王，当地人崇拜火神赫菲斯托斯（Hephaestus，即伏尔甘）。

2 希腊全境都崇拜赫拉（Hera，即朱诺），但迈锡尼、斯巴达和阿戈斯的赫拉崇拜最盛。

3 牧神潘常头戴松树叶冠。“阿卡迪亚”的原文是 Maenalis ora（迈纳卢斯山所在的海岸）。

4 “法利斯齐族”（Falicsci）生活在埃特鲁里亚的法勒里伊（Falerii）地区。

5 赫尔尼奇族（Hernici）生活在特勒鲁斯河上游，可能属于拉丁族或萨宾族。

6 阿里齐亚（Aricia）是拉提乌姆的一个城镇。忒勒戈诺斯（Telegonus）是尤利西斯和喀耳刻（Circe）的儿子，误杀了自己的父亲，传说他在意大利建造了图斯库伦城（Tusculum）。

7 劳伦顿（Laurentum）是埃涅阿斯最初在意大利登陆的地方，埃奎人（Aequi）住在阿尼奥河（Anio）上游地区。

8 库瑞斯（Cures）是萨宾族的首都。

善战的佩利尼部族[1]和萨宾先祖的意见
　　一致，第四个月份是战神的特权。
为超越所有这些历法，罗慕路斯
　　将自己生父的月份排在第一。
古人历法的朔日没有如今这般多，
　　他们的一年短些，少了两个月。
被征服的希腊尚未把艺术传给征服者，
　　雄辩的民族于战争却有欠缺。
在罗马，谁擅长战斗，谁就算懂得艺术；
　　谁会扔标枪，谁就有演说的天赋。[2]
那时，谁曾留意毕星团或者昴星团[3]，
　　或者天穹之下有南北两端？
有大熊和小熊，西顿水手用“狗尾”小熊[4]
　　导航，希腊船只则跟随大熊？
太阳哥哥用一年时间才览遍的星座，
　　月亮妹妹的马车一个月便穿越？[5]
星辰年复一年地运行，无人过问，
　　然而人们公认，宇宙间有神。

1　佩利尼人（Paeligni）据说是萨宾人的后代，居住在奥维德故乡苏尔摩一带。

2　奥维德的意思是，两类行为在各自文化中的地位是等同的。

3　传说毕星团（Hyadas）或者昴星团（Pleiadas）的十四位仙女都是阿特拉斯的女儿，所以原文用了 Atlanteas（阿特拉斯的）形容这两个星团。

4　西顿（Sidon）是腓尼基的著名港口，代指腓尼基。希腊语称小熊座为“狗尾熊”（Cynosuridos Vrsae）。

5　指太阳（阿波罗）和月亮（狄安娜）绕行黄道一周的时间。奥维德之前的卢克莱修也说过类似的话，参考《物性论》（*De Rerum Natura* 5.618）。

他们握不住在天空移动的星旗，却握住
　　自己的旌旗，失去它罪无可恕[1]。
不错，旗头是干草[2]，但那时对干草的敬重
　　与今日你们对鹰徽[3]的崇拜相同。
一根长木杆擎着悬挂的几绺干草，
　　由此衍生出普通步兵的名号[4]。
无知的心智不会计算，每五年举办
　　一次赎罪礼，却少十月的时间[5]。
当月亮完成十次旅行，就算是一年，
　　此数在彼时享有无上的尊严，
或者因为我们用十个手指来计数，
　　或者因为胎儿十个月才成熟，
或者因为我们数到十就必须暂停，
　　从这里开始进入新的一轮。[6]

1　拉丁文 signa 既可以指星座，也可以指军旗，译文为了表现两种意义的联系，刻意将星座译成“星旗”。士兵失去军旗是奇耻大辱，罪不可恕。

2　对于早期罗马这样尚武的农耕民族而言，“一根长木杆擎着悬挂的几绺干草”做军旗再自然不过了。“干草”的拉丁文是 taenum，第 117 行的 maniplos（单数 maniplus 或 manipulus，前者是诗人们的用法）也有“干草束”的意思。

3　鹰徽（aquila）是后来罗马军队的标志。

4　“普通步兵”的拉丁文是 manipularis，由 maniplus 变来，罗马军队的最小编队名 maniplus（包含一百二十名士兵）和“干草军旗”的单词则完全同形。

5　赎罪礼（lustra）五年举行一次，如果每年少算两个月的时间，一轮下来就少了十个月。

6　奥维德提到的第二个原因其实应该是第一个原因的结果。

因此，罗慕路斯将一百议员分成
　　十组[1]，并且创立了十连的矛兵，
还有建制数量相同的前排兵、投枪兵[2]
　　以及官方出资购战马的骑兵[3]，
三个大部落，提提恩西斯、拉姆内斯
　　和卢克雷斯同样分成十支[4]。
所以制定历法时他保留了习惯的数字，
　　寡妇为丈夫守丧也以此为期。
若不相信古历从三月的朔日开始，
　　你可以研究这些蛛丝马迹：
专祭司[5]的月桂枝条摆放整整一年，
　　此日才弃置，用尊贵的新枝替换；
王宫大门前会放上福玻斯青翠的圣树[6]，

1 罗马的元老院最初由一百名议员组成，分成十组（orbes，术语叫 decuriae）。

2 罗马军团的步兵分成三排（ordines），每排包含十个编队（这里译成“连”），第一排编队是前排兵（principes），以剑盾战斗，最初他们在战阵最前方，后来改到第二排；原来的第二排是矛兵（hastati），以长矛战斗，后来改到第一排；第三排是投枪兵（pilani），以投掷标枪的方式战斗，因为位列第三，也叫“三排兵”（triarii）。但奥维德的说法只适用于他所在的时代，早期的罗马军团每排有十五个编队。

3 每个罗马军团配备三百名骑兵，分成十个小队（turmae），最初骑兵的马由政府提供，所以叫 legitimo equo（法律规定的马），公元前 403 年后出现了志愿骑兵，他们有自己的马（equo suo）。

4 罗马古代的三大部落是提提恩西斯（Titiensis 或者叫 Tities，可能源于萨宾族）、拉姆内斯（Ramnes，可能是最初的罗马族）和卢克雷斯（Luceres，可能源于埃特鲁里亚族），每个大部落又分成十个小部落（curiae）。正因为有三个大部落，所以“部落”的拉丁文是 tribus（三分之一）。

5 专祭司（flamen）只负责特定神祇的祭祀。

6 指祭司国王（rex sacrorum）的住所，“福玻斯的圣树”还是月桂。

古老的议堂[1]前也上演相同的一幕；
为让维斯塔在新叶装饰下焕然一新，
祭坛上枯萎的月桂也会退隐；
还有，据说她难窥的圣所[2]也会在此日
点燃新火，焰苗闪耀着活力。
古年自三月启程，还有重要的事实：
流年神[3]的祭礼就是从此月开始；
人们说，古代的就职典礼也在此时，
直到无信的布匿人[4]与我们为敌；
最后，从三月数起，第五月恰好叫“五月”，
后面的月份也全部与数字相合[5]。
当努玛从生长橄榄的乡间[6]到罗马做客，
他最先觉察一年的时间缺两月，

1 指库里亚会堂（Curiae），位于帕拉丁山的东峰。

2 指维斯塔神庙的圣所。

3 流年神（Anna Perenna）的拉丁文字面意思是“永远的年”。她的故事从本卷第 523 行开始。

4 “无信的布匿人”特指迦太基将领汉尼拔。奥维德的意思是，在第二次布匿战争前，罗马的就职典礼一直安排在 3 月。Bailey（1921）指出，这是不准确的，罗马古代很长一段时间都没有固定的就职日期，公元前 222 年才定在了 3 月 15 日，公元前 153 年（第三次布匿战争期间）才改到了 1 月 1 日。

5 在为纪念恺撒而更名为 Iulius 之前，罗马的 7 月一直叫 Quintilis（第五）；在为纪念屋大维而更名为 Augustus 之前，罗马的 8 月一直叫 Sextilis（第六），后面的 9 月（September）、10 月（October）、11 月（November）和 12 月（December）的名称也分别包含了七、八、九、十的数字。

6 相传努玛是萨宾人。

或者相信复活的毕达哥拉斯教过他[1]，
　　或者这是埃革里娅[2]的想法。
但即便如此，季节与时日仍游移不定，
　　直到恺撒在百忙中把历法修订[3]。
这位神，一个辉煌家族的祖先，深信
　　此乃大事，他亲为绝非屈尊，
而且，他决定提前了解应许的天国，
　　以免封神后升入陌生的宫阙。
太阳在何时回归哪个星座，据说他
　　都用严谨的符号绘制了图画，
他还在三百六十五天的后面添上
　　完整一日五分之一的时光[4]。
这就是一年的长度，每五年则应多算
　　各年分数相加所得的一天。

1　不少罗马古人相信，毕达哥拉斯是努玛同时代的人，也教过他。但西塞罗在《论共和国》（*De Re Publica* 2.15.29）中指出，如果我们认为罗马古史的时间可信，那么毕达哥拉斯生活的时代应该在努玛死后一个半世纪。原文中毕达哥拉斯被称为 Samio（萨摩亚人），因为他出生于萨摩亚，毕达哥拉斯最著名的理论是灵魂转世说（metempsychosis）。

2　仙女埃革里娅（Egeria）是努玛的妻子，关于她详见下文 261 行开始的故事和相关注释。

3　修订罗马历法是恺撒最重要的成就之一，他创立的恺撒历在古代西方世界广泛使用。

4　从天文学上说，“五分之一”（quinta）是错的，应该是“四分之一”（quarta），所以恺撒历才四年一闰。但这不大可能是抄本错误，因为抄写者一般不会将 quarta 看成 quinta，更大的可能是奥维德犯了错误。他之所以犯错，大概是因为他错误地理解了恺撒。恺撒在制定闰年时使用了罗马传统的说法 lustrum（赎罪礼），而赎罪礼是五年一次，所以奥维德便理解为五年一闰。奥维德时代，恺撒历施行未久，他又不精通天文，犯这种错也是正常的。

“倘若神秘密的提示允许诗人听见[1] 3月1日
（至少传说这是他们的特权），
战神，告诉我，男人最有理由敬拜你，
为何是妇女参加你的圣礼？”[2]
我问道。马尔斯取下头盔，但右手依然
握着投枪，给我如此的答案：
“现在，我这位战神是首次受邀修习
和平的技艺，就像进入新营地。
我并不排斥，在这边逗留片刻也惬意，
以免密涅瓦自矜唯她能如此。
勤勉研习拉丁历法的诗人[3]，听我讲，
将你所闻印在专注的心上。
你若追溯至源头，罗马只是座小镇[4]，
但小镇却埋藏成为大城的雄心。
城墙已矗立，按后来的人口太过局促，

---

1 167—398 行是 3 月 1 日（罗马标记法为 D KAL. MAR. NP）。

2 这一天是古罗马的妇女节（Matronalia）。妇女节不属于宗教性节日，按照传统，丈夫会赠给妻子礼物。3 月 1 日是妇女节不难解释，因为奥维德在第一卷已经说过，每月朔日都属于朱诺，而朱诺是妻子的守护神，所以在某个月初为妇女举行庆祝活动是理所当然的。

3 Pasco-Pranger（2000）提醒我们，这是此说法第二次在《岁时记》中出现。她评论道，马尔斯作为一个神圣的信息提供者出现，与奥维德采用的卡利马科斯模式产生了冲突，从而让我们意识到诗人并不能通过神灵“直接获取”权威答案，因为神灵也会有自己的利益和算计，而罗马本土的察古传统总是试图为神祇崇拜找到一种道德化的支撑。这种意识对于我们理解整部《岁时记》的写作方式极其重要。

4 179—232 行是马尔斯提供的第一种解释，这个解释并没有多大说服力，但它体现了罗马人将历史包装成神话的倾向。

对当时稀疏的居民却宽绰有余。
如果你问起我儿子的王宫是何模样，
看吧，芦苇和稻草搭建的矮房。
他在秸秆上享受平静睡眠的馈赠，
但从那张床他却飞上了星空[1]。
罗马人的名声已经超越简陋的城池，
他们却没有娶妻生子的福气。
富庶的邻居不屑于招纳贫穷的女婿，
也不相信我缔造了这个民族。
住过牛棚，喂过绵羊，只有几尤格
贫瘠的土地，都成罗马人的罪过。
飞禽走兽都可以与同类的伴侣结合，
雄蛇也能有繁衍后代的雌蛇。
遥远的部族都已获得通婚权[2]，却没有
女人愿意与罗马男子厮守。
我愤恨：‘罗慕路斯，你该有父亲的勇气[3]，
祷告没有用！你只能诉诸武力。’
他为康苏斯准备了宴席，那日的故事

1　因为他最后封神了。

2　通婚权（conubia，或者叫 ius conubii）被认为是公民权（civitas）天然的一部分。

3　“父亲的勇气”（patriam mentem）是引用李维笔下（*Ab Urbe Condita* 3.17.6）瓦雷利乌斯（P. Valerius，公元前 460 年罗马执政官）对罗慕路斯的祷告。Harries（1989）认为，这里的 mentem 兼有“勇气”和“性情”的意思。

神会讲，当你吟唱他的圣礼。[1]
库瑞斯[2]和其他遭此羞辱的部族震怒：
岳父第一次出兵讨伐女婿[3]。
被劫的女人几乎都已经做了母亲，
亲族之间的战争却绵延难尽。
妻子们按照约定聚集在朱诺的神殿，
我儿媳[4]在她们中间勇敢地发言：
‘既然大家都是从家乡被劫到此地，
我们就不能如此漠然处之。
战争就在那里，但你们选吧，求诸神
庇佑谁：这边是丈夫，那边是父亲。
你们必须决定，做寡妇还是做孤女：
我有个大胆的主意，能二者兼顾。’
她说出想法，众人都赞同，于是解开
头发，换上丧服，往战场奔来。
双方队列已摆好，刀剑已准备饮血，
号角将吹响，进攻迫在眉睫，

1 康苏斯（Consus）的节日在8月21日，罗慕路斯就是以庆祝康苏斯节为名，诱骗萨宾人参加，然后大规模掳掠萨宾妇女的。Consus 源于拉丁文动词（condere，建设、储藏），所以康苏斯节很可能是庆祝丰收的“储藏节”，它在大赛车场地下的祭坛也暗示，它与储藏谷物的地窖有某种关联。此外，这里奥维德的措辞也证明，按计划《岁时记》不会在6月终止。

2 库瑞斯是萨宾族的首都，所以库瑞斯族代表萨宾族。

3 “岳父”指萨宾族，“女婿”指罗马族。“第一次”或许也暗示，后面还有类似的例子，而最著名的例子就是恺撒（岳父）与庞培（女婿）的内战。

4 指罗慕路斯的妻子赫尔西里娅（Hersilia），她原是萨宾人。

被劫的妇女冲过去，隔开丈夫和父亲，
　　怀中抱着孩子——这爱的见证。
当她们披头散发，到了平原的中央，
　　便屈下膝盖，猛然跪倒在地上。
婴儿发出温情的呼唤，仿佛已懂事，
　　朝着外祖父伸出稚嫩的手臂，
学会说话的喊着初次见到的外祖父，
　　还说不好的，也被母亲催促。
士气和武器一齐坠落，放下刀剑，
　　岳丈和女婿纷纷握手寒暄，
父亲拥抱勇敢的女儿，外祖父拿盾牌
　　驮着外孙：这样使盾多开怀！
从此，庆祝一年的第一日，我的朔日，
　　对萨宾妇女而言就义不容辞，
这或者因为她们敢于在剑林之中
　　以自己的眼泪终结马尔斯的战争[1]，
或者因为伊利娅做母亲乃我所赐[2]，
　　母亲们理应庆祝我的节日[3]。

1　Hinds（1992）评论道，奥维德一贯喜欢呈现诗歌体裁，尤其是史诗与哀歌之间的紧张关系，而萨宾妇女制止战争的事件就是一个最有象征意义的题材。他认为，第 232 行最浓缩地体现了“哀歌的眼泪融化史诗的战争”。

2　Harries（1989）指出，马尔斯向儿子隐瞒了伊利娅被强奸的事实，表明了他的不诚实，从而也让他在本卷的自述变得不再可靠。通过这种处理，奥维德在《岁时记》第三卷已经自我拆解了先知传统的神圣权威。

3　奥维德提出了一种新的解释。

还有呢？因为寒霜覆盖的冬天最终[1]
　　遁逃，积雪被暖阳彻底消融；
寒气剪下的树叶重新在树上安家，
　　柔嫩的枝条拱出湿漉漉的新芽；
蓬勃的草茎隐匿已久，发现了密道，
　　钻出地面，在和煦的风中飘摇？
此时田野正丰饶，此时牛羊正孳孕，
　　此时鸟雀在枝上筑巢栖身，
罗马母亲自当纪念这多产的时令，
　　怀胎的过程有战斗，也有憧憬。
而且，如今叫作埃斯奎林的山上[2]，
　　罗马国王曾派驻哨兵守望[3]，
我若没记错，拉丁的媳妇曾在此日
　　向朱诺公开敬献一座神祠。
何必费唇舌，让你记住各种理由？[4]
　　答案就在你眼前，无须他求。
我母亲[5]喜爱妇人，妇人自然敬拜我，
　　如此虔敬的说法对我们最适合。”

1　235—244 行是第三种解释。

2　245—248 行是第四种解释，但 Bailey（1921）认为，奥维德可能把原因和结果弄反了，罗马妇女（“拉丁的媳妇”）在这天向朱诺敬献神庙是因为它乃妇女节，而非因为她们向朱诺敬献神庙，所以这天成了妇女节。

3　罗慕路斯在埃斯奎林山派驻哨兵，是为了防备萨宾国王塔提乌斯。

4　249—252 行是最后一条理由，也是马尔斯认为最有说服力的理由。

5　指朱诺。

给她送花去，女神钟情开花的草木，
　　你们的鬓角也缠上娇艳的花束，
如此祷告：“卢契娜[1]，是你让我们看见光，
　　求你实现分娩母亲的愿望。”
谁若已怀孕，让她解开头发，祈求神
　　为胎儿温柔地开启子宫之门。
现在，谁能告诉我，萨利为何手持
　　战神的天盾，吟唱玛穆里乌斯？[2]
请为我解惑，努玛之妻[3]，为月神管理
　　山泽的仙女，请讲述你的故事。
在阿里齐亚山谷，茂密的树林围着
　　一面湖水，是古代宗教的圣所。
被狂马摔死后，希波吕托斯就藏在此处[4]，
　　因此这片林地不许马进入。
长长的树篱挂满许愿的细绳[5]，许多
　　飘荡的小木条赞美女神的功德。
经常有女人，祷告已应验，头戴花环，

1　卢契娜（Lucina）是掌管分娩的女神，这里与朱诺等同，但她也经常与狄安娜等同。

2　萨利（Salii）是战神的祭司，在庆祝仪式中需要手持天盾（ancile，复数 ancilia，关于天盾请看下文第 371 行后面的部分），诵念“玛穆里乌斯”（Mamurius）。

3　指埃革里娅（Egeria）。

4　忒修斯的儿子希波吕托斯（Hippolytus）被继母淮德拉（Phaedra）爱上，但他坚决拒绝，后被继母诬告非礼，遭到父亲诅咒，马车失控摔死。他复活的故事在本诗第六卷 737—756 行有记述。

5　这种细绳（licia）专门用来悬挂献给神的礼物，该风俗在欧洲流传至今。

从城里擎着燃烧的火把来还愿。[1]
膂力超群、身手敏捷的奴隶会相继
称王，如何杀前任，后任便如何死。[2]
溪水在石上奔流，发出断续的乐音，
我常在此解渴，但只是啜饮[3]。
这泉水属于埃革里娅，努玛的至爱，
卡米奈青睐的女神[4]，充满智慧。
最初，罗马人过于好战，她便决定
用公义和对神的敬畏润化心灵，
因此立了法，不允许强者垄断权力，
又创制庄严的圣礼，世代沿袭。
野性渐祛除，权利比武器更有力量，
公民耻于与公民拔剑相向，
见到祭坛，凶暴之人就换了性情[5]，
向温暖的圣炉献上美酒和供饼[6]。
看，神王在云中掷下血红的闪电，

1　这种火炬游行可以参考普洛佩提乌斯《哀歌集》（*Elegiae* 2.32.9）。

2　选出阿里齐亚的狄安娜圣林祭司的风俗非常独特，著名人类学家弗雷泽在《金枝》（*The Golden Bough*）中专门研究过。祭司被称为林王（rex nemorensis），由逃亡奴隶充任，他必须夺得金枝并杀死前任祭司才有资格继任，当他被后任杀死，任期便自然终结。

3　对凡人而言，任何神圣的东西都不可过度享用。

4　卡米奈（Camenae）是古罗马几位预言女神的合称，她们常被等同于希腊的缪斯，埃革里娅是她们的同伴，有时被误认为是她们中的一员。

5　Rose（1922）认为，这行的 vertitur 就是“转身”的意思。

6　罗马的供饼（farra salsa）是用斯佩尔特麦制成的盐饼。

抽空天水，将暴雨泼向人间。
上界从没有降下如此密集的雷霆[1]，
国王震惧，民众也一片惊恐。
女神对他说："别害怕，赎罪可以消弭
这灾象，朱庇特的暴怒可以平息。
但只有庇库斯和法乌努斯两位罗马神[2]
能够将赎罪的仪式传授给我们，
而且必须用强力：抓住他们，上镣铐！"
她还透露了俘获两位神的诀窍。
阿文丁山麓长着一片幽暗的栎树林，
看见它，你可能会说："里面有神。"
林间有草地，一脉清泉被翠绿苔藓
覆盖，从石缝涌出，长年不断，
几乎只有法乌努斯和庇库斯饮此泉。
努玛王携绵羊前来，向泉水祭献，
然后摆上许多杯芳香四溢的葡萄酒，
自己和随从一起藏入洞口。
两位山林神走到熟悉的溪流边，拿起
杯子，用美酒纾缓他们的渴意。
等他们醉倒，努玛走出冷冽的洞窟，
将无觉之手挤进逼仄的桎梏。

1　参考维吉尔《农事诗》（*Georgics* 1.487）中的类似说法。

2　两位都是罗马本土古老的神祇，也都被视为古代的国王。庇库斯（Picus）的起源可能与啄木鸟（picus）有关，后来与战神马尔斯有了关联（啄木鸟是其圣鸟），法乌努斯则与舶来的潘神挂上钩。

醒来，他们竭力反抗，想崩断镣铐，
　　但是越挣扎，反而被套得越牢。
这时努玛说："林神，原谅我的不敬，
　　你们会知道，我无意冒犯神灵，
如何赎罪才能让闪电消失，请赐教。"
　　法乌努斯晃动着羊角答道：
"你所求之事甚大，天意不许我为你
　　讲解，我们神的权力也有边际。
我们是乡野神，统治的范围只限于高山，
　　朱庇特的武器唯有祂自己掌管。
仅靠自己，你无法让祂从天界降临，
　　不过借我们的帮助，或许可能。"
法乌努斯如是说，庇库斯看法一致。
　　"但先解开我们的镣铐！"他发誓：
"以强力法术召唤，朱庇特就会出现，
　　瘴疠的斯堤克斯河见证此言！"[1]
他们获释后做了什么，念什么咒语，
　　用什么手段让朱庇特离开天宇，
人不应知晓。我所歌吟的不超越本分，
　　神允许诗人虔敬的嘴唇歌吟。

1　以冥河斯堤克斯河发誓在古希腊文学中很常见。

朱庇特，你被“引”下穹苍，因此后人
　　直到今日仍拜你，称你为“申”神。[1]
人们都传说，阿文丁林巅猛烈震颤，
　　大地也在朱庇特踩踏下沉陷。
国王的心脏一阵悸动，血仿佛逃离
　　全身，恐惧的头发根根直立。
等到回过神，他说道：“请撤去雷霆，
　　赦我们的罪，众神的君主和父亲，
如果我们触摸你圣坛[2]的手已洁净，
　　祈求赎罪的舌头也确乎虔诚。”
神应允了他，却用晦涩的隐语[3]藏起
　　真相，让他震惊于含混的意义。
“砍头。”神说。“我们遵命，”国王答道，
　　“从花园拔一棵洋葱，把头砍掉。”
这位说：“人头。”那位说：“你会得到头发。”

1　这样的朱庇特形象被称为“被引诱的朱庇特”（Iuppiter Elicius），为了体现名号 Elicius 的来源，这里利用汉语中“引”与“申”的意义关系，临时将 Elicius 译成“申神”。

2　“圣坛”的原文是 donaria，意为“堆满礼物的祭坛”。

3　“晦涩的隐语”的原文是 ambage remota，如果将 remota 理解为过去分词，则意思是“去掉一切含混”，与上下文不符，只能将它理解为普通的形容词，意为“遥远的”，引申为“晦涩的”。

神索要一条命。“鱼的命。”努玛回答。[1]
朱庇特笑了：“筹办这些，可免于闪电，
你啊，没人能阻止你与神交谈[2]！
不过，等明天阿波罗那轮红日高升，
我会给你一个帝国的确证。”
说完，伴着巨雷他飞上颤动的天庭，
只留下努玛在原地膜拜致敬[3]。
国王欣喜地回来，向罗马人讲述经过，
他们却不肯信他，满心疑惑。
“可是，我的话若应验，你们总该信我。
你们听着，明天会发生什么。
当阿波罗那轮红日升起，照耀万物，
朱庇特会展示帝国的确切凭据[4]。”
人们将信将疑地散去，盼明天早到，
许诺的事能发生，一切见分晓。
早晨，泥土仍柔软，带着寒霜的湿气，

1 339—342 行努玛和朱庇特的谈话让人联想起《旧约》中亚伯拉罕在索多玛城外与天使的讨价还价。朱庇特的命令是“砍头”（caede caput），他指的显然是人头，也即是说用人牲献祭才可赎罪，但仁慈的努玛却用洋葱的“头”来搪塞。当朱庇特补充说“人（的头）”（hominis）时，努玛又利用 caput 的另外一个意思（头发）来规避。当神明确地索要一条命（animam）时，努玛仍不肯让步，用“鱼的命”来替换人的命。朱庇特轻易答应要求表明，他似乎只是在试探努玛的品格和智慧，努玛的回答则显示了他的圣王风范。

2 意思是：“你懂得如何应对神的话。”

3 古代罗马人膜拜的方式是将手放在嘴边，所以叫 adorare（字面意思是“靠近嘴”）。

4 指后面将要出现的天盾，天盾之于罗马，如同天降的雅典娜塑像之于特洛伊，都关乎国运。

民众已在国王的门槛前聚集。
努玛走出来，在枫木[1]王座上坐定，无数
臣民站在他周围，安静肃穆。
福玻斯此时才露出他的上沿，希望
和恐惧交织的众人已焦虑惊惶。
国王站起身，头上蒙着雪白的衣裳[2]，
举起众神早已熟悉的手掌，
如此祈求："应许礼物的时辰已来临，
朱庇特，请让你的诺言成真。"
说话之际，整轮太阳都已经离地，
沉重的爆炸声突然撼动天极。
没有云，神却三次轰雷，三次掷闪电。[3]
相信我，此景虽神奇，却非杜撰。
天空的中央渐渐撕开一道裂缝，
民众和他们的首领都抬起眼睛。
看，一只盾牌[4]在轻柔的风中旋转，
落下：大家的惊呼声直达霄汉。
先祭献一头从未负轭耕田的母牛[5]，

1 在西方古人眼中，枫木的地位很高贵，仅次于雪松。

2 古代罗马人祷告时会蒙头，以免自己看到不祥的画面，参考《物性论》（*De Rerum Natura* 5.1198）和《埃涅阿斯纪》（*Aeneid* 3.405）。

3 晴天霹雳被视为吉兆。

4 原文的 scutum 严格地说是木盾，但天盾是铜盾。

5 Bailey（1921）指出，罗马人通常向男神献祭雄性牺牲，这里向朱庇特献母牛令人惊讶。

国王才把地上的礼物接收，
称之为“削盾”[1]，因为它每边都削成弧形，
无论从哪个方向看，都没有锋棱。
然后，他记起帝国的命运全系于此盾，
想出了一条妙计，以假乱真：
他令人仿制多个[2]，全部刻同样的图案，
任何觊觎者的眼睛都无法分辨。
承担任务的是玛穆里乌斯[3]，因为他品行
高尚或技艺高超，无人能说清。
慷慨的努玛对他说：“你想要怎样的酬劳？
我言出必践，你所求必能得到。”
国王已经为跳舞的祭司命名“萨利”，
规定了服饰和配乐吟诵的祷辞[4]，
于是玛穆里乌斯说：“荣誉是最好的赏赐，
请在祷辞最后加我的名字。”
因此，为了报答他昔日[5]的功绩，祭司

---

1 按照奥维德的说法，“天盾”（ancile）一词来自古拉丁语 ancisus（已削掉边缘的）。这里为了突出这层关系，临时将 ancile 译成“削盾”。

2 最通行的说法是仿制了十一个盾牌，和真品一起共十二个。

3 Bailey（1921）认为，玛穆里乌斯（Mamurius）其实是战神马尔斯名字的变体，因为出现在萨利祭司的颂词中，奥维德便杜撰了这样一位人物。

4 萨利祭司身着有图案的制服，系着青铜腰带，头戴尖帽（叫作 trabea 或 apex），身边佩着一把剑，一手持长矛或长棍，另一手拿着天盾（或者挂在肩膀上），一边跳舞，一边用棍或剑敲打盾。他们的祷辞据说讲述的是诸神的历史，但不包含维纳斯。

5 “昔日”的原文 vetusto 显然影射玛穆里乌斯名字的另一部分 Veturius。

兑现了承诺，诵念“玛穆里乌斯”[1]。
如果谁打算结婚，即使双方都心急，
请推延，短暂的耽搁大有裨益。
武器会诱发争斗，争斗不宜于夫妻，
等它们收好[2]，兆象才更适宜。
在这些日子，头戴峨冠的朱庇特祭司
也应让圣洁的伴侣[3]远离梳篦。
当本月第三夜变换自己的星火队列[4]， 3月3日
双鱼之中的一条将会隐没，
它们一条靠近北风，另一条与南风
为邻，各自从对应的风得名[5]。
待到提托诺斯绯红脸颊的妻子[6] 3月5日
降下露水[7]，第五个黎明开始，
那个星座，无论它叫“守熊者”还是

1 古罗马的大学者瓦罗认为，Veturius Mamurius 的名字无非是 vetus memoria（古老传统）的意思。

2 等天盾在维斯塔神庙收藏好，禁忌就解除。

3 朱庇特祭司（flamen Dialis）和战神祭司一样戴着尖帽，他的妻子被称为 flaminica，她在这一天不能梳头。

4 399—402 行是 3 月 3 日（罗马标记法为 F V NON. MAR. C），前后的 3 月 2 日和 3 月 4 日分别标记为 E VI NON. MAR. F 和 G IV NON. MAR. C。

5 北鱼叫作 Boreus，与北风（Boreas）有关；南鱼叫作 Notius，与南风（Notus）有关。

6 403—414 行是 3 月 5 日（罗马标记法为 H III NON. MAR. C）。提托诺斯的妻子是黎明女神奥罗拉（Aurora）。

7 传说露水是奥罗拉为死去的儿子门农（Memnon，被阿喀琉斯杀死）流下的眼泪。

慵懒的“牧夫”[1]，都会从视野消失。
但是“葡萄采摘者”不会逃，它的起源[2]
我也可讲给你听，故事很简短。
在伊斯马洛斯山间[3]，巴克斯有位情人，
长发的安佩罗，仙女和萨梯所生[4]。
酒神送给他一根挂在榆树上的葡萄藤，
所以葡萄藤至今还用他的名。
他莽撞地采摘枝条上绚丽的果实，却不幸
坠亡，巴克斯将他变成一颗星。
当第六轮太阳从海中登上奥林匹斯山[5]， 3月6日
驾着带翅的骏马将天空横穿，
在贞洁维斯塔神庙敬拜的所有人，祝福
女神，将乳香放入伊利昂圣炉。
此日，已有数不清头衔的恺撒又添了
大祭司的称号（他最心仪的一个）[6]。
永恒恺撒的神性掌管永恒的圣火，

1 牧夫座有两个名字：Bootes（牧夫）和 Arctophylax（守熊者）。

2 指室女座 β 星太微右垣一，拉丁文为 Vindemitor。

3 伊斯马洛斯山（Ismarus）在色雷斯境内。

4 安佩罗（Ampelos）是酒神的同性情人，他的名字在希腊语里就是“葡萄藤”的意思。神话的另外一个版本是安佩罗喜欢逗弄野兽，复仇女神阿特（Ate）故意怂恿他折磨牛，让他触怒月神，月神派牛虻叮牛，安佩罗从牛身上摔下丧命。巴克斯向命运女神求情，女神同意让安佩罗以另一种形式复活，结果他变成了葡萄藤，结满了葡萄，于是巴克斯发现了种植葡萄的方法。

5 415—428 行是 3 月 6 日（罗马标记法为 A PR. NON. MAR. NP）。

6 “恺撒”指屋大维，他在公元前 12 年 3 月 6 日接替死去的雷必达（M. Aemilius Lepidus）就任大祭司（Pontifex Maximus）。

帝国的两大保证在此联合。
古老特洛伊的诸神，故国最珍贵的遗产，
因为你们，埃涅阿斯才平安，
埃涅阿斯的后裔守护着同根的神灵，
维斯塔，请庇佑同根祭司的生命！[1]
有他神圣的手照料，火焰正兴旺，
我祈祷，圣火和元首都长存永昌！
回九日只有一个记号，因为在两片[2] 3月7日
圣林前敬献了维约维斯神殿[3]。
罗慕路斯用高墙围住林地，宣布：
“无论谁逃到这里，都将获庇护。”
罗马，你最初的起源多么渺小寒酸，
最初的居民简直无人钦羡！
不过，可别被这个陌生的名字欺骗，
请听此神的身份，此名的渊源。

---

1 屋大维因为被恺撒收养，成为尤利亚家族的一员，尤利亚家族据说是埃涅阿斯儿子尤卢斯（Iulus）的后裔，而埃涅阿斯据说又是安喀塞斯（Anchises）和维纳斯的儿子，所以屋大维便有了奥林匹斯神族的血统。这里奥维德接受了维斯塔由埃涅阿斯从特洛伊带来的传说，所以屋大维就与维斯塔“同根”了。

2 429—458行是3月7日（罗马标记法为B NON. MAR. F）。奥维德所说的一个记号应当指F，表示此日是启日。

3 按照奥维德的解释，维约维斯（Vediovis）神殿是献给青年朱庇特的神殿（名称中的diovis=iovis，是拉丁语Iuppiter的属格），青年朱庇特还没有雷霆做武器，也还没有成为天界神王。神殿位于两片圣林之间，就是罗慕路斯设立庇护所的地方，参考李维《罗马史》（*Ab Urbe Condita* 1.8）。但Bailey（1923）认为，奥维德将神庙名称中的ve-理解为“小”或“年轻”是错的，ve-在这里可能是“对应”的意思，也即是说这位神“相当于”朱庇特，他很可能是意大利的本土神。学界对于这位神的真实身份没有定论。

祂是年轻的朱庇特，看祂年轻的脸庞，
　　再看祂的手，没有雷霆在手上。
巨人族谋划攻占天庭后，朱庇特才获取
　　闪电，此前他一直没有战具。
新生的雷火熔化了奥萨山和更高的佩里昂，
　　奥林匹斯山在坚固的大地安放。[1]
祂旁边有一只母山羊，据说克里特[2]众仙女
　　养育了朱庇特，这只羊是祂乳母。
然后讲名字：农妇把发育不良的庄稼
　　称为“维”大，称小的东西“维”斯卡。[3]
“维”若是这个意思，我为何不能怀疑
　　“维”约维斯就是“小”约维斯？
现在，星星缀满晴朗的天空时，往上看：
　　戈耳工飞马的颈背已经出现[4]。
传说它是梅杜萨割断的喉咙所孕育，
　　鬃毛溅满了鲜血，猛然跃出，

1　参考第一卷 308 行的注释。

2　为避免被他的父亲萨图尔努斯吃掉，朱庇特生下来之后被藏在克里特岛上。

3　ve- 是拉丁语中并不罕见的前缀，通常起到强化或否定词根意义的意思，而不是“小”的意思。所以，vegrandia 之所以是“小”的意思，是因为 ve- 否定了“大”（grandia），而非奥维德理解的“小—大”。奥维德还认为，“维斯卡”（vesca）由 ve- 和 esca（由拉丁文动词 edere 变来）构成，意为“小”的“食物”，因而指小东西，但 ve- 在这里起强化作用，vesca 字面意为“被吃得很厉害”，所以指“瘦”“小”之物。

4　戈耳工（Gorgon）是蛇发女妖的通称，这里特指梅杜萨（Medusa）。飞马珀加索斯（Pegasus）是梅杜萨和海神涅普顿之子，当珀尔修斯砍下梅杜萨头颅时，它以马形诞生。

云层之上，星辰之下，它自由滑翔，
　　天空做陆地，脚力让位于翅膀。
当轻捷的马蹄踩出阿俄尼亚的泉水[1]，
　　它已经怨愤地套上陌生的缰辔[2]。
如今它享受着从前双翼追逐的天国，
　　十五颗璀璨的星辰一起闪烁。
夜晚再临，克里特王冠立刻会现身[3]， 3月8日
　　忒修斯犯错，阿里阿德涅却封神[4]。
她曾用线轴助他出迷宫，忘恩的男人
　　背叛她，可是巴克斯爱她，多幸运！
为这段姻缘欣喜。“我为何哭得像村姑？”
　　她说，“真该感谢他把我辜负。”

1　指飞马用蹄子在缪斯居住的赫利孔山（Helicon）踩出的诗泉，名为 Hippocrene（希腊语意为“马之泉”）。

2　柏勒洛丰（Bellerophon）对付怪兽喀迈拉（Chimera）时曾以飞马为坐骑。根据品达的说法（*Isthmian* 6.44ff），雄心勃勃的柏勒洛丰后来想骑着飞马进入奥林匹斯山，触怒了众神，宙斯差遣了一只牛蝇去蜇飞马，结果柏勒洛丰从马上摔落，坠回大地。

3　459—516 行是 3 月 8 日（罗马标记法为 C VIII EID. MAR. F）。“克里特王冠”指北冕座（Corona Borealis），此处原文为 Gnosida Coronam（克诺索斯王冠），克诺索斯是克里特首都。传说（见下文）北冕座是酒神巴克斯送给妻子阿里阿德涅（Ariadne）的礼物，阿里阿德涅是克里特国王米诺斯（Minos）的女儿。Harries（1989）评论道，虽然在本卷第 714 行奥维德会请求巴克斯现身提供权威解释，他在这里却没有这么做，因为巴克斯出于自身利益的考虑，不会出场指证自己背叛阿里阿德涅的事实。阿里阿德涅的独白也对巴克斯的形象不利。

4　忒修斯（Theseus）为了拯救献祭给牛头怪（Minotaur）的雅典童男童女，自告奋勇来到克里特岛，进入迷宫与牛头怪作战，阿里阿德涅爱上了他，给了他一个线轴，以使他在迷宫中不迷路。忒修斯杀死牛头怪后，阿里阿德涅与他私奔，但在迪亚岛（即纳克索斯岛）被他遗弃，后来酒神巴克斯与阿里阿德涅结婚。

与此同时，巴克斯已征服直发的印度人[1]，
　　带着东方的财富踏上归程。
他掳来许多姿色出众的女子，其中
　　有一位公主尤其令他心动。
深爱他的妻子流着泪，在海边盘桓，
　　披散着头发，忍不住如此慨叹：
“浪涛，听吧，我又倾诉相似的怨言[2]，
　　沙滩，看吧，泪水又打湿我的脸。
还记得我一遍遍念叨，‘背信弃义的忒修斯！’
　　他走了，巴克斯重复了他的故事。
我又要呼喊，‘女人永远别相信男人！’[3]
　　情节丝毫没有变，只变了姓名。
真希望我的命运沿着当初的路径走，
　　那样我现在早已什么都不留！
当我在荒凉沙岸上等死，巴克斯，你为何
　　要救我？我本可将痛苦永远终结。
轻浮的巴克斯，你比鬓边的常春藤叶
　　更轻浮，认识你，无非让我悲切，
你竟敢将你的情人带到我眼前，搅乱

1　传说巴克斯远征至恒河流域，控制了印度，这里奥维德用“直发”（depexos crinibus）形容印度人，与卷发的欧洲人相区分。这行的“巴克斯”原文是 Liber（利柏耳），这是酒神的另一个名字。

2　阿里阿德涅的这段独白明显受到了卡图卢斯《歌集》（*Carmina*）第六十四首中的阿里阿德涅独白的影响。

3　这一行几乎是卡图卢斯原文（*Carmina* 64.143）的翻版。

我们原本如此和谐的姻缘？
忠诚的约定在哪里？旦旦的信誓在哪里？
可怜，这话我还要重复多少次？
当初你指责忒修斯，称他为撒谎的骗子，
按你的标准，你比他还要可耻。
别让人知晓，让我在沉默的痛苦中煎熬，
以免他们说，我活该反复中招。
我尤其希望瞒过忒修斯，唯恐他得意，
发现你与他都有同样的劣迹。
不过，我被冷落，是因为她的肤色更白！[1]
那我祝愿敌人都和我一样黑！
可是，这有何关系？她越黑，你越喜欢。
你在干什么？拥抱她是一种污染。[2]
巴克斯，守住承诺吧，别鄙薄妻子的爱，
转投别人：我的爱可一生信赖。
英俊公牛的长角俘虏我母亲，你的角[3]
俘虏我，人们称赞我，她却被讥笑。
别让我因为爱受伤，巴克斯，你并没因为
承认对我的爱恋而受到伤害。

---

1 这句话当然是反语，印度土著女人肤色比希腊人黑。

2 仿佛黑色染黑（inquinat）了白色。

3 米诺斯在与兄弟争夺王位的过程中，祈求海神涅普顿送给他一头雪白的公牛以示支持，并承诺将它献祭给涅普顿，但他后来却舍不得杀牛。作为惩罚，海神让他的妻子帕西法厄（Pasiphae）爱上了这头牛，并生下了牛头怪。所以阿里阿德涅说“英俊公牛的长角俘虏我母亲”。在传统的形象中，酒神巴克斯也长着角。

你为我燃烧[1]，并不奇怪：据说你生于
　　火中，又被父亲从火中救出[2]。
你曾反复许诺，要把天空赠给我，
　　可是天空在哪里，我得到什么？”
利柏耳碰巧跟在她身后，所以一直
　　听着她的怨诉，每句话，每个词。
他抢先抱住她，吻干她的泪，如此安抚：
　　“让我们一起飞向天空的高处。
你与我分享婚床，也应当分享名字，
　　从此你将以利柏拉[3]为世所知，
维纳斯曾将伏尔甘送的王冠赠予你[4]，
　　我将让它和你一起永被铭记。”
他兑现了承诺，将九颗宝石变成天火，
　　如今那金冠有九颗星星闪烁。
用迅疾的马车运载紫色时日的那位神[5]　　3月14日

1　“燃烧”（uris）是拉丁语表示热恋的标准词语。

2　忒拜公主塞墨勒（Semele）与朱庇特私通，怀上酒神巴克斯，她因为要求朱庇特现出真身，被雷霆杀死，八个月大的巴克斯被仙女狄尔克（Dirce）从火中救出，朱庇特将他缝进自己的大腿里，足月才娩出。

3　虽然古罗马神祇利柏耳（Liber）和利柏拉（Libera）从词形看是一对夫妻，但奥维德是古代唯一将利柏拉视为阿里阿德涅的人，其他作家都认为她是冥后珀尔塞福涅（Persephone）。

4　火神伏尔甘用黄金和印度的珠宝打造了一顶王冠，送给妻子维纳斯，维纳斯却在阿里阿德涅新婚之时，将王冠转赠给她。

5　517—522 行是 3 月 14 日（罗马标记法为 A PR. EID. MAR. NP EQVIR[RIA]），前面的 3 月 9 日、10 日、11 日、12 日和 13 日分别标记为 D VII EID. MAR. C、E VI EID. MAR. C、F V EID. MAR. C、G IV EID. MAR. C 和 H III EID. MAR. EN。“那位神”指太阳神。

六次托起又六次淹没红轮，
这时，台伯河蜿蜒环抱的那片草地上，
你将再次看到“赛马日”[1] 的阵仗，
但如果泛滥的河水碰巧占据了赛场[2]，
就让凯利乌斯山[3] 尘土飞扬。
本月望日会举行“流年神”的欢乐仪典[4]， 3 月 15 日
台伯河，它的地点靠近你的岸。
平民们都来，分散在青翠草地的各处，
饮酒作乐，和恋人并躺共叙。
有人沐浴在阳光下，有人支起了帐篷，
有人用树枝搭建惬意的凉亭，
有人将芦苇排在一起，当作柱台，
摊开托加袍，置于其上晾晒。
太阳晒，美酒醺，兴奋的人们祈求年岁
如杯数一样多，边喝边数酒杯，
某绅士已经喝到涅斯托耳的寿数[5]，

1 赛马日（Equirria）在 3 月 14 日。

2 战神广场三面都临着台伯河，在洪水季很容易被淹没。赛马会通常在其南端的弗拉明赛车场（Circus Flaminius）举行。

3 凯利乌斯山是举行赛马会的替代地址，它曾是凯卢斯（Caelus Vibennius）的产业，他因为协助罗慕路斯对抗萨宾人，获得了这块封地。

4 523—710 行是 3 月 15 日（罗马标记法为 B EID. MAR. NP），这天是“流年神”（Anna Perenna）的节日。从奥维德的描述看，这是一个民间节日，而非官方的宗教节日，所以仪式并不庄重，而看重享乐。Johnson（1978）认为，奥维德通过想象所描绘的生之快乐为古罗马宗教的精神提供了一种合理的基础。

5 涅斯托耳（Nestor）是荷马史诗中著名的长寿者，传说他活了三辈子的年数（*Iliad* 1.250-2）。

某淑女已变成西比尔[1]，酒杯是证据。
他们在那里哼唱着剧院学来的小调，
与歌词配合的手竟不乏灵巧。
放下碗，他们跳起笨拙的舞蹈，身边
盛装的女友也长发飞扬地旋转。
回来时，他们一路踉跄，成奇特的风景，
遇见的众人称他们“醉成了神明”。
这样的队伍我近来曾目睹（值得记述）：
醉妪拽着醉翁走，岂不有趣？
关于这位女神的身份，既然众说纷纭，
我就不打算掩盖任何版本。
可怜的狄多[2]为埃涅阿斯燃起爱火，
最后在自己搭建的柴堆上焚灭，
骨灰被收藏起来，大理石坟墓上刻着
这简短的诗句，她临死亲口所说：
“埃涅阿斯给了她死的理由和一把剑，
狄多用自己的手将生命斩断。”
努米底亚人[3]立刻侵入无主的国度，
失陷的王宫被毛利的亚尔巴[4]占据。

---

1 罗马先知西比尔活了不少于一千年，参考《变形记》（*Metamorphoses* 14.130-53）。

2 狄多（Dido）原名艾丽萨（Elissa），死后才被称为“狄多”（迦太基语意为“大胆的女人”）。埃涅阿斯对她始乱终弃，导致她绝望自杀。

3 努米底亚（Numidia）是北非西部的一个王国，经常与罗马为敌。

4 毛利人（Maurus）这里指努米底亚人，亚尔巴（Iarba）是狄多在努米底亚的求婚者，参考《埃涅阿斯纪》（*Aeneid* 4.36）。

记起从前的羞辱，他说：“艾丽萨拒绝
　　多少回，她的闺房不还是归我？”
推罗人四处逃难，听凭命运安排，就像
　　失去了蜂王[1]，蜂群惶惑地游荡。
安娜被逐出家，含恨告别姐姐的城垣[2]，
　　但她没忘为逝者尽心祭奠[3]。
柔软的骨灰饮着混合眼泪的香油，
　　还有一绺头发也留在坟头。
她三次说再见，三次将骨灰捧到唇边
　　亲吻，仿佛姐姐就在那里面。
找到一艘船和漂泊的同伴，她顺风航行[4]，
　　回望凝聚姐姐心血的大城。
富饶的梅丽特就在贫瘠的科苏拉旁边[5]，
　　利比亚的海浪拍打它的崖岸。

1　西方古人以为，蜂群的首领是雄蜂，而非雌蜂。

2　古代抄本中放在这里的 557 和 558 行显然位置不对，不合情理。狄多死后，迦太基被努米底亚人攻占，敌人不大可能在三年之后才驱赶原女王的妹妹安娜，安娜也不大可能等三年才给姐姐举行祭礼，更明显的证据是，558 行和 575 行衔接得非常紧密。Murgia（1987）也持这样的看法，并且提供了更有说服力的证据。他指出，一个重要的旁证是白银时代诗人西里乌斯（Silius Italicus）的《布匿纪》（*Punica* 8.61-3），安娜出逃到居雷奈（和奥维德的地点不同）到被迫离开，中间是三年。在他的版本中，狄多自杀和亚尔巴入侵也是相继发生。所以这里对语序做了调整。

3　拉丁语中 iusta 作名词（应当做的事）经常表示葬礼。

4　此行中的 pede（主格 pes）是绑在方帆下部的帆脚索，参照卡图卢斯《歌集》（*Carmina* 4.20）。

5　梅丽特岛（Melite）就是现在的马耳他。科苏拉（Cosyra）是马耳他西北的一个小岛，现在叫戈佐岛（Gozo）。

她行至此处，信任国王旧日的情谊[1]，
投奔财富殷实的统治者巴托斯[2]。
得知两姐妹的不幸遭遇，他慷慨应许：
“此岛虽小，却会倾力相护。”
他本可一直尽心履行主人的职司，
但他畏惧皮格马利翁[3]的势力。
557 打谷场第三次迎来等待去糠的麦粒，
558 酒酿第三次倒进空腹的瓮里[4]，
太阳两次走完了星座，第三年已至，
流亡者又必须寻找新的土地。
她兄长已兵临城下，但国王厌恶战争：
“我们不善战，逃吧，保全性命！”
安娜只好逃，将小船交给风浪，无论
哪片海都不及自己的兄长残忍。
克拉提斯[5]的巉岩间一处多鱼的溪流旁，
有个当地人称为卡梅莱的地方。
她驶往那里。此时，船与岸边的距离

---

1 腓尼基人曾在梅丽特岛定居。

2 巴托斯（Battus）的名字意为“口吃”，因为说话结巴而有此绰号，他的本名是 Aristoteles（与著名的希腊哲学家亚里士多德同名）。史书称巴托斯是北非居雷奈（Cyrene）的国王，没有他做马耳他国王的记载。

3 皮格马利翁（Pygmalion）是狄多的哥哥，他在腓尼基的西顿时，杀死了狄多的丈夫，后来狄多逃到迦太基建国。现在他又趁狄多死去、迦太基无主的机会迫害她的（也是他自己的）妹妹安娜。

4 这里的 lacus 不是指水塘或湖泊，而是盛酒的容器。

5 克拉提斯（Crathis）是意大利南部（所谓“大希腊”，Magna Graeca）的一条河。

投石机抛射九倍远便可触及。
众人先降下布帆，它在阵风中飘拂。
水手说：“现在改用船桨划过去。”
大家正准备转动绞盘，收起布帆[1]，
船突然被一阵猛烈南风摇撼，
船长的挣扎无济于事，风把船卷回
大海，刚瞥见的陆地不断后退。
巨浪朝他们扑来，深渊从海底翻到
海面，船被迫吞下飞溅的波涛。
技艺敌不过暴风，舵手已放弃努力，
和别人一样祈求神灵的奇迹。
腓尼基逐客在如山波浪间颠簸沉浮，
哭泣的眼睛埋进拭泪的衣服。
这时，妹妹第一次宣称狄多有福气，
毕竟她死后尚能在土里安息。
大风推着船撞击劳伦顿海岸，所有人
及时逃了命，船却被浪涛吸吞。
埃涅阿斯已获得王位，拉提努斯[2]
亦与他联姻，两个民族已合一[3]。
他赤足走上海岸（妻子嫁妆）[4]的幽僻

1 古代西方的帆船是由下往上收帆。

2 拉提努斯（Latinus）是埃涅阿斯续弦拉维尼娅的父亲。

3 指特洛伊族和拉丁族。

4 因为他通过联姻才获得这片土地的统治权。

小径，身边只陪着阿卡特斯[1]，
却看见迷失的安娜，但他不敢相信：
她怎会在拉提乌姆的土地现身？
他正沉吟间，“是安娜！”，阿卡特斯大喊。
听到自己的名字，她抬起了脸。
怎么办？逃跑？哪里能够找到地堑？
姐姐悲惨的命运在眼前浮现。
维纳斯后裔[2]感觉到她的惊恐，对她说
（然而想到艾丽萨，他不禁泪落）：
“安娜，你常听闻我如何幸运地获赐
这片土地，我以它的名义发誓，
随我远迁、新近才安居此处的诸神[3]
时常因为我的淹留而怨愤，
我也不曾害怕她会死，这恐惧太荒唐！
哪料到她的果决超乎想象？
不必回忆了，我冒险进入地府[4]的那天，
已看到她身上的伤，分外刺眼。
可是，无论本心[5]还是神促使你来此，
你都可享用我王国的一切物资。

---

1 阿卡特斯（Achates）是埃涅阿斯的好友。

2 “维纳斯后裔”指埃涅阿斯，原文是 Cythereius heros，因为维纳斯诞生于 Cythera（库泰拉岛）附近的海水中。

3 指家神（Penates）。

4 埃涅阿斯进入地府、与狄多鬼魂相见的场景在《埃涅阿斯纪》第六卷有记述。

5 这行的 ratio 指自己的决定，与神的意愿相对。

我欠你太多，也欠艾丽萨，因她的缘故，
　　因你的缘故，你都不可辜负。”
安娜信了他的话（她已经别无选择），
　　给他讲述自己一路的漂泊。
当她穿着推罗的盛装踏进王宫，
　　埃涅阿斯说（其他人都保持肃静）：
“拉维尼娅我的妻，把她托给你，是出于
　　义务：我沉船之时曾蒙她资助。
她是推罗人，曾有一个王国在利比亚，
　　我请求你像亲姐妹一样待她。”
王后满口答应，却在沉默的心中埋下了
　　无端的嫉妒，藏起自己的怒火。
看见眼前的许多礼物，她便忍不住
　　猜想，还有更多秘密的礼物。
她不知该如何行动，只是恨得快发狂，
　　筹划着阴谋，渴望复仇后的死亡。
深夜，恍惚间，狄多出现在妹妹床前，
　　满身血污，头发污秽而散乱，
她说：“快逃，别犹豫，离开这可怕的地方！”
　　话未落，大风吹来，房门吱嘎响。
安娜惊跃起，飞快从低窗翻到外面
　　（恐惧本身就让人变得勇敢），
她披散衣服奔窜，惶恐中顾不得方向，
　　就像一只鹿，听到了逼近的狼，

传说，长角的努米丘斯[1]爱慕她，用波浪
　　将她卷走，藏进自己的池塘。
此时，人们正大声喊着，在原野搜寻[2]。
　　附近出现了她的痕迹和脚印，
追到河岸边，显然她也曾到过此处，
　　知情的河神却让水缄默不语。
她自己仿佛说：“我就藏在长流的水里面，
　　是努米丘斯的仙女，所以叫‘流年’。”[3]
喜悦的人们立刻在原野摆开宴席，
　　饮酒庆祝此日，也犒劳自己。
有人说她是月神[4]，因为年由月组成，
　　有人说是忒弥斯或伊西斯女神[5]。

1　努米丘斯（Numicius）是拉维尼昂（Lavinium）南边的一条小河。古罗马诗人经常用“长角”（corniger）来形容河神，因为河道有许多弯曲，形如动物的角。

2　原文用 Sidonis（西顿女人）指安娜，西顿是腓尼基的著名港口，代表腓尼基。

3　这是奥维德提供的词源解释：“流年神”（Anna Perenna）的说法源于“长流的水”（amnis perennis）。但这个解释是不成立的，amnis（水流）与 annus（年）没有词源关系，后者与 anulus（指环）有相同的渊源，就是“圆形、循环”，因为年是周而复始的。

4　Bailey（1921）认为，这个说法很有道理，因为 Anna 的名字显然是 annus（年）的阴性形式，所以她就是循环往复的“流年”。祭祀流年神选择新年第一个月（古罗马以 3 月为一月）的满月之日（望日），是最自然不过的。

5　忒弥斯（Themis）是秩序（kosmos）之神，是诸“时日”女神（Horae）的母亲，所以也适合做流年神。埃及的伊西斯（Isis）女神被等同于希腊的伊俄（Io），而伊俄本就是一位月神（埃斯库罗斯的《被缚的普罗米修斯》可为证）。

安娜，还有人说你是仙女，阿特拉斯
　　是你父亲，你最先给神王喂食[1]。
我还听到另一种传说，下文将细述，
　　它与真实的情形应大致相符。
那时还没有保民官[2]翼护古代平民，
　　他们便相约逃到圣山之顶[3]。
很快，他们携带的储备已开始短缺，
　　适合人吃的面包也所剩不多。
有一位老妇安娜，生于波维莱郊区[4]，
　　家境贫穷，却非常勤勉耐苦。
她头发灰白，额头缠着一条薄巾，
　　双手颤巍巍，烘烤乡村的糕饼。
每天早晨，她总将热腾腾的饼分给
　　众人，这份供应让大家感戴。
等城中恢复和平，他们为她立了像，

1 阿特拉斯（Atlas）曾是阿卡迪亚的国王，他的女儿哈格诺（Hagno）曾参与抚养幼时的朱庇特。据保萨尼阿斯（Pausanias）的《希腊志》（*Description of Greece* 8.38.3），哈格诺在吕凯俄斯山（Lycaeus）有一处圣井，如果认为安娜是河神，那么将她与安娜混同也有可能。

2 古罗马保民官（tribunus plebis）的职责是保护平民利益不受贵族侵犯。参考下一行的注释。

3 “圣山”（Mons Sacer）是公元前 493 年罗马发生分离运动时平民外逃的地点。危机妥协的结果就是罗马贵族同意设立保民官，由平民选举。

4 波维莱（Bovillae）是距罗马 10 英里的一个小镇。奥维德讲述的这个故事让历代注者困惑，合理的解释是在波维莱这个地方有敬拜某位安娜的传统，或者当地有这样一则传说。

因为自己困顿时她曾相帮。[1]
现在我需解释，女孩们为何唱淫曲
（她们此日的合唱污人耳目）。
安娜新近才封神，战神来见，将她
拉至一旁，说了下面这番话：
“你在三月受敬拜，你我的节庆已相连，
我满怀希望，你定会站我这边。
你可知，善战的我痴恋善战的密涅瓦[2]，
长久以来，我一直无法自拔。
助我，让两位志趣相近的神结合，
你扮演这角色正好，和蔼的婆婆[3]。”
老妇只是以空洞的诺言与战神周旋，
以莫名的拖延吊着他愚蠢的期盼。
他频繁催促，她便说：“吩咐之事我已办，
她总算被我劝服，肯遂你的愿。”
马尔斯信了，忙准备洞房，安娜假扮

1 从立像到封神这个跳跃对于毫无背景的老妇而言太不可能，这似乎是《岁时记》中最没有说服力的一段解释。但 Harrison（1993）认为，这位平民老妇的形象一方面连接了上文（523—542 行）平民野餐的场景，另一方面也受益于卡利马科斯的长诗《赫卡勒》（*Hecale*）。赫卡勒和这里的妇人安娜有太多的相似之处，而且奥维德和卡利马科斯都是从小人物入手描绘大事件，前者是罗马平民的分离运动，后者是忒修斯与马拉松公牛的战斗，两部作品都是在解释宗教仪式中的某种奇特之处。Harrison 指出，和卡利马科斯的诗不同，奥维德在这里似乎有额外的政治意图，就是侧面赞扬屋大维保护平民利益（这也是屋大维自己宣传的一个着力点）。

2 严格地说，“善战”只能用来形容与密涅瓦对应的希腊神雅典娜，罗马本土的密涅瓦只是技艺女神。

3 这里奥维德似乎也在暗示，“婆婆”（anus）与安娜（Anna）有词源上的关联。

新娘，蒙着面纱，被领到他面前。
战神正准备亲吻，蓦然发现是安娜，
羞耻与愤怒交织，自己竟被耍。
新晋的女神尽情揶揄密涅瓦的恋慕者，
再无任何事给维纳斯更多欢乐。
人们因此讲古老的笑话，唱色情的歌词，
愉快地纪念马尔斯被骗的往事。
我原本不愿回忆刺杀恺撒的利剑，
维斯塔却从圣洁的祭坛规劝：
“别犹豫，尽管讲述：他是我的祭司[1]，
亵渎的手是对我举起武器。
我亲自将他救走，仅留下一具幻形，
死于剑下的只是恺撒的幽灵。”
他已跻身天神间，见过朱庇特的宫阙，
罗马广场的神庙也为他而设[2]，
而那些恶徒，胆敢违逆众神的旨意，
侵犯大祭司，犯下滔天恶事，
都已耻辱地殒命。腓立比[3]，有你为证，
还有白骨映亮原野的你们！
通过正义战争为父亲复仇，这是

1　恺撒曾担任罗马的大祭司，看护维斯塔神庙是大祭司的主要职责之一。

2　恺撒的神庙位于罗马广场的努玛宫殿附近，于公元前 42 年敬献。

3　在公元前 42 年的腓立比（Philippi）战役中，屋大维战胜了共和派军队，刺杀恺撒的主谋布鲁图斯和卡西乌斯自杀。史书告诉我们，参与刺杀恺撒的每个人都在恺撒死后三年内殒命。

元首[1]的工作、责任和第一要义。
等到下一个黎明复苏柔嫩的花草[2]， 3月16日
天蝎[3]的前部你将可以看到。
望日之后第三天是酒神的盛大节庆[4]： 3月17日
巴克斯，善待歌咏你节日的诗人。
我不会讲述塞墨勒，倘若朱庇特从未
携雷霆见她，你会是柔弱的婴孩[5]；
也不会回顾，为你能足月出生，父亲
如何在身体里完成母亲的使命；
历数你在锡托尼亚和斯基泰[6]的胜仗，
在印度征服的民族[7]，也过于冗长；

---

1 “元首”指屋大维，“父亲”指他的养父恺撒。

2 711—712 行是 3 月 16 日（罗马标记法为 C XVII KAL. APR. F）。

3 指天蝎座（Scorpio）。

4 713—808 行是 3 月 17 日（罗马标记法为 D XVI KAL. APR. NP LIB[ERALIA]），所谓的“酒神节”（Liberalia）就在这天。奥维德认为这个节日是庆祝酒神巴克斯（希腊的狄俄尼索斯）的，这个观点极可能是错的。这个节日早在努玛时代的历书中就存在，因此是意大利本土的宗教节日。利柏耳（Liber，后与酒神混同）和利柏拉（Libera）这一对神祇是罗马的植物神，掌管作物。从奥维德描述的节日庆典看，也与酒神无关，而与庄稼有关。

5 参考本卷第 504 行的注释。这行的原文高度不确定，意义也颇多争议。奥维德的意思似乎是，如果不是因为母亲塞墨勒死于朱庇特的闪电，朱庇特就不会给予他特别的照顾，他也就不会具备后来的神力。Rose（1922）也如此理解。

6 锡托尼亚人（Sithonas）是色雷斯的一个部族，斯基泰人（Scythicos）是一个松散的游牧部落联盟，属于古代东伊朗族，兴盛期在公元前 11 世纪到公元 2 世纪，势力范围在黑海和里海北岸到中亚一带。

7 参考本卷第 465 行的注释。

我也不提你，忒拜母亲悲惨的猎物[1]，
还有你，疯砍自己双膝的吕库古[2]。
但乍现的海豚，第勒尼安的奇迹[3]，我乐意
讲述，只是那并非此处的主题。
此处的主题是为何低贱的老妪在这天
会邀请民众品尝她们的糕点[4]。
在你出生前，利柏耳，神坛并无祭献[5]，
冰凉圣炉里只有野草蔓延。
人们传说，你征服恒河和东方全境后，
单独为大神朱庇特将初果保留，
你最先向神献上缴获的肉桂和乳香，
还有凯旋之牛烤过的内脏。

1　“忒拜母亲”指忒拜国王彭透斯（Pentheus）的母亲阿高厄（Agave），因为彭透斯反对酒神崇拜，巴克斯让他的母亲和其他信徒发疯，将跟踪的他当作狮子撕成碎片。事见欧里庇得斯悲剧《酒神狂女》（*Bacchae*）。“悲惨的猎物”即指彭透斯。

2　根据许基努斯（Hyginus）的《故事集》（*Fabulae* 132），吕库古（Lycurgus）被酒神逼疯后，砍下了自己的一只脚。

3　这行的“鱼”（pisces）指海豚。传说一些水手趁巴克斯喝醉，将他运上船，准备卖作奴隶。酒神醒来后要求他们航行到纳克索斯岛（离第勒尼安海不远），水手们拒绝了，巴克斯便将他们变成了海豚。

4　瓦罗（Varro）在《论拉丁语》（*De Lingua Latina* 6.14）中提供了更丰富的细节。在这一天，被称为“利柏耳祭司”（Sacerdotes Liberi）的老妪带着小炉子（foculi），请大家品尝她们做的糕点（liba）。

5　因为“祭献”在拉丁语里叫 libare，所以当奥维德称利柏耳发明了祭献时，他就是在暗示 libare 与 Liber 有词源上的联系。

祭品“利巴门”和“利巴”都源于你的称呼[1]，
利柏耳，因为它们要放入圣炉。
向神奉上糕，是因为他喜欢甜味的糕点，
他们说蜂蜜也是巴克斯发现。
那时，萨梯陪他从多沙的海布洛[2]回家
（我的故事有一个愉快的笑话），
已抵达罗多彼和开满鲜花的庞加欧斯山[3]，
侍从手中的铜钹一齐欢喧。
看，被钹声驱赶，陌生的飞虫聚过来，
乐音往哪边走，蜜蜂就往哪边飞。
利柏耳搜集离群的少数，置于树洞里，
收获了蜂蜜，自然绝妙的恩赐。
萨梯们和秃顶的西勒诺斯一尝这味道，
就开始在林中遍寻金色的蜂巢。
老者在腐烂的榆树里听到嗡嗡的声响，
看见了蜂蜡，却假装一切如常，
慵懒地骑在弯腰前行的驴子背上，
让它靠近榆树皮张口的地方，
自己则踩着驴背，紧靠多枝的树干，
贪婪搜觅藏在树里面的甘甜。

1 更大的可能是，“利巴门”（libamen，献祭的初果）和“利巴”（liba，献祭的糕饼）不是源自利柏耳（Liber）的名字，而是和它一样，源于动词 libare 的原始意义“倾倒”。

2 海布洛（Herbus）是色雷斯的一条河，注入爱琴海。

3 罗多彼（Rhodope）和庞加欧斯（Pangaeus）都是色雷斯山脉的名称。

千万只马蜂涌过来，猛蜇赤裸的穹顶，
　　在塌鼻的脸庞留下密密的印痕。
头朝下，他径直跌落，又被驴踢了一下，
　　他大声呼痛，喊各位同伴救他。
萨梯们跑过来，奚落老伯肿胀的脸，
　　他的膝盖撞了地，走路也蹒跚。
巴克斯也笑了，教他如何敷上淤泥，
　　他听从建议，把脸变成沼泽地。
酒神发现蜜，喜欢蜜，我们自然应当
　　把裹着白蜜的糕饼献给他品尝。
为何由女人来负责？原因其实很显明，
　　酒神藤杖召集的信徒是女人。
为何是老妪？你问。这个年纪更容易
　　有酒瘾，更喜欢成熟葡萄的厚礼。
为何缠着常春藤？因为巴克斯最喜欢。
　　为何喜欢常春藤？理由很简短。
昔日继母搜寻他，努萨的水泽仙女[1]
　　用常春藤叶将他的摇篮遮护。
我还需解释，俊美的巴克斯，你的节日
　　男孩为什么要行换袍[2]之礼：
或者因为你自己既是孩子，又永远

1　“继母”指朱诺，朱诺对任何非她生的朱庇特后代都很憎恶。巴克斯据说在努萨（Nysa）这个城市长大。

2　古罗马男孩行成年礼时换上的托加袍（toga virilis）也叫“自由袍”（toga libera），这里奥维德用的是后面这个称谓，以与 Liberalia 的节日名建立关联。

像青年，年纪总在二者之间；
或因你也是父亲，所以父亲们将儿子
和自己的未来托付于神圣的你；
或者因为你是自由神，托你的庇护，
孩子穿上自由衣，走上自由路；
或者因为在古代，先民种地更勤勉，
元老院议员耕耘在祖辈的田间，
执政官放下弯曲的犁头，接过束薪斧[1]，
双手长老茧，无人当作耻辱，
那时，乡下人会到城里来观看表演
（是向神致敬，不是讨民众喜欢），
酒神在自己的节日[2]会主持此类仪典
（现在这荣誉被刻瑞斯分去一半）[3]，
所以，为让更多的观众为青年[4]祝贺，
此日更换托加袍岂不适合？
酒神，请将温柔的双角和温和的脸庞
转向我，让我的诗帆顺风飘扬。
若我没记错，这天和前一天，游行队伍

---

1 影射公元前458年务农的钦钦纳图斯（L. Quinctius Cincinnatus）的事，他在罗马危难之际担任独裁官，危机解除后立刻回家做庶民。

2 指3月17日所谓的酒神节（Liberalia）。

3 指4月19日的谷神节（Cerealia），那日会同时敬拜罗马的三位作物神刻瑞斯（Ceres）、利柏耳和利柏拉。

4 “青年”原文是tiro（新人，特指刚行完成人礼的罗马青年，一年后他们就将成为正式公民，在这期间的一年他们被称为tiro）。

要去阿尔盖神祠（后面再详述）[1]。
天鸢倾斜着翼翅，朝向吕卡翁的熊女[2]，
这个星座在此夜可以目睹。
你可想知道这只鸟因何在天空受赏？
萨图尔努斯被朱庇特夺了权杖[3]，
恼羞成怒，煽动强大的众提坦反叛，
并竭力争取命运三女神的支援。
有一头恐怖的怪兽，是地母所生，长相
如公牛，后部却是一条大蟒。
听从命运神建议，凶暴的斯堤克斯
用三重墙把它囚于阴森密林里。
神谕说，谁若在火中焚烧此牛内脏，
就能让永恒的诸神无力抵挡。
布里阿柔斯杀了它，用精钢制成的利斧[4]，

---

1 奥维德这里指的是 5 月 14 日举行的“阿尔盖圣礼”（Argeorum sacra），这种奇怪的仪式在本书第五卷（从第 621 行开始）有详细的讨论。

2 天文学上并无天鸢座。Hannah（1997）根据古罗马公元前后 3 月 17 日的星象和西方古代天文学记录推测，这里的天鸢座（Milvus）可能是后来武仙座（Hercules）的一部分。Thompson（1936）认为，它应是天鹅座（Cygnus），但 Hannah 指出，在奥维德的时代和地域，天鹅座首次在黎明升起的时间是 11 月 27 日，首次在黄昏升起的时间是 5 月 5 日，均不符合这里的时间。另外，由于古代天文书中并无天鸢座的明确说法，所以不少学者认为，这里的“鸢”可能指真正的鸟，但如果这样，stella（星星）和 milvus（鸢）就不是同位语，而同为主语，这个句子就不成立了。“熊女”指大熊座，参考本书第二卷从 155 行开始的故事。

3 参考第一卷第 194 行的注释。

4 布里阿柔斯（Briareus）是希腊神话中的百手巨人。“精钢”的原文 adamante（主格 adamas）是西方古代传说中最坚硬的物质。

眼看他就要将内脏放入祭炉，
朱庇特却命令群鸟抢夺，鸢胜利飞回，
凭这份功劳荣享星座的光辉。
间隔一日之后有献给密涅瓦的仪典[1]， 3月19日
节日的名称源于连续的五天[2]。
第一日没有血祭，也不可拔剑相拼，
因为密涅瓦就在此日诞生[3]。
后面两日则在角斗场的沙池[4]庆祝，
善战的女神喜欢血腥的比武。
现在，少男少女们，请向帕拉斯祷告，
谁获她垂爱，谁就能蒙她赐教。
取悦女神后，让少女学习梳理羊毛，
变出一圈圈纱线，将纺锤缠绕。
她甚至教人如何用织梭穿过经线，
如何用箝齿压紧疏松的纬线。
敬拜她，若你希望清除衣裳的污痕，

1 809—848 行是 3 月 19—22 日（罗马标记法分别为 F XIV KAL. APR. NP QVINQ [VATRVS]、G XIII KAL. APR. C、H XII KAL. APR. C 和 A XI KAL. APR. N），前面的 3 月 18 日标记为 E XV KAL. APR. C。奥维德的信息是错误的，“五日节”（Quinquatrus）最初不是敬拜密涅瓦的，而是敬拜战神马尔斯的。Bailey（1921）指出，罗马早期的三位主神是朱庇特、马尔斯和奎里努斯，后来才被埃特鲁里亚的组合（朱庇特、朱诺和密涅瓦）取代。

2 奥维德的解释不对，3 月 19 日是从 3 月望日开始的第五天（按古罗马数法），所以叫“五日节”（Quinquatrus），并不是因为节日持续五天。

3 古希腊罗马时代某位神的神庙敬献日常被视为其生日。公元前 241 年，有一座神祠敬献给密涅瓦。

4 角斗士的赛场铺满了沙子（吸血和防滑），因此被称为“沙池”（harena），后来也称 arena。

敬拜她，若你准备染羊毛的铜盆。
如果帕拉斯[1]蹙眉，无人能制出好鞋，
即使他比图基俄斯[2]更卓越。
就算他巧手胜过古时的厄帕俄斯[3]，
帕拉斯若不喜，他也无能为力。
修习阿波罗技艺、驱走病魔的人们，
也请拿酬金买礼物献给女神。
还有你们，经常被骗去薪水的老师[4]，
也别怠慢她（她会引来新弟子）。
镂刻的匠人[5]，上釉的画工，将鲜活形象
注入石头的雕塑者，你们也一样。
女神会千种技艺，自然也擅长诗歌，
若我有资格，愿她降临，襄助我。
凯利乌斯山[6]倾斜着伸入平原之处，
有一条几乎没有坡度的道路，
这里你会发现“卡普塔”[7]密涅瓦的小祠，

1 即密涅瓦。

2 按照荷马的说法，图基俄斯（Tychius）曾为埃阿斯（Aias）造盾，参考《伊利亚特》（*Iliad* 7.219-23）对他的称赞。

3 厄帕俄斯（Epeus）是制造特洛伊木马的匠人，参考《埃涅阿斯纪》（*Aeneid* 2.264）。

4 古罗马教师的收入很低，参考贺拉斯《闲谈集》（*Sermones* 1.6.75）。

5 这一行的 caelum 不是指天空，而是指镂刻用的凿子。

6 参考本卷第 522 行的注释。

7 “卡普塔”（Capta）是密涅瓦在这个神祠的名号，下面奥维德针对这个名号提出了几种解释。

它的敬献之日是她的生日。
名字的起源存疑。我们称杰出的天赋
“卡皮塔勒”[1]：女神的才华太炫目。
还是因为传说中，她没有怀胎的母亲，
手持盾牌蹦出父亲的头顶？[2]
抑或因为我们征服了法利斯齐族[3]，
她做了俘虏？此事古书有记录。
又或者她定下规矩，在此地行窃的人，
一旦抓获，必须判处死刑[4]？
无论你的名号从何处而来，帕拉斯，
都请以神盾[5]护佑我们的皇室。
五日节最后一天需要为嘹亮的喇叭[6] 3月23日
举行净化礼，将牺牲献给密涅瓦[7]。

---

1 “卡皮塔勒”(capitale)显然是拉丁文caput(头)变来的形容词，可以理解为“有头脑”。

2 传说密涅瓦没有母亲，是从朱庇特头颅中蹦出来的。

3 法利斯齐族（Falisci）生活在埃特鲁里亚边境的法勒里伊（Falerii），他们居住的地方是密涅瓦崇拜的发源地。公元前241年，罗马军队攻占了法勒里伊。

4 死刑意味着砍头，仍与caput有关。在古罗马，在神庙中行窃被视为亵渎神灵之举，会受到严厉惩罚。

5 密涅瓦的神盾就是著名的aegis，上面嵌有梅杜萨的头颅，可将凝视者变为石头。

6 849—876行是3月23日（罗马标记法为B X KAL. APR. NP TVBIL[VSTRIVM]），这天是“喇叭净化节”（Tubilustrium）。

7 喇叭（tuba）是军队的乐器，所以这个节日很可能与马尔斯有关，而非与密涅瓦有关。

现在，你终于可以仰望太阳，宣告：
　　“他昨日已踩上佛里克索斯的羊毛。”[1]
因为邪恶继母[2]的诡计，种子都烤过，
　　庄稼不再像平日，无任何收获。
城邦派人去德尔斐[3]，通过灵验的神谕
　　求阿波罗指点，绝收如何应付。
信使如种子一样败坏，假传神旨，
　　称必须处死赫勒和佛里克索斯。
国王[4]虽不情愿，但局势、民意和伊诺
　　都迫他接受这悖逆天理的选择。
佛里克索斯兄妹，头束发带，一起
　　站在祭坛前，为共同的命运哀泣。
生母[5]碰巧在天空飘浮，看见此幕，
　　惊愕不已，捶打赤裸的胸脯，
然后在众云陪伴下，跃入龙裔之城[6]，
　　奋力将孩子救出，脱离死神，
又给他们一只金灿灿的公羊助逃。

1　此行意为：太阳已经进入白羊座（Aries）。关于佛里克索斯（Phrixus），参考本诗第二卷第628行的注释。

2　指伊诺（Ino）。

3　原文的tripodas（三脚凳）是德尔斐女祭司在宣告神谕时所坐的器具。

4　指阿塔玛斯（Athamas）。

5　指阿塔玛斯的前妻涅斐勒（Nephele），她的名字是希腊语“云”的意思，所以她是云神。

6　指忒拜，因为卡德摩斯（Cadmus）曾杀死一条龙，种下龙齿，变出许多武士，互相攻杀后剩下五人，他们和卡德摩斯一起创建了忒拜城。

它驮着两人穿行于狭长海道，
传说赫勒握羊角的手太没气力，
最终掉进以她命名的海里[1]，
兄长见她坠下，情急间伸手阻拦，
自己也险些丧命，却是枉然。
他涕泣，以为失去了共经患难的亲人，
却不知她已与蓝色的海神成婚。
到达陆地后，羊被变成星座[2]，可是
它金色的毛却去了科尔基斯[3]。
当晨星三次昭告迫近的黎明，你可以[4] 3月26日
认定，昼夜相等的时间已至。
然后，等牧人四次将餍足的山羊赶回[5]， 3月30日
草丛四次挂满新降的露水，
敬拜雅努斯、温慈的“和谐”、“罗马平安”
与和平祭坛的时辰[6]已在眼前。

1 指赫勒斯庞图斯（Hellespontus），即达达尼尔海峡。

2 即白羊座。

3 即著名的金羊毛，在伊阿宋夺取它之前，金羊毛一直存放在黑海之滨的科尔基斯（Colchis）。

4 877—878 行是 3 月 26 日（罗马标记法为 E VII KAL. APR. C），前面的 3 月 24 日和 25 日分别标记为 C IX KAL. APR. Q. R. C. F 和 D VIII KAL. APR. C。

5 879—882 行是 3 月 30 日（罗马标记法为 A III KAL. APR. C），前面的 3 月 27 日、28 日和 29 日分别标记为 F VI KAL. APR. NP、G V KAL. APR. C 和 H IV KAL. APR. C。

6 这一天是雅努斯、“和谐”（Concordia）女神、“罗马平安”（Romana Salus）和“和平”（Pax）女神四位神的节日。

月亮统治着诸月份：本月结束的标志[1] 3 月 31 日

便是阿文丁山上的月神祭礼[2]。

1 883—884 行是 3 月 31 日（罗马标记法为 B PR. KAL. APR. C）。

2 罗马国王图利乌斯在阿文丁山上为狄安娜建造了一座神庙。

《岁时记》

第四卷

FASTORVM LIBER IV

“助我，养育孪生小爱神的母亲。”我祈祷。[1] 序诗
女神将脸庞转向诗人，说道：
“你求我何事？此诗的主题太过庄重[2]。
难道你柔情的心中仍存旧痛[3]？”
我说：“女神，你知道那旧痛。”她笑了，立刻
她所在的天空已不见任何云朵。
“受伤或无恙，我何曾抛弃你的旗帜[4]？
你始终是我的目标，我的职司。
年轻时我以情诗自娱，无伤大雅，
如今更宽的场地我才可跑马。
我查考古籍，吟唱节庆和它们的肇因，
吟唱沉入地下又升起的星辰。
已至四月，你最受尊崇的月份，维纳斯，
你知晓，此诗人、此月一并属于你。”

---

1 1—132 行是本卷序诗。“孪生小爱神”指希腊神话中的 Eros（拉丁名 Cupido）和 Anteros 兄弟，“母亲”指维纳斯。

2 维纳斯认为《岁时记》的题材过于严肃，与自己无关。

3 影射奥维德早期的《情诗集》（*Amores*），里面经常描绘爱情的伤痛。

4 奥维德一贯喜欢用军事比喻描绘爱情。

被我打动，她用桃金娘[1]轻触我发际，
　　说道：“既已开始，就坚持到底。”
我感到神力，时日的起源顿然显明：
　　趁好风劲吹，让我的船疾行。
恺撒[2]，历法若有某部分与你相关，
　　四月理应让你的目光流连。
一个伟大的世系[3]收养你，从此四月
　　成为你继承的遗产，为你增色。
罗慕路斯为漫长一年制定历法时[4]，
　　没忽略此事，特意将先祖铭记。
正如他将第一月献给悍勇的马尔斯，
　　因为自己是战神的直接后裔，
他决定维纳斯应该拥有随后的一月，
　　因为历代先祖都是她骨血。
穿过流逝的世纪，他搜寻家族之根，
　　一直追溯到与自己同源的诸神。
达尔达诺斯[5]是厄勒克特拉之子，他怎能
　　不知，而她又曾与朱庇特共枕？

1　桃金娘（myrto，主格 myrtus）是维纳斯最喜爱的植物。

2　指屋大维。

3　指恺撒所在的尤利亚家族，据称他们发源于埃涅阿斯的儿子尤卢斯，而埃涅阿斯传说又是维纳斯的儿子。

4　这段家族世系的追溯可以参考《变形记》（*Metamorphoses* 14.609ff）。

5　特洛伊的创建者达尔达诺斯（Dardanus）是朱庇特和阿特拉斯之女厄勒克特拉（Electra）的孩子。

下一代厄里克托尼俄斯生下特洛斯[1]，
　　往后依次是阿萨剌科斯、喀皮斯[2]。
继踵者是安喀塞斯，与他共享父母
　　之名，维纳斯并不以为羞辱[3]：
结晶是埃涅阿斯。烈火中他肩负圣器
　　和同样神圣的父亲，孝感天地。
我们终于抵达尤卢斯[4]吉祥的名字，
　　通过他，尤利亚家族与特洛伊[5]相系。
波斯图姆斯，他的血脉，因生于密林，
　　拉丁人便以“西尔维乌斯”相称[6]。
他是拉提努斯之父，然后阿尔巴出世，
　　继承阿尔巴王位的是埃皮图斯[7]。
他给儿子起名喀皮斯，复续特洛伊
　　传统，孙子则是卡尔佩图斯[8]。

1　厄里克托尼俄斯（Ericthonius）是达尔达诺斯之子，生下特洛斯（Tros）。

2　阿萨剌科斯（Assaracus）和喀皮斯（Capys）分别是特洛斯的儿子和孙子。

3　安喀塞斯（Anchises）和维纳斯结合，埃涅阿斯（Aeneas）是他们的儿子。

4　尤卢斯（Iulus）是埃涅阿斯之子，按照维吉尔的说法，他又名阿斯卡尼俄斯（Ascanius），出生在特洛伊，是埃涅阿斯前妻所生，但李维认为，阿斯卡尼俄斯可能是埃涅阿斯后妻的孩子，出生在拉提乌姆。奥维德似乎认同了维吉尔的说法。

5　“特洛伊”原文是 Teucros（透克罗斯人），因为透克罗斯是特洛伊第一位国王。

6　波斯图姆斯（意为“最晚出生的孩子”）是尤卢斯的儿子，又名西尔维乌斯（Silvius，意为“森林人”）。

7　以下三代依次是拉提努斯（Latinus）、阿尔巴（Alba）和埃皮图斯（Epytus）。

8　因为喀皮斯（Capys）重复了特洛伊先祖的名字，所以说“复续传统”。卡尔佩图斯（Calpetus）是埃皮图斯之孙。

台伯里努斯在他之后登上宝座，
　　据说他在图斯坎深水中沉没[1]。
但他已见到阿格里帕和雷慕路斯，
　　人们传言后者是死于雷击[2]。
然后是阿文提努斯，他留下一个地名
　　和山名，普洛卡接替他执掌王庭[3]。
继任者是努米托尔，凶残的阿穆利乌斯
　　之兄，他的孩子是伊利娅和劳苏斯[4]，
劳苏斯被叔父杀死，伊利娅得战神心仪，
　　诞下奎里努斯和雷穆斯兄弟[5]。
他总说自己有维纳斯和马尔斯的血缘[6]，
　　但我们理应相信他的断言。
担心后世子孙不知晓真相，他便用
　　家族的众神为连续的月份命名。

---

1 “图斯坎深水”指台伯河，传说台伯河原名阿尔布拉河，因为台伯里努斯（Tiberinus）在河中淹死而更名。然而更大的可能是罗马这位先祖的名字是从台伯河名杜撰的，如同罗慕路斯（Romulus）很可能从罗马（Roma）的名字杜撰而来，而非罗马因他而得名。

2 阿格里帕（Agrippa）和雷慕路斯（Remulus）是后面两代国王的名字。关于雷慕路斯遭雷击的事，参考奥维德《变形记》（*Metamorphoses* 14.616）。

3 罗马的阿文丁山以阿文提努斯（Aventinus）命名，他的下一代是普洛卡（Proca）。

4 普洛卡死后，长子努米托尔（Numitor）继位，但很快遭弟弟阿穆利乌斯（Amulius）篡位，被逐出罗马。伊利娅（Ilia）和劳苏斯（Lausus）分别是努米托尔的女儿和儿子。

5 劳苏斯在打猎时被叔父阿穆利乌斯设计害死，伊利娅传说与马尔斯结合，生下了罗慕路斯（即奎里努斯）和雷穆斯这对孪生兄弟。

6 “他”指罗慕路斯。埃涅阿斯的子孙都是维纳斯的后代，罗慕路斯自然也是，他同时也是战神的儿子。

然而，我猜测维纳斯之月来自希腊，
女神的名字源于海里的浪花[1]。
事物有希腊的名称，你不应觉得惊讶，
因为意大利古名就是“大希腊”[2]。
埃万德的船队满载他的同胞曾来此，
海格力斯曾来此，皆希腊苗裔
（手执大棒的异客放牧于阿文丁山陲，
如此的大神曾在台伯河饮水[3]）；
伊塔卡国王也一样，食人部落可做证[4]，
还有那海岸，至今留喀耳刻之名[5]；
忒勒戈诺斯的城市、湿润提布尔的城墙[6]

---

1 通常的看法是，拉丁文“4月”（Aprilis）源于动词 aperire（打开），但奥维德宁可相信它与维纳斯的希腊名字阿佛洛狄忒（Aphrodite）有关，后者源于 aphros（海里的浪花）。这种解释可以视为对屋大维所在的尤利亚家族的一种奉承。

2 虽然后来“大希腊”（Magna Graecia）之名指意大利南部，但早期的希腊定居者是想用这个名字指称整个意大利，其中原因可能是，相对于逼仄的希腊半岛，亚平宁半岛的地域更辽阔。

3 “异客”和“大神”都指海格力斯。原文用古名阿尔布拉河（Albula）表示台伯河。

4 尤利西斯是伊塔卡（Ithaca）的国王，这里的原文是 dux Neritius，意为“涅里托斯的统治者”，涅里托斯是伊塔卡的一座山。食人部落指莱斯特里恭人（Laestrygones），参考《奥德赛》（*Odyssey* 10.80-132）。尤利西斯也曾到过意大利。

5 喀耳刻（Circe）是老太阳神赫里俄斯（Helius）的女儿，拉提乌姆有一处“喀耳刻岬”（Circaeum）。尤利西斯和同伴曾在她的居处遇险，除了尤利西斯，其余人都被她的魔法变成猪。

6 忒勒戈诺斯（Telegonus）是尤利西斯和喀耳刻的儿子，传说他在伊塔卡误杀了父亲，回到意大利后创建了图斯库伦（Tusculum）。提布尔（Tibur）是拉提乌姆的城镇，由提布尔努斯（Tiburnus）等三位来自阿戈斯的希腊兄弟创建。“希腊”对应的原文是 Argolicae（阿戈斯的）。

此时已矗立，皆仰赖希腊的臂膀；
哈莱索斯因阿伽门农之死而亡命，
据信法利斯齐由他而得名[1]；
还有安忒诺耳[2]，为特洛伊谋和的贤士，
以及道努斯女婿狄俄墨得斯[3]；
在安忒诺耳之后，逃出伊利昂的大火，
埃涅阿斯将诸神带至此国；
他的同伴索吕摩斯来自伊达山，
城市苏尔摩的名字从他发源[4]——
寒冷的苏尔摩，我的故土，可怜的我
如今却在遥远的斯基泰沦落！[5]

1　哈莱索斯（Halesus）和母亲克吕泰墨斯特拉（Clytemnestra）合谋害死了父亲阿伽门农，然后逃到意大利，创建了法利斯齐（Falisci）这个城镇。原文中哈莱索斯被称为 Atridae（阿特柔斯的后裔），因为他是阿特柔斯（Atreus）的孙子。在早期的古希腊语中，F 和 H 都发成近似 [w] 的音（由字母 digamma 表示），所以很容易混淆，所以奥维德说法利斯齐的名字来自哈莱索斯。此说法已见于奥维德早期的《情诗集》（*Amores* 3.13）。

2　安忒诺耳（Antenor）是特洛伊著名的智者，一直主张归还海伦，和平解决与希腊的争端。所以特洛伊陷落后，希腊人允许他和手下平安离开。后来他在意大利创建了帕塔维昂城（Patavium，今天的帕多瓦）。

3　狄俄墨得斯（Diomedes）在原文中既被称为“俄纽斯的后裔”（Oeniden），也被称为“道努斯的女婿”，由于节奏的限制，译文做了简化。狄俄墨得斯是俄纽斯（Oeneus）的孙子，被不忠的妻子设计逐出故国，到了意大利的阿普里亚（Apulia），娶了国王道努斯（Daunus）的女儿。

4　奥维德提出，苏尔摩（Sulmo）的名字来自特洛伊人索吕摩斯（Solymus）。伊达山（Ida）在小亚细亚的佛里吉亚（Phrygia）。

5　这两行煽情的话显然是奥维德在流放期间加入的。

难道我就在天涯——可是缪斯，别哀吟[1]，
　　神圣主题不应配悲伤的里拉琴[2]。
何处无妒忌的身影？维纳斯，有人怨毒，
　　一心想夺走你的月份和荣誉[3]，
非说是因为那时春天才打开一切，
　　霜雪的桎梏才解开，生命才鲜活
盛开，所以四月的意思是“开放”[4]，
　　不顾温慈的维纳斯另有主张。
她统治整个世界，也最有资格统治[5]，
　　她的王国不逊于任何神祇。
她为天空、大地和孕育自己的海洋
　　立法，将众生统摄于她的力量。
她是所有神的肇因（难以穷尽这名单），
　　她是种子和树木的生命之源，
她让人类蛮野的心灵聚拢归一，
　　教会他们与配偶相伴相依。
什么繁育了飞禽，若不是甜美的欢愉？

1　这是一个优雅的“说话中断法”（aposiopesis）的例子，诗人强迫自己平静下来，回归作品的主题。

2　里拉琴（Lyra）代表了个人化的抒情诗。

3　公元 5 世纪的墨高庇（Macrobius）告诉我们，王政时期的罗马人不曾听说过维纳斯或阿佛洛狄忒。

4　这恰好是最合理的词源解释。

5　Harries（1989）认为，91—132 行的维纳斯颂歌受到了维吉尔《农事诗》（*Georgics* 3.209ff）的影响，但主要的范本是卢克莱修《物性论》开篇（*De Rerum Natura* 1.1-49）。

牛羊也不会结合，若柔爱远去。
公羊以尖角与公羊斗狠，却绝不忍心
伤害它珍爱母羊的额头半分；
虽然所有草场和树林都因它而颤抖，
公牛却抛下凶悍，跟随母牛；
同样的力量保存着辽阔海面下的一切
活物，让无数鱼类在水中穿梭。
她最先剥除人类野兽的外衣，教他们
穿衣的艺术和装饰自己的秘辛。
据说，良宵被拒、终夜不眠的男子
最先向紧闭的大门吟唱情诗，
他劝说铁石心肠的情人堪称巧舌，
每位哀怨的男子都口若悬河。
千种技艺通过她兴起，取悦的欲望
让许多隐藏的事物见到天光。
这位女神命名第二月[1]的特权，谁人
敢剥夺？愿此般疯狂远离我身！
难道因为她处处受敬拜，神庙遍天下，
所以在我们的城市权威才更大？
不是，罗马人，维纳斯曾为特洛伊而战，
纤手伤于长矛，她也曾哀叹[2]；

1 罗慕路斯历法中的第二月，即后来的 4 月。

2 狄俄墨得斯与埃涅阿斯对阵时，维纳斯为了保护自己的儿子也参战，结果受了伤，参考《伊利亚特》（*Iliad* 3.535）。

一位特洛伊人曾裁判，她的美胜过两位神[1]
（多希望落败的女神不记旧恨！）；
她也被称作阿萨剌科斯的儿媳[2]，这自然
是为将来尤卢斯做恺撒的祖先。
还有什么季节比春天更适合爱神
（春日大地斑斓，泥土温润，
此时草木已冲破地面，探出了幼苗，
新芽缀满膨胀的葡萄枝条）？
美丽的维纳斯最能为美丽的时节增色，
一如平素，她与马尔斯相携。
春天，她吩咐舟船航行于她出生的海洋，
不必再畏惧冬日的惊涛骇浪[3]。
庄重地敬拜女神，拉丁的新妇与母亲[4]，

4月1日

还有远离束发带和长袍的女人[5]！
从她大理石的颈项除去金链，除去
珠宝：女神全身都需要沐浴[6]。
再擦干她的颈项，佩戴金链，献上

1 指帕里斯（Paris）在女神选美比赛中，裁判维纳斯比朱诺和密涅瓦更美，将金苹果奖给她的事。

2 安喀塞斯是阿萨剌科斯的孙子，准确地说，维纳斯应该是孙媳。

3 古罗马人认为，从11月到3月这段时间不适合出海航行。

4 133—164行是4月1日（罗马标记法为C KAL. APR. F），这天是爱神节（Veneralia）。

5 古罗马名声不好的女人和妓女不允许戴束发带（vitta）、穿长袍（stola），而只能穿托加袍。

6 指清洗神像。

新鲜的玫瑰和各种花卉的芬芳。
她也让你们沐浴，在翠绿桃金娘下，
为何有如此的命令，且听我解答。
她未着寸缕，在海边擦拭滴水的发卷，
却被一群淫邪的萨梯神撞见，
察觉到危险，她便以桃金娘遮掩身体，
遂安然无事，所以让你们铭记。
现在听我说，你们为何在温泉涌溢处
以乳香向“男子时运”女神[1]祈福。
到了此地，所有女人都脱尽衣裳，
赤裸身体的瑕疵无法隐藏，
你们可以求这位神让它们在丈夫眼里
遁形，只需一点乳香做祭礼。
也别不情愿吞下捣碎的罂粟，添入
蜂巢流出的蜜和雪白的牛乳[2]。
维纳斯最初被热切的丈夫迎入婚房，
也是饮此物，然后就成了新娘。
要以谦卑的言辞取悦她，美貌、美德
和美好的名声都由这位神掌握。
在祖先的时代，罗马曾于淫乐中沉迷，

1 “男子时运”（Fortuna Virilis）是一位女神，早在古罗马王政时期就有献给她的神庙。

2 这是古罗马新娘在婚礼上需要喝的一种混合饮料，名叫 cocetum，参考大普林尼《自然史》（*Naturalis Historia* 19.8）。

古人便向库迈的西比尔[1]问计。
她吩咐为爱神建庙，人们遵嘱而行，
从此维纳斯又添“回心者”之名[2]。
最美的女神，永远以慈和的面容凝视
埃涅阿斯的后裔，护佑其家室。
我说话之际，翘尾欲蜇的可畏毒蝎[3]
已经扎入碧绿的万顷涛波。
当夜晚逝去，天空泛起最初的霞光[4]， 4月2日
鸟雀抱怨露水湿羽的寒凉，
通宵赶路的旅人搁下燃半的火把，
农夫重新打理熟悉的庄稼，
昴星仙女就开始分担父亲的重荷[5]，
有人说她们是七颗，但通常是六颗：
或者因为六姐妹投入了神的怀抱
（传说斯泰罗佩曾与马尔斯交好，

1 西比尔（Sibylla）是古代作家笔下几位神秘先知的通称，大普林尼说有三位，瓦罗说有十位。这里提到的西比尔名叫厄律提亚（Erythrea），住在库迈（Cumae），又名达芙妮（Daphne），阿波罗赐予她与一捧沙子一样多的年数和预言的能力，却忘了赐给她长久的青春和健康。

2 公元前114年，三位维斯塔贞女与骑士犯了淫戒，被处以死刑。罗马人遵循西比尔预言书的指示，活埋了两位希腊人、两位高卢人，从罗马妇女中选出最贞洁的一位（名叫Sulpicia），向维纳斯敬献了一座雕像，希望女神能让淫邪之心复归纯洁，所以这尊神像被称为“回心者维纳斯”（Venus Verticordia）。

3 指天蝎座。

4 165—178行是4月2日（罗马标记法为D IV NON. APR. F）。

5 昴星仙女（Pleiades）是阿特拉斯的女儿，因为父亲有肩扛天空之责，所以她们也分担他的重负。

涅普顿看中美丽的刻莱诺和哈尔库俄涅，
　　迈娅、厄勒克特拉和塔宇革忒
归了朱庇特），墨洛珀却嫁给凡人西西弗[1]，
　　她懊悔不已，因羞耻独自隐居；
或者因为厄勒克特拉不忍心俯瞰
　　特洛伊废墟，以手遮住双眼[2]。
让天空绕着永恒的枢轴旋转三次[3]， 4月4日
　　让提坦[4]三次套住再松开神骥，
贝莱钦图斯[5]弯曲的骨笛便将吹起，
　　伊达山神母[6]的庆典如期而至。
阉人祭司[7]将游行，拍打空心的手鼓，
　　相撞的铜钹将送出回荡的音符。

1　斯泰罗佩（Sterope）、刻莱诺（Celaeno）、哈尔库俄涅（Alcyone）、迈娅（Maia）、厄勒克特拉（Electra）、塔宇革忒（Taygete）和墨洛珀（Merope）是这七姐妹的名字。西西弗（Sisyphus）是科林斯的创建者，因为贪婪狡诈，被罚在地府永远推石头上坡。

2　因为她儿子达尔达诺斯是特洛伊的创建者。

3　179—372 行是 4 月 4 日（罗马标记法为 F PR. NON. APR. C LVD. MATR. MAG），前面的 4 月 3 日标记为 E III NON. APR. C。这天是“大女神节”（Megalensia 或者 Megalesia），名字来自希腊语 Megale（伟大的女神）。

4　“提坦”指太阳。

5　贝莱钦图斯山（Berecyntus）在佛里吉亚，是神母库柏勒（Cybele，又名 Rhea、Ops，也叫 Magna Mater，“伟大的母亲”）的敬拜地。Littlewood（1981）认为，库柏勒崇拜为奥维德提供了一个绝佳的政治奉承的机会，因为她的特洛伊背景可以与屋大维的尤利亚家族世系发生关联。

6　指库柏勒。

7　神母的祭司由阉割的男子充当，称为“加卢斯”（gallus），参考卡图卢斯《歌集》（*Carmina*）第六十三首。

女神自己坐在扈从柔嫩的脖颈上，
　　伴着尖叫声，穿过城市的街巷。
舞台喧嚷，斗兽场在召唤：入座，罗马人，
　　让争讼不止的法庭暂时休兵！
我本有许多问题，可是铜钹的尖声
　　令我恐惧，骨笛也让我心惊。
“女神，请赐我解惑之人。”神母看见
　　博学的孙女[1]，命她们为我释难。
“赫利孔的孩子[2]，记住她的嘱咐，请告知，
　　不歇的喧响为何令神母欢喜？”
厄剌托如此回答（维纳斯的月份归她管，
　　因为她的名从温柔的爱发源）[3]：
“萨图尔努斯听到神谕，‘最好的君王，
　　你的儿子将夺取你的权杖。’
因此他害怕自己的后裔，每生下一位，
　　就吞掉一位，埋于腹中的坟垒。
瑞娅时常哀叹，一再怀孕，却从未
　　做母亲，如此的多产徒增伤悲。
这时朱庇特诞生了（古代的证词自当
　　尊重，别贸然撼动公认的信仰）：
衣衫包裹的石块沉入了天神的喉咙，

1　“博学的孙女”指九缪斯，因为缪斯是朱庇特的女儿，朱庇特是瑞娅（等同于库柏勒）的儿子，所以奥维德如此称呼她们。

2　仍指缪斯，因为赫利孔山（Helicon）是缪斯的居住地。

3　厄剌托（Erato）是九缪斯之一，她的名字来自希腊语“爱”（erōs）。

大能的父亲就如此被命运愚弄。
险峻的伊达山立刻响起震耳的喧嚣，
好让婴孩平安无忧地哭闹。
有人敲击盾牌，有人拍打空头盔，
舞蹈的侍从和祭司[1]都全力掩盖。
秘密未泄露，如今乃模仿古代之事，
女神的追随者仍敲打铜和牛皮，
头盔换成铜钹，盾牌换成皮手鼓，
骨笛如昔日，吹佛里吉亚的旋律。”
她说完，我问：“凶猛的狮子从不肯负轭[2]，
却因她改变习性，这是为何？”
她答：“人们相信，她驯服了狮子的野性，
你看，她的狮车就是证明。”
“可是她头上的冠冕为何是塔状[3]？难道
最早城市的高塔是这位神所造？”
她点头。我又问：“他们阉割自己的疯狂
从何而来？”厄剌托[4]如此对我讲：
“森林里有位俊美的佛里吉亚男孩

1 侍从（Curetes）负责在朱庇特的摇篮周围披着战甲跳舞，祭司（Corybantes）是库柏勒的专祭司，据说有三位。

2 为库柏勒驾车的是狮子。

3 库柏勒总被形容为头戴塔冠。

4 “厄剌托”的原文是 Pieris（皮埃里亚人），因为皮埃里亚位于色雷斯，据说是缪斯神最初的居处。

阿蒂斯[1]，激起了女神纯洁的爱。
她希望永远留住他，为她守护神庙，
便说：‘你一定要始终洁身自好。’
阿蒂斯对女神许下誓言：‘如果我违背，
就让我永无能力第二次越轨！’
他却食言了，失身给仙女萨伽里提斯[2]，
愤怒的女神决心为自己雪耻。
她砍伤一棵树，便砍倒那位仙女，她因此
丧命，仙女和那棵树性命相系。
阿蒂斯发了疯，相信婚房屋顶已塌陷，
一路奔逃，到丁迪穆斯山巅[3]，
时而喊‘拿走火把！’，时而喊‘撤去皮鞭！’，
反复发誓说，复仇女神在身边[4]。
他用尖利的石头割遍自己的身体，
长发拖曳着，沾满污浊的尘泥，
一边嚷着：‘我活该！理当以血忏悔，
就用伤害我的部分来赎罪！
去死吧！’说着，他割掉双腿之间的重负，
转瞬间，雄性的特征已然根除。

---

1 卡图卢斯提供了阿蒂斯故事的另一个版本，参考《歌集》（*Carmina*）第六十三首。

2 萨伽里提斯（Sagaritis）的名字显然取自佛里吉亚的萨伽里斯河（Sagaris 或者 Sangarius），从下文叙述看，她是一位性命与树绑在一起的仙女（Nais）。

3 丁迪穆斯山（Dindymus）也在佛里吉亚，是一个库柏勒敬拜中心。

4 原文的 Palaestinas deas（帕莱斯特的女神）指复仇女神，她们在欧庇罗斯（Epirus）有一处神庙，帕莱斯特是欧庇罗斯地区的主要城镇之一。

他的疯狂成为先例，阴柔的男祭司
　　也甩动长发，切下轻贱的肢体。”
阿俄尼亚的缪斯[1]用这番生动的叙述
　　回答我，揭示这种疯病的缘故。
“诗歌的向导，也请告诉我，女神从何处
　　迁来，抑或她一直在罗马安居？”
“神母始终最爱丁迪穆斯山和景色
　　怡人的伊达山，还有伊利昂王国。
当埃涅阿斯将特洛伊诸神运往意大利，
　　女神也准备随圣船一起迁徙，
但她意识到，命运还未安排她远赴
　　拉提乌姆，便留在熟悉的故土。
五个世纪过去了，罗马日渐富足，
　　征服了世界，高昂它的头颅，
祭司查阅了西比尔诗歌的灵验书卷[2]，
　　传说他读到下面的神秘之言：
‘母亲不在，我命令你们去接她，罗马人。
　　她来时，必须以贞洁之手相迎。’
这段隐晦的预言让元老院争执不歇：
　　哪位母亲不在，到何处去接？
他们向阿波罗[3]求助，神谕说：‘你们应当

1　阿俄尼亚（Aonia）是缪斯居处赫利孔山所在的地区。

2　此事发生在公元前 204 年，参考李维《罗马史》（*Ab Urbe Condita* 29.10）。

3　原文的 Paean 是阿波罗的一个名号。

迎回神母，她就在伊达山上。’
罗马的高阶使团[1]遂抵达神母的家乡，
国王阿塔卢斯却不容商量[2]。
奇迹发生了：大地震颤，长时间轰鸣，
神庙深处传出女神的声音，
‘是我让他们来寻，我愿去，别再阻拦，
在罗马栖身，每位神都觉欣然。’
国王震恐。‘去吧，’他说，‘但你仍属于
我们，这是罗马先祖的发源处。’
立刻，无数的斧钺开始砍伐松树，
埃涅阿斯也是乘松木舟远渡。
千双手合作，造出绘上釉彩的大船，
神母被送进舱里，郑重西迁。
涅普顿的海波载着母亲，一路安好，
很快便来到赫勒的狭长水道[3]，
经过湍急的罗特翁崖岸、希盖文海域[4]、

1 根据李维《罗马史》（*Ab Urbe Condita* 29.11）的记载，使团由五人组成，其中 M. Valerius Laevinus 曾任执政官（consul），M. Caecilius Metellus 曾任司法官（praetor），Sulpicius Galba 曾任市政官（aedilis），都是罗马的高阶官员。但李维的说法和奥维德不同。阿塔卢斯（Attalus）三世是佩尔加蒙（Pergamum）国王，当时与罗马是盟友，共同对付菲利普，所以他痛快地答应了罗马人的要求。阿塔卢斯极其富有，死时无子，将整个王国连同全部遗产都送给了罗马。

2 李维说，阿塔卢斯送给使者一颗代表神母的圣石，让他们带回罗马。

3 指达达尼尔海峡，“赫勒”的原文是 Phrixeae sororis（佛里克索斯的妹妹）。

4 罗特翁（Rhoeteum）和希盖文（Sigaeum）都是特洛伊的城镇。

忒涅多斯岛和埃厄提昂的故土[1]，
将莱斯博斯抛在身后，进入环形岛[2]，
见到卡吕斯托[3]浅滩上的浪涛，
穿越伊卡利亚海，伊卡洛斯[4]在那里
失去翅膀，给大海留下名字。
左边克里特和右边佩洛普斯[5]的波澜
渐远，维纳斯圣岛[6]已在面前，
然后便至‘三角’海，三位独眼巨人[7]
常在此淬炼他们白热的雷霆。
她驶过北非海域，萨丁王国已留在
左后方，奥索尼亚[8]迎面而来。
她到达河口，台伯河于此分成两脉
汇入大海，水道不再狭窄。

---

1 忒涅多斯岛（Tenedos）在特洛伊附近，埃厄提昂（Eetion）的故土是小亚细亚的忒拜。

2 莱斯博斯岛（Lesbos）是萨福的故乡，它和环形岛（Cyclades）都在提洛岛（Delos）附近。

3 卡吕斯托（Carystos）在希腊欧卑亚（Euboea）以南。

4 伊卡洛斯（Icarus）是巧匠代达罗斯（Daedalus）的儿子，在逃离克里特时，由于他飞得太高，父亲为他做的翅膀被太阳晒化，坠海而死。

5 佩洛普斯（Pelops）是阿伽门农的祖父，阿伽门农是迈锡尼（Mycenae）的国王，所以“佩洛普斯”在这里代表迈锡尼或者整个伯罗奔尼撒半岛。

6 维纳斯圣岛即她出生海域附近的库泰拉岛（Cythera）。

7 三角岛（Trinacria）是希腊人给西西里岛起的名字，“三角”海指西西里海。三位独眼巨人统称Cyclopes，负责为火神伏尔甘冶炼武器，名字分别是布隆特斯（Brontes，希腊语意为“雷霆”）、斯特洛佩斯（Steropes，希腊语意为“闪电”）和阿克摩尼底斯（Acmonides，希腊语意为“砧”）。

8 即意大利。

庄重的元老院议员、所有的骑士和平民
　　都已聚集在图斯坎河口[1]恭迎。
妇人、少女、远嫁而来的新娘、侍奉
　　圣火的贞女也在出迎队列中。
男人们绷紧臂膀，奋力拖拽缆绳，
　　异国的船却难与逆流抗衡。
土地已久遭旱魃，草叶早已干枯，
　　船不胜重负，陷入浅滩的泥污。
每位帮忙的人都使出体力的极限，
　　一边为自己拼搏的双手呐喊，
它却像岛屿，在大海中央纹丝不动，
　　大家呆立着，这兆象令人惊恐。
克劳迪娅·昆塔的先祖是克劳苏斯[2]
　　（她的美貌也堪与门第相比），
这位贞洁的女人却有不贞的名声，
　　谣言害了她，还有虚假的指控。
华丽的装扮，出门时各种奇特的发式，
　　对老人苛责的回应，都招致非议。
她知道自己的人品，视流言蜚语为笑料，

1　图斯坎河即台伯河。

2　克劳迪娅·昆塔（Claudia Quinta）是克劳苏斯（Attius Clausus）的孙女。克劳苏斯是萨宾人领袖，曾帮助埃涅阿斯，参考《埃涅阿斯纪》（*Aeneid* 7.706）。他到达罗马后更名 Appius Clausus，成为贵族和克劳迪乌斯家族的祖先。屋大维的皇后利维娅出身于克劳迪乌斯家族更显赫的一支（Claudii Pulchri，即克劳迪娅·昆塔的后裔），而她的第一任丈夫（也是皇帝提比略的父亲）Ti. Claudius Nero 则出身于同一家族的另一支（Neroes）。

可我们庸人总轻信舌头的鼓噪。
此时只见她离开了贞洁妇人的长队，
用双手从河中掬出一捧清水，
三次浇头，三次朝天空举起手掌
（目击者都以为，她的心智已迷茫），
然后跪下，眼睛凝视着女神的木雕，
披散着头发[1]，说出如此的祷告：
‘众神丰饶的母亲[2]，慈悲的女神，接受
我的祈愿，我只有一个请求。
倘若你也谴责我不贞洁，我自当忏悔，
接受女神的判决，以死谢罪；
但我若无辜，请赐我确证，贞洁的女神
请你跟随我贞洁的手前行。’
话音刚落，她毫不费力地拽动了缆绳
（这的确神奇，但有舞台为凭[3]）：
女神被说动，跟随她指引，以示赞同；
众人的欢呼声一直飞上高空。
队伍来到水道向左边[4]弯曲的位置
（‘台伯河中庭’[5]是古人给它的名字），
夜色已笼罩，他们将船拴在橡树上，

1 举行宗教仪式时不能佩戴任何装饰。

2 指库柏勒。

3 这个故事可能是大女神节舞台上的常规内容。

4 溯流而上的左边。

5 中庭在拉丁语中叫作 atrium，复数 atria。

用完餐，将身体交付温柔的梦乡。
待到黎明，他们解开缆绳，但没忘
先搭好一座祭坛，进献乳香，
给船尾挂花环，宰杀一头无瑕的母牛，
它未曾负轭，未曾有过配偶。
有一处地方，轻快的阿尔莫[1]在此汇入
台伯河，小溪之名在大河中隐去，
身披紫袍的白发祭司以阿尔莫之水
洗净女神塑像和圣器的尘灰[2]。
侍从们高声尖叫，骨笛疯狂地吹奏，
牛皮鼓撞击他们柔嫩[3]的手。
克劳迪娅走在最前面，扬眉吐气，
神母为她脱去了不贞的诬词。
女神坐于彩车上，穿过卡丕纳城门[4]，
鲜花撒满负轭之牛的腰身。
纳西卡[5]迎接她。建庙之人姓名已湮没，
梅泰卢斯、奥古斯都是重建者[6]。”

---

1 阿尔莫（Almo）是罗马城南的一条小溪。

2 这是一年一度的仪式。

3 诗人们总是突出库柏勒祭司和随从的女性化特征。

4 卡丕纳城门（Porta Capena）出去就是罗马城外出的大干道阿匹亚道（Via Appia）。

5 纳西卡（P. Cornelius Scipio Nasica）被当时的罗马人视为最杰出的公民。

6 李维说建庙者是当时的两位审查官 M. Livius 和 C. Claudius（克劳迪娅的父亲），建成时间是公元前 191 年。如奥维德所说，公元前 111 年梅泰卢斯（Metellus）曾修缮它，它毁于火灾后，由屋大维于公元 3 年重建。

厄剌托停下来，看我是否还有问题。
　　我说：“女神为何会索要硬币？”
“梅泰卢斯用人们捐献的铜钱造庙，
　　于是有了交硬币的习俗[1]。”她答道。
我问，为何在此时人们尤其喜欢
　　轮流举办和参加公开的酒宴[2]？
“因为神母更换了住所，结局美好，
　　人们更换地方，也是求吉兆。”
我正准备问神母节为何是罗马一年中
　　最早的表演，缪斯早已读懂
我心思。“她诞下众神，众神敬重母亲，
　　自然让她享受第一位之尊。”
“我们为何将自阉的祭司称为‘加卢斯’？
　　佛里吉亚和高卢可相距数千哩[3]！”
“就在青翠的库柏勒和高峻的凯莱奈[4]之间
　　有条河名叫加卢斯，其水是疯泉[5]，
谁若饮此水，必定发疯，想心智清明，

1　Bailey（1921）指出，在大女神节期间，罗马城有佛里吉亚的男人和女人让人们捐献硬币，以冲抵庆典的花销，这些人在希腊语中叫作 mētragyrtai，意思是“为母亲收钱的人”。奥维德的解释应该是错的。

2　拉丁语中有专门的动词 mutitare（交换）和名词 mutitatio 来描述这种习俗。

3　“加卢斯”（gallus）的字面意思是“高卢人”，所以奥维德有此问。

4　凯莱奈（Celaenae）是佛里吉亚的山名，也是一座城镇的名称。

5　大普林尼在《自然史》（*Naturalis Historia* 31.2）中说，佛里吉亚的加卢斯河（Gallus）可以治疗结石病人，但饮河水过量，人就会发疯。

请远离。谁若饮此水，必定发疯。[1]”
“敬拜者以蔬菜沙拉[2]做祭献女神的供品
而不觉羞耻，可有特别的原因？”
“据说古人祭祀只用简单的牛奶，”
她说，“和田里自行长出的蔬菜，
白奶酪与碾碎的蔬菜混合，有何好处？
古老的女神可认出古老的食谱。”
当众星遁逝，天边再次闪耀曙色[3]， 4月5日
月神卸下雪白骏马的车轭，
谁若说，“古昔此日，‘公共时运’[4]的殿宇
在奎里努斯山敬献”，他所言不虚。
我记得第三日安排了表演，我正观看[5]， 4月6日
邻座的一位长者对我感言：
“就是在今天，恺撒在利比亚海岸击溃
强悍尤巴王[6]背信弃义的军队。
恺撒是我的统帅，在他手下我荣升

1 奥维德的原文重复了这句话，可理解为反复的警告。

2 Bailey（1921）说，这里的“蔬菜沙拉”（moretum）是一种混合了大蒜、西芹、芸香、芫荽、洋葱、奶酪、油和醋的食物。

3 373—376 行是 4 月 5 日（罗马标记法为 G NON. APR. N LVDI）。“曙色”的原文是 Pallantias，意为帕拉斯（一位巨人之名）之女，指黎明女神奥罗拉。

4 “公共时运”（Fortuna Publica）女神的神庙在公元前 204 年罗马与汉尼拔大战的前夕由执政官森普罗尼乌斯（Sempronius）敬献。

5 377—386 行是 4 月 6 日（罗马标记法为 H VIII EID. APR. N LVDI）。

6 尤巴（Iuba）是努米底亚国王，庞培军队在帕尔萨利亚（Pharsalia）惨败后，共和派的小加图和西庇阿逃到他的国度避难。恺撒在公元前 46 年的塔普苏斯（Thapsus）战役中击败了他们的联军，尤巴王自杀。

军政官[1]，是他赋予我如此的责任。
我靠战功赢得这座位[2]，你靠文职，
因为你曾占据十人团[3]的一席。”
还欲深谈，我们被一场骤雨分开，
是摇晃的天秤[4]抖落了这些天水。
但在最后一日终结所有的表演前[5]， 4 月 9 日
执剑的猎户已经沉入深渊。
待到下一个黎明俯瞰胜利的罗马[6]， 4 月 10 日
逃散的星辰让位于福玻斯车驾，
宽阔的赛车场将挤满游行队伍和神像，
如风的快马将争夺棕榈的荣光。
然后是谷神的庆典，起源无须赘言[7]， 4 月 12 日
她的职司和功绩一目了然。
无人索求，大地献出的绿色植株
就是远古初民的面包和谷物。

---

1 军政官（tribunus）是罗马军团的高级军官。

2 罗马剧场有十四排座位专供骑士阶层的人坐，奥维德出身骑士，有坐的资格。

3 十人团（Decemviri）负责法庭的管理。

4 指天秤座（Libra）。

5 387—388 行是 4 月 9 日（罗马标记法为 C V EID. APR. N LVDI），前面的 4 月 7 日和 8 日分别标记为 A VII EID. APR. N LVDI 和 B VI EID. APR. N LVDI。

6 389—392 行是 4 月 10 日（罗马标记法为 D IV EID. APR. N LVD. IN. CIR）。谷神庆典（Ludi Cereales）的第一天有盛大的游行（pompa），队伍从卡皮托山出发，穿过罗马广场，抵达大赛车场。官员走在前面，后面是步兵、骑兵、马车和歌舞者，最后是车载人扛的神像。

7 393—620 行是 4 月 12 日（罗马标记法为 F PR. EID. APR. N LVDI. CERERI），前面的 4 月 11 日标记为 E III EID. APR. N。

他们有时在草地上四处采摘鲜草，
有时树巅的嫩叶便是佳肴。
后来才有了橡实，多亏这项发现，
粗壮的橡树提供了无尽美餐。
刻瑞斯最先让人类享受更好的营养，
将橡实换成有益的五谷杂粮。
她迫使公牛伸出脖颈，负轭耕地，
翻起的泥土第一次见到天日。
铜被世人珍视，铁矿仍藏于地底，
可叹，它本应永远如此隐匿！
刻瑞斯爱和平，你们农夫也该祈愿
和平永存，君上不开启战端。
你们可以向女神进献麦饼和盐粒，
并在古老的圣炉中焚香致礼，
若无乳香，就点燃多脂的松木，薄礼
只要纯净，同样能打动刻瑞斯。
穿围裙的帮手[1]，别拿刀碰牛，让牛耕地，
懒惰的猪才应该向谷神献祭。
适合负轭的动物不可丧命于利斧，
让它活，经常翻耕干硬的泥土。

1 指祭司的帮手。

我希望借此机会讲处女[1]被劫的故事，
　　情节你多半熟悉，但也有惊奇。
西西里有三处岬角伸入辽阔的大海，
　　轮廓就是“三角岛”名称的由来。
刻瑞斯钟爱此岛[2]，许多城市都归她，
　　其中就有耕地富饶的恒纳[3]。
清凉的阿瑞图萨[4]邀请诸神的母亲，
　　金发的刻瑞斯也在宴席现身。
她的女儿则和熟识的侍女们一道，
　　赤着足，在自家草地漫步逍遥。
山谷底下有一处地方，潮湿幽暗，
　　瀑布从崖顶奔泻，水雾弥漫。
自然的一切色彩，这里都不缺，地上
　　开满斑斓的花，仿佛闪着光。
她一见到这景致，便喊：“大家快来，
　　和我一起摘花，装个满怀。”
这些无用的收获娱悦了少女的心灵，

1　指刻瑞斯的女儿珀尔塞福涅（Persephone），拉丁文名字是普洛塞庇娜（Proserpina）。Harries（1989）评论道，在这么长的一段故事前，奥维德没有求助于某位神祇赐予灵感，似乎令人惊讶。但类似的故事已经在《变形记》（*Metamorphoses* 5.341-661）中通过缪斯神卡利俄柏之口讲述出来，这里已无必要再次申请“神圣授权”了。

2　西西里土地富饶，被视为谷神刻瑞斯的居处。

3　恒纳（Henna，又名 Enna）位于西西里中心，被称为西西里的“肚脐”，此处有刻瑞斯的圣林和神庙。

4　阿瑞图萨（Arethusa）是西西里岛上叙拉古的一处泉水。

劳动的疲惫在快乐中化于无形。
有人用柔条编成的篮子盛花，有人
用前襟，有人则用张开的长裙。
一位采撷万寿菊，一位搜寻紫罗兰，
另一位掐下罂粟红色的花冠；
这些沉醉于风信子[1]，那些为不凋花流连，
百里香、迷迭香、草木犀也有人迷恋。
大家摘下许多玫瑰和无名的花朵，
她爱柔嫩的藏红花和素雅百合。
她只顾采花，不知不觉中，越走越远，
恰巧没有侍女跟在她身边。
伯父看见她，闪电般将她打走，催促
深蓝的快马，直奔自己的国土。
她却大喊："我被劫走了，亲爱的母亲，
救我！"一边撕扯自己的衣襟。
此时，一条路为普鲁托[2]张开，因为习惯
黑暗，马难以忍受明亮的阳间。
可是她的侍女们已盛满花篮，齐呼：
"珀尔塞福涅，快来取你的礼物。"
没听到回应，她们的叫声在山间回荡，
悲伤的手捶打着赤裸的胸膛。

1 风信子（hyacinthus）原是一位美少年，被阿波罗误杀，太阳神把他变成了这种花。

2 冥王普鲁托（Pluto）也叫迪斯（Dis）。按照西塞罗的说法，他是从叙拉古附近的一个湖将珀尔塞福涅劫走的。

哭声惊动了刻瑞斯（她刚回恒纳），她立即
喊道："天啦！女儿，你在哪里？"
她失魂落魄地奔跑，披头散发，正如
人们常说的色雷斯酒神狂女[1]。
就像吃奶的小牛被夺走，母牛哀鸣，
踏遍山林，寻找孩子的踪影，
女神也无法忍住悲叹，风风火火，
从恒纳的原野一直向前搜索。
她在那里发现了女儿留下的足印，
地面的痕迹透露熟悉的身形，
或许她的浪游本可以在那天终了，
可惜野猪已搅乱显明的信号。
她已经路过列奥提尼、阿梅纳努斯河[2]，
还有阿齐斯河岸[3]碧绿的草坡，
路过库阿涅和阿纳普斯[4]的温柔水波，
漩涡密布、不可涉渡的盖拉河[5]；

1 色雷斯酒神狂女（Threicias maenadas）是酒神巴克斯的敬拜者，以疯狂的敬拜仪式著称。

2 列奥提尼（Lenotini）是西西里东海岸的一座城市，阿梅纳努斯河（Amenanus）是西西里的一条河。

3 阿齐斯河（Acis）是埃特纳火山附近的一条河，以水凉著称。

4 库阿涅（Cyane）是西西里的一处泉水，阿纳普斯（Anapus 或者 Anapis）是叙拉古附近的一条河。

5 盖拉河（Gela）是西西里南海岸的一条河。

离开俄耳提吉亚、墨伽拉、潘塔吉阿斯[1]
　　和苏迈图斯河[2]汇入大海之地，
还有被炼炉烧毁的独眼巨人的洞坑，
　　以及名为“弯曲镰刀”的城镇[3]、
希麦拉、狄杜梅、阿克拉伽斯、陶洛梅努斯[4]，
　　还有圣牛钟情的牧场梅拉斯[5]；
然后到卡梅林、塔普苏斯、赫洛卢斯[6]
　　和西风常年吹拂的埃卢克斯[7]；
穿越佩洛里阿斯、利吕拜昂、帕库努[8]，
　　领地的三个尖角正是这三处。
无论到哪里，她惨怛的呼喊都充塞天地，
　　如同燕子悲悼失去的伊堤斯[9]，

1　俄耳提吉亚（Ortygia）是叙拉古的一座岛，墨伽拉（Megara 或 Megaris）和潘塔吉阿斯（Pantagias）都是西西里的城镇。

2　苏迈图斯河（Symaethus）是西西里东部的一条河。

3　名为“弯曲镰刀”的城镇指赞科勒（Zancle，来自希腊语 zanklon）或者德莱帕农（Drepanum，来自希腊语 drepanon），两个希腊词语都是“镰刀”的意思。

4　希麦拉（Himera）是西西里一条河和一个城镇的名字，狄杜梅（Didyme）、阿克拉伽斯（Acragas）、陶洛梅努斯（Tauromenus）都是西西里城镇名。

5　牛是谷神钟爱的动物，所以称为“圣牛”。梅拉斯（Melas）所指地名不详。

6　卡梅林（Camerina）、塔普苏斯（Thapsus）和赫洛卢斯（Helorus）都是西西里地名，其中赫洛卢斯也有一处地方叫坦佩（Tempe），和希腊阿卡迪亚的著名山谷同名。

7　埃卢克斯（Eryx）是西西里西海岸的一座山和一座城的名字，这里有著名的维纳斯神庙。

8　佩洛里阿斯（Pelorias）、利吕拜昂（Lilybaeum）和帕库努（Pachynum）分别是位于西西里岛三个尖岬上的城镇。

9　参考本书第二卷第 629 行的注释。

她时而喊着“女儿”，时而喊“珀尔塞福涅”，
　　如此交替地呼唤，不肯止歇。
可是珀尔塞福涅听不见母亲，刻瑞斯
　　听不见女儿，声音出口便已死。
无论她遇到牧人或耕夫，都只有一个
　　问题：“可有女孩从这里经过？”
此时世界只余一种色，黑暗已笼罩
　　万物，警惕的狗都停止吠叫，
巍峨的埃特纳屹立在巨人堤丰[1]脸上，
　　他喷出的火焰将周围大地映亮。
刻瑞斯点燃两根松木，做行路的火炬，
　　因此火炬是谷神圣礼的道具。
有一处洞穴，布满浮石狰狞的镂刻，
　　既没人踏足，也无野兽出没，
她到了这里，便令龙蛇负轭驾车，
　　拉自己穿越大海，不沾涛波。
她避开西尔特斯和卡律布狄斯[2]，还有

1　参考本书第一卷第573行的注释。

2　西尔特斯（Syrtes）指北非海岸附近险滩密布的两个海湾（大西尔特斯和小西尔特斯，即今日的西德拉湾和卡贝斯湾）。卡律布狄斯（Charybdis）是古希腊神话中的海妖，据说一天三次吸入再吐出大量海水，无数水手葬身她口中，理性的解释是，这是西西里梅西拿海峡的一个漩涡。

让无数水手丧生的斯库拉怪兽[1]、
辽阔的亚得里亚海、濒临双海的科林斯[2]，
然后在阿提卡半岛[3]的港口暂息。
这里，哀恸的母亲第一次坐下小憩，
雅典人[4]至今称那块石头“伤心石”。
但她一坐就是许多天，静默如雕像，
忍受日晒雨淋和冰冷的月光。
每一个地方皆有宿命：埃琉西斯[5]，
谷神圣所，最开始只是耕地。
老农凯琉斯[6]正回家，抱着橡实、桑葚，
背着用于点燃炉灶的柴捆。
小女儿赶着两只山羊刚下坡顶，

---

1 斯库拉（Scylla）是西西里海域的六头长颈食人女妖，她的小腹有狗吠叫，参考《奥德赛》（*Odyssey* 12.73-126）。但奥维德在原文中提到“尼索斯的犬”（Nisaei canes），表明他和维吉尔（见 *Eclogues* 6.74-77）一样，混淆了神话中的两位斯库拉，一位是吃人的女妖，一位是墨伽拉（Megara）国王尼索斯（Nisus）的女儿，因为爱上米诺斯（Minos），剪断了父亲性命所系的一绺头发。

2 科林斯地峡连接西边的伊奥尼亚海和东边的爱琴海。

3 雅典所在地。

4 “雅典人”的原文是 Cecropidae（刻克罗普斯人），因为刻克罗普斯（Cecrops）曾是雅典国王。

5 埃琉西斯（Eleusis）是阿提卡半岛的一个海滨城镇名，Eleusis 在希腊语中意为“到达”，因为这是刻瑞斯初次踏足希腊的地方，这里敬拜刻瑞斯的风气很盛。Fantham（1998）发现，奥维德特别喜欢泛希腊诗歌的“好客”主题，多次以卡利马科斯的《赫卡勒》（*Hecale*）为范本。这里凯琉斯的故事和第五卷许里俄斯（5.499-534）的故事都是例子。

6 凯琉斯（Celeus）在荷马笔下并非老农，而是埃琉西斯的国王。Boyd（2000）认为，奥维德让凯琉斯从国王变成老农，也是为了向读者暗示，谷神节（Cerealia）不仅与刻瑞斯有关，也与凯琉斯有关。

摇篮里柔弱的儿子病得不轻。
“大娘，”女孩说（称谓让女神心头一热），
“你独自在这荒凉之地做什么？”
虽然身负重担，老人也停下脚步，
邀她到自己的寒舍做客一叙。
女神推辞了（她扮作老妇，缠着头巾），
如此回应凯琉斯再三的邀请：
“祝你平安，永享天伦！我女儿被劫，
和我比，你的命运幸福太多！”
说完，一颗晶亮的水滴（因为神不会
流泪[1]）掉下，落入她温热的胸扉。
心地善良的少女和老人都为她落泪，
正直的老者如此将她宽慰：
“我祝你失踪的孩子安然回到你身边，
起来吧，我的家虽穷，却有温暖。”
女神答道：“领路吧，你懂得如何规劝。”
她从岩石上起身，跟在他后面。
老者告诉他，自己的儿子得了重病，
无法入眠，整夜忍受疼痛。
女神在进入低矮房舍前，在地里摘了
柔嫩的、可以催眠的罂粟花朵。
传说她采撷的时候，恍惚间尝了一下，

1 在希腊神话中，诸神的食物（ambrosia）和饮料（nectar）都与凡人不同，流的血也不同（ichor），自然的推论是他们的眼泪也与人的眼泪不同。

长久的禁食就在无意中作罢。
因为女神的斋戒是在入夜时中断，
信徒们[1]也在星辰升起后进餐。
她踏进门槛，发现屋里一片哀伤，
家人深信婴儿已康复无望。
女神问候了名叫梅塔尼拉[2]的母亲，
然后屈尊亲吻男孩的嘴唇。
苍白消失了，身体骤然恢复生机，
天神的嘴唇就有如此的法力。
全家都兴奋不已：姐姐、母亲和父亲，
这个家庭太小，只有三口人。
很快晚饭已摆好，融化的凝乳、苹果，
还有金黄的蜂蜜，新鲜采撷。
温慈的女神不肯吃，她让婴孩吞服
催眠的罂粟，连同温热的牛乳。
半夜时分，所有人都沉入宁静的梦乡，
她把男婴抱起来，放在膝上[3]，
三次用手轻抚他，三次诵念咒语
（神的咒语不可向凡人讲述），

---

1 “信徒们”的原文是 mystae，意为“已领受神秘仪式的人”。

2 梅塔尼拉的拉丁文是 Metanira。

3 在托名荷马的《献给德墨忒耳的颂歌》（*Homeric Hymn to Demeter*）中，凯琉斯的儿子是德谟丰（Demophon），而伪阿波罗多洛斯（Apollodorus）则说，特里普托勒摩斯（Triptolemus，即奥维德所描绘的孩子）是刻瑞斯医治的这个孩子的兄长。在奥维德笔下，治疗过程只持续一夜，在其他作家的记述中，刻瑞斯则连续多夜作法。

又在炉膛里用余烬覆盖孩子的身体，
　　以便烧尽凡胎的重浊之气。
爱子的母亲猛然惊醒，不明究竟，
　　疯狂呵斥她，从火中抢回男婴。
女神答道："你虽无恶意，却行下恶事，
　　母亲的恐惧毁掉了我的厚礼。
他以后只能做凡人，但他将最先耕作、
　　播种，最先赢得稼穑的收获[1]。"
言毕，刻瑞斯腾云而起，与龙会聚，
　　乘着带翼的飞车升入天宇。
苏尼昂岬地、蜿蜒的庇莱欧斯港[2]，还有
　　右边的海岸已被她抛在身后，
然后她飞过爱琴海（环形岛在那里排开）、
　　凶险的伊奥尼亚海和伊卡利亚海，
途经亚细亚诸城，飞向赫勒斯庞图斯。
　　她在高空俯瞰，在各处游弋，
时而是酷爱香料的阿拉伯，时而是印度，
　　时而是利比亚、麦罗埃和"旱魃之土"[3]，
时而是西方的河流，莱茵、罗讷和波河，
　　还有一条大河的母亲，台伯。

1　从这里可以判断，这个孩子就是特里普托勒摩斯。

2　苏尼昂（Sunium）是阿提卡半岛的一处岬地，庇莱欧斯港（Piraeus）是雅典的海港。

3　麦罗埃（Meroe）是埃塞俄比亚境内尼罗河形成的一个岛，"旱魃之土"指埃塞俄比亚。

我是否已迷失？她的浪游怎可能细说？
　　刻瑞斯寻访过世界的每个角落。
她甚至在天界查探，问过紧邻冰冷的
　　北极、永不沉入大海的星座：
“阿卡迪亚的众星[1]，既然你们从不
　　没入海涛，一切都能够目睹，
就请告诉可怜的母亲，女儿在何处？”
　　她说完，大熊星座[2]如此答复：
“夜晚是无辜的，女孩被劫之事，请询问
　　太阳，白昼的一切逃不过他眼睛。”
太阳说：“别徒费辛劳，你的女儿已成为
　　朱庇特嫂嫂，掌管冥府的权威。”
她哀叹良久，然后向雷霆者如此鸣冤
　　（脸上悲痛的印记分外惹眼）：
“你若还记得珀尔塞福涅是谁的后代[3]，
　　她就应分得父亲一半的关爱。
我寻遍世界，却只发现伤害和罪恶，
　　劫掠者仍然享受行凶的成果。
可是强盗哪配做珀尔塞福涅的夫君，
　　你我的女婿也不该如此产生！

---

1 “阿卡迪亚的众星”指大熊星座，因为化身大熊的卡里斯托来自阿卡迪亚，原文用 Parrhasides（帕拉西亚的）表示“阿卡迪亚的”。

2 原文的 Helice 指大熊座，因为 Helice 之名来自希腊语 helissō（旋转），而大熊星座是围绕北天极旋转的。

3 珀尔塞福涅是刻瑞斯和朱庇特的女儿。

即使古格斯[1]获胜，我被俘，可会有如此
　　羞辱？但现在天庭是在你手里！
算了吧！让他逃脱惩罚，我不再追究，
　　但至少他应交人，做出补救。”
朱庇特安抚她，辩称这是冲动的过失，
　　还说：“有这样的女婿也不羞耻，
我的地位不比他更尊贵，天界属于我，
　　涅普顿掌管海洋，他统治冥国[2]。
但如果你的意志不可动摇，决心
　　斩断靠一次结合连接的婚姻，
我们也可以尝试，倘若她一直禁食[3]；
　　但若违规，就只能在地府为妻。”
墨丘利接受命令，展翅飞向幽冥，
　　比预想早回，他汇报目睹的确证：
“被劫的少女已经破戒，石榴糙皮
　　隐藏的食物，她已经吃了三粒。”
母亲万分痛苦，仿佛女儿在眼前
　　再次被抢，陷入长久的茫然。
最后她说：“天界不再是我的家园，

1　古格斯（Gyges）是反叛朱庇特的百手巨人之一，布里阿柔斯（Briareus）的兄弟。

2　这行的 chaos（混沌）代表冥界。

3　西方古代的诗人称，冥府有一个规矩，如果在那里进食，就再不能离开。在托名荷马的《献给德墨忒耳的颂歌》里，普鲁托故意引诱珀尔塞福涅吃石榴籽，以便自己能施行这条法律。

请给我进入泰那罗山谷[1]的特权。”
她本会如此做，若非朱庇特做出承诺：
女儿每年在天界可以住六个月。
刻瑞斯终于恢复原来的心境和容颜，
在自己发间戴上金黄的麦穗环：
委顿的土地重新长出茂盛的庄稼，
丰登的收成打谷场难以容纳。
白色是谷神最爱，谷神节请穿白裳，
此时深色的羊毛应弃置一旁。
四月望日属于朱庇特，名号是“胜利者”[2]，　4 月 13 日
这天他曾经收获神庙一座[3]。
我若没记错，“自由”女神[4]此日也进驻
无愧于罗马民族荣光的殿宇。
此后一天，水手们，请寻求港口的怀抱[5]：　4 月 14 日
大风将从西刮来，伴着冰雹。
尽管如此，恺撒就是在此日的雨雹中

1 泰那罗（Taenarus）在伯罗奔尼撒半岛最南端，古代传说山谷里的一个洞口是地府入口。这里刻瑞斯的意思是她不愿留在天国，宁可和女儿一起在冥界。

2 621—624 行是 4 月 13 日（罗马标记法为 G EID. APR. NP LVDI）。

3 公元前 295 年，Q. Fabius Maximus 敬献了一座名为“胜利者朱庇特”（Iuppiter Victor）的神庙。

4 在第二次布匿战争期间，格拉古兄弟的父亲曾在阿文丁山上向“自由”女神（Libertas）敬献了一座神庙，名为 Atrium Libertatis。

5 625—628 行是 4 月 14 日（罗马标记法为 H XVIII KAL. MAI. N LVDI）。

击溃敌军，因穆提纳之战称雄[1]。
待到维纳斯望日之后的第三个白昼[2]， 4月15日
大祭司，请敬献一头怀孕的牛。
孕牛名称“福尔达”源自“福洛”（有身），
“福图斯”（胎儿）也是同一个词根[3]。
这时节牲畜已怀孕，泥土中撒满种子，
丰饶的大地需要丰饶的祭礼。
有些在朱庇特的堡垒宰杀，库利亚会堂[4]
获得三十头母牛，血遍地流淌。
可是当祭司助手从子宫掏出牛犊，
在圣坛青烟中献上切好的脏腑，
最年长贞女将焚烧牛胎，好让灰烬
在敬拜帕莱斯之日净化众民[5]。
努玛[6]做王时，农夫辛勤耕耘换不回

1 穆提纳（Mutina）之战发生在公元前43年，屋大维和两位执政官一起与安东尼对阵，最终安东尼战败，但因为两位执政官都阵亡，屋大维得以独享胜利的荣光和果实。

2 629—676行是4月15日（罗马标记法为A XVII KAL. MAI. NP FORD[ICIDIA] LVDI），这天是“孕牛节”（Fordicidia）。

3 奥维德声称，“孕牛”（forda，这里音译为“福尔达”）和“胎儿”（fetus，这里音译为“福图斯”）的词源都是动词fero（意为“怀孕”，这里音译为“福洛”）。

4 “朱庇特的堡垒”指卡皮托山顶的朱庇特神庙。“库利亚会堂”（curia）单数代表复数。

5 “敬拜帕莱斯（Pales）之日”指帕里利亚节（Parilia），详见本卷第721行开始的记述。

6 罗马第二任国王。

丰收，美好的愿望一再破碎，
有时凛冽的北风肆虐，终年大旱，
有时淫雨不绝，田野成泥潭；
庄稼的初秧常给主人一场空欢喜，
轻贱的燕麦[1]蔓延，让土壤窒息；
时日未到，母牛就产下未熟的牛犊，
分娩时，母羊却因羊羔亡故。
有一片古老的树林，长久未经受斧钺，
是留给迈纳卢斯之神[2]的圣所，
他常在静夜里回答宁谧心灵的问询。
努玛在此宰杀两只羊做祭品，
一只献给牧神，一只给温柔的睡神[3]，
两张羊皮在坚硬的地面铺陈。
他两次给自己披散的长发洒上清泉，
两次在鬓角戴上山毛榉叶冠。
暂时远离情爱的欢愉，餐桌禁止
一切荤腥，手上也不佩戒指，
按照规矩向牧神祷告后，他身披
粗布衣服，新剥的羊皮为枕席。
此时，温柔的额头缠着罂粟，夜神
已至，幽暗的群梦紧随其身；

1 罗马人将燕麦视为有害的杂草。

2 “迈纳卢斯（Maenalus）之神”指潘神，因为潘来自阿卡迪亚，而迈纳卢斯是阿卡迪亚的山脉。

3 牧神（Faunus）等同于潘神，睡神（Somnus）掌管夜晚。

牧神也到场，坚硬的羊蹄踏着羊皮，
　　在努玛右边[1]说出这样的言辞：
“国王，你必须杀死两头牛安抚大地，
　　一头牛献出两条命才可祭祀。”
努玛惊恐地醒来，思量梦中的神迹，
　　揣度这阴森的命令有何隐意。
圣林钟爱的仙女王后为他解了忧[2]，
　　说道：“神要你宰杀怀孕的母牛。”
于是他遵嘱祭献了孕牛的内脏，果然
　　灵验，大地和牲畜都迎来丰产。
维纳斯[3]也曾吩咐这一日加速运行，
　　催促骏马撒开蹄，纵情飞骋，
好让第二天早些到，年轻的奥古斯都
　　早些因大捷获赠“统帅”[4]的荣誉。
可是当你迎来望日后第四颗晨星[5]， 4 月 16 日
　　毕星团在夜里就会进入海境[6]。

1　按照希腊传统，右边是吉利的方向。

2　“仙女王后”指埃革里娅（Egeria）。

3　因为维纳斯是尤利亚家族的祖先，自然要帮助自己的家族。

4　公元前 29 年 4 月 16 日，元老院授予屋大维“统帅”（Imperator）的称号，他一生共二十一次获得这个称号。在奥古斯都时代，这个词还没有获得“皇帝”的含义，只是对军事成就的一种褒奖。

5　677—678 行是 4 月 16 日（罗马标记法为 B XVI KAL. MAI. N LVDI）。

6　“进入海境”对应的原文意思是“拜访多丽丝”，多丽丝（Doris）是大洋神俄刻阿诺斯的女儿，涅柔斯（Nereus）的妻子，海洋仙女的母亲，这里代表海。

它们沉没后，待到天空第三次破晓[1]，

4月19日

赛车场的马车将列队等待起跑[2]。
这里我必须解释，人们为何要放出
狐狸，背上绑着燃烧的松木。
卡尔塞奥里[3]的气候寒凉，不适合种植
橄榄，却是出产谷物的宝地。
我正由此去往佩利尼部族的居所，
就是我家乡，很小，但溪河众多。
我在一位熟悉的老友家投宿，此时
福玻斯已经解开疲惫的骐骥。
他常给我讲许多事情，但眼下这件
可以纳入我正撰写的诗篇。
“那边平原上，一位节俭的农妇（他边指
边说）和坚忍的丈夫有小片土地。
无论扶犁耕田，还是拿锄头松土，
持镰刀割草，他都不以为苦。
她时而打扫农舍（几乎随时要倒塌），
时而将待孵的蛋放母禽翅下，
时而采集绿色的锦葵、白色的蘑菇，

1 679—712 行是 4 月 19 日（罗马标记法为 E XIII KAL. MAI. NP CER[IALIA] LVD. IN. CIR），前面的 4 月 17 日和 18 日分别标记为 C XV KAL. MAI. N LVDI 和 D XIV KAL. MAI. N LVDI。

2 这行的 carcere（主格 carcer）不是“监狱”，而是赛马在比赛前等待的地方，前面有一根绳拦住它们，绳子放下它们才能起跑。

3 卡尔塞奥里（Carseoli）是在阿尼奥河附近的一个城镇。

或者拨旺他们寒碜的火炉，
但她仍挤出时间在织机前奋力干活，
提前防备寒冷冬天的威胁。
她有一个儿子，年纪还甚小，刚在
两个赎罪礼之外添了两载[1]。
他在柳林尽头的山谷里捕到一只
狐狸，它曾偷走许多小鸡。
他用秸秆和干草裹住俘虏，然后
点燃，它赶紧逃离纵火的手，
一路奔窜，引着了长满庄稼的田野，
风助火势，几乎吞噬了一切。
此事早过去，但痕迹尚存，卡尔塞奥里
仍有法律禁止提狐狸的名字。
为惩罚这种动物，谷神节要施火刑，
如何毁庄稼，它们也如何殒命。”
当门农之母前来，乘着她玫瑰色车驾[2]， 4月20日
再次俯瞰无垠铺展的天下，
太阳就会离开抛弃了赫勒的白羊，
一只更大的动物[3]已候在前方，
它是母牛或公牛，还无法立刻辨识，

1 举行一次赎罪礼（lustrum）需等待五年，所以这个孩子是十二岁。

2 713—720行是4月20日（罗马标记法为F XII KAL. MAI. N）。“门农（Memnon）之母”指黎明女神。

3 从下文可知，奥维德指的是金牛座，但“更大的动物”（victima maior）的说法很笨拙，而且用victima（牺牲）在一般意义上指动物，非常奇怪。

只留出前部，后部依然隐匿。
无论此星座是公牛还是母牛，它都
逆朱诺的意，将秘爱的礼物享受[1]。
夜已逝，天已晓，我需歌唱帕里利亚节[2]，　4 月 21 日
我能胜任，若得帕莱斯助我。
神啊，请庇佑歌吟田园牧礼的诗人，
如果我虔诚追随你的节庆。
难道我不是经常双手满盛着牛犊
和豆茎的灰烬，纯净的赎罪之物？
难道我不曾越过前方的三道火障，
让滴答的月桂洒圣水于我头上？
女神被说动，欣然襄赞。我的诗船
离开港口，趁好风扬帆波间。
大家去吧，向贞女祭坛求熏蒸的物品，
维斯塔会允准，你们也将得洁净。
熏蒸之物有马血和牛犊的骨灰，第三种
配料则是坚硬豆子的空茎。
牧人，请净化肥硕的群羊，在薄暮之际，
先以水喷洒，再用笤帚扫地；
将枝叶编缀起来，装点清洁的羊圈，

1　公牛影射朱庇特劫走欧罗巴（Europa）化身的公牛，母牛指朱庇特为了保护情人伊俄将她变成的母牛，无论哪头牛都让朱诺感到羞辱和愤怒。

2　721—862 行是 4 月 21 日（罗马标记法为 G XI KAL. MAI. NP PAR[ILIA]）。帕里利亚节的名称是 Parilia，但从它与帕莱斯（Pales）的关系看，似乎叫 Palilia 更合适。帕莱斯是庇佑牧人的女神。

精心打扮门，饰以串联的花环；
让纯洁的硫黄燃起蓝烟，用冒烟的硫黄
触碰绵羊，让它们咩咩哼唱；
焚烧白橄榄、松木、双子柏，让火炉中央
炙烤的月桂发出噼啪的声响；
摆上小米的糕饼，再摆上一篮子小米，
乡野的女神钟爱这样的美食。
进献牺牲和一桶奶，斟满温奶，切好肉，
向居住林间的帕莱斯恭敬祈求：
“神啊，请庇佑羊群，也庇佑羊群的主人，
让一切灾殃从我的圈舍远遁！
倘若我放牧进入圣地，或坐于圣树下，
或者羊无意啃食了墓地的草花，
倘若我误闯禁林，或者半羊神和仙女
因为我的凝视而慌乱逃去，
倘若我的刀劫掠了圣林幽暗的树枝，
为我的病羊盛回一柳篮叶子[1]，
请饶恕我的罪。天降冰雹，我若带羊群
在乡村的神祠躲避，别给我厄运。
若惊扰圣湖，践踏的羊蹄搅浑了清波，
仙女们，也请宽宥，不要责罚我。
女神，请为我安抚山泉和山泉守护神，
安抚散布于整座圣林的每位神，

1 上述行为在西方古代都被视为不敬神的大罪，会招来灾祸。

别让我撞见仙女、沐浴的狄安娜[1]或者
　　牧神（当他午后在原野上休歇）。
将疾病远远驱走，让人与牲畜都健康，
　　让警觉的犬族也健康，继续守望。
早晨带出多少羊，请让我也带回多少，
　　别让我哀哭，狼只留下了羊毛；
不许邪恶的饥馑靠近！让草叶丰盛，
　　水足够清洗羊群，足够饮用；
让羊奶充盈，让乳酪为我挣得铜币，
　　让乳清通畅穿过柳条的筛子；
让公羊急于交配，让母羊顺利怀孕，
　　让我的圈舍羊羔多如白云；
让羊毛格外轻柔，不伤害少女的皮肤，
　　最娇嫩的手也不会感觉不舒服。
请成全我的祷告，愿我们每年都请
　　牧人的女神[2]享用丰硕的糕饼。”
你应该如此祈福：面朝东方，用晨露
　　洗净双手，四次将祷辞诵读；
然后你可以摆一只木碗，充作酒觞，
　　饮下雪白的羊奶和紫色的新酿；
接着，你就必须奋力助跑，以轻捷
　　脚步跃过噼啪燃烧的麦茬垛。

1　影射阿克泰昂（Actaeon）的故事，他因为无意中看见狄安娜沐浴，被女神变成一只鹿，然后被自己的猎犬咬死。见《变形记》（*Metamorphoses* 3.161）。

2　即帕莱斯。

说完习俗，我便该解释习俗的起源，
　　但意见纷纭，我难以做出决断。
火吞噬、净化一切，焚去金属的杂质，
　　所以净化羊群和牧人最合适？
抑或是因为所有事物中都有相反的
　　两种原则，两位神祇，水和火，
祖先把二者结合起来，认为身体
　　既应触碰火，也当用水濡湿？
还是因它们乃生命所需，放逐者[1]所失，
　　婚礼所备[2]，所以祖先才重视？
这些我都难相信。有人说，仪式是重演
　　丢卡利翁的洪水和帕厄同的灾难[3]。
也有人传言，牧人用石块摩擦石块，
　　突然发现有火星迸溅出来[4]，
最初的自然已消亡，此后的却用秸秆
　　保存，所以帕里利亚节有火焰？
或者，此习俗源于虔敬的埃涅阿斯，

1　严格地说，罗马早期没有放逐的惩罚，只有禁止使用水火的惩罚（igni atque aqua interdictus），但受罚者为了生存，只有离开罗马，效果上相当于放逐。

2　古罗马人举行婚礼时，水和火就放在新人进门之处，新婚夫妇在进入时需要触碰它们。

3　在神话中，朱庇特决定用大洪水毁灭人类，只有丢卡利翁（Deucalion）和妻子庇拉（Pyrrha）活下来，成为新一代人类的祖先。帕厄同（Phaeton）是老太阳神赫里俄斯（Helios）的儿子，因为他驾驶父亲的太阳车失控被烧，为避免造成大祸，朱庇特用闪电击中了他，他燃烧着从天空坠入埃利达努斯河中。

4　即钻燧取火。

虽战败，他却在火中未伤毫厘？
或者更接近真实的缘由是，当罗马建城，
人们接到迁移拉里斯[1]的命令，
搬家之际，民众点燃了乡野的房屋，
因为觉得它们已经无用处，
牛羊、农夫全从火焰中腾跃而出？
罗马的生日庆典[2]仍延续此习俗。
吟唱罗马的起源是诗人渴盼的主题[3]，
奎里努斯，助我歌咏你功绩！
努米托尔的弟弟已遭受惩罚，所有
牧人都顺服这对孪生的领袖。
他们都同意将乡民聚集起来，建一座
城池，谁负责建城，却难议决。
罗慕路斯说："无须争执，大家都相信
飞鸟，我们何不以飞鸟为凭？"
众人都赞同：一位去往帕拉丁的林岩，
一位在清晨登上阿文丁山巅。
雷穆斯连续看见六只鸟，罗慕路斯

1 拉里斯（Lares）这里指家神。关于拉里斯的分类，参考本书第二卷第 615 行的注释。

2 指帕里利亚节。

3 奥维德请求罗慕路斯现身，讲述罗马建城的故事，为了撇清手足相残的罪责，他只好杜撰了凯勒尔（Celer）这个角色作为替罪羊。这个版本与本书第二卷第 143 行的暗示相冲突，只能解释为罗慕路斯对事实的扭曲。既然如此，他在第四卷末尾主导的这段叙述就变得不再可靠。

十二只，因此遵约掌管城市[1]。
吉日已选定，他用犁头划出墙址，
帕莱斯圣礼将至，工程遂开始。
先挖一条沟[2]，深达岩层，往沟底扔果蔬
和从周围野地取来的泥土，
待到沟已然填平，在上面造一座祭坛，
崭新的圣炉立刻燃起了火焰。
然后他按着犁柄，耕出城墙的基线，
雪白的公牛和母牛负轭向前。
国王大声祷告："朱庇特，助我建此城，
还有马尔斯父神、维斯塔母神
和我应当呼求的众神，见证这一刻：
让我在你们庇佑下完成杰作，
让它长存于世间，主宰万邦的命运[3]，
日升日落都越不出它的国境。"
说话之际，朱庇特在左方以雷霆回应，
抛下的闪电照亮左边[4]的天空。
民众为吉兆欣喜，迅速铺好了地基，

1 参考李维《罗马史》（*Ab Urbe Condita* 1.7）的记述。

2 这种沟被称为 mundus，据说是人间与地府的通道。城市的这种奠基仪式自埃特鲁里亚传来。

3 Kovacs（1986）指出，在奥维德（以及许多古罗马作家）的语汇里，原文的 terrae 指的是"世界"（或者说被罗马征服的世界），而非罗马自己的"土地"。罗马虽然是大帝国，但在罗马人心中永远是 urbs（城市）。

4 在罗马早期，左边才是吉利的方向，但古希腊文化（以右为吉）的传入造成了混乱。

眨眼之间，崭新的城墙已崛起。
凯勒尔[1]督促进度，是罗慕路斯相邀，
告诉他：“请你掌管此事，可好？
别让任何人跃过城墙或犁挖的壕沟，
若有谁僭越，就让他留下尸首。”
雷穆斯并不知情，嘲笑低矮的城墙，
奚落道：“难道这就是民众的屏障？”
说完便纵身跃过：他被凯勒尔的铁铲
击杀，顿然扑地，倒在血泊间。
国王[2]知悉后，强行咽回心中的泪水，
将伤痛藏入自己紧闭的心扉，
他不愿当众流涕，要做坚强的榜样，
便说：“逾墙的敌人都如此下场！”
但他举行了葬礼，此时再也忍不住
哭泣，隐藏的亲情也终于流露。
棺材已然放下，他印上最后一吻：
“永别了，兄弟，可我多么不忍！”
然后为火葬的尸体抹香膏，福斯图卢斯
和披散头发的阿卡[3]也凄然如此。
于是奎里特斯人（尚未有此名）也悲悼

1 凯勒尔（Celer）的名字在拉丁语中是“快”的意思，显然是奥维德的一种拟人化处理。

2 即罗慕路斯。

3 阿卡（Acca）即拉伦提娅，参考本书第三卷第56行的注释。

雷穆斯，伴着泪，柴堆终于被点着[1]。
一个城市崛起了（当时谁可能梦想？），
注定将胜利之足踏遍万邦：
愿你统治寰宇，愿伟大的恺撒[2]永远
统治你，愿皇室不断增添成员，
愿你永远在被征服的世界上昂首屹立，
你的双肩让一切国度仰视。
唱完帕莱斯的节日，该吟唱维纳利亚节[3]， 4月23日
但是两个节日有一天间歇。
分享身体的姑娘们，敬拜维纳斯这位神：
你们公开的交易[4]会蒙她垂青。
献上乳香，祈求美貌和大众的钟爱，
祈求诱惑的技巧、风趣的口才，
给你们的女神献上桃金娘和迷人的薄荷，
隐藏在玫瑰花环里的灯芯草结。

1 据说雷穆斯埋在他看见飞鸟兆象的帕拉丁山上，他的坟地被称为雷穆利亚（Remuria）。

2 “你”和“恺撒”分别指罗马和屋大维。

3 863—900行是4月23日（罗马标记法为A IX KAL. MAI. FP VIN[ALIA]），前面的4月22日标记为H X KAL. MAI. N。这天是维纳利亚节（Vinalia）。

4 在古罗马，如果一位女人有意成为妓女，需要在市政官（aedilis）前公开宣布，所以妓女叫professa。从此，她将只能穿托加袍，所以也叫togata，不能再穿良家妇女穿的斯托拉袍，但也从此不再受通奸的惩罚。罗马贵族和骑士阶层的妇女是禁止进入这个行业的。

此刻应聚集在毗邻科里纳城门的维纳斯
神庙，西西里的山给了它名字[1]；
当克劳迪乌斯攻取阿瑞图萨的叙拉古[2]，
埃卢克斯也被他武力征服，
遵照长命西比尔的谕旨，维纳斯从那里
迁至后裔的城市[3]，更合适的圣地。
你问，维纳斯的节日为何叫维纳利亚节，
为何此日同时也属于朱庇特？
图尔努斯和埃涅阿斯为拉维尼娅
大战，前者求助于埃特鲁里亚[4]。
梅曾提乌斯[5]声名遐迩，悍勇难当，
马战已可畏，步战甚至更强；
鲁图里亚人[6]和图尔努斯试图拉拢他，
这位图斯坎国王如此回答：
“我为勇敢付出了不小的代价，伤疤

1 维纳斯在这座神庙的名号是埃卢齐娜（Erycina），名字源于西西里岛的埃卢克斯山（Eryx）。

2 克劳迪乌斯（M. Claudius Marcellus）夺下叙拉古的时间是公元前 212 年。阿瑞图萨是叙拉古的一处泉水。

3 即罗马城。

4 在埃涅阿斯到达拉提乌姆前，图尔努斯（Turnus）已经是拉维尼娅（Lavinia）的未婚夫，后来拉维尼娅的父亲拉提努斯决定与埃涅阿斯联姻，将女儿许给了他，由此导致两位男人的冲突。原文的 Latiae Amatae 指拉维尼娅的母亲。

5 梅曾提乌斯（Mezentius）是埃特鲁里亚国王，他和图尔努斯一起对抗埃涅阿斯，这场战争是《埃涅阿斯纪》后六卷的主要内容。

6 鲁图里亚人（Rutuli）的国王便是图尔努斯。

可做证，还有这经常染血的铠甲。
你寻求我的帮助，我只要微薄的报酬，
就是从你们的酒池分一口新酒。
我不会耽搁，付账归你们，杀敌归我，
埃涅阿斯多希望你们能拒绝！”
鲁图里亚人点头称善。他穿上甲胄，
埃涅阿斯也披甲，向朱庇特呼求：
“我的敌人允诺给图斯坎国王葡萄酒，
拉丁葡萄藤的汁液将为你存留！”
更美的祷告应验了。梅曾提乌斯轰然
倒下，高傲的胸膛撞击地面。
秋天已至，被碾压的葡萄染得红紫，
朱庇特收获了理当收获的祭礼，
所以此日叫“美酒节”[1]，朱庇特宣称它是
自己的节日，并欣然参加典仪。
待到四月只余下六日的时候，春天[2] 4月25日
覆盖的光阴便已经过去一半，
你寻找赫勒的白羊只是徒劳，雨季
已经显露征兆，犬星[3]亦升起。

1 维纳利亚节（Vinalia）的名称中包含拉丁语词根 -vin-（葡萄酒），所以也可译成“美酒节”。

2 901—942 行是 4 月 25 日（罗马标记法为 C VII KAL. MAI. NP ROB[IGALIA]），前面的 4 月 24 日标记为 B VIII KAL. MAI. C。

3 犬星即 Procyon（小犬座南河三）。

此日，我从诺门顿[1]正向罗马回返，
　　却见一群白衣人挡在路中间，
原来是祭司赶往古老“麦锈神”[2]的圣地，
　　准备献上犬羊脏腑的燔祭。
我立刻凑近，唯恐仪式我不甚知晓。
　　奎里努斯的祭司如此祷告：
“严酷的麦锈神[3]，饶过我们庄稼的叶苗，
　　允许顺滑的麦茎在风中轻摇。
求你让天空吉祥星照看的作物健硕
　　生长，直到适合镰刀的收割。
你的法力非等闲，麦谷若被你标记，
　　悲伤的农夫便只能无奈放弃。
无论大风还是淫雨对庄稼的逼迫，
　　白如大理石的冰霜残忍的咬啮，
都不如太阳炙烤潮湿的麦茎可畏，
　　这时你的怒火就大显神威。
求你发慈悲，让腐蚀的双手远离作物，
　　别伤害田地：有此能力便满足。
别拥抱柔嫩的庄稼，去拥抱坚硬的铁，
　　首先摧毁那些他物的摧毁者！

1　萨宾人的一个城镇，在罗马以东。

2　“麦锈神”（Rubigo 或者 Robigo）是将麦锈病拟人化而想象出的一位女神，她的节日叫“麦锈神节”（Robigalia），国王努玛为了祈求庄稼平安，设立了这个节日。

3　麦锈病会让谷物出现红锈状的物质，并会迅速蔓延。

你去侵蚀伤人的刀枪，岂不更好？
　　它们无须有，世界在和平中逍遥。
现在应该让农具闪耀，结实的锄头、
　　钉耙、弯曲的犁；让武器生锈，
让试图从鞘中拔剑的人顿然发现，
　　因长久弃置，剑与鞘已粘成一片。
可是你不要侵犯谷物，让农夫永远能
　　向远离它们的你还愿致敬。”
祭司言毕，蓬松的毛巾搭在他右手，
　　面前摆着一炉乳香，一碗酒。
他将乳香、酒和绵羊的脏腑放上
　　祭坛，我还看见污犬的内脏。
祭司对我说：“为何用如此奇特的牺牲？
　　你问。其中的原委我讲给你听。
传说有条狗，名叫伊卡里俄斯[1]，犬星
　　升起后，大地焦渴，庄稼欠收成[2]，
这条狗代替犬星被人们送上祭坛，
　　它为何被杀，无非是名称使然。”

1　根据许基努斯（Hyginus）的神话版本，伊卡里俄斯（Icarius）其实应该是它主人的名字，这条狗应该叫迈拉（Maera），它主人被一群喝醉的牧人杀死后，它回到家里拽着他女儿厄里戈涅（Erigone）的衣服到了现场，女儿因悲伤而死，迈拉也绝食而死。酒神怜悯他们，将伊卡里俄斯变成猎户座，将女儿变成处女座（Virgo），将迈拉变成小犬星（Canicula）。

2　这颗星夏季和太阳一同升起，罗马人认为它加剧了酷热，所以一年中最热的日子被称为“小犬日”（dies Caniculares）。

待到奥罗拉离开阿萨剌科斯的远亲[1]，　　4月28日
三次照亮广阔无垠的凡尘，
女神[2]头戴千朵花编缀的冠冕登场，
舞台的风格变得热烈奔放，
芙洛拉的庆典一直延续到五月朔日，
那时我再谈，此刻有庄严的主题。
维斯塔，享受今天！一位亲属的宅邸
迎接她，这是元老院公正的决议[3]。
福玻斯获一份空间[4]，维斯塔获得一份：
余下的一份则供君上栖身。
祝愿帕拉丁的月桂、装饰橡叶环的殿宇[5]
长存：三位永恒神[6]于此驻足。

1　943—954行是4月28日（罗马标记法为F IV KAL. MAI. NP LVD. FLOR），前面的4月26日、27日和后面的29日、30日分别标记为D VI KAL. MAI. F、E V KAL. MAI. C、G III KAL. MAI. C LVDI和H PR. KAL. MAI. C LVDI。“阿萨剌科斯的远亲”指黎明女神的伴侣提托诺斯，阿萨剌科斯是提托诺斯的一位远亲，在严格意义上并不是奥维德所称的“兄弟”（fratre）。原文中的Tithonia（提托诺斯的妻子）指奥罗拉。这天是花神节（Floralia）。

2　指花神芙洛拉（Flora）。

3　罗马的大祭司按规矩应该住在维斯塔神庙旁边的努玛宫殿，屋大维继任大祭司后，却没有搬家，而是在他帕拉丁山上的宅邸里建了一座维斯塔神祠。神祠在4月28日敬献，这一天也被宣布为公共节日。“一位亲属”指屋大维。

4　屋大维在帕拉丁山上建了阿波罗神庙，里面有罗马最大的公共图书馆。

5　元老院授权屋大维在宅邸前悬挂橡树叶冠。

6　即阿波罗、维斯塔和屋大维。

《岁时记》

第五卷

FASTORVM LIBER V

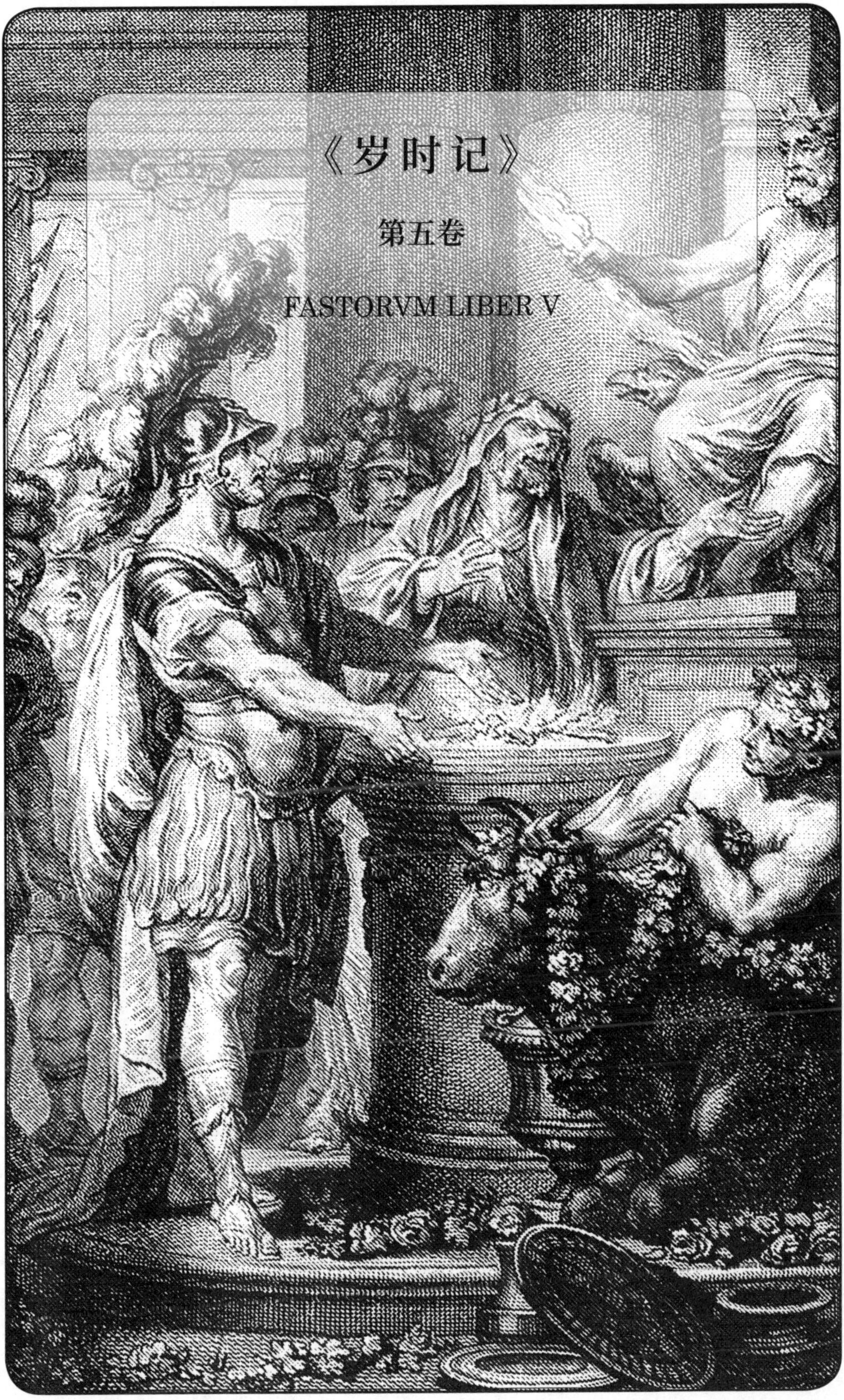

序诗

你们问，我认为五月名称由何而来？[1]
　　具体的起源我也不甚明白。
像一位旅人，看见每个方向都有路，
　　却不知该往何处走，只好停步，
正因为存在多种解释，我茫然无措，
　　材料过于丰富反而是折磨。
请你们赐教，守护希波克林泉的女神
　　（那是梅杜萨飞马的美好足印）[2]！
女神们意见纷纭。波吕海尼娅[3]先发言，
　　另外几位则静听，在心里思辨。

1　1—110 行是本卷序诗。Boyd（2000）发现，《岁时记》第五卷有三个大的主题框架：一是诗人的神圣灵感；二是神祇的奇迹出生与凡人的封神；三是亲情尤其是兄弟姐妹的情谊。但这三个主题却难以完全融合成一个整体。本卷和《岁时记》缺乏整体性感觉的原因或者是奥维德失去了灵感，或者是由于某种政治压力或者他对政治的失望情绪。

2　飞马珀加索斯（Pegasus）是梅杜萨之子，希波克林泉（Hippocrene）是它用蹄子在缪斯居住的赫利孔山踩出的诗泉。原文中的 Aganippe（阿伽尼珀泉）是缪斯的另一处圣泉，这里奥维德将二者等同了。

3　波吕海尼娅（Polyhymnia）是掌管圣诗的缪斯，古希腊诗人都称她为波吕姆尼娅（Polymnia），贺拉斯和奥维德增添了两个字母。

“混沌终结后，宇宙首次有了三元素[1]，
　　崭新的形状赋予了世间万物，
大地因自身的重量拖拽着海洋沉落，
　　轻盈的天空却飘向最高的住所，
太阳，星辰，还有你们，月亮的神骏，
　　没有重力的羁绊，也腾跃飞升。
很长的时间里，大地不避让天空，众星
　　不臣服太阳，它们的荣耀相等。
经常有来自底层的神祇胆敢抢夺
　　本该萨图尔努斯拥有的宝座，
新晋的小神都不肯走在大洋神左边[2]，
　　忒弥斯[3]常被置于空间的边缘，
直到‘荣誉’和静穆秀美的‘尊敬’联姻，
　　在法律佑护的床榻合体为一人。
他们诞下了‘威严’，她统御整个世界[4]，
　　分娩之日，她已经成熟无缺，
不耽搁片刻，便高坐奥林匹斯中间，

1　本应是四元素，这里奥维德似乎将居于上层的风和火视为一类元素。

2　古罗马人多人并行时，中间为内为尊，两人并行时，右边为内为尊。大洋神俄刻阿诺斯（Oceanus）是宇宙中资格极老的神。

3　忒弥斯（Themis）也是宇宙最古老的神祇之一。

4　“荣誉”（Honor）、“尊敬”（Reverentia）和“威严”（Maiestas）都被奥维德拟人化了。Boyd（2006）认为，“威严”女神与古希腊诗人赫希俄德笔下的“正义”（Dike）女神作用相当，亚历山大诗人阿拉托斯（Aratus）在与《岁时记》主题密切相关的长诗《物象》（*Phaenomena* 96-136）中也讲述了正义女神的故事。波吕海尼娅的讲述与赫希俄德相仿，也从混沌开始。

金饰和紫袍让她分外惹眼。
‘谦逊’和‘畏惧’[1]一同坐下：你会发现，
每位神都以她为法，整肃了容颜。
对尊长的敬畏立刻进入诸神的心灵，
贵者受景仰，谁也不敢自矜。
如此状况在天庭持续多年，直到
命运将神王[2]逐出上界的城堡。
地母产下凶猛巨人族，皆庞然怪物，
他们竟敢侵犯朱庇特的殿宇，
她赐予他们千条手臂，腿以蛇充任，
怂恿道：‘拿起武器，攻击主神！’
他们企图将几座山堆叠，直攀星辰[3]，
以战争向至高无上的朱庇特挑衅；
朱庇特却从苍穹的要塞轰下雷霆，
巉岩反砸向自作聪明的叛臣。
有诸神的武器保卫，‘威严’不可撼动，
自那日以来，一直备受尊崇；
她[4]坐于朱庇特一侧，忠诚地守在身旁，
确保祂无需暴力便永握权杖。
她也曾降临人间，罗慕路斯、努玛

1 奥维德同样对“谦逊”（Pudor）和“畏惧”（Metus）做了拟人处理。

2 指萨图尔努斯。

3 参考本书第一卷第 308 行的注释。

4 指“威严”女神。

和此后各时代的人都敬拜过她。
她始终维护父亲和母亲应享的尊荣，
也时刻陪伴少男少女的成长；
她授予人们束薪斧、象牙椅，增添威仪，
驷马披花环，凯旋车上她高立。”[1]
波吕海尼娅言毕，精于里拉琴的塔利娅
和克里奥一致赞同她的这番话[2]。
乌拉尼娅[3]也发言，其余的女神都不语，
安静的现场只听见她的讲述。
“古昔，人们格外敬重白发的老者，
额上有皱纹仿佛便是功德。
青年承担军事和出生入死的征战，
为了信仰的诸神坚守营盘；
老人体力已衰退，难以在沙场迎敌，
就经常出谋划策，为祖国效力。
那时迟暮者才有资格在议事会任职，
元老院等于老年的另一个名字。
年长者为民众制定法律，某些条文

---

1 波吕海尼娅暗示了5月（Maius）的第一种来历：它与“威严”（Maiestas）有关。

2 塔利娅（Thalia）是掌管喜剧和田园诗的缪斯，克里奥（Clio）是掌管历史的缪斯。

3 乌拉尼娅（Urania）是掌管天文学的缪斯。“其余的女神”指掌管史诗的卡利俄柏（Calliope）、掌管音乐和抒情诗的欧忒耳佩（Euterpe）、掌管悲剧的墨尔波墨涅（Melpomene）、掌管舞蹈的特耳西科瑞（Terpsichore）和掌管爱情诗的厄剌托（Erato）。

规定了在何种年龄才可从政[1]；
他们走青年中间，后者也不敢拒绝，
即使只一人同行，也可走内侧[2]。
谁敢在一位老者面前说出让听众
脸红的话？审查权在老年手中。
罗慕路斯明白这一点，称遴选的议员
为元老，委以管理新城市的大权。
因此，我更愿相信[3]老人将自己的名号
赋予五月，增添了他们的荣耀。
努米托尔[4]也可能嘱咐，‘外孙，将此月
赠给老人’，罗慕路斯无法拒绝。
接下来的六月就是明证，它源于青年
之名，显然是照顾他们的尊严。”[5]
散乱的头发缠着常青藤，卡利俄柏
在其余缪斯中首先打破沉默：
“从前，以流水环绕所有陆地的提坦神

1 维利乌斯（L. Villius）在公元前 180 年制定了这样的法律。根据这部法律，罗马男子年满三十一岁才可担任财务官，三十七岁才可担任市政官，四十岁和四十三岁才可分别担任司法官和执政官。

2 即右侧。

3 这里的 tangor 意为“受影响”。

4 参考本诗第二卷第 383 行的注释。

5 这是奥维德对 5 月来历的第二种解释：Maius 来自拉丁文 maiores（老人），正如 Iunius（6 月）来自 iuvenes（年轻人）。

俄刻阿诺斯与妹妹忒堤斯成婚[1]，
他们的女儿普勒俄涅与阿特拉斯
擎天神结合，后代是七位女子[2]，
其中迈娅的姿容胜过自己的姐妹，
传说她曾与至高朱庇特依偎[3]。
她在长满柏树的库莱内山脊[4]诞下
墨丘利，他将踏飞鞋游遍天涯，
湍急拉冬河、雄伟迈纳卢斯山[5]、比月亮
古老的阿卡迪亚[6]都膜拜仰望。
埃万德从那里流亡到拉提乌姆的土地，
也带来与他一同登船的神祇。
世界首都罗马的所在，当时只有树、
草地、少许牛羊、稀疏的房屋。
他抵达之后，‘停下！’，先知母亲[7]喊道，
‘你驻足的乡野将成为帝国的荣耀’。
诺纳克里斯的英雄[8]听从她的吩咐，

1 大洋神俄刻阿诺斯是古老的提坦神，他所对应的大洋河环绕所有陆地。他的妹妹忒堤斯（Tethys）也是提坦神。

2 普勒俄涅（Pleione）和阿特拉斯结合，生下了昴星团七仙女（Pleiades）。

3 迈娅（Maia）和朱庇特结合，生下了神使墨丘利。

4 库莱内（Cyllene）是阿卡迪亚的一座山。

5 拉冬河（Ladon）和迈纳卢斯山（Maelanus）都在阿卡迪亚。

6 参考本书第一卷第469行的注释。

7 指埃万德的母亲卡尔门塔。

8 指埃万德，因为诺纳克里斯（Nonacris）是他家乡阿卡迪亚的城市。

从此在这片异域的土地安居。
她教会这些民族许多圣礼，首先是
敬拜双角牧神和墨丘利的仪式。
法乌努斯，你的祭司只系遮羞布[1]，
牛皮的鞭子净化拥挤的街衢。
可是发明里拉琴、庇佑窃贼的神[2]，
你将此月的名称献给了母亲。[3]
这并非你初次流露亲情，人们相信，
你为七仙女[4]制造了七弦里拉琴。”
她也讲完了，赢得缪斯们一片掌声。
我当如何？她们都值得我信任。
愿所有缪斯同等地垂青于我，愿我
对任何一位的赞美都无偏缺。[5]
让我的诗篇从朱庇特开始。第一夜可见[6] 5月1日

---

1 这里的牧神法乌努斯等于潘神，潘神的祭司（Luperci）有裸体奔跑的传统。参考本书第二卷第 32 行的注释。

2 指墨丘利，他是窃贼的保护神，因为他从小就善于偷盗，刚生下来就偷走了阿波罗的牛，参考贺拉斯《颂诗集》（*Carmina* 1.10.9-12）。

3 这是奥维德对 5 月来历的第三种解释：Maius 来自墨丘利母亲迈娅（Maia）的名字。

4 指昴星团七仙女，包括他的母亲迈娅和六位姨。

5 Harries（1989）指出，在“神圣诗人”的传统中，缪斯本该为诗人的权威声音提供终极保证，然而在本卷的开篇，三位缪斯神却陷入了争辩，这让诗人无所适从。Barchiesi（1991）认为，诗人之所以无法在三位缪斯之间做出选择，是因为她们的争论也是体裁的争论，三位女神分别代表了奥古斯都文学的一个体裁：波吕海尼娅代表颂歌，乌拉尼娅代表说教诗，卡利俄柏代表史诗，诗人奥维德必须在她们（它们）之间保持平衡。

6 111—158 行是 5 月 1 日（罗马标记法为 A KAL. MAI. F LVDI）。

那颗星，她曾照看朱庇特的摇篮：
昭示降雨的小牝山羊星[1]正升起，她获得
天空的报偿是因为哺育朱庇特。
阿玛尔泰娅，克里特伊达山的著名仙女[2]，
据说曾将朱庇特藏密林深处，
她有一只美丽的母羊，抚养着两只
小羊，在迪克特[3]群羊中最引人注意，
长角伸入空中，向它的脊背弯曲，
还有足以喂养神王的丰乳。
它给朱庇特喂奶，却在树上撞断了
一只角，因而失去一半的魅惑。
仙女拾起角，用新鲜草叶缠好，盛满
各种水果，递到朱庇特嘴边。
待到朱庇特掌握天庭的大权，登上
父亲的宝座，享受至高的荣光，
他便将乳母和她的丰饶角[4]变成了星辰，
后者至今仍保留主人的名称[5]。

1 小牝山羊星（Capella）即御夫座的 α 星，也叫五车二。原文用 Oleniae 修饰 Capella，或许是因为它主人来自亚该亚的奥莱诺斯城（Olenus）。

2 阿玛尔泰娅（Amalthea）有时被认为是这只母羊的名字，有时（如这里）被认为是这只羊的主人。这行的伊达山（Ida）是在克里特岛上的山，不是小亚细亚的那座。

3 迪克特山（Dicte）在克里特岛上，是朱庇特长大的地方。

4 这只山羊的角变成了丰饶角（cornucopiae），拥有此角者无论希望获得什么物品，都能如愿。

5 即摩羯座（Capricornus），其对应的拉丁语意思是“山羊之角”。

五月朔日，“保护者”拉里斯[1]的祭坛落成，
他们的小型雕像也一同完工。
这些是库里乌斯[2]敬献，但漫长的世代
摧毁万物，石块也难逃伤害。
然而，两位神获得如此的称号，是因为
他们所见的一切都受其守卫。
他们看护我们，看护罗马的城墙，
随时提供帮助，随时在身旁。
他们足下曾有一只犬，是用同一块
石头雕成：它为何与家神共在？
因为神与犬都守护家，都忠于房主：
神喜欢路衢[3]，犬也喜欢路衢。
家神和狄安娜的部落[4]都能吓退窃贼，
拉里斯和看门犬都会终夜戒备。
我四处搜寻两位孪生神的塑像，但岁月
流逝，它们大多已经残破：
君上曾设立千座拉里斯和自己的雕像[5]，

1 关于拉里斯，参考本书第二卷第615行的注释。

2 指公元前3世纪的库里乌斯（Manius Curius Dentatus），他曾三次担任执政官，领导罗马击退了伊庇鲁斯国王皮洛士的进攻，并取得萨莫奈战争的完全胜利。他敬献给拉里斯的祭坛叫作Lares Praestites（保护者拉里斯）。

3 指另一类拉里斯Lares Compitales。

4 “狄安娜的部落”指犬，因为猎神狄安娜有很多猎犬追随。

5 屋大维曾下令在罗马城的道路交会处都竖立拉里斯和他自己的雕像，所以全城有“上千座”。

将三位神[1]交予罗马，供民众崇仰。
我是否离题？奥古斯都的月份我才应
唱此曲，现在该吟咏“善良女神”[2]。
有一处天然的岩石，名副其实，人们
称之为“巉岩”，是一座山丘的部分。
雷穆斯曾在此徒然站立，帕拉丁的飞鸟
在那日赐给他兄弟最初的征兆。
元老院在倾斜的缓坡建了一座神殿，
它极度憎恶任何男人的视线，
敬献它的是克劳西古老家族的继承人[3]，
她处子的身体从未与男人亲近。
利维娅[4]重建了它，她事事追随丈夫，
唯恐在这一方面有所疏忽。
当群星被逐，许珀里翁的女儿再度[5] 5月2日
骑着晨马，举起玫瑰色的火炬，

1 拉里斯通常以孪生兄弟的形象出现，加上屋大维，就是“三位神”。

2 关于善良女神（Diva Bona）的身份，人们众说纷纭。有人说她是地母（瑞娅、奥普斯或库柏勒），有人说是牧神法乌努斯的妻子法乌娜（Fauna），也有人认为她是朱诺。她的祭祀不允许男子参加，她的神庙也禁止男子踏足。

3 克劳西（Clausi）家族即克劳迪乌斯家族，敬献此神庙的人很可能是前文提及的克劳迪娅·昆塔，参考本书第四卷第305行的注释。

4 利维娅（Livia）是屋大维的皇后。

5 159—182行是5月2日（罗马标记法为B VI NON. MAI. F I VDI）。“许珀里翁的女儿”指黎明女神奥罗拉。许珀里翁（Hyperion）是希腊神话中的老太阳神。

麦穗的顶部在寒凉的西北风中轻扬，
　　卡拉布里亚的白帆已准备远航[1]。
可是当黯淡的暮色引来夜晚，毕星团
　　所有的成员[2]都不再藏入黑暗。
一张牛的脸[3]，闪烁着七颗燃烧的星星，
　　希腊水手却用“雨”为它们命名[4]；
有人说她们抚养了巴克斯[5]，有人相信
　　她们是忒堤斯和古老大洋神的外孙[6]。
俊秀非凡的许阿斯[7]诞生时，阿特拉斯
　　还未肩负着奥林匹斯站立；
俄刻阿诺斯的女儿埃特拉在阵痛后诞下
　　他和众仙女，但许阿斯年纪最大。

1 西北风（Argestes）传说是奥罗拉的儿子，希腊语称他为亚普克斯（Iapyx）。对于从意大利南部卡拉布里亚航行去希腊的人来说，西北风是好风。

2 毕星团（Hyades）在神话中也是七位仙女。但是据西塞罗说，当时的意大利农民将这些星星称为Suculae，认为它们是七只小猪变的。奥维德用grege（群，常描述动物）形容这个星团，也影射这个说法。

3 毕星团属于金牛座（Taurus）。

4 有人认为，Hyades的名字来自希腊语动词hyein（下雨）。奥维德在这里或许影射了维吉尔《农事诗》（*Georgics* 1.137-8）中关于星座名称的命名，《岁时记》中有很多类似的词源学游戏。

5 根据许基努斯的《故事集》（*Fabulae* 192），毕星团七仙女是多多纳（Dodona）的仙女，抚养了幼时的酒神巴克斯，朱庇特担心她们受朱诺的迫害，将她们变成了天上的星星。

6 这是最流行的说法，即她们是阿特拉斯和埃特拉（Aethra）的女儿。

7 许阿斯（Hyas）是阿特拉斯和埃特拉的儿子。

脸颊还稚嫩的时候，他已用羽绳[1]吓唬
　　胆怯的小鹿，尤其善于捕野兔；
成年之后，他勇气更盛，敢于和野猪
　　甚至糙皮的母狮近距离角逐。
当他搜寻母狮的巢穴和新生的幼崽时，
　　自己却喋血，被利比亚野兽猎食。
母亲和所有妹妹都为他哀恸哭泣，
　　将肩负天穹的阿特拉斯也如此，
但父母的伤痛比不过他的妹妹，她们
　　因至情获封星座，以许阿斯为名[2]。
“降临吧，百花之母，接受欢乐的典礼[3]， 5月3日
　　在前面的月份我推迟了你的故事。
你从四月出发，延续到五月的时节，
　　你目送四月，五月却把你迎接。
既然两月的边界都归你，都为你让座，
　　我就可任选一月献上赞歌。
剧场表演[4]与收获的掌声和棕榈在此月
　　终结，让我的诗作与庆典相携。

1　羽绳（formidine，主格 formido）是一种绑了各种颜色羽毛的绳子，用来吓唬鸟类和野兽。

2　Hyades 词源的另一种解释：来自 Hyas 的名字。

3　183—414 行是 5 月 3 日（罗马标记法为 C V NON. MAI. C LVD. IN. CIR）。花神节（Floralia）从 4 月 28 日持续到 5 月 3 日。Andrews（2011）详细追溯了意大利文艺复兴画家波提切利名作《春》（*Primavera*）与《岁时记》第五卷花神故事的渊源。

4　指花神剧场的表演，包含妓女裸体舞蹈等色情内容。

女神，请介绍你自己。人的观点会犯错：
　　你解释你的名字是最好的选择。”
我如此祈求。女神如此回答这问询
　　（说话时春天的玫瑰涌出她双唇）：
“现在我叫芙洛拉，从前叫克洛丽丝[1]，
　　拉丁语误改了希腊名原来的首字[2]。
我曾是克洛丽丝，居住于福田[3]的仙女，
　　你知道那是古昔幸运者的国度。
我的容貌有多美，谦逊不许我描述，
　　但我为母亲赢得了神的女婿。
春天时我正浪游，西风神[4]看见我，我躲避，
　　他追我，我逃跑，但他有更强的体力，
而且北风敢公然劫走厄瑞克透斯之女[5]，
　　此先例让弟弟奸淫时无所惮惧。
不过强暴后他以新娘的名分作补偿，
　　我也无所抱怨地躺上了婚床。
我永远享受春天，终年景色都明艳，

1　“芙洛拉”（Flora）的名字显然来自拉丁语 flos（花），而且 Flora 是意大利本土的神祇，早在罗慕路斯的时代，萨宾王塔提乌斯就曾在罗马为她立庙。“克洛丽丝”（Chloris）的名字来自希腊语 chlōros（绿色的），虽然奥维德觉得二者有联系，但从词源上和宗教实践上看都是不可能的。

2　即 Ch 变成了 F，这在词语演变中可能性极小，H 和 F 的混淆则比较普遍。

3　在古希腊神话中，“福田”（campi felicis）是有福之人居住的地方。荷马笔下的福地位于冥府（*Odyssey* 4. 563ff.），赫希俄德的福岛在海中（*Works and Days* 170ff.）。

4　西风神的名字是 Zephyrus。

5　北风神（Boreas）劫走了厄瑞克透斯（Erectheus）之女俄瑞堤伊亚（Orithyia）。

树枝叶繁茂，地上绿茵成片。
我的嫁妆便是田野上丰饶的花园，
和风吹拂，还有润溉的流泉。
丈夫让它开满了高贵的花朵，对我说：
‘女神，所有的花都由你裁夺。’
我时常想数清花圃里缤纷的颜色，可是
做不到，数字对它们无能为力。
每当湿凉的白霜刚从草木上摇落，
各色的叶子刚被阳光煨热，
诸‘时日’[1]便身着华丽的衣裳聚集于此，
采撷我的礼物，盛入轻篮里。
美惠三女神[2]也立刻降临，编织花环，
为她们天界的头发制作冠冕。
我最先向无数邦族播撒陌生的种子，
此前唯单调的一色覆盖大地。
我最先将许阿钦托斯[3]的血变成花朵，
悲伤仍在它的花瓣上印刻。
那喀索斯[4]，整饬的花园也有你的名，

1 诸“时日”（Horae）是朱庇特和忒弥斯的女儿，总是身着华服。

2 美惠三女神（Charites）在西方艺术中通常以裸体形象出现。

3 许阿钦托斯（Hyacinthus）死后变成了风信子，原文用 Therapnaeo sanguine（忒拉普奈的血）影射他，因为忒拉普奈是斯巴达的一个城镇，而许阿钦托斯出生在附近的阿穆克莱（Amyclae）。参考《变形记》（*Metamorphoses* 10.162-219）。

4 那喀索斯（Narcissus）是一位美少年，因为恋上自己在水中的倒影，不忍离去，最终饿死，变成水仙花。参考《变形记》（*Metamorphoses* 3.402-510）。

只可惜没有湖水照出你的影。
何须提克罗科斯、阿蒂斯、阿多尼斯[1]，
伤口育出美，皆因我的法力？
你或许不知，马尔斯也靠我的技艺
诞生，愿朱庇特永远蒙在鼓里。[2]
密涅瓦出世没凭借母亲，神圣的朱诺
怨恨朱庇特轻慢她的职责。
于是她去找大洋神[3]揭发丈夫的过错，
路途辛苦，在我的门前暂歇。
我一看见她，便问：‘萨图尔尼娅[4]，你因何
来此？’她告知此行的终点，又细说
事情的原委。我温言安慰她，却无济于事。
‘我的痛苦不可能用话语消弭，’
她答道，‘如果他无需妻子就做了父亲，
将两种名号独自揽于他一身，
我为何就不能成为无需丈夫的母亲，
保持贞洁之身而依然能怀孕？

---

1 克罗科斯（Crocus）因为爱恋仙女斯密拉克斯（Smilax），相思成疾而死，变成同名的花，即藏红花，见《变形记》（*Metamorphoses* 4.283）。关于阿蒂斯，参考本书第四卷第224行的注释，传说从他的血中诞生了紫罗兰。美少年阿多尼斯（Adonis）是维纳斯的至爱，他被一头野猪杀死后，被维纳斯变成了银莲花（anemone），见《变形记》（*Metamorphoses* 10.710-39），原文称他为“喀倪剌斯（Cinyras）的儿子”。

2 古代作家中只有奥维德如此讲述马尔斯的来历。

3 大洋神在诸神中辈分极高，朱诺称他为自己的养父。参考《伊利亚特》（*Iliad* 14.200ff.）。

4 意为“萨图尔努斯的女儿”，指朱诺。

我要尝尽广阔世界的每一种灵药，
　　寻遍四海，直至冥府的涯角。’
她本要继续说下去，却见我一脸狐疑，
　　便说：‘仙女，你或许对我有助益。’
我三次决定答应她，又三次止住舌头：
　　想到神王[1]的愤怒，我不免颤抖。
‘我求你帮我！’她喊道，‘我会守口如瓶，
　　请让斯堤克斯河[2]的神灵做证！’
‘从奥莱诺斯[3]田野送来的花，’我说，
　　‘能遂你的愿：花园里只有这朵。
送花之人说：“不孕的母牛用它碰一下，
　　就会生产。”我碰了，果然非虚话。’
我立刻摘下那朵花，用拇指捏住，轻碰
　　朱诺的胸脯，她瞬间便有了身孕。
她怀着孩子，远赴色雷斯和普罗庞提斯[4]
　　左岸，如愿分娩，便有了马尔斯。
他感谢我帮他来到世间，向我发誓：
　　‘罗慕路斯的城市也会敬拜你。’
你或许以为，只有娇嫩的花环才归我
　　掌管，我对耕地也担一份责。

1　指朱庇特。

2　斯堤克斯河（Styx）是大洋神最古老的女儿，诸神起誓都要以她为凭，参考赫希俄德《神谱》（*Theogony* 776）。

3　亚该亚的一个城市。

4　普罗庞提斯（Propontis）即马尔马拉海。

庄稼的花开得好，打谷场就有丰收，
　　葡萄花盛开，就能酿出美酒，
橄榄花朵繁茂，就会有兴旺的年景，
　　水果的产量同样以花季为依凭。
花一旦受伤，豌豆和大豆都将凋亡，
　　远来的尼罗河，你的扁豆[1]也一样。
葡萄酒也会开花[2]，在精心贮藏的大窖中，
　　雾状的泡沫将坛中佳酿轻笼。
蜂蜜是我的礼物：我召唤造蜜的飞蜂
　　赶往紫罗兰、苜蓿和百里香花丛；
在青春的年岁，心灵奔放，身体茁壮，
　　也是我让人们的生命吐露芬芳。”
我沉默地倾听，暗自惊叹。可是她说：
　　“有任何疑惑，你都可坦然问我。”
“女神，告诉我，你这些庆典的起源。”
　　我还未闭口，她已开始说答案：
“那时，各种奢侈的逸乐尚未行于世，
　　富人只拥有牲口或广阔的土地，
所以，‘地多’即‘富’，‘牲口’便是‘金钱’[3]。
　　但已经有人非法地抢夺资源。

1　罗马的扁豆产于尼罗河流域。

2　拉丁文动词 florere 可以用来形容酒产生泡沫，这是比喻的用法。

3　拉丁文表示“富裕”的词语 locuples 字面意思便是“地多”，表示“金钱”的词 pecunia 来自 pecus（牲口）。

在公共草场[1]放牧竟成了一种习俗，
　　人们容忍甚久，无任何惩处。
没有任何人替民众守护公用的物产，
　　在自家放牧被视为白痴的表现。
猖獗的行为终于上报给平民市政官，
　　在普布里修[2]之前却无人敢裁断。
案件公开审理，作恶者被处以罚款，
　　关心公益的勇者受到称赞。
部分罚款转赠我[3]，伴着众人的欢喧，
　　胜利者创立了这些新的庆典。
部分钱用于修路，那时是陡峭山岭，
　　如今却是易行的普布里修径[4]。”
我以为庆典是一年一度，她说不是，
　　接着刚才的话，又添上解释：
“我们也贪恋荣誉，喜欢节日和祭坛，
　　天界众生也爱虚荣的场面。
经常有人因僭越而触怒诸神，于是
　　献祭的牺牲就成了赎罪的好礼。
我经常看见朱庇特正准备抛掷闪电，
　　乳香一献上，他就收手转念。

1　这些公共草场叫作 pascuum，本来需要交租金才可放牧，但按照奥维德的描述，很多人未交租金，也大摇大摆地放牧。

2　指公元前 240 年担任市政官的 Lucius 和 Marcus Publicius Malleolus 兄弟。

3　普布里修用部分罚款建造了一座花神神庙，也创立了花神庆典。

4　这条路通往阿文丁山顶。

但若我们被冷落，罪行就会受严惩，
我们的怒恨必越过正当的标准。
你看忒斯提俄斯的外孙，被远方的火
烧死，只因狄安娜的圣炉熄灭[1]，
同一位女神也阻止阿伽门农扬帆[2]，
处女两度复仇，皆因被轻慢。
不幸的希波吕托斯，当惊恐的马将你
撕碎，你多希望曾敬拜维纳斯。
漠视神而招灾的例子太多，无法细说，
罗马先祖也曾经将我忽略。
我能怎么办，如何展示我的憎恶？
这样的羞辱，我该如何报复？
我在愤懑中忘记了职责，不再看管
田野，也不再珍惜丰饶的花园：
你会见到，百合凋落，紫罗兰枯萎，
深赤的藏红花丝也绵弱憔悴。

1　“忒斯提俄斯（Thestius）的外孙”指墨勒阿革洛斯（Meleager）。墨勒阿革洛斯出生时，命运女神预言，只有家里的某条木板被烧，他才会死。后来，他父亲卡吕冬国王俄纽斯（Oeneus）怠慢了狄安娜，女神便让野猪肆虐卡吕冬。在围猎野猪时，墨勒阿革洛斯因争执杀死了自己的两位舅舅，她母亲阿尔泰娅（Althaea）为了替哥哥报仇，找出那条木板，放在火上烧，墨勒阿革洛斯便死了。参考《变形记》（*Metamorphoses* 8.260-546）。

2　在希腊联军远航去特洛伊前，阿伽门农冒犯了狄安娜，狄安娜施法使得联军舰队无法驶离港口，作为交换，她要求阿伽门农献祭女儿伊菲革涅娅（Iphigeneia）。在最后关头，她用一只鹿换下了伊菲革涅娅。“阿伽门农”的原文是 Tantaliden（坦塔罗斯的后裔），因为坦塔罗斯是他的曾祖。

泽菲洛斯[1]时常劝我，‘别亲手毁灭
　　你的嫁妆！’，嫁妆早已如草芥。
橄榄正开花，却被狂乱的风暴抽打；
　　庄稼正开花，却被冰雹残杀；
葡萄藤尚余希望，南风却染黑天宇，
　　枝叶遭骤雨侵袭，纷坠入土。
并非我愿意如此，我愤怒，却不残酷，
　　但一切灾祸我都无心抵御。
元老院通过决议，若此年收成满意，
　　罗马每年都为我设立节日[2]。
我赞同。莱纳斯、波斯图米乌[3]两位执政官
　　以我的名义举办了这些表演。”
我正打算问，花神庆典中表演为何
　　特别放纵，玩笑为何多逾越[4]，
却忽然想到，她并非严肃古板的神，
　　寻欢作乐恰恰是她的本分。
人们的双鬓戴着编织的花环，桌子
　　覆满抛掷的玫瑰，格外艳丽；
醉酒的宾客跳着舞，头发缠着椴树皮，

1　泽菲洛斯（Zephyrus）即西风神。

2　此事发生在公元前 173 年。

3　莱纳斯（M. Popilius Laenas）和波斯图米乌（L. Postumius Albinus）是公元前 173 年的执政官。

4　在剧院举行的花神庆祝活动习惯上以脱衣舞收场，为了不破坏传统，以道德观念严苛而闻名的老加图也只能主动离场以成全其他观众的愿望。

浑然忘我，在酒的艺术中沉溺；
醉酒的情人唱着歌，在美女残忍的门槛，
抹香的头发顶着柔软的叶冠。
装饰花环的前额与严肃的事务无涉，
清水也不是戴花之人的选择；
阿刻罗俄斯，只要你未与葡萄混合[1]，
采撷玫瑰就没有任何快乐。
巴克斯爱花：你从阿里阿德涅的星座[2]
可以知晓，花环让酒神愉悦。
轻浮的舞台适合她：绝不应该，相信我，
将她归入高底靴女神之列[3]。
为何这些表演会聚集招客的女人，
稍加思索，便可理解其原因。
芙洛拉非阴郁之辈，亦不喜大言唬人，
她只想自己的圣礼吸引平民，
而且她告诫我们，多享受青春的美丽；
等玫瑰凋落，它的刺也遭受鄙视。
可女神为何身着奢华缤纷的衣裳，
而在刻瑞斯的节庆白袍是正装？

---

1 阿刻罗俄斯（Achelous）最初是天下河流的总神，后来成为希腊的一位河神，因为阿刻罗俄斯河是希腊最大的河流，所以他仍是诸河神之首。这里阿刻罗俄斯是水的代名词。维吉尔（*Georgics* 1.9）和许基努斯（*Fabulae* 274）都认为，人类最早用来混合酒的水就来自这条河。

2 指北冕座。参考本书第三卷第459行的注释。

3 因为在古希腊悲剧演员要穿高底靴（cothurnus），所以“高底靴女神”指严肃端庄的女神。

是因为麦穗成熟之际庄稼会泛白，
　　而花朵却会呈现每一种色彩？
她点头称是，甩动的发间群花纷坠，
　　犹如谁的手向桌上抛撒玫瑰[1]。
为何要点灯[2]？此事的缘由尚向我隐匿，
　　女神为我消除了心中的悬疑：
“人们觉得灯适合我的节日，或者
　　因为紫红的花朵照亮了原野；
或者由于花朵和火焰颜色不沉闷，
　　它们灿烂的外表都吸引眼睛；
或者因为夜晚的放纵与我的欢庆
　　相契。第三条理由最接近实情。”
“倘若你允许，我还有一个小问题需要
　　请教。”我说。“当然可以。”她答道。
“为何你的猎网不囚禁利比亚的猛狮，
　　却关住温顺的母鹿和胆怯的兔子？”[3]
她说，自己不掌管森林，只守护花园
　　和田地，凶兽不会在那里出现。
解释了一切，她便消失在稀薄的空气中，
　　清芬却存留，你当知是神的遗踪。

1　影射西方古代的一个风俗。大家痛饮时，屋顶会悬挂许多玫瑰花环。这时吐露的秘密事后不可外传，专门的说法是“玫瑰下”（sub rosa）。

2　花神庆典会持续到很晚，所以需要火把。

3　古罗马的斗兽场通常会举行人与猛兽的搏斗表演，但在花神庆典上，人们会用网带来鹿和兔子等温和的动物，然后松开网，让人们追逐。

女神，我祈求你将礼物撒在我胸膛，
　　好让纳索[1]的这首诗万古流芳！[2]
回九日前第四夜，半人马喀戎升起[3]
　　星座，他有一半是棕马的身体。
佩里昂是海摩尼亚的山[4]，面朝南方，
　　山顶长着翠松，橡树满山冈。
喀戎栖居于此，有一处古老的岩洞，
　　人们说正直的老者就住在其中。
相传，日后送赫克托耳下地府的那双手
　　曾被他调教，学习里拉琴的弹奏[5]。
海格力斯完成了他的大部分试炼[6]，
　　只余下最后的命令等待实现。
你会看见特洛伊的两大毁灭者并立：

1 纳索（Naso）是奥维德的名。

2 Johnson（1978）认为，花神节庆这一段在喜剧的欢乐气氛背后却有一种挽歌式的阴郁，代表了某个已经消逝、难以复返的时代。

3 半人马喀戎（Chiron）是包括阿喀琉斯在内的众多希腊英雄的老师。半人马座的拉丁文是 Centaurus。Brookes（1994）认为，喀戎这段记述是《岁时记》最精妙的部分之一。Boyd（2001）指出，喀戎、阿喀琉斯和海格力斯的这个故事是围绕第 380 行的 semivir（半人）一词展开的，奥维德密集使用了不少与 vir（男人）和 semi（一半）在词义或词形上相近的词，暗示了这段文字的一个主题：对三位角色的“人”的地位、“人性”或“阳刚气质”的呈现与质疑。

4 海摩尼亚（Haemonia）是希腊帖撒利亚的古名，佩里昂山（Pelion）在帖撒利亚境内。

5 赫克托耳（Hector）是特洛伊第一勇士，杀死他的是阿喀琉斯，后者曾是喀戎的得意门生。Brookes（1994）指出，detinuisse（遏制）这个词体现了喀戎的教育能力，他用弹琴这种活动压抑了阿喀琉斯的野蛮天性。

6 指他的十二项艰巨任务。

　　年幼的阿喀琉斯和朱庇特的后裔[1]。
菲吕拉的儿子[2]热情款待远来的后生，
　　主人问此行目的，客人便言明。
他边问边端详海格力斯的大棒和狮皮，
　　感叹："武器配人，人也配武器！"[3]
阿喀琉斯也按捺不住，壮着胆子
　　去触摸硬毛拉碴的野兽外衣。
老者摆弄沾过毒药的羽箭时，一支
　　意外掉下来，扎进他的左足里[4]。
喀戎痛苦呻吟，从伤口拔出箭镞，
　　两位同伴[5]也发出痛苦的惊呼。
伤者自己却配制了帕加塞[6]采来的药草，
　　试图用各种方子为伤口治疗，
噬啮的毒药却无法抵挡，瘟疫迅速

1　"朱庇特的后裔"指海格力斯，他因为特洛伊先祖拉俄墨冬（Laomedon）违反诺言，也曾毁灭过特洛伊。"阿喀琉斯"的原文是 Aeacides（埃阿科斯的后裔），因为阿喀琉斯是埃阿科斯的孙子。

2　"菲吕拉的儿子"指喀戎，他的母亲菲吕拉（Philyra）是大洋神的女儿。

3　Brookes（1994）分析了这句话带有预言性的双关特质，对于海格力斯它是赞美，对于喀戎，它却是谶语，因为他是半人马，不是人，所以这武器自然"不配"他，后面的悲剧已经埋下伏笔。

4　奥维德用 pede（足）来形容半人马的蹄，也影射了后来阿喀琉斯的命运：因为被箭射中脆弱的脚踵而死。

5　原文的 Alcides 指海格力斯，参考本书第一卷第 575 行的注释；Haemoniusque puer（海摩尼亚的男孩）指阿喀琉斯。

6　帕加塞（Pagasae）是帖撒利亚的一个海港。按照大普林尼《自然史》（*Naturalis Historia* 25.6）的说法，喀戎用半人马草治好了自己。

被吸入骨中，蔓延至身体各处[1]。
勒尔纳九头蛇的血[2]一混入半人马的血，
就不再留下任何救命的空歇。
阿喀琉斯哭成了泪人，像站在父亲
面前，佩琉斯[3]若死，他也难更伤心。
他反复用挚爱的双手抚摸虚弱的双手
（良师塑造的品格的确优秀），
反复吻奄奄一息的他，反复对他说：
“求你活下去，师父，千万别离开我！”
第九天已至，正直无伦的喀戎，你已经
升天，身体环绕着十四颗星星[4]。
天琴座希望跟随他，然而道路还没有[5] 5月5日
准备好：第三夜才是合适的时候。
待到明日（我们所称的回九日）破晓[6]， 5月6日
蝎子的腹部将出现在天空一角。

---

1 此处毒药蔓延的场景影射了海格力斯的死。半人马涅索斯（Nessus）企图强奸海格力斯的妻子德伊阿尼拉（Deianira），被她的毒箭射中。临死前涅索斯把用自己的血制成的药送给德伊阿尼拉，谎称是春药。后来德伊阿尼拉把它抹在海格力斯的袍子上，海格力斯穿上后就燃烧起来，痛苦地死去。

2 海格力斯杀死勒尔纳（Lerna）沼泽的九头蛇后，用它的毒液浸泡了自己的箭。

3 佩琉斯（Peleus）是阿喀琉斯的父亲。

4 即半人马座。

5 415—416 行是 5 月 5 日（罗马标记法为 E III NON. MAI. C），前面的 5 月 4 日标记为 D IV NON. MAI. C。

6 417—418 行是 5 月 6 日（罗马标记法为 F PR. NON. MAI. C）。

再往后，当晚星三次抬起美丽的脸庞[1]， 5月9日
    逃逸的星辰三次为太阳避让，
古老的圣礼，属于夜晚的鬼魂节[2]，将来临：
    沉默的亡灵[3]将收获它们的供品。
那时一年要短些，虔诚的净化礼未诞生，
    双面雅努斯还不是众月的首领[4]，
但人们已经向骨灰献上应得的礼物，
    孙儿在坟前祭奠已入土的祖父。
五月是“长者”的月份，源于“祖先”之名[5]，
    古代的习俗仍部分沿袭至今。
等半夜时分，万籁俱寂，正适合入眠，
    犬与各类飞禽都静默不言，
记得古老仪式、敬畏神灵的祭拜者
    就会起身（双足都不会穿鞋）[6]，
他并拢双手，用中间的拇指发出声音[7]，
    以免寂静中行路，遇上鬼魂。
他先以流动的泉水洗净双手，然后

1 419—492 行是 5 月 9 日（罗马标记法为 A VII EID. MAI. N LEM[VRIA]），前面的 5 月 7 日和 8 日分别标记为 G NON. MAI. N 和 H VIII EID. MAI. F。

2 鬼魂节的拉丁文是 Lemuria，下文会讨论这个名称的由来。

3 “亡灵”指 Manes，参考本书第二卷第 535 行的注释。

4 也即是 3 月仍是一年头一月的时候。

5 这里奥维德接受了 Maius（5 月）来自 maiores（祖先）的词源解释。

6 在念咒语时，人必须赤足。

7 这个动作具体怎样做，没有定论，但其目的是发出声音，以驱赶鬼魂。

转过身体，拾起一些黑豆，
脸扭向一旁，边抛掷边念：“这些豆子
我献给你们，赎买家人和自己。”
连说九遍，并且不回头：据说幽鬼
会去捡，如果无人看，也会跟随。
他再次碰水，并且敲击特梅萨的铜锣[1]，
一边求魂灵离开他的房舍：
“祖先的鬼魂请离开！”当他说过九遍，
就会回头，相信仪式已圆满。
为何此日有此名，此名有怎样的渊源，
我不知晓：只好向某位神打探。
迈娅的后裔，手握金杖的神[2]，告诉我：
因你经常拜访普鲁托的宫阙[3]。
应我的祷告，墨丘利莅临。请听我解释
名字的由来：此乃神亲口告知。
当罗慕路斯将兄弟的鬼魂葬于墓地，
为过于敏捷[4]的雷穆斯办完丧礼，
伤心的福斯图卢斯和披头散发的阿卡[5]
为养子焚烧的骨骸潸然泪下。

1 意大利南部的特梅萨（Temesa）有丰富的铜矿。

2 指墨丘利。

3 墨丘利是引导亡灵的神，经常出入冥府。参考贺拉斯《颂诗集》（*Carmina* 1.10.17-20）。

4 影射他跃过罗慕路斯所建城墙的事。

5 阿卡（Acca）即拉伦提娅，参考本书第三卷第 56 行的注释。

黄昏初临时，哀恸的夫妇返回家中，
　　径直躺在硬床上，很快入梦。
恍惚间雷穆斯染血的鬼魂站在床边，
　　用微弱的声音说出这样的怨言：
“瞧我，我曾是你们祷告里平等的一半，
　　如今的光景与以前差若天渊！
不过数日前，倘若鸟占[1]以王国相授，
　　我一样可以成为万民之首，
现在我却是空洞的魂灵，从柴堆的火焰
　　逃脱，威风的雷穆斯只剩虚幻！
父亲马尔斯在哪里？若你们并非说谎，
　　就是他让野狼把两位弃婴抚养。
狼拯救的人却死于公民莽撞的手，
　　相形之下，母狼是多么温柔！
野蛮的凯勒尔[2]，从伤口交出残忍的灵魂！
　　愿你如我，在地下仍血污满身！
兄弟并不愿如此，他同样珍惜亲情，
　　他能做的只是哀悼我的命。
向他呼吁，用你们的眼泪和养育之恩，
　　定一个日子，纪念我的荣名。”
他嘱咐之时，他们伸出手臂想拥抱，
　　却什么也没抓住，鬼魂太轻飘。

1　鸟占（ex avibus）是古罗马最重要的占卜术，参考本书第四卷 813—818 行。

2　参考本书第四卷 843—844 行。

两人的睡梦已然被逃逸的幽灵惊破，
他们向国王转告了兄弟的请托。
罗慕路斯同意了，于是为入土先人
致祭的日子有“雷穆利亚”[1]之称。
节庆名称的首字原本太硬，随着
岁月的流逝却逐渐变得柔和[2]；
很快，“瑞穆尔”[3]也成为沉默鬼魂的名字，
这就是此词的意思和表达的含义。
然而，古人在这些日子会关闭神祠，
正如现在的亡灵节它们也紧闭。
这时节也不适合寡妇或处女的婚礼，
此时若出嫁，将无法长久为妻。
因此人们说（倘若你相信谚语的力量）
五月结婚的妻子必招来祸殃。
但三天的鬼魂节庆虽在同一个时段，
彼此却有间隔，并没有相连[4]。
在中间那日，你若寻找博奥蒂亚的猎户[5]， 5月11日

1 奥维德声称，鬼魂节的拉丁文最初不是 Lemuria，而是 Remuria，是为纪念 Remus（雷穆斯）设立的。

2 即 Remuria 变成了 Lemuria。

3 由于国内古罗马研究者已经习惯将 Remus 译成“雷穆斯”，而不是“瑞穆斯”，这里的原文虽然是 Lemures（单数 Lemur），却不便译成声音效果更接近的“雷穆尔”，为了表现奥维德所说的转音现象，只好译成“瑞穆尔”。

4 鬼魂节有三天，但不连续，分别在 5 月 9 日、5 月 11 日和 5 月 13 日。

5 493—544 行是 5 月 11 日（罗马标记法为 C V EID. MAI. N LEM[VRIA]），前面的 5 月 10 日标记为 B VI EID. MAI. C。猎户座（Orion）的同名人物奥里昂在变成星座前来自希腊的博奥蒂亚地区（Boeotia），但品达说他生于基俄斯（Chios）。

会失望。星座的起源请听我讲述。
朱庇特和他统治辽阔海洋的兄弟[1]
正在赶路，同行还有墨丘利。
那时辰犁头已翻转，被牛拖回家里，
羊羔仰面嘬母亲丰盛的乳汁。
老者许里俄斯[2]（他有小片地）正站在
陋舍前，碰巧看见他们走来，
喊道："路还长着呢，但是天色不早了，
我的门永远敞开，欢迎远客。"
他的表情也真诚，并且再一次邀请，
诸神顺从了，但藏起他们的真身。
钻进老人的屋子，见四壁都被烟熏黑，
昨日拾来的柴堆上火焰已衰微。
许里俄斯跪下来，用嘴吹亮了火苗，
然后拿来柴薪，将它们劈好。
桌上摆着瓦罐，小罐盛着豆，大罐
盛蔬菜，透过盖子，热气弥漫。
等待片刻，他用颤巍巍的右手斟满
葡萄酒，海神接过第一碗。
他一饮而尽："再斟，现在轮到朱庇特。"
听到此名字，老者顿然失色。
回过神，他便宰杀了贫瘠土地的耕牛，

1　即涅普顿。

2　许里俄斯（Hyrieus）是奥里昂的父亲。

生起一堆大火，将它烤熟；
又搬出熏得漆黑的坛子，那是小时候
他便偷偷开始贮藏的好酒。
用完餐，诸神立刻上床休息，亚麻被
盖着莎草褥，添了它，床仍然太矮。
现在牛肉和葡萄酒让桌子显得喜庆，
碗是红陶做，杯是山毛榉制成。
朱庇特许诺：“你若有什么愿望，只管求，
必能满足。”老人平静地开口：
“我有一位挚爱的妻子，青涩年华
就相识。她如今在哪里？瓮盖底下[1]。
我曾向她发誓，也曾请诸位作见证：
‘我一生只会享受这一次婚姻。’
我从未违反诺言。但我的心愿与此
不同：我不想要妻子，只想要孩子。”
诸神应允了。他们在牛皮周围站成
一圈——我耻于讲述其中的详情——
然后浇上泥土，掩埋了湿漉漉的皮，
十月过去，一个男孩便问世。
父亲根据出生的情状，起名乌里昂[2]，
如今首字已经与古音不一样[3]。

1 古希腊人用瓮装骨灰。

2 奥维德荒唐地将猎户座名字 Orion 的词源归于希腊语 ouron（小便）。

3 奥维德称，Orion 由 Urion（拉丁字母 u 对应希腊语双元音 ou）演化而来。

他后来身材巨大，拉托娜[1]让他跟从
　　自己，他是女神的卫士和附庸。
他的话不够谨慎，激发了诸神的愤怒：
　　“没有任何野兽我不能征服。”
忒卢斯[2]派去一只蝎子，它试图用弯爪
　　将诞下孪生兄妹的女神狠扎，
却被奥里昂拦截。拉托娜将他送上
　　明亮的星座，对他说：“享受报偿！”[3]
可是猎户座和其他星辰为何急于[4] 5月12日
　　离开天空，夜为何缩短路途？
为何晨星引领的白昼比平日更早，
　　从荡漾的海中升起金光万道？
幻觉吗，还是有金戈之声？的确是兵器，
　　马尔斯正逼近，带来战争的预示。[5]
复仇者[6]从天而降，欣赏自己的荣耀

1　拉托娜（Latona）也叫勒托（Leto），是狄安娜和阿波罗的母亲。原文用 Delia（提洛岛的女神）表示她，因为她在提洛岛产下了狄安娜和阿波罗。

2　忒卢斯（Tellus）即地母，相当于希腊神话的大地女神盖娅（Gaia）。

3　贺拉斯将奥里昂塑造成企图强暴狄安娜的恶棍（*Carmina* 3.4.70-72），在奥维德和其他古代作家笔下，他则是保护狄安娜一家的英雄。

4　545—598 行是 5 月 12 日（罗马标记法为 D IV EID. MAI. NP LVD. MATR. IN. CIRC）。

5　Volk（1997）指出，马尔斯显形之前的这几行诗有意识流的色彩，强化了此时此地的现场感。

6　“复仇者”（Ultor）指战神马尔斯。屋大维在为恺撒复仇前曾发誓，如果复仇成功，将献上一座“复仇者马尔斯”神庙，后来他兑现了自己的诺言。5 月 12 日在罗马大赛车场有为“复仇者马尔斯”举行的庆祝活动。

和奥古斯都广场醒目的神庙。
神和建筑都宏伟：在他后裔的城市里，
难道马尔斯的居所不该如此？
巨人族的战利品理应供于这样的神殿，
战神也适合从这里挑起血战，
无论是蛮族从东方世界攻击罗马，
还是日落处的敌人需要弹压。
武器之神扫视着巍峨庙宇的穹顶，
欣悦于占据它的神皆不可战胜；
他检阅门前各种形状的铠甲与军械，
来自他的士兵所征服的邦国。
这边他看见埃涅阿斯，背负着父亲，
还有尤卢斯望族的众多先人，
那边是罗慕路斯，肩扛敌酋的盔甲[1]，
雕像底座镌刻着他们的佳话。
他还见神庙装饰着奥古斯都的名字，
念到恺撒，建筑似又增价值。
君上[2]年轻时为养父而战，许下了此愿，
帝业理应从这样的壮举发源。
他伸出双手，一边站着正义的兵士，

1 “罗慕路斯”的原文是 Iliades（伊利娅的儿子）。“敌酋的盔甲”指罗慕路斯杀死凯尼纳（Caenina）国王阿克隆（Acron）所缴获的盔甲，这类战利品在古罗马享有很高的荣誉，被称为 spolia opima。

2 指屋大维。

一边站着密谋者[1]，如此发誓：
“若是我父亲、维斯塔祭司[2]激励我战斗，
我也决意为两位神灵[3]复仇，
马尔斯请助我，让剑浸满奸徒的血腥，
让你的神心支持正义的阵营。
如果我获胜，我便献给你‘复仇者’神殿。”
他许愿，击溃敌人，欣然还愿。
他不止一次为战神捍卫此光荣名号：
帕提亚夺走的军旗也被他追讨。
这是凭恃原野、战马和弓箭的民族，
环绕的河流也是天然的险阻。
犹记当年，士兵、军旗和统帅都覆亡，
克拉苏的惨败[4]助长了他们的嚣张。
罗马的军旗，战争的荣誉，竟被帕提亚
占有，鹰徽被敌人的旗手戏耍。
这样的耻辱将持续到今日，若非恺撒[5]
以威武之师保卫奥索尼亚。
是他洗刷了旧日的污痕、长久的羞耻，

1 指恺撒遇刺的主谋布鲁图斯和卡西乌斯。

2 恺撒是大祭司，大祭司也被视为维斯塔的祭司。

3 维斯塔和恺撒。

4 公元前 53 年，克拉苏（M. Licinius Crassus）和他儿子率领的罗马军队在卡莱（Carrhae）战役中惨败于帕提亚（Parthia）军队，罗马军旗也被缴获。公元前 20 年，屋大维通过外交施压，才从帕提亚取回了军旗。

5 指屋大维。帕提亚国王弗拉特斯（Phraates）本不情愿归还，听说屋大维准备东征，才履行了承诺。

欣喜的军旗终于荣归故里。
帕提亚，你惯于从背后射出的箭如今
有何用？你的地势，你迅疾的骑兵
有何用？你交还了鹰徽，献上战败的弓：
你手中不再有我们羞辱的证明。
神两度复仇，这神庙和名号皆名实相副，
赢得的荣誉也偿清了诺言的债务。
罗马人，在大赛车场庆祝庄严的节日！
剧场似乎不适合勇武的马尔斯。
望日前只余一夜的时候，你将会看见[1] 5月13日
天空的昴星团，七姐妹悉数露面。
某些我信任的权威认为，夏天由此日
开始，温暖的春天已经消逝。
望日前一日，公牛头部的众星升起[2]， 5月14日
关于此星座，有一则著名的故事。
朱庇特化身为牛，驮起推罗[3]的姑娘，
一对弯角长在伪装的额头上。
她右手揪着鬃毛，左手按着长裙，
胆怯的模样增添了额外的风韵。
风鼓起她的衣襟，拂动她金色的头发：

1 599—602 行是 5 月 13 日（罗马标记法为 E III EID. MAI. N LEM[VRIA]）。

2 603—662 行是 5 月 14 日（罗马标记法为 F PR. EID. MAI. C）。这里的“众星”或许指毕星团。

3 推罗代表腓尼基，“姑娘”指腓尼基公主欧罗巴（Europa）。

西顿[1]公主，这就是神流连的图画。
她不时从海中抬起少女的足踝，畏惧
波浪涌动，与她的肢体相触；
朱庇特不时刻意地将背部浸入水中，
好让她更用力地抱紧自己的脖颈。
抵达岸边，朱庇特立刻站起身，双角
消失了，从公牛变回神的荣耀。
牛升入天空；西顿公主，朱庇特充满你，
大地的三分之一以你为名字[2]。
有人说此星座乃是帕洛斯的母牛，原是人，
后来变成牛，然后从牛变成神[3]。
此日维斯塔贞女也会从橡木桥上[4]
抛掷古代人物的芦苇仿像[5]。
根据古老的传说，此地叫萨图尔尼亚[6]

---

1 仍指腓尼基。

2 指以欧罗巴命名的欧洲，在亚非欧三洲中占据其一。

3 “帕洛斯的母牛”指朱庇特爱上的伊俄（Io），与埃及女神伊西斯（Isis）混同。帕洛斯（Pharos）是尼罗河口的一座岛，代指埃及。朱庇特为了保护她，将她变成母牛，但朱诺派了一只牛虻，将她从欧洲赶到了亚洲。按照奥维德的说法，她最终成了神（星座）。

4 这座桥在台伯河上，叫“桩桥”（Pons Sublicius），据说是罗马城的第一座桥，罗马的祭司负有维护修缮此桥的任务，所以叫“造桥者”（pontifex）。

5 这些芦苇仿像叫作“阿尔盖”（Argei）。在仪式开始前，它们分别存放于二十七座神祠（sacra Argeorum）中。

6 古代抄本中623—624行的位置不合理，这里根据上下文做了调整，放到第632行和第633行之间。萨图尔尼亚（Saturnia）指农神萨图尔努斯统治下的意大利。

之时，预言的朱庇特曾说这番话：
“各部族，向台伯河中献祭两具尸体，
以安抚那位以镰刀为武器的神祇[1]。”
这个阴森的仪礼一直以琉卡斯的方式[2]
沿袭，直到提林斯的英雄[3]来此地；
他把稻草制成的罗马人扔进水里，
使用模型由海格力斯开始。[4]
623 有人相信我们的祖先会处死年过
六旬的老人，并谴责他们的邪恶。[5]
633 还有人提出，年轻人将衰弱老者推下桥，
是为了选举不受他们的干扰。[6]
台伯河[7]，请吐露真相。你的岸比城市古老，
此风俗的起源，你当有机会知晓。
河神从水道中央抬起芦苇覆盖的头，
用沙哑的嗓音说出如下缘由：

1 指萨图尔努斯。

2 琉卡斯（Leucas）传说是萨福自杀的地方。当地有一个避邪仪式，将罪犯从崖顶扔下去，但周围会挂上各种鸟类的翅膀来阻止他下坠，参考斯特拉波（Strabo）的《地理志》（*Geographica* 10.2.9）。

3 “提林斯的英雄”（Tirynthius）指海格力斯，因为他在提林斯（Tiryns）长大。

4 以上是奥维德的第一种解释。

5 第二种解释：古人残忍地处决仍然占用资源的老人。

6 这是第三种解释。因为罗马老人不用承担任何义务，却仍然有投票权，所以年轻人嫉妒他们。古代罗马人走到围起来的投票点（septa）之前需经过一座“桥”（pons，其实就是木板），年轻人就在此时将他们推下“桥”，阻止他们投票。

7 原文的呼格 Thybri 指台伯河。

“这里曾是荒凉的草场，没有城墙，
两岸都只能看见稀疏的牛羊，
现在我是邦国称颂且畏惧的台伯河，
那时就连牲口都不屑看我。
人们经常提到阿卡迪亚的埃万德，
他到达之时，曾划破我的水波。
海格力斯也曾与希腊同伴到此地
（那时阿尔布拉似是我名字）：
帕兰堤温的英雄[1]热情接待年轻人，
卡库斯终于遭到应有的严惩[2]。
胜利者带着从厄律提亚[3]夺得的群牛
离开，可他的同伴不肯再远走。
他们大半抛下了阿戈斯，来到异域，
怀抱希冀在这些山间定居，
但甜蜜的故国之思常触动他们的心灵，
有人在临终前便有此简短的命令：
‘将我葬于台伯河，好让台伯河的波浪
载着我空幻的骨灰返回故乡[4]。’
继承人不愿为这样的遗嘱大费周章，

1 “帕兰堤温的英雄”指埃万德，因为帕兰堤温（Pallantium）是阿卡迪亚的城市。

2 关于卡库斯，参考本书第一卷 547—578 行的记述。

3 厄律提亚（Erythea）是西班牙的一个小岛，海格力斯在这里偷走了革律翁（Geryon）的牛。

4 “故乡”的原文是 litus Inachium（伊纳科斯的河岸），伊纳科斯是阿戈斯的一条河。

死去的异乡人仍在意大利安葬，
芦苇扎成的模型替主人进了台伯河，
漂洋过海，追寻希腊的家国。”[1]
说完，他向下进入自己湿漉漉的溶洞：
轻快的河水也肃然停止流动。
降临吧，阿特拉斯的外孙，仙女昔日[2]

5 月 15 日

在阿卡迪亚山间为神王诞下你。
你为天庭与地府的诸神宣谕和平
与战争，以飞翔之足穿越旅程；
你酷爱弹奏里拉琴，喜欢抹油的摔跤馆[3]，
在你调教下，舌头习得了雄辩。[4]
元老院为你敬献了面朝赛车场的神殿，
从此在望日便有了你的庆典。
谁若想靠出售货物赢利，都会向你
献上乳香，祈求你赐他财气。

---

1 这是奥维德想象的第四种解释，唯一的依据是阿戈斯人的希腊说法是 Argeioi，比较接近“阿尔盖”（Argei）。

2 663—692 行是 5 月 15 日（罗马标记法为 G EID. MAI. NP），后面的 5 月 16 日、17 日、18 日和 19 日分别标记为 H XVII KAL. IUN. F、A XVI KAL. IUN. C、B XV KAL. IUN. C 和 C XIV KAL. IUN. C。“阿特拉斯的外孙”指墨丘利，“仙女”指阿特拉斯的女儿迈娅。墨丘利（Mercurius）的名字与拉丁语“商品”（merx）有关，所以他是贸易的保护神。

3 摔跤馆（palaestra）不只是摔跤的场所，也是练习赛跑和拳击等运动的场所。西方古人在从事这些运动时，身上都会抹油。

4 这里奥维德概括了墨丘利（尤其是对应的希腊神赫耳墨斯）的四重职责：神的信使以及文艺、体育和雄辩术的赞助神。参考贺拉斯《颂诗集》（*Carmina*）第一部第十首。

有一处墨丘利之泉[1]，毗邻卡丕纳城门，
据说极灵验，若我们相信见证人。
商人洁净自己后，缠着腰带来此地，
从泉里取水，装入芳香的罐子，
回家将月桂浸没其中，等枝条湿漉漉，
再用它浇洒所有将易主的货物，
也让自己的头发洒上月桂的水滴，
以惯于欺诈的声音诵念祷辞：
“请洗去我过往年月所有虚假的誓言，
洗去我昨日花言巧语的诓骗。
无论我是求你作见证，还是装作召唤
大神朱庇特（盼望祂不会听见），
还是故意以别的男神女神为防御，
让迅疾的南风卷走一切妄语！
让新的一天继续向我的谎言敞开，
愿我说谎，诸神也不会理睬！
只要给我钱就行，给我赚钱的快乐，
让我从坑骗顾客中获得愉悦！”[2]
墨丘利从高空听见祷告，不禁窃笑：
提洛岛的牛[3]也曾被自己偷盗。

---

1 除了这里，现存的古代作品没有提到这处泉水。

2 Harries（1989）提醒我们，如果墨丘利是小偷和骗子的保护神，他在《岁时记》其他地方对真相的神圣承诺、作为神使的见证又是否可靠？

3 “提洛岛的牛”的原文是 Ortygias boves（奥尔图吉亚的牛），奥尔图吉亚是提洛岛的古名，这些牛属于阿波罗。

可是我所求的远比这些高尚，告诉我[1]，　5 月 20 日
太阳究竟何时进入双子座？
“当你发现，本月剩下的日子正好
与海格力斯的任务相等[2]。”他答道。
“此星座由何而来，”我说，“请讲给我听。”
神张开雄辩的嘴，绘色绘声：
“那对孪生子，一位善骑术，一位善格斗[3]，
昔日将菲比姐妹强行掳走[4]。
伊达斯兄弟[5]准备以战争夺回未婚妻，
他们的准岳父都是琉基玻斯。
一方因为爱索讨，一方因为爱拒绝，
同样的力量驱使他们对决。
俄巴罗斯的后裔[6]本可凭速度抛开
追逐者，但速逃取胜似乎不光彩。
有一处叫阿皮德纳[7]的地方，远离树林，
适合决斗，他们在那里对阵。

1　693—720 行是 5 月 20 日（罗马标记法为 D XIII KAL. IUN. C）。

2　即十二日（按古罗马的数法）。

3　指丽达和朱庇特的儿子卡斯托尔（Castor）和珀鲁克斯（Pollux）。

4　“菲比姐妹”指菲比（Phoebe）和希莱拉（Hilaira），她们是琉基玻斯（Leucippus）的女儿，本已订婚，被卡斯托尔兄弟劫走，鲁本斯曾以此为题材画过一幅著名的画。

5　“伊达斯兄弟”指菲比姐妹的未婚夫伊达斯（Idas）和林叩斯（Lynceus）。

6　“俄巴罗斯的后裔”指卡斯托尔兄弟，因为他们名义上的父亲廷达瑞俄斯（Tyndareus）的父亲就是俄巴罗斯（Oebalus）。

7　阿皮德纳（Aphidna）是斯巴达的一个地方。

卡斯托尔被林叩斯的剑刺透胸膛，
轰然倒地，丧命于意外之伤。
珀鲁克斯赶上来复仇，林叩斯双肩
和颈项交界的部位被长矛捅穿。
伊达斯发动猛攻，朱庇特的雷火勉强
击退他，但雷霆未夺去他手里的投枪。
高天已经为你敞开了，珀鲁克斯，
当你说，‘父亲，垂听我的祷辞：
你曾将星空允诺我一人，现在请平分；
比起全部，一半是更珍贵的馈赠。’[1]
言毕，他交换位置，赎回了兄弟的性命。
两人都成为遇险船只的福星[2]。”
谁若问“阿戈尼亚”是什么，请回到一月[3]， 5月21日
但在历书中，它也牵扯此时节。
第二天晚上，厄里戈涅的犬星会消失[4]： 5月22日
我在别处解释过星座的来历。
下一日属于伏尔甘，叫“图比卢斯特里亚”[5]： 5月23日

1 珀鲁克斯天生是神，卡斯托尔却是人，这里珀鲁克斯祈求与他平分自己的神性。

2 兄弟俩都变成水手的保护神。Boyd（2000）指出，第五卷中有不少兄弟姐妹的对应关系，例如拉里斯兄弟与屋大维、许阿斯与七姐妹、罗慕路斯与雷穆斯、卡斯托尔与珀鲁克斯等。

3 721—722行是5月21日（罗马标记法为E XII KAL. IUN. NP AGON[IA]）。关于“阿戈尼亚”，参考本书第一卷317—336行的讨论。

4 723—724行是5月22日（罗马标记法为F XI KAL. IUN. N）。参考本书第四卷第939行的注释。

5 725—726行是5月23日（罗马标记法为G X KAL. IUN. NP TVB[ILVSTRIVM]）。“图比卢斯特里亚”（Tubilustria）的意思就是“喇叭净化节”。

火神锻造的喇叭在此日净化。
然后是四个首字母的日子，按顺序诵念[1]， 5 月 24 日
指祭司国王的“逃跑”或祭祀习惯。
我也不会略过你，强大民族的“公共[2] 5 月 25 日
时运”，下一日你曾收获神宫。
当此日沉入安菲特里忒[3]的深阔海水，
朱庇特钟爱的褐鸟[4]将露出嘴喙。
翌日黎明牧夫座将移出我们的视线[5]， 5 月 26 日
第二天毕星团又将在天空出现[6]。 5 月 27 日

---

1 727—728 行是 5 月 24 日（罗马标记法为 H IX KAL. IUN. Q. R. C. F）。“四个首字母”指 Q. R. C. F，按照瓦罗的解释，它们代表 Quando Rex Comitiavit Fas，意思是“当祭司国王开会宣布某日是闭日还是启日的时候”。奥维德给出的是另一种理解：Quando Rex Comitio Fugerat，意思是“当祭司国王从会场逃跑的时候”。显然第一种解释更合理。

2 729—732 行是 5 月 25 日（罗马标记法为 A VIII KAL. IUN. C）。关于“公共时运”，参考本书第四卷第 375 行的注释。

3 安菲特里忒（Amphitrite）是海王涅普顿的王后，这里代指海。

4 朱庇特钟爱的鸟是鹰，这里指天鹰座（Aquila）。

5 733 行是 5 月 26 日（罗马标记法为 B VII KAL. IUN. C）。

6 734 行是 5 月 27 日（罗马标记法为 C VI KAL. IUN. C），后面的 5 月 28 日、29 日、30 日和 31 日分别标记为 D V KAL. IUN. C、E IV KAL. IUN. C、F III KAL. IUN. C 和 G PR. KAL. IUN. C。

《岁时记》

第六卷

FASTORVM LIBER VI

序诗

本月名称的各种解释同样难取舍[1]，
　　我全部列出，任你自行选择。
我将据实吟唱，但有人会说我杜撰，
　　认为诸神不可能向凡胎显现。
我们心中皆有神，他唤醒我们的热情，
　　神圣的灵感正源于这种悸动。
我尤其可能见到诸神的真容，或许
　　因我是诗人，或许因题材之故。
有一处茂密的树林，万籁俱寂，唯有
　　淙淙的水声反衬它的清幽。
我就在此地探究刚开始的月份从哪里
　　发源，反复思量名字的玄机。[2]
我看见几位女神，并非农耕的劝谕师

1　1—100 行是本卷序诗。

2　Pasco-Pranger（2000）指出，《岁时记》中有两种提供信息的模式在发生作用，一是神圣先知的模式；二是察古模式。在这里，奥维德对神圣先知模式的借用是令人惊讶的，一方面他用与先知相匹配的幽静背景和不容置疑的声音宣告了诗中信息的神圣性，一方面却又拒绝像先知那样给出唯一确定的答案。这种姿态固然是对神圣先知模式的某种质疑，但对于察古模式却是合理而有效的。以类似学术的方式考察古代的学者往往并不追求唯一的答案，众声喧哗对于以穷竭前人研究为目的的察古模式反而是一种理想情形。

　　在阿斯克拉牧羊时目睹的缪斯[1]，
也非帕里斯在溪流遍布的伊达山谷
　　评判的诸女神[2]：但有一位光顾。
没错，的确有一位，她与弟弟成了婚，
　　我认出她就站在朱庇特的峰顶[3]。
我惊悚无言，但惨白的脸色透露了情绪，
　　女神和蔼地驱除她唤起的恐惧。
因为她说："诗人，罗马历法的吟唱者，
　　你敢用卑微的曲调记述伟业，
当你希望以诗行颂赞天神的节日，
　　就已为自己赢得见面的权利。
然而，怕你因无知堕入庸众的谬见，
　　我宣布，六月从我的名字发源[4]。
与朱庇特成亲、做祂的姐姐，岂是等闲？
　　但哪层关系更光荣，我难以决断。
若考虑门第，萨图尔努斯是因我初次
　　做父亲，我是他年岁最长的后裔[5]。

1　"农耕的劝谕师"指古希腊诗人赫希俄德，因为他写过《工作与时日》。阿斯克拉（Ascra）是他的故乡，他在《神谱》（*Theogony* 22）中宣称看见了缪斯。Volk（1997）特别提醒我们，奥维德在这里使用了一个狡猾的互文策略，因为在赫希俄德的诗里，缪斯一见到他，就说："我们知道如何把许多虚构的故事说得像真的，/ 但是如果我们愿意，我们也知道如何述说真事。"将这两行诗和《岁时记》第六卷开篇联系起来，就会发现奥维德在玩"自解构"的游戏。

2　指角逐金苹果的朱诺、维纳斯和密涅瓦。

3　指朱诺。卡皮托山顶有献给朱诺、朱庇特和密涅瓦的神庙。

4　6月（Iunius）的第一种词源解释：来自朱诺（Iuno）的名字。

5　朱诺是萨图尔努斯的长女。

罗马曾由我父亲得名萨图尔尼亚，
　　这是他在天庭外新觅的家[1]。
若看重婚姻，我则是雷霆之神的主妇，
　　我与朱庇特的神庙毗邻而居。
如果连一位情妇[2]都可为五月命名，
　　难道人竟然不肯给我此殊荣？
倘若这样，为何称我为众神的王后，
　　为何将黄金权杖置于我右手？
月由日组成，我的名号‘卢契娜’便源于
　　‘日子’，我却没任何月份的荣誉[3]？
真如此，我便要后悔当初搁下愤怒，
　　原谅厄勒克特拉的子孙和民族[4]。
那愤怒有两重：我愤恨盖尼米得被劫[5]，
　　也恼怒帕里斯对我美貌的判决[6]。
我会希望我未曾放弃迦太基的城堞，
　　那里有我的武器，我的战车[7]；
我会懊悔将斯巴达、阿戈斯、我的迈锡尼

1　参考本书第一卷 235—238 行。

2　指朱庇特的情人、墨丘利的母亲迈娅。

3　关于“卢契娜”，参考本书第三卷第 255 行的注释。

4　“厄勒克特拉的子孙”指特洛伊人（以及他们的后代罗马人）。原文的 Dardaniam domum（达尔达诺斯的家）也指特洛伊。

5　参考本书第二卷第 145 行的注释。

6　参考本书第一卷第 265 行的注释。

7　朱诺曾经站在罗马敌人迦太基一边，参考维吉尔《埃涅阿斯纪》（*Aeneid* 1.16-7）。

和古老的萨摩斯交给意大利统治[1]；
懊悔曾容忍敬拜朱诺的塔提乌斯[2]
和法利斯齐人向罗马称臣屈膝。
可是，别让我懊悔，这民族于我最亲密：
我会受敬拜，与朱庇特共享神祠。
马尔斯亲口对我说：‘我将城墙交给你，
在孙儿的城市，你将显赫无比。’
他言出行随：有百座祭坛专门敬拜我，
同样的尊荣是以我命名六月。
然而，不只是罗马献上如此的荣誉，
周边的市镇也赠我这份礼物。
你看看劳伦顿，还有森林城阿里齐亚[3]、
我的拉努维昂[4]有怎样的历法，
那里都有朱诺月。你看看提布尔，还有
普莱内斯特女神的威严城楼，
你也能见到朱诺的季节[5]。但罗慕路斯
只建了罗马，并未建这些城市。”
神后已说完。我回头，海格力斯的妻子[6]

1 这些都是敬拜朱诺的中心，此时都已经被罗马征服。

2 萨宾国王塔提乌斯将朱诺（Iuno Curitis）崇拜带到了罗马，在每个库里亚都设立了她的祭坛。

3 在阿里齐亚（Aricia）有名为 Iunonius 的朱诺月。

4 在拉努维昂（Lanuvium）有一座献给“保护者朱诺”（Iuno Sospita）的神庙。

5 普莱内斯特（Praeneste）既有朱诺神庙，也有朱诺月。

6 指青春女神赫柏（Hebe），朱庇特和朱诺的女儿，海格力斯的妻子。

在那里，脸上漾着青春的活力。
“即使母亲命令我抛舍天庭，”她说，
“我也不会拂她意，有片刻耽搁。
现在，我也不是为此月的名称争夺，
而是婉劝，几乎像一位请愿者，
我宁可通过祈祷来维持自己的权利，
或许我竟能赢得你的支持。
母亲有金色的卡皮托山，与至高朱庇特
共享神庙，她自然有此资格。
可是我，六月的名称凝聚了全部的荣耀[1]，
他们奚落我，‘这是你唯一的骄傲。’
罗马人，将六月赠给海格力斯的妻子，
后世也认可，这样做岂会伤害你？
因为我伟大的丈夫，意大利对我有亏欠，
他曾把俘获的牛赶往此间，
在这里，虽有父亲[2]赐予的火焰保护，
卡库斯还是血染阿文丁的泥土。
我要说更晚近的事。罗慕路斯依年齿
将所有民众归入两大群体：
一些人提供智谋，另一些贡献武力，
一些人筹划战争，另一些实施[3]。

1 赫柏暗示，6月（Iunius）的名称来自“青春”（iuventas）或者“年轻”（iuvenis）。

2 指火神伏尔甘。

3 分别指老年人和青年人。

他如此立法，也如此区分相邻的月份：
　　六月归青年，前面的五月归老人。”[1]
她的这番话本可能引发激烈的争辩，
　　亲情或许被愤怒的情绪遮掩，
幸而头戴阿波罗月桂的“和谐”已到临，
　　她是仁慈君上的神灵和作品[2]。
她讲述塔提乌斯和英勇的奎里努斯
　　如何让两个王国和民族合一[3]，
岳父和女婿如何被迎进共同的家庭，
　　最后说：“六月因他们的联合得名。”[4]
已经有三种解释。可是女神们，饶恕我：
　　此事断不能凭我的意见来裁夺。
走吧，我不偏不倚。帕里斯毁灭了特洛伊，

1　Littlewood（2006）指出，在这场争辩中，朱诺和青春女神如同法庭辩论的双方，她们的演说都采用了罗马雄辩术的典型技巧和结构，而奥维德则相当于法官，但他拒绝扮演这个角色。

2　“和谐”（Concordia）女神的祭坛是屋大维设立的。

3　指在罗慕路斯时代罗马民族和萨宾民族的联合，参考李维《罗马史》（*Ab Urbe Condita* 1.13）和本书第三卷 215—230 行的记述。

4　奥维德提出的另一种解释：6 月（Iunius）来自拉丁语动词 iungo（联合）。

一位神襄助，怎敌两位神的恨意？[1]
第一天属于卡尔娜，她是掌户枢的女神[2]，　　6 月 1 日
所有的开启和关闭皆是她职分。
她如何获此力量，传说已经随岁月
变模糊，但我将用诗为你解惑。
台伯河附近有一处古老的圣林[3]，今日
祭司们仍会将法器带往那里。
一位仙女生于此（古人称她为克拉涅[4]），

1　Harries（1989）评论道，如同在第五卷开头，奥维德再次放弃了“自信先知”的角色，拒绝向读者提供权威的解释。不仅如此，他还将这个角色与帕里斯这个引发特洛伊悲剧的反面形象联系起来。Newlands（1995）认为三位女神的争论如同第五卷开头诸缪斯的争论一样，代表了奥维德先知形象的崩溃，以及《岁时记》从乐观走向幻灭的趋势。Volk（1997）却相信，这样的处理具有喜剧色彩，奥维德将属于学术考证的文体（以多元性为特征）挪移到了先知灵感诗歌（以权威性为特征）的体裁中，造成了一种出位的滑稽感。只有在这些片段，奥维德才戳穿了作品的神话幻象，现出元诗的裂缝。Mazurek（2010）指出，三位女神的争论可以理解为哀歌体和史诗体的争论，并特别提到，这段文字与《女杰书简》（*Heroides*）第十六首 53—88 行有密切关联。在那里，帕里斯亲口讲述他如何在三位女神之间裁决。这里朱诺选取的素材和风格都具有史诗风格，而赫柏突出的是自己作为海格力斯妻子的身份，从而与密涅瓦对应，扮演了与朱诺竞争的史诗角色，与她采用的哀歌式劝说风格产生了冲突。最后出场的和谐女神则对应于维纳斯，她是争论的胜者，意味着史诗体与哀歌体可以共存，萨宾与罗马合并的故事也同时包含了爱情与战争这两个元素。

2　101—196 行是 6 月 1 日（罗马标记法为 H KAL. IVN. N），这天是卡尔娜节（Carnaria）。驱逐塔克文家族之后，布鲁图斯（L. Iunius Brutus）在当年的 6 月 1 日敬献了一座卡尔娜神祠。“卡尔娜”（Carna）很可能源自拉丁语名词 caro（肉体，属格 carnis），所以墨高庇说，卡尔娜是保护人体脏腑的神。奥维德则认为这个名字来自 cardo（户枢），这种变化在词源学上难以成立。但奥古斯丁（*De Doctrina Christiana* 4.8）称这位女神为 Cardea，如果是这样拼写，那么奥维德的说法就合乎情理。

3　这处圣林叫赫勒尔努斯（Helernus）。

4　在所有西方古代作家中，只有奥维德提到过克拉涅（Crane），所以这个故事极可能是他杜撰的。

许多男子追求她，却没有结果。
她喜欢在野外浪游，用投枪追逐野物，
张开诱捕的猎网，在空旷的山谷。
她没有箭囊，人们却相信她是福玻斯
之妹，太阳神也不会以她为耻。
如果哪位年轻人向她说爱慕的蜜语，
她立刻用下面的话作为答复：
“此地太明亮，明亮我就会感觉羞愧，
你若去幽僻的岩洞，我必跟随。”
轻信者走在前面，她却一到达丛林
便止步藏身，再也寻不见踪影。
雅努斯曾见她，她的美让他念念不忘，
神试图用甜言感化她铁石心肠。
仙女和平素一样，让他找隐秘的洞穴，
她仍假意跟随，却抛下领路者。
傻瓜！雅努斯已看见背后表演的伎俩[1]，
别费力，他目睹你在何处躲藏。
我说过没用，瞧！岩石下藏身的你
已然被抱住，他满足心愿后发誓：
“因为我们的欢爱，你将掌户枢之权，
拿去吧，这是你失去童贞的价钱。”
说完他送上一根白色的荆棘，依赖
它之力，她可将灾祸拒于门外。

1 因为雅努斯是双面神。

有一种贪婪的猛禽，并非偷走菲纽斯
　　食物的鸟身女妖[1]，却是其后裔：
头巨大，目光锐利，嘴喙天生善劫掠，
　　翅膀灰白，爪子的弯钩如铁；
暗夜里飞出，专觅无乳母看护的婴孩，
　　从摇篮中叼走身体，肆意残害。
传说它们会用嘴撕扯稚子的内脏，
　　喉咙因为饮下的鲜血而鼓胀。
人们称其为鸣枭[2]，它们的这个名称
　　盖源于夜里令人怵惕的哀鸣。
无论是自然所生，抑或是巫术所造
　　（马尔西咒语将老妇变成禽鸟）[3]，
总之它们飞进了普洛卡[4]的卧室，他诞出
　　才五天，就沦为它们的新鲜猎物。
众枭急切的舌头吮吸着婴儿的胸脯，
　　男孩痛苦的尖叫招来了援助。
乳母被稚子的声音惊吓，赶紧冲来，
　　发现他双颊已被利爪撕开。

1　菲纽斯（Phineus）的两个儿子都是前妻所生，在后妻的欺骗下，他弄瞎了他们的眼睛。为了惩罚他，朱诺派出鸟身女妖哈耳庇埃（Harpyiae）去污染他的食物。

2　鸣枭（strix）的名字来自希腊语动词 strizō（尖叫），根据奥维德的描述，它们非常像吸血蝙蝠（vespertilio vampyrus）。

3　马尔西人（Marsi）是意大利一个擅长巫术的部落，传说他们是喀耳刻儿子马尔索斯（Marsus）的后代。

4　普洛卡（Proca）是罗马建国前长白城的一位国王。

她该怎么办？他的脸色像冬日初至
　　树上残留的那些被击伤的叶子。
她找到克拉涅，告知实情。仙女说："不必
　　恐惧，你的孩子必平安无事。"
她来到摇篮边，婴儿的父母都在哀哭。
　　"收起眼泪，"她喊道，"我自有法术！"
她立刻用杨梅叶子三次触碰门柱，
　　又三次用杨梅叶子拂过门槛处，
在入口洒上水（但水里添了一种秘方），
　　手持一头两月乳猪的内脏，
念念有词："夜禽们，放过这男孩的脏腑，
　　为替换稚子，稚嫩的祭物已死去，
请你们享用，以肝换肝，以心换心，
　　我们献上这生命，换更好的生命。"
如此祷告完，她切碎牺牲，置于旷野间，
　　禁止参加祭礼的众人回头看。
而且，在卧室透进光亮的那扇小窗旁，
　　放着雅努斯白荆棘制成的手杖。
人们说，从此再没有袭扰摇篮的恶鸟，
　　婴孩也恢复了从前健康的色调。
你问，多脂的培根肉为何在朔日品尝，
　　大豆为何要混合烫嘴的粗粮？
卡尔娜是古昔的女神，仍习惯从前的食物，
　　她不喜奢侈，将异国的珍馐追逐。
那时，鱼自在游泳，没人诱捕它们，

牡蛎也无忧无虑在贝壳里栖身；
罗马也不知富饶的伊奥尼亚有何
飞禽，何种鸟喜好侏儒族的血[1]；
那时，孔雀仅仅靠羽毛将他们引诱[2]，
大地也还未送来捕获的野兽。
猪肉受珍视，人们以杀猪庆祝节日，
田野只出产大豆和粗粝的麦子。
传说，谁若在六月的朔日混食这两样
东西，就会有百毒不侵的内脏。
他们还说，峰顶的朱诺·莫奈塔神庙，
是因为卡米卢斯的诺言而建造[3]。
它原是曼尼乌斯的宅邸，此人曾击溃
侵犯朱庇特圣山的高卢军队[4]。
诸神啊，他若在那场大战中捐躯，反能
永保朱庇特王座捍卫者的美名；
他却没阵亡，最终因企图独裁的指控
被处决，耻辱长存于漫漫岁月中[5]。

---

1 伊奥尼亚的松鸡是罗马人心目中的美味，参考贺拉斯《长短句集》（*Epodes*）第二首第 54 行。侏儒族（Pygmaei）传说生活在北非，身长一呎半，经常与鹤争斗，参考《伊利亚特》（*Iliad* 3.3）。

2 孔雀是罗马人喜爱吃的贵重食物，参考贺拉斯《闲谈集》（*Sermones* 2.2.26-30）。

3 参考本书第一卷 637—642 行。在拉丁语中，莫奈塔（Moneta）的名字也用来翻译希腊神话中的记忆女神（Mnemosyne，缪斯之母）。

4 公元前 390 年，高卢人攻陷罗马，曼尼乌斯（M. Manius）率军驻守最后的堡垒卡皮托山，成功击退敌人，获得了“卡皮托”（Capitolinus）的名号。

5 曼尼乌斯因为脾气火暴，深为元老院所不喜，贵族们最后以觊觎独裁权力的罪名处决了他，将他从著名的塔尔皮亚岩扔下。

同一天也是马尔斯的节庆，卡丕纳城门
看见其神像在郊外拱廊里安身[1]。
风暴神，我们说，科西嘉巨浪险些灭亡
罗马舰队时，为你造神祠太应当[2]。
此等人类纪念物一目了然。若探寻
星辰，你可见神王弯爪的雄鹰[3]。
翌日会唤来毕星团，它在金牛的前额[4] 6月2日
做犄角，大地湿漉漉，淫雨难歇。
当早晨两度来临，福玻斯两度升起[5]， 6月3日
庄稼两度被凝结的露水浸湿，
传说图斯坎战争中，神庙献给贝罗娜[6]
是在今日，她从此庇佑罗马。
建造者是阿庇乌斯，他虽然目盲，但拒绝
皮洛士求和时，心中却一片明澈[7]。

---

1 高卢战争期间，昆克提乌斯（T. Quinctius）于公元前 388 年 6 月 1 日在卡丕纳城门附近敬献了一座马尔斯神祠，参考李维《罗马史》（*Ab Urbe Condita* 6.5.8）。

2 公元前 259 年，西庇阿（L. Cornelius Scipio）将迦太基人从科西嘉击退后，为“风暴神”（Tempestas）建了一座神庙。

3 指天鹰座（Aquila）。

4 197—198 行是 6 月 2 日（罗马标记法为 A IV NON. IVN. F）。

5 199—208 行是 6 月 3 日（罗马标记法为 B III NON. IVN. C）。

6 贝罗娜（Bellona）是罗马的女战神，阿庇乌斯（Appius Claudius Caecus）在公元前 296 年击败埃特鲁里亚和萨莫奈联军后，向贝罗娜敬献了一座神庙。参考李维《罗马史》（*Ab Urbe Condita* 10.19.17）。

7 伊庇鲁斯（Epirus）国王皮洛士（Pyrrhus）是罗马的强敌，曾逼得元老院准备求和，那时阿庇乌斯已经目盲，便让人将自己抬进元老院，阻止了议员们的怯懦行为。参考普鲁塔克《名人传》（*Pyrrhus* 18-19）。

神庙前面的空地可眺望赛车场的顶部，
　　那里有根小石柱，名声却卓著[1]：
宣战的标志长矛一贯从此处抛出，
　　当罗马决定征讨国王和外族[2]。
赛车场的另一部分受海格力斯保护[3]， 6月4日
　　西比尔的预言[4]赐予他这份礼物。
向他敬献的时间落在回九日的前日，
　　铭文写道："苏拉认可此神祠。"[5]
我正问回九日属于桑库斯、菲迪乌斯[6] 6月5日
　　还是塞摩[7]，桑库斯向我解释：
"无论归于谁，最后都是我享受祭礼，

1 这行的 parvae parva 是典型的叠叙法（polyptoton），即同源词以不同形式（尤其是不同格）重复。

2 罗马传统的宣战方式是派一位祭司传令官（fetialis）到国境线上，将一根长矛扔到敌国境内，并发下誓言。在对皮洛士的战争中，罗马俘获了他的一名士兵，强迫他在贝罗娜神庙前买了一块地，称为"敌土"（Ager Hostilis），象征着敌国领土。以后宣战时，祭司传令官就让长矛飞过神庙前的小石柱，掉进"敌土"中。贝罗娜神庙前的空地通往弗拉明赛车场（Circus Flaminius）。

3 209—212 行是 6 月 4 日（罗马标记法为 C PR. NON. IVN. C）。弗拉明赛车场有海格力斯神庙。

4 "西比尔的预言"原文是 Euboico carmine（欧卑亚的诗歌），因为这位西比尔来自库迈，库迈是希腊的欧卑亚人在意大利建立的定居点。

5 苏拉（L. Cornelius Sulla Felix）担任审查官时"认可"了此神祠。罗马审查官负责监督神庙等公共建筑的建造，建成之后还负责验收审核。在罗马诸神中，苏拉对海格力斯情有独钟，参考普鲁塔克《名人传》（*Sulla* 35.1）。

6 213—218 行是 6 月 5 日（罗马标记法为 D NON. IVN. N）。

7 回九日祭祀的这位神有三个名字：桑库斯（Sancus）、菲迪乌斯（Fidius）、塞摩（Semo）。

因为库瑞斯人[1]给了我三个名字。”
可见，古代萨宾人是为他建造神庙，
在奎里纳尔山竖起他的石雕。
我有一位女儿，愿她活到我死后[2]，
只要她平安，我便幸福无忧。
昔日我为她寻觅夫婿，曾打探何时
适合婚嫁，何时又应当回避。
他们告诉我，过了神圣的望日，六月
余下的时间对新娘新郎都适合，
但此前半月却不宜举办婚礼。朱庇特
祭司的高贵妻子[3]如此对我说：
“直到平静的台伯河将维斯塔神庙的污秽
全部用棕黄的水流运进大海，
我都不可以拿起木梳，整理头发，
也不可以找铁器修剪指甲，
不可碰丈夫，尽管他贵为朱庇特祭司，
尽管他理当属于我一生一世。
你也别心急，维斯塔圣火在洁净地面
闪耀时，你女儿才应该缔结姻缘。”
据说回九日降临第三天，狄安娜会赶走[4] 6月7日

1 即萨宾人。

2 219—234 行是 6 月 6 日（罗马标记法为 E VIII EID. IVN. N）。“愿她活到我死后”是因为古人经常担心白发人送黑发人。

3 朱庇特祭司和妻子须遵守很多奇怪的禁忌。

4 235—240 行是 6 月 7 日（罗马标记法为 F VII EID. IVN. N）。

吕卡翁[1]，大熊再不用害怕身后。
我记得那时在战神广场的草坪上见过
庆典，是以你命名，畅快的台伯河。
这一天是他们的节日：拽起湿淋淋的钓线，
小小的鱼饵下面藏铜钩的阴险。
心灵亦是神。因畏惧狡诈布匿人的战争[2]， 6月8日
我族也曾将神祠献给“心灵”[3]。
布匿人，你重燃战火，执政官阵亡[4]震撼
罗马，毛利人[5]之手令全国胆寒。
元老院向“心灵”许愿时，恐惧已驱逐希望，
但女神对我们立刻变得慈祥[6]。
向她还愿的日子与下一个望日之间
相距六天。请满足我的祈盼，
维斯塔女神！此刻我为你开启嘴唇[7]， 6月9日
倘若我可以参加你的节庆。

1 准确地说，是吕卡翁的外孙阿卡斯，参考本书第二卷 181—190 行。

2 241—248 行是 6 月 8 日（罗马标记法为 G VI EID. IVN. N MENTI. IN. CAPIT）。

3 在第二次布匿战争中，罗马军队于公元前 217 年在特拉西梅诺湖（Trasimene）惨败后，遵照西比尔书的指示，向“心灵”（Mens）女神献上了神庙。

4 “布匿人”指迦太基名将汉尼拔，“执政官”指在特拉西梅诺湖战死的 C. Flaminius。

5 “毛利人”泛指迦太基人等北非人。

6 影射随后罗马国运的转折，特别是法比乌斯（Q. Fabius Maximus Cunctator）的拖延战术有效地化解了汉尼拔的威胁。

7 249—468 行是 6 月 9 日（罗马标记法为 H V EID. IVN. N VEST[ALIA]）。这天有维斯塔的节庆。

我全然沉浸在祷告里，感觉天神已到场，
　　欢悦的大地闪耀着紫色的光芒。
并非我已见到你，女神（诗人的谎言，
　　走开！），凡人也不能窥你真颜[1]，
但我的无知已经被清除，错误被更正，
　　虽然没有任何人指点迷津。
人们说，当守护圣火的女神被迎进神祠，
　　罗马的帕里利亚节已庆祝四十次，
神庙是那位和平的国王[2]所建造，萨宾
　　再没孕育出比他更敬神的灵魂。
如今的青铜屋顶当年或许是茅草，
　　昔日的墙或许是编织的柳条。
支撑维斯塔厅堂的这片逼仄地面
　　那时就是长发努玛王[3]的宫殿，
但神庙今天的形状[4]据说与从前并无
　　不同，因为它有充分的理据。
维斯塔与大地相同：内部[5]的火焰都不灭，

1 这两行诗严重威胁到了《岁时记》中所有人与神面谈场景的真实性声明。

2 指罗马第二任国王努玛，以虔敬著称。

3 早期罗马人都不理发，所以拉丁语常用 intonsus 形容先祖。

4 维斯塔神庙是球形。

5 原文的subest似乎不应简单地理解为“在……下面”，也应理解为“在……里面”，因为不灭的圣火在维斯塔神庙的中央，正如古人认为地球位于宇宙的中央。

大地和壁炉都代表各自的处所[1]。
大地犹如一个球，下方无任何依傍，
如此的重量悬浮在空气之上。
旋转运动本身保持了球体的平衡，
无任何角度压迫任何部分，
既然它居于世界的中心区域，每个
方向与它的距离都不少不多，
倘若它形状凹陷，必会靠某方更近，
世界也不会以大地为其重心。[2]
来自叙拉古的小球代表巨大的天穹，
技艺让它悬浮在封闭的空气中[3]。
大地与天极和天底的距离完全相等，
如此的结果要归因于它的圆形。
神庙的样貌也相似，它没有任何棱角，
穹顶保护它免遭暴雨的淋浇。
你问，侍奉女神的为何是贞女祭司？
我也会在此揭开真实的谜底。
人们说朱诺和刻瑞斯都是萨图尔努斯
和奥普斯所生，维斯塔是第三个孩子。

---

1 这句话原文比较费解，如此翻译的理由参考上一行注释。Frazer（1959）将此行译为“大地和炉灶都是家的象征”，孤立地看似乎成立，但与上下文无关，而且不能解释原诗中 sedem（“处所”或“家”）为何要用 suam（各自的）修饰。

2 Postgate（1918）认为，奥维德的这段描述复制了斯多葛派的理论。

3 这是叙拉古科学家阿基米德造的太阳系模型，公元前 212 年罗马将军马凯卢斯攻占叙拉古后，将它抢到了罗马。

前两位都有婚姻，传说也都有后代，
　　后一位却坚决抵制男人的求爱。
这有何奇怪，贞女神喜欢贞女祭司，
　　只允许纯洁之手触碰其圣器？
你应明白，维斯塔无非是火的灵命，
　　而任何形体都不会在火中诞生。
因此，她理当是贞女，不受孕也不分娩，
　　自然垂青与自己相似的同伴。
我长久愚蠢地以为，维斯塔也有雕塑，
　　后来才知晓穹顶下并无此物，
唯有终年不熄的火焰被神庙掩藏，
　　维斯塔和火焰都没有任何形象。
如同大地，维斯塔凭自身的力量站立[1]，
　　她的希腊名或许也源于此义[2]。
“壁炉”因火焰得名，也因它“热爱”万物[3]，
　　然而从前它却在房屋入口处[4]。
我猜“门厅”原义是“炉厅”[5]，因此，我们
　　优先祈祷居首的维斯塔女神。

1　奥维德提出，维斯塔（Vesta）的名字是由拉丁文的 vi stare 合并成的，原义是“靠（自己的）力量站立”。这种解释是错误的，Vesta 来自希腊语 Hestia（古希腊灶神赫斯提亚，原义是“炉子”）。

2　奥维德将希腊语名词 hestia（炉子）和动词 histēmi（站立）的意义弄混了。

3　奥维德认为，focus（壁炉）来自动词 fovere（使……温暖，珍爱）。

4　这个猜测不合事实。

5　奥维德提出，vestibulum（门厅）一词来自 Vesta。

古昔，人们习惯共坐于火炉前的长凳，
　　相信诸神与他们同食同饮；
现在，为古老的瓦库娜女神[1]举行圣礼，
　　大家仍会在壁炉前或坐或立。
旧日风俗的残余一直流传到如今：
　　纯净的盘子盛放女神的供品。
你看，驮着面包的毛驴身缠花环，
　　艳丽的花朵将斑驳的石磨遮掩。
从前的农夫在炉膛中唯独炙烤粗麦
　　（炉灶女神[2]有自己独特的祭拜）：
面包置于灰烬下，等壁炉将它烘熟，
　　一些破瓦片在温暖的地面平铺。
因此面包师敬重火炉和火炉的主宰，
　　转动石磨的驴子也受到优待。
红脸的普里阿波斯，你的丑事，提还是
　　不提？故事虽然短，却很滑稽。[3]
头戴塔形冠冕的库柏勒女神邀请
　　永生的诸神一起宴饮欢庆，
萨梯和寓居乡野的仙女们同样受了邀，
　　西勒诺斯也不请自来，凑热闹。
讲述众神的宴会，既是亵渎，也无趣：

1　瓦库娜（Vacuna）是闲暇和惰息女神，很可能是萨宾的一位神。农夫敬拜她，希望一年劳苦之后能得到休息。

2　关于炉灶女神，参考本书第二卷第 525 行的注释。

3　这一段和从本书第一卷第 391 行开始的故事很相似。

　　总之，狂饮一直到黎明才结束。
一些神在幽暗伊达山的谷底胡乱闯荡，
　　一些舒展肢体，在柔草上闲躺，
一些嬉戏，一些已入睡，一些手挽手，
　　在绿地上舞蹈，踏着轻快的节奏。
维斯塔躺着，无忧地享受宁静的睡梦，
　　她的头轻轻枕着一片草坪。
可是园丁的红脸守护神[1]正追逐仙女
　　和女神，杂乱的脚步踩遍各处。
他也在窥视维斯塔：他是否知晓其身份，
　　我们存疑，不过他矢口否认。
他动了不洁的念头，试探着偷偷靠近，
　　蹑手蹑脚，携一颗狂跳的心。
碰巧，年老的西勒诺斯将驮他的驴子
　　留在了岸边，挨着淙淙的小溪。
赫勒斯庞图斯之神[2]正开始兑现憧憬，
　　这畜生却发出不合时宜的嘶鸣。
刺耳的叫声惊醒了女神，大家飞奔
　　而来，他侥幸逃出义愤的手阵。
兰普萨科斯[3]总用驴敬拜普里阿波斯，
　　诵念："我们燔祭泄密者，它该死。"

1　指普里阿波斯。

2　仍指普里阿波斯。

3　兰普萨科斯（Lampsacus）位于达达尼尔海峡东侧，以丰饶神普里阿波斯的崇拜而闻名，据说也是他的出生地。

女神，你却感激地用面包项链装饰它，
　　活计停止了，空石磨不再吱嘎。
我将告诉你，山巅的“面包师朱庇特”[1]祭坛
　　是何意，它名声很大，价值却有限。
卡皮托曾陷入凶狠高卢人的重重包围[2]，
　　漫长的封锁造成可怕的饥馁。
朱庇特将众神召集到他的王座旁，吩咐
　　马尔斯：“讲吧。”他立刻如此回复：
“你们竟不知我子民遭受怎样的命运，
　　我心灵的痛苦竟需要表现为哀吟！
但若非让我简述他们的灾难和耻辱，
　　那便是，罗马已败给山外的蛮族。
这就是你曾许诺万国权柄的城市，
　　朱庇特？你真会让它统治人世？
它已经击垮邻国和图斯坎的军队，眼看
　　希望要实现，却被逐出了家园。
我们目睹曾享受凯旋的老人们身披
　　紫袍，倒在青铜大厅的血泊里；
我们目睹祭司们转移维斯塔的圣物[3]，
　　显然相信，仍有神存在于某处。

1　除了奥维德和基督教作家拉克唐修（Lactantius），没有古人提及这个名为“面包师朱庇特”（Iuppiter Pistor）的祭坛。

2　指公元前 390 年高卢人包围罗马的事。

3　维斯塔圣火和其他圣物被祭司转移到埃特鲁里亚的凯勒（Caere），因为当地居民善待了罗马人，罗马后来给了凯勒完全的自由。

可如果他们回望诸君居住的堡垒，
　　发现众多的神殿也深陷重围，
便会知道，信奉神已经不再有回馈，
　　忧惧中献上的乳香全是白费。
多希望他们能痛快厮杀！让他们拿起
　　武器，纵不能胜利，至少可战死。
可如今，被蛮族的暴民锁在本城的山上，
　　他们已断粮，唯恐在屈辱中灭亡。”
于是，维纳斯、奎里努斯（权杖和王服
　　不离身）和维斯塔纷纷为罗马呼吁。
朱庇特答道：“此城是我们共同的牵挂，
　　高卢一定会战败，遭受惩罚。
不过，维斯塔，你要设法让他们以为
　　粮食充足，而且你不可离开。
所有未处理的麦粒，都用石磨碾好，
　　揉成面团，再放进炉火烘烤。”
祂如此吩咐，萨图尔努斯的女儿听从了
　　兄长的命令。这时已经是半夜，
忙碌整日，将领们已入眠。朱庇特责骂
　　他们，以神圣的嘴唇告知计划：
“起来，从堡垒之巅，向敌人阵中投掷
　　你们最不愿放弃的那种物资！”
被奇怪的谜语惊醒，大家睡意顿失，
　　互问受命抛舍的是何种东西。

众将认为是面包，便扔掉刻瑞斯的馈赠[1]，
它们与头盔与长盾相撞发声。
用饥荒绞杀抵抗的希望终破灭。退了敌，
面包师朱庇特的大理石祭坛便立起。
参加完维斯塔庆典，我碰巧经过的地方
如今连接“新道”[2]和罗马广场。
我看到一位妇女沿街走来，赤着足，
惊诧中，我默不作声，顿然停住。
附近的一位老妪见状，请我在身旁
坐下，摇头晃脑，颤声对我讲：
“如今这里是广场，原来是湿地和沼泽，
一道渠总被溢出的河水淹没。
支撑那些祭坛的地方是库尔提乌斯湖[3]，
现在是平地，从前却是水域。
现在，游行队伍从维拉布鲁街[4]进入
赛车场的地方曾只有芦苇和柳树。
从郊区水泊回家的宴客，时常一路
哼唱，向水手呼喊醉后的呓语。
你们熟知的善于变化形状的那位神

1 谷神刻瑞斯的馈赠即是面包。

2 “新道”（Via Nova）其实非常古老，在罗马王政时期就建好了。

3 库尔提乌斯湖（Lacus Curtius）在罗马广场。传说公元前 362 年地震后，罗马广场出现了巨大的深坑，罗马人无论如何填都无用，神谕说只有献上罗马最珍贵的东西，坑才会消失。库尔提乌斯（M. Curtius）认为勇气是罗马最宝贵的资产，于是骑马径直冲入深坑，深坑立刻合上了。

4 “新道”的起点在两条维拉布鲁街（Velabra），这里是罗马的食品交易区。

还没因河道的转向获得名称[1]。
此处也有圣林，长满芦苇和灯芯草，
穿鞋之足断不可接近泥沼。
水泽已退去，洪流已接受堤岸的约束，
地面已干，但仍存往日的习俗。”
她解释了缘由。“再见，善良的婆婆！”我说，
“祝你的晚年一直安逸愉悦！”
故事的其余部分孩提时我早已知悉，
但我不能因此便略过不提。
达尔达诺斯的后裔伊卢斯建造了新城[2]
（那时亚细亚的财富仍在他手中），
人们相信，戎装密涅瓦的雕像从天
而降，径直落在伊利昂的山间[3]。
我很想亲睹，也见过神庙和神迹原址；
只余这些了，罗马已拥有帕拉斯[4]。
征询神谕时，阿波罗[5]在他幽暗的丛林里
用从不虚言的嘴唇揭开谜底：

1 指维尔图努斯（Vertumnus），他是罗马掌管四季变化的神，象征着反复无常。在罗马城塔斯坎街（Vicus Tuscus）附近有他的雕像。他在一次洪水中因为改变了河道而得名，拉丁语动词 vertere 是“转动、改变”的意思。

2 即特洛伊。

3 指关系特洛伊国运的密涅瓦神像（Palladium），后来运至罗马，安放在维斯塔神庙的圣火旁。

4 指密涅瓦神像。

5 “阿波罗”的原文是 Smitheus（老鼠），这是他的一个名号，因为扑灭一场鼠疫而获得。

“守护好天降的神像，就能守护好城市：
　　神像若迁徙，帝国的居所也迁徙。”
伊卢斯将它安放，锁于堡垒的至高处，
　　拉俄墨冬继承了保护的任务。
普里阿摩斯却未尽责[1]：女神的意愿
　　也如此，因为她的美遭到轻看[2]。
扛走女神的是阿德剌斯托斯的后裔[3]，
　　善偷的尤利西斯，或埃涅阿斯？[4]
难以断定，但神像已属于罗马：维斯塔
　　守护，火光不灭，无事能瞒她。
当神祠着火，维斯塔几乎被自己的屋顶
　　埋葬，元老院是多么胆战心惊[5]！
圣火熊熊燃烧，被邪火喂养，虔敬
　　与亵渎的火焰交会，已无法分清。
惊愕的贞女们披散着头发，泪流不止，
　　恐惧夺走了她们身体的力气。
梅泰卢斯[6]冲到中间，高声喊道：“快行动！
　　你们只知道哭泣，能有何用？

1　特洛伊陷落发生在普里阿摩斯统治期间。

2　帕里斯将金苹果给了维纳斯，判定她是最美的女神。

3　“阿德剌斯托斯（Adrastus）的后裔”指狄俄墨得斯（Diomedes），他是阿戈斯国王阿德剌斯托斯的外孙。

4　这是传统的三种说法。

5　此事发生在公元前 241 年。

6　梅泰卢斯（L. Caecilius Metellus）是当时的大祭司。

贞女的手掌快拿起命运交托的圣器，
　　行动吧，祷告不会创造奇迹！
天哪！你们还犹豫？”他看见她们不敢
　　下决心，惊恐地跪在祭坛前面。
打来水，他举起双手祈祷：“饶恕我，圣器！
　　饶恕我擅闯男子禁入之地！
倘若这是罪，就让惩罚淹没我一人，
　　罗马若得救，我愿献出生命！”
他冲进至圣所，扛走神像。女神赞同
　　大祭司所为，平安仰赖其忠诚[1]。
圣火啊，如今在恺撒治下，你灿烂燃烧，
　　伊利昂的光焰永远不会灭掉，
他的帝国里不会有贞女玷污发带，
　　不会再有祭司被活埋的记载——
这就是失贞祭司的下场，在亵渎之物中
　　埋葬：大地和维斯塔神性相同[2]。
在此日，布鲁图斯因战胜强敌获得
　　尊号，将西班牙土地变成血泊[3]。
当然，快乐有时混合着悲伤，节日
　　带给民众的也并非纯粹的欣喜。

---

1 他在大火中失去了视力，后来元老院允许他坐马车来议事，卡皮托山上也为他立了雕像。

2 这是失贞的维斯塔女祭司以活埋处决的理据。

3 布鲁图斯（D. Iunius Brutus）在公元前 137 年战胜了西班牙西北部（Callaecia 或 Gallaecia）的一个部落，获得了 Callaicus 的名号。

克拉苏在幼发拉底河失去了鹰徽、儿子
　　和士兵，最后自己也难逃一死[1]。
“帕提亚，为何得意？”女神说，“你终将归还
　　军旗，为克拉苏复仇也不会太远。”
可是，一旦取下驴子身上的紫罗兰[2]， 6月10日
　　石磨又开始为碾压谷物而旋转，
坐在舵边的水手就会说：“等白昼退却，
　　夜晚来临，我们将见到海豚座。”
提托诺斯，你已在抱怨，妻子抛下你[3]， 6月11日
　　守望的晨星从东方的海中升起，
出发吧，善良的母亲们（母亲节属于你们），
　　把金黄的蛋糕献给忒拜的女神[4]。
一处著名的空地连接河桥与赛车场，
　　它的名字源于公牛的雕像[5]。
相传在此日，塞尔维乌斯[6]手持权杖，
　　向玛图塔女神奉上神圣的殿堂。

---

1 参考本书第五卷第584行的注释。

2 469—472行是6月10日（罗马标记法为A IV EID. IVN. N）。

3 473—648行是6月11日（罗马标记法为B III EID. IVN. N MATR[ALIA]），这天是母亲节。“妻子”指黎明女神奥罗拉。

4 母亲节敬拜的女神是Mater Matuta（母亲玛图塔），奥维德认为她是忒拜创建者卡德摩斯的女儿伊诺（Ino），她成神后的名字叫琉科忒娅（Leucothea，字面意思是“白色女神”）。但这种看法缺乏依据。

5 即“牛市”（Forum Boarium）。

6 塞尔维乌斯（Servius Tullius）是罗马第六代国王，他的父亲不可知，母亲是一位奴隶。

她是谁，为何不允许女奴进入神庙
　　（的确如此），为何喜欢烤蛋糕，
头缠葡萄束、常青藤的酒神，她的家如果
　　也是你的家，请你为诗人解惑。
朱庇特迁就，塞墨勒化为灰烬[1]：伊诺
　　把你养大，给你全部的关切。
朱诺愤恨于她竟敢抚育情敌的孩子，
　　但他毕竟是伊诺姐姐的后嗣。
复仇女神的逼迫让阿塔玛斯发了疯，
　　年幼的勒阿尔科斯被父亲夺命[2]。
悲痛万分的母亲埋葬了稚子的魂灵，
　　柴堆前行尽祭礼，仍难慰哀心，
绝望地撕扯纷乱的头发，她骤然跃起，
　　从摇篮里夺走了梅里凯尔特斯[3]。
有一条逼仄的地峡[4]，两面阻挡着海水，
　　两面的波涛冲刷，将它合围。
她一直奔到此处，疯狂地抱着婴孩，
　　母子一起从高崖跳入深海，

1　关于塞墨勒，参考本书第三卷第 504 行的注释，是塞墨勒非要朱庇特现出真身才导致她死亡的。伊诺是塞墨勒的妹妹。

2　由于伊诺抚养了外甥酒神巴克斯，愤恨的朱诺授意复仇女神让阿塔玛斯变疯，杀死了儿子勒阿尔科斯（Learchus）。

3　梅里凯尔特斯（Melicertes）是阿塔玛斯和伊诺的另一个儿子。

4　指科林斯地峡。

却毫发无伤，被帕诺佩和百位姐妹[1]接住，
在平稳滑行中送至她们的国度。
抵达漩涡密布的台伯河口时，两人
还没有琉科忒娅和帕莱蒙之名[2]。
有一片圣林，叫塞墨勒或是斯提穆拉[3]，
意大利的酒神狂女在此安家。
伊诺问她们是什么民族，她们说来自
阿卡迪亚，埃万德统治此地。
萨图尔努斯的女儿[4]藏起神性，狡诈地
用虚言煽动拉丁的酒神追随者：
“你们太轻信，完全受了骗！这位异乡人
根本不想与我们大家亲近。
她包藏祸心，她想偷窥圣礼的秘术，
有一件证物会让她受到惩处。”
话音未落，空中已充满狂女们的尖叫，
散乱的头发在她们肩头飞飘。
众人揪住她，竭力要夺走怀中的孩子，
她只好祈求仍然陌生的神祇：
“此地的神与人，拯救一位可怜的母亲！”

---

1 海洋仙女（Nereides）是海洋神涅柔斯（Nereus）和多丽丝（Doris）的女儿，其中一位是帕诺佩（Panope）。

2 伊诺封神后叫琉科忒娅，梅里凯尔特斯封神后叫帕莱蒙（Palaemon，罗马名字 Portunus）。参考奥维德《变形记》（*Metamorphoses* 4.532-42）。

3 斯提穆拉（Stiluma）或塞墨勒是意大利酒神敬拜者敬拜的一位神。

4 指朱诺。

喊声传到了邻近的阿文丁山岭。
埃塔的英雄[1]刚把西班牙的牛群赶至
河岸，立刻循声直冲向这里。
海格力斯一来，正准备动武的狂女
立刻怯懦地转身，惊惶逃去。
他已认出她，问道："巴克斯的姨母，为何
来此？折磨我的神[2]也把你折磨？"
她讲了部分实情，当着孩子她耻于
承认疯狂驱使她犯下的罪辜。
流言总是扇动着翅膀，迅疾地飞翔，
伊诺，你的名早被无数人传扬。
据说你曾在忠诚的卡尔门塔家做客，
在那里，漫长的禁食终于完结。
相传她[3]在匆忙间亲手制作了蛋糕，
又匆忙点燃炉火，为你烘烤。
所以现在的母亲节，蛋糕仍是她最爱，
乡野的诚意胜过巧智的安排。
"先知啊，如果可以，请你揭示我未来
会怎样，"她说，"这也是一种款待。"
略作停顿，先知开启了天界的灵力，
整个胸膛都有神性在漫溢，

1　指海格力斯。埃塔山（Oeta）在希腊南部，海格力斯在此将自己烧死，但朱庇特把他变成了神。

2　作为朱庇特情敌的儿子，海格力斯也遭到朱诺嫉恨。

3　原文为 Tegeaea sacerdos（帖该亚的祭司），指卡尔门塔。

突然间，你几乎无法辨识她，比起片刻前，
她变得远更高大，远更庄严。
“我唱的是喜讯。伊诺，庆祝吧，苦难已结束，”
她说，“请永远庇佑这个民族。
你将做海神，你儿子也将以海为宅邸，
在水国你们将获得新的名字。
希腊语的琉科忒娅，我们称为玛图塔；
所有的港口将归你儿子管辖，
我们的波尔图努斯便是希腊语的帕莱蒙[1]。
但愿你们都愿做敝邦的友朋！”
伊诺保证会如此。于是，灾厄遁形，
名号改换，两人都各自成神。
你问，她为何禁止女奴靠近？因为恨，
女神若许可，我就透露其原因。
卡德摩斯的女儿[2]啊，你的一位侍女
经常屈从你丈夫的亲近与欢愉。
淫邪的阿塔玛斯与她暗通，并得知，
你给农夫的种子已事先烤炙[3]。
你当然否认此事，传言却对你不利，
所以你无法忍受女奴的服侍。
慈母不应为亲生的骨肉祈求这女神：

---

1 波尔图努斯（Portunus）是罗马的港口神，拉丁语的“港口”是 portus。

2 指伊诺。

3 参考本书第二卷第 628 行的注释。

她自己就不是一位幸运的母亲。
你们敬拜她，最好是为别人的孩子：
她对巴克斯的爱才无微不至。
人们说，她曾问瑞提利乌斯[1]："你赶往哪里？
你会在我的节日被敌人杀死。"
预言应验了，执政官果然在战场陨灭，
他的鲜血染红了托勒努斯河。
第二年来临，提迪乌斯在同一个黎明[2]
阵亡[3]，敌军的力量因此倍增。
此日、此地、此王也属于你，时运女神[4]，
可那位是谁，在托加袍堆里藏身[5]？
一定是塞尔维乌斯，至于他隐匿的动机
则众说纷纭，我也只能存疑。
女神忐忑地承认自己私密的欢爱，
天神与凡人的交合令她羞愧
（她心底情不自禁地为国王燃起烈焰，
唯有对这位男人她并非瞎眼[6]），

1 公元前90年6月11日，罗马执政官瑞提利乌斯（P. Rutilius Lupus）在托勒努斯河（Tolenus）被马尔西人杀死。

2 "黎明"的原文是Pallantide（帕拉斯的女儿），因为黎明女神奥罗拉的父亲是提坦神帕拉斯（Pallas）。

3 公元前89年6月11日，提迪乌斯（T. Tidius）也死于马尔西战争。

4 塞尔维乌斯在同一天、同一地点分别向玛图塔女神和时运女神献上了一座神庙。

5 这是一座蒙在托加袍里的雕塑。

6 拉丁语常用caeca（瞎眼）形容时运女神。

所以深夜她总是从小窗潜入王宫，
　　一座大门因此获“微牖”之称[1]。
如今她仍感惭怍，以面纱遮覆容颜，
　　用层叠的长袍盖住国王的脸。
抑或真相是，温和的君主图利乌斯
　　死后，民众茫然于他的薨逝，
悲伤无度，雕像徒增他们的痛苦，
　　忍无可忍，只好以托加袍障目？
第三种解释需要花费更多的文字，
　　但我也不会任马恣意驱驰。
以罪恶为代价，图利娅[2]买下新的婚姻，
　　她总以这番话怂恿自己的男人：
“我姐姐、你弟弟死于你我之手，如此
　　般配有何用，若我们甘于行善事？
如果不敢建惊天动地的大业，那当初
　　又何必灭掉你的妻子、我的丈夫！
我用父亲的脑袋和整个王国做嫁妆，
　　你若是男人，就来取我说的宝藏。
敢作恶才是王。杀死岳父，篡夺王座，
　　让我们的双手沾满父亲的血！”

1　罗马的一座城门叫 Porta Fenestella，两个词分别是“门”和“小窗”的意思。

2　图利娅（Tullia）是罗马第六任国王塞尔维乌斯的小女儿，他父亲将她姐姐和她分别嫁给了前任国王的大儿子卢齐乌斯·塔克文和阿伦斯·塔克文。在强烈权力欲的驱使下，图利娅和卢齐乌斯走到了一起，他们合谋杀死了各自的姐姐和弟弟，然后发动叛乱，夺取了政权。参考李维《罗马史》（*Ab Urbe Condita* 1.46-8）。

在她煽动下，一介平民竟窃国自封，
　　惊愕的民众纷纷拿起刀兵。
血腥的屠杀之后，他击溃衰朽的老王，
　　高傲的女婿夺过岳父的权杖。
在埃斯奎林山下的王宫前，塞尔维乌斯
　　被残忍谋杀，血浸透干硬的土地。
女儿乘马车正准备驶入父亲家里，
　　穿过街心，一脸跋扈的神气，
驾车的塔克文看见尸体，泪顿然涌出，
　　不忍再前行，妻子却叱骂丈夫：
"你是走，还是等着收这份孝心的苦果？
　　听我的，狠心让车轮从脸上碾过。"
此事可验证，这条街因为她得名"罪街"，
　　任时光流逝，耻辱都不会湮没。
然而，她竟然敢触碰纪念父亲的神殿：
　　下面的传说虽奇妙，却非杜撰。
王座上放着一尊图利乌斯的塑像，
　　据称它用手遮住了自己的脸庞，
在场者还听到声音："请你们给我蒙面，
　　以免女儿的恶容再污我的眼。"
于是它盖上了衣服，时运神禁止挪去，
　　她从自己的神庙中如此叮嘱：
"塑像的眼睛第一次看见天光之日
　　就是罗马忘却了羞耻之时。"
妇女们，千万别动这些被禁的衣袍

（只应以恭肃之声献上祷告），
就让我们城市的第七任国王[1]永远
将头藏在罗马的布料里面。
此庙曾经遭过火[2]，但塑像依然如故，
伏尔甘亲自给儿子提供帮助，
图利乌斯[3]的父亲是火神，美貌的母亲
欧克里西娅来自科尔尼库伦[4]。
塔娜奎尔[5]和她一起恭行圣礼后，
吩咐她往装饰华贵的祭坛倒酒：
余烬中或者果真出现了一根阴茎，
或者只是幻象，但前者更可能。
女战俘听命坐于炉上：她因此怀孕，
包含了天种[6]的塞尔维乌斯便降生。
父亲提供了确证，当他以闪耀的火焰
触碰其头颅，在发间点亮光冕[7]。
利维娅也将你，“和谐”神，迎入辉煌的神祠，

---

1 除非把与罗慕路斯共同统治的萨宾国王塔提乌斯也算上，否则塞尔维乌斯就是第六位国王。

2 在公元前 217 年。

3 即塞尔维乌斯。

4 欧克里西娅（Ocresia）是小城科尔尼库伦（Corniculum）的人，该城被罗马攻占后，她成了俘虏。

5 塔娜奎尔是罗马第五任国王老塔克文（Tarquinius Pricus）的王后。

6 按照奥维德的看法，此阳具是火神伏尔甘所化。

7 传说塞尔维乌斯出生时，头顶出现了一个火圈。

这是她献给珍爱夫君的重礼[1]。
然而，后世当知晓：利维娅柱廊今日
所在的地方曾矗立宏伟的宅邸。
这处庄园复杂如一座城，它的广阔
让许多市镇的空间顿显逼仄。
它夷为平地，并不是因为权力的野心，
而是其豪奢不合道德的标准。
恺撒有魄力拆毁如此壮丽的宫殿，
甘愿失去如此丰厚的遗产。
他这样担任审查官，这样树立典范，
这样言行一致，亲身实践。
下一日没有任何值得提及的特色。[2]
望日有神庙献给无敌的朱庇特。[3] 6 月 13 日
我已经受命，该讲述小五日节[4]的仪礼。
金发密涅瓦，请助我书写此诗。
“吹笛人为什么要在全城各处游荡？
面具和长袍背后是否有文章？”
我问。密涅瓦[5]放下标枪，如此回答

---

1 波利欧（Vedius Pollio）曾在此地建造了一座豪华的庄园，并作为遗产赠给屋大维，屋大维拆毁了它，以利维娅的名义建了一座“利维娅柱廊”。利维娅敬献的“和谐”女神神庙离柱廊不远。

2 649 行是 6 月 12 日（罗马标记法为 C PR. EID. IVN. N）。

3 650—710 行是 6 月 13 日（罗马标记法为 D. EID. IVN. NP）。

4 关于小五日节（Quinquatrus），参考本书第三卷第 809 行和第 810 行的注释。

5 “密涅瓦”的原文是 Tritonia（特利托尼娅），因为在某个神话版本中，密涅瓦是海王涅普顿和湖神特利托尼娅的女儿。

（多希望能复述博学女神的话！）：
“在古代，你们先祖很喜欢聘请吹笛人，
他们也总是受到大家的尊敬。
神庙里有人吹笛，庆典中有人吹笛，
悲伤的葬礼上笛音也不会缺席。
辛苦因酬劳而甘甜。可随后一段时期，
这项怡人的技艺突然被终止。
雪上加霜，市政官规定，葬礼游行
雇用的乐师断不可超过十人。
他们自发退至提布尔，放弃了罗马，
那时，提布尔就是放逐者的天涯！[1]
空舞台怀念笛声，祭坛怀念笛声，
送葬的棺材也没有哀乐随行。
提布尔有位奴隶，才华本不逊王侯，
多年的苦役后终于获得自由。
他在自己的农场摆酒席，召集乐队
助兴，众人聚一起，共享宴会。
夜已深，他们眼神已迷离，神志已混沌，
信使忽前来，报告预设的警讯，
他催促：‘为何还不撤掉这宴席？赶紧！
马上就到了，给你自由[2]的那人。’
宾客们不敢拖延，但烈酒令四肢发软，

1　熟悉奥维德流放诗歌的读者知道，这是奥维德隐晦的感慨：古人移居到邻近罗马的提布尔就算流放，自己的流放地托密斯却与罗马相距超过 2000 公里。

2　原文的 vindicta 是古罗马奴隶解放仪式中主人用来表示给奴隶自由的棍子。

摇晃着起身，转眼又瘫作一团。
可是主人喊‘快走！’，将诸位磨蹭的乐师
抬上马车，关在宽条的护栏里。
时辰、颠簸和酒劲诱他们进入梦乡，
醉客以为正在回提布尔的路上。
车已经穿过埃斯奎林，进入罗马城，
天亮时直接停在广场的中心。
为防元老院发现乐师的真容和人数，
普劳提乌斯[1]命他们戴上面具，
又换上女式长袍，混入一群女笛师
中间，好壮大这支乐队的声势，
他如此改扮返城者，是怕万一有人
察觉，说他们违反同事[2]的禁令。
计谋成功了，从此望日便允许这装束，
吹笛人伴古调，唱出欢谑的诗句。”
听完解释，我说：“然后我只需了解
那个节日为何叫作五日节[3]。”
她说：“我在三月有一个同名的节庆，
吹笛的乐队也仰赖我的发明。
我最先在黄杨木上凿出相间的小孔，
笛子悠长的音调由此诞生。

1 普劳提乌斯（C. Plautius Venox）和阿庇乌斯（Appius Claudius Caecus）是公元前 312—公元前 307 年的审查官。

2 指阿庇乌斯。

3 参考本书第三卷第 810 行的注释。

音乐很动人，但我看见水中的倒影，
　　少女的脸颊鼓胀，让我心惊。
‘我不喜欢这技艺，永别了，我的长笛！’
　　说完，我将它扔到岸边草地里。
一位萨梯[1]找到它，最初很惊讶，不知道
　　如何使，但发现能够吹出音调，
借手指起落，他时而呼气，时而吸气，
　　很快就开始在仙女中炫耀技艺，
甚至敢藐视福玻斯。太阳神获胜后吊起
　　他的身体，又剥去四肢的皮。
然而，我才是这种乐器真正的发明者，
　　所以吹笛人才会在节日纪念我。”
待到第三日来临，多多纳的仙女堤俄涅[2] 6 月 15 日
　　将出现在阿革诺耳之牛[3]的前额。
台伯河，你在此日将维斯塔神庙的污秽
　　卷入图斯坎的流水，运进大海。
若能信任风，水手们，就把帆交给西风[4]， 6 月 16 日
　　明天它会助你们顺遂地航行。

1　指玛绪阿斯（Marsyas），他因为傲慢地向阿波罗挑战音乐技艺，比赛失败后被阿波罗活活剥了皮。

2　711—714 行是 6 月 15 日（罗马标记法为 F XVII KAL. IUL. Q. ST. D. F），前面的 6 月 14 日标记为 E XVIII KAL. IUL. EN。堤俄涅（Thyone）是毕星团七仙女之一，传说她们的家乡是多多纳。

3　准确地说，是载着阿革诺耳（腓尼基国王）女儿（欧罗巴）的牛。

4　715—716 行是 6 月 16 日（罗马标记法为 G XVI KAL. IUL. C）。

当赫里俄斯的光芒已经没入波涛[1]， 6 月 17 日
　　南北天极被静谧的星辰环绕，
奥里昂[2]会从地面抬起雄健的臂膀，
　　下一夜海豚座也会出现在穹苍。
它当然曾经目睹沃尔斯齐人和埃奎人
　　在阿尔吉杜斯的原野上溃不成军，
图贝尔图斯，你战胜邻邦获得凯旋礼，
　　驱驰雪白的驷马，威风快意[3]。
本月已经只余下十二昼夜，可是你[4] 6 月 19 日
　　还应该另外添上一个日子：
太阳离开双子座，巨蟹座焕发光彩，
　　阿文丁山开始帕拉斯的礼拜。
拉俄墨冬的儿媳黎明女神已来临[5]， 6 月 20 日
　　她驱走夜色，湿霜从草地逃遁，
此日苏马努斯（无论他是谁）[6]曾获赠

---

1 717—724 行是 6 月 17 日（罗马标记法为 H XV KAL. IUL. C），后面的 6 月 18 日标记为 A XIV KAL. IUL. C。“赫里俄斯”的原文是 pater Heliadum（赫里俄斯的女儿们的父亲），老太阳神赫里俄斯在这里代指太阳。

2 “奥里昂”（即猎户座）的原文是 proles Hyriea（许里俄斯的孩子）。

3 公元前 431 年，罗马独裁官图贝尔图斯（A. Postumius Tubertus）在阿尔吉杜斯山（Algidus）附近击败了沃尔斯齐人（Volsci）和埃奎人（Aequi）的军队。

4 725—728 行是 6 月 19 日（罗马标记法为 B XIII KAL. IUL. C）。

5 729—732 行是 6 月 20 日（罗马标记法为 C XII KAL. IUL. C）。奥罗拉的丈夫提托诺斯是拉俄墨冬的儿子。

6 显然奥维德不知道苏马努斯（Summanus）这位神的身份，通常的观点认为他是普鲁托，因为 Summanus 是 Summus manium 变来的，意为“亡灵神之首”。

神庙，当罗马震恐于皮洛士之名[1]。
等加拉泰娅用父亲的海水拥抱这一天[2]，
大地完全沉入无忧的梦田，
地平线会出现曾遭祖父雷霆轰击的
青年，他伸出的双手缠着两条蛇[3]。
淮德拉的爱欲、忒修斯的伤害世人皆知，
轻信的父亲竟诅咒自己的儿子[4]。
孝顺的年轻人远赴特洛曾[5]，却飞来横祸：
公牛以胸膛冲开前面的海波，
拉车的马匹受到惊吓，主人虽拼命
挣扎，还是被拽入乱石巉岩中。
希波吕托斯从车上飞出，四肢被缰绳
绞住，遍体鳞伤，在地上拖行，
转眼已断气，这让狄安娜[6]愤恨难消。
“不必伤心，”埃斯库拉庇乌斯[7]道，

1　伊庇鲁斯国王皮洛士曾长期是罗马的心腹大患。

2　733—762行是6月21日(罗马标记法为D XI KAL. IUL. C)。“加拉泰娅”(Galatea)是海神涅柔斯的女儿。

3　指蛇夫座（Ophiuchus）。传说它是医神埃斯库拉庇乌斯（Aesculapius）所化，而他是阿波罗的儿子、朱庇特的孙子，故事详情见下文。

4　参考本书第三卷第265行的注释。

5　“孝顺的年轻人”指希波吕托斯（Hippolytus），特洛曾（Troezen）是他父亲忒修斯的故乡。

6　希波吕托斯坚持独身，深受处女神狄安娜敬重。

7　“埃斯库拉庇乌斯”的原文是Coronides（科洛尼丝的儿子），因为他是阿波罗和仙女科洛尼丝所生。

“我能让虔敬的青年复活，焕然一新，
　　我的本领能战胜阴森的命运。”
他立刻从象牙箱中取出一些药草
　　（靠它们格劳科斯曾逃离阴曹，
那位先知留意到一条蛇将同伴治愈，
　　便替儿子采来了这种植物[1]），
三次碰青年的胸膛，三次念疗救的咒语：
　　他立刻从地上抬起头，已然复苏。
狄安娜[2]圣林幽深处是他后来的藏身地，
　　他变成阿里齐亚的维尔比乌斯[3]。
可是冥王和克洛托[4]却心生不满，他因为
　　权力遭侵犯，她因为断线被接回。
朱庇特担心他强大的技艺开创先例，
　　便降下闪电，将这位医生杀死。
福玻斯，你有怨言，但别责怪你父亲：
　　为你，他不惜违规擢升他为神。
无论你多么急于去征服，恺撒，我都愿[5] 6 月 22 日
　　你别开拔，倘若兆象不平安。

1 格劳科斯（Glaucus）是克里特国王米诺斯的儿子，在埃斯库拉庇乌斯寻求复活他的办法时，一条蛇挡住了去路，医神杀死了它，另一条蛇衔来一棵草，碰了一下它的头，它就复活了。埃斯库拉庇乌斯于是发现了起死回生的灵药。

2 “狄安娜”的原文是 Dictynna（狄安娜的另一个名字）。

3 维尔比乌斯（Virbius）是希波吕托斯复活后的名字。

4 “冥王”的原文是 Clymenus（普鲁托的另一个名号）。克洛托（Clotho）是命运三女神之一，负责编织纱线。

5 763—768 行是 6 月 22 日（罗马标记法为 E X KAL. IUL. C）。

且让弗拉米纽斯和特拉西梅诺湖做证，
　　仁慈的诸神曾反复以飞鸟示警[1]。
你若问古昔因莽撞招致的那场大难
　　发生在何时，离月末恰好十天。
翌日却吉祥：马西尼萨将苏帕克斯[2] 6月23日
　　击溃，哈斯德鲁巴也伏剑而死。
岁月飞逝，我们随沉默的流年变老[3]， 6月24日
　　没任何缰辔能遏止日子的奔逃。
时运女神的节日已然到来，多么快！
　　再过七天，六月便离开舞台。
出门为时运女神欢庆吧，奎里特斯人，
　　她在台伯河边有王室的厚赠[4]。
你们或者步行，或者乘快艇赶来，
　　即使酩酊归家，也不必羞愧。

1　公元前217年，虽然兆象不祥，执政官弗拉米纽斯（C. Flaminius）却执意开战，结果罗马军队在特拉西梅诺湖（Trasimene）惨遭汉尼拔屠戮。

2　769—770行是6月23日（罗马标记法为F IX KAL. IUL. C）。在第二次布匿战争中，小西庇阿（Scipio Africanus）和马西尼萨（Masinissa）于公元前203年击败了苏帕克斯（Syphax）率领的迦太基军队，参考李维《罗马史》（*Ab Urbe Condita* 30.12）。公元前207年，汉尼拔计划与弟弟哈斯德鲁巴（Hasdrubal）夹击罗马，但信使被罗马执政官C. Claudius Nero拦截，他和另一位执政官M. Livius秘密组织军队，在麦陶鲁斯河（Metaurus）附近奇袭迦太基人，杀死了哈斯德鲁巴。这次战役是第二次布匿战争的转折点。

3　771—784行是6月24日（罗马标记法为G VIII KAL. IUL. C）。Newlands（1995）觉得，这两行诗暗示诗人和作品都将陷入沉默，换言之，《岁时记》即将收尾，不会继续写下去。但Volk（1997）认为，恰好相反，奥维德突出的是诗歌和时间一起生长，并将继续如此。

4　奥维德可能指罗马国王塞尔维乌斯在台伯河边敬献的时运女神（Fors Fortuna）神庙。

缀满花环的轻舟，快装载年轻的宴客，
　　任他们在中流痛饮，觥筹交错。
平民礼遇她，因为建庙者[1]据说也出身
　　底层，却赢得权杖，成为至尊；
奴隶膜拜她，因为让这位任性女神
　　安居的图利乌斯有奴隶的母亲。
你看，一位醉客从郊外的神祠返家[2]，　　6月25日
　　朝着星空抛出下面几句话：
“奥里昂[3]，你的腰带还隐藏，或许明晚
　　也一样，但那以后我就能看见。”
倘若他没有烂醉如泥，他还会提及，
　　同一天我们也将迎来夏至。
翌日，人们曾向拉里斯献上神殿[4]，　　6月27日
　　娴熟的手已在此编许多花环。
“拯救者”神庙[5]在同日落成，罗慕路斯
　　往昔在帕拉丁山前为它奠基。
当本月余下的日子与命运神数字相同[6]，　　6月29日

1　指塞尔维乌斯，参考本卷第479行的注释。

2　785—790行是6月25日（罗马标记法为H VII KAL. IUL. C），后面的6月26日标记为A VI KAL. IUL. C。

3　指猎户座。

4　791—794行是6月27日（罗马标记法为B V KAL. IUL. C），后面的6月28日标记为C IV KAL. IUL. F。

5　指罗慕路斯建造的“拯救者”朱庇特（Iuppiter Stator）神庙。

6　795—796行是6月29日（罗马标记法为D III KAL. IUL. F），公元前16年，屋大维重建并重新敬献了奎里努斯神庙。

做王的奎里努斯也获赠神宫。
明日是七月朔日的生辰，诸位缪斯[1]， 6 月 30 日
为我的作品添上最后几笔[2]。
告诉我，继母无奈接受的那位天神[3]
因为谁而与你们有一层缘分？
“你看见菲利普斯的纪念碑，”克里奥回答[4]，
“他的女儿是贞洁的玛尔奇娅，
玛尔奇娅的家族名源自先王安库斯[5]，
她的美貌堪匹配她的家世，
她的心灵又与外表相呼应，总之，
出身、姿容与天性全相合相契。
别以为我们对容貌的称赞理当轻蔑，
评价女神我们也遵循此原则[6]。

---

1 797—812 行是 6 月 30 日（罗马标记法为 E PR. KAL. IUL. C）。“诸位缪斯”的原文是 Pierides，从名词 Pieria（皮埃里亚）变来，皮埃里亚位于色雷斯，据说是缪斯神最初的居处。

2 认为《岁时记》本只打算写六卷的学者在这行里能找到一条不太可靠的证据。“我的作品”（coeptis meis）既可能指这卷诗（6 月），也可能指整部《岁时记》。

3 “继母”指朱诺，“那位天神”指海格力斯。公元前 189 年，福尔维乌斯（M. Fulvius Nobilior）得胜归来，向“缪斯的海格力斯”（Hercules Musarum）献上了一座神庙。这座庙里的海格力斯雕像被塑造为弹奏里拉琴的模样。Littlewood（2006）认为，这里的和解主题也暗示，《岁时记》即将收尾。

4 克里奥是掌管历史的缪斯。菲利普斯（L. Marcius Philippus）的儿子翻修了这座海格力斯神庙，并在公元前 29 年 6 月 30 日重新敬献，参考苏埃托尼乌斯《奥古斯都传》（*Divus Augustus* 29.5）。

5 玛尔奇娅（Marcia，屋大维的表妹）对应的阳性名字是 Marcius，而相传罗马第二代国王努玛的儿子是安库斯（Ancus Marcius）。奥维德由此将玛尔奇娅家族塑造成了一个尊贵而神圣的家族。

6 呼应着全书多次出现的帕里斯评判女神容貌的事。

恺撒的姨母曾嫁给这位菲利普斯[1]。
　　杰出的女人[2]，无愧高贵的门第！”
克里奥如此吟唱，博学的姐妹也赞成，
　　海格力斯颔首，以琴音回应。[3]

1　“恺撒”指屋大维，他的母亲是大阿提娅（Atia），大阿提娅的妹妹小阿提娅嫁给了菲利普斯。

2　指玛尔奇娅。

3　Littlewood（2006）指出，本卷开始出现的三位女神（朱诺、赫柏与和谐女神）都在诗末出现了，并且实现了真正的和谐。我们还可补充说，第五卷开头争吵的缪斯们也终于达成了一致。Volk（1997）认为，之所以很多读者都觉得第六卷的结尾缺乏“完成感”，是因为奥维德在这里打破了在前面几卷建立起来的诗歌与时间一起生长的幻象。

拉丁语原诗

FASTORVM LIBER I

《岁时记》

第一卷

Tempora cum causis Latium digesta per annum
lapsaque sub terras ortaque signa canam.
Excipe pacato, Caesar Germanice, voltu
hoc opus et timidae derige navis iter;
officioque, levem non aversatus honorem,
en tibi devoto numine dexter ades.
Sacra recognosces annalibus eruta priscis,
et quo sit merito quaeque notata dies.
Invenies illic et festa domestica vobis:
saepe tibi pater est, saepe legendus avus;
quaeque ferunt illi pictos signantia fastos,
tu quoque cum Druso praemia fratre feres.
Caesaris arma canant alii: nos Caesaris aras,
et quoscumque sacris addidit ille dies.
Adnue conanti per laudes ire tuorum,
deque meo pavidos excute corde metus.
Da mihi te placidum, dederis in carmina vires:
ingenium voltu statque caditque tuo.
Pagina iudicium docti subitura movetur

principis, ut Clario missa legenda deo.
Quae sit enim culti facundia sensimus oris,
civica pro trepidis cum tulit arma reis;
scimus et, ad nostras cum se tulit impetus artes,
ingenii currant flumina quanta tui.
Si licet et fas est, vates rege vatis habenas,
auspice te felix totus ut annus eat.
Tempora digereret cum conditor Urbis, in anno
constituit menses quinque bis esse suo.
Scilicet arma magis quam sidera, Romule, noras,
curaque finitimos vincere maior erat.
Est tamen et ratio, Caesar, quae moverit illum,
erroremque suum quo tueatur, habet.
Quod satis est, utero matris dum prodeat infans,
hoc anno statuit temporis esse satis.
Per totidem menses a funere coniugis uxor
sustinet in vidua tristia signa domo.
Haec igitur vidit trabeati cura Quirini,
cum rudibus populis annua iura daret.
Martis erat primus mensis, Venerisque secundus:
haec generis princeps, ipsius ille pater.
Tertius a senibus, iuvenum de nomine quartus,
quae sequitur, numero turba notata fuit.
At Numa nec Ianum nec avitas praeterit umbras,
mensibus antiquis praeposuitque duos.

Ne tamen ignores variorum iura dierum,
non habet officii Lucifer omnis idem.
Ille nefastus erit, per quem tria verba silentur:
fastus erit, per quem lege licebit agi.
Nec toto perstare die sua iura putaris:
qui iam fastus erit, mane nefastus erat;
nam simul exta deo data sunt, licet omnia fari,
verbaque honoratus libera praetor habet.
Est quoque, quo populum ius est includere saeptis:
est quoque, qui nono semper ab orbe redit.
Vindicat Ausonias Iunonis cura Kalendas,
Idibus alba Iovi grandior agna cadit;
Nonarum tutela deo caret. Omnibus istis
(ne fallare cave!) proximus ater erit.
Omen ab eventu est: illis nam Roma diebus
damna sub averso tristia Marte tulit.
Haec mihi dicta semel, totis haerentia fastis,
ne seriem rerum scindere cogar, erunt.
Ecce tibi faustum, Germanice, nuntiat annum
inque meo primum carmine Ianus adest.
Iane biceps, anni tacite labentis origo,
solus de superis qui tua terga vides,
dexter ades ducibus, quorum secura labore
otia terra ferax, otia pontus habet:
dexter ades patribusque tuis populoque Quirini,

et resera nutu candida templa tuo.
Prospera lux oritur: linguis animisque favete;
nunc dicenda bona sunt bona verba die.
Lite vacent aures, insanaque protinus absint
iurgia; differ opus, livida lingua[1], tuum!
Cernis, odoratis ut luceat ignibus aether,
et sonet accensis spica Cilissa focis?
Flamma nitore suo templorum verberat aurum,
et tremulum summa spargit in aede iubar.
Vestibus intactis Tarpeias itur in arces,
et populus festo concolor ipse suo est,
iamque novi praeeunt fasces, nova purpura fulget,
et nova conspicuum pondera sentit ebur.
Colla rudes operum praebent ferienda iuvenci,
quos aluit campis herba Falisca suis.
Iuppiter arce sua totum cum spectet in orbem,
nil nisi Romanum, quod tueatur, habet.
Salve, laeta dies, meliorque revertere semper,
a populo rerum digna potente coli.
Quem tamen esse deum te dicam, Iane biformis?
nam tibi par nullum Graecia numen habet.
Ede simul causam, cur de caelestibus unus,
sitque quod a tergo, sitque quod ante, vides?

1 lingua=turba

Haec ego cum sumptis agitarem mente tabellis,
lucidior visa est, quam fuit ante, domus.
Tum sacer ancipiti mirandus imagine Ianus
bina repens oculis obtulit ora meis.
Extimui sensique metu riguisse capillos,
et gelidum subito frigore pectus erat.
Ille tenens baculum dextra clavemque sinistra
edidit hos nobis ore priore sonos:
'Disce metu posito, vates operose dierum,
quod petis, et voces percipe mente meas.
Me Chaos antiqui (nam sum res prisca) vocabant:
aspice, quam longi temporis acta canam.
Lucidus hic aer et quae tria corpora restant,
ignis, aquae, tellus, unus acervus erat.
Ut semel haec rerum secessit lite suarum
inque novas abiit massa soluta domos,
flamma petit altum, propior locus aera cepit,
sederunt medio terra fretumque solo.
Tunc ego, qui fueram globus et sine imagine moles
in faciem redii dignaque membra deo.
Nunc quoque, confusae quondam nota parva figurae,
ante quod est in me postque, videtur idem.
Accipe, quaesitae quae causa sit altera formae,
hanc simul ut noris officiumque meum.
Quicquid ubique vides, caelum, mare, nubila, terras,

omnia sunt nostra clausa patentque manu.
Me penes est unum vasti custodia mundi,
et ius vertendi cardinis omne meum est.
Cum libuit Pacem placidis emittere tectis,
libera perpetuas ambulat illa vias:
sanguine letifero totus miscebitur orbis,
ni teneant rigidae condita bella serae.
Praesideo foribus caeli cum mitibus Horis:
it, redit officio Iuppiter ipse meo.
Inde vocor Ianus. Cui cum Ceriale sacerdos
imponit libum farraque mixta sale,
nomina ridebis; modo namque Patulcius idem
et modo sacrifico Clusius ore vocor.
Scilicet alterno voluit rudis illa vetustas
nomine diversas significare vices.
vis mea narrata est. Causam nunc disce figurae:
iam tamen hanc aliqua tu quoque parte vides.
Omnis habet geminas, hinc atque hinc, ianua frontes,
e quibus haec populum spectat, at illa Larem;
utque sedens primi vester prope limina tecti
ianitor egressus introitusque videt,
sic ego perspicio caelestis ianitor aulae
Eoas partes Hesperiasque simul.
Ora vides Hecates in tres vertentia partes,
servet ut in ternas compita secta vias;

et mihi, ne flexu cervicis tempora perdam,
  cernere non moto corpore bina licet.'
Dixerat et voltu, si plura requirere vellem,
  difficilem mihi se non fore pactus erat.
Sumpsi animum gratesque deo non territus egi
  verbaque sum spectans plura[1] locutus humum:
'Dic, age, frigoribus quare novus incipit annus,
  qui melius per ver incipiendus erat?
Omnia tunc florent, tunc est nova temporis aetas,
  et nova de gravido palmite gemma tumet,
et modo formatis operitur frondibus arbor,
  prodit et in summum seminis herba solum,
et tepidum volucres concentibus aera mulcent,
  ludit et in pratis luxuriatque pecus.
Tum blandi soles, ignotaque prodit hirundo
  et luteum celsa sub trabe figit opus:
tum patitur cultus ager et renovatur aratro.
  haec anni novitas iure vocanda fuit.'
Quaesieram multis: non multis ille moratus
  contulit in versus sic sua verba duos:
'Bruma novi prima est veterisque novissima solis:
  principium capiunt Phoebus et annus idem.'
Post ea mirabar, cur non sine litibus esset

1 plura=pauca

prima dies. 'causam percipe' Ianus ait.
'Tempora commisi nascentia rebus agendis,
totus ab auspicio ne foret annus iners.
Quisque suas artes ob idem delibat agendo,
nec plus quam solitum testificatur opus.'
Mox ego, 'cur, quamvis aliorum numina placem,
Iane, tibi primum tura merumque fero?'
'Ut possis aditum per me, qui limina servo,
ad quoscumque voles' inquit 'habere deos.'
'At cur laeta tuis dicuntur verba Kalendis,
et damus alternas accipimusque preces?'
Tum deus incumbens baculo, quod dextra gerebat,
'omina principiis' inquit 'inesse solent.
Ad primam vocem timidas advertitis aures,
et visam primum consulit augur avem.
Templa patent auresque deum, nec lingua caducas
concipit ulla preces, dictaque pondus habent.'
Desierat Ianus. Nec longa silentia feci
sed tetigi verbis ultima verba meis:
'quid volt palma sibi rugosaque carica' dixi
'et data sub niveo candida mella cado?'
'Omen' ait 'causa est, ut res sapor ille sequatur,
et peragat coeptum dulcis ut annus iter.'
'Dulcia cur denture, video. Stipis adice causam,
pars mihi de festo ne labet ulla tuo.'

Risit, et ‘o quam te fallunt tua saecula’ dixit
‘qui stipe mel sumpta dulcius esse putas!
Vix ego Saturno quemquam regnante videbam,
cuius non animo dulcia lucra forent.
tempore crevit amor, qui nunc est summus, habendi:
vix ultra, quo iam progrediatur, habet.
Pluris opes nunc sunt, quam prisci temporis annis,
dum populus pauper, dum nova Roma fuit,
dum casa Martigenam capiebat parva Quirinum,
et dabat exiguum fluminis ulva torum.
Iuppiter angusta vix totus stabat in aede,
inque Iovis dextra fictile fulmen erat.
Frondibus ornabant quae nunc Capitolia gemmis,
pascebatque suas ipse senator oves;
nec pudor in stipula placidam cepisse quietem
et fenum capiti subposuisse fuit.
Iura dabat populis posito modo praetor aratro,
et levis argenti lammina crimen erat.
At postquam fortuna loci caput extulit huius,
et tetigit summo vertice Roma deos,
creverunt et opes et opum furiosa cupido,
et, cum possideant plurima, plura petunt.
Quaerere, ut absumant, absumpta requirere certant,
atque ipsae vitiis sunt alimenta vices.
Sic quibus intumuit suffusa venter ab unda,

quo plus sunt potae, plus sitiuntur aquae.
In pretio pretium nunc est: dat census honores,
census amicitias: pauper ubique iacet.
Tu tamen auspicium si sit stipis utile, quaeris,
curque iuvent nostras[1] aera vetusta manus?
Aera dabant olim, melius nunc omen in auro est,
victaque concessit prisca moneta novae.
Nos quoque templa iuvant, quamvis antiqua probemus,
aurea: maiestas convenit ipsa deo.
Laudamus veteres, sed nostris utimur annis:
mos tamen est aeque dignus uterque coli.'
Finierat monitus. Placidis ita rursus, ut ante,
clavigerum verbis adloquor ipse deum:
'Multa quidem didici: sed cur navalis in aere
altera signata est, altera forma biceps?'
'Noscere me duplici posses ut imagine,' dixit
'ni vetus ipsa dies extenuasset opus.
Causa ratis superest: Tuscum rate venit ad amnem
ante pererrato falcifer orbe deus.
Hac ego Saturnum memini tellure receptum:
caelitibus regnis a Iove pulsus erat.
Inde diu genti mansit Saturnia nomen;
dicta quoque est Latium terra, latente deo.

1 nostras=vestras

At bona posteritas puppem formavit in aere,
hospitis adventum testificata dei.
Ipse solum colui, cuius placidissima laevum
radit harenosi Thybridis unda latus.
Hic, ubi nunc Roma est, incaedua silva virebat,
tantaque res paucis pascua bubus erat.
Arx mea collis erat, quem volgo nomine nostro
nuncupat haec aetas Ianiculumque vocat.
Tunc ego regnabam, patiens cum terra deorum
esset, et humanis numina mixta locis.
Nondum Iustitiam facinus mortale fugarat
(ultima de superis illa reliquit humum),
proque metu populum sine vi pudor ipse regebat;
nullus erat iustis reddere iura labor.
Nil mihi cum bello: pacem postesque tuebar
et' clavem ostendens 'haec' ait 'arma gero.'
presserat ora deus. Tunc sic ego nostra resolvi,
voce mea voces eliciente dei:
'Cum tot sint iani, cur stas sacratus in uno,
hic ubi iuncta foris templa duobus habes?'
Ille manu mulcens propexam ad pectora barbam
protinus Oebalii rettulit arma Tati,
utque levis custos, armillis capta, Sabinos
ad summae tacitos duxerit arcis iter.
'Inde, velut nunc est, per quem descenditis,' inquit

'arduus in valles et[1] fora clivus erat.
Et iam contigerant portam, Saturnia cuius
dempserat oppositas invidiosa seras.
Cum tanto veritus committere numine pugnam
ipse meae movi callidus artis opus,
oraque, qua pollens ope sum, fontana reclusi
sumque repentinas eiaculatus aquas;
ante tamen madidis subieci sulpura venis,
clauderet ut Tatio fervidus umor iter.
Cuius ut utilitas pulsis percepta Sabinis,
quae fuerat, tuto reddita forma loco est.
Ara mihi posita est parvo coniuncta sacello:
haec adolet flammis cum strue farra suis.'
'At cur pace lates motisque recluderis armis?'
nec mora, quaesiti reddita causa mihi est:
'Ut populo reditus pateant ad bella profecto,
tota patet dempta ianua nostra sera.
Pace fores obdo, ne qua discedere possit;
Caesareoque diu numine clausus ero.'
Dixit et attollens oculos diversa videntes
aspexit toto quicquid in orbe fuit.
Pax erat et, vestri, Germanice, causa triumphi,
tradiderat famulas iam tibi Rhenus aquas.

1 et=per

Iane, fac aeternos pacem pacisque ministros,
   neve suum, praesta, deserat auctor opus.
Quod tamen ex ipsis licuit mihi discere fastis,
   sacravere patres hac duo templa die.
accepit Phoebo nymphaque Coronide natum
   insula, dividua quam premit amnis aqua.
Iuppiter in parte est; cepit locus unus utrumque
   iunctaque sunt magno templa nepotis avo.
Quid vetat et stellas, ut quaeque oriturque caditque,
   dicere? Promissi pars fuit[1] ista mei.
Felices animae, quibus haec cognoscere primis
   inque domos superas scandere cura fuit!
Credibile est illos pariter vitiisque locisque
   altius humanis exseruisse caput.
Non Venus et vinum sublimia pectora fregit
   officiumque fori militiaeve labor;
nec levis ambitio perfusaque gloria fuco
   magnarumque fames sollicitavit opum.
Admovere oculis distantia sidera nostris[2]
   aetheraque ingenio subposuere suo.
Sic petitur caelum: non ut ferat Ossan Olympus,
   summaque Peliacus sidera tangat apex.

1 fuit=sit et

2 nostris=mentis

Nos quoque sub ducibus caelum metabimur illis
ponemusque suos ad vaga signa dies.
Ergo ubi nox aderit venturis tertia Nonis,
sparsaque caelesti rore madebit humus,
octipedis frustra quaerentur bracchia Cancri:
praeceps occiduas ille subibit aquas.
Institerint Nonae, missi tibi nubibus atris
signa dabunt imbres exoriente Lyra.
Quattuor adde dies ductos ex ordine Nonis,
Ianus Agonali luce piandus erit.
Nominis esse potest succinctus causa minister,
hostia caelitibus quo feriente cadit,
qui calido strictos tincturus sanguine cultros
semper agatne rogat, nec nisi iussus agit.
Pars, quia non veniant pecudes, sed agantur, ab actu
nomen Agonalem credit habere diem.
Pars putat hoc festum priscis Agnalia dictum,
una sit ut proprio littera dempta loco.
An, quia praevisos in aqua timet hostia cultros,
a pecoris lux est ipsa notata metu?
Fas etiam fieri solitis aetate priorum
nomina de ludis Graeca tulisse diem.
Et pecus antiquus dicebat agonia sermo;
veraque iudicio est ultima causa meo.
utque ea non certa est, ita rex placare sacrorum

numina lanigerae coniuge debet ovis.
Victima, quae dextra cecidit victrice, vocatur;
hostibus a domitis hostia nomen habet.
Ante, deos homini quod conciliare valeret,
far erat et puri lucida mica salis.
Nondum pertulerat lacrimatas cortice murras
acta per aequoreas hospita navis aquas,
tura nec Euphrates nec miserat India costum,
nec fuerant rubri cognita fila croci.
Ara dabat fumos herbis contenta Sabinis
et non exiguo laurus adusta sono.
Si quis erat, factis prati de flore coronis
qui posset violas addere, dives erat.
Hic, qui nunc aperit percussi viscera tauri,
in sacris nullum culter habebat opus.
Prima Ceres avidae gavisa est sanguine porcae
ulta suas merita caede nocentis opes;
nam sata vere novo teneris lactentia sucis
eruta saetigerae comperit ore suis.
Sus dederat poenas: exemplo territus huius
palmite debueras abstinuisse, caper.
Quem spectans aliquis dentes in vite prementem
talia non tacito dicta dolore dedit:
'Rode, caper, vitem! tamen hinc, cum stabis ad aram,
in tua quod spargi cornua possit erit.'

Verba fides sequitur: noxae tibi deditus hostis
spargitur adfuso cornua, Bacche, mero.
Culpa sui nocuit, nocuit quoque culpa capellae:
quid bos, quid placidae commeruistis oves?
Flebat Aristaeus, quod apes cum stirpe necatas
viderat inceptos destituisse favos.
Caerula quem genetrix aegre solata dolentem
addidit haec dictis ultima verba suis:
'Siste, puer, lacrimas! Proteus tua damna levabit,
quoque modo repares quae periere, dabit.
Decipiat ne te versis tamen ille figuris,
impediant geminas vincula firma manus.'
Pervenit ad vatem iuvenis resolutaque somno
alligat aequorei bracchia capta senis.
Ille sua faciem transformis adulterat arte:
mox domitus vinclis in sua membra redit,
oraque caerulea tollens rorantia barba,
'Qua' dixit 'repares arte requiris apes?
obrue mactati corpus tellure iuvenci:
quod petis a nobis, obrutus ille dabit.'
Iussa facit pastor: fervent examina putri
de bove: mille animas una necata dedit.
Poscit ovem fatum: verbenas improba carpsit,
quas pia dis ruris ferre solebat anus.
Quid tuti superest, animam cum ponat in aris

lanigerumque pecus ruricolaeque boves?
Placat equo Persis radiis Hyperiona cinctum,
ne detur celeri victima tarda deo.
Quod semel est geminae pro virgine caesa Dianae,
nunc quoque pro nulla virgine cerva cadit.
Exta canum vidi Triviae libare Sapaeos
et quicumque tuas accolit, Haeme, nives.
Caeditur et rigido custodi ruris asellus;
causa pudenda quidem, sed tamen apta deo.
Festa corymbiferi celebrabas, Graecia, Bacchi,
tertia quae solito tempore bruma refert.
Di quoque cultores in idem venere Lyaei,
et quicumque iocis non alienus erat,
Panes et in Venerem Satyrorum prona iuventus,
quaeque colunt amnes solaque rura deae.
Venerat et senior pando Silenus asello,
quique ruber pavidas inguine terret aves.
Dulcia qui dignum nemus in convivia nacti
gramine vestitis accubuere toris.
Vina dabat Liber, tulerat sibi quisque coronam,
miscendas parce[1] rivus agebat aquas.
Naides effusis aliae sine pectinis usu,
pars aderant positis arte manuque comis:

1 parce=large

illa super suras tunicam collecta ministrat,
altera dissuto pectus aperta sinu:
exserit haec umerum, vestes trahit illa per herbas,
impediunt teneros vincula nulla pedes.
Hinc aliae Satyris incendia mitia praebent,
pars tibi, qui pinu tempora nexa geris.
Te quoque, inexstinctae Silene libidinis, urunt:
nequitia est, quae te non sinit esse senem.
At ruber, hortorum decus et tutela, Priapus
omnibus ex illis Lotide captus erat:
hanc cupit, hanc optat, sola suspirat in illa,
signaque dat nutu, sollicitatque notis.
Fastus inest pulchris, sequiturque superbia formam:
inrisum voltu despicit illa suo.
Nox erat, et vino somnum faciente iacebant
corpora diversis victa sopore locis.
Lotis in herbosa sub acernis ultima ramis,
sicut erat lusu fessa, quievit humo.
Surgit amans animamque tenens vestigia furtim
suspenso digitis fert taciturna gradu.
Ut tetigit niveae secreta cubilia nymphae,
ipsa sui flatus ne sonet aura, cavet.
Et iam finitima corpus librabat in herba:
illa tamen multi plena soporis erat.
Gaudet et, a pedibus tracto velamine, vota

ad sua felici coeperat ire via.
Ecce rudens rauco Sileni vector asellus
intempestivos edidit ore sonos.
Territa consurgit nymphe manibusque Priapum
reicit et fugiens concitat omne nemus;
at deus obscena nimium quoque parte paratus
omnibus ad lunae lumina risus erat.
Morte dedit poenas auctor clamoris, et haec est
Hellespontiaco victima grata deo.
Intactae fueratis aves, solacia ruris,
adsuetum silvis innocuumque genus,
quae facitis nidos et plumis ova fovetis,
et facili dulces editis ore modos;
sed nihil ista iuvant, quia linguae crimen habetis,
dique putant mentes vos aperire suas.
Nec tamen hoc falsum: nam, dis ut proxima quaeque,
nunc pinna veras, nunc datis ore notas.
Tuta diu volucrum proles tum denique caesa est,
iuveruntque deos indicis exta sui.
Ergo saepe suo coniunx abducta marito
uritur Idaliis[1] alba columba focis;
nec defensa iuvant Capitolia, quo minus anser

1 Idaliis=in calidis

det iecur in lances, Inachi lauta[1], tuas;
nocte deae Nocti cristatus caeditur ales,
quod tepidum vigili provocet ore diem.
Interea Delphin clarum super aequora sidus
tollitur et patriis exserit ora vadis.
Postera lux hiemem medio discrimine signat,
aequaque praeteritae, quae superabit, erit.
Proxima prospiciet Tithono nupta relicto
Arcadiae sacrum pontificale deae.
Te quoque lux eadem, Turni soror, aede recepit,
hic ubi Virginea Campus obitur aqua.
Unde petam causas horum moremque sacrorum?
deriget in medio quis mea vela freto?
Ipsa mone, quae nomen habes a carmine ductum,
propositoque fave, ne tuus erret honor.
Orta prior luna (de se si creditur ipsi)
a magno tellus Arcade nomen habet.
Hinc fuit Euander, qui, quamquam clarus utroque,
nobilior sacrae sanguine matris erat;
quae simul aetherios animo conceperat ignes,
ore dabat vero carmina plena[2] dei.
Dixerat haec nato motus instare sibique,

1 Inachi lauta=Inachioti

2 vero carmina plena= pleno carmina vera

multaque praeterea tempore nacta fidem.
Nam iuvenis nimium vera cum matre fugatus
deserit Arcadiam Parrhasiumque larem.
Cui genetrix flenti 'fortuna viriliter' inquit
'(siste, precor, lacrimas) ista ferenda tibi est.
Sic erat in fatis; nec te tua culpa fugavit,
sed deus; offenso pulsus es urbe deo.
Non meriti poenam pateris, sed numinis iram:
est aliquid magnis crimen abesse malis.
Conscia mens ut cuique sua est, ita concipit intra
pectora pro facto spemque metumque suo.
Nec tamen ut primus maere mala talia passus:
obruit ingentes ista procella viros.
Passus idem est, Tyriis qui quondam pulsus ab oris
Cadmus in Aonia constitit exul humo:
passus idem Tydeus et idem Pagasaeus Iason,
et quos praeterea longa referre mora est.
Omne solum forti patria est, ut piscibus aequor,
ut volucri, vacuo quicquid in orbe patet.
Nec fera tempestas toto tamen horret in anno:
et tibi (crede mihi) tempora veris erunt.'
Vocibus Euander firmata mente parentis
nave secat fluctus Hesperiamque tenet.
Iamque ratem doctae monitu Carmentis in amnem
egerat et Tuscis obvius ibat aquis:

fluminis illa latus, cui sunt vada iuncta Tarenti,
aspicit et sparsas per loca sola casas;
utque erat, immissis puppem stetit ante capillis
continuitque manum torva regentis iter,
et procul in dextram tendens sua bracchia ripam
pinea non sano ter pede texta ferit;
neve daret saltum properans insistere terrae,
vix est Euandri vixque retenta manu.
'Di' que 'petitorum' dixit 'salvete locorum,
tuque, novos caelo terra datura deos,
fluminaque et fontes, quibus utitur hospita tellus,
et nemorum silvae Naiadumque chori!
este bonis avibus visi natoque mihique,
ripaque felici tacta sit ista pede!
Fallor, an hi fient ingentia moenia colles,
iuraque ab hac terra cetera terra petet?
Montibus his olim totus promittitur orbis:
quis tantum fati credat habere locum?
Et iam Dardaniae tangent haec litora pinus:
hic quoque causa novi femina Martis erit.
Care nepos, Palla, funesta quid induis arma?
Indue! non humili vindice caesus eris.
Victa tamen vinces eversaque, Troia, resurges;

obruet[1] hostiles ista ruina domos.
Urite victrices Neptunia Pergama flammae!
num minus hic toto est altior orbe cinis?
Iam pius Aeneas sacra et, sacra altera, patrem
adferet: Iliacos accipe, Vesta, deos!
Tempus erit, cum vos orbemque tuebitur idem,
et fient ipso sacra colente deo,
et penes Augustos patriae tutela manebit:
hanc fas imperii frena tenere domum.
Inde nepos natusque dei, licet ipse recuset,
pondera caelesti mente paterna feret;
utque ego perpetuis olim sacrabor in aris,
sic Augusta novum Iulia numen erit.'
Talibus ut dictis nostros descendit in annos,
substitit in medio praescia lingua sono.
Puppibus egressus Latia stetit exul in herba,
felix, exilium cui locus ille fuit!
Nec mora longa fuit: stabant nova tecta, nec alter
montibus Ausoniis Arcade maior erat.
Ecce boves illuc Erytheidas adplicat heros
emensus longi claviger orbis iter;
dumque huic hospitium domus est Tegeaea, vagantur
incustoditae lata per arva boves.

1 obruet=obruit

Mane erat: excussus somno Tirynthius actor
de numero tauros sentit abesse duos.
Nulla videt quaerens taciti vestigia furti:
traxerat aversos Cacus in antra ferox,
Cacus, Aventinae timor atque infamia silvae,
non leve finitimis hospitibusque malum.
Dira viro facies, vires pro corpore, corpus
grande: pater monstri Mulciber huius erat:
proque domo longis spelunca recessibus ingens,
abdita, vix ipsis invenienda feris.
Ora super postes adfixaque bracchia pendent,
squalidaque humanis ossibus albet humus.
Servata male parte boum Iove natus abibat:
mugitum rauco furta dedere sono.
'Accipio revocamen' ait, vocemque secutus
impia per silvas ultor ad antra venit.
Ille aditum fracti praestruxerat obice montis;
vix iuga movissent quinque bis illud opus.
nititur hic umeris (caelum quoque sederat illis)
et vastum motu conlabefactat onus.
Quod simul eversum est, fragor aethera terruit ipsum
ictaque subsedit pondere molis humus.
Prima movet Cacus conlata proelia dextra
remque ferox saxis stipitibusque gerit.
Quis ubi nil agitur, patrias male fortis ad artes

confugit et flammas ore sonante vomit;
quas quotiens proflat, spirare Typhoea credas
et rapidum Aetnaeo fulgur ab igne iaci.
Occupat Alcides, adductaque clava trinodis
ter quater adverso sedit in ore viri.
Ille cadit mixtosque vomit cum sanguine fumos
et lato moriens pectore plangit humum.
Immolat ex illis taurum tibi, Iuppiter, unum
victor et Euandrum ruricolasque vocat,
constituitque sibi, quae Maxima dicitur, aram,
hic ubi pars Urbis de bove nomen habet.
Nec tacet Euandri mater prope tempus adesse,
Hercule quo tellus sit satis usa suo.
At felix vates, ut dis gratissima vixit,
possidet hunc Iani sic dea mense diem.
Idibus in magni castus Iovis aede sacerdos
semimaris flammis viscera libat ovis;
redditaque est omnis populo provincia nostro,
et tuus Augusto nomine dictus avus.
Perlege dispositas generosa per atria ceras:
contigerunt nulli nomina tanta viro.
Africa victorem de se vocat, alter Isauras
aut Cretum domitas testificatur opes;
hunc Numidae faciunt, illum Messana superbum,
ille Numantina traxit ab urbe notam,

et mortem et nomen Druso Germania fecit—
me miserum, virtus quam brevis illa fuit!
Si petat a victis, tot sumet nomina Caesar,
quot numero gentes maximus orbis habet.
Ex uno quidam celebres aut torquis adempti
aut corvi titulos auxiliaris habent.
Magne, tuum nomen rerum est mensura tuarum:
sed qui te vicit nomine maior erat.
nec gradus est supra Fabios cognominis ullus:
illa domus meritis Maxima dicta suis.
Sed tamen humanis celebrantur honoribus omnes:
hic socium summo cum Iove nomen habet.
Sancta vocant augusta patres, augusta vocantur
templa sacerdotum rite dicata manu;
huius et augurium dependet origine verbi,
et quodcumque sua Iuppiter auget ope.
augeat imperium nostri ducis, augeat annos,
protegat et vestras querna corona fores,
auspicibusque deis tanti cognominis heres
omine suscipiat, quo pater, orbis onus.
Respiciet Titan actas ubi tertius Idus,
fient Parrhasiae sacra relata deae.
Nam prius Ausonias matres carpenta vehebant
(haec quoque ab Euandri dicta parente reor);
mox honor eripitur, matronaque destinat omnis

ingratos nulla prole novare viros,
neve daret partus, ictu temeraria caeco
visceribus crescens excutiebat onus.
corripuisse patres ausas immitia nuptas,
ius tamen exemptum restituisse ferunt;
binaque nunc pariter Tegeaeae sacra parenti
pro pueris fieri virginibusque iubent.
Scortea non illi fas est inferre sacello,
ne violent puros exanimata focos.
Siquis amas veteres ritus, adsiste precanti:
nomina percipies non tibi nota prius.
Porrima placatur Postvertaque, sive sorores
sive fugae comites, Maenali diva, tuae;
altera quod porro fuerat cecinisse putatur,
altera, venturum postmodo quicquid erat.
Candida, te niveo posuit lux proxima templo,
qua fert sublimes alta Moneta gradus:
nunc bene prospicies[1] Latiam, Concordia, turbam,
nunc[2] te sacratae constituere manus.
Furius antiquam populi superator Etrusci
voverat et voti solverat ille fidem.
Causa, quod a patribus sumptis secesserat armis

1 prospicies=prospiciens

2 nunc=ut

volgus, et ipsa suas Roma timebat opes.
causa recens melior: passos Germania crines
porrigit auspiciis, dux venerande, tuis;
inde triumphatae libasti munera gentis
templaque fecisti, quam colis ipse, deae.
Hanc tua constituit genetrix et rebus et ara,
sola toro magni digna reperta Iovis.
Haec ubi transierint, Capricorno, Phoebe, relicto
per iuvenis curres signa gerentis[1] aquam.
Septimus hinc Oriens cum se demiserit undis,
fulgebit toto iam Lyra nulla polo.
Sidere ab hoc ignis venienti nocte, Leonis
qui micat in medio pectore, mersus erit.
Ter quater evolvi signantes tempora fastos,
nec Sementiva est ulla reperta dies:
cum mihi (sensit enim) 'lux haec indicitur,' inquit
Musa, 'quid a fastis non stata sacra petis?
Utque dies incerta sacri, sic tempora certa:
seminibus iactis est ubi fetus ager.'
State coronati plenum ad praesepe, iuvenci:
cum tepido vestrum vere redibit opus.
Rusticus emeritum palo suspendat aratrum:
omne reformidat frigore volnus humus.

1 gerentis=regentis

Vilice, da requiem terrae semente peracta;
da requiem, terram qui coluere, viris.
Pagus agat festum: pagum lustrate, coloni,
et date paganis annua liba focis.
Placentur frugum matres, Tellusque Ceresque,
farre suo gravidae visceribusque suis.
Officium commune Ceres et Terra tuentur:
haec praebet causam frugibus, illa locum.
'Consortes operis, per quas correcta vetustas
quernaque glans victa est utiliore cibo,
frugibus immensis avidos satiate colonos,
ut capiant cultus praemia digna sui.
Vos date perpetuos teneris sementibus auctus,
nec nova per gelidas herba sit usta nives.
Cum serimus, caelum ventis aperite serenis;
cum latet, aetheria spargite semen aqua.
Neve graves cultis Cerialia rura, cavete,
agmine laesuro depopulentur aves.
Vos quoque, formicae, subiectis parcite granis:
post messem praedae copia maior erit.
Interea crescat scabrae robiginis expers,
nec vitio caeli palleat ulla[1] seges,
et neque deficiat macie nec pinguior aequo

1 ulla=aegra

divitiis pereat luxuriosa suis.
Et careant loliis oculos vitiantibus agri,
nec sterilis culto surgat avena solo.
Triticeos fetus passuraque farra bis ignem
hordeaque ingenti fenore reddat ager!'
Haec ego pro vobis, haec vos optate coloni,
efficiatque ratas utraque diva preces.
Bella diu tenuere viros: erat aptior ensis
vomere, cedebat taurus arator equo;
sarcula cessabant, versique in pila ligones,
factaque de rastri pondere cassis erat.
Gratia dis domuique tuae; religata catenis
iampridem vestro sub pede Bella iacent.
Sub iuga bos veniat, sub terras semen aratas:
Pax Cererem nutrit, Pacis alumna Ceres.
At quae venturas praecedit[1] sexta Kalendas,
hac sunt Ledaeis templa dicata deis:
fratribus illa deis fratres de gente deorum
circa Iuturnae composuere lacus.
Ipsum nos carmen deduxit Pacis ad aram.
Haec erit a mensis fine secunda dies.
Frondibus Actiacis comptos redimita capillos,
Pax, ades et toto mitis in orbe mane.

1 praecedit=praecedet

Dum desint hostes, desit quoque causa triumphi:
　tu ducibus bello gloria maior eris.
Sola gerat miles, quibus arma coerceat, arma,
　canteturque fera nil nisi pompa tuba.
Horreat Aeneadas et primus et ultimus orbis:
　si qua parum Romam terra timebat, amet.
Tura, sacerdotes, Pacalibus addite flammis,
　albaque perfusa victima fronte cadat.
Utque domus, quae praestat eam, cum pace perennet
　ad pia propensos vota rogate deos.
Sed iam prima mei pars est exacta laboris,
　cumque suo finem mense libellus habet.

FASTORVM LIBER II

《岁时记》

第二卷

Ianus habet finem. Cum carmine crescit[1] et annus:
alter ut hic[2] mensis, sic liber alter eat.
Nunc primum velis, elegi, maioribus itis[3]:
exiguum, memini, nuper eratis opus.
Ipse ego vos habui faciles in amore ministros,
cum lusit numeris prima iuventa suis.
Idem sacra cano signataque tempora fastis:
ecquis ad haec illinc crederet esse viam?
Haec mea militia est: ferimus quae possumus arma,
dextraque non omni munere nostra vacat.
si mihi non valido torquentur pila lacerto,
nec bellatoris terga premuntur equi,
nec galea tegimur, nec acuto cingimur ense
(his habilis telis quilibet esse potest),
at tua prosequimur studioso pectore, Caesar,
nomina, per titulos ingredimurque tuos.

1 crescit=crescat

2 hic=hinc

3 itis=ite

Ergo ades et placido paulum mea munera voltu
respice, pacando si quid ab hoste vacas[1].
Februa Romani dixere piamina[2] patres:
nunc quoque dant verbo plurima signa fidem.
Pontifices ab rege petunt et flamine lanas,
quis veterum lingua februa nomen erat,
quaeque capit lictor domibus purgamina certis[3],
torrida cum mica farra, vocantur idem;
nomen idem ramo, qui caesus ab arbore pura
casta sacerdotum tempora fronde tegit.
Ipse ego flaminicam poscentem februa vidi;
februa poscenti pinea virga data est.
Denique quodcumque est, quo corpora nostra piantur,
hoc apud intonsos nomen habebat avos.
Mensis ab his dictus, secta quia pelle Luperci
omne solum lustrant idque piamen habent.
Aut quia placatis sunt tempora pura sepulcris,
tum cum ferales praeteriere dies.
Omne nefas omnemque mali purgamina causam
credebant nostri tollere posse senes.
Graecia principium moris dedit: illa nocentes[4]

1 vacas=vacat

2 piamina=piacula

3 certis=tersis

4 nocentes=nocentis

impia lustratos ponere facta putat.
Actoriden Peleus, ipsum quoque Pelea Phoci
caede per Haemonias solvit Acastus aquas;
vectam frenatis per inane draconibus Aegeus
credulus immerita Phasida fovit ope:
Amphiareiades Naupactoo Acheloo
'solve nefas' dixit, solvit et ille nefas.
A! nimium faciles, qui tristia crimina caedis
fluminea tolli posse putatis aqua!
Sed tamen (antiqui ne nescius ordinis erres)
primus, ut est, Iani mensis et ante fuit;
qui sequitur Ianum, veteris fuit ultimus anni:
tu quoque sacrorum, Termine, finis eras.
Primus enim Iani mensis, quia ianua prima est:
qui sacer est imis manibus, imus erat.
postmodo creduntur spatio distantia longo
tempora bis quini continuasse viri.
Principio mensis Phrygiae contermina Matri
Sospita delubris dicitur aucta novis.
Nunc ubi sunt, illis quae sunt sacrata Kalendis
templa deae? longa procubuere die.
Cetera ne simili caderent labefacta ruina,
cavit sacrati provida cura ducis,
sub quo delubris sentitur nulla senectus;
nec satis est homines, obligat ille deos.

Templorum positor, templorum sancte repostor,
sit superis, opto, mutua cura tui!
Dent tibi caelestes, quos tu caelestibus, annos,
proque tua maneant in statione domo!
Tum quoque vicini lucus celebratur asyli[1],
qua petit aequoreas advena Thybris aquas.
Ad penetrale Numae Capitolinumque Tonantem
inque Iovis summa caeditur arce bidens.
Saepe graves pluvias adopertus nubibus aether
concitat, aut posita sub nive terra latet.
Proximus Hesperias Titan abiturus in undas
gemmea purpureis cum iuga demet equis,
illa nocte aliquis, tollens ad sidera voltum
dicet 'ubi est hodie quae Lyra fulsit heri?'
Dumque Lyram quaeret, medii quoque terga Leonis
in liquidas subito mersa notabit aquas.
Quem modo caelatum stellis Delphina videbas,
is fugiet visus nocte sequente tuos,
seu fuit occultis felix in amoribus index,
Lesbida cum domino seu tulit ille lyram.
Quod mare non novit, quae nescit Ariona tellus?
carmine currentes ille tenebat aquas.
Saepe sequens agnam lupus est a voce retentus,

1 asyli=Alerni=averni=asili

saepe avidum fugiens restitit agna lupum;
saepe canes leporesque umbra iacuere sub una,
et stetit in saxo proxima cerva leae,
et sine lite loquax cum Palladis alite cornix
sedit, et accipitri iuncta columba fuit.
Cynthia saepe tuis fertur, vocalis Arion,
tamquam fraternis obstipuisse modis.
Nomen Arionium Siculas impleverat urbes
captaque erat lyricis Ausonis ora sonis;
inde domum repetens puppem conscendit Arion,
atque ita quaesitas arte ferebat opes.
forsitan, infelix, ventos undasque timebas,
at tibi nave tua tutius aequor erat.
namque gubernator destricto constitit ense
ceteraque armata conscia turba manu.
Quid tibi cum gladio? dubiam rege, navita, puppem:
non haec sunt digitis arma tenenda tuis.
Ille, metu pavidus, 'mortem non deprecor' inquit,
'sed liceat sumpta pauca referre lyra.'
Dant veniam ridentque moram. Capit ille coronam,
quae possit crines, Phoebe, decere tuos;
induerat Tyrio bis tinctam murice pallam:
reddidit icta suos pollice chorda sonos,
flebilibus numeris veluti canentia dura
traiectus penna tempora cantat olor.

Protinus in medias ornatus desilit undas:
spargitur impulsa caerula puppis aqua.
Inde (fide maius) tergo delphina recurvo
se memorant oneri subposuisse novo;
ille sedens citharamque tenens pretiumque vehendi
cantat et aequoreas carmine mulcet aquas.
di pia facta vident: astris delphina recepit
Iuppiter et stellas iussit habere novem.
Nunc mihi mille sonos, quoque est memoratus Achilles,
vellem, Maeonide, pectus inesse tuum,
dum canimus sacras alterno carmine Nonas:
maximus hic fastis accumulatur honor.
Deficit ingenium, maioraque viribus urgent:
haec mihi praecipuo est ore canenda dies.
Quid volui demens elegis imponere tantum
ponderis? Heroi res erat ista pedis,
sancte pater patriae, tibi plebs, tibi curia nomen
hoc dedit, hoc dedimus nos tibi nomen, eques.
Res tamen ante dedit. Sero quoque vera tulisti
nomina, iam pridem tu pater orbis eras.
Hoc tu per terras, quod in aethere Iuppiter alto,
nomen habes: hominum tu pater, ille deum.
Romule, concedes: facit hic tua magna tuendo
moenia, tu dederas transilienda Remo.
Te Tatius parvique Cures Caeninaque sensit:

hoc duce Romanum est solis utrumque latus.
Tu breve nescioquid victae telluris habebas:
quodcumque est alto sub Iove, Caesar habet.
Tu rapis, hic castas duce se iubet esse maritas:
tu recipis luco, reppulit ille nefas.
Vis tibi grata fuit, florent sub Caesare leges.
Tu domini nomen, principis ille tenet.
Te Remus incusat, veniam dedit hostibus ille.
Caelestem fecit te pater, ille patrem.
Iam puer Idaeus media tenus eminet alvo
et liquidas mixto nectare fundit aquas.
En etiam, siquis Borean horrere solebat,
gaudeat: a Zephyris mollior aura venit.
Quintus ab aequoreis nitidum iubar extulit undis
Lucifer, et primi tempora veris erunt.
ne fallare tamen, restant tibi frigora, restant,
magnaque discedens signa reliquit hiems.
Tertia nox veniat: Custodem protinus Ursae
aspicies geminos exseruisse pedes.
Inter hamadryadas iaculatricemque Dianam
Callisto sacri pars fuit una chori.
Illa, deae tangens arcus, 'quos tangimus arcus,
este meae testes virginitatis' ait.
Cynthia laudavit, 'promissa' que 'foedera serva,
et comitum princeps tu mihi' dixit 'eris.'

Foedera servasset, si non formosa fuisset:
cavit mortales, de Iove crimen habet.
Mille feras Phoebe silvis venata redibat
aut plus aut medium sole tenente diem.
Ut tetigit lucum (densa niger ilice lucus,
in medio gelidae fons erat altus aquae),
'hic' ait 'in silva, virgo Tegeaea, lavemur!'
erubuit falso virginis illa sono.
Dixerat et nymphis: nymphae velamina ponunt,
hanc pudet et tardae dat mala signa morae.
Exuerat tunicas; uteri manifesta tumore
proditur indicio ponderis ipsa suo.
Cui dea 'virgineos, periura Lycaoni, coetus
desere, nec castas pollue' dixit 'aquas.'
Luna novum decies implerat cornibus orbem:
quae fuerat virgo credita, mater erat.
Laesa furit Iuno, formam mutatque puellae.
Quid facis? Invito est pectore passa Iovem.
Utque ferae vidit turpes in paelice voltus,
'huius in amplexus, Iuppiter,' inquit 'eas.'
Ursa per incultos errabat squalida montes,
quae fuerat summo nuper amata Iovi.
Iam tria lustra puer furto conceptus agebat,
cum mater nato est obvia facta suo.
Illa quidem, tamquam cognosceret, adstitit amens

et gemuit: gemitus verba parentis erant.
Hanc puer ignarus iaculo fixisset acuto,
ni foret in superas raptus uterque domos.
Signa propinqua micant: prior est, quam dicimus Arcton,
Arctophylax formam terga sequentis habet.
Saevit adhuc canamque rogat Saturnia Tethyn,
Maenaliam tactis ne lavet Arcton aquis.
Idibus agrestis fumant altaria Fauni
hic, ubi discretas insula rumpit aquas.
Haec fuit illa dies, in qua Veientibus armis
ter centum Fabii ter cecidere duo.
Una domus vires et onus susceperat urbis:
sumunt gentiles arma professa manus.
Egreditur castris miles generosus ab isdem,
e quis dux fieri quilibet aptus erat.
Carmentis portae dextro est via proxima iano:
ire per hanc noli, quisquis es; omen habet.
Illa fama refert Fabios exisse trecentos:
porta vacat culpa, sed tamen omen habet.
Ut celeri passu Cremeram tetigere rapacem
(turbidus hibernis ille fluebat aquis),
castra loco ponunt: destrictis ensibus ipsi
Tyrrhenum valido Marte per agmen eunt,
non aliter quam cum Libyca de gente leones
invadunt sparsos lata per arva greges.

Diffugiunt hostes inhonestaque volnera tergo
accipiunt: Tusco sanguine terra rubet.
Sic iterum, sic saepe cadunt. Ubi vincere aperte
non datur, insidias armaque tecta parant.
Campus erat, campi claudebant ultima colles
silvaque montanas occulere apta feras.
In medio paucos armentaque rara relinquunt,
cetera virgultis abdita turba latet.
Ecce velut torrens undis pluvialibus auctus
aut nive, quae Zephyro victa tepente fluit,
per sata perque vias fertur nec, ut ante solebat,
riparum clausas margine finit aquas:
sic Fabii vallem latis discursibus implent,
quodque vident, sternunt, nec metus alter inest.
Quo ruitis, generosa domus? male creditis hosti:
simplex nobilitas, perfida tela cave!
Fraude perit virtus: in apertos undique campos
prosiliunt hostes et latus omne tenent.
Quid faciant pauci contra tot milia fortes?
quidve, quod in misero tempore restet, adest?
Sicut aper longe silvis latratibus actus
fulmineo celeres dissipat ore canes,
mox tamen ipse perit, sic non moriuntur inulti
volneraque alterna dantque feruntque manu.
Una dies Fabios ad bellum miserat omnes:

ad bellum missos perdidit una dies.
Ut tamen Herculeae superessent semina gentis,
credibile est ipsos consuluisse deos;
nam puer impubes et adhuc non utilis armis
unus de Fabia gente relictus erat,
scilicet ut posses olim tu, Maxime, nasci,
cui res cunctando restituenda foret.
Continuata loco tria sidera, Corvus et Anguis
et medius Crater inter utrumque, iacent.
Idibus illa latent, oriuntur nocte sequenti.
Quae tibi cur tria sint tam sociata, canam.
Forte Iovi Phoebus festum sollemne parabat
(non faciet longas fabula nostra moras):
'i, mea' dixit 'avis, ne quid pia sacra moretur,
et tenuem vivis fontibus adfer aquam.'
Corvus inauratum pedibus cratera recurvis
tollit et aerium pervolat altus iter.
Stabat adhuc duris ficus densissima pomis:
temptat eam rostro, non erat apta legi.
Immemor imperii sedisse sub arbore fertur,
dum fierent tarda dulcia poma mora.
Iamque satur nigris longum rapit unguibus hydrum
ad dominumque redit fictaque verba refert:
'hic mihi causa morae, vivarum obsessor aquarum:
hic tenuit fontes officiumque meum.'

‘Addis’ ait ‘culpae mendacia’ Phoebus ‘et audes
fatidicum verbis fallere velle deum?
At tibi, dum lactens haerebit in arbore ficus,
de nullo gelidae fonte bibentur aquae.’
Dixit, et, antiqui monimenta perennia facti,
Anguis, avis, Crater sidera iuncta micant.
Tertia post Idus nudos aurora Lupercos
aspicit, et Fauni sacra bicornis eunt.
Dicite, Pierides, sacrorum quae sit origo,
attigerint Latias unde petita domos.
Pana deum pecoris veteres coluisse feruntur
Arcades: Arcadiis plurimus ille iugis.
Testis erit Pholoe, testes Stymphalides undae,
quique citis Ladon in mare currit aquis,
cinctaque pinetis nemoris iuga Nonacrini,
altaque Cyllene[1] Parrhasiaeque nives.
Pan erat armenti, Pan illic numen equarum:
munus ob incolumes ille ferebat oves.
Transtulit Euander silvestria numina secum:
hic, ubi nunc urbs est, tum locus urbis erat.
Inde deum colimus devectaque sacra Pelasgis
flamen ad haec prisco more Dialis erat[2].

---

1 Cyllene=Tricrene=Cillene=Troezenae=Troezene

2 erat=obit

Cur igitur currant, et cur (sic currere mos est)
nuda ferant posita corpora veste, rogas?
Ipse deus velox discurrere gaudet in altis
montibus, et subitas concipit ipse fugas;
ipse deus nudus nudos iubet ire ministros,
nec satis ad cursus commoda vestis erit[1].
Ante Iovem genitum terras habuisse feruntur
Arcades, et luna gens prior illa fuit.
Vita feris similis, nullos agitata per usus:
artis adhuc expers et rude volgus erat.
Pro domibus frondes norant, pro frugibus herbas,
nectar erat palmis hausta duabus aqua.
Nullus anhelabat sub adunco vomere taurus,
nulla sub imperio terra colentis erat:
nullus adhuc erat usus equi, se quisque ferebat:
ibat ovis lana corpus amicta sua.
Sub Iove durabant et corpora nuda gerebant,
docta graves imbres et tolerare Notos.
Nunc quoque detecti referunt monimenta vetusti
moris et antiquas testificantur opes.
Sed cur praecipue fugiat velamina Faunus,
traditur antiqui fabula plena ioci.
Forte comes dominae iuvenis Tirynthius ibat:

1 erit=erat

vidit ab excelso Faunus utrumque iugo.
Vidit et incaluit, 'montana' que 'numina,' dixit
'nil mihi vobiscum est: hic meus ardor erit.'
Ibat odoratis umeros perfusa capillis
Maeonis, aurato conspicienda sinu:
aurea pellebant tepidos umbracula soles,
quae tamen Herculeae sustinuere manus.
Iam Bacchi nemus et Tmoli vineta tenebat,
Hesperos et fusco roscidus ibat equo.
antra subit tofis laqueata et pumice vivo;
garrulus in primo limine rivus erat.
Dumque parant epulas potandaque vina ministri,
cultibus Alciden instruit illa suis.
Dat tenues tunicas Gaetulo murice tinctas,
dat teretem zonam, qua modo cincta fuit.
Ventre minor zona est; tunicarum vincla relaxat,
ut posset magnas exseruisse manus.
Fregerat armillas non illa ad bracchia factas,
scindebant magni vincula parva pedes.
Ipsa capit clavamque gravem spoliumque leonis
conditaque in pharetra tela minora sua.
Sic epulis functi sic dant sua corpora somno,
et positis iuxta secubuere toris:
causa, repertori vitis quia sacra parabant,
quae facerent pure, cum foret orta dies.

Noctis erat medium. Quid non amor improbus audet?
  Roscida per tenebras Faunus ad antra venit,
utque videt comites somno vinoque solutos,
  spem capit in dominis esse soporis idem.
Intrat, et huc illuc temerarius errat adulter
  et praefert cautas subsequiturque manus.
Venerat ad strati captata cubilia lecti,
  et felix prima sorte futurus erat.
Ut tetigit fulvi saetis hirsuta leonis
  vellera, pertimuit sustinuitque manum,
attonitusque metu rediit, ut saepe viator
  turbatum viso rettulit angue pedem.
Inde tori qui iunctus erat velamina tangit
  mollia, mendaci decipiturque nota.
Ascendit spondaque sibi propiore recumbit,
  et tumidum cornu durius inguen erat.
Interea tunicas ora subducit ab ima:
  horrebant densis aspera crura pilis.
Cetera temptantem subito Tirynthius heros
  reppulit: e summo decidit ille toro.
Fit sonus, inclamat comites et lumina poscit
  Maeonis: inlatis ignibus acta patent.
Ille gemit lecto graviter deiectus ab alto,
  membraque de dura vix sua tollit humo.
Ridet et Alcides et qui videre iacentem,

ridet amatorem Lyda puella suum.
Veste deus lusus fallentes lumina vestes
non amat, et nudos ad sua sacra vocat.
Adde peregrinis causas, mea Musa, Latinas,
inque suo noster pulvere currat equus.
cornipedi Fauno caesa de more capella
venit ad exiguas turba vocata dapes.
Dumque sacerdotes veribus transuta salignis
exta parant, medias sole tenente vias,
Romulus et frater pastoralisque iuventus
solibus et campo corpora nuda dabant.
Vectibus et iaculis et misso pondere saxi
bracchia per lusus experienda dabant:
pastor ab excelso 'per devia rura iuvencos,
Romule, praedones, et Reme', dixit 'agunt.'
Longum erat armari: diversis exit uterque
partibus; occursu praeda recepta Remi.
Ut rediit, veribus stridentia detrahit exta
atque ait 'haec certe non nisi victor edet.'
Dicta facit, Fabiique simul. Venit inritus illuc
Romulus et mensas ossaque nuda videt;
risit et indoluit Fabios potuisse Remumque
vincere, Quintilios non potuisse suos.
Forma manet facti: posito velamine currunt,
et memorem famam, quod bene cessit, habet.

Forsitan et quaeras, cur sit locus ille Lupercal,
quaeve diem tali nomine causa notet.
Silvia Vestalis caelestia semina partu
ediderat, patruo regna tenente suo.
Is iubet auferri parvos et in amne necari:
Quid facis? Ex istis Romulus alter erit.
Iussa recusantes peragunt lacrimosa ministri
(flent tamen) et geminos in loca sola ferunt.
Albula, quem Tiberim mersus Tiberinus in undis
reddidit, hibernis forte tumebat aquis:
hic, ubi nunc fora sunt, lintres errare videres,
quaque iacent valles, Maxime Circe, tuae.
Huc, ubi venerunt (neque enim procedere possunt
longius), ex illis unus et alter ait:
'At quam sunt similes! at quam formosus uterque!
plus tamen ex illis iste vigoris habet.
Si genus arguitur voltu, nisi fallit imago,
nescioquem in vobis suspicor esse deum.
At si quis vestrae deus esset originis auctor,
in tam praecipiti tempore ferret opem:
ferret opem certe, si non ope mater egeret,
quae facta est uno mater et orba die.
Nata simul, moritura simul, simul ite sub undas
Corpora!' Desierat deposuitque sinu.
Vagierunt ambo pariter: sensisse putares.

Hi redeunt udis in sua tecta genis.
Sustinet impositos summa cavus alveus unda:
heu quantum fati parva tabella tulit!
Alveus in limo silvis adpulsus opacis
paulatim fluvio deficiente sedet.
Arbor erat: remanent vestigia, quaeque vocatur
Rumina nunc ficus Romula ficus erat.
Venit ad expositos (mirum!) lupa feta gemellos:
quis credat pueris non nocuisse feram?
Non nocuisse parum est, prodest quoque. quos lupa nutrit,
perdere cognatae sustinuere manus.
Constitit et cauda teneris blanditur alumnis
et fingit lingua corpora bina sua.
Marte satos scires: timor abfuit, ubera ducunt
nec sibi promissi lactis aluntur ope.
Illa loco nomen fecit, locus ipse Lupercis.
Magna dati nutrix praemia lactis habet.
Quid vetat Arcadio dictos a monte Lupercos?
Faunus in Arcadia templa Lycaeus habet.
Nupta, quid exspectas? Non tu pollentibus herbis
nec prece nec magico carmine mater eris;
excipe fecundae patienter verbera dextrae,
iam socer optatum nomen habebit avi.
Nam fuit illa dies, dura cum sorte maritae
reddebant uteri pignora rara sui.

'Quid mihi' clamabat 'prodest rapuisse Sabinas'
Romulus (hoc illo sceptra tenente fuit)
'si mea non vires, sed bellum iniuria fecit?
utilius fuerat non habuisse nurus.'
Monte sub Esquilio multis incaeduus annis
Iunonis magnae nomine lucus erat.
Huc ubi venerunt, pariter nuptaeque virique
suppliciter posito procubuere genu,
cum subito motae tremuere cacumina silvae
et dea per lucos mira locuta suos:
'Italidas matres' inquit 'sacer hircus inito.'
obstipuit dubio territa turba sono.
Augur erat (nomen longis intercidit annis,
nuper ab Etrusca venerat exul humo),
ille caprum mactat, iussae sua terga puellae
pellibus exsectis percutienda dabant.
Luna resumebat decimo nova cornua motu,
virque pater subito nuptaque mater erat.
Gratia Lucinae! Dedit haec tibi nomina lucus,
aut quia principium tu, dea, lucis habes.
Parce, precor, gravidis, facilis Lucina, puellis
maturumque utero molliter aufer onus.
Orta dies fuerit, tu desine credere ventis:
perdidit illius temporis aura fidem;
flamina non constant, et sex reserata diebus

carceris Aeolii ianua lata patet.
Iam levis obliqua subsedit Aquarius urna:
proximus aetherios excipe, Piscis, equos.
Te memorant fratremque tuum (nam iuncta micatis
signa) duos tergo sustinuisse deos.
Terribilem quondam fugiens Typhona Dione,
tum cum pro caelo Iuppiter arma tulit,
venit ad Euphraten comitata Cupidine parvo
inque Palaestinae margine sedit aquae.
Populus et cannae riparum summa tenebant,
spemque dabant salices hos quoque posse tegi.
Dum latet, insonuit vento nemus; illa timore
pallet, et hostiles credit adesse manus,
utque sinu tenuit natum, 'succurrite, nymphae,
et dis auxilium ferte duobus!' ait.
Nec mora, prosiluit. Pisces subiere gemelli:
pro quo nunc, cernis, sidera nomen[1] habent.
Inde nefas ducunt genus hoc imponere mensis
nec violant timidi piscibus ora Syri.
Proxima lux vacua est, at tertia dicta Quirino;
qui tenet hoc nomen (Romulus ante fuit)
sive quod hasta curis priscis est dicta Sabinis
(bellicus a telo venit in astra deus),

1 cernis, sidera nomen=dignum sidera munus

sive suum regi nomen posuere Quirites,
   seu quia Romanis iunxerat ille Cures.
Nam pater armipotens, postquam nova moenia vidit
   multaque Romulea bella peracta manu,
'Iuppiter,' inquit, 'habet Romana potentia vires:
   sanguinis officio non eget illa mei.
Redde patri natum. Quamvis intercidit alter,
   pro se proque Remo, qui mihi restat, erit.
"Unus erit, quem tu tolles in caerula caeli"
   tu mihi dixisti: sint rata dicta Iovis.'
Iuppiter adnuerat. Nutu tremefactus uterque
   est polus, et caeli pondera novit Atlas.
Est locus, antiqui Caprae dixere paludem:
   forte tuis illic, Romule, iura dabas.
Sol fugit, et removent subeuntia nubila caelum,
   et gravis effusis decidit imber aquis.
Hinc tonat, hinc missis abrumpitur ignibus aether:
   fit fuga, rex patriis astra petebat equis.
Luctus erat, falsaeque patres in crimine caedis,
   haesissetque animis forsitan illa fides;
sed Proculus Longa veniebat Iulius Alba,
   lunaque fulgebat, nec facis usus erat,
cum subito motu saepes tremuere sinistrae:
   rettulit ille gradus, horrueruntque comae.
Pulcher et humano maior trabeaque decorus

Romulus in media visus adesse via
et dixisse simul 'prohibe lugere Quirites,
nec violent lacrimis numina nostra suis:
tura ferant placentque novum pia turba Quirinum,
et patrias artes militiamque colant.'
Iussit et in tenues oculis evanuit auras;
convocat hic populos iussaque verba refert.
Templa deo fiunt, collis quoque dictus ab illo est,
et referunt certi sacra paterna dies.
Lux quoque cur eadem Stultorum festa vocetur,
accipe. Parva quidem causa, sed apta subest.
non habuit doctos tellus antiqua colonos:
lassabant agiles aspera bella viros.
Plus erat in gladio quam curvo laudis aratro:
neglectus domino pauca ferebat ager.
Farra tamen veteres iaciebant, farra metebant,
primitias Cereri farra resecta dabant.
Usibus admoniti flammis torrenda dederunt
multaque peccato damna tulere suo.
Nam modo verrebant nigras pro farre favillas,
nunc ipsas ignes corripuere casas;
facta dea est Fornax: laeti Fornace coloni
orant ut fruges temperet illa suas.
Curio legitimis nunc Fornacalia verbis
maximus indicit nec stata sacra facit,

inque foro, multa circum pendente tabella,
signatur certa curia quaeque nota;
stultaque pars populi, quae sit sua curia, nescit,
sed facit extrema sacra relata die.
Est honor et tumulis. Animas placare paternas
parvaque in exstructas munera ferre pyras.
Parva petunt manes, pietas pro divite grata est
munere: non avidos Styx habet ima deos.
Tegula porrectis satis est velata coronis
et sparsae fruges parcaque mica salis,
inque mero mollita Ceres violaeque solutae:
haec habeat media testa relicta via.
Nec maiora veto, sed et his placabilis umbra est:
adde preces positis et sua verba focis.
Hunc morem Aeneas, pietatis idoneus auctor,
attulit in terras, iuste Latine, tuas.
Ille patris Genio sollemnia dona ferebat:
hinc populi ritus edidicere pios.
At quondam, dum longa gerunt pugnacibus armis
bella, Parentales deseruere dies.
Non impune fuit; nam dicitur omine ab isto
Roma suburbanis incaluisse rogis.
Vix equidem credo: bustis exisse feruntur
et tacitae questi tempore noctis avi,
perque vias Urbis latosque ululasse per agros

deformes animas, volgus inane, ferunt.
Post ea praeteriti tumulis redduntur honores,
prodigiisque venit funeribusque modus.
Dum tamen haec fiunt, viduae cessate puellae:
exspectet puros pinea taeda dies,
nec tibi, quae cupidae matura videbere matri,
comat virgineas hasta recurva comas.
Conde tuas, Hymenaee, faces et ab ignibus atris
aufer! habent alias maesta sepulcra faces.
Di quoque templorum foribus celentur opertis,
ture vacent arae stentque sine igne foci.
Nunc animae tenues et corpora functa sepulcris
errant, nunc posito pascitur umbra cibo.
Nec tamen haec ultra, quam tot de mense supersint
Luciferi, quot habent carmina nostra pedes.
Hanc, quia iusta ferunt, dixere Feralia lucem;
ultima placandis manibus illa dies.
Ecce anus in mediis residens annosa puellis
sacra facit Tacitae (vix[1] tamen ipsa tacet),
et digitis tria tura tribus sub limine ponit,
qua brevis occultum mus sibi fecit iter;
tum[2] cantata ligat cum fusco licia plumbo

1 vix=nec

2 tum=tunc

et septem nigras versat in ore fabas,
quodque pice adstrinxit, quod acu traiecit aena,
obsutum maenae torret in igne caput;
vina quoque instillat: vini quodcumque relictum est,
aut ipsa aut comites, plus tamen ipsa, bibit.
'Hostiles linguas inimicaque vinximus ora'
dicit discedens ebriaque exit anus.
Protinus a nobis, quae sit dea Muta, requires:
Disce, per antiquos quae mihi nota senes.
Iuppiter inmodico Iuturnae victus amore
multa tulit tanto non patienda deo:
illa modo in silvis inter coryleta latebat,
nunc in cognatas desiliebat aquas.
Convocat hic nymphas, Latium quaecumque tenebant,
et iacit in medio talia verba choro:
'Invidet ipsa sibi vitatque, quod expedit illi,
vestra soror summo iungere membra deo.
Consulite ambobus; nam quae mea magna voluptas,
utilitas vestrae magna sororis erit.
Vos illi in prima fugienti obsistite ripa,
ne sua fluminea corpora mergat aqua.'
Dixerat: adnuerant nymphae Tiberinides omnes,
quaeque colunt thalamos, Ilia diva, tuos.
Forte fuit Nais, Lara nomine, prima sed illi
dicta bis antiquum syllaba nomen erat,

ex vitio positum. Saepe illi dixerat Almo
'nata, tene linguam,' nec tamen illa tenet.
Quae simul ac tetigit Iuturnae stagna sororis,
'effuge' ait 'ripas', dicta refertque Iovis.
Illa etiam Iunonem adiit, miserataque nuptas
'Naida Iuturnam vir tuus' inquit 'amat.'
Iuppiter intumuit, quaque est non usa modeste,
eripit huic linguam Mercuriumque vocat:
'duc hanc ad manes; locus ille silentibus aptus.
nympha, sed infernae nympha paludis erit.'
Iussa Iovis fiunt. Accepit lucus euntes:
dicitur illa duci tum placuisse deo.
Vim parat hic, voltu pro verbis illa precatur,
et frustra muto nititur ore loqui.
Fitque gravis geminosque parit, qui compita servant
et vigilant nostra semper in urbe, Lares.
Proxima cognati dixere Caristia cari,
et venit ad socios turba propinqua deos.
Scilicet a tumulis et, qui periere, propinquis
protinus ad vivos ora referre iuvat,
postque tot amissos, quicquid de sanguine restat,
aspicere et generis dinumerare gradus.
Innocui veniant: procul hinc, procul impius esto
frater et in partus mater acerba suos,
cui pater est vivax, qui matris digerit annos,

quae premit invisam socrus iniqua nurum.
Tantalidae fratres absint et Iasonis uxor
et quae ruricolis semina tosta dedit,
et soror et Procne Tereusque duabus iniquus
et quicumque suas per scelus auget opes.
Dis generis date tura boni (Concordia fertur
illa praecipue mitis adesse die)
et libate dapes, ut, grati pignus honoris,
nutriat incinctos missa patella Lares.
Iamque ubi suadebit placidos nox umida somnos,
larga precaturi sumite vina manu,
et 'bene vos, bene te, patriae pater, optime Caesar!'
dicite: suffuso sint bona verba mero.
Nox ubi transierit, solito celebretur honore
separat indicio qui deus arva suo.
Termine, sive lapis, sive es defossus in agro
stipes, ab antiquis tu quoque numen habes.
Te duo diversa domini de parte coronant
binaque serta tibi binaque liba ferunt.
Ara fit: huc ignem curto fert rustica testo[1]
sumptum de tepidis ipsa colona focis.
Ligna senex minuit concisaque construit arte
et solida ramos figere pugnat humo:

1 testo=testu

tum sicco primas inritat cortice flammas,
  stat puer et manibus lata canistra tenet.
Inde ubi ter fruges medios immisit in ignes,
  porrigit incisos filia parva favos.
Vina tenent alii; libantur singula flammis;
  spectant, et linguis candida turba favet.
Spargitur et caeso communis Terminus agno
  nec queritur, lactans cum sibi porca datur.
Conveniunt celebrantque dapes vicinia simplex
  et cantant laudes, Termine sancte, tuas.
Tu populos urbesque et regna ingentia finis:
  omnis erit sine te litigiosus ager.
nulla tibi ambitio est, nullo corrumperis auro,
  legitima servas credita rura fide.
Si tu signasses olim Thyreatida terram,
  corpora non leto missa trecenta forent,
nec foret Othryades congestis lectus in armis.
  O quantum patriae sanguinis ille dedit!
Quid, nova cum fierent Capitolia? nempe deorum
  cuncta Iovi cessit turba locumque dedit:
Terminus, ut veteres memorant, inventus in aede
  restitit et magno cum Iove templa tenet.
Nunc quoque, se supra ne quid nisi sidera cernat,
  exiguum templi tecta foramen habent.
Termine, post illud levitas tibi libera non est:

qua positus fueris in statione, mane,
nec tu vicino quicquam concede roganti,
ne videare hominem praeposuisse Iovi;
et seu vomeribus seu tu pulsabere rastris,
clamato 'tuus est hic ager, ille suus[1]!'
Est via, quae populum Laurentes ducit in agros,
quondam Dardanio regna petita duci:
illa lanigeri pecoris tibi, Termine, fibris
sacra videt fieri sextus ab Urbe lapis.
Gentibus est aliis tellus data limite certo:
Romanae spatium est Urbis et orbis idem.
Nunc mihi dicenda est regis fuga: traxit ab illa
sextus ab extremo nomina mense dies.
Ultima Tarquinius Romanae gentis habebat
regna, vir iniustus, fortis ad arma tamen.
Ceperat hic alias, alias everterat urbes,
et Gabios turpi fecerat arte suos.
Namque trium minimus, proles manifesta Superbi,
in medios hostes nocte silente venit.
Nudarant gladios: 'occidite' dixit 'inermem!
hoc cupiant fratres Tarquiniusque pater,
qui mea crudeli laceravit verbere terga.'
dicere ut hoc posset, verbera passus erat.

1 suus=tuus

Luna fuit: spectant iuvenem, gladiosque recondunt
   tergaque deducta veste notata vident.
Flent quoque et, ut secum tueatur bella, precantur:
   callidus ignaris adnuit ille viris.
Iamque potens misso genitorem appellat amico,
   perdendi Gabios quod sibi monstret iter.
Hortus odoratis suberat cultissimus herbis
   sectus humum rivo lene sonantis aquae:
illic Tarquinius mandata latentia nati
   accipit, et virga lilia summa metit.
Nuntius ut rediit decussaque lilia dixit,
   filius 'agnosco iussa parentis' ait.
Nec mora, principibus caesis ex urbe Gabina
   traduntur ducibus moenia nuda suis.
Ecce, nefas visu, mediis altaribus anguis
   exit et exstinctis ignibus exta rapit.
Consulitur Phoebus: sors est ita reddita: 'matri
   qui dederit princeps oscula, victor erit.'
Oscula quisque suae matri properata tulerunt,
   non intellecto credula turba deo.
Brutus erat stulti sapiens imitator, ut esset
   tutus ab insidiis, dire Superbe, tuis;
ille iacens pronus matri dedit oscula Terrae,
   creditus offenso procubuisse pede.
cingitur interea Romanis Ardea signis

et patitur longas obsidione moras.
Dum vacat et metuunt hostes committere pugnam,
luditur in castris; otia miles agit.
Tarquinius iuvenis socios dapibusque meroque
accipit; ex illis rege creatus ait:
'Dum nos sollicitos pigro tenet Ardea bello
nec sinit ad patrios arma referre deos,
ecquid in officio torus est socialis? Et ecquid
coniugibus nostris mutua cura sumus?'
Quisque suam laudat: studiis certamina crescunt,
et fervet multo linguaque corque mero.
Surgit, cui dederat clarum Collatia nomen:
'non opus est verbis, credite rebus!' ait.
'nox superest: tollamur equis Urbemque petamus!'
dicta placent, frenis impediuntur equi.
Pertulerant dominos. Regalia protinus illi
tecta petunt: custos in fore nullus erat.
Ecce nurum regis fusis per colla coronis
inveniunt posito pervigilare mero.
Inde cito passu petitur Lucretia, cuius
ante torum calathi lanaque mollis erat.
Lumen ad exiguum famulae data pensa trahebant,
inter quas tenui sic ait illa sono:
'Mittenda est domino (nunc, nunc properate, puellae!)
Quam primum nostra facta lacerna manu.

quid tamen auditis? nam plura audire potestis:
quantum de bello dicitur esse super?
Postmodo victa cades: melioribus, Ardea, restas,
improba, quae nostros cogis abesse viros.
sint tantum reduces! sed enim temerarius ille
est meus, et stricto qualibet ense ruit.
mens abit, et morior, quotiens pugnantis imago
me subit, et gelidum pectora frigus habet.'
Desinit in lacrimas inceptaque fila remisit[1],
in gremio voltum deposuitque suum.
Hoc ipsum decuit: lacrimae decuere pudicam,
et facies animo dignaque parque fuit.
'pone metum, veni!' coniunx ait. Illa revixit,
deque viri collo dulce pependit onus.
Interea iuvenis furiales regius ignes
concipit, et caeco raptus amore furit.
Forma placet niveusque color flavique capilli,
quique aderat nulla factus ab arte décor;
verba placent et vox, et quod corrumpere non est,
quoque minor spes est, hoc magis ille cupit.
Iam dederat cantus lucis praenuntius ales,
cum referunt iuvenes in sua castra pedem.
Carpitur attonitos absentis imagine sensus

1 remisit=remittit

ille. Recordanti plura magisque placent:
sic sedit, sic culta fuit, sic stamina nevit,
iniectae collo sic iacuere comae,
habuit voltus, haec illi verba fuerunt,
hic color, haec facies, hic decor oris erat.
Ut solet a magno fluctus languescere flatu,
sed tamen a vento, qui fuit, unda tumet,
sic, quamvis aberat placitae praesentia formae,
quem dederat praesens forma, manebat amor.
Ardet et iniusti stimulis agitatus amoris
comparat indigno vimque metumque toro.
'Exitus in dubio est: audebimus ultima!' dixit:
'viderit! audentes forsque deusque iuvat.
cepimus audendo Gabios quoque.' talia fatus
ense latus cinxit tergaque pressit equi.
Accipit aerata iuvenem Collatia porta,
condere iam voltus sole parante suos.
hostis ut hospes init penetralia Collatini:
comiter excipitur; sanguine iunctus erat.
quantum animis erroris inest! parat inscia rerum
infelix epulas hostibus illa suis.
functus erat dapibus: poscunt sua tempora somnum;
nox erat, et tota lumina nulla domo:
surgit et aurata vagina liberat ensem
et venit in thalamos, nupta pudica, tuos;

utque torum pressit, 'ferrum, Lucretia, mecum est'
natus ait regis, 'Tarquiniusque loquor!'
Illa nihil: neque enim vocem viresque loquendi
aut aliquid toto pectore mentis habet,
sed tremit, ut quondam stabulis deprensa relictis
parva sub infesto cum iacet agna lupo.
Quid faciat? Pugnet? Vincetur femina pugnans.
Clamet? At in dextra, qui vetet, ensis erat.
Effugiat? Positis urgentur pectora palmis,
tum[1] primum externa pectora tacta manu.
Instat amans hostis precibus pretioque minisque:
nec prece nec pretio nec movet ille minis.
'Nil agis: eripiam' dixit 'per crimina vitam:
falsus adulterii testis adulter ero:
interimam famulum, cum quo deprensa fereris.'
succubuit famae victa puella metu.
Quid, victor, gaudes? Haec te victoria perdet.
Heu quanto regnis nox stetit una tuis!
Iamque erat orta dies: passis sedet illa capillis,
ut solet ad nati mater itura rogum,
grandaevumque patrem fido cum coniuge castris
evocat: et posita venit uterque mora.
Utque vident habitum, quae luctus causa, requirunt,

1 tum=tunc

cui paret exsequias, quoque[1] sit icta malo?
illa diu reticet pudibundaque celat amictu
ora: fluunt lacrimae more perennis aquae.
Hinc pater, hinc coniunx lacrimas solantur et orant,
Indicet, et caeco flentque paventque metu.
Ter conata loqui ter destitit, ausaque quarto
non oculos ideo sustulit illa suos.
'Hoc quoque Tarquinio debebimus? eloquar,' inquit,
'eloquar infelix dedecus ipsa meum?'
Quaeque potest, narrat. Restabant ultima: flevit,
et matronales erubuere genae.
Dant veniam facto genitor coniunxque coactae[2]:
'quam' dixit 'veniam vos datis, ipsa nego.'
Nec mora, celato fixit sua pectora ferro
et cadit in patrios sanguinulenta pedes.
Tum quoque iam moriens ne non procumbat honeste,
respicit: haec etiam cura cadentis erat.
Ecce super corpus, communia damna gementes
obliti decoris virque paterque iacent.
Brutus adest tandemque animo sua nomina fallit
fixaque semanimi corpore tela rapit
stillantemque tenens generoso sanguine cultrum

1 quoque=quove

2 coactae=coacto

edidit impavidos ore minante sonos:
'Per tibi ego hunc iuro fortem castumque cruorem
  perque tuos manes, qui mihi numen erunt,
Tarquinium profuga poenas cum stirpe daturum.
  Iam satis est virtus dissimulata diu.'
Illa iacens ad verba oculos sine lumine movit
  visaque concussa dicta probare coma.
Fertur in exsequias animi matrona virilis
  et secum lacrimas invidiamque trahit.
Volnus inane patet. Brutus clamore Quirites
  concitat et regis facta nefanda refert.
Tarquinius cum prole fugit, capit annua consul
  iura: dies regnis illa suprema fuit.
Fallimur, an veris praenuntia venit hirundo
  nec metuit, ne qua versa recurrat hiems?
Saepe tamen, Procne, nimium properasse quereris,
  virque tuo Tereus frigore laetus erit.
Iamque duae restant noctes de mense secundo,
  Marsque citos iunctis curribus urget equos:
ex vero positum permansit Equirria nomen,
  quae deus in campo prospicit ipse suo.
Iure venis, Gradive: locum tua tempora poscunt,
  signatusque tuo nomine mensis adest.
venimus in portum libro cum mense peracto:
  naviget hinc alia iam mihi linter aqua.

FASTORVM LIBER III

《岁时记》

第三卷

Bellice, depositis clipeo paulisper et hasta,
Mars, ades et nitidas casside solve comas.
Forsitan ipse roges quid sit cum Marte poetae:
a te, qui canitur, nomina mensis habet.
Ipse vides manibus peragi fera bella Minervae:
num minus ingenuis artibus illa vacat?
Palladis exemplo ponendae tempora sume
cuspidis: invenies et quod inermis agas.
Tum quoque inermis eras, cum te Romana sacerdos
cepit, ut huic urbi semina magna[1] dares.
Silvia Vestalis (quid enim vetat inde moveri?)
sacra lavaturas mane petebat aquas.
Ventum erat ad molli declivem tramite ripam:
ponitur e summa fictilis urna coma.
Fessa resedit humo[2], ventosque accepit aperto
pectore, turbatas restituitque comas.

---

1 magna=digna

2 humo=humi

Dum sedet, umbrosae salices volucresque canorae
fecerunt somnos et leve murmur aquae.
Blanda quies furtim victis obrepsit[1] ocellis,
et cadit a mento languida facta manus.
Mars videt hanc visamque cupit potiturque cupita
et sua divina furta fefellit ope.
Somnus abit, iacet ipsa[2] gravis: iam[3] scilicet intra
viscera Romanae conditor urbis erat.
Languida consurgit nec scit, cur languida surgat,
et peragit tales arbore nixa sonos:
'Utile sit faustumque, precor, quod imagine somni
vidimus. An somno clarius illud erat?
Ignibus Iliacis aderam, cum lapsa capillis
decidit ante sacros lanea vitta focos.
Inde duae pariter, visu mirabile, palmae
surgunt: ex illis altera maior erat,
et gravibus ramis totum protexerat orbem
contigeratque sua sidera summa coma.
Ecce meus ferrum patruus molitur in illas:
terreor admonitu, corque timore micat[4].
Martia, picus, avis gemino pro stipite pugnant

1 obrepsit=subrepsit

2 ipsa=illa

3 iam=nam

4 micat=pavet

et lupa: tuta per hos utraque palma fuit.'
Dixerat et plenam non firmis viribus urnam
sustulit; implerat, dum sua visa refert.
Interea crescente Remo, crescente Quirino,
caelesti tumidus pondere venter erat.
Quo minus emeritis exiret cursibus annus,
restabant nitido iam duo signa deo:
Silvia fit mater. Vestae simulacra feruntur
virgineas oculis opposuisse manus:
ara deae certe tremuit pariente ministra,
et subiit cineres territa flamma suos.
Hoc ubi cognovit contemptor Amulius aequi
(nam raptas fratri victor habebat opes),
amne iubet mergi geminos[1]. Scelus unda refugit:
in sicca pueri destituuntur humo.
Lacte quis infantes nescit crevisse ferino,
et picum expositis saepe tulisse cibos?
Non ego te, tantae nutrix Larentia[2] gentis,
nec taceam vestras, Faustule pauper, opes.
Vester honos veniet, cum Larentalia[3] dicam:
acceptus geniis illa December habet.
Martia ter senos proles adoleverat annos,

1 geminos=pueros

2 Larentia=Laurentia

3 Larentalia=Laurentalia

et suberat flavae iam nova barba comae:
omnibus agricolis armentorumque magistris
Iliadae fratres iura petita dabant.
Saepe domum veniunt praedonum sanguine laeti
et redigunt actos in sua rura[1] boves.
Ut genus audierunt, animos pater editus auget,
et pudet in paucis nomen habere casis,
Romuleoque cadit traiectus Amulius ense,
regnaque longaevo restituuntur avo.
Moenia conduntur, quae, quamvis parva fuerunt,
non tamen expediit transiluisse Remo.
Iam, modo quae[2] fuerant silvae pecorumque recessus,
urbs erat, aeternae cum pater urbis ait:
'Arbiter armorum, de cuius sanguine natus
credor (et, ut credar, pignora multa dabo),
a te principium Romano dicimus[3] anno:
primus de patrio nomine mensis erit.'
Vox rata fit, patrioque vocat de nomine mensem.
Dicitur haec pietas grata fuisse deo.
Et tamen ante omnes Martem coluere priores:
hoc dederat studiis bellica turba suis.
Pallada Cecropidae, Minoia Creta Dianam,

1 rura=iura

2 quae=qua

3 dicimus=ducimus

Volcanum tellus Hypsipylaea colit,
Iunonem Sparte Pelopeiadesque Mycenae,
pinigerum Fauni Maenalis ora caput:
Mars Latio venerandus erat, quia praesidet armis:
arma ferae genti remque decusque dabant.
Quod si forte vacas, peregrinos inspice fastos:
mensis in his etiam nomine Martis erit.
Tertius Albanis, quintus fuit ille Faliscis,
sextus apud populos, Hernica terra, tuos.
Inter Aricinos Albanaque tempora constat
factaque Telegoni moenia celsa manu.
Quintum Laurentes, bis quintum Aequiculus acer[1],
a tribus hunc primum turba Curensis[2] habet;
et tibi cum proavis, miles Paeligne, Sabinis
convenit: huic genti quartus utrique[3] deus.
Romulus, hos omnes ut vinceret ordine saltem,
sanguinis auctori tempora prima dedit.
Nec totidem veteres, quot nunc, habuere Kalendas:
ille minor geminis mensibus annus erat.
Nondum tradiderat victas victoribus artes
Graecia, facundum sed male forte genus.
Qui bene pugnabat, Romanam noverat artem:

1 acer=asper

2 Curensis=Forensis

3 utrique=uterque

mittere qui poterat pila, disertus erat.
Quis tunc aut Hyadas aut Pliadas Atlanteas
senserat, aut geminos esse sub axe polos?
esse duas Arctos, quarum Cynosura petatur
Sidoniis, Helicen Graia carina notet?
signaque quae longo frater percenseat anno,
ire per haec uno mense sororis equos?
Libera currebant et inobservata[1] per annum
sidera; constabat sed tamen esse deos.
Non illi caelo labentia signa tenebant,
sed sua, quae magnum perdere crimen erat.
Illa quidem e feno; sed erat reverentia feno,
quantam nunc aquilas cernis habere tuas.
Pertica suspensos portabat longa maniplos,
unde maniplaris nomina miles habet.
Ergo animi indociles et adhuc ratione carentes
mensibus egerunt lustra minora decem.
Annus erat, decimum cum luna receperat orbem:
hic numerus magno tunc in honore fuit;
seu quia tot digiti, per quos numerare solemus,
seu quia bis quinto femina mense parit,
seu quod adusque decem numero crescente venitur,
principium spatiis sumitur inde novis.

1 et inobservata=non observata

Inde patres centum denos secrevit in orbes
  Romulus, hastatos instituitque decem;
et totidem princeps, totidem pilanus habebat
  corpora, legitimo quique merebat equo.
Quin etiam partes totidem Titiensibus ille,
  quosque vocant Ramnes, Luceribusque dedit.
Adsuetos igitur numeros servavit in anno.
  Hoc luget spatio femina maesta virum.
Neu dubites primae fuerint quin ante Kalendae
  Martis, ad haec animum signa referre potes.
Laurea, flaminibus quae toto perstitit anno,
  tollitur, et frondes sunt in honore novae.
Ianua tum regis posita viret arbore Phoebi:
  ante tuas fit idem, Curia prisca, fores.
Vesta quoque ut folio niteat velata recenti,
  cedit ab Iliacis laurea cana focis.
Adde, quod arcana fieri novus ignis in aede
  dicitur, et vires flamma refecta capit.
Nec mihi parva fides, annos hinc isse[1] priores,
  Anna quod hoc coepta est mense Perenna coli.
Hinc etiam veteres initi memorantur honores
  ad spatium belli, perfide Poene, tui.
Denique quintus ab hoc fuerat Quintilis, et inde

1 isse=esse

incipit a numero nomina quisquis habet.
Primus oliviferis Romam deductus ab arvis
Pompilius menses sensit abesse duos,
sive hoc a Samio doctus, qui posse renasci
nos putat, Egeria sive monente sua.
Sed tamen errabant etiam nunc[1] tempora, donec
Caesaris in multis haec quoque cura fuit.
Non haec ille deus tantaeque propaginis auctor
credidit officiis esse minora suis,
promissumque sibi voluit praenoscere caelum
nec deus ignotas hospes inire domos.
Ille moras solis, quibus in sua signa rediret,
traditur exactis disposuisse notis.
Is decies senos ter centum et quinque diebus
iunxit et a pleno tempora quinta die.
Hic anni modus est: in lustrum accedere debet,
quae consummatur partibus, una dies.
'Si licet occultos monitus audire deorum
vatibus, ut certe fama licere putat,
cum sis officiis, Gradive, virilibus aptus,
dic mihi matronae cur tua festa colant.'
Sic ego. Sic posita dixit mihi casside Mavors,
sed tamen in dextra missilis hasta fuit:

1 nunc=tunc

'nunc primum studiis pacis, deus utilis armis,
advocor et gressus in nova castra fero.
Nec piget incepti; iuvat hac quoque parte morari,
hoc solam ne se posse Minerva putet.
Disce, Latinorum vates operose dierum,
quod petis, et memori pectore dicta nota.
Parva fuit, si prima velis elementa referre,
Roma, sed in parva spes tamen huius erat.
Moenia iam stabant, populis angusta futuris,
credita sed turbae tum nimis ampla suae.
Quae fuerit nostri si quaeris regia nati,
aspice de canna straminibusque domum.
In stipula placidi capiebat[1] munera somni,
et tamen ex illo venit in astra toro.
Iamque loco maius nomen Romanus habebat,
nec coniunx illi nec socer ullus erat.
Spernebant generos inopes vicinia dives,
et male credebar sanguinis auctor ego.
In stabulis habitasse et oves pavisse nocebat
iugeraque inculti pauca tenere soli.
Cum pare quaeque suo coeunt volucresque feraeque,
atque aliquam, de qua procreet, anguis habet;
extremis dantur conubia gentibus: at quae

1 capiebat=carpebat

Romano vellet nubere nulla fuit.
Indolui "patriamque dedi tibi, Romule, mentem:"
tolle preces," dixi "quod petis arma dabunt."
Festa parat[1] Conso. Consus tibi cetera dicet
illa facta die, dum sua sacra canes[2].
Intumuere Cures et quos dolor attigit idem:
tum primum generis intulit arma socer.
Iamque fere raptae matrum quoque nomen habebant,
tractaque erant longa bella propinqua mora:
conveniunt nuptae dictam Iunonis in aedem,
quas inter mea sic est nurus ausa[3] loqui:
"o pariter raptae (quoniam hoc commune tenemus)
non ultra lente possumus esse piae[4].
Stant acies: sed utra di sint pro parte rogandi,
eligite: hinc coniunx, hinc pater arma tenet.
Quaerendum est, viduae fieri malitis[5] an orbae:
consilium vobis[6] forte piumque dabo."
Consilium dederat: parent[7] crinesque resolvunt
maestaque funerea corpora veste tegunt.

---

1 parat=para

2 canes=canet

3 ausa=orsa

4 lente piae=lentae pie

5 malitis=malimus

6 vobis=nobis

7 parent=plorant

Iam steterant[1] acies ferro mortique paratae,
iam lituus pugnae signa daturus erat:
cum raptae veniunt inter patresque virosque,
inque sinu natos, pignora cara, tenent.
Ut medium campi scissis[2] tetigere capillis,
in terram posito procubuere genu.
Et, quasi sentirent, blando clamore nepotes
tendebant ad avos bracchia parva suos:
Qui poterat clamabat avum tum denique visum,
et qui vix poterat posse coactus erat.
Tela viris animique cadunt, gladiisque remotis
dant soceri generis accipiuntque manus,
laudatasque tenent natas, scutoque nepotem
fert avus: hic scuti dulcior usus erat.
Inde diem, quae prima, meas[3] celebrare Kalendas
Oebaliae matres non leve munus habent,
aut[4] quia committi strictis mucronibus ausae
finierant lacrimis Martia bella suis;
vel quod erat de me feliciter Ilia mater,
rite colunt matres sacra diemque meum.

---

1 steterant=stabant

2 scissis=passis

3 diem, quae prima, meas=diem, quae prima mea est=diem primasque meas=diem, quae priva, meas=mei primas mensis

4 aut=an

Quid, quod hiems adoperta gelu tum denique cedit,
    et pereunt lapsae[1] sole tepente nives,
arboribus redeunt detonsae frigore frondes,
    uvidaque[2] in tenero palmite gemma tumet,
quaeque diu latuit, nunc se qua tollat in auras,
    fertilis occultas invenit herba vias?
Nunc fecundus ager, pecoris nunc hora creandi,
    nunc avis in ramo tecta laremque parat:
tempora iure colunt Latiae fecunda parentes,
    quarum militiam votaque partus habet.
Adde quod, excubias ubi rex Romanus agebat,
    qui nunc Esquilias nomina collis habet,
illic a nuribus Iunoni templa Latinis
    hac sunt, si memini, publica facta die.
Quid moror et variis onero tua pectora causis?
    eminet ante oculos quod petis ecce tuos.
Mater amat nuptas: matris me[3] turba frequentat:
    haec nos praecipue tam pia causa decet.'
Ferte deae flores: gaudet florentibus herbis
    haec dea: de tenero cingite flore caput:
dicite 'tu nobis lucem, Lucina, dedisti':
    dicite 'tu voto parturientis ades.'

1 lapsae=victae

2 uvidaque=nudaque=vividaque=humidaque

3 matris me=matrum me=matrem quoque=matrem mea

Si qua tamen gravida est, resoluto crine precetur,
ut solvat partus molliter illa suos.
Quis mihi nunc dicet, quare caelestia Martis
arma ferant Salii Mamuriumque canant?
Nympha, mone, nemori stagnoque operata[1] Dianae;
nympha, Numae coniunx, ad tua facta veni.
Vallis Aricinae silva praecinctus opaca
est lacus, antiqua religione sacer.
Hic latet Hippolytus furiis[2] direptus equorum,
unde nemus nullis illud aditur equis.
Licia dependent longas velantia saepes,
et posita est meritae multa tabella deae.
Saepe potens voti, frontem redimita coronis,
femina lucentes portat ab Urbe faces.
Regna tenent fortes manibus pedibusque fugaces,
et perit exemplo postmodo quisque suo.
Defluit incerto lapidosus murmure rivus:
saepe, sed exiguis haustibus, inde bibi.
Egeria est, quae praebet aquas, dea grata Camenis:
illa Numae coniunx consiliumque fuit.
principio nimium promptos ad bella Quirites
molliri placuit iure deumque metu;

1 operata=adoperta

2 furiis=loris

inde datae leges, ne firmior omnia posset,
coeptaque sunt pure tradita sacra coli.
Exuitur feritas, armisque potentius aequum est,
et cum cive pudet conseruisse manus;
atque aliquis, modo trux, visa iam vertitur ara
vinaque dat tepidis farraque salsa focis.
Ecce deum genitor rutilas per nubila flammas
spargit, et effusis aethera siccat aquis;
non alias missi cecidere frequentius ignes:
rex pavet et volgi pectora terror habet.
Cui dea 'ne nimium terrere: piabile fulmen
est,' ait 'et saevi flectitur ira Iovis.
Sed poterunt ritum Picus Faunusque piandi
tradere, Romani numen utrumque[1] soli.
Nec sine vi tradent: adhibe tu vincula captis.'
atque ita qua possint edidit[2] arte capi.
Lucus Aventino suberat niger ilicis umbra,
quo posses viso dicere 'numen inest.'
In medio gramen, muscoque adoperta virenti
manabat saxo vena perennis aquae:
inde fere soli Faunus Picusque bibebant.
huc venit et fonti rex Numa mactat ovem,

1 utrumque=uterque

2 edidit=erudit

plenaque odorati disponit pocula Bacchi,
  cumque suis antro conditus ipse latet.
Ad solitos veniunt silvestria numina fontes
  et relevant multo pectora sicca mero.
Vina quies sequitur; gelido Numa prodit ab antro
  vinclaque sopitas addit in arta manus.
Somnus ut abscessit, pugnando vincula temptant
  rumpere: pugnantes fortius illa tenent.
Tum Numa: 'di nemorum, factis ignoscite nostris,
  si scelus ingenio scitis abesse meo;
quoque modo possit fulmen, monstrate piari.'
  Sic Numa; sic quatiens cornua Faunus ait:
'Magna petis, nec quae monitu tibi discere nostro
  fas sit: habent fines numina nostra suos.
Di sumus agrestes et qui dominemur in altis
  montibus: arbitrium est in sua tela[1] Iovi.
Hunc tu non poteris per te deducere caelo,
  at poteris nostra forsitan usus ope.'
Dixerat haec Faunus; par est sententia Pici:
  'deme tamen nobis vincula,' Picus ait:
'Iuppiter huc veniet, valida perductus ab arte.
  nubila promissi Styx mihi testis erit.'
Emissi laqueis quid agant, quae carmina dicant,

1 tela= tecta

quaque trahant superis sedibus arte Iovem,
scire nefas homini: nobis concessa canentur
quaeque pio dici vatis ab ore licet.
Eliciunt caelo te, Iuppiter; unde minores
nunc quoque te celebrant Eliciumque vocant.
Constat Aventinae tremuisse cacumina silvae,
terraque subsedit pondere pressa Iovis.
Corda micant regis, totoque e pectore[1] sanguis
fugit, et hirsutae deriguere comae.
Ut rediit animus, 'da certa piamina' dixit
'fulminis, altorum rexque paterque deum,
si tua contigimus manibus donaria puris,
hoc quoque, quod petitur, si pia lingua rogat.'
Adnuit oranti, sed verum ambage remota[2]
abdidit et dubio terruit ore virum.
'Caede caput' dixit: cui rex 'parebimus,' inquit
'caedenda est hortis eruta cepa meis.'
Addidit hic 'hominis': 'sumes[3]' ait ille 'capillos.'
postulat hic animam, cui Numa 'piscis' ait.
Risit et 'his' inquit 'facito mea tela procures,
o vir conloquio non abigende deum.
Sed tibi, protulerit cum totum crastinus orbem

1 pectore=corpore

2 remota=remotum

3 sumes=summos

Cynthius, imperii pignora certa dabo.'
Dixit et ingenti tonitru super aethera motum
fertur, adorantem destituitque Numam.
Ille redit laetus memoratque Quiritibus acta:
tarda venit dictis difficilisque fides.
'At certe credemur[1],' ait 'si verba sequetur
exitus: en audi crastina, quisquis ades.
Protulerit terris cum totum Cynthius orbem,
Iuppiter imperii pignora certa dabit.'
Discedunt dubii, promissaque tarda videntur,
dependetque fides a veniente[2] die.
Mollis erat tellus rorata mane pruina:
ante sui populus limina regis adest.
Prodit et in solio medius consedit acerno.
innumeri circa stantque silentque viri.
Ortus erat summo tantummodo margine Phoebus:
sollicitae mentes speque metuque pavent.
Constitit atque caput niveo velatus amictu
iam bene dis notas sustulit ille manus,
atque ita 'tempus adest promissi muneris' inquit
'pollicitam dictis, Iuppiter, adde fidem.'
dum loquitur, totum iam sol emoverat[3] orbem,

1 credemur=credemus

2 a veniente=adveniente

3 emoverat=evolverat

et gravis aetherio venit ab axe fragor.
Ter tonuit sine nube deus, tria fulgura[1] misit.
Credite dicenti: mira, sed acta, loquor.
A media caelum regione dehiscere coepit;
summisere oculos cum duce turba suo.
Ecce levi scutum versatum leniter aura
decidit. A populo clamor ad astra venit.
Tollit humo munus caesa prius ille iuvenca,
quae dederat nulli colla premenda iugo,
idque ancile vocat, quod ab omni parte recisum est,
quaque[2] notes oculis, angulus omnis abest.
Tum, memor imperii sortem consistere in illo,
consilium multae calliditatis init.
Plura iubet fieri simili caelata figura,
error ut ante oculos insidiantis eat.
Mamurius, morum fabraene exactior artis
difficile est, illud[3], dicere, clausit opus.
Cui Numa munificus 'facti pete praemia,' dixit;
'si mea nota fides, inrita nulla petes.'
Iam dederat Saliis a saltu nomina ducta
armaque et ad certos verba canenda modos.
Tum sic Mamurius: 'merces mihi gloria detur,

1 fulgura=fulmina

2 quaque=quemque

3 illud=ulli

nominaque extremo carmine nostra sonent.'
Inde sacerdotes operi promissa vetusto
praemia persolvunt Mamuriumque vocant.
Nubere siqua voles, quamvis properabitis ambo,
differ; habent parvae commoda magna morae.
Arma movent pugnas, pugna est aliena maritis;
condita cum fuerint, aptius omen erit.
His etiam coniunx apicati sancta[1] Dialis
lucibus impexas debet habere comas.
Tertia nox de mense suos ubi moverit ortus,
conditus e geminis Piscibus alter erit.
Nam duo sunt: Austris hic est, Aquilonibus ille
proximus; a vento nomen uterque[2] tenet.
Cum croceis rorare genis Tithonia coniunx
coeperit et quintae tempora lucis aget,
sive est Arctophylax, sive est piger ille Bootes,
mergetur visus effugietque tuos.
At non effugiet Vindemitor: hoc quoque causam
unde trahat sidus parva docere mora est.
Ampelon intonsum satyro nymphaque creatum
fertur in Ismariis Bacchus amasse iugis.
Tradidit huic vitem pendentem frondibus ulmi,

1 sancta=cincta

2 uterque=utrumque

quae nunc de pueri nomine nomen habet.
Dum legit in ramo pictas temerarius uvas,
decidit: amissum Liber in astra tulit.
Sextus ubi Oceano[1] clivosum scandit Olympum
Phoebus et alatis aethera[2] carpit equis,
quisquis ades castaeque colis penetralia Vestae,
gratare[3], Iliacis turaque pone focis.
Caesaris innumeris, quos[4] maluit ille mereri,
accessit titulis pontificalis honor.
Ignibus aeternis aeterni numina praesunt
Caesaris: imperii pignora iuncta vides.
Di veteris Troiae, dignissima praeda ferenti,
qua gravis Aeneas tutus ab hoste fuit,
ortus ab Aenea tangit cognata sacerdos
numina: cognatum, Vesta, tuere caput!
quos sancta fovet ille manu, bene vivitis, ignes:
vivite inexstincti, flammaque duxque, precor.
Una nota est Marti Nonis, sacrata quod illis
templa putant lucos Veiovis ante duos.
Romulus ut saxo lucum circumdedit alto,

---

1 Oceano=e terra

2 aethera=aequora

3 gratare=cratera

4 quos=quo

'quilibet huc' inquit[1] 'confuge, tutus eris.'
O quam de tenui Romanus origine crevit,
turba vetus quam non invidiosa fuit!
Ne tamen ignaro novitas tibi nominis obstet,
Disce, quis iste deus, curve vocetur ita.
Iuppiter est iuvenis: iuvenales aspice voltus;
aspice deinde manum[2], fulmina nulla tenet.
fulmina post ausos caelum adfectare Gigantas
sumpta Iovi; primo tempore inermis erat.
Ignibus Ossa novis et Pelion altius Ossa
arsit et in solida fixus Olympus humo.
Stat quoque capra simul: nymphae pavisse feruntur
Cretides; infanti lac dedit illa Iovi.
Nunc vocor ad nomen. Vegrandia farra coloni[3]
quae male creverunt, vescaque parva vocant.
Vis ea si verbi est, cur non ego Veiovis aedem
aedem non magni suspicer esse Iovis?
Iamque ubi caeruleum variabunt sidera caelum,
suspice: Gorgonei colla videbis equi.
Creditur hic caesae gravida[4] cervice Medusae

1 inquit=dixit

2 manum=manu

3 coloni=colonae

4 caesae gravida=caesa gravidae

sanguine respersis prosiluisse iubis[1].
Huic supra nubes et subter sidera lapso
caelum pro terra, pro pede pinna fuit,
iamque indignanti nova frena receperat ore
cum levis Aonias ungula fodit aquas.
Nunc fruitur caelo, quod pinnis ante petebat,
et nitidus stellis quinque decemque micat.
Protinus aspicies venienti nocte Coronam
Cnosida: Theseo crimine facta dea est.
Iam bene periuro mutarat coniuge Bacchum
quae dedit ingrato fila legenda[2] viro;
Sorte tori gaudens 'quid flebam rustica?' dixit
'utiliter nobis perfidus ille fuit.'
Interea Liber depexos[3] crinibus Indos
vicit[4] et Eoo dives ab orbe redit.
Inter captivas facie praestante puellas
grata nimis Baccho filia regis erat.
Flebat amans coniunx, spatiataque litore curvo
edidit incultis talia verba comis:
'En iterum, fluctus, similes audite querellas!
en iterum lacrimas accipe, harena, meas!

1 iubis=comis

2 legenda=regenda

3 depexos=depexis

4 vicit=vincit

dicebam, memini, “periure et perfide Theseu!”
ille abiit; eadem crimina Bacchus habet.
Nunc quoque “nulla viro” clamabo “femina credit”;
nomine mutato causa relata mea est.
O utinam mea sors, qua primum coeperat, isset,
iamque ego praesenti tempore nulla forem!
Quid me desertis morituram[1], Liber, harenis
servabas? Potui dedoluisse semel.
Bacche levis leviorque tuis, quae tempora cingunt,
frondibus, in lacrimas cognite Bacche meas,
ausus es ante oculos adducta paelice nostros
tam bene compositum sollicitare torum?
Heu ubi pacta fides? Ubi, quae iurare solebas?
Me miseram, quotiens haec ego verba loquar?
Thesea culpabas fallacemque ipse vocabas:
iudicio peccas turpius ipse tuo.
Ne sciat haec quisquam, tacitisque doloribus urar,
ne totiens falli digna fuisse puter.
praecipue cupiam celari Thesea, ne te
consortem culpae gaudeat esse suae.
At[2], puto, praeposita est fuscae mihi candida paelex:
eveniat nostris hostibus ille color.

1 morituram=perituram

2 At=ut

Quid tamen hoc refert? Vitio tibi gratior ipso est.
Quid facis? Amplexus inquinat illa tuos.
Bacche, fidem praesta, nec praefer amoribus ullam
Coniugis. Adsuevi semper amare virum.
Ceperunt matrem formosi cornua tauri,
me tua; at hic laudi est[1], ille pudendus amor.
Ne noceat, quod amo; neque enim tibi, Bacche, nocebat,
quod flammas nobis fassus es ipse tuas.
Nec, quod nos uris, mirum facis: ortus in igne
diceris, et patria raptus ab igne manu.
Illa ego sum, cui tu solitus promittere caelum.
ei mihi, pro caelo qualia dona fero!'
Dixerat: audibat iamdudum verba querentis
Liber, ut a tergo forte secutus erat.
Occupat amplexu lacrimasque per oscula siccat
et 'pariter caeli summa petamus' ait:
'tu mihi iuncta toro mihi iuncta vocabula sumes,
nam tibi mutatae Libera nomen erit;
sintque tuae tecum faciam monimenta coronae,
Volcanus Veneri quam dedit, illa tibi.'
Dicta facit, gemmasque novem transformat in ignes:
aurea per stellas nunc micat illa novem.

1 me tua; at hic laudi est=me iuvat et ledit=me tua me laedit

Sex ubi sustulerit, totidem demerserit[1] orbes,
purpureum rapido qui vehit axe diem,
altera gramineo spectabis Equirria Campo,
quem Tiberis curvis in latus urget aquis.
Qui tamen eiecta si forte tenebitur unda,
Caelius accipiat[2] pulverulentus equos.
Idibus est Annae festum geniale Perennae
non procul a ripis, advena Thybri, tuis.
Plebs venit ac virides passim disiecta per herbas
potat, et accumbit cum pare quisque sua.
Sub Iove pars durat, pauci tentoria ponunt,
sunt quibus e ramis frondea facta casa est,
pars, ubi[3] pro rigidis calamos statuere columnis,
desuper extentas imposuere togas.
Sole tamen vinoque calent annosque precantur,
quot sumant cyathos, ad numerumque bibunt.
Invenies illic, qui Nestoris ebibat annos,
quae sit per calices facta Sibylla suos.
Illic et cantant, quicquid didicere theatris,
et iactant faciles ad sua verba manus
et ducunt posito duras[4] cratere choreas,

1 demerserit=dimerserit

2 accipiat=accipiet

3 ubi=ibi=sibi

4 duras=iunctas

cultaque diffusis saltat amica comis.
Cum redeunt, titubant et sunt spectacula volgi,
et fortunatos obvia turba vocat.
Occurrit[1] nuper (visa est mihi digna relatu)
pompa: senem potum pota trahebat anus.
Quae tamen haec dea sit quoniam rumoribus errat,
fabula proposito nulla tegenda meo.
Arserat Aeneae Dido miserabilis igne,
arserat exstructis in sua fata rogis;
compositusque cinis[2], tumulique in marmore carmen
hoc breve, quod moriens ipsa reliquit, erat:
PRAEBUIT AENEAS ET CAUSAM MORTIS ET ENSEM:
IPSA SVA DIDO CONCIDIT VSA MANV.
Protinus invadunt Numidae sine vindice regnum,
et potitur capta Maurus Iarba domo,
seque memor spretum 'thalamis tamen' inquit 'Elissae
en ego, quem totiens reppulit illa, fruor.'
Diffugiunt Tyrii, quo quemque agit error, ut olim
amisso dubiae rege vagantur apes.
Pellitur Anna domo, lacrimansque sororia linquit
moenia: germanae iusta dat ante suae.
Mixta bibunt molles lacrimis unguenta favillae,

1 Occurrit=Occurri

2 cinis=ignis

vertice libatas accipiuntque comas;
Terque 'vale' dixit, cineres ter ad ora relatos
pressit, et est illis visa subesse soror.
Nacta ratem comitesque fugae pede labitur aequo
moenia respiciens, dulce sororis opus.
Fertilis est Melite sterili vicina Cosyrae
insula, quam Libyci verberat unda freti.
Hanc petit, hospitio regis confisa vetusto:
hospes opum dives rex ibi Battus erat.
Qui postquam didicit casus utriusque sororis,
'haec' inquit 'tellus quantulacumque tua est.'
Et tamen hospitii servasset ad ultima munus,
sed timuit magnas Pygmalionis opes.
557 Tertia nudandas[1] acceperat area messes,
558 inque cavos ierant tertia musta lacus;
signa recensuerat[2] bis sol sua, tertius ibat
annus, et exilio terra paranda nova est.
Frater adest belloque petit. rex arma perosus
'nos sumus inbelles, tu fuge sospes' ait.
Iussa fugit ventoque ratem committit et undis:
asperior quovis aequore frater erat.
Est prope piscosos lapidosi Crathidis amnes

1 nudandas=nudatas=mandatas

2 recensuerat=recensebat

parvus[1] ager: Cameren incola turba vocat.
Illuc cursus erat, nec longius abfuit inde,
quam quantum novies mittere funda potest:
Vela cadunt primo et dubia librantur ab aura.
'findite remigio' navita dixit 'aquas!'
dumque parant torto subducere carbasa lino,
percutitur rapido puppis adunca Noto,
inque patens aequor, frustra pugnante magistro
fertur, et ex oculis visa refugit humus.
Adsiliunt fluctus imoque a gurgite pontus
vertitur, et canas alveus haurit aquas.
Vincitur ars vento, nec iam moderator habenis
utitur, at[2] votis is[3] quoque poscit opem.
Iactatur tumidas exul Phoenissa per undas
umidaque opposita lumina veste tegit:
tum primum Dido felix est dicta sorori
et quaecumque aliquam corpore pressit humum.
Ducitur[4] ad Laurens ingenti flamine litus
puppis et expositis omnibus hausta perit.
Iam pius Aeneas regno nataque Latini
auctus erat, populos miscueratque duos.

---

1 parvus=purus

2 at=et=aut

3 is=diis=his=hic

4 Ducitur=Figitur=Truditur

Litore dotali solo comitatus Achate
secretum nudo dum pede carpit iter,
aspicit errantem nec credere sustinet Annam
esse: quid in Latios illa veniret agros?
Dum secum Aeneas, 'Anna est!' exclamat Achates:
ad nomen voltus sustulit illa suos.
Heu, quid agat? Fugiat? Quos terrae quaerat hiatus?
ante oculos miserae fata sororis erant.
sensit et adloquitur trepidam Cythereius heros
(flet tamen admonitu[1] motus, Elissa, tui[2]):
'Anna, per hanc iuro, quam quondam audire solebas
tellurem fato prosperiore dari,
perque deos comites, hac nuper sede locatos,
saepe meas illos increpuisse moras.
Nec timui de morte tamen, metus abfuit iste.
Ei mihi! credibili fortior illa fuit.
Ne refer: aspexi non illo corpore[3] digna
volnera Tartareas ausus adire domos.
At tu, seu ratio te nostris adpulit oris
sive deus, regni commoda carpe mei.
Multa tibi memores, nil non debemus Elissae:
nomine grata tuo, grata sororis eris.'

1 admonitu=admonitus

2 motus...tui=mortis...tuae

3 corpore=pectore

Talia dicenti (neque enim spes altera restat)
credidit, errores exposuitque suos.
Utque domum intravit Tyrios induta paratus,
incipit Aeneas (cetera turba tacet[1]):
'Hanc tibi cur tradam, pia causa, Lavinia coniunx,
est mihi: consumpsi naufragus huius opes.
Orta Tyro est, regnum Libyca possedit in ora;
quam precor ut carae more sororis ames.'
Omnia promittit falsumque[2] Lavinia volnus
mente premit tacita dissimulatque metus[3];
donaque cum videat praeter sua lumina ferri[4]
multa, tamen mitti clam quoque multa putat.
Non habet exactum, quid agat; furialiter odit,
et parat insidias et cupit ulta mori.
nox erat: ante torum visa est adstare sororis
squalenti Dido sanguinulenta coma
et 'fuge[5], ne dubita, maestum fuge' dicere 'tectum!'
sub verbum querulas impulit aura fores.
Exsilit et velox humili[6] super arva[7] fenestra

---

1 tacet=silet

2 falsumque=clausumque

3 metus=fremens

4 ferri=mitti

5 et 'fuge='effuge

6 humili=illi

7 arva=ausa

se iacit: audacem fecerat ipse timor.
Quaque[1] metu rapitur tunica velata recincta,
currit ut auditis territa damma lupis.
Corniger hanc cupidis rapuisse Numicius undis
creditur et stagnis occuluisse suis.
Sidonis interea magno clamore per agros
quaeritur: apparent signa notaeque pedum:
ventum erat ad ripas: inerant vestigia ripis.
Sustinuit tacitas conscius amnis aquas.
Ipsa loqui visa est ‘placidi sum nympha Numici:
amne perenne latens Anna Perenna vocor.’
Protinus erratis laeti vescuntur in agris
et celebrant largo seque[2] diemque mero.
Sunt quibus haec Luna est, quia mensibus impleat annum;
pars Themin, Inachiam pars putat esse bovem.
Invenies, qui te nymphen Azanida dicant
teque Iovi primos, Anna, dedisse cibos.
Haec quoque, quam referam, nostras pervenit ad aures
fama nec a veri[3] dissidet illa fide.
Plebs vetus et nullis etiam nunc tuta tribunis
fugit et in Sacri vertice Montis erat[4];

1 Quaque=Cumque

2 seque=remque

3 veri=vera

4 erat=abit=agit=eget

Iam quoque, quem secum tolerant, defecerat illos
victus et humanis usibus apta Ceres.
Orta suburbanis quaedam fuit Anna Bovillis,
pauper, sed multae[1] sedulitatis anus.
Illa levi mitra canos incincta[2] capillos
fingebat tremula rustica liba manu,
atque ita per populum fumantia mane solebat
dividere: haec populo copia grata fuit.
Pace domi facta signum posuere Perennae[3],
quod sibi defectis illa ferebat[4] opem.
Nunc mihi, cur cantent, superest, obscena puellae,
dicere; nam coeunt certaque probra canunt.
Nuper erat dea facta: venit Gradivus ad Annam
et cum seducta talia verba facit:
'Mense meo coleris, iunxi mea tempora tecum:
pendet ab officio spes mihi magna tuo.
Armifer armiferae correptus amore Minervae
uror et hoc longo tempore volnus alo.
Effice, di studio similes coeamus in unum:
conveniunt partes hae[5] tibi, comis anus.'

1 multae=mundae

2 incincta=redimita

3 Perennae=perenne=perennem

4 ferebat=tulisset

5 hae=haec

Dixerat. Illa deum promisso ludit inani
et stultam dubia spem trahit usque mora.
Saepius instanti 'mandata peregimus' inquit;
'evicta[1] est, precibus vix dedit illa manus.'
Credit[2] amans thalamosque parat. Deducitur illuc
Anna tegens voltus, ut nova nupta, suos.
Oscula sumpturus subito Mars aspicit Annam:
nunc pudor elusum, nunc subit ira, deum.
Ridet amatorem carae[3] nova diva Minervae,
nec res hac Veneri gratior ulla fuit.
Inde ioci veteres obscenaque dicta canuntur,
et iuvat hanc magno verba dedisse deo.
Praeteriturus eram gladios in principe fixos,
cum sic a castis Vesta locuta focis:
'Ne dubita meminisse: meus fuit ille sacerdos,
sacrilegae telis me petiere manus.
Ipsa virum rapui simulacraque nuda reliqui:
quae cecidit ferro, Caesaris umbra fuit.'
Ille quidem caelo positus Iovis atria vidit
et tenet in magno templa dicata foro.
At quicumque nefas ausi, prohibente deorum
numine, polluerant pontificale caput,

1 evicta=et victa=et victas=evictas

2 Credit=Gaudet

3 carae=canae=castae=ravae

morte iacent merita. Testes estote, Philippi,
   et quorum sparsis ossibus albet humus.
hoc opus, haec pietas, haec prima elementa fuerunt
   Caesaris, ulcisci iusta per arma patrem.
Postera cum teneras aurora refecerit herbas,
   Scorpios a prima parte videndus erit.
Tertia post Idus lux est celeberrima Baccho:
   Bacche, fave vati, dum tua festa cano.
Nec referam Semelen, ad quam nisi fulmina secum
   Iuppiter adferret, parvus[1] inermis[2] eras[3];
nec, puer ut posses maturo tempore nasci,
   expletum patrio corpore matris opus.
Sithonas et Scythicos longum narrare triumphos
   et domitas gentes, turifer Inde, tuas.
tu quoque Thebanae mala praeda tacebere matris,
   inque tuum furiis acte, Lycurge, genus.
Ecce libet subitos pisces Tyrrhenaque monstra
   Dicere, sed non est carminis huius opus;
carminis huius opus causas exponere[4], quare
   vitisator populos ad sua liba vocet.
Ante tuos ortus arae sine honore fuerunt,

---

1 parvus=partus=spretus

2 inermis=acerbus

3 eras=erat

4 exponere=expromere

Liber, et in gelidis herba reperta focis.
Te memorant, Gange totoque Oriente subacto,
primitias magno seposuisse Iovi.
Cinnama tu primus captivaque tura dedisti
deque triumphato viscera tosta bove.
Nomine ab auctoris ducunt libamina nomen
libaque, quod sanctis[1] pars datur inde focis.
Liba deo fiunt, sucis quia dulcibus idem
gaudet, et a Baccho mella reperta ferunt.
Ibat harenoso satyris comitatus ab Hebro
(non habet ingratos fabula nostra iocos),
iamque erat ad Rhodopen Pangaeaque florida[2] ventum:
aeriferae comitum concrepuere manus.
Ecce novae coeunt volucres tinnitibus actae,
quosque movent sonitus aera, sequuntur apes.
Colligit errantes et in arbore claudit inani
Liber, et inventi praemia mellis habet.
Ut satyri levisque senex tetigere saporem,
quaerebant flavos per nemus omne favos.
Audit in exesa stridorem examinis ulmo,
aspicit et ceras dissimulatque senex;
utque piger pandi tergo residebat aselli,

1 sanctis=sacris

2 florida=flumina

adplicat hunc ulmo corticibusque cavis.
Constitit ipse super ramoso stipite nixus
atque avide trunco condita mella petit.
Milia crabronum coeunt, et vertice nudo
spicula defigunt oraque sima[1] notant.
Ille cadit praeceps et calce feritur aselli
inclamatque suos auxiliumque rogat.
Concurrunt satyri turgentiaque ora parentis
rident: percusso claudicat ille genu.
Ridet et ipse deus limumque inducere monstrat;
hic paret monitis et linit ora luto.
Melle pater fruitur, liboque infusa calenti
iure repertori splendida mella damus.
Femina cur praesit[2], non est rationis opertae:
femineos thyrso concitat ille choros.
Cur anus hoc faciat, quaeris? Vinosior aetas
haec erat[3] et gravidae munera vitis amat[4].
Cur hedera cincta est? hedera est gratissima Baccho:
hoc quoque cur ita sit, discere nulla mora est.
Nysiadas nymphas puerum quaerente noverca
hanc frondem cunis opposuisse ferunt.

---

1 sima=prima=summa

2 praesit=presset=praestet

3 erat=est

4 amat=amans

Restat ut inveniam quare toga libera detur
Lucifero pueris, candide Bacche, tuo:
sive quod ipse puer semper iuvenisque videris,
et media est aetas inter utrumque tibi:
seu quia tu pater es, patres sua pignora, natos,
commendant curae numinibusque tuis:
sive, quod es Liber, vestis quoque libera per te
sumitur et vitae liberioris iter:
an quia, cum colerent prisci studiosius agros,
et faceret patrio rure senator opus,
et caperet fasces a curvo consul aratro,
nec crimen duras esset habere manus,
rusticus ad ludos populus veniebat in Urbem
(sed dis, non studiis ille dabatur honor:
luce sua ludos uvae commentor habebat,
quos cum taedifera nunc habet ille dea):
ergo ut tironem celebrare frequentia possit,
visa dies dandae non aliena togae?
mite caput, pater, huc placataque cornua vertas,
et des ingenio vela secunda meo.
Itur ad Argeos (qui sint, sua pagina dicet)
hac, si commemini, praeteritaque die.
Stella Lycaoniam vergit declinis[1] ad Arcton

1 declinis=declivis=proclivis

Milvus: haec illa nocte videnda venit.
Quid dederit volucri, si vis cognoscere, caelum:
Saturnus regnis a Iove pulsus erat;
Concitat iratus validos Titanas in arma,
quaeque fuit fatis debita, temptat opem.
Matre satus Terra, monstrum mirabile, taurus
parte sui serpens posteriore fuit:
hunc triplici muro lucis incluserat atris
Parcarum monitu Styx violenta trium.
Viscera qui tauri flammis adolenda dedisset,
sors erat aeternos vincere posse deos.
immolat hunc Briareus facta ex adamante securi,
et iamiam flammis exta daturus erat:
Iuppiter alitibus rapere imperat: attulit illi
milvus, et meritis venit in astra suis.
Una dies media est, et fiunt sacra Minervae,
nomina quae iunctis[1] quinque diebus habent.
Sanguine prima vacat, nec fas concurrere ferro:
causa, quod est illa nata Minerva die.
Altera tresque super strata[2] celebrantur harena:
ensibus exsertis bellica laeta dea est.
Pallada nunc pueri teneraeque orate puellae;

1 nomina quae iunctis=nominaque a iunctis=numinaque adiunctis

2 strata=rasa

qui bene placarit Pallada, doctus erit.
Pallade placata lanam mollire puellae
discant et plenas exonerare colos.
Illa etiam stantes radio percurrere telas
erudit et rarum pectine denset[1] opus.
Hanc cole, qui maculas laesis de vestibus aufers,
hanc cole, velleribus quisquis aena paras;
nec quisquam invita faciet bene vincula plantae
Pallade, sit Tychio doctior ille licet;
et licet antiquo manibus conlatus Epeo
sit prior, irata Pallade mancus erit.
Vos quoque, Phoebea morbos qui pellitis arte,
munera de vestris pauca referte deae:
nec vos, turba fere[2] censu[3] fraudata, magistri,
spernite; discipulos attrahit illa novos:
quique moves caelum, tabulamque coloribus uris,
quique facis docta mollia saxa manu.
Mille dea est operum: certe dea carminis illa est;
si mereor, studiis adsit amica meis.
Caelius ex alto qua mons descendit in aequum,
hic, ubi non plana est, sed prope plana via,
parva licet videas Captae delubra Minervae,

1 denset=densat

2 fere=feri=brevi=Phari

3 censu=sensu

quae dea natali coepit habere suo.
Nominis in dubio causa est. Capitale vocamus
ingenium sollers: ingeniosa dea est.
An quia de capitis fertur sine matre paterni
vertice cum clipeo prosiluisse suo?
An quia perdomitis ad nos captiva Faliscis
venit? Et hoc signo[1] littera prisca docet.
An quod habet legem, capitis quae pendere poenas
ex illo iubeat furta recepta loco?
A quacumque trahis ratione vocabula, Pallas,
pro ducibus nostris aegida semper habe.
Summa dies e quinque tubas lustrare canoras
admonet et forti sacrificare deae.
Nunc potes ad solem sublato dicere voltu
'hic here Phrixeae vellera pressit ovis.'
Seminibus tostis sceleratae fraude novercae
sustulerat nullas, ut solet, herba comas.
Mittitur ad tripodas certa qui sorte reportet,
quam sterili terrae Delphicus edat opem.
Hic quoque corruptus cum semine nuntiat Helles
et iuvenis Phrixi funera sorte peti;
utque[2] recusantem cives et tempus et Ino

1 hoc signo=hoc ipsum=hoc sic nos

2 utque=usque

compulerunt regem iussa nefanda pati,
et soror et Phrixus, velati tempora vittis,
stant simul ante aras iunctaque fata gemunt.
Aspicit hos, ut forte pependerat aethere, mater
et ferit attonita pectora nuda manu,
inque draconigenam nimbis comitantibus urbem
desilit et natos eripit inde suos;
utque fugam capiant, aries nitidissimus auro
traditur: ille vehit per freta longa duos.
Dicitur infirma cornu tenuisse sinistra
femina, cum de se nomina fecit aquae.
Paene simul periit, dum volt succurrere lapsae,
frater, et extentas porrigit usque manus.
Flebat, ut amissa gemini consorte pericli,
caeruleo iunctam nescius esse deo.
Litoribus tactis aries fit sidus; at huius
pervenit in Colchas aurea lana domos.
Tres ubi Luciferos veniens praemiserit Eos,
tempora nocturnis aequa diurna feres.
Inde quater pastor saturos ubi clauserit haedos,
canuerint herbae rore recente quater,
Ianus adorandus cumque hoc Concordia mitis
et Romana Salus Araque Pacis erit.
Luna regit menses: huius quoque tempora mensis
finit Aventino Luna colenda iugo.

FASTORVM LIBER IV

《岁时记》

第四卷

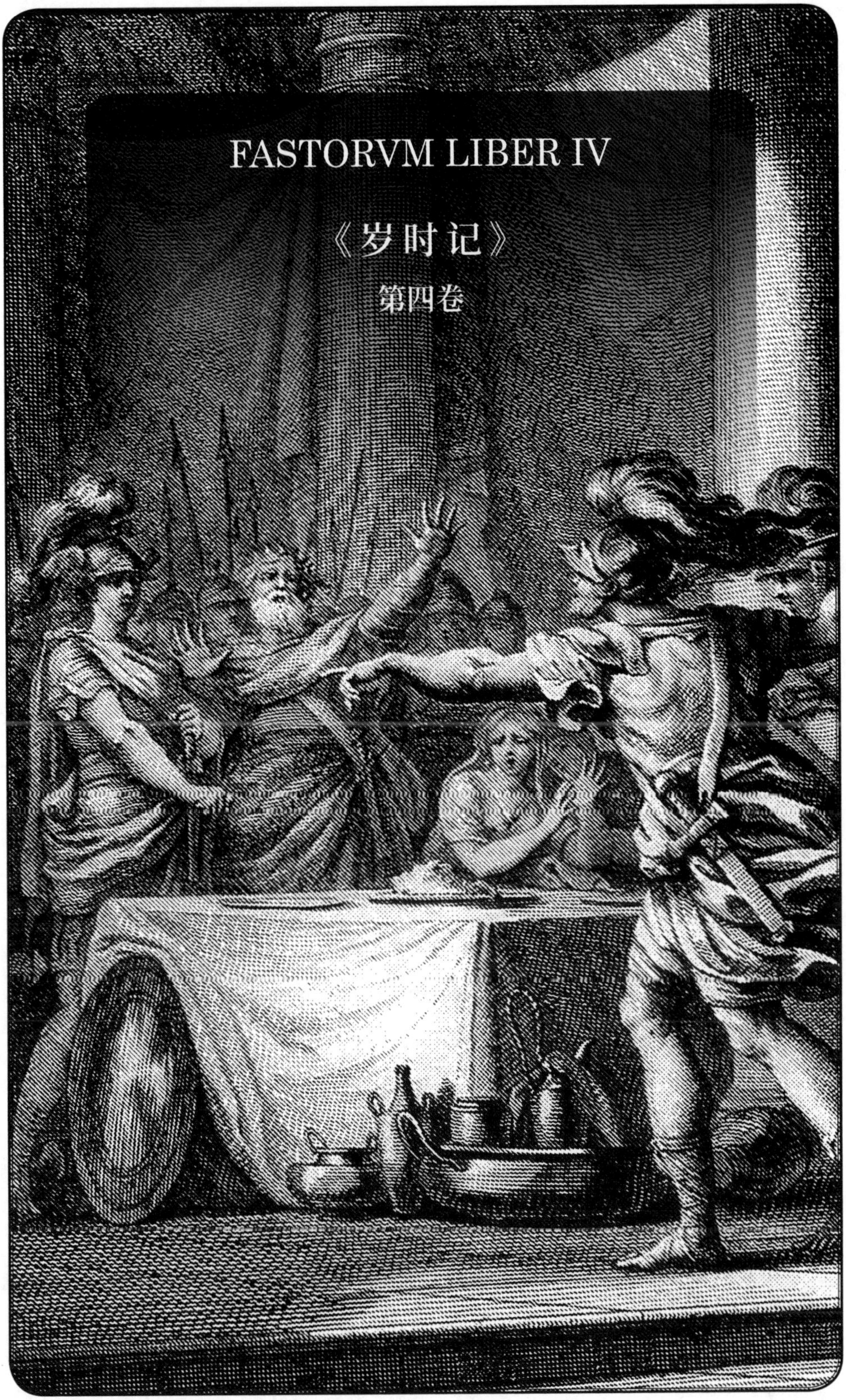

'Alma, fave,' dixi 'geminorum mater Amorum!'
ad vatem voltus rettulit illa suos:
'quid tibi' ait 'mecum? Certe maiora canebas.
num vetus in molli pectore volnus habes?'
'scis, dea,' respondi 'de volnere.' Risit, et aether
protinus ex illa parte serenus erat.
'Saucius an sanus numquid tua signa reliqui?
Tu mihi propositum, tu mihi semper opus.
Quae decuit primis sine crimine lusimus annis,
nunc teritur nostris area maior equis.
Tempora cum causis, annalibus eruta priscis
lapsaque sub terras ortaque signa cano.
Venimus ad quartum, quo tu celeberrima mense:
et vatem et mensem scis, Venus, esse tuos.'
Mota Cytheriaca leviter mea tempora myrto
contigit et 'coeptum perfice' dixit 'opus.'
Sensimus, et causae subito patuere dierum:
dum licet et spirant flamina, navis eat.
Si qua tamen pars te de fastis tangere debet,

Caesar, in Aprili quod tuearis habes.
Hic ad te magna descendit imagine mensis
et fit adoptiva nobilitate tuus.
Hoc pater Iliades, cum longum scriberet annum,
vidit et auctores rettulit ipse tuos:
utque fero Marti primam dedit ordine sortem,
quod sibi nascendi proxima causa fuit,
sic Venerem gradibus multis in gente receptam
alterius voluit mensis habere locum;
principiumque sui generis revolutaque quaerens
saecula, cognatos venit adusque deos.
Dardanon Electra nesciret Atlantide natum
scilicet, Electran concubuisse Iovi?
Huius Ericthonius: Tros est generatus ab illo:
Assaracon creat hic, Assaracusque Capyn.
Proximus Anchises, cum quo commune parentis
non dedignata est nomen habere Venus.
Hinc satus Aeneas, pietas spectata per ignes
sacra patremque umeris, altera sacra, tulit.
Venimus ad felix aliquando nomen Iuli,
unde domus Teucros Iulia tangit avos.
Postumus hinc, qui, quod silvis fuit ortus in altis,
Silvius in Latia gente vocatus erat.
Isque, Latine, tibi pater est. Subit Alba Latinum:
proximus est titulis Epytus, Alba, tuis.

Ille dedit Capyi repetita vocabula Troiae
et tuus est idem, Calpete, factus avus.
Cumque patris regnum post hunc Tiberinus haberet,
dicitur in Tuscae gurgite mersus aquae.
Iam tamen Agrippam natum Remulumque nepotem
viderat; in Remulum fulmina missa ferunt.
Venit Aventinus post hos, locus unde vocatur,
mons quoque. Post illum tradita regna Procae;
quem sequitur duri Numitor germanus Amuli.
Ilia cum Lauso de Numitore sati.
Ense cadit patrui Lausus: placet Ilia Marti
teque parit, gemino iuncte Quirine Remo.
Ille suos semper Venerem Martemque parentes
dixit et emeruit vocis habere fidem;
neve secuturi possent nescire nepotes,
tempora dis generis continuata dedit.
Sed Veneris mensem Graio sermone notatum
auguror: a spumis est dea dicta maris.
Nec tibi sit mirum Graeco rem nomine dici;
Itala nam tellus Graecia maior erat.
Venerat Euander plena cum classe suorum:
venerat Alcides, Graius uterque genus
(hospes Aventinis armentum pavit in herbis
claviger, et tanto est Albula pota deo):
dux quoque Neritius; testes Laestrygones exstant

et quod adhuc Circes nomina litus habet.
Et iam Telegoni, iam moenia Tiburis udi
stabant, Argolicae quod posuere manus.
Venerat Atridae fatis agitatus Halaesus,
a quo se dictam terra Falisca putat.
Adice Troianae suasorem Antenora pacis,
et generum Oeniden, Apule Daune, tuum.
Serus ab Iliacis, et post Antenora, flammis
attulit Aeneas in loca nostra deos.
Huius erat Solimus Phrygia comes unus ab Ida,
a quo Sulmonis moenia nomen habent,
Sulmonis gelidi, patriae, Germanice, nostrae.
Me miserum, Scythico quam procul illa solo est!
Ergo ego tam longe—sed supprime, Musa, querellas!
non tibi sunt maesta sacra canenda lyra.
Quo non livor abit? Sunt qui tibi mensis honorem
eripuisse velint invideantque, Venus.
Nam quia ver aperit tunc Omnia, densaque cedit
frigoris asperitas, fetaque terra patet,
Aprilem memorant ab aperto tempore dictum,
quem Venus iniecta vindicat alma manu.
Illa quidem totum dignissima temperat orbem;
illa tenet nullo regna minora deo,
iuraque dat caelo, terrae, natalibus undis,
perque suos initus continet omne genus.

Illa deos omnes (longum est numerare) creavit,
illa satis causas arboribusque dedit,
illa rudes animos hominum contraxit in unum
et docuit iungi cum pare quemque sua.
Quid genus omne creat volucrum, nisi blanda voluptas?
nec coeant pecudes, si levis absit amor.
Cum mare trux aries cornu decertat; at idem
frontem dilectae laedere parcit ovis.
Deposita sequitur taurus feritate iuvencam,
quem toti saltus, quem nemus omne tremit.
Vis eadem, lato quodcumque sub aequore vivit,
servat et innumeris piscibus implet aquas.
Prima feros habitus homini detraxit: ab illa
venerunt cultus mundaque cura sui.
Primus amans carmen vigilatum nocte negata
dicitur ad clausas concinuisse fores,
eloquiumque fuit duram exorare puellam,
proque sua causa quisque disertus erat.
Mille per hanc artes motae; studioque placendi,
quae latuere prius, multa reperta ferunt.
Hanc quisquam titulo mensis spoliare secundi
audeat? A nobis sit furor iste procul.
Quid, quod ubique potens templisque frequentibus aucta,
urbe tamen nostra ius dea maius habet?
Pro Troia, Romane, tua Venus arma ferebat,

cum gemuit teneram cuspide laesa manum:
caelestesque duas Troiano iudice vicit
(a! nolim victas hoc meminisse deas!),
Assaracique nurus dicta est, ut scilicet olim
magnus Iuleos Caesar haberet avos.
Nec Veneri tempus, quam ver, erat aptius ullum
vere nitent terrae, vere remissus ager,
nunc herbae rupta tellure cacumina tollunt,
nunc tumido gemmas cortice palmes agit,
et formosa Venus formoso tempore digna est,
utque solet, Marti continuata suo est:
vere monet curvas materna per aequora puppes
ire nec hibernas iam timuisse minas.
Rite deam colitis, Latiae matresque nurusque
et vos, quis vittae longaque vestis abest.
Aurea marmoreo redimicula demite collo,
demite divitias: tota lavanda dea est.
Aurea siccato redimicula reddite collo:
nunc alii flores, nunc nova danda rosa est.
Vos quoque sub viridi myrto iubet ipsa lavari:
causaque, cur iubeat (discite!), certa subest.
Litore siccabat rorantes nuda capillos:
viderunt satyri, turba proterva, deam.
Sensit et opposita texit sua corpora myrto:
tuta fuit facto, vosque referre iubet.

Discite nunc, quare Fortunae tura Virili
detis eo, gelida qui locus umet aqua.
Accipit ille locus posito velamine cunctas
et vitium nudi corporis omne videt;
Ut tegat hoc celetque viros, Fortuna Virilis
praestat et hoc parvo ture rogata facit.
Nec pigeat tritum niveo cum lacte papaver
sumere et expressis mella liquata favis;
cum primum cupido Venus est deducta marito,
hoc bibit; ex illo tempore nupta fuit.
Supplicibus verbis illam placate: sub illa
et forma et mores et bona fama manet.
Roma pudicitia proavorum tempore lapsa est:
Cumaeam, veteres, consuluistis anum.
Templa iubet fieri Veneri: quibus ordine factis
inde Venus verso nomina corde tenet.
Semper ad Aeneadas placido, pulcherrima, voltu
respice, totque tuas, diva, tuere nurus.
Dum loquor, elatae metuendus acumine caudae
Scorpios in virides praecipitatur aquas.
Nox ubi transierit, caelumque rubescere primo
coeperit, et tactae rore querentur aves,
semustamque facem vigilata nocte viator
ponet, et ad solitum rusticus ibit opus,
Pliades incipient umeros relevare paternos,

quae septem dici, sex tamen esse solent:
seu quod in amplexum sex hinc venere deorum,
(nam Steropen Marti concubuisse ferunt,
Neptuno Alcyonen et te, formosa Celaeno,
Maian et Electran Taygetenque Iovi),
septima mortali Merope tibi, Sisyphe, nupsit:
paenitet, et facti sola pudore latet:
sive quod Electra Troiae spectare ruinas
non tulit, ante oculos opposuitque manum.
Ter sine perpetuo caelum versetur in axe,
ter iungat Titan terque resolvat equos,
protinus inflexo Berecyntia tibia cornu
flabit, et Idaeae festa parentis erunt.
Ibunt semimares et inania tympana tundent,
aeraque tinnitus aere repulsa dabunt:
ipsa sedens molli comitum cervice feretur
Urbis per medias exululata vias.
Scaena sonat, ludique vocant. Spectate, Quirites,
et fora Marte suo litigiosa vacent.
Quaerere multa libet, sed me sonus aeris acuti
terret et horrendo lotos adunca sono.
'Da, dea, quam sciter.' Doctas Cybeleia neptes
vidit et has curae iussit adesse meae.
'Pandite mandati memores, Heliconis alumnae,
gaudeat assiduo cur dea Magna sono.'

Sic ego. Sic Erato (mensis Cythereius illi
cessit, quod teneri nomen amoris habet):
'Reddita Saturno sors haec erat, "optime regum,
a nato sceptris excutiere tuis."
Ille suam metuens, ut quaeque erat edita, prolem
devorat, immersam visceribusque tenet.
Saepe Rhea questa est, totiens fecunda nec umquam
mater, et indoluit fertilitate sua.
Iuppiter ortus erat (pro magno teste vetustas
creditur; acceptam parce movere fidem):
veste latens saxum caelesti gutture sedit:
sic genitor fatis decipiendus erat.
Ardua iamdudum resonat tinnitibus Ide,
tutus ut infanti vagiat ore puer.
Pars clipeos sudibus[1], galeas pars tundit inanes:
hoc Curetes habent, hoc Corybantes opus.
Res latuit, priscique manent imitamina facti;
aera deae comites raucaque terga movent.
Cymbala pro galeis, pro scutis tympana pulsant;
tibia dat Phrygios, ut dedit ante, modos.'
Desierat. Coepi: 'cur huic genus acre leonum
praebent insolitas ad iuga curva iubas?'
Desieram. Coepit: 'feritas mollita per illam

1 sudibus=rudibus=manibus

creditur; id curru testificata suo est.'
'At cur turrifera caput est onerata corona?
an primis turres urbibus illa dedit?'
Adnuit. 'unde venit' dixi 'sua membra secandi
impetus?' ut tacui, Pieris orsa loqui:
'Phryx puer in silvis, facie spectabilis, Attis
turrigeram casto vinxit amore deam.
Hunc sibi servari voluit, sua templa tueri,
et dixit "semper fac puer esse velis."
Ille fidem iussis dedit et "si mentiar," inquit
"ultima, qua fallam, sit Venus illa mihi."
Fallit et in nympha Sagaritide desinit esse
quod fuit: hinc poenas exigit ira deae.
Naida volneribus succidit in arbore factis,
illa perit: fatum Naidos arbor erat.
Hic furit, et credens thalami procumbere tectum
effugit, et cursu Dindyma summa petit
et modo "tolle faces!" "remove" modo "verbera!" clamat;
saepe Palaestinas[1] iurat adesse deas.
Ille etiam saxo corpus laniavit acuto,
longaque in immundo pulvere tracta coma est,
voxque fuit "merui! meritas do sanguine poenas.
a! pereant partes quae nocuere mihi!

1 Palaestinas=palam Stygias

a! pereant" dicebat adhuc, onus inguinis aufert,
nullaque sunt subito signa relicta viri.
Venit in exemplum furor hic, mollesque ministri
caedunt iactatis vilia membra comis.'
Talibus Aoniae facunda voce Camenae
reddita quaesiti causa furoris erat.
'Hoc quoque, dux operis, moneas precor, unde petita
venerit. An nostra semper in urbe fuit?'
'Dindymon et Cybelen et amoenam fontibus Iden
semper et Iliacas Mater amavit opes:
cum Troiam Aeneas Italos portaret in agros,
est dea sacriferas paene secuta rates,
sed nondum fatis Latio sua numina posci
senserat, adsuetis substiteratque locis.
Post, ut Roma potens opibus iam saecula quinque
vidit et edomito sustulit orbe caput,
carminis Euboici fatalia verba sacerdos
inspicit; inspectum tale fuisse ferunt:
"mater abest: matrem iubeo, Romane, requiras.
Cum veniet, casta est accipienda manu."
Obscurae sortis patres ambagibus errant,
quaeve parens absit, quove petenda loco.
Consulitur Paean, "divum" que "arcessite Matrem,"
Inquit "in Idaeo est invenienda iugo."
Mittuntur proceres. Phrygiae tum sceptra tenebat

Attalus: Ausoniis rem negat ille viris.
Mira canam. Longo tremuit cum murmure tellus,
et sic est adytis diva locuta suis:
"Ipsa peti volui, ne sit mora, mitte volentem.
dignus Roma locus quo deus omnis eat."
Ille soni terrore pavens "proficiscere," dixit
"nostra eris: in Phrygios Roma refertur avos."
Protinus innumerae caedunt pineta secures
illa, quibus fugiens Phryx pius usus erat:
mille manus coeunt, et picta coloribus ustis
caelestum Matrem concava puppis habet.
Illa sui per aquas fertur tutissima nati
longaque Phrixeae stagna sororis adit
Rhoeteumque capax Sigeaque litora transit
et Tenedum et veteres Eetionis opes.
Cyclades excipiunt, Lesbo post terga relicta,
quaeque Carysteis frangitur unda vadis.
Transit et Icarium, lapsas ubi perdidit alas
Icarus et vastae nomina fecit aquae.
Tum laeva Creten, dextra Pelopeidas undas
deserit et Veneris sacra Cythera petit.
Hinc mare Trinacrium, candens ubi tinguere ferrum
Brontes et Steropes Acmonidesque solent,
aequoraque Afra legit, Sardoaque regna sinistris
respicit a remis, Ausoniamque tenet.

Ostia contigerat, qua se Tiberinus in altum
dividit et campo liberiore natat:
omnis eques mixtaque gravis cum plebe senatus
obvius ad Tusci fluminis ora venit.
Procedunt pariter matres nataeque nurusque
quaeque colunt sanctos virginitate focos.
Sedula fune viri contento bracchia lassant:
vix subit adversas hospita navis aquas.
Sicca diu fuerat tellus, sitis usserat herbas:
sedit limoso pressa carina vado.
Quisquis adest operi, plus quam pro parte laborat,
adiuvat et fortes voce sonante manus.
Illa velut medio stabilis sedet insula ponto:
attoniti monstro stantque paventque viri.
Claudia Quinta genus Clauso referebat ab alto
nec facies impar nobilitate fuit:
casta quidem, sed non et credita: rumor iniquus
laeserat, et falsi criminis acta rea est;
cultus et ornatis varie prodisse capillis
obfuit ad rigidos promptaque lingua senes.
Conscia mens recti famae mendacia risit,
sed nos in vitium credula turba sumus.
Haec ubi castarum processit ab agmine matrum
et manibus puram fluminis hausit aquam,
ter caput inrorat, ter tollit in aethera palmas

(quicumque aspiciunt, mente carere putant)
summissoque genu voltus in imagine divae
figit, et hos edit crine iacente sonos:
“supplicis, alma, tuae, genetrix fecunda deorum,
accipe sub certa condicione preces.
Casta negor: si tu damnas, meruisse fatebor;
morte luam poenas iudice victa dea.
Sed si crimen abest, tu nostrae pignora vitae
re dabis, et castas casta sequere manus.”
Dixit et exiguo funem conamine traxit
(mira, sed et scaena testificata loquar):
mota dea est, sequiturque ducem laudatque sequendo:
index laetitiae fertur ad astra sonus.
Fluminis ad flexum veniunt (Tiberina priores
Atria dixerunt), unde sinister abit.
Nox aderat: querno religant in stipite funem
dantque levi somno corpora functa cibo.
Lux aderat: querno solvunt a stipite funem;
ante tamen posito tura dedere foco,
ante coronarunt puppem, sine labe iuvencam
mactarunt operum coniugiique rudem.
Est locus, in Tiberim qua lubricus influit Almo
et nomen magno perdit in amne minor:
illic purpurea canus cum veste sacerdos
Almonis dominam sacraque lavit aquis.

Exululant comites, furiosaque tibia flatur,
et feriunt molles taurea terga manus.
Claudia praecedit laeto celeberrima voltu,
credita vix tandem teste pudica dea;
ipsa sedens plaustro porta est invecta Capena:
sparguntur iunctae flore recente boves.
Nasica accepit. Templi non perstitit auctor:
Augustus nunc est, ante Metellus erat.'
Substitit hic Erato. Mora fit, si cetera quaeram:
'dic,' inquam 'parva cur stipe quaerat opes.'
'Contulit aes populus, de quo delubra Metellus
fecit,' ait 'dandae mos stipis inde manet.'
Cur vicibus factis ineant convivia, quaero,
tum magis, indictas concelebrentque dapes.
'Quod bene mutarit sedem Berecyntia,' dixit
'captant mutatis sedibus omen idem.'
Instituteram, quare primi Megalesia ludi
urbe forent nostra, cum dea (sensit enim)
'illa deos' inquit 'peperit: cessere parenti,
principiumque dati Mater honoris habet.'
'Cur igitur Gallos, qui se excidere vocamus,
cum tanto a Phrygia Gallica distet humus?'
'Inter' ait 'viridem Cybelen altasque Celaenas
amnis it insana, nomine Gallus, aqua.
Qui bibit inde, furit: procul hinc discedite, quis est

cura bonae mentis: qui bibit inde, furit.'
'Non pudet herbosum' dixi 'posuisse moretum
in dominae mensis. An sua causa subest?'
'Lacte mero veteres usi narrantur et herbis,
sponte sua siquas terra ferebat' ait.
'Candidus elisae miscetur caseus herbae,
cognoscat priscos ut dea prisca cibos.'
Postera cum caelo motis Pallantias astris
fulserit, et niveos Luna levarit equos,
qui dicet 'quondam sacrata est colle Quirini
hac Fortuna die Publica,' verus erit.
Tertia lux (memini) ludis erat, ac mihi quidam
spectanti senior continuusque loco
'haec' ait 'illa dies, Libycis qua Caesar in oris
perfida magnanimi contudit arma Iubae.
Dux mihi Caesar erat, sub quo meruisse tribunus
glorior: officio praefuit ille meo.
Hanc ego militia sedem, tu pace parasti,
inter bis quinos usus honore viros.'
Plura locuturi subito seducimur imbre:
pendula caelestes Libra movebat aquas.
Ante tamen quam summa dies spectacula sistat,
ensifer Orion aequore mersus erit.
Proxima victricem cum Romam inspexerit Eos,
et dederit Phoebo stella fugata locum,

Circus erit pompa celeber numeroque deorum,
primaque ventosis palma petetur equis.
Hinc Cereris ludi. Non est opus indice causae;
sponte deae munus promeritumque patet.
Panis erat primis virides mortalibus herbae,
quas tellus nullo sollicitante dabat;
et modo carpebant vivax e caespite gramen,
nunc epulae tenera fronde cacumen erant.
Postmodo glans nota est: bene erat iam glande reperta,
duraque magnificas quercus habebat opes.
prima Ceres homine ad meliora alimenta vocato
mutavit glandes utiliore cibo.
Illa iugo tauros collum praebere coegit:
tum primum soles eruta vidit humus.
Aes erat in pretio, Chalybeia massa latebat:
eheu! perpetuo debuit illa tegi.
Pace Ceres laeta est; et vos orate, coloni,
perpetuam pacem pacificumque ducem.
Farra deae micaeque licet salientis honorem
detis et in veteres turea grana focos,
et, si tura aberunt, unctas accendite taedas:
parva bonae Cereri, sint modo casta, placent.
A bove succincti cultros removete ministri:
bos aret; ignavam sacrificate suem.
Apta iugo cervix non est ferienda securi:

vivat et in dura saepe laboret humo.
Exigit ipse locus, raptus ut virginis edam:
plura recognosces, pauca docendus eris.
Terra tribus scopulis vastum procurrit in aequor
Trinacris, a positu nomen adepta loci,
grata domus Cereri. Multas ea possidet urbes,
in quibus est culto fertilis Henna solo.
Frigida caelestum matres Arethusa vocarat:
venerat ad sacras et dea flava dapes.
Filia, consuetis ut erat comitata puellis,
errabat nudo per sua prata pede.
Valle sub umbrosa locus est aspergine multa
uvidus ex alto desilientis aquae.
Tot fuerant illic, quot habet natura, colores,
pictaque dissimili flore nitebat humus.
Quam simul aspexit, 'comites, accedite' dixit
'et mecum plenos flore referte sinus.'
Praeda puellares animos prolectat inanis,
et non sentitur sedulitate labor.
Haec implet lento calathos e vimine nexos,
haec gremium, laxos degravat illa sinus:
illa legit calthas, huic sunt violaria curae,
illa papavereas subsecat ungue comas:
has, hyacinthe, tenes; illas, amarante, moraris:
pars thyma, pars rhoean et meliloton amat.

Plurima lecta rosa est, sunt et sine nomine flores;
ipsa crocos tenues liliaque alba legit.
Carpendi studio paulatim longius itur,
et dominam casu nulla secuta comes.
Hanc videt et visam patruus velociter aufert
regnaque caeruleis in sua portat equis.
Illa quidem clamabat 'io, carissima mater,
auferor!' ipsa suos absciderat que sinus:
panditur interea Diti via, namque diurnum
lumen inadsueti vix patiuntur equi.
At, chorus aequalis, cumulatae flore ministrae
'Persephone,' clamant 'ad tua dona veni!'
Ut clamata silet, montes ululatibus implent
et feriunt maesta pectora nuda manu.
Attonita est plangore Ceres (modo venerat Hennam)
nec mora, 'me miseram! filia,' dixit 'ubi es?'
Mentis inops rapitur, quales audire solemus
Threicias fusis maenadas ire comis.
Ut vitulo mugit sua mater ab ubere rapto
et quaerit fetus per nemus omne suos:
sic dea nec retinet gemitus, et concita cursu
fertur et e campis incipit, Henna, tuis.
Inde puellaris nacta est vestigia plantae
et pressam noto pondere vidit humum;
forsitan illa dies erroris summa fuisset,

si non turbassent signa reperta sues.
Iamque Leontinos Amenanaque flumina cursu
praeterit et ripas, herbifer Aci, tuas;
praeterit et Cyanen et fontes lenis Anapi
et te, verticibus non adeunde Gela.
Liquerat Ortygien Megareaque Pantagienque,
quaque Symaetheas accipit aequor aquas,
antraque Cyclopum positis exusta caminis,
quique locus curvae nomina falcis habet,
Himeraque et Didymen Acragantaque Tauromenumque
sacrarumque Mylas pascua laeta boum.
Hinc Camerinan adit Thapsonque et Heloria Tempe,
quaque iacet Zephyro semper apertus Eryx.
Iamque Peloriadem Lilybaeaque, iamque Pachynon
lustrarat, terrae cornua prima suae.
Quacumque ingreditur, miseris loca cuncta querellis
implet, ut amissum cum gemit ales Ityn,
perque vices modo 'Persephone!' modo 'filia!' clamat,
clamat et alternis nomen utrumque ciet.
Sed neque Persephone Cererem nec filia matrem
audit, et alternis nomen utrumque perit;
unaque, pastorem vidisset an arva colentem,
vox erat 'hac gressus ecqua puella tulit?'
iam color unus inest rebus, tenebrisque teguntur
omnia, iam vigiles conticuere canes:

alta iacet vasti super ora Typhoeos Aetne,
　cuius anhelatis ignibus ardet humus;
illic accendit geminas pro lampade pinus:
　hinc Cereris sacris nunc quoque taeda datur.
Est specus exesi structura pumicis asper,
　non homini regio, non adeunda ferae:
quo simul ac venit, frenatos curribus angues
　iungit et aequoreas sicca pererrat aquas.
Effugit et Syrtes et te, Zanclaea Charybdi,
　et vos, Nisei, naufraga monstra, canes,
Hadriacumque patens late bimaremque Corinthum:
　sic venit ad portus, Attica terra, tuos.
Hic primum sedit gelido maestissima saxo:
　illud Cecropidae nunc quoque triste vocant.
Sub Iove duravit multis immota diebus,
　et lunae patiens et pluvialis aquae.
sors[1] sua cuique loco est: quod nunc Cerialis Eleusin
　dicitur, hoc Celei rura fuere senis.
ille domum glandes excussaque mora rubetis
　portat et arsuris arida ligna focis.
Filia parva duas redigebat monte capellas,
　et tener in cunis filius aeger erat.
'Mater' ait virgo (mota est dea nomine matris)

1　sors=fors

'quid facis in solis incomitata locis?'
Perstitit et senior, quamvis onus urget, et orat
tecta suae subeat quantulacumque casae.
Illa negat. Simularat anum mitraque capillos
presserat. Instanti talia dicta refert:
'sospes eas semperque parens! mihi filia rapta est.
heu, melior quanto sors tua sorte mea est!'
dixit, et ut lacrimae (neque enim lacrimare deorum est)
decidit in tepidos lucida gutta sinus.
Flent pariter molles animis virgoque senexque;
e quibus haec iusti verba fuere senis:
'Sic tibi, quam raptam quaeris, sit filia sospes,
surge, nec exiguae despice tecta casae.'
cui dea 'duc' inquit; 'scisti, qua cogere posses,
seque levat saxo subsequiturque senem.
Dux comiti narrat, quam sit sibi filius aeger,
nec capiat somnos invigiletque malis.
Illa soporiferum, parvos initura penates,
colligit agresti lene papaver humo;
dum legit, oblito fertur gustasse palato
longamque imprudens exsoluisse famem;
quae quia principio posuit ieiunia noctis,
tempus habent mystae sidera visa cibi.
Limen ut intravit, luctus videt omnia plena:
iam spes in puero nulla salutis erat.

Matre salutata (mater Metanira vocatur)
iungere dignata est os puerile suo.
Pallor abit, subitasque vident in corpore vires:
tantus caelesti venit ab ore vigor.
Tota domus laeta est, hoc est, materque paterque
nataque: tres illi tota fuere domus.
Mox epulas ponunt, liquefacta coagula lacte
pomaque et in ceris aurea mella suis.
Abstinet alma Ceres somnique papavera causas
dat tibi cum tepido lacte bibenda, puer.
Noctis erat medium placidique silentia somni:
Triptolemum gremio sustulit illa suo
terque manu permulsit eum, tria carmina dixit,
carmina mortali non referenda sono,
inque foco corpus pueri vivente favilla
obruit, humanum purget ut ignis onus.
excutitur somno stulte pia mater, et amens
'quid facis?' exclamat membraque ab igne rapit.
cui dea 'dum non es' dixit 'scelerata fuisti:
inrita materno sunt mea dona metu.
iste quidem mortalis erit: sed primus arabit
et seret et culta praemia tollet humo.'
dixit et egrediens nubem trahit inque dracones
transit et aligero tollitur axe Ceres.
Sunion expositum Piraeaque tuta recessu

linquit et in dextrum quae iacet ora latus.
Hinc init Aegaeum, quo Cycladas aspicit omnes,
Ioniumque rapax Icariumque legit.
perque urbes Asiae longum petit Hellespontum,
diversumque locis alta pererrat iter.
Nam modo turilegos Arabas, modo despicit Indos,
hinc Libys, hinc Meroe siccaque terra subest;
nunc adit Hesperios, Rhenum Rhodanumque Padumque
teque, future parens, Thybri, potentis aquae.
Quo feror? immensum est erratas dicere terras:
praeteritus Cereri nullus in orbe locus.
Errat et in caelo, liquidique immunia ponti
adloquitur gelido proxima signa polo:
'Parrhasides stellae (namque omnia nosse potestis,
aequoreas numquam cum subeatis aquas),
Persephonen natam miserae monstrate parenti!'
Dixerat. Huic Helice talia verba refert:
'crimine nox vacua est; Solem de virgine rapta
consule, qui late facta diurna videt.'
Sol aditus 'quam quaeris,' ait 'ne vana labores,
nupta Iovis fratri tertia regna tenet.'
Questa diu secum, sic est adfata Tonantem,
maximaque in voltu signa dolentis erant:
'Si memor es de quo mihi sit Proserpina nata,
dimidium curae debet habere tuae.

Orbe pererrato sola est iniuria facti
cognita: commissi praemia raptor habet.
At neque Persephone digna est praedone marito,
nec gener hoc nobis more parandus erat.
Quid gravius victore Gyge captiva tulissem
quam nunc te caeli sceptra tenente tuli?
Verum impune ferat, nos haec patiemur inultae:
reddat et emendet facta priora novis.'
Iuppiter hanc lenit, factumque excusat amore,
'nec gener est nobis ille pudendus' ait.
'Non ego nobilior: posita est mihi regia caelo,
possidet alter aquas, alter inane chaos.
sed si forte tibi non est mutabile pectus,
statque semel iuncti rumpere vincla tori,
hoc quoque temptemus, siquidem ieiuna remansit;
si minus, inferni coniugis uxor erit.'
Tartara iussus adit sumptis Caducifer alis
speque redit citius visaque certa refert:
'rapta tribus' dixit 'solvit ieiunia granis,
Punica quae lento cortice poma tegunt.'
Non secus indoluit quam si modo rapta fuisset,
maesta parens, longa vixque refecta mora est,
atque ita 'nec nobis caelum est habitabile' dixit;
'Taenaria recipi me quoque valle iube.'
Et factura fuit, pactus nisi Iuppiter esset,

bis tribus ut caelo mensibus illa foret.
Tum demum voltumque Ceres animumque recepit
imposuitque suae spicea serta comae;
largaque provenit cessatis messis in arvis,
et vix congestas area cepit opes.
Alba decent Cererem: vestes Cerialibus albas
sumite; nunc pulli velleris usus abest.
Occupat Apriles Idus cognomine Victor
Iuppiter: hac illi sunt data templa die.
Hac quoque, ni fallor, populo dignissima nostro
atria Libertas coepit habere sua.
Luce secutura tutos pete, navita, portus:
ventus ab occasu grandine mixtus erit.
scilicet[1] ut fuerit, tamen hac Mutinensia Caesar
grandine militia perculit arma sua.
Tertia post Veneris cum lux surrexerit Idus,
pontifices, forda sacra litate bove.
Forda ferens bos est fecundaque dicta ferendo:
hinc etiam fetus nomen habere putant.
Nunc gravidum pecus est, gravidae quoque semine terrae:
Telluri plenae victima plena datur.
Pars cadit arce Iovis, ter denas curia vaccas
accipit et largo sparsa cruore madet.

1 scilicet=sit licet

ast ubi visceribus vitulos rapuere ministri
sectaque fumosis exta dedere focis,
igne cremat vitulos quae natu maxima Virgo est,
luce Palis populos purget ut ille cinis.
Rege Numa, fructu non respondente labori,
inrita decepti vota colentis erant.
Nam modo siccus erat gelidis Aquilonibus annus,
nunc ager assidua luxuriabat aqua:
saepe Ceres primis dominum fallebat in herbis,
et levis obsesso stabat avena solo,
et pecus ante diem partus edebat acerbos,
agnaque nascendo saepe necabat ovem.
Silva vetus nullaque diu violata securi
stabat, Maenalio sacra relicta deo:
ille dabat tacitis animo responsa quieto
noctibus. Hic geminas rex Numa mactat oves.
Prima cadit Fauno, leni cadit altera Somno:
sternitur in duro vellus utrumque solo.
Bis caput intonsum fontana spargitur unda,
bis sua faginea tempora fronde premit.
Usus abest Veneris, nec fas animalia mensis
ponere, nec digitis anulus ullus inest.
Veste rudi tectus supra nova vellera corpus
ponit, adorato per sua verba deo.
Interea placidam redimita papavere frontem

Nox venit, et secum somnia nigra trahit.
Faunus adest, oviumque premens pede vellera duro
edidit a dextro talia verba toro:
'Morte boum tibi, rex, Tellus placanda duarum:
det sacris animas una iuvenca duas.'
excutitur terrore quies: Numa visa revolvit
et secum ambages caecaque iussa refert.
Expedit errantem nemori gratissima coniunx
et dixit 'gravidae posceris exta bovis.'
Exta bovis gravidae dantur; fecundior annus
provenit, et fructum terra pecusque ferunt.
Hanc quondam Cytherea diem properantius ire
iussit et admissos praecipitavit equos,
ut titulum imperii cum primum luce sequenti
Augusto iuveni prospera bella darent.
Sed iam praeteritas quartus tibi Lucifer Idus
respicit; hac Hyades Dorida nocte tenent.
Tertia post Hyadas cum lux erit orta remotas
carcere partitos Circus habebit equos.
Cur igitur missae vinctis ardentia taedis
terga ferant volpes, causa docenda mihi est.
Frigida Carseolis nec olivis apta ferendis
terra, sed ad segetes ingeniosus ager;
hac ego Paelignos, natalia rura, petebam,
parva, sed assiduis obvia semper aquis.

Hospitis antiqui solitas intravimus aedes;
dempserat emeritis iam iuga Phoebus equis.
Is mihi multa quidem, sed et haec narrare solebat,
unde meum praesens instrueretur opus:
'hoc' ait 'in campo' (campumque ostendit) 'habebat
rus breve cum duro parca colona viro.
Ille suam peragebat humum, sive usus aratri
seu curvae falcis, sive bidentis erat.
Haec modo verrebat stantem tibicine villam,
nunc matris plumis ova fovenda dabat,
aut virides malvas aut fungos colligit albos
aut humilem grato calfacit igne focum.
Et tamen assiduis exercet bracchia telis
adversusque minas frigoris arma parat,
filius huius erat primo lascivus in aevo
addideratque annos ad duo lustra duos.
Is capit extremi volpem convalle salicti:
abstulerat multas illa cohortis aves.
Captivam stipula fenoque involvit et ignes
admovet: urentes effugit illa manus:
qua fugit, incendit vestitos messibus agros;
damnosis vires ignibus aura dabat.
factum abiit, monimenta manent; nam dicere certa
nunc quoque lex volpem Carseolana vetat;
utque luat poenas, gens haec Cerialibus ardet,

quoque modo segetes perdidit, ipsa perit.'
Proxima cum veniet terras visura patentes
Memnonis in roseis lutea mater equis,
de duce lanigeri pecoris, qui prodidit Hellen,
sol abit: egresso victima maior adest.
Vacca sit an Taurus, non est cognoscere promptum:
pars prior apparet, posteriora latent.
Seu tamen est taurus sive est hoc femina signum,
Iunone invita munus amoris habet.
Nox abiit, oriturque aurora. Parilia poscor:
non poscor frustra, si favet alma Pales.
Alma Pales, faveas pastoria sacra canenti,
prosequor officio si tua festa meo.
Certe ego de vitulo cinerem stipulasque fabales
saepe tuli plena, februa tosta, manu:
certe ego transilui positas ter in ordine flammas,
udaque roratas laurea misit aquas.
Mota dea est, operique favet: navalibus exit
puppis, habent ventos iam mea vela suos.
I, pete virginea, populus, suffimen ab ara:
Vesta dabit, Vestae munere purus eris.
Sanguis equi suffimen erit vitulique favilla,
tertia res durae culmen inane fabae.
pastor, oves saturas ad prima crepuscula lustra:
unda prius spargat, virgaque verrat humum,

frondibus et fixis decorentur ovilia ramis,
    et tegat ornatas longa corona fores.
Caerulei fiant puro de sulpure fumi,
    tactaque fumanti sulpure balet ovis.
Ure mares oleas taedamque herbasque Sabinas,
    et crepet in mediis laurus adusta focis.
Libaque de milio milii fiscella sequatur;
    rustica praecipue est hoc dea laeta cibo.
Adde dapes mulctramque suas, dapibusque resectis
    silvicolam tepido lacte precare Palem.
'Consule' dic 'pecori pariter pecorisque magistris:
    effugiat stabulis noxa repulsa meis.
Sive sacro pavi, sedive sub arbore sacra,
    pabulaque e bustis inscia carpsit ovis:
si nemus intravi vetitum, nostrisve fugatae
    sunt oculis nymphae semicaperque deus:
si mea falx ramo lucum spoliavit opaco,
    unde data est aegrae fiscina frondis ovi:
da veniam culpae. Nec, dum degrandinat, obsit
    agresti fano subposuisse pecus.
Nec noceat turbasse lacus. Ignoscite, nymphae,
    mota quod obscuras ungula fecit aquas.
Tu, dea, pro nobis fontes fontanaque placa
    numina, tu sparsos per nemus omne deos.
Nec dryadas nec nos videamus labra Dianae,

nec Faunum, medio cum premit arva die.
Pelle procul morbos; valeant hominesque gregesque,
et valeant vigiles, provida turba, canes.
Neve minus multos redigam quam mane fuerunt,
neve gemam referens vellera rapta lupo.
Absit iniqua fames: herbae frondesque supersint,
quaeque lavent artus quaeque bibantur aquae.
Ubera plena premam, referat mihi caseus aera,
dentque viam liquido vimina rara sero.
Sitque salax aries, conceptaque semina coniunx
reddat, et in stabulo multa sit agna meo.
Lanaque proveniat nullas laesura puellas,
mollis et ad teneras quamlibet apta manus.
Quae precor eveniant, et nos faciamus ad annum
pastorum dominae grandia liba Pali.'
His dea placanda est: haec tu conversus ad ortus
dic quater et vivo perlue rore manus.
Tum licet adposita, veluti cratere, camella
lac niveum potes purpureamque sapam;
moxque per ardentes stipulae crepitantis acervos
traicias celeri strenua membra pede.
Expositus mos est; moris mihi restat origo:
turba facit dubium coeptaque nostra tenet.
Omnia purgat edax ignis vitiumque metallis
excoquit: idcirco cum duce purgat oves?

An, quia cunctarum contraria semina rerum
  sunt duo discordes, ignis et unda, dei,
iunxerunt elementa patres, aptumque putarunt
  ignibus et sparsa tangere corpus aqua?
An, quod in his vitae causa est, haec perdidit exul,
  his nova fit coniunx, haec duo magna putant?
Vix equidem credo: sunt qui Phaethonta referri
  credant et nimias Deucalionis aquas.
Pars quoque, cum saxis pastores saxa feribant,
  scintillam subito prosiluisse ferunt;
prima quidem periit, stipulis excepta secunda est:
  hoc argumentum flamma Parilis habet?
An magis hunc morem pietas Aeneia fecit,
  innocuum victo cui dedit ignis iter?
Num tamen est vero propius, cum condita Roma est,
  transferri iussos in nova tecta Lares
mutantesque domum tectis agrestibus ignem
  et cessaturae subposuisse casae,
per flammas saluisse pecus, saluisse colonos?
  quod fit natali nunc quoque, Roma, tuo.
Ipse locum casus vati facit. Urbis origo
  venit. Ades factis, magne Quirine, tuis!
Iam luerat poenas frater Numitoris, et omne
  pastorum gemino sub duce volgus erat.
Contrahere agrestes et moenia ponere utrique

convenit: ambigitur moenia ponat uter.
'Nil opus est' dixit 'certamine' Romulus 'ullo;
magna fides avium est, experiamur aves.'
Res placet. Alter init nemorosi saxa Palati,
alter Aventinum mane cacumen init.
Sex Remus, hic volucres bis sex videt ordine; pacto
statur, et arbitrium Romulus urbis habet.
apta dies legitur qua moenia signet aratro.
sacra Palis suberant: inde movetur opus.
Fossa fit ad solidum, fruges iaciuntur in ima
et de vicino terra petita solo.
Fossa repletur humo, plenaeque imponitur ara,
et novus accenso fungitur igne focus.
Inde premens stivam designat moenia sulco;
alba iugum niveo cum bove vacca tulit.
Vox fuit haec regis: 'condenti, Iuppiter, urbem,
et genitor Mavors Vestaque mater, ades,
quosque pium est adhibere deos, advertite cuncti.
auspicibus vobis hoc mihi surgat opus.
Longa sit huic aetas dominaeque potentia terrae,
sitque sub hac oriens occiduusque dies.'
Ille precabatur, tonitru dedit omina laevo
Iuppiter, et laevo fulmina missa polo.
Augurio laeti iaciunt fundamina cives,
et novus exiguo tempore murus erat.

Hoc Celer urget opus, quem Romulus ipse vocarat,
'sint' que, 'Celer, curae' dixerat 'ista tuae,
neve quis aut muros aut factam vomere fossam
transeat; audentem talia dede neci.'
Quod Remus ignorans humiles contemnere muros
coepit et 'his populus' dicere 'tutus erit?'
Nec mora, transiluit. Rutro Celer occupat ausum;
ille premit duram sanguinulentus humum.
Haec ubi rex didicit, lacrimas introrsus obortas
devorat et clausum pectore volnus habet.
Flere palam non volt exemplaque fortia servat,
'sic' que 'meos muros transeat hostis' ait.
Dat tamen exsequias nec iam suspendere fletum
sustinet, et pietas dissimulata patet;
osculaque adplicuit posito suprema feretro
atque ait 'invito frater adempte, vale!'
Arsurosque artus unxit. Fecere, quod ille,
Faustulus et maestas Acca soluta comas.
Tum iuvenem nondum facti flevere Quirites;
ultima plorato subdita flamma rogo est.
Urbs oritur (quis tunc hoc ulli credere posset?)
victorem terris impositura pedem.
Cuncta regas et sis magno sub Caesare semper,
saepe etiam plures nominis huius habe;
et quotiens steteris domito sublimis in orbe,

omnia sint umeris inferiora tuis.
Dicta Pales nobis, idem Vinalia dicam.
una tamen media est inter utramque dies.
Numina, volgares, Veneris celebrate, puellae:
multa professarum quaestibus apta Venus.
Poscite ture dato formam populique favorem,
poscite blanditias dignaque verba ioco,
cumque sua dominae date grata sisymbria myrto
tectaque composita iuncea vincla rosa.
Templa frequentari Collinae proxima portae
nunc decet, a Siculo nomina colle tenant;
utque Syracusas Arethusidas abstulit armis
Claudius et bello te quoque cepit, Eryx,
carmine vivacis Venus est translata Sibyllae,
inque suae stirpis maluit urbe coli.
Cur igitur Veneris festum Vinalia dicant
quaeritis, et quare sit Iovis ista dies?
Turnus an Aeneas Latiae gener esset Amatae
bellum erat: Etruscas Turnus adorat opes.
Clarus erat sumptisque ferox Mezentius armis
et vel equo magnus vel pede maior erat;
quem Rutuli Turnusque suis adsciscere temptat
partibus. Haec contra dux ita Tuscus ait:
'Stat mihi non parvo virtus mea: volnera testor
armaque, quae sparsi sanguine saepe meo.

Qui petis auxilium, non grandia divide mecum
praemia, de lacubus proxima musta tuis.
Nulla mora est operae: vestrum est dare, vincere nostrum.
quam velit Aeneas ista negata mihi!'
Adnuerant Rutuli. Mezentius induit arma,
induit Aeneas adloquiturque Iovem:
'hostica Tyrrheno vota est vindemia regi:
Iuppiter, e Latio palmite musta feres!'
Vota valent meliora. Cadit Mezentius ingens
atque indignanti pectore plangit humum.
Venerat Autumnus calcatis sordidus uvis:
redduntur merito debita vina Iovi.
Dicta dies hinc est Vinalia: Iuppiter illa
vindicat, et festis gaudet inesse suis.
Sex ubi, quae restant, luces Aprilis habebit,
in medio cursu tempora veris erunt,
et frustra pecudem quaeres Athamantidos Helles,
signaque dant imbres, exoriturque Canis.
Hac mihi Nomento Romam cum luce redirem,
obstitit in media candida turba via.
Flamen in antiquae lucum Robiginis ibat,
exta canis flammis, exta daturus ovis.
Protinus accessi, ritus ne nescius essem:
edidit haec flamen verba, Quirine, tuus:
'Aspera Robigo, parcas Cerialibus herbis,

et tremat in summa leve cacumen humo.
Tu sata sideribus caeli nutrita secundi
crescere, dum fiant falcibus apta, sinas.
Vis tua non levis est: quae tu frumenta notasti,
maestus in amissis illa colonus habet.
Nec venti tantum Cereri nocuere nec imbres,
nec sic marmoreo pallet adusta gelu,
quantum, si culmos Titan incalfacit udos:
tum[1] locus est irae, diva timenda, tuae.
Parce, precor, scabrasque manus a messibus aufer
neve noce cultis: posse nocere sat est.
Nec teneras segetes, sed durum amplectere ferrum,
quodque potest alios perdere, perde prior.
Utilius gladios et tela nocentia carpes:
nil opus est illis, otia mundus agit.
Sarcula nunc durusque bidens et vomer aduncus,
ruris opes, niteant; inquinet arma situs,
conatusque aliquis vagina ducere ferrum
adstrictum longa sentiat esse mora.
At tu ne viola Cererem, semperque colonus
absenti possit solvere vota tibi.'
Dixerat: a dextra villis mantele solutis
cumque meri patera turis acerra fuit.

---

1 tum=tunc

Tura focis vinumque dedit fibrasque bidentis
turpiaque obscenae (vidimus) exta canis.
Tum mihi 'cur detur sacris nova victim, quaeris?'
(quaesieram) 'causam percipe' flamen ait.
'Est Canis, Icarium dicunt, quo sidere moto
tosta sitit tellus praecipiturque seges.
pro cane sidereo canis hic imponitur arae,
et, quare fiat, nil nisi nomen habet.'
Cum Phrygis Assaraci Tithonia fratre relicto
sustulit immenso ter iubar orbe suum,
mille venit variis florum dea nexa coronis:
scaena ioci morem liberioris habet.
Exit et in Maias sacrum Florale Kalendas:
tunc repetam, nunc me grandius urget opus.
Aufer, Vesta, diem! cognati Vesta recepta est
limine; sic iusti constituere patres.
Phoebus habet partem. Vestae pars altera cessit:
quod superest illis, tertius ipse tenet.
State Palatinae laurus, praetextaque quercu
stet domus: aeternos tres habet una deos.

FASTORVM LIBER V

《岁时记》

第五卷

Quaeritis, unde putem Maio data nomina mensi?
non satis est liquido cognita causa mihi.
Ut stat et incertus qua sit sibi nescit eundum,
cum videt ex omni parte, viator, iter:
sic, quia posse datur diversas reddere causas,
qua ferar, ignoro, copiaque ipsa nocet.
Dicite, quae fontes Aganippidos Hippocrenes,
grata Medusaei signa, tenetis, equi.
Dissensere deae. Quarum Polyhymnia coepit
prima; silent aliae dictaque mente notant.
'Post chaos ut primum data sunt tria corpora mundo,
inque novas species omne recessit opus,
pondere terra suo subsedit et aequora traxit,
at caelum levitas in loca summa tulit;
sol quoque cum stellis nulla gravitate retentus
et vos, Lunares, exsiluistis, equi.
Sed neque terra diu caelo, nec cetera Phoebo
sidera cedebant; par erat omnis honor.
Saepe aliquis solio, quod tu, Saturne, tenebas,

ausus de media plebe sedere deus,
nec[1] latus[2] Oceano quisquam deus advena iunxit,
et Themis extremo saepe recepta loco est,
donec Honor placidoque decens Reverentia voltu
corpora legitimis imposuere toris.
Hinc sata Maiestas, quae mundum temperat omnem,
quaque die partu est edita, magna fuit.
Nec mora, consedit medio sublimis Olympo
aurea purpureo conspicienda sinu.
Consedere simul Pudor et Metus: omne videres
numen ad hanc voltus composuisse suos.
Protinus intravit mentes suspectus honorum:
fit pretium dignis, nec sibi quisque placet.
Hic status in caelo multos permansit in annos,
dum senior fatis excidit arce deus.
Terra feros partus, immania monstra, Gigantas
edidit ausuros in Iovis ire domum;
mille manus illis dedit et pro cruribus angues,
atque ait 'in magnos arma movete deos.'
Exstruere hi montes ad sidera summa parabant
et magnum bello sollicitare Iovem;
fulmina de caeli iaculatus Iuppiter arce

1 nec=et

2 latus=lacus

vertit in auctores pondera vasta suos.
His bene Maiestas armis defensa deorum
restat et ex illo tempore culta manet;
assidet inde Iovi, Iovis est fidissima custos
et praestat sine vi sceptra tenenda[1] Iovi.
Venit et in terras: coluerunt Romulus illam
et Numa, mox alii, tempore quisque suo.
Illa patres in honore pio matresque tuetur,
illa comes pueris virginibusque venit,
illa datos fasces commendat eburque curule,
illa coronatis alta triumphat equis.'
Finierat voces Polyhymnia: dicta probarunt
Clioque et curvae scita Thalia lyrae.
Excipit Uranie: fecere silentia cunctae,
et vox audiri nulla nisi illa potest.
'Magna fuit quondam capitis reverentia cani,
inque suo pretio ruga senilis erat.
Martis opus iuvenes animosaque bella gerebant
et pro dis aderant in statione suis:
viribus illa minor nec habendis utilis armis
consilio patriae saepe ferebat opem.
Nec nisi post annos patuit tunc curia seros,
nomen et aetatis mite senatus habet.

---

1 tenenda= timenda

Iura dabat populo senior, finitaque certis
legibus est aetas unde petatur honor;
et medius iuvenum, non indignantibus ipsis,
ibat et interior, si comes unus erat.
Verba quis auderet coram sene digna rubore
dicere? censuram longa senecta dabat.
Romulus hoc vidit selectaque pectora patres
dixit: ad hos urbis summa relata novae.
Hinc sua maiores tribuisse vocabula Maio
tangor, et[1] aetati consuluisse suae.
et Numitor dixisse potest 'da, Romule, mensem
hunc senibus' nec avum sustinuisse nepos.
Nec leve propositi pignus successor honoris
Iunius, a iuvenum nomine dictus, habet.'
Tunc sic, neglectos hedera redimita capillos,
prima sui coepit Calliopea chori:
'duxerat Oceanus quondam Titanida Tethyn,
qui terram liquidis, qua patet, ambit aquis.
hinc sata Pleione cum caelifero Atlante
iungitur, ut fama est, Pleiadasque parit.
Quarum Maia suas forma superasse sorores
traditur et summo concubuisse Iovi.
Haec enixa iugo cupressiferae Cyllenes,

1 tangor, et=auguror:

aetherium volucri qui pede carpit iter.
Arcades hunc Ladonque rapax et Maenalos ingens
rite colunt, luna credita terra prior.
Exul ab Arcadia Latios Euander in agros
venerat, impositos attuleratque deos.
Hic, ubi nunc Roma est, orbis caput, arbor et herbae
et paucae pecudes et casa rara fuit.
Quo postquam ventum est, “consistite!” praescia mater
“nam locus imperii rus erit istud” ait.
Et matri et vati paret Nonacrius heros
inque peregrina constitit hospes humo.
Sacraque multa quidem, sed Fauni prima bicornis
has docuit gentes alipedisque dei.
Semicaper, coleris cinctutis, Faune, Lupercis,
cum lustrant celebres verbera secta vias.
At tu materno donasti nomine mensem,
inventor curvae, furibus apte, fidis.
Nec pietas haec prima tua est: septena putaris,
Pleiadum numerum, fila dedisse lyrae.’
haec quoque desierat: laudata est voce suarum.
quid faciam? Turbae pars habet omnis idem.
Gratia Pieridum nobis aequaliter adsit,
nullaque laudetur plusve minusve mihi.
Ab Iove surgat opus. Prima mihi nocte videnda
stella est in cunas officiosa Iovis:

nascitur Oleniae signum pluviale Capellae;
illa dati caelum praemia lactis habet.
Nais Amalthea, Cretaea nobilis Ida,
dicitur in silvis occuluisse Iovem.
Huic fuit haedorum mater formosa duorum,
inter Dictaeos conspicienda greges,
cornibus aeriis atque in sua terga recurvis,
ubere, quod nutrix posset habere Iovis.
Lac dabat illa deo. Sed fregit in arbore cornu
truncaque dimidia parte decoris erat.
Sustulit hoc nymphe cinxitque recentibus herbis
et plenum pomis ad Iovis ora tulit.
Ille ubi res caeli tenuit solioque paterno
sedit, et invicto nil Iove maius erat,
sidera nutricem, nutricis fertile cornu
fecit, quod dominae nunc quoque nomen habet.
Praestitibus Maiae Laribus videre Kalendae
aram constitui parvaque signa deum:
voverat[1] illa quidem Curius[2], sed multa[3] vetustas
destruit, et saxo longa senecta nocet.
Causa tamen positi fuerat cognominis illis
quod praestant oculis omnia tuta suis.

1 voverat=struxerat=ara erat=vota erat=arserat=ars erat

2 Curius=Curibus=Laribus

3 multa=longa

Stant quoque pro nobis et praesunt moenibus Urbis
et sunt praesentes auxiliumque ferunt.
At canis ante pedes saxo fabricatus eodem
stabat: quae standi cum Lare causa fuit?
Servat uterque domum, domino quoque fidus uterque:
compita grata deo, compita grata cani.
Exagitant et Lar et turba Diania fures:
pervigilantque Lares pervigilantque canes.
Bina gemellorum quaerebam signa deorum
viribus annosae facta caduca morae:
mille Lares Geniumque ducis, qui tradidit illos,
Urbs habet, et vici numina terna colunt.
Quo feror? Augustus mensis mihi carminis huius
ius dabit: interea Diva canenda Bona est.
Est moles nativa loco, res nomina fecit:
appellant Saxum; pars bona montis ea est.
Huic Remus institerat frustra, quo tempore fratri
prima Palatinae signa dedistis aves.
Templa patres illic oculos exosa viriles
leniter adclivi constituere iugo.
Dedicat haec veteris Clausorum nominis heres,
virgineo nullum corpore passa virum:
Livia restituit, ne non imitata maritum

esset et ex omni parte secuta virum[1].
Postera cum roseam pulsis Hyperionis astris
in matutinis lampada tollet equis,
frigidus Argestes summas mulcebit aristas,
candidaque a Calabris vela dabuntur aquis.
At simul inducent obscura crepuscula noctem,
pars Hyadum toto de grege nulla latet.
Ora micant Tauri septem radiantia flammis,
navita quas Hyadas Graius ab imbre vocat;
pars Bacchum nutrisse putat, pars credidit esse
Tethyos has neptes Oceanique senis.
Nondum stabat Atlas umeros oneratus Olympo,
cum satus est forma conspiciendus Hyas;
hunc stirps Oceani maturis nixibus Aethra
edidit et nymphas, sed prior ortus Hyas.
Dum nova lanugo est, pavidos formidine cervos
terret, et est illi praeda benigna lepus.
At postquam virtus annis adolevit, in apros
audet et hirsutas comminus ire leas,
dumque petit latebras fetae catulosque leaenae,
ipse fuit Libycae praeda cruenta ferae.
Mater Hyan et Hyan maestae flevere sorores
cervicemque polo subpositurus Atlas,

---

1 virum=suum

victus uterque parens tamen est pietate sororum:
illa dedit caelum, nomina fecit Hyas.
'Mater, ades, florum, ludis celebranda iocosis!
distuleram partes mense priore tuas.
Incipis Aprili, transis in tempora Maii:
alter te fugiens, cum venit alter habet.
Cum tua sint cedantque tibi confinia mensum,
convenit in laudes ille vel ille tuas.
Circus in hunc exit clamataque palma theatris:
hoc quoque cum Circi munere carmen eat.
Ipsa doce quae sis. Hominum sententia fallax:
optima tu proprii nominis auctor eris.'
Sic ego. Sic nostris respondit diva rogatis
(dum loquitur, vernas efflat ab ore rosas):
'Chloris eram quae Flora vocor: corrupta Latino
nominis est nostri littera Graeca sono.
Chloris eram, nymphe campi felicis, ubi audis
rem fortunatis ante fuisse viris.
Quae fuerit mihi forma, grave est narrare modestae
sed generum matri repperit illa deum.
Ver erat, errabam; Zephyrus conspexit, abibam.
Insequitur, fugio: fortior ille fuit,
et dederat fratri Boreas ius omne rapinae
ausus Erecthea praemia ferre domo.
Vim tamen emendat dando mihi nomina nuptae,

inque meo non est ulla querella toro.
vere fruor semper: semper nitidissimus annus,
arbor habet frondes, pabula semper humus.
Est mihi fecundus dotalibus hortus in agris;
aura fovet, liquidae fonte rigatur aquae.
Hunc meus implevit generoso flore maritus
atque ait "arbitrium tu, dea, floris habe."
Saepe ego digestos volui numerare colores
nec potui: numero copia maior erat.
Roscida cum primum foliis excussa pruina est,
et variae radiis intepuere comae,
conveniunt pictis incinctae vestibus Horae
inque leves calathos munera nostra legunt.
Protinus accedunt Charites nectuntque coronas
sertaque caelestes implicitura comas.
Prima per immensas sparsi nova semina gentes:
unius tellus ante coloris erat.
Prima Therapnaeo feci de sanguine florem,
et manet in folio scripta querella suo.
Tu quoque nomen habes cultos, Narcisse, per hortos,
infelix, quod non alter et alter eras.
Quid Crocon aut Attin referam Cinyraque creatum,
de quorum per me volnere surgit honor?
Mars quoque, si nescis, per nostras editus artes:
Iuppiter hoc, ut adhuc, nesciat usque, precor.

Sancta Iovem Iuno, nata sine matre Minerva,
officio doluit non eguisse suo.
Ibat, ut Oceano quereretur facta mariti;
restitit ad nostras fessa labore fores.
Quam simul aspexi, "quid te, Saturnia," dixi
"attulit?" exponit, quem petat illa locum,
addidit et causam. Verbis solabar amicis:
"non" inquit "verbis cura levanda mea est.
Si pater est factus neglecto coniugis usu
Iuppiter et solus nomen utrumque tenet,
cur ego desperem fieri sine coniuge mater
et parere intacto, dummodo casta, viro?
Omnia temptabo latis medicamina terris,
et freta Tartareos excutiamque sinus."
Vox erat in cursu: voltum dubitantis habebam.
"nescioquid, nymphe, posse videris" ait.
Ter volui promittere opem, ter lingua retenta est:
ira Iovis magni causa timoris erat.
"Fer, precor, auxilium!" dixit "celabitur auctor
et Stygiae numen testificatur aquae."
"Quod petis, Oleniis" inquam "mihi missus ab arvis
flos dabit: est hortis unicus ille meis.
Qui dabat, 'hoc' dixit 'sterilem quoque tange iuvencam,
mater erit.' Tetigi, nec mora, mater erat."
Protinus haerentem decerpsi pollice florem:

tangitur et tacto concipit illa sinu.
Iamque gravis Thracen et laeva Propontidos intrat
fitque potens voti, Marsque creatus erat.
Qui memor accepti per me natalis “habeto
tu quoque Romulea” dixit “in urbe locum.”
Forsitan in teneris tantum mea regna coronis
esse putes. Tangit numen et arva meum.
Si bene floruerint segetes, erit area dives:
si bene floruerit vinea, Bacchus erit;
si bene floruerint oleae, nitidissimus annus,
pomaque proventum temporis huius habent.
Flore semel laeso pereunt viciaeque fabaeque,
et pereunt lentes, advena Nile, tuae.
Vina quoque in magnis operose condita cellis
florent, et nebulae dolia summa tegunt.
Mella meum munus: volucres ego mella daturas
ad violam et cytisos et thyma cana voco.
Nos quoque idem facimus tunc[1], cum iuvenalibus annis
luxuriant animi, corporaque ipsa vigent.’
Talia dicentem tacitus mirabar. At illa
‘ius tibi discendi, siqua requiris’ ait.
‘dic, dea,’ respondi ‘ludorum quae sit origo.’
Vix bene desieram, rettulit illa mihi:

1 tunc=tum

'Cetera luxuriae nondum instrumenta vigebant,
aut pecus aut latam dives habebat humum
hinc etiam locuples, hinc ipsa pecunia dicta est.
Sed iam de vetito quisque parabat opes:
venerat in morem populi depascere saltus,
idque diu licuit, poenaque nulla fuit.
Vindice servabat nullo sua publica volgus;
iamque in privato pascere inertis erat.
Plebis ad aediles perducta licentia talis
Publicios; animus defuit ante viris.
Rem populus recipit, multam subiere nocentes:
vindicibus laudi publica cura fuit.
Multa data est ex parte mihi, magnoque favore
victores ludos instituere novos.
Parte locant clivum, qui tunc erat ardua rupes:
utile nunc iter est, Publiciumque vocant.'
Annua credideram spectacula facta. Negavit,
addidit et dictis altera verba suis:
'Nos quoque tangit honor: festis gaudemus et aris,
turbaque caelestes ambitiosa sumus.
Saepe deos aliquis peccando fecit iniquos,
et pro delictis hostia blanda fuit;
Saepe Iovem vidi, cum iam sua mittere vellet
fulmina, ture dato sustinuisse manum.
At si neglegimur, magnis iniuria poenis

solvitur, et iustum praeterit ira modum.
Respice Thestiaden: flammis absentibus arsit;
causa est, quod Phoebes ara sine igne fuit.
Respice Tantaliden: eadem dea vela tenebat;
virgo est, et spretos bis tamen ulta focos.
Hippolyte infelix, velles coluisse Dionen,
cum consternatis diripereris equis.
Longa referre mora est correcta oblivia damnis.
Me quoque Romani praeteriere patres.
Quid facerem, per quod fierem manifesta doloris?
exigerem nostrae qualia damna notae?
Excidit officium tristi mihi. Nulla tuebar
rura, nec in pretio fertilis hortus erat:
Lilia deciderant, violas arere videres,
filaque punicei languida facta croci.
Saepe mihi Zephyrus "dotes corrumpere noli
ipsa tuas" dixit: dos mihi vilis erat.
Florebant oleae; venti nocuere protervi:
florebant segetes; grandine laesa seges:
In spe vitis erat; caelum nigrescit ab Austris,
et subita frondes decutiuntur aqua.
Nec volui fieri nec sum crudelis in ira,
cura repellendi sed mihi nulla fuit.
Convenere patres et, si bene floreat annus,
numinibus nostris annua festa vovent.

Adnuimus voto. Consul cum consule ludos
Postumio Laenas persoluere mihi.'
Quaerere conabar, quare lascivia maior
his foret in ludis liberiorque iocus,
sed mihi succurrit numen non esse severum,
aptaque deliciis munera ferre deam.
Tempora sutilibus cinguntur tota coronis,
et latet iniecta splendida mensa rosa;
ebrius incinctis philyra conviva capillis
saltat, et imprudens utitur arte meri;
ebrius ad durum formosae limen amicae
cantat, habent unctae mollia serta comae.
Nulla coronata peraguntur seria fronte,
nec liquidae vinctis flore bibuntur aquae;
donec eras mixtus nullis, Acheloe, racemis,
gratia sumendae non erat ulla rosae.
Bacchus amat flores: Baccho placuisse coronam
ex Ariadnaeo sidere nosse potes.
Scaena levis decet hanc: non est, mihi credite, non est
illa cothurnatas inter habenda deas.
Turba quidem cur hos celebret meretricia ludos,
non ex difficili causa petita subest.
Non est de tetricis, non est de magna professis,
volt sua plebeio sacra patere choro,
et monet aetatis specie, dum floreat, uti;

contemni spinam, cum cecidere rosae.
Cur tamen, ut dantur vestes Cerialibus albae,
sic haec est cultu versicolore decens?
An quia maturis albescit messis aristis,
et color et species floribus omnis inest?
Adnuit, et motis flores cecidere capillis,
accidere in mensas ut rosa missa solet.
Lumina restabant, quorum me causa latebat,
cum sic errores abstulit illa meos:
'Vel quia purpureis conlucent floribus agri,
lumina sunt nostros visa decere dies;
vel quia nec flos est hebeti nec flamma colore,
atque oculos in se splendor uterque trahit;
vel quia deliciis nocturna licentia nostris
convenit. A vero tertia causa venit.'
'Est breve praeterea, de quo mihi quaerere restat,
si liceat' dixi: dixit et illa 'licet.'
'Cur tibi pro Libycis clauduntur rete leaenis
inbelles capreae sollicitusque lepus?'
Non sibi, respondit, silvas cessisse, sed hortos
arvaque pugnaci non adeunda ferae.
Omnia finierat: tenues secessit in auras,
mansit odor: posses scire fuisse deam.
floreat ut toto carmen Nasonis in aevo,
sparge, precor, donis pectora nostra tuis.

Nocte minus quarta promet sua sidera Chiron
semivir et flavi corpore mixtus equi.
Pelion Haemoniae mons est obversus in Austros:
summa virent pinu, cetera quercus habet.
Phillyrides tenuit. Saxo stant antra vetusto,
quae iustum memorant incoluisse senem.
Ille manus olim missuras Hectora leto
creditur in lyricis detinuisse modis.
Venerat Alcides exhausta parte laborum,
iussaque restabant ultima paene viro.
Stare simul casu Troiae duo fata videres:
hinc puer Aeacides, hinc Iove natus erat.
Excipit hospitio iuvenem Philyreius heros,
et causam adventus hic rogat, ille docet.
Respicit interea clavam spoliumque leonis,
'vir' que ait 'his armis, armaque digna viro!'
Nec se, quin horrens auderent tangere saetis
vellus, Achilleae continuere manus.
Dumque senex tractat squalentia tela venenis,
excidit et laevo fixa sagitta pede est.
Ingemuit Chiron, traxitque e corpore ferrum:
adgemit Alcides Haemoniusque puer.
ipse tamen lectas Pagasaeis collibus herbas
temperat et varia volnera mulcet ope:
virus edax superabat opem, penitusque recepta

ossibus et toto corpore pestis erat.
Sanguine Centauri Lernaeae sanguis echidnae
mixtus ad auxilium tempora nulla dabat.
Stabat, ut ante patrem, lacrimis perfusus Achilles:
sic flendus Peleus, si moreretur, erat.
Saepe manus aegras manibus fingebat amicis
(morum, quos fecit, praemia doctor habet),
oscula saepe dedit, dixit quoque saepe iacenti
'vive, precor, nec me, care, relinque, pater!'
Nona dies aderat, cum tu, iustissime Chiron,
bis septem stellis corpora cinctus eras.
Hunc Lyra curva sequi cuperet, sed idonea nondum
est via: nox aptum tertia tempus erit.
Scorpios in caelo, cum cras lucescere Nonas
dicimus, a media parte notandus erit.
Hinc ubi protulerit formosa ter Hesperos ora,
ter dederint Phoebo sidera victa locum,
ritus erit veteris, nocturna Lemuria, sacri:
inferias tacitis manibus illa dabunt.
Annus erat brevior, nec adhuc pia februa norant,
nec tu dux mensum, Iane biformis, eras:
iam tamen exstincto cineri sua dona ferebant,
compositique nepos busta piabat avi.
Mensis erat Maius, maiorum nomine dictus,
qui partem prisci nunc quoque moris habet.

Nox ubi iam media est somnoque silentia praebet,
et canis et variae conticuistis aves,
ille memor veteris ritus timidusque deorum
surgit (habent gemini vincula nulla pedes)
signaque dat digitis medio cum pollice iunctis,
occurrat tacito ne levis umbra sibi.
Cumque manus puras fontana perluit unda,
vertitur et nigras accipit ante fabas,
aversusque iacit; sed dum iacit, 'haec ego mitto,
his' inquit 'redimo meque meosque fabis.'
Hoc novies dicit nec respicit: umbra putatur
colligere et nullo terga vidente sequi.
Rursus aquam tangit, Temesaeaque concrepat aera,
et rogat, ut tectis exeat umbra suis.
Cum dixit novies 'Manes exite paterni'
respicit et pure sacra peracta putat.
Dicta sit unde dies, quae nominis exstet origo,
me fugit: ex aliquo est invenienda deo.
Pliade nate, mone, virga venerande potenti:
saepe tibi est Stygii regia visa Iovis.
Venit adoratus Caducifer. Accipe causam
nominis: ex ipso est cognita causa deo.
Romulus ut tumulo fraternas condidit umbras,
et male veloci iusta soluta Remo,
Faustulus infelix et passis Acca capillis

spargebant lacrimis ossa perusta suis.
Inde domum redeunt sub prima crepuscula maesti,
utque erat, in duro procubuere toro.
umbra cruenta Remi visa est adsistere lecto,
atque haec exiguo murmure verba loqui:
'En ego dimidium vestri parsque altera voti,
cernite sim qualis, qui modo qualis eram!
Qui modo, si volucres habuissem regna iubentes,
in populo potui maximus esse meo,
nunc sum elapsa rogi flammis et inanis imago:
haec est ex illo forma relicta Remo!
Heu ubi Mars pater est? Si vos modo vera locuti,
uberaque expositis ille ferina dedit.
Quem lupa servavit, manus hunc temeraria civis
perdidit. O quanto mitior illa fuit!
Saeve Celer, crudelem animam per volnera reddas,
utque ego, sub terras sanguinulentus eas.
Noluit hoc frater, pietas aequalis in illo est:
quod potuit, lacrimas in mea fata[1] dedit.
Hunc vos per lacrimas, per vestra alimenta rogate,
ut celebrem nostro signet honore diem.'
Mandantem amplecti cupiunt et bracchia tendunt:
lubrica prensantes effugit umbra manus.

---

1 in mea fata=manibus ille

Ut secum fugiens somnos abduxit imago,
ad regem voces fratris uterque ferunt.
Romulus obsequitur, lucemque Remuria dicit
illam, qua positis iusta feruntur avis.
Aspera mutata est in lenem tempore longo
littera, quae toto nomine prima fuit;
mox etiam lemures animas dixere silentum:
hic sensus verbi, vis ea vocis erat.
Fana tamen veteres illis clausere diebus,
ut nunc ferali tempore operta vides.
Nec viduae taedis eadem nec virginis apta
tempora: quae nupsit, non diuturna fuit.
Hac quoque de causa, si te proverbia tangunt,
mense malas Maio nubere volgus ait.
Sed tamen haec tria sunt sub eodem tempore festa
inter se nulla continuata die.
Quorum si mediis Boeotum Oriona quaeres,
falsus eris. Signi causa canenda mihi.
Iuppiter et lato qui regnat in aequore frater
carpebant socias Mercuriusque vias.
Tempus erat quo versa iugo referuntur aratra,
et pronus saturae lac bibit agnus ovis.
Forte senex Hyrieus, angusti cultor agelli,
hos videt, exiguam stabat ut ante casam;
atque ita 'longa via est, nec tempora longa supersunt,'

dixit 'et hospitibus ianua nostra patet.'
Addidit et voltum verbis, iterumque rogavit:
parent promissis dissimulantque deos.
Tecta senis subeunt nigro deformia fumo;
ignis in hesterno stipite parvus erat.
Ipse genu nixus flammas exsuscitat aura
et promit quassas comminuitque faces.
Stant calices; minor inde fabas, holus alter habebat,
et spumat testo pressus uterque suo.
Dumque mora est, tremula dat vina rubentia dextra:
accipit aequoreus pocula prima deus.
Quae simul exhausit, 'da nunc bibat ordine' dixit
'Iuppiter.' audito palluit ille Iove.
Ut rediit animus, cultorem pauperis agri
immolat et magno torret in igne bovem;
Quaeque puer quondam primis diffuderat annis,
promit fumoso condita vina cado.
Nec mora, flumineam lino celantibus ulvam,
sic quoque non altis, incubuere toris.
Nunc dape, nunc posito mensae nituere Lyaeo;
terra rubens crater, pocula fagus erant.
Verba fuere Iovis: 'si quid fert impetus, opta:
omne feres.' Placidi verba fuere senis:
'Cara fuit coniunx, primae mihi vere iuventae
cognita. Nunc ubi sit quaeritis? Urna tegit.

Huic ego iuratus, vobis in verba vocatis,
  “coniugio” dixi “sola fruere meo.”
Et dixi et servo. Sed enim diversa voluntas
  est mihi: nec coniunx et pater esse volo.’
Adnuerant omnes: omnes ad terga iuvenci
  constiterant—pudor est ulteriora loqui—
tum superiniecta texere madentia terra;
  iamque decem menses, et puer ortus erat.
Hunc Hyrieus, quia sic genitus, vocat Uriona:
  perdidit antiquum littera prima sonum.
Creverat immensum: comitem sibi Delia sumpsit,
  ille deae custos, ille satelles erat.
Verba movent iras non circumspecta deorum:
  ‘quam nequeam’ dixit ‘vincere nulla fera est.’
Scorpion immisit Tellus: fuit impetus illi
  curva gemelliparae spicula ferre deae;
obstitit Orion. Latona nitentibus astris
  addidit et ‘meriti praemia’ dixit ‘habe.’
Sed quid et Orion et cetera sidera mundo
  cedere festinant, noxque coartat iter?
Quid solito citius liquido iubar aequore tollit
  candida, Lucifero praeveniente, dies?
Fallor, an arma sonant? non fallimur, arma sonabant:
  Mars venit et veniens bellica signa dedit.
Ultor ad ipse suos caelo descendit honores

templaque in Augusto conspicienda foro.
Et deus est ingens et opus: debebat in urbe
non aliter nati Mars habitare sui.
Digna Giganteis haec sunt delubra tropaeis:
hinc fera Gradivum bella movere decet,
seu quis ab Eoo nos impius orbe lacesset,
seu quis ab occiduo sole domandus erit.
Perspicit Armipotens operis fastigia summi
et probat invictos summa tenere deos[1];
perspicit in foribus diversae tela figurae
armaque terrarum milite victa suo.
Hinc videt Aenean oneratum pondere caro
et tot Iuleae nobilitatis avos:
hinc videt Iliaden umeris ducis arma ferentem,
claraque dispositis acta subesse viris.
Spectat et Augusto praetextum nomine templum,
et visum lecto Caesare maius opus.
Voverat hoc iuvenis tum cum pia sustulit arma:
a tantis princeps incipiendus erat.
Ille manus tendens, hinc stanti milite iusto,
hinc coniuratis, talia dicta dedit:
'si mihi bellandi pater est Vestaeque sacerdos
auctor, et ulcisci numen utrumque paro,

1 invictos...deos=invictas...deas

Mars, ades et satia scelerato sanguine ferrum,
　stetque favor causa pro meliore tuus.
Templa feres et, me victore, vocaberis Ultor."
　Voverat et fuso laetus ab hoste redit.
Nec satis est meruisse semel cognomina Marti:
　persequitur Parthi signa retenta manu.
Gens fuit et campis et equis et tuta sagittis
　et circumfusis invia fluminibus.
Addiderant animos Crassorum funera genti,
　cum periit miles signaque duxque simul.
Signa, decus belli, Parthus Romana tenebat,
　Romanaeque aquilae signifer hostis erat.
Isque pudor mansisset adhuc, nisi fortibus armis
　Caesaris Ausoniae protegerentur opes.
Ille notas veteres et longi dedecus aevi
　sustulit: agnorunt signa recepta suos.
Quid tibi nunc solitae mitti post terga sagittae,
　quid loca, quid rapidi profuit usus equi,
Parthe? refers aquilas, victos quoque porrigis arcus:
　pignora iam nostri nulla pudoris habes.
Rite deo templumque datum nomenque bis ulto,
　et meritus voti debita solvit honor.
Sollemnes ludos Circo celebrate, Quirites!
　non visa est fortem scaena decere deum.
Pliadas aspicies omnes totumque sororum

agmen, ubi ante Idus nox erit una super:
tum mihi non dubiis auctoribus incipit aestas,
et tepidi finem tempora veris habent.
Idibus ora prior stellantia tollere Taurum
Indicat. Huic signo fabula nota subest.
Praebuit, ut taurus, Tyriae sua terga puellae
Iuppiter et falsa cornua fronte tulit.
Illa iubam dextra, laeva retinebat amictus,
et timor ipse novi causa decoris erat.
Aura sinus implet, flavos movet aura capillos:
Sidoni, sic fueras aspicienda Iovi.
Saepe puellares subduxit ab aequore plantas,
et metuit tactus adsilientis aquae;
saepe deus prudens tergum demisit in undas,
haereat ut collo fortius illa suo.
Litoribus tactis stabat sine cornibus ullis
Iuppiter inque deum de bove versus erat.
Taurus init caelum: te, Sidoni, Iuppiter implet,
parsque tuum terrae tertia nomen habet.
Hoc alii signum Phariam dixere iuvencam,
quae bos ex homine est, ex bove facta dea.
Tum quoque priscorum Virgo simulacra virorum
mittere roboreo scirpea ponte solet.
Fama vetus tum, cum Saturnia terra vocata est,
talia fatidici dicta fuisse Iovis:

'falcifero libata seni duo corpora, gentes
mittite, quae Tuscis excipiantur aquis:'
donec in haec venit Tirynthius arva, quotannis
tristia Leucadio sacra peracta modo;
illum stramineos in aquam misisse Quirites:
Herculis exemplo corpora falsa iaci.
623 Corpora post decies senos qui credidit annos
missa neci, sceleris crimine damnat avos.
633 Pars putat, ut ferrent iuvenes suffragia soli,
pontibus infirmos praecipitasse senes.
Thybri, doce verum. Tua ripa vetustior Urbe est,
principium ritus tu bene nosse potes.
Thybris harundiferum medio caput extulit alveo
raucaque dimovit talibus ora sonis:
'haec loca desertas vidi sine moenibus herbas:
pascebat sparsas utraque ripa boves,
et quem nunc gentes Tiberim noruntque timentque,
tunc etiam pecori despiciendus eram.
Arcadis Euandri nomen tibi saepe refertur:
ille meas remis advena torsit aquas.
Venit et Alcides, turba comitatus Achiva
(Albula, si memini, tunc mihi nomen erat):
excipit hospitio iuvenem Pallantius heros,
et tandem Caco debita poena venit.
Victor abit, secumque boves, Erytheida praedam,

abstrahit. At comites longius ire negant.
Magnaque pars horum desertis venerat Argis:
montibus his ponunt spemque laremque suum.
Saepe tamen patriae dulci tanguntur amore,
atque aliquis moriens hoc breve mandat opus:
"mittite me in Tiberim, Tiberinis vectus ut undis
litus ad Inachium pulvis inanis eam."
Displicet heredi mandati cura sepulcri:
mortuus Ausonia conditur hospes humo,
scirpea pro domino Tiberi iactatur imago,
ut repetat Graias per freta longa domos.'
Hactenus, et subiit vivo rorantia saxo
antra: leves cursum sustinuistis aquae.
Clare nepos Atlantis, ades, quem montibus olim
edidit Arcadiis Pleias una Iovi,
pacis et armorum superis imisque deorum
arbiter, alato qui pede carpis iter,
laete lyrae pulsu, nitida quoque laete palaestra,
quo didicit culte lingua docente loqui,
templa tibi posuere patres spectantia Circum
Idibus: ex illo est haec tibi festa dies.
Te, quicumque suas profitentur vendere merces,
ture dato, tribuas ut sibi lucre, rogant.
Est aqua Mercurii portae vicina Capenae;
si iuvat expertis credere, numen habet.

Huc venit incinctus tunica mercator et urna
purus suffita, quam ferat, haurit aquam.
Uda fit hinc laurus, lauro sparguntur ab uda
Omnia, quae dominos sunt habitura novos;
spargit et ipse suos lauro rorante capillos
et peragit solita fallere voce preces:
'Ablue praeteriti periuria temporis,' inquit
'ablue praeteritae perfida verba die.
Sive ego te feci testem, falsove citavi
non audituri numina magna[1] Iovis,
sive deum prudens alium divamve fefelli,
abstulerint celeres improba dicta Noti,
et pateant veniente die periuria nobis,
nec curent superi siqua locutus ero.
Da modo lucra mihi, da facto gaudia lucro,
et fac, ut emptori verba dedisse iuvet.'
Talia Mercurius poscenti ridet ab alto,
se memor Ortygias subripuisse boves.
At mihi pande, precor, tanto meliora petenti,
in Geminos ex quo tempore Phoebus eat.
'Cum totidem de mense dies superesse videbis
quot sunt Herculei facta laboris' ait.
'dic' ego respondi 'causam mihi sideris huius.'

1 magna=vana

causam facundo reddidit ore deus:
'Abstulerant raptas Phoeben Phoebesque sororem
Tyndaridae fratres, hic eques, ille pugil.
Bella parant repetuntque suas et frater et Idas,
Leucippo fieri pactus uterque gener.
His amor ut repetant, illis ut reddere nolint,
suadet; et ex causa pugnat uterque pari.
Effugere Oebalidae cursu potuere sequentes,
sed visum celeri vincere turpe fuga.
Liber ab arboribus locus est, apta area pugnae:
constiterant illo (nomen Aphidna) loco.
Pectora traiectus Lynceo Castor ab ense
non exspectato volnere pressit humum.
ultor adest Pollux et Lyncea perforat hasta,
qua cervix umeros continuata premit.
Ibat in hunc Idas, vixque est Iovis igne repulsus,
tela tamen dextrae fulmine rapta negant.
Iamque tibi, Pollux, caelum sublime patebat,
cum "mea" dixisti "percipe verba, pater:
quod mihi das uni caelum, partire duobus;
dimidium toto munere maius erit."
Dixit et alterna fratrem statione redemit.
Utile sollicitae sidus utrumque rati.'
Ad Ianum redeat, qui quaerit Agonia quid sint:
quae tamen in fastis hoc quoque tempus habent.

Nocte sequente diem canis Erigoneius exit:
est alio signi reddita causa loco.
Proxima Volcani lux est, Tubilustria dicunt:
lustrantur purae, quas facit ille, tubae.
Quattuor inde notis locus est, quibus ordine lectis
vel mos sacrorum vel fuga regis inest.
Nec te praetereo, populi Fortuna potentis
Publica, cui templum luce sequente datum est.
Hanc ubi dives aquis acceperit Amphitrite,
grata Iovi fulvae rostra videbis avis.
Auferet ex oculis veniens aurora Booten,
continuaque die sidus Hyantis erit.

FASTORVM LIBER VI

《岁时记》

第六卷

Hic quoque mensis habet dubias in nomine causas:
quae placeat, positis omnibus ipse leges[1].
Facta canam; sed erunt qui me finxisse loquantur
nullaque mortali numina visa putent.
Est deus in nobis; agitante calescimus illo:
impetus hic sacrae semina mentis habet.
Fas mihi praecipue voltus vidisse deorum,
vel quia sum vates, vel quia sacra cano.
Est nemus arboribus densum, secretus ab omni
voce locus, si non obstreperetur aquis.
Hic ego quaerebam coepti quae mensis origo
esset, et in cura nominis huius eram.
Ecce deas vidi, non quas praeceptor arandi
viderat, Ascraeas cum sequeretur oves,
nec quas Priamides in aquosae vallibus Idae
contulit: ex illis sed tamen una fuit.
Ex illis fuit una, sui germana mariti;

1 leges=lege

haec erat (agnovi) quae stat in arce Iovis.
horrueram tacitoque animum pallore fatebar;
tum dea, quos fecit, sustulit ipsa metus.
Namque ait 'o vates, Romani conditor anni,
ause per exiguos magna referre modos,
ius tibi fecisti numen caeleste videndi,
cum placuit numeris condere festa tuis.
Ne tamen ignores volgique errore traharis,
Iunius a nostro nomine nomen habet.
Est aliquid nupsisse Iovi, Iovis esse sororem:
fratre magis, dubito, glorier, anne viro.
Si genus aspicitur, Saturnum prima parentem
feci, Saturni sors ego prima fui.
A patre dicta meo quondam Saturnia Roma est:
haec illi a caelo proxima terra fuit.
Si torus in pretio est, dicor matrona Tonantis,
iunctaque Tarpeio sunt mea templa Iovi.
An potuit Maio paelex dare nomina mensi,
hic honor in nobis invidiosus erit?
Cur igitur regina vocor princepsque dearum,
aurea cur dextrae sceptra dedere meae?
An facient mensem luces, Lucinaque ab illis
dicar et a nullo nomina mense traham?
Tum me paeniteat posuisse fideliter iras
in genus Electrae Dardaniamque domum.

Causa duplex irae: rapto Ganymede dolebam,
forma quoque Idaeo iudice victa mea est.
Paeniteat, quod non foveo Carthaginis arces,
cum mea sint illo currus et arma loco:
paeniteat Sparten Argosque measque Mycenas
et veterem Latio subposuisse Samon:
adde senem Tatium Iunonicolasque Faliscos,
quos ego Romanis succubuisse tuli.
Sed neque paeniteat, nec gens mihi carior ulla est:
hic colar, hic teneam cum Iove templa meo.
Ipse mihi Mavors "commendo moenia" dixit
"haec tibi. Tu pollens urbe nepotis eris."
Dicta fides sequitur: centum celebramur in aris,
nec levior quovis est mihi mensis honor.
Nec tamen hunc nobis tantummodo praestat honorem
Roma: suburbani dant mihi munus idem.
Inspice quos habeat nemoralis Aricia fastos
et populus Laurens Lanuviumque meum;
est illic mensis Iunonius. Inspice Tibur
et Praenestinae moenia sacra deae;
Iunonale leges tempus. Nec Romulus illas
condidit: at nostri Roma nepotis erat.'
Finierat Iuno. Respeximus: Herculis uxor
stabat, et in voltu signa vigoris erant.
'Non ego, si toto mater me cedere caelo

iusserit, invita matre morabor' ait.
'Nunc quoque non luctor de nomine temporis huius:
blandior, et partes paene rogantis ago
remque mei iuris malim tenuisse precando,
et faveas causae forsitan ipse meae.
Aurea possedit socio Capitolia templo
mater et, ut debet, cum Iove summa tenet.
At decus omne mihi contingit origine mensis:
unicus est, de quo sollicitamur, honor.
Quid grave, si titulum mensis, Romane, dedisti
Herculis uxori, posteritasque memor?
Haec quoque terra aliquid debet mihi nomine magni
coniugis; huc captas adpulit ille boves,
hic male defensus flammis et dote paterna
Cacus Aventinam sanguine tinxit humum.
Ad propiora vocor. Populum digessit ab annis
Romulus, in partes distribuitque duas:
haec dare consilium, pugnare paratior illa est;
haec aetas bellum suadet, at illa gerit.
Sic statuit, mensesque nota secrevit eadem:
Iunius est iuvenum; qui fuit ante, senum.'
Dixit. Et in litem studio certaminis issent,
atque ira pietas dissimulata foret:
Venit Apollinea longas Concordia lauro
nexa comas, placidi numen opusque ducis.

Haec ubi narravit Tatium fortemque Quirinum
binaque cum populis regna coisse suis
et lare communi soceros generosque receptos,
'his nomen iunctis Iunius' inquit 'habet.'
Dicta triplex causa est. At vos ignoscite, divae:
res est arbitrio non dirimenda meo.
Ite pares a me. Perierunt iudice formae
Pergama: plus laedunt, quam iuvat una, duae.
Prima dies tibi, Carna, datur. Dea cardinis haec est:
numine clausa aperit, claudit aperta suo.
Unde datas habeat vires, obscurior aevo
Fama, sed e nostro carmine certus eris.
Adiacet antiquus Tiberino lucus Helerni[1]:
pontifices illuc nunc quoque sacra ferunt.
Inde sata est nymphe (Cranen[2] dixere priores)
nequiquam multis saepe petita procis.
Rura sequi iaculisque feras agitare solebat
nodosasque cava tendere valle plagas.
Non habuit pharetram, Phoebi tamen esse sororem
credebant; nec erat, Phoebe, pudenda tibi.
Huic aliquis iuvenum dixisset amantia verba,
reddebat tales protinus illa sonos:

1 Helerni =Elerni= Alerni

2 Cranen= Cranaen= Grannen=Granen=Gramen=Ganien

'Haec loca lucis habent nimis et cum luce pudoris:
si secreta magis ducis in antra, sequor.'
Credulus ante ut iit, frutices haec nacta resistit
et latet et nullo est invenienda modo.
Viderat hanc Ianus visaeque cupidine captus
ad duram verbis mollibus usus erat.
Nympha iubet quaeri de more remotius antrum
utque comes sequitur, destituitque ducem.
Stulta! videt Ianus quae post sua terga gerantur:
nil agis, et latebras respicit ille tuas.
Nil agis, en! dixi: nam te sub rupe latentem
occupat amplexu speque potitus ait:
'Ius pro concubitu nostro tibi cardinis esto:
hoc pretium positae virginitatis habe.'
Sic fatus spinam, qua tristes pellere posset
a foribus noxas (haec erat alba), dedit.
Sunt avidae volucres, non quae Phineia mensis
guttura fraudabant, sed genus inde trahunt:
Grande caput, stantes oculi, rostra apta rapinis,
canities pennis, unguibus hamus inest;
Nocte volant puerosque petunt nutricis egentes
et vitiant cunis corpora rapta suis.
Carpere dicuntur lactentia viscera rostris
et plenum poto sanguine guttur habent.
Est illis strigibus nomen; sed nominis huius

causa, quod horrenda stridere nocte solent.
Sive igitur nascuntur aves, seu carmine fiunt
neniaque in volucres Marsa figurat anus,
in thalamos venere Procae. Proca natus in illis
praeda recens avium quinque diebus erat,
pectoraque exsorbent avidis infantia linguis;
at puer infelix vagit opemque petit.
Territa voce sui nutrix accurrit alumni
et rigido sectas invenit ungue genas.
Quid faceret? Color oris erat qui frondibus olim
esse solet seris, quas nova laesit hiems.
Pervenit ad Cranaen et rem docet. Illa 'timorem
pone: tuus sospes' dixit 'alumnus erit.'
Venerat ad cunas: flebant materque paterque:
'sistite vos lacrimas, ipsa medebor' ait.
Protinus arbutea postes ter in ordine tangit
fronde, ter arbutea limina fronde notat;
spargit aquis aditus (et aquae medicamen habebant)
extaque de porca cruda bimenstre tenet;
atque ita 'noctis aves, extis puerilibus' inquit
'Parcite: pro parvo victima parva cadit.
Cor pro corde, precor, pro fibris sumite fibras.
Hanc animam vobis pro meliore damus.'
Sic ubi libavit, prosecta sub aethere ponit,
quique adsint sacris respicere illa vetat;

virgaque Ianalis de spina subditur alba,
qua lumen thalamis parva fenestra dabat.
Post illud nec aves cunas violasse feruntur,
et rediit puero, qui fuit ante, color.
Pinguia cur illis gustentur larda Kalendis,
mixtaque cum calido sit faba farre, rogas?
Prisca dea est, aliturque cibis, quibus ante solebat,
nec petit adscitas luxuriosa dapes.
Piscis adhuc illi populo sine fraude natabat,
ostreaque in conchis tuta fuere suis.
Nec Latium norat quam praebet Ionia dives
nec quae Pygmaeo sanguine gaudet avis;
et praeter pennas nihil in pavone placebat,
nec tellus captas miserat ante feras.
Sus erat in pretio, caesa sue festa colebant;
terra fabas tantum duraque farra dabat.
Quae duo mixta simul sextis quicumque Kalendis
ederit, huic laedi viscera posse negant.
Arce quoque in summa Iunoni templa Monetae
ex voto memorant facta, Camille, tuo:
ante domus Manli fuerat, qui Gallica quondam
a Capitolino reppulit arma Iove.
Quam bene, di magni, pugna cecidisset in illa
defensor solii, Iuppiter alte, tui!
Vixit, ut occideret damnatus crimine regni:

hunc illi titulum longa senecta dabat.
Lux eadem Marti festa est, quem prospicit extra
adpositum Tectae porta Capena Viae.
Te quoque, Tempestas, meritam delubra fatemur,
cum paene est Corsis obruta classis aquis.
Haec hominum monimenta patent. Si quaeritis astra,
tunc oritur magni praepes adunca Iovis.
Postera lux Hyadas, Taurinae cornua frontis,
evocat, et multa terra madescit aqua.
Mane ubi bis fuerit Phoebusque iteraverit ortus
factaque erit posito rore bis uda seges,
hac sacrata die Tusco Bellona duello
dicitur, et Latio prospera semper adest.
Appius est auctor, Pyrrho qui pace negata
multum animo vidit, lumine captus erat.
Prospicit a templo summum brevis area Circum,
est ibi non parvae parva columna notae:
hinc solet hasta manu, belli praenuntia, mitti,
in regem et gentes cum placet arma capi.
Altera pars Circi Custode sub Hercule tuta est:
quod deus Euboico carmine munus habet.
Muneris est tempus qui Nonas Lucifer ante est:
si titulum quaeris, Sulla probavit opus.
Quaerebam, Nonas Sanco Fidione referrem,
an tibi, Semo pater; tum mihi Sancus ait:

'Cuicumque ex istis dederis, ego munus habebo:
nomina terna fero: sic voluere Cures.'
Hunc igitur veteres donarunt aede Sabini
inque Quirinali constituere iugo.
Est mihi (sitque, precor, nostris diuturnior annis)
filia, qua felix sospite semper ero.
Hanc ego cum vellem genero dare, tempora taedis
apta requirebam, quaeque cavenda forent:
tum mihi post sacras monstratus Iunius Idus
utilis et nuptis, utilis esse viris,
primaque pars huius thalamis aliena reperta est;
nam mihi sic coniunx sancta Dialis ait:
'donec ab Iliaca placidus purgamina Vesta
detulerit flavis in mare Thybris aquis,
non mihi detonso[1] crinem depectere buxo,
non ungues ferro subsecuisse licet,
non tetigisse virum, quamvis Iovis ille sacerdos,
quamvis perpetua sit mihi lege datus.
Tu quoque ne propera: melius tua filia nubet
ignea cum pura Vesta nitebit humo.'
Tertia post Nonas removere Lycaona Phoebe
fertur, et a tergo non habet Ursa metum.
Tunc ego me memini ludos in gramine Campi

1 detonso=dentosa

aspicere et dici, lubrice Thybri, tuos.
Festa dies illis qui lina madentia ducunt,
quique tegunt parvis aera recurva cibis.
Mens quoque numen habet. Mentis delubra videmus
vota metu belli, perfide Poene, tui.
Poene, rebellaras, et leto consulis omnes
attoniti Mauras pertimuere manus.
Spem metus expulerat, cum Menti vota senatus
suscipit, et melior protinus illa venit.
Aspicit instantes mediis sex lucibus Idus
illa dies qua sunt vota soluta deae.
Vesta, fave! Tibi nunc operata resolvimus ora,
ad tua si nobis sacra venire licet.
In prece totus eram: caelestia numina sensi,
laetaque purpurea luce refulsit humus.
Non equidem vidi (valeant mendacia vatum)
te, dea, nec fueras aspicienda viro;
sed quae nescieram quorumque errore tenebar
cognita sunt nullo praecipiente mihi.
Dena quater memorant habuisse Parilia Romam,
cum flammae custos aede recepta dea est,
Regis opus placidi, quo non metuentius ullum
numinis ingenium terra Sabina tulit.
Quae nunc aere vides, stipula tum tecta videres,
et paries lento vimine textus erat.

Hic locus exiguus, qui sustinet Atria Vestae,
tunc erat intonsi regia magna Numae.
Forma tamen templi, quae nunc manet, ante fuisse
dicitur, et formae causa probanda subest.
Vesta eadem est et terra: subest vigil ignis utrique:
significant sedem terra focusque suam.
Terra pilae similis, nullo fulcimine nixa,
aere subiecto tam grave pendet onus.
Ipsa volubilitas libratum sustinet orbem,
quique premat partes angulus omnis abest,
cumque sit in media rerum regione locata
ut tangat nullum plusve minusve latus,
ni convexa foret, parti vicinior esset,
nec medium terram mundus haberet onus.
Arte Syracosia suspensus in aere clauso
stat globus, immensi parva figura poli,
et quantum a summis, tantum secessit ab imis
terra; quod ut fiat forma rotunda facit.
Par facies templi; nullus procurrit in illo
angulus; a pluvio vindicat imbre tholus.
Cur sit virginibus, quaeris, dea culta ministris?
inveniam causas hac quoque parte suas.
Ex Ope Iunonem memorant Cereremque creatas
semine Saturni; tertia Vesta fuit;
Utraque nupserunt, ambae peperisse feruntur.

de tribus impatiens restitit una viri.
Quid mirum, virgo si virgine laeta ministra
admittit castas ad sua sacra manus?
Nec tu aliud Vestam quam vivam intellege flammam,
nataque de flamma corpora nulla vides.
Iure igitur virgo est, quae semina nulla remittit
nec capit, et comites virginitatis amat.
Esse diu stultus Vestae simulacra putavi,
mox didici curvo nulla subesse tholo:
ignis inexstinctus templo celatur in illo,
effigiem nullam Vesta nec ignis habet.
stat vi terra sua: vi stando Vesta vocatur,
causaque par Grai nominis esse potest.
At focus a flammis et quod fovet omnia dictus;
qui tamen in primis aedibus ante fuit.
Hinc quoque vestibulum dici reor: inde precando
praefamur Vestam, quae loca prima tenet.
Ante focos olim scamnis considere longis
mos erat, et mensae credere adesse deos;
nunc quoque, cum fiunt antiquae sacra Vacunae,
ante Vacunales stantque sedentque focos.
Venit in hos annos aliquid de more vetusto:
fert missos Vestae pura patella cibos.
Ecce coronatis panis dependet asellis,
et velant scabras florida serta molas.

Sola prius furnis torrebant farra coloni
(et Fornacali sunt sua sacra deae):
subpositum cineri panem focus ipse parabat,
strataque erat tepido tegula quassa solo.
Inde focum servat pistor dominamque focorum
et quae pumiceas versat asella molas.
Praeteream referamne tuum, rubicunde Priape,
dedecus? Est multi fabula parva ioci.
Turrigera frontem Cybele redimita corona
convocat aeternos ad sua festa deos.
Convocat et satyros et, rustica numina, nymphas;
Silenus, quamvis nemo vocarat, adest.
Nec licet et longum est epulas narrare deorum:
in multo nox est pervigilata mero.
Hi temere errabant in opacae vallibus Idae,
pars iacet et molli gramine membra levat,
hi ludunt, hos somnus habet; pars bracchia nectit
et viridem celeri ter pede pulsat humum.
Vesta iacet placidamque capit secura quietem,
sicut erat, positum caespite fulta caput.
At ruber hortorum custos nymphasque deasque
captat, et errantes fertque refertque pedes.
Aspicit et Vestam: dubium nymphamne putarit
an scierit Vestam, scisse sed ipse negat.
Spem capit obscenam furtimque accedere temptat

et fert suspensos corde micante gradus.
Forte senex, quo vectus erat, Silenus asellum
liquerat ad ripas lene sonantis aquae.
Ibat ut inciperet longi deus Hellesponti,
intempestivo cum rudit ille sono.
Territa voce gravi surgit dea; convolat omnis
turba, per infestas effugit ille manus.
Lampsacus hoc animal solita est mactare Priapo
'apta' canens 'flammis indicis exta damus.'
quem tu, diva, memor de pane monilibus ornas;
cessat opus, vacuae conticuere molae.
Nomine quam pretio celebratior arce Tonantis,
dicam Pistoris quid velit ara Iovis.
cincta premebantur trucibus Capitolia Gallis:
fecerat obsidio iam diuturna famem.
Iuppiter, ad solium superis regale vocatis,
'incipe!' ait Marti. Protinus ille refert:
'Scilicet ignotum est, quae sit fortuna meorum,
et dolor hic animi voce querentis eget.
Si tamen ut referam breviter mala iuncta pudori,
exigis, Alpino Roma sub hoste iacet.
Haec est cui fuerat promissa potentia rerum,
Iuppiter? hanc terris impositurus eras?
Iamque suburbanos Etruscaque contudit arma,
spes erat in cursu: nunc lare pulsa suo est.

Vidimus ornatos aerata per atria picta
veste triumphales occubuisse senes:
vidimus Iliacae transferri pignora Vestae
sede: putant aliquos scilicet esse deos.
At si respicerent qua vos habitatis in arce,
totque domos vestras obsidione premi,
nil opis in cura scirent superesse deorum
et data sollicita tura perire manu.
Atque utinam pugnae pateat locus! Arma capessant
et, si non poterunt exsuperare, cadant.
Nunc inopes victus ignavaque fata timentes
monte suo clausos barbara turba premit.'
Tunc Venus et lituo pulcher trabeaque Quirinus
Vestaque pro Latio multa locuta suo est.
'Publica' respondit 'cura est pro moenibus istis,'
Iuppiter 'et poenas Gallia victa dabit.
Tu modo, quae desunt fruges, superesse putentur
effice, nec sedes desere, Vesta, tuas.
Quodcumque est solidae Cereris, cava machina frangat,
mollitamque manu duret in igne focus.'
iusserat, et fratris virgo Saturnia iussis
adnuit. Et mediae tempora noctis errant,
iam ducibus somnum dederat labor: increpat illos
Iuppiter et sacro, quid velit, ore docet:
'Surgite, et in medios de summis arcibus hostes

mittite, quam minime mittere voltis, opem!'
Somnus abit, quaeruntque, novis ambagibus acti,
tradere quam nolint et iubeantur opem.
Esse Ceres visa est; iaciunt Cerialia dona,
iacta super galeas scutaque longa sonant.
Posse fame vinci spes excidit. Hoste repulso
candida Pistori ponitur ara Iovi.
Forte revertebar festis Vestalibus illa,
qua Nova Romano nunc Via iuncta foro est.
Huc pede matronam vidi descendere nudo:
obstipui tacitus sustinuique gradum.
Sensit anus vicina loci, iussumque sedere
adloquitur, quatiens voce tremente caput:
'Hoc, ubi nunc fora sunt, udae tenuere paludes;
amne redundatis fossa madebat aquis.
Curtius ille lacus, siccas qui sustinet aras,
nunc solida est tellus, sed lacus ante fuit.
Qua Velabra solent in Circum ducere pompas,
nil praeter salices cassaque canna fuit;
saepe suburbanas rediens conviva per undas
cantat et ad nautas ebria verba iacit.
nondum conveniens diversis iste figuris
nomen ab averso ceperat amne deus.
Hic quoque lucus erat iuncis et harundine densus
et pede velato non adeunda palus.

Stagna recesserunt et aquas sua ripa coercet,
siccaque nunc tellus: mos tamen ille manet.'
Reddiderat causam. 'valeas, anus optima!' dixi
'quod superest aevi, molle sit omne tui.'
Cetera iam pridem didici puerilibus annis,
non tamen idcirco praetereunda mihi.
Moenia Dardanides nuper nova fecerat Ilus
(Ilus adhuc Asiae dives habebat opes):
Creditur armiferae signum caeleste Minervae
urbis in Iliacae desiluisse iuga.
Cura videre fuit, vidi templumque locumque:
hoc superest illi, Pallada Roma tenet.
Consulitur Smintheus, lucoque obscurus opaco
hos non mentito reddidit ore sonos:
'Aetheriam servate deam, servabitis urbem:
imperium secum transferet illa loci.'
Servat et inclusam summa tenet Ilus in arce,
curaque ad heredem Laomedonta redit.
Sub Priamo servata parum: sic ipsa volebat,
ex quo iudicio forma revicta sua est.
Seu genus Adrasti, seu furtis aptus Ulixes,
seu fuit[1] Aeneas eripuisset eam,
auctor in incerto, res est Romana: tuetur

1 seu fuit=seu pius

Vesta, quod assiduo lumine cuncta videt.
Heu quantum timuere patres, quo tempore Vesta
arsit et est tectis obruta paene suis!
Flagrabant sancti sceleratis ignibus ignes,
mixtaque erat flammae flamma profana piae.
Attonitae flebant demisso crine ministrae:
abstulerat vires corporis ipse timor.
Provolat in medium, et magna 'succurrite!' voce
'non est auxilium flere' Metellus ait.
'Pignora virgineis fatalia tollite palmis:
non ea sunt voto, sed rapienda manu.
Me miserum! Dubitatis?' ait. Dubitare videbat
et pavidas posito procubuisse genu.
Haurit aquas tollensque manus, 'ignoscite,' dixit
'sacra! Vir intrabo non adeunda viro.
Si scelus est, in me commissi poena redundet:
sit capitis damno Roma soluta mei.'
Dixit, et inrupit. Factum dea rapta probavit
pontificisque sui munere tuta fuit.
Nunc bene lucetis sacrae sub Caesare flammae:
ignis in Iliacis nunc erit estque focis,
nullaque dicetur vittas temerasse sacerdos
hoc duce nec viva defodietur humo.
Sic incesta perit, quia, quam violavit, in illam
conditur: est Tellus Vestaque numen idem.

Tum sibi Callaico Brutus cognomen ab hoste
fecit et Hispanam sanguine tinxit humum.
Scilicet interdum miscentur tristia laetis,
ne populum toto pectore festa iuvent:
Crassus ad Euphraten aquilas natumque suosque
perdidit, et leto est ultimus ipse datus.
'Parthe, quid exsultas?' dixit dea 'signa remittes,
quique necem Crassi vindicet ultor erit.'
At simul auritis violae demuntur asellis,
et Cereris fruges aspera saxa terunt,
navita puppe sedens 'Delphina videbimus,' inquit
'umida cum pulso nox erit orta die.'
Iam, Phryx, a nupta quereris, Tithone, relinqui,
et vigil Eois Lucifer exit aquis:
ite, bonae matres (vestrum Matralia festum)
flavaque Thebanae reddite liba deae.
Pontibus et magno iuncta est celeberrima Circo
area, quae posito de bove nomen habet:
hac ibi luce ferunt Matutae sacra parenti
sceptriferas Servi templa dedisse manus.
Quae dea sit, quare famulas a limine templi
arceat (arcet enim) libaque tosta petat,
Bacche, racemiferos hedera distincte capillos,
si domus illa tua est, derige vatis opus.
Arserat obsequio Semele Iovis: accipit Ino

te, puer, et summa sedula nutrit ope.
Intumuit Iuno, raptum quod paelice natum
educet: at sanguis ille sororis erat.
Hinc agitur furiis Athamas et imagine falsa,
tuque cadis patria, parve Learche, manu.
Maesta Learcheas mater tumulaverat umbras
et dederat miseris omnia iusta rogis.
Haec quoque, funestos ut erat laniata capillos,
prosilit et cunis te, Melicerta, rapit.
Est spatio contracta brevi, freta bina repellit
unaque pulsatur terra duabus aquis:
huc venit insanis natum complexa lacertis
et secum celso mittit in alta iugo.
excipit inlaesos Panope centumque sorores,
et placido lapsu per sua regna ferunt.
Nondum Leucothea, nondum puer ille Palaemon
verticibus densi Thybridis ora tenent.
Lucus erat, dubium Semelae Stimulaene vocetur:
maenadas Ausonias incoluisse ferunt:
Quaerit ab his Ino, quae gens foret: Arcadas esse
audit et Euandrum sceptra tenere loci.
Dissimulata deam Latias Saturnia Bacchas
instimulat fictis insidiosa sonis:
'O nimium faciles, o toto pectore captae!
non venit haec nostris hospes amica choris.

Fraude petit, sacrique parat cognoscere ritum;
quo possit poenas pendere pignus habet.'
Vix bene desierat, complent ululatibus auras
Thyiades effusis per sua colla comis,
iniciuntque manus puerumque revellere pugnant.
quos ignorat adhuc, invocat illa deos:
'dique virique loci, miserae succurrite matri!'
clamor Aventini saxa propinqua ferit.
Adpulerat ripae vaccas Oetaeus Hiberas:
audit, et ad vocem concitus urget iter.
Herculis adventu, quae vim modo ferre parabant,
turpia femineae terga dedere fugae.
'Quid petis hinc' (cognorat enim) 'matertera Bacchi?
an numen, quod me, te quoque vexat?' ait.
Illa docet partim, partim praesentia nati
continet, et furiis in scelus isse pudet.
Rumor, ut est velox, agitatis pervolat alis,
estque frequens, Ino, nomen in ore tuum.
Hospita Carmentis fidos intrasse penates
diceris et longam deposuisse famem.
Liba sua properata manu Tegeaea sacerdos
traditur in subito cocta dedisse foco.
Nunc quoque liba iuvant festis Matralibus illam:
rustica sedulitas gratior arte fuit.
'Nunc,' ait 'o vates, venientia fata resigna,

qua licet. Hospitiis hoc, precor, adde meis.'
Parva mora est, caelum vates ac numina sumit,
fitque sui toto pectore plena dei;
vix illam subito posses cognoscere, tanto
sanctior et tanto, quam modo, maior erat.
'Laeta canam. Gaude, defuncta laboribus Ino.'
dixit 'et huic populo prospera semper ades.
numen eris pelagi, natum quoque pontus habebit.
in vestris aliud sumite nomen aquis:
Leucothea Grais, Matuta vocabere nostris;
in portus nato ius erit omne tuo,
quem nos Portunum, sua lingua Palaemona dicet.
Ite, precor, nostris aequus uterque locis!'
Adnuerat, promissa fides. Posuere labores,
nomina mutarunt: hic deus, illa dea est.
Cur vetet ancillas accedere quaeritis? Odit,
principiumque odii, si sinat illa, canam.
Una ministrarum solita est, Cadmei, tuarum
saepe sub amplexus coniugis ire tui.
Improbus hanc Athamas furtim dilexit; ab illa
comperit agricolis semina tosta dari.
Ipsa quidem fecisse negas, sed fama recepit.
hoc est, cur odio sit tibi serva manus.
Non tamen hanc pro stirpe sua pia mater adoret:
ipsa parum felix visa fuisse parens.

Alterius prolem melius mandabitis illi:
utilior Baccho quam fuit illa suis.
Hanc tibi 'quo properas?' memorant dixisse, Rutili,
'luce mea Marso consul ab hoste cades.'
Exitus accessit verbis, flumenque Toleni
purpureum mixtis sanguine fluxit aquis.
Proximus annus erat: Pallantide caesus eadem
Didius hostiles ingeminavit opes.
Lux eadem, Fortuna, tua est, auctorque locusque;
sed superiniectis quis latet iste togis?
Servius est, hoc constat enim: sed causa latendi
discrepat et dubium me quoque mentis habet.
Dum dea furtivos timide profitetur amores,
caelestemque homini concubuisse pudet
(arsit enim magno correpta cupidine regis
caecaque in hoc uno non fuit illa viro),
nocte domum parva solita est intrare fenestra;
unde Fenestellae nomina porta tenet.
Nunc pudet, et voltus velamine celat amatos,
oraque sunt multa regia tecta toga.
An magis est verum post Tulli funera plebem
confusam placidi morte fuisse ducis,
nec modus ullus erat, crescebat imagine luctus,
donec eum positis occuluere togis?
Tertia causa mihi spatio maiore canenda est,

nos tamen adductos intus agemus equos.
Tullia coniugio sceleris mercede peracto
his solita est dictis exstimulare virum:
'Quid iuvat esse pares, te nostrae caede sororis
meque tui fratris, si pia vita placet?
Vivere debuerant et vir meus et tua coniunx,
si nullum ausuri maius eramus opus.
Et caput et regnum facio dotale parentis:
si vir es, i, dictas exige dotis opes.
Regia res scelus est. Socero cape regna necato,
et nostras patrio sanguine tingue manus.'
Talibus instinctus solio privatus in alto
sederat: attonitum volgus in arma ruit.
Hinc cruor et caedes, infirmaque vincitur aetas:
sceptra gener socero rapta Superbus habet.
Ipse sub Esquiliis, ubi erat sua regia, caesus
concidit in dura sanguinulentus humo.
Filia carpento patrios initura penates
ibat per medias alta feroxque vias.
Corpus ut aspexit, lacrimis auriga profusis
restitit. Hunc tali corripit illa sono:
'Vadis, an exspectas pretium pietatis amarum?
duc, inquam, invitas ipsa per ora rotas.'
Certa fides facti: dictus Sceleratus ab illa
vicus, et aeterna res ea pressa nota.

Post tamen hoc ausa est templum, monimenta parentis,
tangere: mira quidem, sed tamen acta loquar.
Signum erat in solio residens sub imagine Tulli;
dicitur hoc oculis opposuisse manum,
et vox audita est 'voltus abscondite nostros,
ne natae videant ora nefanda meae.'
Veste data tegitur, vetat hanc Fortuna moveri,
et sic e templo est ipsa locuta suo:
'ore revelato qua primum luce patebit
Servius, haec positi prima pudoris erit.'
Parcite, matronae, vetitas attingere vestes
(sollemni satis est voce movere preces),
sitque caput semper Romano tectus amictu,
qui rex in nostra septimus urbe fuit.
Arserat hoc templum: signo tamen ille pepercit
ignis; opem nato Mulciber ipse tulit.
Namque pater Tulli Volcanus, Ocresia mater
praesignis facie Corniculana fuit.
Hanc secum Tanaquil sacris de more peractis
iussit in ornatum fundere vina focum:
hinc[1] inter cineres obsceni forma virilis
aut fuit aut visa est, sed fuit illa magis.
Iussa foco captiva sedet: conceptus ab illa

1 hinc=hic

Servius a caelo semina gentis habet.
signa dedit genitor tunc cum caput igne corusco
contigit, inque comis flammeus arsit apex.
Te quoque magnifica, Concordia, dedicat aede
Livia, quam caro praestitit ipsa viro.
Disce tamen, veniens aetas: ubi Livia nunc est
porticus, immensae tecta fuere domus;
urbis opus domus una fuit spatiumque tenebat,
quo brevius muris oppida multa tenent.
Haec aequata solo est, nullo sub crimine regni,
sed quia luxuria visa nocere sua.
Sustinuit tantas operum subvertere moles
totque suas heres perdere Caesar opes.
Sic agitur censura et sic exempla parantur,
cum vindex[1], alios quod monet, ipse facit.
Nulla nota est veniente die, quam dicere possis.
Idibus Invicto sunt data templa Iovi.
Et iam Quinquatrus iubeor narrare minores.
Nunc ades o coeptis, flava Minerva, meis.
'Cur vagus incedit tota tibicen in Urbe?
quid sibi personae, quid stola longa volunt?'
Sic ego. Sic posita Tritonia cuspide dixit
(possim utinam doctae verba referre deae!):

1 vindex=iudex

'Temporibus veterum tibicinis usus avorum
magnus et in magno semper honore fuit.
Cantabat fanis, cantabat tibia ludis,
cantabat maestis tibia funeribus:
dulcis erat mercede labor. Tempusque secutum
quod subito gratae[1] frangeret artis opus.
Adde quod aedilis, pompam qui funeris irent,
artifices solos iusserat esse decem.
Exilio mutant Urbem Tiburque recedunt.
exilium quodam tempore Tibur erat!
Quaeritur in scaena cava tibia, quaeritur aris;
ducit supremos nenia nulla toros.
Servierat quidam, quantolibet ordine dignus,
Tibure, sed longo tempore liber erat.
Rure dapes parat ille suo, turbamque canoram
Convocat; ad festas convenit illa dapes.
Nox erat, et vinis oculique animique natabant,
cum praecomposito nuntius ore venit,
atque ita 'quid cessas convivia solvere?' dixit
'auctor vindictae nam venit ecce tuae.'
Nec mora, convivae valido titubantia vino
membra movent: dubii stantque labantque pedes.
At dominus "discedite" ait plaustroque morantes

1 gratae=Graiae

sustulit; in plaustro scirpea lata fuit.
Adliciunt somnos tempus motusque merumque,
potaque se Tibur turba redire putat.
Iamque per Esquilias Romanam intraverat urbem,
et mane in medio plaustra fuere foro.
Plautius, ut posset specie numeroque senatum
fallere, personis imperat ora tegi,
admiscetque alios et, ut hunc tibicina coetum
augeat, in longis vestibus esse iubet;
sic reduces bene posse tegi, ne forte notentur
contra collegi[1] iussa venire sui.
Res placuit, cultuque novo licet Idibus uti
et canere ad veteres verba iocosa modos.'
Haec ubi perdocuit, 'superest mihi discere' dixi
'cur sit Quinquatrus illa vocata dies.'
'Martius' inquit 'agit tali mea nomine festa,
estque sub inventis haec quoque turba meis.
Prima, terebrato per rara foramina buxo,
ut daret, effeci, tibia longa sonos.
Vox placuit: faciem liquidis referentibus undis
vidi virgineas intumuisse genas.
"Ars mihi non tanti est; valeas, mea tibia" dixi:
excipit abiectam caespite ripa suo.

1 collegi=collegae

Inventam satyrus primum miratur et usum
nescit; et inflatam sentit habere sonum;
et modo dimittit digitis, modo concipit auras,
iamque inter nymphas arte superbus erat:
provocat et Phoebum. Phoebo superante pependit;
caesa recesserunt a cute membra sua.
sum tamen inventrix auctorque ego carminis huius.
hoc est cur nostros ars colat ista dies.'
Tertia nox[1] veniet, qua tu, Dodoni Thyone,
stabis Agenorei fronte videnda bovis.
Haec est illa dies qua tu purgamina Vestae,
Thybri, per Etruscas in mare mittis aquas.
Si qua fides ventis, Zephyro date carbasa, nautae.
Cras veniet vestris ille secundus aquis.
At pater Heliadum radios ubi tinxerit undis,
et cinget geminos stella serena polos,
tollet humo validos proles Hyriea lacertos:
continua Delphin nocte videndus erit.
Scilicet hic olim Volscos Aequosque fugatos
viderat in campis, Algida terra, tuis;
unde suburbano clarus, Tuberte, triumpho
vectus es in niveis postmodo victor equis.
Iam sex et totidem luces de mense supersunt,

1 nox=lux

huic unum numero tu tamen adde diem:
sol abit a Geminis, et Cancri signa rubescunt;
coepit Aventina Pallas in arce coli.
Iam tua, Laomedon, oritur nurus, ortaque noctem
pellit, et e pratis uda pruina fugit:
reddita, quisquis is est, Summano templa feruntur,
tum cum Romanis, Pyrrhe, timendus eras.
Hanc quoque cum patriis Galatea receperit undis,
plenaque securae terra quietis erit,
surgit humo iuvenis telis adflatus avitis
et gemino nexas porrigit angue manus.
Notus amor Phaedrae, nota est iniuria Thesei:
devovit natum credulus ille suum.
Non impune pius iuvenis Troezena petebat:
dividit obstantes pectore taurus aquas.
Solliciti terrentur equi, frustraque retenti
per scopulos dominum duraque saxa trahunt.
exciderat curru, lorisque morantibus artus
Hippolytus lacero corpore raptus erat
reddideratque animam, multum indignante Diana.
'nulla' Coronides 'causa doloris' ait;
'namque pio iuveni vitam sine volnere reddam,
et cedent arti tristia fata meae.'
Gramina continuo loculis depromit eburnis
(profuerant Glauci manibus illa prius,

tum cum observatas augur descendit in herbas,
usus et auxilio est anguis ab angue dato),
pectora ter tetigit, ter verba salubria dixit:
depositum terra sustulit ille caput.
Lucus eum nemorisque sui Dictynna recessu
celat: Aricino Virbius ille lacu.
At Clymenus Clothoque dolent: haec, fila teneri[1],
hic, fieri regni iura minora sui.
Iuppiter exemplum veritus derexit in ipsum
fulmina, qui nimiae moverat artis opem.
Phoebe, querebaris: deus est, placare parenti:
propter te, fieri quod vetat, ipse facit.
Non ego te, quamvis properabis vincere, Caesar,
si vetet auspicium, signa movere velim.
Sint tibi Flaminius Trasimenaque litora testes
per volucres aequos multa monere deos.
Tempora si veteris quaeris temeraria damni,
quintus ab extremo mense bis ille dies.
Postera lux melior: superat Masinissa Syphacem,
et cecidit telis Hasdrubal ipse suis.
Tempora labuntur, tacitisque senescimus annis,
et fugiunt freno non remorante dies.
Quam cito venerunt Fortunae Fortis honores!

1 teneri=reneri

post septem luces Iunius actus erit.
Ite, deam laeti Fortem celebrate, Quirites:
in Tiberis ripa munera regis habet.
Pars pede, pars etiam celeri decurrite cumba,
nec pudeat potos inde redire domum.
Ferte coronatae iuvenum convivia lintres,
multaque per medias vina bibantur aquas.
Plebs colit hanc, quia qui posuit de plebe fuisse
fertur et ex humili sceptra tulisse loco.
Convenit et servis, serva quia Tullius ortus
constituit dubiae templa propinqua deae.
Ecce suburbana rediens male sobrius aede
ad stellas aliquis talia verba iacit:
'zona latet tua nunc, et cras fortasse latebit:
dehinc erit, Orion, aspicienda mihi.'
At si non esset potus, dixisset eadem
venturum tempus solstitiale die.
Lucifero subeunte Lares delubra tulerunt
hic, ubi fit docta multa corona manu.
Tempus idem Stator aedis habet, quam Romulus olim
ante Palatini condidit ora iugi.
Tot restant de mense dies quot nomina Parcis,
cum data sunt trabeae templa, Quirine, tuae.
Tempus Iuleis cras est natale Kalendis:
Pierides, coeptis addite summa meis.

Dicite, Pierides, quis vos addixerit isti,
cui dedit invitas victa noverca manus.
Sic ego. Sic Clio: 'clari monimenta Philippi
aspicis, unde trahit Marcia casta genus,
Marcia, sacrifico deductum nomen ab Anco,
in qua par facies nobilitate sua.
Par animo quoque forma suo respondet; in illa
et genus et facies ingeniumque simul.
Nec quod laudamus formam, tu turpe putaris:
laudamus magnas hac quoque parte deas.
Nupta fuit quondam matertera Caesaris illi:
o decus, o sacra femina digna domo!'
Sic cecinit Clio. Doctae adsensere sorores;
adnuit Alcides increpuitque lyram.